限りなく完璧に近い人々

なぜ北欧の暮らしは世界一幸せなのか?

マイケル・ブース

黒田眞知・訳

角川書店

限りなく完璧に近い人々

なぜ北欧の
暮らしは
世界一幸せ
なのか？

リスン、アスガー、エミルへ

目次

イラストレーション　山下航
ブックデザイン　鈴木成一デザイン室

The Almost Nearly Perfect People
Behind the Myth of the Scandinavian Utopia

編集協力　オフィス宮崎

はじめに

二、三年ほど前の四月のある日、まだ暗い早朝、コペンハーゲン中心部にあるわが家のリビングで、春の訪れを待ちわびながら毛布にくるまって朝刊を開いた時のことだ。私にとって第二の祖国であるデンマークの人々が、人類で最も幸福な国民に選ばれた、という記事が目に飛び込んできた。英国レスター大学の心理学部による「人生の幸福度指数」とかいう調査の結果だそうだ。

思わず新聞の日付を見た――エイプリルフールではなかった。パソコンを開いてみると、確かにこの話題は世界中のニュースの見出しを飾っていた。英国の日刊大衆紙『デイリー・メール』から「アル・ジャジーラ」までが、あたかもご神託のごとく報じている。デンマークは世界で一番幸せな場所だった。一番幸せ？ 現在、私が住んでいる、この暗くて雨が多くて退屈で平坦な国、冷静で分別あふれる、ごく少数の国民が住む、世界一税金の高いこの国が？ ちなみに私の母国である英国は四一位だった。だが大学の先生がおっしゃるなら間違いないのだろう。

「これはまた、うまいこと隠しおおせたものだ」雨が降りしきる港を窓から眺めながら思った。

「そんなご機嫌な場所にはとても見えないが……」窓の下を見ると、北極地方に特有の極彩色のウェアに身を固めて自転車をこぐ人々と、傘を差した歩行者が押し合いへし合い、トラックやバスがはね上げる水しぶきを必死によけながらランゲ橋を渡っている光景が見えた。

デンマークに暮らすようになって日の浅い私だが、その前日にも魂が萎《な》えるようないくつかの出来事を経験していた。

午前中に自転車で訪れた近所のスーパーマーケットには、週に二回は顔を合わせるレジ係の女性がいる。彼女はいつもどおり、途方もなく高価で質の低い食品の値段を不機嫌そうに打ち込んでいる間、前に立っている私をまったく見なかった。店を出て赤信号を渡ると、数人から舌打ちが浴びせられた。デンマークでは、車が通っていなくても、信号機に緑色の歩行者マークが現れるより先に歩き出すことは、社会的なエチケットを欠いた挑発行為とみなされる。

霧雨に濡《ぬ》れながら自転車で帰宅する途中には、左折禁止を無視したことで車のドライバーからお叱りを受けた（正確に言うと、その運転手は車の窓を下げて、映画『００７』に出てくる悪役のような態度とアクセントで「ぶっ殺すぞ」とすごんだ）。家に着くと納税通知が届いていた。一カ月の収入からぎょっとするほどの割合で税金を持って行かれる。

夜、ゴールデンタイムにやっていたテレビ番組と言えば、搾乳時に牛の皮膚を傷つけない方法を紹介する番組、その後は一〇年前の刑事ドラマ『タガート』、続いて『クイズ ミリオネア』だ。ミリオネア（百万長者）と言うと大そうな響きがあるが、一〇〇万クローネは一六〇〇万円程度にしかならないので、外食をして、お釣りで映画を観る程度のものだ。

申し添えておくが、これは例の連続テレビドラマが大人気を博す前であり、新しい北欧料理《ニュー・ノルディック・キュイジーヌ》が私たちのキッチンに革命を起こす前であり、ミステリードラマの主人公サラ・ルンドが素敵なセーター姿で私たちを魅了したり、ペンシルスカートの似合う政治ドラマの主人公ビアギッテ・ニュボーが、右派の政治家たちとの丁々発止を繰り広げて私たちをうっとりさせたりするよりもはるか以前のことであり、最近の、果てしなく押し寄せるように思われるデンマーク熱の波が、世界中の人々の心をつかむよりもずっと前のことだ。当時の私は、デンマーク人を基本的に礼儀正しく勤勉で、法律を遵守する人々であり、何事にせよ（まして幸せかどうかを）人前で語ることなど滅多にしない国民だと考えていた。

　デンマーク国民は、信仰心に行動が伴っているかは別として、生まれついてのルター派だ。つまり、ひけらかすことを嫌い、大げさな感情表現を信用せず、自分のことは人に話さない。たとえばタイ人やプエルトリコ人、いっそ英国人と比較してさえ、不愛想で面白みに欠ける。はっきり言って、それまでに私が旅した世界の約五〇カ国の人々を「楽しそうに見える順」に並べたら、デンマーク人は、スウェーデン人、フィンランド人、ノルウェー人と並んで、下から四分の一のグループに入るだろう。

　デンマーク人の感覚が鈍いのは、あんなにたくさん抗うつ剤を飲んでいるせいではないか、と私は密《ひそ》かに思っていた。最近読んだレポートによれば、ヨーロッパでデンマーク人以上に抗うつ剤を服用するのはアイスランド人だけで、しかも摂取率は上昇しつつあるそうだ。デンマーク人が幸福なのは、抗うつ剤《プロザック》のおかげで何も覚えていないからなのではないか。

　デンマーク人幸福論を掘り下げて調べるうちに、レスター大学の調査は、それほど驚くような結果ではないことがわかった。はるか以前、一九七三年にＥＣ（欧州委員会）が実施した初めての世論調査「ユーロバロメーター」において、デンマーク国民は幸福度が第一位であり、現在も第一位なのだ。直近の調査では、調査対象となった数千人のデンマーク人の三分の二以上が、人生に「大変満足している」と答えている。

二〇〇九年、まるでローマ法王が来訪したかのような熱狂ぶりで、有名なアメリカ人司会者オプラ・ウィンフリーがコペンハーゲンに迎えられた。オプラが言うには「赤ん坊を乳母車に乗せたままカフェの外に置いていても、さらわれる心配がない。……誰もが『もっと、もっと』と、より多くを手に入れる競争に明け暮れていない。そういうところにデンマークの成功の秘密がある」オプラ様がおっしゃるのなら、間違いないはずだ。

オプラが降臨した頃、私はすでにデンマークを離れていた。自分の国に対する私の絶え間ない愚痴を聞かされ続けてきた妻の我慢が、限界に達したのだった。天気の悪さ、税金の高さ、意外性のない単一文化、最大公約数的なものを息苦しいまでに押し付けてくる社会、標準からはずれる事柄や人間に対する恐怖心、野心に対する不信と成功に対する反感、おそろしく悪い公衆マナー、脂肪過多の豚肉や塩味のリコリス、安物のビールやマジパンに疑いを持たない食生活、等々。デンマーク人幸福論について、私はどうしても疑いの念を払えずにいた。

例えば、調査会社のギャラップが、世界一五五カ国で一五歳以上の人々一〇〇〇人ずつに、「現在の暮らし」と「この先うまく行きそうか」を一〇段階で評価してもらった調査において、デンマークが首位を占めているのを見た時、私は思わず首をかしげた。

社会的な支えに関する質問（「困ったことがあったが、いつでも当てにできる親戚《しんせき》や友人はいますか？」）や、自由度に関する質問（「あなたの国で自分の人生をどう生きるかについて与えられている自由に満足していますか？　それとも不満ですか？」）、さらには汚職に関する質問（「あなたの国にある会社で、汚職は横行していますか？」）などもあった。

回答からは、八二パーセントのデンマーク人が「人生がうまく行って」いて（各国の中で最高点）、「人生がつらい」と感じている人はわずか一パーセントだった。「日常の経験」の平均点は、世界トップの一〇段階中七・九点だった。比較のため紹介すると、最下位だったアフリカのトーゴ共和国では「人生がうまく行っている」と答えた人はわずか一パーセントだった。「デンマークのイスホイに住んでいるソマリアからの移民にも、アンケートを取ればいいのに」この種の調査結果を目にするたび、私は思った。もっとも調査員は、豊かなコペンハーゲンから遠く離れた地域にまで、はるばる出かけたりはしないだろうが。

その後、デンマーク人幸福論に絶頂の瞬間が訪れる。二〇一二年、国連が初めておこなった「世界幸福度レポート」の結果が発表された。経済学者のジョン・ヘリウェル、リチャード・レイヤード、ジェフリー・サックスらがまとめたもので、今あるすべての幸福度調査（「ギャラップ世界世論調査」「世界およびヨーロッパ価値観調査」「ヨーロッパ社会調査」等々）の集大成だ。で、どうだったと思う？　一位はなんとベルギーでした！　……というのは冗談で、デンマークが再び「世界で一番幸福な国」の称号を手に入れた。そのうしろには、フィンランド（二位）、ノルウェー（三位）、スウェーデン（七位）がぴたりとつけている。

オスカー・ワイルドの『真面目が肝心』に登場するブラックネル夫人の表現を借りるなら、幸福度調査で一度首位に選ばれるのは、運が良かったからかもしれないが、一九七三年から事実上すべての調査で不動の首位を保ってきたなら、文化人類学の論文を成立させる立派な根拠となる、と言える。

もっとも「世界一住みやすい国」という称号を得るにあたり、デンマークが無敵だったわけではない。国連のレポートが示しているように、北欧の各国が、それぞれに生活の質《クオリティー・オブ・ライフ》の高さを競っている。このレポートが出版された直後、『ニューズウィーク』誌は、最高の生活の質を誇るのは、本当はデンマークではなくフィンランドだと発表したし、国連が独自におこなった「人間開発指数（Human Development Index）」の首位はノルウェーだった。また最近発表された別のレポートによれば、女性にとって最も住みやすい国はスウェーデンだという。

つまりデンマークは、健康度、満足度、幸福度調査のすべてのカテゴリーにおいて、常にトップというわけではないが、いつも首位近くにいて、デンマークがトップでない時にはほかの北欧の国が必ずトップの座を占めている。たまにニュージーランドや日本（あるいはシンガポールやスイスなど）が、北欧を押しのけて首位に立つこともあるが、総じてこうした調査の結果は、キンキンに冷えたシュナップス（度数の高い辛口蒸留酒）の透明度のごとく明らかだった。そしてその結果はヨーロッパやアメリカのメディアによって、熱心に、かつ疑いを挟むことなく、報道されていた。すなわち、スカンジナビア諸国の人々は、世界一幸せで満足した生活を送っているだけではなく、最も平和を愛し、寛容で、平等主義で、進歩的で、経済的に豊かで、モダンで、リベラルで、社会的に解放されていて、教養が高く、最先端の科学技術を持ち、最高のポピュラー音楽、最高にカッコいい刑事ドラマを生み出しているのだ。この二、三年でさらに最高のレストランが加わった。

北欧五カ国（デンマーク、スウェーデン、ノルウェー、フィンランド、アイスランド）を合わせれば、世界最高の教育システムを持つ国（フィンランド）、健全な政教分離が保たれ、多文化であり、近代的に工業化された、社会の鑑《かがみ》と呼べる国（スウェーデン）、石油による膨大な富を愚かしい超高層ビルやロンドンのパーク通りに立つコールガールにつぎ込んだりせず、分別と倫理観をもって長期的な事業に投資している国（ノルウェー）、世界で一番、男女平等な社会を実現し、男性の寿命が最も長く、モンツキダラの漁獲量が高い国（アイスランド）、野心的な環境政策を持ち、国が社会保障制度を支える潤沢な基金を持っている国（五カ国すべて）が揃う。

このコンセンサスは揺るがない。「充実した、ハッピーで、バランスの取れた、健康かつ賢明な人生を送る手本の決定版を求めるなら、ドイツの北、ロシアのすぐ左側に目を向けよ」ということだ。

私の場合、「目を向ける」以上の行動をとった。何年間か、デンマーク人幸福論の高まりを遠目に見ていた私だったが、再び彼《か》の地へ引っ越したのだ。その間に、何度かデンマークを訪れ、そのたびに困惑は深まるばかりだったにもかかわらず（天気は相変わらず最低？　イエス。税率は今も五〇パーセントを超えている？　イエス。必要な時に店は必ず閉まっている？　もちろん！）。

己の大いなる寛大さを示そうとしたわけでも、人間の我慢の限界を試す壮大な実験に乗り出したわけでもない。妻が「自分の国に帰りたい」と言ったのだ。だから体中の細胞が「マイケル！　あの国に住むのがどういうことか、覚えていないのか？」と叫んでいるにもかかわらず、私は決心した。なぜなら長年にわたる過去の手痛い経験から学んでいたのだ――長期的に見れば、妻に従うのが最良の道なのだと。

以前との違いといえば、私が再び住みはじめてから、世界の北欧フィーバーが一層過熱したことくらいだ。世界は現代のバイキング文化を飽くことなく求めていた。ヘニング・マンケルやスティーグ・ラーソンといったスウェーデンの犯罪ミステリー作家の著作は数百万部という単位で売れ、デンマーク国営放送が制作した長編ドラマ『キリング』の三シリーズは一二〇カ国に売れた。アメリカではリメイク版まで作られた。続いて登場した政治ドラマ『コペンハーゲン』は、英国アカデミー賞を取り、BBC4チャンネルでは一〇〇万人が観たという。『ブリッジ』というデンマークとスウェーデン共同制作の犯罪もののテレビドラマさえもヒットした（言っておくが、『キリング』には、舞台設定以外にオリジナリティーがほとんどない。主人公がタフな女性警官なのも目新しさに欠ける。『コペンハーゲン』は、アメリカの政治ドラマ『ザ・ホワイトハウス』の焼き直し。本家より多少マシなのはランプの笠の趣味くらいだ。『ブリッジ』に至っては、まったくの駄作だ）。

突然、デンマーク人の建築家たち、なかでもビャルケ・インゲルスなどが脚光を浴び、まるでレゴのブロックで作っているかのように次々と国際的な大規模プロジェクトを制覇していった。オラファー・エリアソンのようなアーティストたちの作品は、ルイ・ヴィトンのブティックのショーウィンドウからテート・モダン美術館のタービン・ホールまで、あらゆる場所に展示された。元デンマーク首相のアナス・フォー・ラスムセンはNATO（北大西洋条約機構）の事務総長におさまり、元フィンランド大統領のマルッティ・アハティサーリはノーベル平和賞を受賞した。

デンマークの映画も大人気だ。トマス・ヴィンターベアやラース・フォン・トリアー、スザンネ・ビア、ニコラス・ウィンディング・レフンといった映画監督は、アカデミー賞やカンヌ映画祭で各種の賞を受賞し、現代映画界の巨匠たちの仲間入りを果たしつつある。俳優のマッツ・ミケルセン（『007カジノ・ロワイヤル』、『偽りなき者』、『ハンニバル』に出演）などは、すっかりデンマークや海外の映画の常連となったため、近頃では米国人作家ジョン・アップダイクが語った言葉が思い出される。彼は、ミケルセン同様、数多くの映画にキャスティングされていた有名なフランス人俳優ジェラール・ドパルデューについて、「フランス映画を観てドパルデューの姿を見ないことはない」と言っていた。

　そしてもちろん、食の分野ではニュー・ノルディック革命が起きた。風変わりな料理を出す一介の料理店だったコペンハーゲンの〈ノーマ〉が、料理界のトレンドをリードする名店となり、三年連続で世界一のレストランに選ばれ、シェフのレネ・レゼピが『タイム』誌の表紙を飾った。

　北欧地域のほかの国を見ると、例えばフィンランドでは「アングリーバード」というモバイルゲームが誕生し、怪物のような恰好《かっこう》をしたバンドのローディが〈ユーロビジョン・ソング・コンテスト〉で優勝し、フィンランド製の携帯電話はみんなの内ポケットの中に永遠の安住の地を得たように思われる。スウェーデンのＨ＆Ｍとイケアの店舗は世界中のメインストリートに進出し、スウェーデンが輩出したポップ系のプロデューサーやシンガーは、多すぎるので列挙しないが、世界の電波を独占する勢いだ。インターネット通話サービスのスカイプや音楽配信サービスのスポティファイもスウェーデン生まれだ。ノルウェーは世界に石油とフィッシュスティック（棒状にした魚肉のフライ）を提供しつづけている。アイスランド人は常軌を逸した山師的財政運営に乗り出した。

　どっちを向いても、スカンジナビア的なもの（アイスランドを除き）を絶賛するニュース記事から逃れることはできなかった。新聞やテレビ、ラジオを信じてよいのなら、北欧の国々が間違いを犯すことはあり得ないということになる。北欧諸国は、平等で暮らしやすく、生活の質が高くて、だれもが家でパンを焼いている、天国のような土地なのだ。だが私はこの寒く灰色の北国に暮らしてみて、異なる面も見てきた。スカンジナビアの生活には実際、賞賛に価する部分が多いし、世界の他の国々はそこから多くを学ぶことができるだろう。だが私は、デンマークを描写した絵のタッチに微妙なニュアンスが欠けていることに、徐々に苛立《いらだ》ちを覚えるようになった。

自由な形式の学校教育であれ、真っ白いインテリアデザインであれ、コンセンサスによって進められる政治であれ、ざっくりしたセーターであれ、スカンジナビアのものなら、なんでも手放しで賞賛する最近の風潮にはひとつだけ不思議なことがある。これほどまでに北欧の長所が喧伝《けんでん》され、北欧こそ奇跡の場所だという認識がかつてないほど高まっているというのに、なぜ人々は、北欧で暮らそうと大挙して押しかけて来ないのだろう？　なぜみんないまだにスペインやフランスに家を持ちたいと夢見るのだろう？　なぜラバに荷物を積んでオールボーやトロンハイムを目指さないのだろう？　これほどミステリーの本やテレビ番組がヒットしているのに、なぜスカンジナビアのことをほとんど知らないのだろう？　そもそもオールボーやトロンハイムがどこにあるか知っている人はいるだろうか（ここは正直に答えてほしい）。なぜ知り合いにスウェーデン語を話せる人や、なんとか通じる程度のノルウェー語を話せる人が一人もいないのだろうか？　デンマークの外相の名前を言ってみてほしい。ノルウェーで一番人気のあるコメディアンでもいい。フィンランドの人でもいい。有名人でなくても。

日本やロシアを訪れたことのある人や、日本語やロシア語を話せる人も少ないだろうし、それらの国の政治家やアーティスト、首都以外の中堅都市の名前をすべて言える人はいないかもしれない。それでもいくつかは知っているはずだ。だがスカンジナビアは、本物の未知の土地なのだ。ローマ人も手を出さなかった。カール大帝も興味を示さなかった。北欧史の研究家T・K・デリーによれば、文字通り数千年にわたり、「北欧は文明社会の関心の範疇《はんちゅう》から完全に外れた位置にあり続けた」今日でさえ、関心の欠如は明らかだ。最近、A・A・ジルは『サンデー・タイムス』に、北欧を「区別がつかない国の集まり」と描写した。

スカンジナビア地方がみんなの死角に入っている理由の一つは、この地域に旅行する人が比較的少ないという事実によるのだと思う。まず率先して認めるが、私も引っ越して来るまで、北欧についてはおめでたいほど無知だった。スカンジナビアには数々の絶景があるにもかかわらず、旅行代金が高くつくことと、憂鬱《ゆううつ》な天気が多いことから（もちろん、旅行先の選択肢には、つねにフランスという強敵がいる）、大方の人の休暇の目的地になりにくいのだ。ロンドンのウォーターストーン書店には、地中海沿岸をテーマにした旅行記が、棚板がたわむほど並んでいる。『オリーブの木立の中のアル中』、『オレンジの上の不倫』等々……。だが誰一人、『トゥルクで暮らした一年間』や『コケモモの上をドライブして』といった本を読んで実践しようとは思わない。

ある日、地元の調剤薬局で三〇分ほど立ったまま順番が来るのを待っていると（デンマークの薬局市場は独占状態にあるため、顧客サービスは優先事項ではない）、突然閃《ひらめ》いた。人気ドラマ『キリング』の女優ソフィー・グローベールが英国の新聞『ガーディアン』紙でいかに華々しく取り上げられようと、フェロー諸島で編まれたニットや、二〇通りもある野草の調理法について、どれほど多くの記事が書かれようと（野草のレシピについては私も二本以上の記事を書いたことを告白するが）、スカンジナビア諸国の人々や彼らの本当の暮らしぶりについて、学校の先生やテレビ、新聞などから私たち英国人が学ぶ知識は、遠く離れたアマゾンに住む部族の生活について学ぶ知識よりも少ないのだ。

デンマーク人とノルウェー人は、英国から見て東側に位置する最も近い隣人であり、アイスランド人は北側の最も近い隣人であることを考えると、これは奇妙な話だ。国民性という面においても、フランス人やドイツ人との共通点よりも、北欧の三国民との共通点のほうが多い。例えばユーモアのセンス、忍耐強さ、宗教上の教義や政治的権威に対する不信、正直者であるところ、陰鬱な天気を苦にしないところ、整った社会秩序、貧弱な食生活、服の仕立てに対する熱意の欠如、等々（それに対して英国の南側の隣人たちは、感情の抑制が苦手で、腐敗が蔓延《まんえん》しており、バナナの皮に滑って転ぶ人を見て喜ぶレベルのユーモアのセンスとティーンエイジャー並みの気性を持ち、衛生観念が乏しく、すばらしい料理と洗練された仕立ての技を持つ人々だ）。

私たち英国人は、本質的にはスカンジナビア人だという言い方も可能だろう——まあ、ほんのちょっぴりだが。とにかく、両者の間に古くて深い文化的つながりが存在することは間違いない。それについては、七九三年一月八日に初めてイングランドのリンディスファーン島（ホーリー島の別名）の修道院が襲撃された、あの忌まわしい出来事にまでさかのぼることができる。当時の記録によれば、「異教徒の男たちの恐ろしい襲来によりホーリー島の教会は徹底的に破壊された」とある。

それ以降、バイキングの王たちは、英国の領土の三分の一にあたるデーンロー地方を支配しつづけた。その時代には、デンマーク王の子であるクヌートがイングランド全土の王として君臨した時期もあった。サフォーク州のサットンフー遺跡から出土した船からは、スウェーデンとのつながりを示す考古学的証拠も山ほど出ている。レイプや略奪が一段落すると、さまざまなバイキングの部族がアングロサクソン人社会にとけこんで定住し、交易や婚姻を通じて、英国先住民に大きな影響を与えたという強力な証拠が残っている。

バイキングは英語にも確かな足跡を残した。ノルウェー語を研究するオスロ大学のヤン・テリエ・ファールンド教授は、最近、「英語はスカンジナビア語である」とまで言っている。共通の語彙《ごい》や動詞の後ろに目的語が来る語順（ドイツ語は逆）が似ている点などが根拠となっている。

イングランド北東部に位置するヨークシャーは、北、東、西の三つの行政区画に分割されていて、それぞれノース・ライディング、イースト・ライディング、ウェスト・ライディングと呼ばれていたが、英語の「行政区分」を意味する「ライディング」という語は、バイキングの言葉で「三分の一」を意味する。つまり「北の三分の一」、「東の三分の一」、「西の三分の一」という意味になるのだ。

また私の想像だが、ヨークシャーにある「デール」で終わる地名も、北欧由来ではないか（dal はデンマーク語で谷を意味する）。さらにはイングランド北部に見られる声門閉鎖音は、デンマーク人の話し方が移ったものではないかと、これまで幾度となく思った（デンマーク人は、しゃべるときに、各単語のほぼすべての子音だけでなく、自分の舌までも飲み込んでいるように聞こえることがある）。

水曜日（Wednesday と Wodin または Odin）、木曜日（Thursday と Thor）、金曜日（Friday と Freya）など、似ている曜日もいくつかあるし、似ている地名も多い。一一世紀にウィリアム一世の命で編纂《へんさん》されたイングランドの土地調査記録『ドゥームズデイ・ブック』には、スカンジナビア人の居住域とおぼしき地名がたくさんある。ダービー、ウィットビー、スカンソープ、クリーソープスのように、「ビー(by)」や「ソープ(thorpe)」で終わる地名(これらの語尾はいずれも「町」や「小集落」を意味する)は、かつてバイキングが定住していた土地だ。

私は英国のイースト・グリンステッドという町の近郊で生まれた。ステッド(sted)は「場所」を意味し、デンマークの町名の語尾にはよく見られるので、グリンステッドもデンマーク語が語源ではないかと思う。またロンドンに居た時は、デンマーク・ヒルという地域から五分の場所に住んでいた。こちらは明らかに最近の両国関係から生まれた地名で、アン王女のデンマーク人の夫が住んでいたことが由来となっている。デンマークと英国の王室は何世紀にもわたって婚姻による強い絆《きずな》を築いてきた。

家族を表す言葉もかなり近い。母親(mother と mor)、父親(father と far)、姉妹(sister と søster)、兄弟(brother と bror)などだ。もっとも私から見て残念に思うのは、英語が、母方と父方の祖父母を区別するスカンジナビア語の表現を採り入れなかったことだ(父方の祖父は far-far、祖母は far-mor、母方の祖父は mor-far、祖母は mor-mor となる)。

「今日でも、ヨークシャーの農民とノルウェーの農民がヒツジについて話せば、お互いの言っていることを理解できます」英国に残るバイキングの伝統について尋ねた私に、ケンブリッジ大学でスカンジナビア史の講師をつとめるエリザベス・アシュマン・ロウ博士はそう話してくれた。イングランド東部のノーフォーク州の漁師とデンマークのユトランド半島西海岸の漁師も意思疎通ができるという、似たような話を聞いたこともある。ロウ博士はほかにも、J・R・R・トールキンからJ・K・ローリングといった作家や、ニューエイジやヘビーメタルのイメージやシンボルといった文化面にも北欧の影響が見られることを教えてくれた。

スカンジナビア人の影響はもちろん、はるか西方にも及んでいる。ノルウェーのバイキング、レイフ・エリクソンは紀元一〇〇〇年頃アメリカ大陸を発見した。だが明らかに、ニューファウンドランド島の魅力がわからなかったらしく、回れ右をして帰ってしまった。だがそれから九〇〇年後、スカンジナビア人の北米大陸への移住は順調に進み、一二〇万人のスウェーデン人が、大勢のノルウェー人と、少数のフィンランド人とともに、大西洋を渡った。

一八六〇年代のある時点では、アメリカ合衆国に到着する移民の一〇分の一がスカンジナビア出身者だった。その多くが、景観が故郷に似ているという理由でミネソタ州を定住の地に選んだ。今日では、ノルウェー系およびスウェーデン系アメリカ人の人口は、それぞれ五〇〇万人近いそうだ。彼らがいなければ、ユマ・サーマンやスカーレット・ヨハンソンといった女優たちも生まれなかったということだ。

今の北欧ブームがどうにも信じられないのは、二〇世紀の間ずっと、大衆文化の潮流は正反対の向き、つまり英国から北欧に向かって流れていたからだ。例えば、ある年代以上のスカンジナビア諸国の男性と話をすれば、会話の途中でほぼ間違いなくモンティ・パイソンが話題になる。女性であれば、瞳《ひとみ》を潤ませて英国上流社会の没落を描いたドラマ『ブライズヘッドふたたび』に登場する男性キャストにまつわる想い出を語るか、ロンドンでオーペアとして働いた時の話題になる。

誰もがテレビ番組の『アップステアーズ・ダウンステアーズ』や『ノット・ザ・ナイン・オク

ロック・ニュース』、俳優のトレバー・イブをよく知っていて、コメディドラマの『キーピング・アップ・アピアランセズ』を英国人の生活のドキュメンタリー番組だと固く信じている。スカンジナビア人は高度な教育制度を持ちながら、『バーナビー警部』に毒されている。コッツウォルドの丘に立つ蔦《つた》の絡まる小さな家の中に、殺されたばかりの死体を置いておけば大喜びだ。デンマークでは、英国の内閣改造までがニュースに取り上げられるが、デンマークの閣僚の名前を言える英国の閣僚がいったい何人いるだろう。

おそらくは、なんとなく馴染《なじ》みがあることや、表面的な共通点が多いことが、私たち英国人がスカンジナビア人について、作られたイメージ以上のことを突っ込んで知ろうとしてこなかった理由ではないだろうか。また、彼らに関する固定観念のひとつには、たいてい、性に関して開放的で美しい肉体の持ち主であるという点も含まれているが、それでいて信心深いルター派であるというイメージもしっかり保たれている。とてつもなくセクシーでいながら驚くほど冷淡な印象を与えられるというのは、なかなかの芸当だ。

さらにはスカンジナビア人が、積極的に前に出ないタイプの人々だということも、彼らの内面をわかりにくくしている。基本的に自慢をしない人々なのだ。自慢は彼らの掟《おきて》（あとで分かることだが、文字通り「掟」が存在する）に反する行為だ。「寡黙」という言葉を辞書で引いてみてほしい。そこに部屋のすみっこでフィンランド人が靴ひもを見つめて立っているイラストは載っていないだろうが、本当は載っているべきなのだ。

この本を執筆中に、何人かのスカンジナビア人（数人のデンマーク人と、たくさんのスウェーデン人）が「スカンジナビア諸国以外の人がスカンジナビア人に興味を持つなんて考えられない」と真剣に困惑を伝えてきた。「なぜ君は、みんなが私たちのことを知りたがると思うのかい？」「わざわざ知るほどのことなんかないだろう？」「私たちはみんな退屈で堅苦しいんだから」「本のテーマにするなら、世界にはほかにもっと面白そうな人たちがいるでしょうに。南欧に行けば？」等々。

スカンジナビア人の自分たちに対する人物評は、英国人のスカンジナビア人評とさして変わらないようだ。つまり空き瓶回収ポストのような存在ということだ。機能的で価値はあるが、ひたすら退屈なしろものだから、それ以上詳しく知ろうという気持ちを起こさせない。勤勉かつ信頼のおける公正なスカンジナビア人は、パーティーにいる保険数理士《アクチュアリー》であり、五カ国どこを訪ねても、自由民主党員の地方公務員や押しつけがましいソーシャルワーカー、パーティーを台無しにするユーモアのない人ばかりだ。

それでは、どうすればこの本の最終ページまで読者の皆さんの関心をつなぎとめておけるだろうか。私自身は、デンマーク人、スウェーデン人、フィンランド人、アイスランド人、そしてノルウェー人さえも、ひじょうに魅力的な人々だと思っている。彼らはじつに優秀で進歩的な考えの持ち主であり、同時にとことん風変わりなところもある。だから簡単に言えば、私の感じていることが読者に伝われば、きっと皆さんも私と同じ気持ちになると信じている。

オプラが、もしあの日の午後、たった半日よりもう少し長い時間を過ごしていたらわかっただろうし、ついにしぶしぶながら私も認めざるを得なくなってきたように、私たちが北欧から学ぶべきことはたくさんある。彼らの生き方、優先順位のつけ方と富の扱い方、社会をより良く公正に機能させる方法、仕事と私生活のバランスをとり、効果的に教育を身につけ、互いに支え合って生きる方法などだ。そして最終的には、いかにして幸福を達成するかを、私たちは彼らから学ぶべきだ。北欧の人たちは面白いところもある。必ずしも意図されたユーモアではないが、私に言わせれば、その類《たぐい》の面白さこそ最高にユーモラスだ。

私は「北欧の奇跡」について少し掘り下げて考えてみた。より良い生き方について、スカンジナビアには定型のパターンがあるだろうか。いわゆる「北欧例外論」の中に、別の土地に持って行ける要素はあるだろうか。それともそれは、歴史や地理的なめぐり合わせから生まれた、この土地でしか成立しないものなのだろうか。さらにもし、スカンジナビア諸国以外の土地に住む人々が、この土地の暮らしの現実を知ったら、それでもデンマーク人をはじめとする北欧の人々をそれほど羨《うらや》ましいと思うだろうか。

「世界のどこかに平均的な才能と収入を持つ人間として生まれ変わらなければならないとしたら、バイキングが良いだろう」少々トゲのある言い方だが、英国の『エコノミスト』誌は北欧特集号でそう賞讃《しょうさん》した。だが北欧が全体主義的であることやスウェーデン人がまるで融通が利かないこと、石油で潤ったノルウェー人がすっかり堕落してしまい、自分でバナナの皮さえ剝《む》かなくなってしまったこと、フィンランド人が記憶を失くすほどの量の薬を自己判断で飲んでいること、デンマーク人が、多額の借金を負っていることや彼らの勤労精神が崩壊しつつあること、そして世界における自分たちの立場を認めようとしないこと、さらにはアイスランド人が基本的に野蛮であること――そういった議論はされてきただろうか。

欧米のメディアに飾られたスカンジナビアのイメージは、例えば新聞の日曜版に載っている「スウェーデンの別荘で過ごす夏」的なものだ。花柄のプリントドレスを着たブロンドの女性たちが、野ニラの入ったバスケットを持ち、くしゃくしゃな髪をした可愛い子どもたちに囲まれている。だが、もう一歩踏み込んで、そういったイメージの向こう側にある北欧の社会と人々を見てみれば、より複雑で、往々にして暗く、時として問題を抱えた全体像が浮かび上がってくるだろう。

その像の中には、このように居心地のよい、同質で平等主義的な社会に暮らすことから生じる比較的ささいなマイナス面（つまり皆が同じような収入で、同じような家に住み、同じ服装をして、同じ車を運転し、同じものを食べ、同じ本を読み、ニットウェアやあご鬚《ひげ》について同じ意見を持ち、大まかに言えば似たような信仰を持ち、休日には同じ場所に出かけると、世の中はちょっとだけ退屈になる。これについてはスウェーデン編を参照されたい）から、北欧社会が抱えるより深刻な亀裂、すなわち人種差別的でイスラム恐怖症で、社会的平等が徐々に損なわれつつあり、アルコール依存症で、肥大化した公共セクターを養うために、過去五〇年間北欧に住んでいない人間から見れば非常識としか思えない額の税金を必要とし、それがすべての希望やエネルギー、野心を蝕《むしば》みつつあること等々……。

……なんの話だっただろう。そう、とにかく私は自分が知っている北欧と世間のイメージとのギャップを埋めるため、旅に出ることにしたのだ。この五つの国をより深く探求し、各地を複数回訪れて、歴史家や人類学者、ジャーナリストや小説家、アーティストや政治家、哲学者や科学者、妖精《ようせい》ウォッチャーやサンタクロースに会って話を聞いた。

私は自宅のあるデンマークの片田舎を出て、ノルウェーの北極圏の極寒の海やアイスランドの恐ろしい間欠泉、スウェーデンで最も悪評高い住宅地となった暗黒地帯を訪ね、サンタクロースナナ」と呼ばれる地域までを訪れた。

　だが旅立つ前、真っ先に学んだことがひとつある。友人であるデンマークの外交官が、上記のような内容の私の演説を辛抱強く聞いてくれた上で、長い沈黙と深い溜息《ためいき》のあとに教えてくれたことだ。厳密に言うと、フィンランド人とアイスランド人はスカンジナビア人ではない。スカンジナビア人とは、もともとバイキングが支配していた土地（すなわちデンマーク、スウェーデン、ノルウェー）の人々だけを指す言葉だそうだ。

　だが北欧を旅してわかったのは、フィンランド人は時と場合に応じてバイキングの一味となる権利を使い分けるということ、そしてスカンジナビア人にくくられて気を悪くするアイスランド人はいそうもない、ということだ。厳密に言えば、この五カ国をまとめて呼ぶときには「北欧《ノルディック》」という言葉を使用するべきだ。だが著者として、私は「スカンジナビア」と「北欧」を本著の中ではほぼ互換性のある言葉として使用することにする。

　それでは「北欧の奇跡」の真実を明るみに出す探求の旅をはじめよう。それにはパーティーよりもふさわしい場所はなさそうだ。


（円換算は二〇一六年二月一日時点のレートで計算しています）

デンマーク

第一章　幸福

ようやく雨雲が切れて、真っ青な夕空が見えてくると、私たちはひさしの下から思い切って外へ出る。緊張した救助犬のようにくんくんと、ひんやり湿った空気を吸い込み、消えそうな太陽の最後の暖かさを味わおうと、ピンク色の輝きの方へ顔を向ける。夜が更けるにつれ、そのピンク色は夏至の頃に特有の魔法のような白い光へ変わり、最後には空全体がプラネタリウムの天球のような、黒に近い深い藍《あい》色へと変わる。

夏至祭前夜はスカンジナビアの暦におけるハイライトの一つだ。夏至祭はもともとキリスト教以前の古代宗教の祭りだったが、キリスト教に乗っ取られ、聖ヨハネに敬意を表して「ヨハネ祭」と呼ばれるようになった。スウェーデンでは、花輪で飾った「五月柱《メイポール》」の周りで人々が踊り、フィンランドやノルウェーではたき火を囲んで集う。ここデンマークのコペンハーゲンの北にある私の友人宅の庭では、誰もが盛大にビールやカクテルを飲んでいる。夜一〇時になると、皆でたき火を囲んで「私たちは祖国を愛す」をはじめとする感動的かつ愛国的な歌を合唱する。使い古した庭仕事用の雑巾《ぞうきん》とホウキで作った魔女の人形が火にくべられ、友人の八歳の娘によると、魔女をドイツのハルツ山脈に送り出すのだそうだ。

デンマーク人はこういったお祭りを楽しむのが本当に上手《うま》い。パーティーに対して極めて真剣な姿勢で取り組み、お酒に目がなくて、合唱にも献身的に打ち込み、友人同士では極めて打ち解けた付き合いをする。デンマークではパーティーを「フェスト」と呼び、あそこのフェストは良い、などという言い方をする。今回は、バーテンダーが二人、大きなグリルが二つもあって、さまざまな豚の部位がきつね色になるまでゆっくりと焼かれている。あとで饗《きょう》される夜食も極めて大切だ。ソーセージやチーズ、ベーコンにロールパンなどが振る舞われ、酔いを覚まし、日の出までの間をつないでくれる。

いつものことながら、三杯目のジントニックを飲みはじめた頃から、私の人類学的な観察眼が冴《さ》えはじめる。この夏至祭のパーティーこそ、デンマーク人幸福論の解剖をはじめるのに理想的な場所ではないか。友人のパーティーには、私がすばらしいと思うデンマーク社会の特長の実例が数多く見られるからだ。その特長こそが、デンマーク人ご自慢の満足感を支えていると、私は考えている。たき火の残り火の傍に立ち、この場を一つひとつチェックしていこう。

まず一つは、背の高いブナの生け垣に囲まれた、このみずみずしい緑の庭の雰囲気だ。入口には赤と白の大きなデンマーク国旗がはためいている。皆大いに飲んでいるが、ひじょうにくつろいだ雰囲気で、声を荒らげる人や、酔って絡むような人はいない。

そして、そこらじゅうを子どもたちが走り回っている。デンマークの子どもたちは、英国人から見たら時代錯誤に思えるほど、自由に好きなところへ行ったり危ない真似をしたりすることができる。子どもたちや若者も、この夏至祭のパーティーに大人と同じ立場で参加している。子どもたちは真夜中が近づいても、わめいたり金切り声を上げたり、かくれんぼをしたり、コカコーラとホットドッグを食べすぎて興奮したりしながら、ずっと走り回っている。

今ここにいる人たちは皆、今日は仕事を早く切り上げて来たはずだ。「打ち合わせに行く」と言ってオフィスを抜け出したり、仮病を使ったりする必要はなく、上司に「一時間ほど北に行った海岸沿いで行われるパーティーに出席するので、準備のために早退します」と率直に伝えて構わない。上司はあっさり許可してくれたはずだ（もしも同じ理由で上司がすでに退社していなければの話だが）。デンマーク人は、仕事と私生活のバランスについて、すがすがしいほどのんびりした考えを持っている。このことは、後で見るように、プラスの結果（幸福）とマイナスになり得る結果（時おり、例えば世界的な不況が起きた時などに、相当に身を入れて仕事に取り組まなければならなくなる）をもたらしている。

私はデンマークで、「仕事が生きがい」という人にほとんどお目に掛かったことがない。多くのデンマーク人（とりわけ公務員）が、仕事に対しては、そこそこ快適な暮らしを支えるために、必要最低限の時間を充てようと努力し続けることについて、隠し立てもしなければ言い訳もしない。デンマーク人の一週間当たりの労働時間は一世紀前のほぼ半分であり、他のヨーロッパ諸国と比べてもかなり少ない。EU諸国の年間平均労働時間が一七四九時間であるのに対し、デンマークは一五五九時間だ（ただしギリシャは二〇三二時間なので、労働時間が生産性を測る正確な物差しでないことは明らかだ）。二〇一一年にOECD（経済協力開発機構）が三〇カ国を対象に行った調査によれば、デンマーク人は世界的に見ても、ベルギー人に次いで最も怠け者の部類に入る。

実際にどういうことかというと、例えばほとんどの人は夕方の四時か五時に仕事を上がり、週末に残業をしなければならない人はごく少数で、金曜日の午後一時を回ったら、まとまった仕事をしようなどと思わなくてよい。年次休暇は六週間もあることがめずらしくなく、七月中は国全体が休みに入る。なぜなら国民が、自宅から一時間程度の場所にある夏用の別荘や、トレーラーハウス用のキャンプ場などへと、おとなしいヌーの群れのごとく大挙して移動してしまうからだ。

一五歳から六〇歳のデンマーク人のうち、七五万四〇〇〇人以上（じつに労働人口の二〇パーセント以上に当たる）が、働かずに手厚い失業手当や障害手当に頼って生活している。『ニューヨークタイムス』紙はデンマークを「世界で一番、失業するのに適した場所」と呼んだ。失業手当の額は就労時の給与の最大で九〇パーセント、給付期間は最長で二年間（最近改正されるまでは一一年間だった）まで受けられる。デンマークではこのシステムを「フレキシキュリティー」と呼んでいる。「フレキシビリティー（柔軟性）」と「セキュリティー（安全安心）」を組み合わせた造語だ。この制度のおかげで、デンマーク企業は短い通告期間と少ない補償金額で従業員を解雇することができ（比較すると、スウェーデンでは終身雇用が多い）、労働者の方は失業中でも手厚い給付が受けられることがわかっているため安心していられる、というわけだ。

デンマーク人幸福論には、ほかにどんな理由があるだろうか。今、私がいるこの別荘も数に入れなくてはいけない。ここと同じように、L字形をした小さい平屋建ての家族向け別荘は、デンマークの島々の沿岸に何千戸も建っている。デンマーク人はサンダルに履き替え、日除《ひよ》け帽をかぶり、ホットドッグを焼いたり、泡の多い安物のラガービールを飲んだりしてくつろぐために、この木とレンガでできた小さな隠れ家にやって来る。別荘を持っていない場合でも、たいていの人は、知り合いに持っている人がいるか、キャンプ場に恒久的な区画を所有している。または「コロニヘーヴ（割当ガーデン組合）」に小屋を持っている人も多い。これは市民菜園のようなものだが、野菜畑であくせく働くというよりは、泡っぽいビールとホットドッグでくつろぐことに重点が置かれている場所だ。

　大方の別荘同様、このサマーハウスの家具も、寄せ集めの古道具やイケア製のものだ。どの家の別荘にも、片側の壁には、読みこんだ跡の見られるペーパーバックの本がびっしりと並び、チェスなどのボードゲームや足りないピースのあるジグソーパズルが収まった戸棚が、判で押したように置かれている。そしてもちろん、海で骨まで冷え切った体を温めるために、薪《まき》の準備が整った暖炉がある。床は砂や草を掃き出しやすいようフローリングにしてある。白く塗ったレンガの壁には「親戚派《しんせき》」（親戚の誰かが頑張って描いた油絵や水彩画で、たいていはぞっとするほどナイーブな抽象画）の作品が何点か掛かっている。

　先ほども言ったように、今夜のパーティーでは、ヨルダン川の流れのごとくアルコールが振る舞われている。デンマークは北欧の他の地域に比べ、はるかに酒に対して放任主義的だ。他の四カ国とは異なり、酒類は公営企業の独占事業の対象ではない。世界で愛されているビール、カールスバーグの国デンマークでは、あらゆるスーパーマーケットや街角の雑貨店でアルコールが販売されている。今夜はエーレ海峡の向こうにスウェーデンの灯《あか》りもちらちら見えているが、昔から多くのスウェーデン人が開放感を求め、彼らから見れば「いかがわしく遊び好きなデンマーク人」のライフスタイルを真似しに、デンマークに遊びに来ている（ちなみにデンマークの若者たちが遊びたい時は、ベルリンへ行く）。

　宴《うたげ》の終わりに私たちのうち何人かは、忍び笑いをしながら海岸へ繰り出し、服を脱いでそっと海に入る。私自身はこれに慣れるのに大分苦労したが、デンマーク人は裸になることに抵抗がない。いずれにしても、外は真っ暗だ。海水が太ももあたりまで上がってきた時は、冷たさに思わず飛び出して服を着に戻りたくなるが、その瞬間が過ぎ、勇気を振り絞って完全に水中に潜ってみると、夏のデンマークの海が驚くほど温かいという事実を思い出すのだった。

こんな晩には、デンマーク人がこの二、三〇年間に自分たちの状況に大いに満足していると感じるようになった理由がよくわかる。クレジットカードの請求書を開けずに済む限り、デンマークの中産階級の中高年層にとって、人生はなかなか素敵なものであるに違いない。正直なところ、これ以上の暮らしを想像するのが難しいくらいだ。だがこの国は、何もかもがずっとバラ色だったわけではない。この至上の幸福を手に入れるまで、デンマーク国民は、恐ろしい体験や屈辱、喪失を経てきた。ベーコンが現れて彼らを危機から救ってくれるまで。

第二章　ベーコン

昔々、デンマークがスカンジナビア地方全域を治めていた時代があった。これはデンマーク人が好きなおとぎ話ではなく、史実だ。一三九七年のカルマル同盟は、デンマーク史上の頂点だった。英国で言えばエリザベス一世にあたる女王、マルグレーテ一世が、ゆるやかに統一されたノルウェー、スウェーデン、デンマークの三国を統治していた。この同盟関係は、一五二〇年にデンマーク王クリスチャン二世が軽率にも約八〇人にのぼるスウェーデン貴族の首を刎《は》ねた、いわゆる「ストックホルムの血浴」と呼ばれる大虐殺が起きるまで、一世紀以上にわたって続いた。この事件は外交上の過失だった。デンマークは、その後も二、三〇〇年にわたってノルウェーをつなぎとめておくことはできたものの、この事件を境に、スウェーデンはスカンジナビア地域において俄然《がぜん》、積極的な役割を果たすようになる。要はスウェーデンがデンマークの頭を便器に突っこんで押さえているところに、英国やドイツが水を流そうと列を作って待っている、という状況が生まれたのだ。

　デンマークは、ルネサンス王クリスチャン四世（英国のヘンリー八世のデンマーク版で、食欲も腹回りの寸法も似ていた）の時代に、一度、はかない夢を見た。この国王は、デンマーク史上最も野心的に軍事事業や建築事業を推進した。その資金はもっぱらヘルシンゲアの狭い航路を通ってバルト海へ出入りする船から搾り取った通行料（ここはしばらくの間「北のパナマ海峡」だった）によって賄われていた。残念ながら、クリスチャン四世がおもにスウェーデン相手にあまりに多くの敗戦を喫したため、ついにデンマークは財政破綻《はたん》の淵《ふち》まで追い込まれてしまった。一六四八年、王はライバルのスウェーデン王グスタフ一世の隆盛に対する、身を焼かれるような嫉《しっ》妬《と》にさいなまれつつ世を去った。ある歴史家はクリスチャン四世の葬儀を次のように描写している。「デンマークの財政はあまりに困窮していたため、史上最も偉大だった国王を埋葬する時点で、王冠は質に入っており、棺《ひつぎ》を覆う絹布さえ、つけで購入されたものだった」対照的にスウェーデンは、グスタフ一世がドイツとの戦い（晩年における最大の関心事であった）の最中《さなか》に命を落とした頃、北欧およびそれ以上の広大な範囲に影響力を持つ重要な強国へと変貌《へんぼう》を遂げていた。

　クリスチャン四世が生き永らえて、敗戦後のデンマークがたどった史上最も苦しい喪失の日々を見ることがなかったのは、幸運だった。王の死から一〇年後、一六五八年にスウェーデンとの間に結ばれたロスキレ条約の条項により、デンマークは現在スウェーデン南部の地方であるスコーネ、ブレーキンゲ、ハッランド、ならびにバルト海のボーンホルム島を手放した（ボーンホルム島は最終的にはデンマークに返還され、今日もデンマーク領である）。現在の地図で見ると、まるでアゴ鬚《ひげ》のようにスウェーデンの一部となっているこれらの地域が、かつてデンマーク領だったことなど忘れてしまいがちだが、この時点までは現にそうだったし、国にとっては大きな損失だった。

その後の数世紀、歴史はデンマークにさらにつらく当たった。そして残念なことに、デンマーク国民の苦しみに追い打ちをかけるという点において、英国は中心的な役割を果たした。一八〇一年、ネルソンを副司令官とする英国艦隊がコペンハーゲン沖に投錨《とうびょう》していたデンマーク海軍を攻撃した。デンマークがフランスの手に落ちるのを妨げるのが狙いだった。一八〇七年、英国は再び同じような理由で戻って来て、今度はコペンハーゲンそのものを三日間にわたって砲撃した。二〇〇〇人の市民が犠牲となり、市の大半が破壊された。これは市民を対象とした、史上初めての攻撃とされている。じつに公正さを欠いたやり方に、当時の英国メディアさえ批判的だった。そしてこの攻撃は、英国の意図と正反対の結果をもたらした。デンマークはフランスに頼らざるを得なくなったのだ。

今なお、コペンハーゲンの歴史ある大学図書館を訪ねると、階段を半分ほど上がったところの展示ケースに、英国の砲丸の破片がめり込んだままの本が展示されている。本のタイトルは『平和の擁護者』という（少々出来過ぎ？……）。コペンハーゲンへの攻撃は、大方の英国人の記憶から消え去っているが、デンマーク人は今でも時々この話題を持ち出す。「そりゃ君たちがナポレオンの味方になると言って脅してきたからだよ」と私はいつも説明を試みるが、それで彼らの気持ちがなごむことはないようだ。

どうも自分の意思に反して、一九世紀初頭の欧州地政学の解説にのめり込んでいきそうだが、踏みとどまることにしよう。基本的には、ナポレオン戦争の土埃《つちぼこり》が収まった時、そしてすべての国の敵味方が一度は入れ替わった後、デンマークは一八一四年にキールで締結された忌々しい条約によって、今度はノルウェーをスウェーデンに持って行かれたことに気づいた。

たび重なる不利な条約の締結は、デンマークにとって恐怖以外のなにものでもなかったろう。不幸の連続だった一九世紀に締結された、もう一つの条約によって、とうとう、厄介な領土シュレスウィヒとホルシュタインを奪われることになる。一八六四年に、一〇〇〇年も前に築いた国防の土塁「ダーネビアケ」をプロイセン王国に明け渡さざるを得なくなった時のことだ（再びもっと詳しく語りたい誘惑に駆られているが、パーマーストン卿《きょう》も言われたとおり、「シュレスウィヒ＝ホルシュタイン問題は極めて複雑であり、これを正しく理解した人間はヨーロッパに三人しかいない。一人はすでに故人となられたアルバート王子、もう一人は正気を失ったドイツ人教授、そしてもう一人はこの私だが、あいにく全部忘れてしまった」ということなので、やめておこう）。ここでは、交渉がどん底にあった時、デンマーク国王は、ドイツ連邦の一員になるというアイディアまで交渉のテーブルに載せたが、それが拒否されると、代わりにアイスランドを差し出そうとした、とお伝えするにとどめておく。だがビスマルク宰相は中途半端な妥協を好まないタイプだったので、結局、シュレスウィヒもホルシュタインも永遠にドイツ領となり、デンマークには新たな国境線が引かれることとなった。

シュレスウィヒとホルシュタインを失ったデンマークは、国土と人口の約三分の一を失った。潜在的歳入の半分を失ったという推計もある。その後さらに、インドと西インド諸島に持っていた小さな植民地も失い、フェロー諸島までもが自治を要求するようになった。「アイスランドが残っていて良かった！」という歓声が聞こえてくるが、デンマークとアイスランドを結んでいた細い糸を最終的に断ち切ったのは、最も意外な解放者、アドルフ・ヒトラーだった。ヒトラーの軍隊が一九四〇年四月にデンマークに進攻した時、図らずもアイスランドはデンマークの支配から解放されたのだった。

デンマークとドイツはその一年前に不可侵条約を締結していたのだが、デンマークが国境の監視ポストの多くを一年のうち七カ月もがら空きにするという決定をおこなった時点で、ナチスに招待状を送ったも同然だった。デンマーク国内のナチス党も、おもに農民や地主からの支持を得て力を持ちはじめていた。一八〇七年に味わったような攻撃を誘うリスクを冒してまで、デンマークが報復行動に出ることはあるまいと、ドイツが踏んだのも無理はない。

事実、最初の三年間ほどは、ドイツの占領に対する抵抗はほとんどなかった。国王も首相も、当時できはじめた地下組織が時折ささいな破壊工作をおこなうと、彼らを批判した。多大な勇気と創意工夫をもって抵抗したノルウェー（山脈と気候に大いに助けられたことは間違いないが）とは異なり、デンマークはドイツという大国の言いなりになる衛星国として生きるしかなかった。ドイツがひどく欲しがっていた農作物を供給し、第二次世界大戦中は東部戦線やベルリンへの派兵までおこなった。そんなデンマークをドイツの同盟国と考える人々も当時はいた。チャーチルはデンマークを「ヒトラーのペットのカナリア」と呼んだ。

うんざりするほど長きにわたる喪失と敗北の歴史がデンマーク人に永続的な影響を残さなかったはずはない。さらにもう一歩踏み込んで言うと、私はこの歴史こそが他のどの要因よりも大きく、デンマーク国民の気質の形成に寄与したと考えている。地理やルター派信仰、バイキングの歴史、現在の政治システムや社会保障制度などよりもだ。つまり間接的に、喪失がデンマークを作ったのではないだろうか。

ここまで極端に落ちぶれたことにより、デンマーク国民は、他の北欧諸国以上に集団としての団結力を強めた。英国の歴史家のT・K・デリーは、（デンマークがノルウェーをスウェーデンに渡したことについて）「デンマーク国王も国民も、その喪失を甘んじて受け入れ……このような不幸を共通体験として、これ以上好ましくない変化を避けようという強い思いで結束した」と書いている。領土を失い、さんざんに打ちのめされ、屈辱を味わったデンマーク国民の視線は、内向きになった。歴史は彼らに、今日まで続く、変化と外力に対する恐怖心を植えつけただけでなく、彼らの内に、並外れた自給自足の能力と、手元に残ったわずかなものに感謝する気持ちを育てた。

かつてのようなヨーロッパの大国でなくなったデンマークは、引きこもり、ぐっと小さくなった国土に残っているわずかな資源をかき集め、二度と外に向かって野心を持たないと決意した。その後やって来たのは「前向きなパロキアリズム」とでも呼ぶべきプロセスだ。デンマーク人は、「コップの中には、半分も水が入っている」という考えで生きていくことにした。おもな理由は、実際に半分は水が残っていたからだが、私に言わせれば、この人生観こそが、今日絶賛されているデンマーク社会の成功に至る道を切り拓《ひら》いたのだと思う。

もちろん、一国の精神が形成される過程には数多くの要因が存在し、私が主張をわかりやすくするために単純化しているのは事実だが、この内向きに小さくまとまろうとするパロキアリズム的な衝動は、ロマン主義的傾向と相まって、デンマークの国民性を特徴づける重要な要素だ。そのエッセンスは、デンマーク人なら誰でもそらで言える、次の格言に凝縮されている。

外で失ったものは、内に見つかるだろう。

これは元々、一八七二年にH・P・ホルストという作家が述べた言葉だが、のちにデンマーク・ヒース協会がユトランド半島沿岸の干拓事業をおこなった際に、文字通りの解釈でスローガンに使ったことによって、広く国民に知られるようになった。この干拓事業は大成功をおさめ、一九一四年までに、デンマークはドイツに奪われた土地と同じだけの広さのまっさらな農地を手にすることができた。

またホルストの言葉には、社会的流動性が高まり芸術が開花した一九世紀半ばにデンマークが迎えた、すばらしい文化的「黄金時代」の萌芽《ほうが》も含まれていた。この時代、洗濯婦の息子ハンス・クリスチャン・アンデルセンが処女作となる童話を出版し、デンマーク史上最初の世界的な有名人物となる。セーレン・キルケゴールは画期的な実存主義の著作を著した。古典派の彫刻家ベルテル・トルヴァルセンや画家のC・W・エッケルスベルク、その弟子のクリステン・ケプケ、ロイヤルバレエの巨匠アウグスト・ブルノンヴィルらが、当時のデンマークにおける芸術活動に一大旋風を巻き起こした。これらの紛れもなく世界一流の芸術家たちの作品は、デンマーク人にとって、この時代に起きた悲痛な喪失を埋める慰めだった。彼らは、自分たちにできる得意なことを、地道にやっていく術《すべ》を学んでいった。手元に残されたものに感謝し、最大限に活用すること、共同体としてのささやかな喜びを大切にすること、自分たちらしさを賞賛すること、そして何よりも、ドイツ人をいらつかせないことを。

アンヌ・クヌーセンは、デンマークの全国紙『ヴィーケンドアヴィーセン』の編集者であり、政治・社会問題の第一人者だ。コペンハーゲン中心部にある彼女のオフィスで、「デンマークらしさ」という近代の概念が確立された経緯を語ってくれた。

スウェーデンに敗戦を喫したのが一六五八年、英国の砲撃が一八〇七年、ノルウェーを手放したのが一八一四年でしたが、当時のユトランド半島の人々は、シェラン島の人々が一連の出来事をどう思っているか、まったく知りませんでした。もちろん資本家階級や軍隊は砲撃によって影響を受けましたが、彼らの中心はコペンハーゲンでした。またノルウェーの喪失をどこよりも強く感じたのは、ユトランド半島北東部のオールボーでした。ここはデンマーク第二の都市でひじょうに裕福でしたが、交易の約七五パーセントを失いました。それでも声を上げる人はごく少数でした。

デンマークに国家としての意識がしっかりと育ちはじめたのは、一八四九年の憲法発布からです。この時点からようやくまとまりを持った「デンマーク人」について語ることができます。直後にシュレスウィヒの悲惨な戦いがあり、その経験がデンマーク国民の共通基盤となりました。敗戦を喫した当時の政府は、私たちは小国でいるほうがよいのだと言いはじめ、社会民主党がその世界観を引き継ぎました。社会民主主義は、デンマーク以外の国では、進歩や産業、近代化に立脚していますが、デンマークの場合はコロニヘーヴ(例のこぢんまりした市民菜園)的な発想に基づいています。

言い換えれば、スウェーデン国民が近代主義的で進歩的な社会的計画にのっとって着実に邁進《まいしん》して行く一方で、デンマーク国民は、国を挙げて偏狭かつロマン主義的なビジョンの中へと逃げ込み、後退していったのだ。パロキアリズムは今日でもデンマーク人の大きな特徴*だが、国家としてのアイデンティティーと誇りが根底から覆された結果、その国民性に奇妙な二重性が生まれた。「控えめなプライド」と表現するのがふさわしいと思うが、これをうぬぼれと感じる人も多いようだ。

例えばこういうことだ。あなたがデンマークについてなんの知識もないと仮定する。デンマーク人は、会ってから最初の五分くらいは、「国土は小さいし、人口も五〇〇万人ちょっとで、国民は全員、似たり寄ったりですよ」というようなことを話すだろう。山も滝もないとか、国の端から端まで車で四時間もあれば横断できるという話も出るかもしれない。だがしばらくすると(これはそのデンマーク人によって、五分後かもしれないし、一年かかるかもしれないが)、風力発電で世界をリードしていることや、貧困層が存在しないこと、教育や医療制度が無料であることや手厚い諸手当が受けられることなどがさりげなく話題に乗せられ、謙虚なうわべの下に、鋼のように硬いプライドがあることに気づくだろう。世界で最も信頼に価する、平等な国民であることや、世界一のレストランがあること、もちろん文化遺産としてのバイキングも話題になるだろう。

今日の新聞の見開きにも、その分裂した自己像の典型を見ることができる。片方のページには中国人ビジネスマンが世界地図を見ているところが描かれている。一人が「デンマーク？　正確な場所はどこだ？　眼鏡を取ってくれ」と言っている。これはヨーロッパのほかの国々と比べてデンマークには中国からの投資が少ないという事実に言及したものだ。一方、反対側のページには、「トーニング首相、中国に圧力をかける」という見出しがある。こちらはデンマークの首相が、近々訪問する予定の北京《ペキン》で、中国の首脳に人権問題について物申してくるという記事だ。北京は震え上がっていたに違いない。

デンマーク人は、自分たちがあまり将来性のない土台から、世界で最も成功したと思われる社会を築き上げたということを知っていて、その実績から生まれる、ごく当然の深い満足感を得ている。「と思われる」というのは私の見解であって、デンマーク人にとっては議論の余地のない

＊この良い例が、デンマークのニュース報道だ。デンマークではニュースになるほどの出来事はあまり起きない。そして世界で何が起きていようと、「なんでもよいから国内の話題を優先する」という編集方針を貫く。以前、日本で津波の大災害があり、リビアで内戦がはじまったばかりの時、国営ラジオのニュース番組が、その日のおもなニュースとして、「高い家賃に抗議する際に家財保険が役に立つ可能性があることに気づいていないかもしれない賃借人がいる」という話題を流した時、私はさすがに頭に来て報道局の編集部に電話をし、いったい何を考えているのかと問いただした。電話に出た編集者は「いやあ、リビアについてはあまり新しい情報がないと思ったものですから……」と少し恥ずかしそうに言っていた。

事実だ。

この成功の礎となったのが、一九世紀半ばにできた教育委員会だ。これによりヨーロッパ初となる、無償の全国規模の小学校制度の基盤が作られた。その後、三〇年以内には、詩人で神学者で、熱烈な反ドイツ主義者のN・F・S・グルントヴィによって国民高等学校（フォルケホイスコーレ）が設立された（グルントヴィは現在でも国民的英雄であり、デンマークの筆頭プロパガンディストだ）。デンマークの近代史におけるその他の重要な出来事としては、一八四九年の憲法発布と同時に国王が絶対君主としての権力を放棄して、平和裏に民主主義に移行したことが挙げられる。またその直後、農業協同組合が誕生したこともひじょうに重要だ。米国から安いトウモロコシが入ってきて、国産トウモロコシの価格が下落した時、農協があったおかげでデンマークの農家は、事実上、一夜にして養豚業へ鞍替《くらが》えすることができた。その後、誰かが、脂肪が筋状に入ったベーコンの中でもイギリス人が特に朝食に好むタイプがあることに気づき、その需要に合う豚肉を規格生産する方法を考え出し、デンマークの労働者は天職を見出《みいだ》した。

彼らは二度と過去を振り返らなかった。今日、デンマークの養豚業は世界一で、年間二八〇〇万頭以上が解体処理されている。デンマーク産の豚肉は、世界の輸出高の五分の一を占め、デンマーク産農作物輸出高の半分、国全体の輸出高の五パーセントを占めている。だが奇妙なことに、この国のどこへ車を走らせても、雌豚の一頭も見かけることはない。

一五年ほど前にデンマークに来るまで、私はこの国について何ひとつ知らなかった。デンマーク人の成功物語の秘密をもっと深く掘り下げる前に、ここで現代デンマークの暮らしを少し紹介したい。あまり知られていないかもしれないが、私が特にすばらしいと思っている事柄だ。ランダムに挙げていくが、お許し願いたい。雰囲気はじゅうぶんに伝わるはずだ。

・フューン島南部の景観には横たわる裸婦のような起伏がある。
・ランチにニシンの酢漬けとレッドオニオンを載せたライ麦パンを食べ、ツボルグのビールとよく冷えたシュナップスを飲んだ後は、ぼうっとして気持ちよくなる。
・フルーボラーは、ウエハースの台にイタリア風メレンゲをのせてチョコレートでコーティングしたもの（イギリスの菓子、タノックのティーケーキに少し似ている。時々ウエハースの代わりにマジパンを使っているものもあるが、そっちは避けたほうがよい）。
・駐車場に困らない。
・デンマーク国立博物館内の貨幣コレクションの展示室から見える景色。デンマークの国会議事堂であるクリスチャンボー宮殿の裏にある王室の廏舎《きゅうしゃ》が見える。
・「オウァスク（overskud）」という言葉は、「余っているエネルギー」というような意味で使われる。例えば、「ランチからあんなに飲んじゃったら、芝を刈る元気なんか残ってないよ」という時に使う。この言葉がなかったら、私はこれまでの長い年月をどうやって生きて来られたかわからない。「スマスク（smask）」も良い言葉だ。これは人が、例えばリンゴや朝食のシリアルなどを食べる時や、ラジオのパーソナリティーの舌が乾いているときに立てる不快な音を指す。
・今、この原稿を書いている私の部屋の窓の外でも、霧笛のような声で鳴いているサンカノゴイ（サギの仲間）。
・デンマークの首相が選挙前にコペンハーゲン市内の繁華街、イギリスで言えばオックスフォード通りのような場所を歩いているところを見かけたが、市民が誰一人、微塵《みじん》も首相に関心を払っていなかったこと。
・ストランヴァイエン通りにある、アルネ・ヤコブセンのデザインによるガソリンスタンドは、世界で一番美しいガソリンスタンドだ。
・テレビシリーズ『クロウン』は、スカンジナビア版『ラリーのミッドライフ★クライシス』だが、本家以上にお下劣だ。
・コペンハーゲン市の北にある〈バッケン〉という古い遊園地を訪ねること。一九六八年にタイムスリップする一番良い方法だ。
・カフェの外で眠っている赤ん坊。全国どこでも、どんな天気の時にも見られる光景（米国の元連邦住宅局長のキャサリン・オースティン・フィッツは、「ポプシクル指数」というものを作ったことがある。これは、地域の中で、子どもたちが一人で最寄りの店へ行き、アイスキャンディーを買い、家まで安全に戻って来られると考えている人数の割合を、国別ランキングで示したものだ。デンマークは、首位か首位近くにランクインするに違いない）。
・ピュット（Pyt）という言葉。「考えても仕方ない」というような否定的な意味で、空気を吐き出しながら発音する。「夏至祭に雨が降りそうだって？ ピュット・メ・デ（Pyt med det!：考えてもしょうがないよ）」のように使う。
・映画館でワインやビールを売っていて、通常、劇場内に持ち込むことができる。社会の民度を測るのに、これ以上のリトマス試験があるだろうか。
・俳優のイェスパー・クリステンセン（007の映画『カジノ・ロワイヤル』ミスター・ホワイト役）。彼の物憂い渋面にはこの世のすべての悲劇が刻まれている。
・コペンハーゲンの運河地区クリスチャンハウンの丸い敷石の隙間から元気よく伸びるタチアオイの花。
・ハンマースホイの室内画に描かれているさまざまな灰色。
・レゴのデス・スター。

おいしいお菓子や酢漬けニシン、複雑なユニットを組み立てて作るおもちゃは、幸福のレシピになるだろうか？　おそらく、ならない（私にはなるのだが）。デンマークの成功と、長年国民が感じ続けているオリンピックの金メダル級の幸福感の理由はほかにもある。たくさんある。

第三章　ジニ

友人の別荘のパーティーに戻ろう。この夏至祭の集いにおいて、何よりも目立つ特徴は、ここに来ている人々の社会的、経済的立場が多様であることだ。その幅は、私の母国である英国で催される似たようなパーティーの客層の幅よりも、はるかに広い。私はこれまでのところ、婦人科医、ワインのライター、国会議員、数人の劇場関係者（本日のパーティーのホストは歌手だ）、数人の教師（教師は必ずいる）と話したが、ほかにも職人、料理人、手荷物係、そして、看護師、役人、博物館の職員を含む、じつにたくさんの公務員とも話をした。向こうにはデンマークのテレビの人気者で、夜の番組で司会者を務めている女性がいる。彼女が話している相手は屋根職人だ。私の後ろでは国会議員が、ハンドボールのトーナメントでデンマークのチームが勝てる見込みについて、この地域でイチゴを栽培している男性と熱心に話し込んでいる。

デンマーク人は、年齢、社会的階層、人生観にかかわりなく、人と仲良くなれる非凡な才能の持ち主だ。彼らにとって分け隔てなく人とつきあうことはごく自然な行為だ。友人の四〇歳の誕生日パーティーに行った時、彼の八〇代の祖母の隣に、デンマークで最も評判の悪いラッパーが座り、二人は仲良くおしゃべりしながら楽しい晩を過ごしていた。誰でも仲間に取り込むデンマーク人の能力を象徴する光景として私が大切にしている想い出だ。

もちろんこれにはデンマークが基本的に一つの巨大な中流階級社会であること、あるいはデンマーク人がそう世界に信じさせているように、実質的な無階級社会であることが役に立っている。経済格差が小さく、男女平等な社会を作りあげたことが、過去一〇〇年間におけるデンマークの社会的、経済的発展の推進力となってきた。先に挙げたホルストの「外で失ったものは、内に見つかるだろう」と同様、デンマーク人なら誰でも知っている、N・F・S・グルントヴィの有名な言葉がある。

「富を持ち過ぎている人間の数がごく少数で、貧困に苦しむ人間の数がそれよりもさらに少なければ、私たちは平等について大きな成果を挙げたと言える」

まるで夢物語のようだが、全般的に見ればデンマーク人は平等社会の建設に成功した。トニー・グリフィスは著書『伝説の妖怪《トロール》と闘うスカンジナビア』(Scandinavia: At War with Trolls)の中で、グルントヴィが設立した国民高等学校《フォルケホイスコーレ》の基本理念は、学生に対し「あらゆる機会を捉《とら》えて、社会的な階級や職業にかかわりなく、自分たちが一つの民族に属していること、一人の母のもとに生まれた者として、一つの運命、一つの目的を共有していることを教える」ことだったと書いている。その結果、英国の文芸誌『ニュースステーツマン』によれば、「デンマーク国民の九〇パーセントがほぼ同じ生活水準を享受している」という。この著しい経済的平等は、デンマークのみならず、北欧全体における幸福感と成功の核となっている。その理由を探るため、今から一九世紀末のイタリア北部へ寄り道しなければならない。

イタリア人科学者コッラド・ジニは、一八八四年、トレヴィーゾの裕福な地主の家庭に生まれた。いわゆる神童で、二六歳の時にはカリアリ大学で統計学部の学部長になっていた。冷淡で勤勉で、暴君的だったジニは、若い頃には、ムッソリーニと親しくなり、このファシスト党首の下で中央統計局の局長を務めたこともある。亡くなる頃には、歴史上、最も優れたイタリア人統計学者として広く評価され、人口統計学や社会学、経済学の分野に新たな道を拓いた人物として功績を認められていた。

ジニ自身の生い立ちを考えると意外ではあるが、北欧例外論の根本原因を何よりも明らかにしてくれるものとして、多くの人が信じている証拠(統計的な証拠も、統計以外の証拠も含め)を私たちが手にしているのは、ジニのおかげだ。そして言うまでもなく、「どうすれば幸せになれるか」という、現代における究極の世俗的命題に対する答えを探す際に、最も役立つ手引きを提供してくれたのもジニなのだ。

ジニが私たちにくれたものとは、彼が一九一二年に発表した、国家の富の配分を分析する統計学的手法「ジニ係数」だ。それは、ある社会において富の配分を完璧《かんぺき》に平等な形でおこなうためには、その社会の総所得のうちどの程度の割合を再配分すべきかを数量化したものだ。今日なお、ある集団内の不平等さを単純な数字で表現できるすばらしく簡単明瞭《めいりょう》な方法だ（もっとも厳密に言うと、実際には「係数」ではないそうなのだが、その辺の議論は、肘《ひじ》当《あ》て付きのジャケットの肩にフケをのせた諸君にお任せしよう）。

ある国のジニ係数は、国民の富を表す範囲が、完全なる平等のライン（国民全員が同じ程度に豊かであり貧しいという状態）から、どの程度隔たっているかによって決まる。平等ラインは、グラフ上に斜め四五度の直線で示されている。この直線から分岐する「ローレンツ曲線」は、簡潔な放物線によって所得や富の分散状況を示す。この曲線と直線に囲まれた面積の割合を、通常は小数で表したのが、ジニ係数だ。その国のローレンツ曲線が平等ラインの直線に近いほどジニ係数の値はゼロに近く、より平等だということになる。放物線のカーブが大きく、直線から離れるほど、ジニ係数の値は1に近づき、その国の社会における持てる者と持たざる者の格差が大きいことを示す。

もしやむを得ない数々の事情がありえないほど重なって、あなたが今から始まる、魅力的で洞察力に富む、とても愉快で、時に深い感動を与えてくれる北欧旅行に、どうしてもご一緒していただけなくなり（本当にここで本を閉じますか？　この先、セックスや暴力、アルコールやナチスなど、面白い話が目白押しですよ）、この本から価値のある情報を一つだけしか得られないことになったら、以下だけでも覚えておいてほしい。ノーベル経済学賞を受賞したジョセフ・スティグリッツや作家のフランシス・フクヤマのような一流の識者、また国連のような立派な組織なども言っていることだが、現在の人類学や政治学、社会学や経済学の分野において主流となっている考えによれば、ジニ係数こそが、社会の平等度のみならず、人々の幸福度や健康度を端的に示す決定的な数値なのだ。ジニ係数は、人間の幸福の合計値と言ってもよい。

ジニ係数によって測った平等度をテーマにした論文で、最も話題になり、政治的にも大きな影響を与えたのは、二〇〇九年に英国の疫学者のリチャード・ウィルキンソンとケイト・ピケットが書いた『平等社会』（二〇一〇年、東洋経済新報社刊）だ。同書において、ウィルキンソンとピケットは、世界銀行や国連などの統計を用いて、世界で最も裕福な二三カ国を比較し、なぜ平等度の高い社会が不平等な社会よりも、あらゆる点で優れているかを理路整然と反論の余地なく証明した、と主張している。

ウィルキンソンとピケットは、何ページにもわたってグラフを示しながら、彼らの主張を諄々《じゅんじゅん》と説明する。すなわち、所得格差の拡大は、欧米諸国で私たちが直面している社会問題（肥満から犯罪、麻薬の乱用、心の病、うつ病、ストレスなどまで）のほぼすべてと、直接的な関係がある。ここで肝心なのは、問題が各国における貧富の絶対的水準ではなく、その国内で最も所得水準が低い人々と高い人々の間にある格差だという点だ。したがって、貧困の概念は、例えば英国とカンボジアでは相当の違いがあるが、英国にカンボジアよりも自動食器洗い機を所有している人が多いからと言って、英国のほうが犯罪率が低く、人々がより幸福で健康だという保証にはならない。『ニューヨークタイムス』紙も同書の書評で次のように指摘している。

アメリカ合衆国は、どの国よりも裕福で健康管理にお金を使っているのに、平均収入がアメリカの約半分しかないギリシャで生まれた赤ん坊のほうが、アメリカの赤ん坊より乳児死亡率が低く、平均寿命も長い。

ウィルキンソンとピケットが示したほぼすべてのグラフにおいて、最も格差の大きい国々（米国、英国、そして奇妙なことにポルトガル）、つまり上位二〇パーセントの国民の所得が、下位二〇パーセントの国民の所得の最大で九倍に達するような国々においては、例外なく、数々の社会問題のなかでも極めて「破廉恥な」問題を抱えている。対して、最も平等度の高い社会は、すべての社会的弊害の項目において最も問題が少ない。

同書で最高の極論は、「不平等は貧困層にも富裕層にも同じようにストレスを生む」というものだ。つまり、社会が不平等であればあるほど、個人の富から生まれる恩恵は減少する。不平等のストレスは、単に隣人の牛やアウディA8が羨《うらや》ましいという類《たぐい》の嫉妬心を生み出すだけではない。不平等は、うつ病や依存症、あきらめ、早期老化現象をはじめとする身体的症状を引き起こし、社会全体に影響を与える。言い換えれば、金持ちであれ貧乏人であれ、幸せに暮らせるかどうかは、自分一人の問題ではないのだ。貧しい人々に混じって裕福な人間として生きるのは、ひじょうにストレスを感じるということだ。そのような生活は競争的消費をあおる（例えば、一国の企業の広告宣伝費は、経済格差が大きいほど増加する。なぜなら、魅力のある広告に反応し、その内容に行動を左右される国民が多いからだ）。また、いつ暴徒がやって来てあなたの富を奪い取ろうとするかわからない。

　平等に関するこの議論には、強い説得力がある。反論もなくはないが、それはまた後で紹介する。とりあえず現時点で明らかな例外を挙げる。仮にこの経済的平等が社会的成功に結びつくという説が正しいのであれば、世界で最も幸福な国は経済的に最も平等であるべきだ。だがそうではない。ジニ係数の世界ランキングは毎年入れ替わるが、首位は常にスウェーデン（現在およびこの二年ほど）あるいは、北欧諸国の名誉会員とでもいうべきかの国、日本だ。

　数十年にわたりさまざまな研究者や研究機関、オプラ・ウィンフリーによって、世界で最も幸福な国というお墨付きをもらってきたデンマークが、ジニ係数の順位ではいつも五位か六位、北欧諸国中の最下位にいるのだ。もしジニ係数が所得の平等を最も正確に表す指標であり、もし所得の平等が理想社会の鍵《かぎ》となる要素であるなら、なぜ、北欧諸国の中で最も南に位置し、税金が最も高く、自然資源が最も乏しく、健康状態が最も悪く、最も屈辱的な歴史を持ち、最高につまらないポップミュージックと最弱の経済の国であるデンマークが、たびたび世界で一番幸せな国民の国と評されるのだろう。なぜ、デンマークよりも平等で、多くの物差しではるかに成功を収めていると評価されているスウェーデンではないのだろう。

　どう考えればよいかわからなかったので、リチャード・ウィルキンソンに電話で聞いてみた。

「私の答えを聞いたら、少々がっかりされるかもしれませんが」とウィルキンソン教授は溜息《ためいき》をついた。「世界の幸福度を測る物差しは、必ずしも信頼できるものではないと私は思っています。

例えば、アメリカ人にとっては『自分が幸福でない』と言うのは失敗を認めるような響きがありますが、日本人にとっては『幸福だ』と言うのは自慢げに聞こえます。そのあたりを十分考えなければなりません。不平等に関する物差しは主観的で、偏りがつきものです。その人が『幸福』という言葉をどのように使うか、あるいは世間にどう思われたがっているかによって、答えが変わってくるからです。この手の調査に意味がないと言うつもりはありませんが、私だったらあまり信用し過ぎないようにします。私たちの物差しは、死亡率や肥満度等ですから、すべて客観的です」

　教授の言う通りだ。この種の幸福度調査には明らかな欠陥がある。幸福かどうかは主観的な判断であり、数値化には問題が多い。しかも教授が指摘している通り、人によって幸せの概念は異なる。その差は、北欧諸国の国民ならおおよそ同じ範囲におさまるかもしれないが、ボリビア人やツチ系の人にとっての幸せはまた異なるだろう。回答者側だけでなく、質問者側の問題として、文化的偏向というリスクも考えなくてはいけない。例えば、スイス人が国際的な幸福度調査を実施する場合は、当然、直接民主制（例えばスイスの各州でおこなわれているような制度）を幸福度の鍵として挙げるに違いない。また、英国の民間シンクタンク新経済財団の地球幸福度指数のように、幸福度の要因から富を外した場合、バヌアツやコロンビアといった国々が世界で最も幸福な国として首位を占めることになる。これは明らかに荒唐無《む》稽《けい》な結論だ。バヌアツが一体どこにあるか、知っている人はいるだろうか？

　もしかしたらこの手の統計は、永久に同じ結果を生み出すのではないか、とも思った。つまり、デンマーク人は今や、世界が彼らを最も幸せな国民だと見ていることをよく知っているので、その自覚と、そのような評判を得ていることから生まれる当然の喜びやプライドが、生活の質を問うこの手の調査に対する彼らの答え方に影響を与えているのではないだろうか。まあ、これは私のちょっとした思いつきだが。

ウィルキンソンはもとより、ユニバーシティ・カレッジ・ロンドンで疫学を研究しているマイケル・マーモット（健康の不平等研究における世界第一人者）などのこの分野の専門家によれば、人が幸福な状態にあるかどうかを知るには、幸福感や満足感といった主観的な感想を尋ねるよりも、健康状態を分析するほうが、はるかに正確な像に近づけるという。幸福な状態にあるかどうかと、本人が幸せかどうかとは別のことで、前者のほうが多少は数値化しやすい。

残念なことにデンマーク人は健康関連のスコアがすこぶる悪い。世界がん研究基金の最近の報告によれば、デンマーク国民のがん罹患《りかん》率は世界最高（一〇万人当たり三二六例。英国は二六七例で第二二位）だ。また、北欧諸国のうち平均寿命が最も短く、アルコール消費量が最も多い。あの大酒飲みで有名なフィンランド人の上を行っている。

「そうなんです。デンマークの健康統計は相当良くありません。これには皆が首をかしげています」ウィルキンソン教授は少し笑いながら言った。「喫煙率の高さが理由ではないかという人もいます。とにかくこういった幸福度調査と実際の健康状態の間には大きなギャップがあります。幸福な状態にあるかどうかを測れる客観的な物差しがあるのに、なぜわざわざ単純すぎる物差しを使う必要があるでしょう？」

私は教授に、もう少しだけ幸福論に関する疑問につき合っていただき、北欧諸国に関する私の仮説を聞いてもらった。いったん社会がある程度の高い平等レベルに達してしまうと、人はそれ以上に平等度が上がっても、より小さい幸福感としてしか感じられなくなるのではないだろうか。つまり富を測る調査で証明されているように、いったん基本的なニーズが満たされるだけの平等性を獲得したのちは、平等度がそれ以上向上しても、必ずしも同じ割合で幸福度が向上することはないのではないか。それが、デンマークが世界で一番、平等な国ではないのに、デンマーク人が世界一幸福な国民とされる理由ではないだろうか。

「ハーバード大学の研究仲間には、健康面においてはそのような横ばい現象があるかもしれないと考える人もいます」と教授は語った。「でも私たちのグラフを見てもらえば、横ばい状態に入りそうな兆候はどこにも見当たりません。そのグラフには、健康および社会問題に関して、私たちの持てる限りの資料をつぎ込んであります。平等と幸福の関係は線形関係にあります。私としては、スウェーデンよりも平等になったら、どうなるかわからないと申し上げるしかありません」

結局、ウィルキンソン教授にとっては、ジニ係数がすべてだった（彼は「ジニ係数は一国の政府が利用し得る最強のツールです」とも言っていた）。私ごときが教授のような権威に異論を申し上げるのはおこがましい限りだが、私自身はジニ係数がそこまで究極の万能ツールかどうか自信が持てない。社会が所得の平等をある程度まで達成したのちは、人々の幸福を決定する上で、ほかの要素がより重要な役割を果たすようになるのではないか、という考えを捨て切れずにいた。

そしてその「ほかの要素」の正体について、私の考えはいい線を行っているのではないかという気がしてきた。

第四章　ボッファー

「スカラムーシュ、スカラムーシュ……」高校の大講堂のドアを細く開けて体を滑り込ませると、一瞬、四〇〇組の目の視線がこちらへ飛んできたが、すぐにまた譜面に戻った。「ウィル・ユー・ドゥー・ザ・ファンダンゴ……」

合唱団の勝手がわかっている妻は、すぐさまソプラノの部を見つけて集団の中に消えた。私は自分がソプラノなのか、テノールなのか、はたまたカストラートなのか見当もつかないので、音楽に合わせてうなずきながら、あたかも大合唱団が私の自然生息地であるかのような顔をして、じわじわと空いている席に向かって近づきつつ、歌詞を口ずさみはじめる。

私は団体に加入するのを好むたちではない。私を「世捨て人」とまで呼ぶ人もいるが、それは少々公平さを欠いた言い方だ。だが実際のところ、柔らかいソファーに身を預けてマクビティのジャファケーキをつまみながら、アメリカのコメディ番組『ラリー・サンダース・ショー』のＤＶＤを観る楽しみを投げ打ってまで、夜わざわざ出かけたいと思うほどの用件は、滅多にない。デンマークの人々はそんな私とは正反対で、おそらく世界で最も社交好きな国民だ。デンマークのシンクタンク、マンダ・モーンによると、デンマーク人は世界のどの国民よりも、数多くの協会や同好会、組合などの組織に属しており、広範囲の社会的ネットワークを持っているという。

一六歳以上の国民のうち四三パーセントがなんらかの団体に属しているそうだ。デンマーク人は、個人的なつながりを持つ相手が平均一一・八人いる。英国人は八・七人だ。

デンマークには、地方レベルの団体が八万三〇〇〇、国レベルの団体が三〇〇〇あり、国民一人が平均で三つ以上の組織に属している。スポーツ系の同好会や協会に属している人は全体の三分の一以上にのぼる。組織の内容は、例えば「サンカノゴイ観察クラブ」といったバードウォッチングの同好会や、デンマークの銘菓をテーマにした「デンマーク・フルーボラー協会」といった趣味の集いから、現在なお強い影響力を持つ労働組合まで、多岐にわたる。ちなみに一番大きな労働組合には全人口の約四分の一（一二五万人）もの組合員がいる。こういった各種組織に対する公的な支援は法律で義務付けられている。「一般教育法」と呼ばれるもので、地方自治体の関係当局は、正式に組織され登録された団体に対して、あらゆる支援や資金、無料の活動場所を提供することが定められている。

今デンマーク人がはまっているのは、ロールプレイングだ。『指輪物語』に登場する魔法使いのガンダルフや妖精《エルフ》のような恰好《かっこう》をして、発泡スチロールでできた「ボッファー」という名の武器を持ち、森の奥で、物語に沿って闘いを繰り広げる。また、フォークダンスの団体は二一九もある。でも心配はいらない。豚と同様、目にする機会は滅多にない。

重要なことは、冒頭で紹介した夏至祭前夜祭のパーティー同様、デンマークの組織には幅広い階層の人がいるということだ。例えば私の友人が週に一度参加している屋内ホッケー同好会には、工場労働者が一人、医師が一人、中間管理職タイプの人たちが数人、森林管理官が一人いる。国立競技場に隣接した公園《パルケン》でおこなわれたサッカーの試合に出ていた別の友人のチームには、公務員、グラフィックデザイナー、機械工、政治活動顧問《スピンドクター》がいた。そして私が知っているパブクイズ同好会には、二人の学者、政治活動顧問（コペンハーゲンで近頃異常に増えている）、ショップ店員、そして受賞歴と最高レベルの学識を持つ颯爽《さっそう》とした英国人ジャーナリストがいる。

　こういった同好会や協会などは、デンマーク人の驚異的な社会的団結力の一つの表れだ。彼らはほかの国の人々よりはるかに結束力が強いように思われる。六人たどれば世界中の誰とでも（ハリウッド俳優ケヴィン・ベーコンの共演者とも）つながるという「六次の隔たり」と呼ばれる法則をご存じだろうか。私の経験では、デンマーク国民の間なら三人もしくはそれ以下の人数でつながることができる。パーティーなどで、初対面の二人のデンマーク人が共通の直接の友人、もしくは友人の友人を突き止めるまで、平均して八分以上かかることはない（私は実際に時間を計ってみた）。三人以上の人間が必要となることは本当にめずらしい。

　北欧のほかの国々も同好会や団体活動が好きだ。スウェーデンの労働組合の組合員数はデンマークよりも多いし、時間が空いていれば特にボランティア活動に熱心だ。自分を向上させるために絶えず努力をするこの資質を、彼らは「組織的スウェーデン」と呼んでいる。フィンランド人も仕事帰りにさまざまな教室に通うことでよく知られている。とりわけアマチュアの人々がクラシック音楽の技能を磨き、オーケストラに参加して演奏することに熱心だ。ノルウェー人は仲間とアウトドアで遊ぶのが大好きだ。特に有名なのはクロスカントリースキーで、ノルウェー人の国民的スポーツのひとつとなっている。

　社会の団結は、デンマーク人幸福論を語る時にしばしば話題となるもう一つの要因、すなわち「並外れた高レベルの信頼関係の存在」と不可分である、と結論づけても問題なさそうだ。北欧諸国では、どの国においてもひじょうに高いレベルの信頼関係があるが、デンマーク人は、地球上で最も人を信用する国民だ。二〇一一年におこなわれたOECDの調査では、八八・八パーセントのデンマーク人が、他人に高い信頼を置いていると答えた。ほかのどの国々よりも高い数字だ(二位以下にはノルウェー、フィンランド、スウェーデンが続いた。英国が一〇位にランクインしているのは立派なものだ。米国はずっと下がって三〇カ国中の二一位だ)。

同じOECDの調査では、九六パーセントのデンマーク人が、「必要が生じた時に頼れる人がいる」と答えた。デンマーク人は政治家まで信用している。総選挙の投票率が八七パーセントもあることがひとつの判断基準になるだろう。別の調査によれば、デンマークは、過去五〇年間において信頼度が常に上昇し続けた数少ない国の一つだった。腐敗に取り組むNGOトランスペアレンシー・インターナショナルによれば、現在、デンマークとフィンランドは、腐敗認識指数において世界で最も腐敗していない国であり、その後ろにはスウェーデンとノルウェーがぴたりとつけている。

都会に暮らす人なら誰でも知っているように、匿名性は責任や信頼関係の欠如を生む。したがって、デンマーク人のような緊密な集団の場合のように、知り合いが多いほど、あるいはどこの誰かを特定できる可能性が大きいほど、逆の効果が生まれると考えるのは、論理的にはまったく矛盾しないと思われる。そのことが、デンマーク人のお互いに対する行動にどのような影響を与えているか、一つ例を挙げよう。私がデンマークに引っ越してきて間もない頃、自分が運転する車にデンマーク人を乗せていて、ごく当然と私が感じる理由でほかの道路利用者や歩行者に対してクラクションを鳴らそうとすると、きまってデンマーク人の同乗者は嫌がる。「知り合いだったらどうする?」と、止めるのだ。もちろんこれは些細《ささい》な例だが、人間関係の密度が高いという事実は、犯罪率から利他的精神の発揮まで、あらゆる方面に影響を与えていると私は確信している。こういう社会では、人に親切にしているところを知り合いが見ていて、あなたに関する良い噂が広まる可能性ははるかに高いのだから。*

最も幸福な国民が、最も社交好きで人を信用する人たちであることは、偶然であるわけはない。だが私はこのデンマーク人らしさの三つの典型的要素の間にある相関関係について、もっと詳しく知りたくなった。だから妻と子どもたちの説得に応じて、ユトランド半島南部のドイツとの国境にほど近いトゥナーという牧歌的な町で毎夏六日間にわたっておこなわれている、この合唱同好会の合宿に参加することにしたのだ。デンマーク人が、彼らの人生に対する集団的なアプローチ、彼らが「第三セクター」活動と呼んでいるものから、一体どのような恩恵を受けているのか、自分の目で確かめたかったからだ。なぜなら世界で一番、集団活動を好む国において、みんなで七〇年代、八〇年代のポップスを歌おうという集まり以上に集団的な活動はないと思うからだ。

*この件に関して、ひとつだけ奇妙な例外がある。公衆マナーの悪さだ。この点は、デンマーク人だけでなく、北欧諸国は軒並みひどい。英国人から見ると、信じがたいような無作法が横行している。以前、誰かが説明してくれたのだが、これは一種の「屈折した平等主義」だという。つまり「私もほかの人と同じように重要な人間だから、自分のショッピングカートを人のカートにぶつけながら押しのけて進む権利がある」ということらしい。スカンジナビア人のこの野蛮なまでの行儀の悪さ(あとでわかるが、スウェーデン人が最もひどい)を、おそらく生涯、私は正面から受け入れることはできないだろう。ああ、それから、彼らは「ファック」という言葉を見境なく使う。広告でも子どもの本でも、教会でもどこでも。アメリカ人と私の母にとっては、じつに残念なことだ。

合宿のスケジュールはこうだ。日曜日の午後（わが家は遅れて）到着し、その後の五日間は、一〇曲ほどで構成されたプログラムのリハーサルをおこない、金曜日の晩に一般の人々の前で発表会のコンサートをおこなう。合唱団員のほとんどが同じユースホステルに泊まっているため、一日三回食事を共にし、夜は夜で発表会用の曲とは違うデンマークの民謡や賛美歌を歌う。それが彼らには楽しいからだ。

デンマーク国民が理想とする生活を一緒になって満喫するなんて、なんと恵まれているのかと思う人もいるかもしれないが、本当のことを言うと、この一週間はずっと、私にとっての快適ゾーンをはるかに超えた生活だった（快適ゾーンについては、「ユースホステル」と「賛美歌《さんびか》」をヒントに考えていただきたい）。そのため私は事実上、幽体離脱していた。今年の合宿には過去最高の四〇〇名が参加した。参加者は、ほぼ全員が中高年から高齢者で、全員が白人であり、大半が公務員だということもわかった。私との共通点は多くない。もちろんそれは、私には残念な事実だが、彼らにとってはそうではないことを急いでつけ加えておく。

実際、共通点が少ないことは大いに役に立つ。なぜなら一歩離れて全体のなりゆきを眺めることができるからだ。おかげで私は幸運なことに、団結や強固な信頼関係、集団主義といった北欧モデルのメタファーそのものに巡り合えたことに気づいた。合唱団で歌った経験を持っている人はよくご存じだろうが、歌っている途中でテンポについていけなくなったり、歌詞を忘れたりした時には、ちゃんと歌える箇所が来るまで、ちょっと休んでほかの人たちに任せておけばよい。その安心感を胸に、皆と声を一つに合わせ、一人ひとりが精一杯歌っている姿に、私は強い感銘を受けた。

この四〇〇人の人々は、歌を歌うのが大好きだからデンマークの全国から集まってきた。だがそれ以上に大切なのは、彼らが「皆と一緒に」歌うのが好きだということであり、それはもっともなことなのだ。合唱は、集団の力について、有益かつ驚くほど感動的な事柄を教えてくれる。大勢の人が発する歌声は螺旋《らせん》形を紡ぎ、全員を共同体と相互信頼という上昇気流に乗せて、天高く持ち上げてくれる。合唱とは、アンドリュー・ロイド・ウェバーのサウンドトラック付きの社会関係資本《ソーシャル・キャピタル》なのだ。

こういった類の社会的な活動によって育《はぐく》まれた信頼関係は、デンマーク社会にどのように反映しているだろうか。「デンマーク人は自転車に鍵をかけずに置いていくって本当ですか?」以前英国のラジオで、北欧に対してとりわけ強烈なバラ色のイメージを持っているインタビュアーに尋ねられたことがある。コペンハーゲンではそのようなことはないが、地方に行けばそのとおりだ。家の玄関も車も自転車も、大体鍵はかけない。田舎の道を走れば、野菜や果物の無人販売所があって、料金箱が置かれている。前にも書いたが、都市部でもカフェや店の外に乳母車に乗せた赤ん坊を置いていくし、わずか六、七歳から、子どもたちは一人で学校に通う。自転車通学も多い。

だがこれらのわずかな例を除いては、デンマーク人がほかの国民以上にお互いを信用する(裏を返せば信頼に価する)国民だという証拠はそんなに思いつかなかった。無人販売所の料金箱は、イギリスの田舎にもあるし、デンマークの新聞を開けば、デンマーク人の詐欺師や密輸業者、泥棒に関するニュースはいくらでもある(実際、このことをデンマークの出版社の人と話していたら、そういう意味で彼が一番信用できるのはスウェーデン人だと言っていた。「単に嘘をついたり騙《だま》したりする想像力がない国民」なのだそうだ）。

　興味がむくむくと湧いてきた。ある社会における相互信頼の度合いは、実際どうやって測るのだろう。それは驚くほどシンプルな方法だとわかった。

「皆に聞いてみるのです。『自分の国の人たちをどれくらい信用できると考えていますか？』と」オーフス大学で経済を教えるクリスチャン・ビヤンチコ准教授はそう教えてくれた。風の強い春の日の午後、私たちはデンマーク第二の都市オーフスの中心部にある薄暗い照明のカフェの奥まった席にいた。

　例えば、ＥＵの「ユーロバロメーター」調査では、「一般的な話として、大体の人を信用できると思いますか？　それとも人とかかわる時にはひじょうに注意が必要だと思いますか？」という質問をする。回答は一から一〇の一〇段階でおこなう。その回答から、「デンマーク人は最もお互いを信用する国民であるだけでなく、最も信頼に価する国民であるという間接的な主張も成り立つ」とビヤンチコは言った。なぜならこの質問文の「人」というのは「同国人」を指すと定義されているからだ（アメリカ人が同じ質問を受ける場合は、自分以外のアメリカ人を指す）。

　ビヤンチコの専門分野は、社会における信頼関係、主観的幸福度、人生の満足度などだ。彼は、信用に関する国民性を明らかにしたある実験のことを教えてくれた。「一九九〇年代の実験〔『リーダーズ・ダイジェスト』誌による一九九六年の実験のこと〕です。いくつかの都市に落とし物の財布を置いておき、何個戻って来るかを数えるというものでした。そしてすばらしいことに、『人を信用できる』と答えた人が多かった場所で、より多くの財布が戻ってきました。確か実験には四〇個くらいの財布が使われたはずですが、全部戻ってきたのはノルウェーとデンマークでした。嘘みたいな話だと思うでしょうが、四年前にデンマークのテレビ局TV2がコペンハーゲン中央駅で同じ実験をした時には、財布を置く端から気づいた人が拾って、走って追いかけて来るものだから、実験自体を諦《あきら》めざるを得なかったそうですよ」

ビヤンチコによれば、相互信頼が社会に与える影響は、単に、目に見えない満足感や社会的一体感を生むだけではない。無人販売所の料金箱にアスパラガスの代金を入れる時に味わう『大草原の小さな家』的な温かい幸福感だけでもない。信頼関係の存在がデンマーク経済の成功に寄与していることは、数字による裏付けが可能だという。彼の試算によれば、信頼関係があるおかげで、例えば司法関連では年間一人当たり一万五〇〇〇クローネ（約二六万円）もの費用が節約されているそうだ。研究者のなかには、社会関係資本には、経済全体の二五パーセント相当の価値があると考える人もいる。GDPにおいては相当に大きな割合だ。かなり大きな福祉国家のコストをまかなうのに十分な金額になる。

つまりこういうことだ。社会の中に信頼関係があれば、官僚機構はより簡単で効果的なものになる。企業間の取引に要するコストと時間も減り、契約書の作成や訴訟のために割く時間や高い弁護士費用も少なくて済む。フランスやアメリカでビジネスをしようとした人なら誰でも、社会の初期設定が「相手は常にこちらのズボンを引きずり下ろそうとしていると推定すること」となっている社会で暮らすことから生じる多大な不都合に気づくだろう。デンマーク社会では、知識を共有することや秘密を打ち明け合うことが、もっと自由におこなわれている。このことは、例えば一九七〇年代にデンマークで風力発電設備産業が盛んになり、最終的に世界首位になった理由だとも言われている。

ビヤンチコはまた、より強い信頼関係がある社会においては、教育面でも高い効果が挙がると主張する。なぜなら生徒が教師やほかの生徒を信用できれば、学業により専念できるからだ。高い技術を必要とする産業においても同様だという。仕事内容の専門性が高くなるほど、従業員がやるべきことをやっているかチェックするのは難しくなる。そのため信頼関係がより一層、重要になる。コンサルタントや建築家、ＩＴ技術者や化学工学技術者といった専門職に携わる人々が、求め通りの仕事をこなしているか調べるのは、難しいだけでなくコストもかかる。そこで、信頼関係が大いにモノを言うのだ。デンマークやフィンランド、スウェーデンといった高い信頼関係のある社会は、医薬やエレクトロニクスといった高度産業に優れていて、その分野の外国企業を引きつけている。「ドイツ人ビジネスマンと話せば、彼らが私たちに求めているのはその点だということがわかります」とビヤンチコは言う。「彼らは、高度な技術者をデンマークで雇うほうが安上がりだと気づいたのです」

だがそのような信頼志向はどこから生まれたのだろうか。お互いへの信頼度の高さと群れ作りの圧倒的な本能は、デンマーク人の精神の奥底にあるものなのか。彼らの集団的アプローチは、過去五〇〇年間にわたり領土と国力を削られてきた痛ましい歴史の結果、生まれたのだろうか。ホルストの「外で失ったものは、内に見つかるだろう」の表れ、つまり人生に対するパロキアリズム的アプローチの表れなのだろうか。それとももっと最近のこと、つまり福祉国家体制や高い税金、経済的平等から生まれた特徴なのだろうか。

この問いには一〇〇万クローネの価値があることがわかった。

第五章　ニワトリ

卵とニワトリはどちらが先か？　簡単な問題だ。お教えしよう。ニワトリは、ほかの卵を産む生物（おそらくは魚）から進化して、卵を産む鳥になった。以上、解決だ。デンマークに高いレベルの信頼関係があることと、社会的団結のどちらが先に生まれたのか、こちらのほうがはるかに複雑な難問だ。

社会に団結力があると、人は共通の目標や利害の下にまとまりやすく、そこから信頼関係が生まれるのだろうか。それとも信頼関係は、人がまとまるための前提条件なのだろうか。結局のところ、信用できないような人たちと金曜日の晩に集まって、ラインダンスを踊りたいとは思わないだろう？

私は信頼関係と社会的な団結は、不可分なまでに絡み合い、相互に強化し合う関係にあると考えている。この信頼関係について一つわかっていることは、その国の絶対的な富とはあまり関係なさそうだということだ。もし関係があるのなら、なぜ比較的貧しいエストニアがＯＥＣＤの信頼指標で七位にいて、はるかに裕福な韓国や米国がリストの下から三分の一に入っているのだろう。また、「裕福な人は経済的なリスクにさらされていないため、より人を信用する」という説も過去にあったが、それが本当であれば、なぜ超裕福なブルネイが、トランスペアレンシー・インターナショナルの腐敗認識指数で四四位という低い位置にいるのだろう。

デンマークの信頼関係、社会的団結、そして最終的に国民の幸福感の理由を説明しようとすると、現在、最も政治的に意見が対立している問題に突き当たることがわかった。なぜならその議論には、移民問題から税金、階級や格差の問題、それからなんとバイキングについてまでの両極化した政治信念が含まれているからだ。

デンマーク人が幸福である理由を探し求める行為は、本来、合意志向のデンマーク社会にふさわしくない分裂を生んだ。簡単に言うと、片方には、デンマークのすばらしい信頼関係や社会的団結力、そしてその延長線上にある幸福感の源は、経済的平等にあると考える人々がいる。これを「ジニ組」と呼ぼう。当然、ジニ組は、デンマークの福祉国家モデルを熱烈に支持している。それこそが、徴税を通じて国の富が平等に再配分される上で中心的な役割を果たしていると信じているからだ。ウィルキンソンとピケットの説を読んで、私もまた経済的平等がデンマークにおける信頼レベルの高さを説明するおもな理由だと考えるようになった。格差は反感や憤り、妬《ねた》みや不信を生むのだから、平等にはその反対の効果があると考えられる。私は、自分の収入の半分以上を税金として政府に差し出すことに幸福感さえ覚えはじめていた。目の前の経済的損失が、その時点でどれほど痛みを伴うものであっても、社会の、ひいては間接的に私自身の利益となるのだと考えれば、慰めとなった。

一方で、よりマネタリスト的で、右寄りの考え方もある。オーフス大学で生活の質に関する経済学を専門に研究しているビヤンチコ准教授もその一人だ。つまり、デンマーク人には昔から高い信頼関係と社会的団結があり、それは社会福祉国家が誕生するよりはるか以前から存在しているという考えだ。こちらの陣営の政治課題の筆頭にあるのは、維持しきれなくなってきたと彼らが感じている社会保障制度の縮小と減税だ。彼らは経済的平等にはあまり重きを置かず、社会の富を生み出す人々にモチベーションを与え、デンマークの生産性の伸び率の低さを改善するほうが重要だと考えている。

この後者の組は、デンマークや他のスカンジナビア諸国が今日享受している経済的平等が、北欧地域の社会保障制度によって形成されたというのは、およそ事実から遠い話であり、福祉国家の土台は、公共セクターや高い税制が生まれるよりもはるか昔からこの地域に存在していた、もっと幅広い社会的な平等だと主張する。ビヤンチコは、戦前の信頼度調査を見ると、デンマーク人はつねに人を信用する国民であったし、そういった信頼関係と社会的団結が福祉国家へと歩む道の下地を整えたのであって、その逆ではないと主張する。「富を再配分しようとする時には、信頼関係が強い社会のほうがやりやすいでしょう。再配分されるものが、受け取るべき人たちのもとへ、適切に渡っていると皆が信じることができるのですから。私たちデンマーク人には、つねに信頼関係がありました。そしてこの信頼が、福祉国家を築く土台となったのです」と彼は私に語った。「たしかに今日のデンマークは格差が小さく幸福度が最高に高い国です。そしてそこに相関関係があるのであれば、他の格差の小さい国々も幸福度が高いはずです。でもそうなってはいません」

ビヤンチコは、経済格差と数々の社会問題との直接的な相関関係を示していると主張しているウィルキンソンとピケットの例のグラフは、彼らの仮説に合致しない重要な国をいくつか除外していると指摘する。「韓国は入っていますが台湾《たいわん》は入っていません。スロヴァキアは入っていますが、チェコ共和国は入っていません。こういう国を入れると、グラフは［線形相関を示すかわりに］データポイントが散らばった雲のような形になってきます。これは手品です。デンマークでは誰一人この研究をまともに受け止めていません」

私もまた、日本はジニ係数では北欧諸国に匹敵する数少ない国であるにもかかわらず、OECDの信頼指標では一六位でしかないことを不思議に思っていたことを認めなければならない。日本国民は平等だけど、お互いを信用していないのだ。また、この二〇年間にデンマーク国民の所得における平等度は低下している一方で、信頼関係のレベルは上昇を続けているという事実もある。いずれの例も、経済的な平等が高い信頼関係を育むという説の信憑性《しんぴょうせい》を損なうように思われる。

それでは、仮にデンマークの信頼関係や社会的団結が、全国民のお金を平等に配分し、平等な教育機会や医療などを提供する社会保障制度の結果として生まれたものでないのなら、その信頼感や団結力はどのようにして生まれたのだろうか。

第六章　バイキング

「我らは実際に、昔のデンマークの戦士たちや、かの国の王たち、名門の男たちが遂げた武勇の数々について、華々しい評判を聞き及んでいた」

『ベオウルフ』より。作者不詳

デンマーク人戦士たちは戦場の両端に分かれてそれぞれ円陣を組み、怒れる野獣のように咆哮《ほうこう》をあげている。裸に革と鎖かたびらを身につけた獣のような男たちは、とにかく巨体だった。それぞれ槍《やり》や斧《おの》を握りしめ、大きな剣の刃《やいば》は、霧を貫くほどの光を放っている。私はだいぶ離れたところに立っているが、それぞれの陣の頭《かしら》が、兵士たちを戦いに向けて、いや必要とあらば、死に向けて奮い立たせようとあげる雄叫《おたけ》びは、ひんやりしたそよ風に乗ってここまで聞こえてくる。

「ケチャップつけますか?」

「いや、このままでいいです。ありがとう」

私はこの一画にずらりと並んだ工芸品などの売店や屋台の一軒で買ったイノシシ肉の串焼《くしや》きをはさんだサンドイッチにかぶりついた。そのすぐあと、両陣営が草の生えた土塁を乗り越えて出撃し、木と鉄が激しくぶつかり合う音がしたので、思わずびくっとした。揉《も》み合う男たちの間から先の尖《とが》った武器が穏やかならぬ角度で突き出す。まるで二頭の巨大なヤマアラシが喧嘩《けんか》しているみたいだ。

「そのうち誰か目玉をくり抜かれるんじゃないか」と思った。実際、過去にそれに近いことがあったそうだ。「そりゃもうひっきりなしに事故が起きてます。たいていは指や腕の骨折ですが、去年は目を強打されたやつがいました。眼窩《がんか》の奥に目玉が押し込まれてしまったけど、幸いにして一晩で元に戻ったそうです」

私の話している相手は、トレレボリというシェラン島西部にあるデンマーク最大のバイキング遺跡でガイドをしているマイクだ。私たちが見ているのは、紀元九八〇年に、この見事な円形の要塞《ようさい》を建てた男が、どのような戦いを繰り広げていたかを再現して見せるショーだ。要塞の主《あるじ》は伝説のバイキング王、ハーラル一世（青歯王《ブルートゥース》）だ（彼の名はスカンジナビアで開発された無線技術の名前としても有名だ）。

デンマーク人は歴史の再現劇が大好きだ。当然、彼らの関心は、自分たちが一人勝ちの状況だった（唯一の）時代に偏っている。つまりバイキングがヨーロッパ北部の大部分を震撼《しんかん》させ、スコットランドとアイルランドの一部を支配し、パリの門を力ずくでこじあけようとし、北米大陸を発見した、八世紀後半から二〇〇年間ほどだ。これは、ハーラル一世やスヴェン一世（髭王）、偉大なるクヌート一世といった戦士の王が、地の利を戦略的に利用して（今ではドイツやフランス、英国も極めて近くなってしまったが）、当時彼らが開発したばかりの高速で機動力のある船で、疑うことを知らないキリスト教徒が住むヨーロッパ中の土地へ乗りつけては、電撃的な襲撃を繰り広げて壊滅的な被害を与えた時代だ。また、数えきれないほどのデンマーク人が私に何年間も同じことを指摘してくるのだが、イングランドの北東部も支配していた時期がある（そのたびに私からも指摘し返すことだが、統治期間は合計しても三〇年間に満たなかったし、当時のヨークシャーはほとんど沼地だった）。

私が今日ここに来たのは、バイキングこそがデンマーク人の驚異的な平等性の秘密を解き明かす鍵になると数人から助言をもらったからだ。高い税金は労働意欲を削《そ》ぎ、野心や工夫の精神を抑え込むとか、福祉国家は無能な最下層のたかり体質を助長するとか、社会民主主義は共産主義と紙一重だなどと主張する人々に対して北欧の奇跡を説明するには、歴史を、いやいっそ遺伝子を示してやれば十分だということだ。

「バイキングが八〇〇年代にパリを襲った時の有名な話があります」ビヤンチコが話してくれた。「パリの人たちが白旗か何かを振りながら出て来て、『バイキングの王と話がしたい』と言うと、バイキングたちはげらげら笑って『俺たちは全員が王なんだぜ』と言ったそうです。私たちは、以前は信頼関係や平等がそれほど［バイキングの時代まで］昔からあるとは思っていませんでした。かつては、信頼関係と社会保障制度との間につながりがあり、信頼関係は社会の状況に応じて変化するものであり、社会保障制度によって信頼関係が培われたのだと考えていましたが、今は違います。社会保障制度は一九六一年になるまで本格的に成立していません。でも、それよりはるか前からスカンジナビアには強い信頼関係がありました。［スカンジナビア諸国とそれ以外の国々との間にある］信頼度の差異がどこから来ているかを説明するためには、少なくとも一九世紀まで遡《さかのぼ》る必要があります」

デンマークの会社を訪ねて、ＣＥＯと一般社員の見分けがつかなかったら、それが職場におけるバイキング式平等主義だ。母親たちが眠っている赤ん坊を乳母車に乗せたままカフェの外に置いて行くのを見かけたら、それがバイキング式信頼関係だ。デンマークの首相がコペンハーゲンの通りを歩いていても、ほとんど振り返る人がいないのは、階級やリーダーに対するバイキング式態度なのだ。という主張が少なくとも存在する。

だがトレレボリにあるバイキング遺跡のガイド、マイクに聞いてみると、残念ながら話はそこまで単純ではない。「階級社会じゃなかったなんて、根拠のない話です。階級間の対立は大いにありましたよ」毛織物のチュニックを着て頑丈そうな革のブーツを履いたマイクはそう教えてくれた。「『ストーア・マン（store mand）』、これは文字通りに言うと『大きな男』という意味ですが、そう呼ばれる支配者がいて、中流階級に農民がいて、その下に奴隷がいました。もしお金があって、大きな農場を持っていれば、家来を雇い、権力を手にすることができます」

言い換えると、もちろんバイキングにも王はいたが、信頼関係については極めて厳格な行動規範があった。それが今日のデンマーク社会における信頼度の高さに通じる部分なのではないか。

「バイキング時代の社会における重要な要素の一つは、名誉でした」エリザベス・アシュマン・ロウ博士は私にそう語った。私はトレレボリから帰宅した後、彼女に電話をした。デンマーク人がバイキングから受け継いだものは何なのか、これまで以上にわからなくなっていたからだ。

「一種の信用格付けのようなシステムがあり、一つひとつの行動が実生活にはね返ってくるようになっていました。事実上、すべてのやりとりが社会的地位に反映されます。武勇と名誉はとりわけ男性にとって重要でした。なぜならそれは信頼できる相手かどうか、娘を嫁がせられる相手かどうかなどを測る尺度だったからです」

だがバイキングは、同時におそろしく暴力的でモラルに欠ける裏切り者集団であり、残忍な襲撃、レイプ、殺人などでよく知られている。現代のデンマーク人はそれほどでもない。

「そうです。バイキングは略奪者でした。ですが、明らかに当時は暴力的な時代でした。そういう時代だったのです。同時にバイキングは法律を厳しく守る人々でもあったのですよ。英語の『law（法律）』という言葉は、古代ノルウェー語から来ています」とロウは語った。そして、環境の厳しい北の大地では、助け合うことや共同体精神がひじょうに大切だったとつけ加えた。

「一人では生き延びることができませんから、協力して何かをする機会はとても多かったのです。

友人や味方は必要でした。そして互助的な関係や、個人的な絆《きずな》を固める贈り物のやりとりを伴った共同体や団結は、ひじょうに早い時期から見られました」

オーフスのカフェに戻ろう。ビヤンチコは、デンマークに特有の高い信頼関係の起源は、バイキングの時代ほど古くないとしても、福祉国家が成立するより前であることは間違いないと言う。その証拠に、アメリカ各州における信頼関係のレベルを、この一五〇年間にその州に来た移民の出身地から予測することができると言う。ミネソタ州のように、一九世紀（つまり福祉国家の誕生前）にスカンジナビア諸国から多くの移民を受け入れてきた州では信頼関係が強く、ギリシャや南イタリアから多くの移民を受け入れてきた州では信頼関係のレベルが低いのだ。*

「いやちょっと待った」エルダーフラワー・コーディアルが入ったグラスをテーブルに置きながら私は言った。「この話はやっかいな領域に向かっているんじゃないですか？」

「ええ、デリケートな話です」ビヤンチコは、落ち着かなそうに周囲を見回しながら同意した。今気づいたが、この話題になってから彼はずっと周りを気にしていた。「それはすなわち、物事を変えるのはひじょうに難しいということを意味しますから、私だってこの説を気に入っている

＊これは米国の経済学者ミルトン・フリードマンの有名な逸話を思い出させる。ある左派のスウェーデン人が「スウェーデンには貧困が存在しません」とフリードマンに自慢した。すると、国家主導の平等に魅力を感じていないフリードマンは、「それは興味深い。なぜならアメリカでもスウェーデン人には貧困がないからですよ」と答えたという。つまり、スウェーデンからの移民が成功しているのは、文化的または遺伝的な理由によるもので、スウェーデンが国家として社会民主主義を採用していることとはなんら関係がない、という考えだ。もちろん、一九世紀に母国を捨てて新天地を目指すようなスウェーデン人には、そもそも高い行動力が備わっていたという事実を持ち出すと話がややこしくなるので、フリードマンはその点を故意に割愛した。

わけじゃありません」

「でも」私は急に安心して言った。「もしあなたの説が正しければ、スウェーデンは、『信用できない』とされる非ヨーロッパ諸国からの移民をどこよりも多く受け入れている結果として、デンマークよりもはるかに低い信頼関係を持つ国となり、最終的にははるかに成功していない国になるはずです。でも実際は違いますよね」

ビヤンチコは、スウェーデンでは移民の流入がゆるやかに進行したことが、信頼関係に悪影響を及ぼさなかった一助となったこと、また、マルメーにある悪名高いローゼンゴード居住区のように多くの移民が住む地域においては、調査の実施そのものが困難であることを指摘した。「警官でも足を踏み入れることができない状況ですから、犯罪などの数字は実際よりも低く報告されています。事実、信頼関係のレベルは、スウェーデンでは少し低くなっています。でも現実には移民が信頼関係のレベルを左右することはありません。なぜなら移民に『大多数の人を信用できますか?』と質問した場合、彼らの周囲にいる大多数の人は、スウェーデンならスウェーデン国民でありデンマークならデンマーク国民だからです。

そういう類《たぐい》の発言が政治的に正しくないことは承知しています。この土地へ来るならデンマーク社会に慣れろと言っても役に立たないと思います。でも移民の増加が信頼のレベルに影響を与えていない理由を掘り下げて考えてみる必要はあります。そしてわかることは、『移民』をひとくくりに語ることはできないということです。例えば、イラン人移民は、ほかのイスラム教徒の移民よりも、デンマーク人のほうをはるかに信頼しています。なぜならイラン人は自らをアラブ系イスラム教徒ではなく、ペルシャ人と定義しているからです。私たちは最近になって、トルコ人移民ならトルコのどこから来たのかを知るべきだということに気づきはじめました。沿岸部やイスタンブールから来ていたら、信頼度はギリシャと同じくらい［言い換えればそれほど信頼度は高くないということ］です。またフランス語を話すケベック出身者と、英語を話すカナダ人との間にも大きな違いがあります」

特定の人種に「信用できない」というレッテルを貼ること自体も問題だが、ほかにもこのような行為を避けるべき理由はたくさんあると、私は思う。特に、幸福感と同様に、信頼の概念も国によって異なる可能性があるという点、また幸福度調査において「信頼に価するもの、しないもの」の価値観が、常に北欧寄りに傾いているように思えるという点について、疑念を払拭《ふっしょく》できないからだ。さらにカナダとスウェーデンはいずれも信頼関係のスコアが高い国だが、両者とも移民人口が多いということは、繰り返し述べる価値のある事実だ。

バイキングについて言えば、彼らは人の土地を荒らし回り、レイプし、略奪し、奴隷と王を持ち、自分たちについて自慢たらたらの叙事詩を書いた。現代の彼らの子孫に当てはまる特徴は一つもない（国王については別だが、この件はまたのちほど触れる）。スカンジナビア人が祖先から優れた特質のみを受け継いだというのは、いささか都合のよすぎる話ではないだろうか。とは言え、社会保障制度による富の再配分こそが信頼関係の礎だと信じかけていた私の気持ちが少しだけ揺らいだことは認めざるを得なかった。

次の取材相手は、コペンハーゲン・ビジネススクールの学長であり、北欧で最も尊敬されている経済学者オヴェ・カイ・ペーダーセンだった。米国のハーバード大学、スタンフォード大学、ストックホルムやシドニー、北京の大学でも教鞭《きょうべん》を執ってきた。経済学者であれば、こういった問題に対しては当然右寄りの自由主義的な立場を取ると予測していたのだが、見事に裏切られた。

コペンハーゲン・ビジネススクールの新校舎は、これまで私が見た建築物のなかで、建築家が理想として作った模型に最も近い建物だった。美しく手入れの行き届いた芝生の上で、さまざまな人種の学生が、男女入り混じってくつろいでいた。二、三人連れで歩く学生たち、ギアのついていない競技用自転車で移動する学生たちもいた。すばらしかった。まるで映画『ガタカ』の世界だ。約束の面会時間のきっかり一分前に受付に着くと、あいにくペーダーセンのオフィスがあるのは別の建物だということが判明した。彼のオフィスはそこから徒歩二〇分の場所、緑豊かなフレゼリクスベア市の静かな袋小路の奥にある、美しい漆喰《しっくい》壁の邸宅にあった。私はすっかり慌てふためき、汗だくで到着したが、ペーダーセンはすぐに、遅刻についてもデンマークのシステムについても、私の気持ちを楽にしてくれた。

「いやあ、バカバカしい！　それはまったくのでたらめですよ」バイキング伝統説について質問すると、彼はそれを一笑に付した。「信頼関係があるのは、平等性と我が国の税率と社会保障制度があるからに決まっています。信頼関係は、私の理解では社会保障制度の上に成り立っている。以上です。あなたが隣人を信用するのは、その人があなたと同じように税金を納めているとわかっているからです。隣人が病気になれば、彼らはあなたと同じ治療を受ける。みな同じ学校に通う。それが信頼関係なのです。年齢や性別、財産や生い立ち、宗教などにかかわりなく、同じ機会を持ち、同じセイフティーネットを持っているということです。隣人と張り合う必要はないし、羨ましがることもない。だます必要もないのです。

社会保障制度は、戦後の世界で最も重要なイノベーションです。それ以前のデンマークは、二五パーセントの高所得者と二五パーセントの低所得者がいましたが、現在では高所得者が四パーセントで低所得者も四パーセントです」

ペーダーセンのような意見のデンマーク人にはたくさんお目に掛かってきた。年代も同じくらいで、自分たちの成し遂げたことに対して少々満足し過ぎているきらいがある人たちだ。だがペーダーセンはデンマークの行く末について疑問を持っていないわけではなかった。「デンマークには今、ひじょうに大きな問題があると私は思っています。私たちは歴史的な変化の過程の真っただ中にいます。従来の北欧的な平等主義の福祉国家から、より大陸型の、フランスやドイツのような二層構造の社会、つまり働く人々と労働市場の外にいる人々で成り立っている社会に移行することは可能です。［右派の人々は］大陸型の社会モデルや、それがもたらす格差になんの問題も感じていませんが、私は違います。英国のように従来モデルが潰《つい》えることは、大きな恐怖です。なぜなら従来モデルの崩壊は、社会関係資本や信頼関係を損ない、犯罪などの増加をもたらすからです。その方面にあったデンマークの強みは消えてしまいます。私たちがドイツに勝てるとしたら、今以上に平等な社会を作るよりほかに道はないのです」

だが本当のところ、もはやデンマークはペーダーセンやほかの左派の人々が言っているほど階級のない社会ではない。過去一〇年間に、貧困ラインを下回るデンマーク人の人口は、四パーセントから七・五パーセントと、ほぼ二倍に増えている。エリート層は、コペンハーゲン市内および周辺の隔離された住宅街に住みはじめている（高級住宅街かどうかは、〈a〉高級寿司《すし》チェーンの『スティックンスシ』がある、または〈b〉フィアット500Sがたくさん走っている、によって見分けられる）。また上位の中流階級と上流階級の人々は、子どもたちを同じ学校に通わせるようになってきた。そしてデンマークの全国紙『ポリティッケン』によれば、その傾向は一九八五年と比較して二倍になったという。もっと一般的な話としては、経済格差は一九九〇年代半ばから拡大を続けていて、ＯＥＣＤによると（ペーダーセンの解釈とは食い違うが）上位二〇パーセントのデンマーク人は、下位二〇パーセントのデンマーク人の三倍以上の収入があるという。その差が六倍以上の英国に比べればましではあるが、平等な社会とはとても言い難い。

なぜ外国からの訪問者がデンマークには階級がないと感じるのかは、理解できる。特にその印象が、コペンハーゲンでの週末の長い滞在や、政治ドラマ『コペンハーゲン』を二、三話観て得られたものだとすれば納得だ。だが国内をもっと広く旅したり、時間をかけてデンマーク社会の階級を示す記号を学ぶ機会を持ったりすれば、階層は嫌というほどはっきり見えてくる。

この数年間で、私はデンマークの地主階級の人々にもお目にかかった。楽しい機会もそうでない機会もあったが、一人か二人の例外を除いて、全員が英国の地主階級とまったく同じくらい変人で横柄だったことは間違いない。その数も、国全体の人口比では変わらないくらいいるに違いない（デンマークの田園地帯では小さな城や領主の館《やかた》をよく見かける）。だがそれ以上に対極的な社会経済状態を示しているのは、「ウィスキーベルト」の住人と「腐ったバナナ」の住人だろう。前者はデンマークの高級住宅地域《ゴールドコースト》にあるストランヴァイエン（海岸通り）に住んでいる。この通りには、贅《ぜい》を尽くした別荘や、モダニズム建築の小別荘、オーシャンビューのマンションなどが立ち並び、その多くがデンマークが誇る戦後の有名建築家たちによって設計されたものだ（第二章で挙げた巨匠アルネ・ヤコブセン設計によるガソリンスタンドもこの通りにある）。ストランヴァイエン通りは富裕層の住む郊外ヘルロップから二〇マイルほど北へ延びている。美しいビーチ、ミシュランで星を獲得したレストランやヤコブセンの有名な集合住宅ベラヴィスタ、鹿のいるデュアへーウン森林公園などを経てさらに北へ行くと、スカンジナビア地方で最も美しい美術館、ルイジアナ近代美術館に着く。

ストランヴァイエン通りの漁村や、米国の保養地ハンプトンズさながらに海沿いの豪邸が立ち並ぶこのエリアの住人は、デンマークのエリート層だ。映画スターや映画監督、大物弁護士に銀行家、ヘッジファンドマネージャーや有名スポーツ選手、CEOにIT起業家などである。不動産価格は英国や米国と比較すればささやかなものだ。平均して一〇〇万ポンド（約一億五〇〇〇万円）程度、高くてもせいぜい三〇〇万ポンド（約四億五〇〇〇万円）だ。だがデンマーク人にとって、ストランヴァイエン通りはシンボルだ。誰にも見られていない確信のある時だけ、自分に望むことを許す、最大限の贅沢のシンボルであり、慎《つつ》ましさと平等を旨とする社会における低俗かつ忌むべき異端のシンボルだ。

では「腐ったバナナ」の住民は誰だろう？　この呼び方は最近メディアが使いはじめたもので、高い失業率や低賃金、崩壊しかけたインフラ、貧弱な医療体制や成績が全国平均を下回る学校といった問題を抱えている、大きな三日月形をした帯状の地域を指す。ユトランド半島北部から西海岸沿いに南へ下り、そこからカーブしてユトランド半島を横切って東部へ向かい、フューン島を通り、南部のロラン島やファルスター島まで至る地域だ。「ウッドカンツダンマーク（デンマークの遠隔地、周縁地、または後背地）」とも呼ばれる。この地域はほとんどが地方で、実際にはデンマークの陸地の大部分、つまり二大都市であるコペンハーゲンとオーフス、およびシェラン島北部を除く地域の大半が含まれている。

これらの地方は今ゆるやかな死を迎えている。若者や教育を受けた人々は都市に向かって流れ、失業者や高齢者が地方に向かって流れている。歴代政府が過大な公金をつぎ込んでも食い止められなかった衰退だ。

「ええ、私にも変化は見えています」私がそのことを持ち出すと、ペーダーセンは認めた。「でも劇的変化というわけではありません。私はマンハッタンに住んだこともありますし、北京をはじめ至るところへ旅をしました。デンマークの貧困はそこまでひどくありません。食べるに事欠くというようなことではないのですから。ここでは二台目のテレビが買えないという程度のことです！」

だが私には疑問が残った。コペンハーゲンとそれ以外の地方には圧倒的な不均衡がある。雇用の機会や交通手段、公共サービスや文化的な催しなどに見られる差、ちょっと素敵なものを見たい、やってみたいと思った時に感じられる差は、明らかに健全なレベルを超えている。

またデンマーク社会の二層化が、医療や教育面でも進行しつつあるという懸念もある。お金を出せるデンマーク人のなかには、民間の医療サービスを利用する人が増えつつある。最近の統計ではその数は八五万人に達した。そして、国民一人当たりで世界一大きな公共セクターを抱えているというのに、デンマーク人の社会保障制度に対する満足度は急速に低下しつつある。納めている税額の高さゆえの期待値の高さもあるだろうが、経営コンサルタント会社アクセンチュアの調査によれば、公共サービスの質に満足しているデンマーク国民は、わずか二二パーセントだという。

将来的に見て最も憂慮すべきことは、国内のどこで教育を受けたかによって学力に大きな差が生じていることだ。全国紙『ポリティッケン』の調査によると、おもに労働者階級と移民が暮らすコペンハーゲンの南にある「イスホイ・ジムナシウム」〔ジムナシウムはデンマークにおける中等学校の呼称〕では、一二を満点とする評価において、平均がわずか五・四だった。経済的に恵まれた北シェランにある、ある学校の平均は、七・七もある*（全国平均は六・九）。教育機会の不均衡は、未来のデンマーク社会の格差に直結する問題だ。

この傾向はデンマークに限ったことではない。フィンランドも同様の課題に直面しているし、イェーテボリ、マルメー、ストックホルムの主要三都市に四〇パーセント近くの人口が集中しているスウェーデンにおいては、都市部への人口移動の問題がデンマーク以上にはっきりと感じられる。最近ではスウェーデン北部の広範囲の土地で人口が減り、見捨てられた状態となり、過疎化が進んでいる。理由は二つある。一つ目はスウェーデンの人口密度がデンマークよりもはるかに低いこと（国土は一〇倍あるが、人口は二倍に満たない）、二つ目は、この一〇〇年間において、スウェーデンの産業化に対する意欲はデンマークよりもはるかに強かったことだ。都市部への人口集中という傾向に抵抗できている国はノルウェーだけのようだ。石油による莫大《ばくだい》な富があり、首都オスロから地方への分権についても長い伝統がある。国内のどこに住んでいても幅広い行政サービスを受ける権利があることは、法にも謳《うた》われている。そのため地方へ行っても比較的人口は多く、インフラも適度に整っている。

＊私に納得のいく説明をしてくれる人はいないのだが、デンマークでは学校の成績は七段階に分かれている。マイナス三から〇〇（不合格）、〇二、四、七、一〇、そして一二が最高点だ。

「こんな小さな国なのですから簡単そうに思えるのですが、私たちの頭の中では小国ではないのです」ロックウール財団の調査部部長トーペン・トラーネスは、コペンハーゲンにある彼のオフィスで私にそう話した。同財団は独立系の社会調査機関だ（不思議なことに母体は耐火材メーカーだ）。彼は「デンマークの地方が抱える問題の中心にあるのは、労働力の移動の欠如だ」と言う。サイクリングが大好きな国においてなんとも皮肉なことだが、デンマーク人は（英国の政治家ノーマン・テビットのように）自転車に乗って仕事を探しに行くのは好まないようだ。

「若い人が研修する場がないという話題がメディアで盛んに取り上げられていますが、調べてみると、実際には、会社の場所がコペンハーゲンなどの大都市でないという理由で人が来てくれないために、若い労働力が不足している会社がいくつもあります」とトーペンは説明する。

「ダンフォス社［ユトランド半島の特に魅力的とは言えない地域にある工業グループ］で働けるなら、どんな犠牲もいとわないと考える人は、世界中にいくらでもいます。それなのに多くのデンマークの若者が、『仕事のために地方へ引っ越さなくてはならないのは、とんでもなく不公平だ』と言うのです。大学教員も同様です。オーフスで教授の口があっても、コペンハーゲンで准教授でいるほうがよいという考え方です。これはひじょうにまずい状況だと思います。デンマーク国内のどこへ行っても、仕事と福祉において近代的な水準が保たれるようにするのはかなりの難題です」

クリスチャン・ビヤンチコも同じ意見だ。「働き手のいない地域がいくつもあります。誰もそこへ引っ越して働こうとしないのです。私が育ったユトランド半島の南西部では、医者不足が深刻な問題になっています。デンマーク人は流動性の低い国民です」

デンマーク人の冒険心が、世界一でないことは確かだ。二〇代でバックパックを背負って東南アジアや南米に行く人はいるが、その後は家の周辺からあまり離れない。毎夏、別荘へ大移動するにしても、自宅からわずか一時間も離れれば満足する。七月が来たらワゴン車のシトロエン・ベルランゴに乗り込んで、海岸沿いにある木造の別荘に行く。それで十分なのだ。世界はガソリンタンク一杯分で行ける範囲にあり、それ以上遠くへ危険を冒して出かける必要はない、という感覚がある。

「この流れを変えることはできないと思います。産業化の起きている土地では必ず都市化現象が起きています」右寄りのシンクタンクCEPOSの所長マーティン・オールプがコペンハーゲン中心部のフレデリックスタデンにある彼のオフィスで話してくれた。「その流れが逆向きの場所など世界に一つもありませんよ。誰だって都会に住みたいのです。田舎を出て都会のほうへ引っ越したいのです。それを止めたり流れの向きを変えたりしようということですか？　そのコストはかなり高くつくでしょうし、それだけのコストを掛ける値打ちのあることではないと思いますよ」

私が取材した人々のなかで、「デンマーク人の間に経済格差がさらに広がることを歓迎する」と公言してはばからなかったのは、このオールプと、もう一人、デンマーク国民党の欧州議会議員モルテン・メッサーシュミットだ。デンマークでも最右翼の政治家で（はっきり言って、嫌なやつだ）、「平等ファシズム」並びに、「平等社会に向かって視野の狭いイデオロギーを推進している」と彼が目するものに対して、声高に反対を唱えている。

オールプはメッサーシュミットほど極端ではない。だが取材中、オフィスの壁に飾られている一枚の写真が、彼の肩越しに目に入った。写真の中のオールプは誇らしげに顔を輝かせて、青いワンピースを着た見覚えのある女性の横に立っていた。マーガレット・サッチャーだ。
「ではマーティン」私は彼に視線を戻して言った。「税金の話を聞かせて下さい」

第七章　七二パーセント

北欧の各国を示唆に富む、一つの統計数字で端的に表すとしたら何がよいだろう。まずアイスランドなら人口だろう。その数字には、風吹きすさぶ凍《い》てつく島国が持つ何世紀も変わらない魅力について知るべきことがすべて凝縮されていると同時に、数年前の不幸な金融問題がどのようにして起きたかを知る有力な手がかりが含まれている。フィンランドを知る入口となる事実は、最も人気のある三つの処方薬の消費量（薬の名前を探すためにページを飛ばさないように）だろう。スウェーデンなら移民の数、ノルウェーなら石油収入を原資とする大規模な投資ファンドを挙げる。

デンマークの特徴を表す数字は税率に尽きる。直接税も間接税も、世界最高だ。商品の店頭価格は世界一高く（ヨーロッパの平均よりも四二パーセント高く、場合によってはノルウェーよりも高い）、自動車の価格やレストランでの食事の価格も世界一高い（最大で一五〇パーセント）。なにもかも税金のせいだ。デンマークでは、書籍はぜいたく品だ。まともなチーズの値段については、頼むから聞かないでほしい。

デンマーク政府はいったいどうやって有権者のお金を手に入れているのだろうか。その方法はいくつもある。

まず所得税がある。基本税率が四二パーセント（英国では二〇パーセント）で、最高税率は五六パーセントだ。それに加えて一パーセント強の「教会税」（これは任意だが、手続きが煩雑なため大多数の人が払っている）、そして「アンビ（アーバイズマーケズビッドラゥ）」というものがある。これが実際に何なのか、誰のポケットに入るものなのか、私はいまだに十分理解できていないのだが、ここまでを合計すると、直接税は六〇パーセントという世界トップレベルに達する。

もし家を持っていたら、手元に残ったうちからさらに約五パーセントを不動産税として持っていかれるだろう。コンサルティング会社デロイトの最近の調査によれば、ローン、水道料金、光熱費、修繕費その他を合計したら、デンマーク人が家を所有することによって負担しているコストは、平均的なヨーロッパ人よりも、七〇パーセント高いそうだ。電気を使用すれば、政府は電気料金に七六・五パーセントの税をかける。

新車を買えば、車の購入価格に一八〇パーセントの税金がかかる（うちの車が購入から一五年も経っていて、おかしな臭いがするのはそのせいだ）。ガソリン税（七五パーセント）と道路使用税（年間約六〇〇ポンド、約一〇万四〇〇〇円）も世界最高レベルだ。

付加価値税（デンマークでは「ＭＯＭＳ」と呼ぶ）は二五パーセントで、食品から児童書まで、何にでもかかるが、新聞にはかからない。

まだまだある。二年ほど前に政府は、ベーコンやバターのような製品に「脂肪税」を導入した。

国民の健康に有害だからという理由だった。あいにく多くのデンマーク人がドイツやスウェーデンまでそういった製品を買いに行くようになってしまったため、この税は一年ほどで撤回された。

だが一方で、デンマークとスウェーデン、あるいはデンマーク内のシェラン島やフュン島を結ぶすばらしい道路橋や鉄道橋については、その建設費がとうの昔に償還されているにもかかわらず、いまだに片道三〇ポンド（五一〇〇円）近い料金が徴収されている。これも一種の税金だ。

したがって直接間接合わせてデンマークの納税者負担は五八パーセントから七二パーセントに達する。別の言い方をすれば、デンマーク人は、自分が稼いだお金の三分の一の使い道を決めることが許されている。もっと別の言い方をすれば、デンマークでは、民間セクターで働いていても、木曜日の午前中まではお国のために働いていることになる。*

デンマークの給与水準が気になる読者もいるかもしれないが、こちらのほうは税金のように極端に高いということはない。総収入に関するＯＥＣＤの最新統計では、デンマークは第六位だ。アイルランドや米国のような国々よりも低い。デンマーク人は給料日前にピンチに陥ったことがないというわけではない。

デンマークの経済自由主義者が減税を主張するのも当然だ。ただひじょうに奇妙なのは、彼ら以外のデンマーク人が、税金に関する不満をほとんど言わないことだ。多少の文句は言っても、具体策を作って税率を変えるという段になると、デンマーク人は驚くほど賛成票を投じようとしない。一九七〇年代初頭から減税を公約に掲げた政党はいくつかあったが、その公約に基づいて長期的な成功を収めることはなかった。現在、自由同盟党が減税をスローガンに掲げているが、前回の選挙ではわずか五パーセントの票しか集まらなかった。政治家が選挙民の収入から六、七割を持って行こうとしたら、文字通り槍玉に挙げられるであろう国はいくつか思いつくが、デンマーク人は自分たちが払っている税額を驚くほど気にしていない。この話題になれば多少はあきれた表情を見せて、ほんの少しなら税率を下げることに絶対反対ではない、という意思を、肩をすくめたり片方の眉《まゆ》を吊《つ》り上げたりしながら示すだろう。ただし、あくまで病人や失業者に手当が行き渡り、病院や学校に十分な予算が割り当てられるなら、そして何よりも大切なセイフティーネットが盤石であれば、という条件付きだ。

その事実を私が突きつけると、「その通りです」と、中道右派のシンクタンク研究員マーティン・オールプは溜息をついて認めた。「世界一税金の高い国だというのに、減税対策には期待するほどの票は集まりません」多くのデンマーク人にとって、税の負担は集団的犠牲的精神の究極のシンボルのようだ。

先にデンマーク人らしさが確立した経緯を教えてくれたアンヌ・クヌーセンは、『ヴィーケンドアヴィーセン』紙の編集者であると同時に優秀な人類学者でもある。彼女は長年にわたり、福祉国家という観点から、デンマーク人をデンマーク人たらしめているものは何か、という研究をしてきた。クヌーセンは、デンマークの公共セクターの規模に対する懸念を示した上で、デンマーク人と税負担の関係に関する説を披露してくれた。

「『たくさんの税金を納めている』と言うことは、自尊心にかかわる問題なのです」クヌーセン

*デンマーク語の「税金」という言葉「スカット（skat）」には、「宝物」や「最愛のもの」という意味がある。一方で「毒」を意味する「ギフト（gift）」には「結婚している」という意味もある。この国に暮らして何年にもなるが、こればかりは理解に苦しむ。

は語った。「高額の寄附をするのと同じような、ステータスを示す行為です。だからウスターブロ［裕福だが保守的でない人々が住むコペンハーゲンの一区域］の住民の三割もがエーンヘズリステン党［デンマークで最も左寄りの主流政党］に票を投じるのです」

これは私のデンマーク人の友人で科学者トール・ノーレットランダーシュのすばらしい説とも一致する見解だ。彼は二〇〇三年の著書『寛大な人』（The Generous Man）で、利他的な行為を見せることや、周囲より多くのものを持っていることを示すことは、動物においても人間においても、種の存続のために必要な行為だと説明した。例えばクジャクはあの重くて大げさな羽を広げて見せることによって、自分の強さを示し、ヘッジファンドのマネージャーは高級車ベントレーに途方もない金額を費やすことで、自分がどれほどの成功者なのかを示す。おそらくデンマーク人にとっては、過剰に高い税金を喜んで払うことが、世界の人々とデンマーク国民同士に対して、自分の「オウァスク」つまり余裕を示す方法なのだろう。高い税金は「私はこんなに成功しています」というメッセージなのだ。「私たちの社会はこんなに成功しているのです。私たちみたいに裕福で優秀な国民にとって、七二パーセントの税率なんて、痛くもかゆくもありません！」といったところか。

まあ、これは一つの説に過ぎないが、デンマーク人は本当にそんなに無私無欲で利他的な国民なのだろうか。彼らは納めている税に見合うだけの対価を得ているのだろうか。それとも狡猾《こうかつ》な政治家にごまかされているのではないのか。

一九八〇年にミルトン・フリードマンとローズ・フリードマンが自由市場に関して著した名著

『選択の自由』には、財政責任が重いと彼らが考えている順に、四通りのお金の使い方が示されている。

（1）自分のお金を自分のために使う。
（2）自分のお金を他人のために使う。
（3）他人のお金を自分のために使う。
（4）他人のお金を他人のために使う。

ここからわかることは、四番目のモデルに近づくほど、お金の使い方は無責任になるということだ。だが、初めてのことではないが、デンマーク人の考え方はフリードマン夫妻の考えと一致しない。社会のために自分の稼ぎの大部分を喜んで差し出すデンマーク人には、二つの力が働いているように思われる。

一つは、政府が自分たちのお金を賢く使ってくれると国民が信頼していることだ。「デンマーク人が喜んで税を納めるのは、私たちがとりたてて利他的な国民だからというわけではありません」オーフス大学のクリストファー・グリーン・ペーダーセンは最近デンマークの新聞にそう語った。「その対価として価値のあるものを受け取っていると感じているからです。例えばきちんと機能している学校や病院などです。税金は払う値打ちのあるものと捉えられているのです」

二つ目の説明は、デンマーク人が各々の現場でこつこつ働きながら、病院に新しい保育器を入れることや学校にコンピューターを入れることだけを考えている、途方もなく公共心に溢《あふ》れる人々だということだ。確かにどの統計でも、ほとんどのデンマーク人が、万が一予算が余ったら減税よりも福祉の向上に充ててほしいと望んでいる。そして覚えておいてほしいのは、この国が、どの統計を見るかや、その統計の取り方によって差はあるものの、すでに、一人当たりのGDPに対する公共支出額が（二六〜二九パーセントの間で）、世界一位から三位の間に位置しているほど高いということだ。

おそらくデンマーク国民は、ウィルキンソンとピケットの『平等社会』に示されていた価値、つまり経済的な平等が社会全体にとって価値のあるものだということを、なぜか本能的に理解していたのだろう。それとも、デンマーク人が巨大な公共セクターに不満を抱かない背景には、もっと利己的な理由があるのだろうか。残念ながらあるようだ。しかも、それはおそろしくシンプルな理由だった。

デンマークでは、成人人口の半分以上（ある推計によれば三分の二）が、公共セクターで働いているか、または給付などの形で公的な経済援助を受けている。だから減税によって公共セクターへ回るお金を減らすようなことは、彼らにとって自殺行為に等しい。自分の生活がかかっているのだから、過半数の国民は常に現状維持に賛成票を投じるというわけだ。デンマーク経済の本質は、巨大な馴《な》れ合い組織であり、それを支えているのは、質も規模も低下しつつある民間セクターだ。

それに加えてデンマーク国民には、世界の人々にはあまり知られたくないであろう経済面の秘密が二つほどある。それは高額の納税を受け入れる彼らの聖人のような姿に、さらなる疑問を投げかける。

一つは、デンマーク人は闇市場《ブラックマーケット》で買い物をするのが大好きだということだ。トーペン・トラーネスが率いるロックウール財団調査部が、デンマークの闇市場について最近発表した統計は、大きなニュースになった。調査によると、五〇パーセント以上のデンマーク国民が、前年、一切の税金を払わずに商品またはサービスを購入し、それ以外の三〇パーセントが、適当なオファーがあればそうしたかったと答えた。
「合計で八〇パーセント以上ですよ」コペンハーゲン中心部にある彼のオフィスで会った時、トラーネスはそう言って驚いた。「ほぼ全員ですよ！　でもそれはダブルスタンダードとは違います。私は『状況に応じた倫理観』と呼んでいます。つまり、きちんと働いて所得税を納めているのだから、家に帰って［その人が配管工であれば］近所のお宅の流しを修繕してあげて一〇〇クローネ（約一八〇〇円）受け取っても構わないだろう、という考え方です」
コペンハーゲン・ビジネススクールのオヴェ・カイ・ペーダーセンは闇市場について、驚くほど緩やかな考え方を持っていた。「デンマークにあるのは、かなり限定的な闇市場です。ある程度、存在を知られていて、許されているものです。無くそうと思えば簡単にできますが、民間のサービスセクターが生き延びることができなくなって、その基盤が崩壊してしまうでしょう。そして民間のサービスセクターは、今デンマークにおける最も大きな問題となっています。なぜなら社員が五人から七人、せいぜいが二〇人くらいの零細企業ばかりですから、闇市場を一掃したらいとも簡単に潰《つぶ》れてしまいます」［デンマークでは七六パーセントが従業員数一九人以下の企業だ］
言い換えれば、政府は、公務員や給付金の受給者たちが脱税することを、デンマークの民間企業を守るためとして見逃し、その民間企業が公務員の給与や受給者の給付金を払っているということになる。ひじょうに実利的かつスカンジナビア的解決方法だ。同じ手法はスウェーデンやノルウェー、フィンランドでも採られている。

　そして、慎重でケチなルター派として知られるデンマーク国民の二つ目の意外な一面は、個人の負債が世界最大級に大きいことだ。デンマークの国家債務はＥＵ諸国の平均の約半分と、比較的控えめだが、最近、国際通貨基金（ＩＭＦ）から出された警告によると、デンマーク国民は首が回らないほどの借金を抱えているという。今日、デンマークの世帯当たりの収入に対する負債の割合は、西洋諸国のどの国よりも高い。デンマーク人は平均して年収の三一〇パーセントの負債を抱えている。これはポルトガル人やスペイン人の二倍以上であり、イタリア人の四倍だ。驚くべき数字だと思うが、デンマークのメディアでも、食卓でもめったに話題にされることはない。そしてもちろん、南ヨーロッパの人々の「今日を生きる」的な怠惰なライフスタイルに対するデンマーク人の批判的な見方が変わることもない。

　デンマーク人の借金が多いのは、かつてのヴェンストラ党政権*が二〇〇三年に導入したＩＯローン（インタレスト・オンリー・モーゲージ）のせいでもある。一定期間は金利のみを支払うという仕組みで、これが悲惨な結果をもたらした。導入から二年間にわたって不動産ブームが激化する一因となり、なかには一二〇〇パーセントも高騰した不動産もあった。この時期に家を購入した人の多くが、高騰する不動産価格に合わせた高額のローンを組んだ（現在の住宅ローン貸出残高の半分以上はこのタイプのローンだ）。不動産価格が上昇し続ければなんの問題もない。だが起こるべくして破裂が起きた。二〇〇八年以降、住宅価格は下落し、大勢の人が担保評価額より借金が上回る状態で残された。今のデンマークで支払い能力に問題のない個人はＩＯローンが導入される前に住宅ローンを完済した年金暮らしの人たちだけだろう。巨額の借金を抱えた三〇代、四〇代の人々は、正しい経済学用語で言うところの「お手上げ」状態だ。それはデンマーク人の生産性が彼らの消費にとても追いつかないほど低いからでは決してない。この問題を永久に先送りすることはできないだろう。

借金以上に憂慮すべきは、デンマーク国民がお金を借りることに熱心であると同時に貯蓄をしたがらないことだ。これは致命的な組み合わせだ。「国が全部払ってくれるなら、なぜ貯蓄する必要があるでしょう？　こんなに税金を払っているんだから貯蓄する必要はないはずです」オヴェ・カイ・ペーダーセンはデンマーク人の貯蓄に対する考え方をそう説明してくれた。彼らの貯蓄額は西欧諸国で最低だ。年収に対する貯蓄額を見ると、西欧諸国の平均が五・七パーセントであるのに対し、デンマーク人は一パーセントだ。それでもペーダーセンは慌てない。「デンマーク人は世界最大の年金基金を持っていますから、年金は保障されています。借金は年金でカバーできますから私は心配していません。問題ではありますが、ギリシャや米国のように、次世代に影響するものではありません」

ペーダーセンのオフィスを後にし、大きな屋敷が立ち並ぶ緑豊かなフレデリクスベア通りを歩きながら、ある考えが浮かんだ。貯蓄や借金に対するデンマーク人の刹那《せつな》的アプローチは、もしかしたら彼らの幸福感の別の一面なのではないか？　経済学者にとっても、そして私のような金融オンチにとってさえ、彼らの借金の仕方とお金の使い方は、ほぼ自殺行為のように見える。だ

＊ややこしいが、ヴェンストラ党の「Venstre」とは「左」という意味だ。だがこの党はデンマークの中道右派であり、保守派とほぼ同じと考えてよい。

が最後に笑うのはデンマーク人なのだろうか。よく言われるように、冥土《めいど》にお金を持って行けるわけではないし、そういう意味では借金も死後の世界についてくるわけではない。借金に対して無責任な考え方であることは間違いないが、銀行との付き合い方としてはそのほうが正しいのだろうか。この数年間を見れば、銀行だっておよそ誠実さの手本とは言い難いのだから、顧客が同じような振る舞いをしたって構わないではないか。

そうだとしても、デンマーク人が片方の手で政府に喜んで自分のお金を差し出しながら、もう片方の手で、素敵なドイツ車やバング&オルフセンのテレビを買うためや、プーケットでたまの休暇を過ごすために、オンラインで借金の申し込みをしたり、ポーランド人の大工さんに分厚い封筒をこっそり渡したりするという行為は、どうしても矛盾しているように見える。

しかし、これについては先例があることがわかった。一六九四年、在コペンハーゲン英国大使ロバート・モールズワースが、回顧録『デンマークの話』(An account of Denmark) にこう書いている。

デンマークはおそろしく高額の税金に苦しんでいる。その結果、誰もが脱税のためにできる限りのことをしている。……総合的に見て、このような課税や負担を継続することは、道徳的に不可能だというのが私の結論だ。あまりの税の重さに、デンマーク人は、侵略者から国を守りたいと思うよりも、むしろ侵略してもらいたいと思っている。なぜなら失う財産などほとんど、もしくはまったく持っていないからだ。

デンマーク人はギリシャ人とまったく同じように振る舞っているように見えるのだが、どういうわけかデンマーク人のイメージは傷ついていない。その点においては尊敬せざるを得ない。

第八章　ホットタブ・サンドイッチ

人生に対してゆったりと構え、節度があり、総意を重んじ、あくせくしないのんきな人たちだと思われているデンマーク人が、経済に関して極端な一面を持っているというのは、意外ではないだろうか。社会保障制度の規模も極端なら、個人のお金の借り方や借金の額も極端だし、税金の高さや労働時間（の少なさ）なども極端だ。

これほど税率が高く、公共セクターに対する支出額が世界トップクラスで、過去三〇～四〇年間にわたって社会保障制度の規模が毎年、年率約二パーセントで拡大してきた国であれば、さぞかしそれに見合った最高の病院や最高の交通システム、最高の学校があって、ずば抜けた公共サービスが受けられるに違いないと思うだろう。世界で一番幸福な国民であるだけでなく、こういった具体的かつ統計的に検証可能な分野においても世界一、いやせめて首位に近い評価を得ていて当然だ。

だが客観的な数字は、必ずしもデンマークにそのように輝かしい光を当ててはくれない。まず全般的な指標として、国連の「人間開発指数」を見てみる。これは平均寿命、読み書き能力、国民一人当たりの総所得などの観点から国家の発展の度合いを評価するもので、デンマークは第一六位だ。アイルランドや韓国、またフィンランドを除くほかの北欧諸国よりも低い。

もう少し細かく見てみよう。世界の学校の水準を調べたＰＩＳＡ（ＯＥＣＤ生徒の学習到達度調査）という、最も広く受け入れられているランキングがある。ここでもデンマークの教育制度に対する評価は低い。二〇〇九年に出された最新の報告書では、デンマークの生徒たちは、ほとんどの主要分野で上位三〇カ国のうち下から三分の一に位置している。科学分野では英国より下だ。これはちょっと見過ごすことのできない状況だ（フィンランドが常に首位、または首位近くに位置しているのと対照的だ）。

「かまわんでしょう」ＰＩＳＡのお粗末な成績を見せるとオヴェ・カイ・ペーダーセンはそう言った。「ＰＩＳＡの調査項目はデンマークにおいてあまり重要でない事柄です。社会的技能（社会生活を円滑におこなう技術）、協力の仕方、人に対する共感、チームで働く能力などを測れば、デンマークが一位ですよ」デンマーク教育委員会の委員長を長年務めてきたペーダーセンの立場を考えれば、その発言には一定の意図があるかもしれないが、彼いわく、デンマークには、ヒエラルキーのないおびただしい数の中小企業があるため、「読み書き算数」において高得点を獲得することよりも、社会的技能に長《た》けていることのほうがはるかに重要なのだそうだ。

ペーダーセンと話した後、間もなく、デンマークのどこかの大学がＰＩＳＡの手法を酷評する報告書を発表した。「世界のほかの国と比べてデンマークの子どもたちが学業において著しく劣るなどということはまったく事実に反する」と、報告書は主張していた。ＰＩＳＡの計算方法が不適切なのだという。ところがそのすぐ後に、デンマーク公共放送（英国のＢＢＣにあたる）が一六歳のデンマーク人生徒のクラスと中国人生徒のクラスを、数学、創造性、社会的技能、英語の四分野で比較する四回シリーズのドキュメンタリー番組を放映した。大方のデンマーク人は、数学では中国に負けるだろうが、社会的技能や創造性、英語では、デンマークの子どもたちが優《まさ》ると思っていたはずだ。だがこの番組はデンマークの教育関係者や一般視聴者、政府に大きな衝撃を与えることとなった。デンマークの子どもたちは最初の三分野で中国の子どもたちに完敗したのだ。デンマークが勝てたのは英語力だけだった（この結果は、すでにヨーロッパで最も授業時間が少なかったにもかかわらず、当時、授業時間の増加に反対していたデンマーク教員組合の主張を後押しする内容ではなかったため、組合は敗北した）。

デンマークの公共サービスに関する私自身の経験は数年間しかないが、そのうちには良いものも悪いものもあった。医療に関して言うと、一人の息子の出産は最高の経験だった。すばらしい助産師と温水浴槽《ホットタブ》、サンドイッチが印象に残っている。もう一人の息子の時は、第三世界での出産に等しかった。まるで興味のなさそうな助産師たちが、とろ火で煮込んでいるシチュー鍋《なべ》の様子でも見るように、ぶらぶらと分娩室《ぶんべんしつ》に出入りしていたと思ったら、最後になってちょっとしたパニックが起きた。それ以外、私には直接的な知識はない。あるのは人から聞いた事例だけだが、絶大な賛辞から無能さを示すぞっとするような話まで、いろいろある。要はよその国の公共医療サービスと大差ないということだ。

いや、私にも一つあった。公共医療の体質を物語る最近の出来事で、地方の病院に対する大幅な医療費削減に関係する話だ。下の息子の片目に何かが入ってしまったので、五〇キロ弱離れた、家から最も近い救急外来へ連れていった。待合室は混み合っていた。私は、緊急性を強調するため両目を押さえている息子を、唯一の空席へ連れて行った。見事なほどの肥満体に刺青《いれずみ》を入れた一家の隣の席だった。彼らは同じくらい樽形《たるがた》の体型をしたダックスフントを連れていた（「肥満は緊急事態なんだろうか」私は受付に並びながらぼんやりと考え、彼らの場合はそうなのだろう、と結論づけた）。

ようやく受付の順番が回って来ると、予約を取っていないため医師に診てもらうことはできないと言われた。こいつは初耳だ。救急外来に予約？　最近導入された経費削減策なんです、と受付係は溜息をついた。システム合理化のためだそうだ。

「いやあ失礼。次回は誰かがケガをする前に電話を入れるよう気を付けますよ」私はわざとらしく高めの声で丁寧にそう言って、目の見えない息子を連れて病院を出た。

このような公共サービスに対して、デンマーク国民が給与の大きな割合を差し出していることを考えると、これまた驚きなのだが、この国では歯科医や眼科医での診療や処方薬は無料ではない（処方薬は英国より高額だ）。理学療法や心理学療法の医療費もほとんど自己負担だ。両方とも英国では無料だ。救急サービスまで民営化されている。デンマーク国民が北欧諸国のなかでもとりわけ不健康なのは、このせいかもしれない。これまで見てきたように、デンマーク人はがんの罹患率が最も高く、平均寿命が最も短く（七八・四歳）、ヨーロッパ諸国の中でアルコール消費量はトップクラスだ。また砂糖中毒になっているようで、一人当たりの菓子の消費量は世界最高（年間七・八一キログラム）だ。また、これは大した驚きではないかもしれないが、デンマーク人は豚肉加工品の消費量が世界で一番多い。これについては近年、健康に関する警告がいくつか出されている（ある調査によると、デンマーク人は一年間に六五キロもの死んだ豚を食べている）。

さらに喫煙習慣を断つことにも積極的ではない。思うにこれは、タバコの製造が主要産業の一つであることと、国民に人気の高い長寿の女王が愛煙家であることがおもな理由ではないだろうか。デンマークの学校で禁煙が実施されたのは、二〇〇七年になってからだ。

　デンマークの教育制度については、もちろん私自身には経験はないが、現在、息子たちが経験中だ。当初、二人は国民学校に通っていた。国民学校は国立で、一八〇〇年代初頭からの歴史を持ち、揺るぎない平等社会はもちろんのこと、国民性の形成に深くかかわっている。社会国民党の前党首ヴィリー・ソウンダールがかつて言ったように、「国民学校は、社会の異なる階層から子どもたちを集め、そうすることによって社会を一つにまとめる働きをする極めて優れた機関の最高の見本」だ。ソウンダールと意見が一致することは滅多にない私だが（彼は保守系左派ということになっているが、大臣用リムジンを手に入れると同時に、その信念をあっさり捨てた）、デンマークが社会の団結力を培う上で、国民学校が重要な役割を果たしたという点においては、彼の言う通りだ。だが現在の国民学校では、優秀な生徒の可能性が中～低程度の生徒のために犠牲になっているという懸念が広まりつつある。英国でおこなわれている、同一地域の全員を入学させる総合制中等学校における問題と同じだ。授業内容が、最も能力の低い子どもが落ちこぼれないレベルにまで下げられ、試験は嫌われる。こういうことを言うと保守的で旧弊な人間だと思われるのは承知の上だが、本来の勉学を犠牲にして社会的技能に重点を置きすぎているようだ。

　結局、わが家は息子たちを私立の学校へ転校させた。私立では、例えば生徒同士が椅子で殴り合いをしていたらやめさせるというような点に、公立よりは重きが置かれている（ちなみにデンマークの私立学校は国から助成金を受けていて、親はその不足分を補うことになっている。したがってその額は、英国の私立校にかかる費用の数分の一に過ぎない)。

鉄道は事実上破たんしているし、医療の質は低いし、学校は喜劇的なまでにお粗末だ。デンマークのこうした危なっかしい公共サービスの状況を考えれば考えるほど、デンマーク国民が、納めている税金に見合う価値のあるサービスを受けていると、いまだに信じている理由は、自分たちの税金がどのように使われているか、じつははっきりと認識していないからではないかという気がしてきた。少し前に、自由同盟党(自由主義経済を標榜《ひょうぼう》する右派)が、税金のうちいくらが教育に使われ、いくらが国防に使われたかなどが国民にわかるよう、すべての公共支出の明細を個人の納税申告書に明記すべきだと主張したことがあった。個人的にはとりたてて画期的なアイディアだとは思わなかったが、予想通り国会で猛反対に遭い、提案はあっさり潰された。

そんなに悪いアイディアだろうか。税金は実際、何に使われているのだろう。

「失業者関連の活性化事業に約二〇〇億デンマーククローネ(DKK)(約三〇〇〇億円)。育児支援にもかなりの税金が投じられていますし、もちろん移転支出もあります」マーティン・オールプは言った。移転支出とは、年金、失業手当や疾病手当、児童手当や住宅手当、奨学金などとして政府が支給している数億クローネにのぼる社会保障関連費だ。住宅手当を受け取っているデンマーク国民は一〇〇万人いるそうだ。年金受給者の数にいたっては基本的に無限だ。

例の合唱団のメタファーを引き合いに出すなら、私が『ボヘミアン・ラプソディー』という曲のとりわけ複雑なくだりを歌いながら気づいたのは、数百人規模の合唱団であれば、本当になんの貢献もしないまま、その集団の一員で居続けることはいともたやすい。口パクをしていても、ほかの人たちは自分がじょうずに歌うことに神経を集中しているからバレはしない。のんびりやればいいのだ。

もしかしたら、あまりに多くのデンマーク国民が、あまりに長い年月、周囲にもたれながら生きてきたのではないか、という疑念が浮上してきた。特に最近メディアの注目を集めたのが「怠け者のロバート」だ。健康になんの問題もない高学歴の男性が、失業手当を三〇代の時から一一年以上にわたって受け取りながら生活してきたという。名器ストラディバリウスのバイオリンを弾きこなすように、社会保障制度を使いこなしてきたのだ。当然、世間から強い批判が湧き起こり、多少は議論が進んだように見えたが、メディアの人気者になって羽振りが良くなったロバートは、基本的には相変わらず無職だ。

いずれデンマークにも、スウェーデンのように痛みに耐えなければならなくなる日が来るだろう。スウェーデンは一九九〇年代初頭の金融危機のあと、激しい論争を呼んだ改革を広い範囲で断行せざるを得なかったが、はるかに強い経済国として立ち直った。デンマークの公共セクターは永遠に膨らみ続けることはできないし、これ以上税金を上げるわけにもいかない。あらゆる西欧諸国の例にもれず、デンマークでも社会の高齢化が進み、労働人口は減り、出生率もこの二〇年間で最も低い。唯一の問題は、どの政治家が、あるいはどの政党が、この恐ろしく有権者から嫌われる、しかしやらなくてはならない決断をする勇気《タマ》を持っているかということだ。

デンマーク国民は、これからいくつかのかなり難しい選択を迫られることになりそうだ。その選択は、長期的な経済の安定に直接影響するばかりでなく、ご自慢の幸福感にも影響を与えるかもしれない。いやどうだろう。もしかしたら、手に負えないほど個人主義的で、サッチャーチルドレン的で、「欲は善なり」という時代の空気を吸いながら英国で幼少期を過ごした私のような人間には、デンマークの集団主義的な社会の良さを理解できないだけなのかもしれない。結局のところ、貧困や犯罪、格差があり、ジェレミー・カイルのようにお下劣なトーク番組の司会者がいる国は、デンマークと英国のどちらだろう。どちらの国民がより幸せだろう。どうやらデンマークモデル擁護派の重鎮に話を聞く時が来たようだ。

第九章　マルハナバチ

ものすごく馴染《なじ》みのある景色なのに、その理由がわからない。デンマークの国会議事堂があるクリスチャンボー宮殿の内部に足を踏み入れたことは一度もないのに、私は今、圧倒的な既視感にとらわれている。

午前中早めに到着した私は、誰にも煩わされることなく、事実上なきに等しいセキュリティーチェックを通過して進んだ。金属探知機が身につけていた何かに反応したが、遮る人もいないので、そのまま受付へ進んだ。ここ数年、テロリストからの脅迫を多数受け、実際にテロ攻撃も起きた国とは思えないのんきさだ。

窓のない拘置所のような部屋で長い待ち時間があった。あまりに退屈だったので、そこに掲げられていた「ようこそデンマーク国会議事堂へ」という歓迎の看板を見ながら、なぜデンマーク語のほうには何もついていないのに、同じ文章の英語訳には「ようこそデンマーク国会議事堂へ！」と感嘆符がついているのだろうと考えていた。そこへすてきなスーツを着た背の高い女性が現れたので、私は彼女の後について、宮殿らしく幅の広い階段を上り、立派な廊下を進み、ようやくサッカー場の半分くらいの広さがある天井の高い部屋に通された。伝統的なデンマーク家具の椅子やテーブルが置かれ、大きな抽象画が飾られている。

鳥肌が立った。絶対知っている。来たことがある。そこへデンマーク政界の重鎮で、長年にわたってデンマークの税制を設計してきた中心的人物であり、現在は下院議長を務め、政権与党の社会民主党委員長でもあるモーエンス・リュッケトフトが入ってきた。その瞬間、謎が解けた。「『コペンハーゲン』だ！」私は部屋を見回しながら叫んだ。リュッケトフトは眉をひそめ、少し心配そうな顔をした。「どうしてこんなに知っている気がするのか、ずっと考えていたんですよ。テレビドラマの『コペンハーゲン』のせいです」

『コペンハーゲン』は、架空の女性デンマーク首相ビアギッテ・ニュボーを主役とする連続ドラマで、クリスチャンボーを再現したセットで撮影された。英国や米国のテレビでも大ヒットし、もちろんここデンマークでも人口の約半分が日曜日の夜にはチャンネルを合わせた。そのストーリーは、あたかもデンマーク初の女性首相となったヘレ・トーニング・シュミットの誕生を予見していたかのような筋書きだった。リュッケトフトはさしずめ、ニュボーに少数与党の首相として厳しい政策論争をどう乗り切るかアドバイスを与える、服装に無頓着な先輩議員の実物版といったところだろうか。彼は相変わらず私の様子を注意深く見守りながら腰をおろした。

リュッケトフトはデンマークの政治に一九六〇年代から活発にかかわり、現代デンマークを形成したほとんどの重要な決断がなされた時に、その場もしくはその周辺に身を置いていた。一九六〇年にはGDPの二五パーセントだった税負担を、世界最高である現在の五〇パーセント弱という二倍に引き上げる時の決断にも立ち会っている。

リュッケトフトは最近『デンマークモデル』という小冊子を発行した。一九八一年に国会議員になって以来、経済や労働政策の方面で彼が積み上げてきた数々の輝かしい実績が紹介されている。冊子の目的は、デンマークのいわゆる「マルハナバチ経済」を説明することだ。要約すると、従来の経済学では、高い税金と大きな公共セクターを持つ経済モデルは、成長や革新、競争を抑えつけるため、成功するわけがないと考えられている。また、物理の法則によれば、体重の重いマルハナバチは、空気力学的に飛べないと考えられている。だが実際にはマルハナバチもデンマーク経済も宙に浮き続けている。

「私たちを突き動かしたのは、競争力があり、同時に成長率と就業率が高く、それでいてほかの国々よりも経済格差が小さく、より調和の取れた、社会保障の充実した社会を作りたいという熱意でした」リュッケトフトはそう私に語る。彼は六〇代後半で、かつてトレードマークだったあご鬚はもうない。彼はコーヒーをひと口飲み、私たちの間にあった低いテーブルに載った皿からキャンディーを取って包みをむいた。「お金と資格を再配分するというデンマークモデルは、米国や英国のような国よりも多くの人に、まともな暮らしを送り、自分の可能性を試すチャンスを与えました。私たちは、新自由主義的な考えを持つ懐疑論者たちに、このマルハナバチは飛べるのだということを証明しようとしてきたのです」

リュッケトフトによれば、デンマークの戦後の成功は、富の再配分と潤沢な給付金によって支えられた雇用市場の柔軟性にあるという。「デンマークはほかのヨーロッパ諸国よりも柔軟です」

彼は言葉を強調するたびにテーブルを叩《たた》きはじめた。「私たち政治家には、失業した時に国民が貧困に陥らないよう、また新しい仕事に就くための支援を受けられるよう、確実に見届ける義務がありました。そしてそれができたのは、国がより能力の高い労働力を育てることに成功してきたからです」

彼は、高い税が働くことや新しいことへの挑戦、リスクを取ることなどに対する意欲を阻害するという右派の主張を受け入れないのだろうか。もちろん認めない。米国とデンマークの中流家庭の可処分所得を比較した場合、子育て支援や健康保険などを考慮に入れれば、両者の水準は一緒だとリュッケトフトは言う。デンマークでは、そういったものがすべて無料なのだ。子育てにかかる費用の七五パーセントは国が負担しているし、もちろん医療や高齢者介護にかかる費用の多くも国によってまかなわれている。一方、米国では税金は安いが、上記のようなサービスはすべて自己負担だ。要はどの段階で払うかの問題だ。

「ただ、病気になったり失業したりするリスクの高い人にとってはデンマークのシステムのほうが良いけれど、ひじょうに所得の高い人々にとってはそうではない。本当の違いはそこです。そういう人たちはよその国へ行ったほうがいい暮らしができるでしょう。でも、だからといってそういう能力や技能のある人々が税金を避けるために海外へ行ってしまったでしょうか？　本当の問題はそちらです」優秀な政治家は、自分が答えを用意していない質問は滅多にしない。リュッケトフトにはもちろん答えがある。裏付けとなる証拠はないが、富を生む人々はデンマークを離れていない、頭脳流出は起きてない、と彼は言う。

頭脳流出を数値で表すのは少々難しいが、私が見聞きした範囲では、ニューヨークやロンドンには、クリエイティブで野心的なデンマーク人亡命者が山ほどいるという。数年前、『ニューヨークタイムス』紙は「若い労働者が税金の安い土地へ逃げ出し、デンマークは危機を感じている」という見出しの記事を掲載した。またデンマーク産業連合は、税金が高いせいで優秀な人材が海外へ行ってしまうと、何年間にもわたって、たびたび訴えている。

私はデンマークのPISAの成績が悪いことや、医療サービスに対する不満、最近、国営鉄道の破たんが崖《がけ》っぷちで食い止められた事実なども挙げた。デンマークの納税者が税金と引き換えに手に入れられるものに、リュッケトフトは満足しているのだろうか。

「公共サービスの中に質の低下が見られる分野があるのは事実です」彼は注意深く認めた。「もちろん機能障害はいくつか起きていますが、その点は対応しています」

私はスウェーデン経済が現在および過去数年にわたって、デンマーク経済よりもはるかに好調であることを指摘した。GDPの推移も、デンマークは少しずつ下がってきているが、スウェーデンは現状を維持している。米国の『ワシントンポスト』紙はその状況を「ロックスターの返り咲き」と評した。最近、英国の『エコノミスト』誌が、北欧がいかに好調かという特集を組んだが、記事の内容はスウェーデンに関するものばかりだった。緩やかな労働法と手厚い給付金に支えられた、柔軟で状況適応力の高い「フレクシキュリティー」システムを持つデンマークとは対照的に、スウェーデンには、はるかに厳しい雇用法があり、諸手当は少ないものの雇用が保障されている（私の理解では、スウェーデンでは、従業員が会社の革新的な新製品の青写真を燃やしながらCEOのデスクで脱糞《だっぷん》している現場を見つかるくらいのことがあってようやく、仲裁裁判に持ち込むのに必要とされる五つの書面による警告のうちの一つが成立し、さらにその従業員を解雇するためにはお茶汲《ちゃく》みの女性までが承諾する必要がある）。スウェーデンが、世界経済フォーラムの最新の国際競争力指数において四位だったのに対し、デンマークはたった一年間で八位から一二位まで順位を下げた（わずか二、三年前には三位だったのに）。ＯＥＣＤの予測によれば、デンマークの一人当たり国内総生産は北部ヨーロッパで最低となるが、スウェーデンは世界で上位の一〇カ国以内に残るだろうということだ。スウェーデンが成功したのは、一九九〇年代に大幅な減税をおこない、公共セクターに大なたを振るい、大規模な民営化を断行したからだということは、多くの人が指摘している。デンマークは今ようやく、やむを得ず同じような改革を考えはじめたところだ。

だがリユッケトフトはそうは思わない。

「ええ、ですがスウェーデンは金融危機のあいだに通貨切り下げをうまく利用しましたし、膨大な持ち株を売却しました。同じ手は何度も使えません」言い換えるなら、リユッケトフトによれば、スウェーデン経済が最近好調なのは、外的要因によるものであり、手元のお宝を手放して得られたものに過ぎないということだ。

私はリユッケトフトが好きだ。万華鏡のようなデンマーク政界において、あらゆる方面から尊敬されている、デンマークで最も人気のある政治家だ。だが、現実逃避のために砂の中に頭をつっこんでいないまでも、少なくとも雑音が聞こえないよう、すてきなヘッドフォンを付けているように見える。

脂肪税や保育器、好調なスウェーデン経済といった問題以上に、デンマーク経済を観察している人々の多くが何よりも憂えているのは、情けないほど低い生産性だ。一九九〇年代半ばからヨーロッパの平均をはるかに下回っている。政府の委員会が組織され、新聞でも幾度となく取り上げられ、テレビ討論会のテーマにもなっているが、デンマーク国民がなぜ他国の国民のように労働時間を利用できていないのか、誰にもわからないようだ。

　ロックウール財団調査部のトーペン・トラーネスは、原因が突き止められたようだと語る。「内密にお願いします。今月下旬に記者会見をおこなう予定ですから」と彼は言った。「データを集めてみたのです。一〇分ごとに自分がしていた行動を書き出してもらい、その人たちがやっていると称する仕事量と、実際の仕事量を比較してみました。すると、みんな以前よりも多くの仕事をしていると言っているのに、実際の仕事量は減っていることがわかったのです」

　トラーネスの話はこういうことらしい。（a）デンマーク人は怠け者だ。（b）デンマーク人はその件で嘘をついていた。さすがはハムレットの生まれた国、彼らは先延ばしの天才だった。平日のどの日であっても、デンマーク人はとにかく何でも構わないから、生産性のない仕事を全力で見つける。

「彼ら〔調査対象のデンマーク人〕はこう言うのです。『いえ、いつもはこのくらい働きますけど、たまたまこの週は子どもの学校に行かなきゃならなくて』と」やれ子どもが病気になったとか、やれ歯医者の予約があったとか、言い訳には際限がなかったそうだ。そして組織の上層へ行くほどその傾向はひどくなった。中でもＣＥＯ連中が一番の怠け者だった。トラーネスは続ける。

「この生産性の問題にはいろいろな要素がかかわっていますが、最大の要因は、単にデンマーク人が昔ほど頑張らなくなったということだと思いますよ」

ここでもちろん右派の人々は再び、デンマークの高い税率が低い生産性の理由だと指摘する。一所懸命働いたところでその分余計に税金で持っていかれるだけだし、下手をすれば最高税率の適用を受けるはめになるとしたら、頑張る気になるわけがない。「酒税や脂肪税は、国民にお酒や脂肪分の高い食べ物を控えさせる目的で設けられたものです」マーティン・オールプは言う。「所得税が同じ効果をもたらすのは当然でしょう。スウェーデンをごらんなさい。九〇年代初頭に限界税率を大幅に下げたところ、国民はそれまで以上に働くようになり、時間当たりの給与も上がりました」

リュッケトフトは税金が経済の足かせになるという議論は一切認めない。「デンマークが世界で最も競争力のある国の上位三位に入っていたのは、ほんの二、三年前のことです」と反論する。ただ生産性に問題があることは認めた。それでも、生産性の伸び率が低い理由は国民が怠惰だからではなく、単に自らの成功の犠牲となったからだと言う。つまり政府が、労働人口のあまりに大きな割合を就労させることに成功してしまったため、最も生産性の低い人々までをも取り込み、その結果、全体の生産性が低下したと言うのだ（二一世紀初頭の経済が好調だった時代には、失業者は事実上ゼロだった）。そういう時代もあっただろう。だが本当のところは、デンマーク国民はあまりに長い間にわたって良い思いをし過ぎたため、戦意を喪失してしまったのではないか。二〇一三年六月に政府の統計局が発表した別の報告によれば、なんとデンマーク国民の労働時間は思っていたよりもさらに短いということがわかった。週二八時間以下である。

「デンマーク国民が働きたい量と、維持したい公共セクターの規模は一致していません」トラーネスはそう表現した。「つまり、デンマーク国民が望む［規模の］社会保障制度を支えるためにはもっと働く必要がありますが、国民はそこまで働きたくはないのです」税金を少しでも（例えばスウェーデンのレベルまで）下げて、社会保障の給付金などの移転支出や、例えば国防費を抑えれば、この状況を改善するのに役立つと思わずにはいられない（そもそも過去の実績から見て、デンマーク軍は一体なんのために存在しているのだろう）。そうすれば国民にももう少し労働意欲が湧き、もう少し美容院で過ごす時間が減るのではないか。

だがリュッケトフトのオフィスを後にして歩きながら、ぞっとする考えが浮かんだ。国の将来を見据えて、彼はいずれ増税を唱えるのではないだろうか。

「これは絶対にオフレコですが」彼は言った（こちらの立場としては、今回の取材はすべて公表を前提におこなっている）。「さまざまな財源に充てるため、少なくともさらなる税制改正をおこなう必要性は出てくるでしょう」

デンマーク国民諸君、警告は与えられた。

第一〇章　デニムのオーバーオール

ではかの有名な「腐ったバナナ」についてもう少し見ていこう。コペンハーゲンにいる私の洗練された友人たちが見下すほど、本当に田舎臭くて野暮ったい場所なのだろうか。私は一泊分の荷物を詰め込み、おんぼろのマイカーに乗り込んで西へ向かった。グレートベルトリンク橋は立派だが、からみつくような横風がつきもので、いつものように神経をすり減らしながらフューン島に到着した。

ハンス・クリスチャン・アンデルセンは一八〇五年にフューン島に生まれ、島を離れる条件が整うと同時に島を出た。それ以降、この島に特筆すべき出来事は起きていない。デンマーク人にとってここはコペンハーゲンとユトランド半島の間にある踏み石に過ぎないが、それは残念なことだと思う。ゆっくりとした時間の流れに慣れてしまえば、この島の田園風景はじつに魅力的だ。特に島南部の草原は、英国の幼児番組『テレタビーズ』のセットのように美しく、海岸沿いの林や浜辺も神秘的な美しさを湛《たた》えている。フューン島は、ユトランド半島やシェラン島ほど工業型農業によって荒廃していない。したがって畑は小規模で、夏にはすばらしい作物がとれる。春から夏に車で田舎道を走れば、新鮮なエンドウマメや新ジャガ、イチゴやアスパラガス、秋になればリンゴやプラム、サクランボなどがどっさり手に入る。アメリカ人ならこのようなフルーツや野菜を「エアルーム（伝統品種）」と呼ぶのだろうが、島の人々にとっては季節とともに当たり前に手に入るものだ。

腐ったバナナのほかの地域同様、フューン島でも人口は減少しつつあり、高齢化が進んでいる。行っても行っても、くすんだ色の軽量コンクリートブロックの家が並ぶ村ばかりだ。多くの家屋は見棄てられたような状態で、人っ子一人見かけない。パン屋は閉店し、肉屋は消え、食料品店もなくなった。現在、小売店の機能は、町はずれに建つ倉庫のような建物のスーパーマーケットに集約されており、それが、本来ならばファーボーと同じくらい歴史があって美しいはずの土地から生気を吸い上げている。

私はこの地域に詳しい。妻の両親が住んでいるからだ。私は先を急いだ[*]。ユトランド半島についてはよく知らない。訪ねるたびに、そもそもなぜ来たのかわからなくなってさっさと帰って来てしまうからだ。この地方は、風が強く、肥やしの臭いがする。土地の人々は、私の母国のヨークシャーの人々を少し思い出させる。ぶっきらぼうで怒りっぽく、コペンハーゲンの人間や都会的な生き方を信用しない。そして少し偏狭なところがあるかもしれない。男たちはデニムのオーバーオールを着て小型スクーターに乗っている。女たちは、はっきり言って、めまいがするほど美しい（なぜかオールボーには美人が多い）。だが文化的な娯楽や自然美という点で言うと、シェラン島で手に入らないものがユトランド半島にあるわけではない（一つある。聞いた話だが、いわゆる「毛皮を楽しむ」人々の快楽を満たすための売春宿があるそうだ[†]）。

私はユトランド半島を再評価するべき時、つまりもう一度チャンスを与えるべき時が来たと感じていた。なぜなら、ここにはデンマークで最も美しいビーチがあり、最も標高の高い地点（といっても、それはロンドンの高層ビル、ザ・シャードの半分強の標高一七〇メートルのムレホイという、お世辞にも高いとは言えない小山のことだが）があり、レゴランドがあるのだから。また、ストーンヘンジやギザのピラミッドに匹敵するデンマークの古代遺跡、イェリング墳墓群もある。そこが私の最初の目的地だ。

「デンマーク国民なら、生涯に一度はイェリングを訪れるべし」という不文律がある。ここには一〇世紀に建てられた二つの石碑がある。古いほうはゴーム老王が亡き妻チューラ王妃のために建てた。もう一つはゴーム老王の息子、ハーラル青歯王が建てた。こちらの石碑には、王のことだけでなく、キリスト教の伝来により、この王国が土着の宗教からキリスト教国へと改宗したことが記されている。さらには、デンマークという言葉が初めて国名として記述されていることから、デンマークの誕生そのものを記した石碑と言ってもよい。

　午前中に到着した時、イェリングには春の陽光があふれ、至るところでデンマーク国旗がはためいていた。この典型的なデンマークの村ではおそらく毎日、国旗を掲揚しているのだろう。かん高い声で鳴きながら墓石の上を舞うイワツバメや刈りたての草の匂い。まさに完璧な田園風景だ。石碑が建っている教会の敷地と道を挟んで反対側にある設備の整ったビジターセンターでは、おなじみのバイキンググッズ（蜂蜜酒《はちみつしゅ》、ルーン文字をあしらったペーパーナプキン、テンプル騎士団をモチーフにした音楽のＣＤなど）のがらくたが販売されており、展示スペースには、この周辺で発掘されたさまざまな、概《おおむ》ね考古学的価値の低い史料が展示されていた。デンマーク人は、墳墓群の中から王家の遺跡を見つけようと、何世紀にもわたって調査を続けているが、今のところは、フランスの漫画に出てくるキャラクター、オベリクスが担いでいる大きな石によく似たこの石しか見つかっていない。

＊この点は明確にしておかなければならないが、義理の両親がいるから急いでフューン島を通り過ぎたわけではない。

†これは合法的な施設だ。デンマークは、ヨーロッパで唯一、いやおそらく世界で唯一、獣姦《じゅうかん》が犯罪行為とされていない国だ。禁止する法律を作ったら、雌豚の人工授精をおこなう養豚業者が起訴される恐れがあるからだ（二〇一五年に禁止法案が可決された）。以前、このテーマを扱った番組を（あくまでリサーチ目的で）観たら、推定で七パーセントのデンマーク人男性が動物と性交したことがあると言っていた。今度サッカーのデンマーク代表チームを見る機会があったら覚えておいてほしい。その中の少なくとも一人は、四本足の生きものと交わっている可能性が十分にある。

教会の庭に出て、石碑そのものをしばらく眺めた。ゴーム王の石碑は長いあいだ教会に寄りかかるように置かれており、ベンチとして使われていたそうだが、今日ではデンマーク発祥の大切なシンボルとして、風雨から保護するために温度と湿度が調節されたガラスケースの中に収まっている。片方は郵便ポストくらい、もう片方はその二倍程度の大きさで、どちらにもルーン文字という古代文字が刻まれている。文字は消えかかっているが、かつては青と赤に彩色されていた。何世紀も風にさらされて浸食が進んだ結果、今では受刑者が刑期の日数を数えるために独房の壁に刻んだ字のようにしか見えない。この石碑にはまた、スカンジナビア地方で最古のイエス・キリスト像も描かれている。キリストは、土着の宗教の様式にのっとって、体に枝を巻きつけられている。つまりイェリングの石碑は、初期の王家の広告塔であっただけでなく(ゴーム王もハーラル王も実際にはデンマーク全体を治めていたわけではないが、ここではそのようなイメージを与えようとしている)、近頃ではほぼタブー視されているものの、北欧社会の特徴の形成に何よりも寄与した、一つの社会的勢力、すなわちキリスト教に関する最古の記録をとどめたものだ。北欧諸国はあらゆるキリスト教国のなかで、最低の礼拝出席者数を誇り、大半の人が宗教を卒業してしまっている。現代社会に対する宗教の影響が論じられることはほとんどないが、この土地特有のキリスト教であるルター派の教義は、北欧の人々の精神形成に影響を与え続けており、人々の振る舞いやお互いとのかかわり方の基盤となっている。

そういう意味では、イェリングの石碑は北欧例外論発祥の記念碑とも言える。バイキングを文明化するという長く時間のかかる過程をスタートさせ、一夫多妻制や奴隷制、血の復讐《ふくしゅう》といった、彼らの慣習の中でもあまり有益と思われないものに終止符を打ったのはキリスト教だった。それから数世紀にわたり、教会は北欧地域全体に芸術や文化の発展をもたらし、修道院は主要な学びの場となり、コペンハーゲンを創建したアブサロン大司教のような聖職者たちが、国王に劣らないほどの権力を持ち、残忍性を発揮するようになる。そこへドイツの宗教改革者マルチン・ルターが登場し、カトリック教会の扉にいたずらをして回る。

スカンジナビア地方において、宗教改革はルネサンス以上に重要な文化的・社会的影響力を発揮した。北欧史の権威T・K・デリーの著書には、「ドイツで形成された宗教観は、三世紀と四分の三が過ぎた後なお、ドイツよりもスカンジナビア地方において、高く評価されていた」と書かれている。スカンジナビア人の心の奥底にある何かが、ルター派の信仰を生んだ土地の人々以上に、その教義をずっと強く受け止めた。ルターの教義（ならびにその副産物であるカルヴァン主義と敬虔主義《ピエティズム》）は、北欧の地において、はるかに堅固な足がかりを得た。それはおそらく、スカンジナビア地方の人々はより独立心が強く、より貧しく孤立した共同体に生きていたからだと思う（プロテスタンティズムは、カトリシズムよりも信仰心を外に向かって表現することに対する関心が薄く、むしろ個人の内面を重視する宗教だからだと考えるのは、私だけだろうか）。また、当時のスウェーデン王グスタフ一世が自ら、おもに政治的意図を持って、熱心なルター派信者となったことも、信仰の普及に役立った。偉大なる王が望むことはなんだって叶《かな》う。

マルチン・ルターがカトリックの覇権に異議を唱えたその時から、少なくともスカンジナビア人は過去を振り返ることなく突き進んだ。カトリシズムは二〇〜三〇年ほどで事実上、消滅した。デンマークでもスウェーデンでも国王が新たな教義を受け入れた。それでも北欧のカトリック教徒は、ヨーロッパのほかの地域に比べればそれほどの迫害を受けずに済んだ。一五二七年、デンマーク王フレゼリク一世は信仰の自由を宣言した。「なぜなら、王は領土内の生命と財産を治める王であり、統治者であって、人間の魂を治める者ではないからだ」(そう言いながら、当時まだデンマーク領だったアイスランドでは、ルター派の礼拝に欠席すれば、鞭打《むちう》ちの罰の対象となった)。

だが二〇世紀後半になると、非宗教主義がルター派の信仰に取って代わり、少なくともスカンジナビアの都市部においては、ルター派が広まった時と同じくらい、いともたやすく広範な影響をもたらした。礼拝の出席者数が参考になるなら、現在のルター派の人気は、「クマいじめ」という大昔に英国で廃れた見世物と同程度だ。スカンジナビア全域で教会に通う人は二・五パーセント程度にまで下がっている。

それでは、今日のスカンジナビア地方にもしルター派の影響が見られるとすれば、どのような形で残っているだろうか。

第一一章　ベティナ靴店

神経質で病気がちの子どもだったアクセル・ニールセンは、発育不全のひ弱な青年に育った。彼は一八九九年、ユトランド半島北部にあるモース島のニュクービングという静かな町に、鍛冶《かじ》屋の息子として生まれた。地元で基礎教育を終え、一七歳になるとカナダのニューファウンドランド島へ行くスクーナー船に乗りこんだ。

それが、本好きのアクセルが、その後の人生において幾度も重ねることとなる逃避行の最初のものだった。次の逃避行は、それからわずか二、三週間後のことで、今度はニューファウンドランドでの仕事を放り出して姿を消した。だがその頃、世界では戦争が起きていた。夜遅く二段ベッドの中で、何やらこそこそ手帳に書き込む癖と、おかしなアクセントがあって英語を満足に話せないことなどから、疑惑の目が向けられるようになった。仕事仲間からドイツのスパイではないかと思われたのだ。再び彼は逃げた。船賃代わりに働きながら船に乗せてもらい、今度はスペイン経由でデンマークに戻った。

ニュクービングの家に戻ると、アクセルの顔を見て喜ぶ人間はほとんどいなかった。両親はそもそも彼の出奔が気に入らなかったし、脱走して帰って来たと知ればなおのことだ。だが北米での冒険が、彼を成功へ導くこととなった。ニューファウンドランド島での冒険を小説に仕立てた『ラブラドルの話』（Stories from Labrador）が、いくつもの出版社に断られたあげく、二四歳の時にようやく日の目を見たのだ。アクセルは、ノルウェー人の母親の故郷に近い土地の名前を取って、姓をサンデモーセと改名した。その後もフィクションと事実を織り交ぜたスタイルの本を何冊か出版した。評論家はジョセフ・コンラッドのスタイルに似ていると言うが、冗長で面白みに欠ける随筆が多かった。

サンデモーセの人生における逃避行はまだまだある。次の逃避先はノルウェーだった。経済的に不運ないくつかの出来事が重なり、彼は一九三〇年に妻と三人の子どもを連れて逃げた。その出来事のなかには次の著書の権利を二つの出版社に売る、というものもあった（これを聞いた時には思わず、その手があったかと感心した）。第二次世界大戦中、彼は再び逃げた。ノルウェーでレジスタンス活動の末端にかかわったため、今度はスウェーデンへ行ったのだ。かかわったと言っても、レジスタンスのメンバーたちとビールを一、二杯飲んだ程度のことだったが、秘密を守れそうもないと思われたため、国境を越えて中立国のスウェーデンに行くよう説得された。一九四五年にノルウェーに戻ると、サンデモーセは妻と三人の子どもを捨て、ほかの女性との間に双子をもうけた。

どこから見ても、ろくな男でないことは間違いない。信用に値しない、破廉恥な夢想家だ。のちにサンデモーセの息子が列挙した父親の罪は、小児性愛、近親相姦、動物の虐待、重婚などがあったが、あとからその起訴状にはノルウェー人男性を一人殺害した容疑も加わった。最近、ノルウェー航空のボーイング七三七型機の尾翼に、ノルウェーの英雄シリーズの一人として、サンデモーセの肖像画が描かれていることに気付いた。どう考えても企業イメージを託す人物としてふさわしくないと思うのだが。

今日、サンデモーセの作品は、一編の小説の短い箇所以外、ほとんど読まれることがない。その作品は一九三三年に出版された『自分の通った道を横切る逃亡者』（A Fugitive Crosses His Tracks）という小説だ。これは、自分の故郷であるニュクービングという町を「ヤンテ」という名前に変え、ごく薄いベールで覆っただけで、その町の人々の暮らしを描いた実話小説だ。デンマークの小さな町が、不寛容と嫉妬と中傷と噂話と、下流気取りと狭量に支配されている様子を皮肉たっぷりに描いたこの小説は、論争の嵐を起こした。登場人物の多くが、簡単に実在の住民と照合できる上、その意地の悪い行いが暴露されたとあって、特にニュクービングの人々の怒りはひと通りではなかった。

有名になった著書の一部とは、この架空の町ヤンテの住民が従わなくてはならないとされているルールのことで、デンマーク国民の特徴をよくとらえていると同時に彼らを悩ませているものでもある。「ヤンテの掟《おきて》」として知られるそのルールは、デンマーク版「十戒」のようなものだ。その影響と不名誉な評判はデンマークを越えて北欧地域全体に広がった。

北欧に引っ越す予定がある人は、ぜひ知っておくべき社会規範だ。ヤンテの掟は以下のようになっている。


自分をひとかどの人間であると思ってはいけない。

自分のことを、私たちと同じくらい優秀な人間だと思ってはいけない。

自分のことを、私たちより賢い人間だと思ってはいけない。

自分のことを、私たちよりも優秀な人間だと想像し、うぬぼれに浸ってはいけない。

自分のほうが、私たちよりも物を知っていると思ってはいけない。

自分のほうが、私たちよりも重要な人間だと思ってはいけない。

自分のことを、大物になると思ってはいけない。

私たちのことを笑ってはいけない。

誰かが自分のことを気にかけてくれると思ってはいけない。

私たちに何かしら教えることができると思ってはいけない。

作者の生涯を多少でも知っている人なら、「こんなルールは心のバランスを欠いた人間が作った的外れなものだ」と言って片付ければよいと思うだろう。だが実際には、サンデモーセはデンマーク国民の特徴をぴたりと言い当てていたのだ。デンマーク人だけではない。ヤンテの掟の波紋はデンマークを越えて広がった。ノルウェー国民にも馴染みのある内容だったし、あとで見るように、スウェーデンにおいては、常態化を促す力として、デンマークにおける以上に強力に機能している。だが今日、デンマーク人にヤンテの掟の話題を持ち出せば、あきれた顔をして、大きな溜息をつき、「そんなものは死滅した。サンデモーセの風刺は現代には無関係だ。デンマーク人の大半が小作人だった頃の話だ」と言うだろう。また、一九八〇年代には、マルグレーテ女王までが新年のスピーチでヤンテの掟を批判したという話も出るかもしれない。そして最近のデンマーク国民は、自らの業績を誇り、人生の成功を楽しむ他人のことを喜び、自らの成功を誇示するようになった、とも言うだろう。だが少し待っていると、「地方」で過酷なヤンテの掟の犠牲となっている「友人」や「親戚」の話を聞かせてもらえる。そして最終的には彼らも、社会への適合を迫るこの種の息が詰まるような圧力は、今もデンマークの暗部のどこかに存在しているかもしれないことを認めるだろう。ただし、「コペンハーゲンには存在しない。ソーシャルメディアやリアリティー番組、アメリカ型消費主義などが蔓延《まんえん》するデンマークの首都は、グローバル化されすぎていて、市民は個人主義的すぎているから」と言うだろう。

　私の経験では、ヤンテの掟はデンマーク中で大なり小なり見られるが、国際都市である首都の中で見つけにくいのは事実だ。だがユトランド半島出身の人と話をすると、半島の人々の行動や態度の根っこにはヤンテの掟があり、その傾向は孤立した伝統的な土地柄の西海岸において、特に強いという。最近、ディナーの席で隣に座ったある女性から、彼女の故郷の人々の考え方がいかに息苦しかったかという話を聞いた。「西海岸では、少しでも慣習から外れる行動を取ったり、野心を見せたりした人は、冷ややかな目で見られていました」彼女はそう語った。「本当に嫌われていましたよ。全員が他人のプライベートを知っていて、他人がどのような行動を取るべきかについて意見を持っていました。私は逃げ出すしかないと思い、できる限り早くコペンハーゲンに出て来ました。故郷には滅多に帰りません。私のような人間はめずらしくありませんし、ユトランド半島の出身者には特に多いと思います」

だがニュクービングの町そのものはどうだろう？　ヤンテの掟発祥の地を訪れたら、その存在を示すものは何か見つかるだろうか。正式な名前で言うとニュクービング・モースだが、この町にはサンデモーセが書いたように、心が狭く意地の悪い人たちが住んでいるのだろうか。自分の希望や夢を抑え込み、足を引っ張り合い、「自分をひとかどの人間であると思う」ことを自らに許さないのだろうか。もしそうであれば、その証拠を何か見つけることはできるだろうか。

ニュクービングの町に入ると、私はヤンテの掟の足跡が見えないかと、目を凝らしながら運転した。町の標識を過ぎてまず思ったのは、この地名もヤンテの掟の表れではないかということだった。デンマークの他の地域にあるニュクービングと区別するため、ここは「モース島の」ということで「ニュクービング・モース」となっている。なぜ、「我こそは唯一のニュクービング」と胸を張り、区別をつける工夫はほかの町にやらせないのだろう。だが本当のことを言うと、二一世紀初頭の現代に、ここでヤンテの掟の具体的な証拠を見つけられると本気で思っていたわけではなかった。それでも念のため、リムフィヨルド海峡の静かで暗い海のそばに駐車すると、図書館での予約時間まで少し大通りを散歩することにした。

ニュクービングの大通りは、デンマークのよその地方の大通りとなんら変わらなく見えた。少なくとも一見したところは。本や土産物を売っている店の外には回転式のスタンドに誕生日カードが差してある。平均的な紳士服の店が数軒あって、デンマーク人男性があらゆる機会に着用する色の濃いジーンズやポロシャツ、三つボタンジャケットなどが並んでいる。美容室、タバコ屋、酒屋、居酒屋に薬局。小さな町によくある店ばかりだ。車に戻ろうと通りを戻りながら、改めて店の名前を眺めていた時、奇妙なことに気づき、胸がドキドキしてきた。店の名前だ！　どれもおそろしく退屈で、ほとんど攻撃的なまでにつまらない。デンマーク人なら「控えめな」表現とでも呼ぶのだろうが、販売促進とかブランディングという概念とは無縁の店名ばかりだ。

美容室はあからさまに「ヘア」と呼ばれていた。パブは「ザ・パブ」。服と靴を売っている店は、「服と靴」という、なんとも華やかな店名で通行人の関心を引こうとしていた。本屋は「書籍商」だ。周囲の店の恥知らずな自己宣伝に当惑し、シンプルに「一六番」と名づけた店もある。明らかに、傲慢《ごうまん》のそしりを受けることを憂慮し、熟慮の末「店《ショップ》」という名を選んだ店もある。いずれの店主もマーケティングスキルを欠いているだけでなく、商品を売り込むという発想を真っ向から否定している。

一軒だけ、この群れからあえて離れ、大胆にも店主の名を冠し、ニュクービング商店街で目立つというリスクを冒している店があった。「ベティナ靴店」だ。

「おいおいベティナ、気をつけたほうがいいな」私は大通りを歩きながら思った。「この辺じゃそういうのは嫌われるぞ」

図書館では、アクセル・サンデモーセ協会の会長ベント・デュポンに、ニュクービングまたはデンマーク社会に、今なおはっきりと感じられるヤンテの掟があるかどうか尋ねてみた（質問しながら、先ほどカメラに収めた画像のことを考えて、私はずっとカメラを撫《な》でていた）。

「いやいや、ヤンテの掟はサンデモーセが書いた時代のものであって、現代には関係ありません」丸眼鏡をかけたデュポンは、引退した教師風の親切な人だった。「サンデモーセが書いたヤンテの掟、つまり皆が互いに足を引っ張り合い、自分以外は全員がグルになっていると思い込むような傾向、『自分をひとかどの人間だと思うなかれ』的な態度は、もう残っていません。唯一残っているのは、デンマークのメディアの中でしょう。有名人や作家、映画監督や有名スポーツ選手が利用しています。ビレ・アウグスト［カンヌ国際映画祭でパルム・ドールを受賞したデンマーク人映画監督］をごらんなさい。駄作を作って低い評価を受けると、すぐに『ヤンテの掟のせいだ』と言います。ヤンテの掟が現代に生きているとすれば、肯定的な意味合いにおいてです。つまり『自分をひとかどの人間だと思いなさい』ということです」

私は無言でカメラのスイッチを入れ、ニュクービングの大通りで撮った写真を彼に見せた。それらの写真を次々と見ながら、デュポンの顔には次第に笑みが広がり、最後には声を上げて笑い出した（私は心からホッとした）。「なるほど、わかりました。たしかに抑制された表現が見られますね」と彼は言った。

公平を期すために言うと、ヤンテの掟の影響力は低下しているとするデュポンの意見は、大方のデンマーク人の見解と一致する。私自身、何年も前に、初めてデンマークに来はじめた頃には、ヤンテの掟の影響をもっと強く感じたものだった。まだ若く野心的で、多少不遜《ふそん》なところがあったからかもしれない。すぐに学んだが、当時はまだ、英国人と共通点の多いデンマーク人の表面の下に、大変な違いがあることに気づいていなかった。時間が経つにつれ、私はおそらくヤンテ的傾向を持つデンマーク人を避けるようになったのだと思う。共通点の少ない人から離れていくのと一緒だ。それでも普段の付き合いの範囲から思い切って外へ出て、自分の現在の仕事や過去の仕事について説明しようとすると、ヤンテの掟の名残に出くわすことがある。それはたいてい、やんわりとした軽蔑《けいべつ》に近い困惑の形を取って表れる。私は幸運なことに、これまでたびたび仕事で旅をする機会に恵まれ、贅沢な場所に泊まったり、豪華な食事をしたり、高級車を運転することがあった。だが、よく知らないデンマーク人と話す時には、そういう側面についてはなるべく抑えて話すようにしている。さもないと相手を混乱させ怒らせてしまうだけだ。

最近、私が出会ったヤンテの掟の事例もいくつかある。友人がベンツの新車を買ったところ、兄弟から何度も「誰かタクシー呼んだ?」というジョークを聞かされていた(コペンハーゲンのタクシー会社が同じモデルのベンツを使用していたためだ)。別の友人の奥さんは、購入を検討していた家が、彼らが見学したほかの家よりも少し安かったにもかかわらず、ささやかなプールがついていたために購入を見送ることにした。プールは余計なものなのだ。「プールなんかいらないわ」彼女は言った。「プールなんて何に使うの?」

私の友人で新聞のコラムニストであるアネグレーテ・ラスムセンは、ワシントンDCから里帰りしていた時、友人たちに息子の学校での成績について話した際の経験を書いて、最近のヤンテの掟論争に火をつけた。そのコラムが出て間もなく、アネグレーテは私に語った。「手っ取り早く本題に入るために『息子はすごくよくやってるの。クラスで一番なのよ』って言ったのよ」すると座が静まり返ったそうだ。彼女はデンマーク人なのだから、心得ているべきだったのだが、そうなってようやく自分が掟を破ったことに気づいたそうだ。「ロールプレイングやデッサンが得意だと言う分には問題なかったでしょうけど、学力を自慢したのは大失敗だったわ」

「ヤンテの掟は引力の法則と同じくらい自然なものです」新聞の編集者で人類学者のアンヌ・クヌーセンはそう言い切った。「どこにでもありますが、特に小作人の社会に見られます。昔［サンデモーセの時代］は、デンマーク中が小作人だらけでした。ヤンテの掟的なイデオロギーは、［一八四九年に］民主主義が確立された時のイデオロギーとなり、さらに社会民主主義の誕生とともに再び重要視され、プロパガンダや統一された学校制度のなかで、世代から世代へと受け継がれていきました」さらに加えて言う。「でも、嫉妬の部分は一番重要なポイントではないのです。大事なのは、『集団の中に人を取り込む』というところです。私たちはあなたを仲間に入れたい。でもあなたが私たちと一緒でないとやりづらい。それが小作人社会の発想です」

現代にヤンテの掟が見られないか、私は新聞を開いて探して見た。すると、すぐ見つかった。スウェーデンのテトラパック社の跡取りハンス・ラウジングが麻薬がらみの事件で失脚した記事があり「莫大な資産も、彼を救うことはできなかった」と、満足げな見出しがついていた。別の記事は、貧しい家庭から身を立てて成功したデンマーク人事業家の破たんを伝えていた。彼の場合、派手な車のコレクションや海外で購入した家などをさんざんメディアに見せびらかしてきたのが間違いだった。記事はヤンテの掟的な復讐心に満ちている。実業家が失うことになったぜいたく品の数々を列挙し、「三年前、彼は小紙にご自慢のブガッティやランボルギーニ、これから購入予定のポルシェについて語っていた」とある。それが「今や無一文だ」と。新聞が人の大失敗を喜ぶのは万国共通だが、デンマークにおいてはその傾向がほかの国より少しだけ強いようだ。

ヤンテの掟は不可解に働く。対象とならないデンマーク人もいるのだ。その最たる例が王室だ（その話はまたあとでする）。また芸術方面で成功を収めた人々は、概ね認められる。ただし、堅実な中流家庭もしくは労働者階級の出身であり、成功を収めても少しも変わらないという姿勢をつねに示しておくと、さらに好感度が上がる。俳優や映画監督であれば、レッドカーペットで繰り広げられるマスコミのお祭り騒ぎを軽蔑していることを表現し、買い物は庶民派スーパーの〈ネトー〉でしていること、皆と同じように赤ん坊のおむつを取り替えているということを強調しなければならない。

芸術性が不確かな分野における成功や蓄財は、デンマーク国民には理解しづらい。レストラン〈ノーマ〉のシェフ、レネ・レゼピは、通りでツバを掛けられ、デンマーク人から「自分の国へ帰れ」と言われた経験を話してくれた（レゼピの父親はマケドニア出身だ）。それは彼のレストランに関するドキュメンタリー番組がテレビで放映されたあとの出来事だったそうだ（レゼピのレストランは英国のケータリング業界誌で、三年連続で世界一のレストランに選ばれている）。〈ノーマ〉が革命的なスタイルの料理、ニュー・ノルディック・キュイジーヌを供しはじめた時、デンマークのメディアはレストランのスタッフを「アザラシ・ファッカー」と呼び、「デンマークの伝統料理を汚すとは何様のつもりだ」と批判した。デンマーク人は、スポーツ界のスター選手が稼ぐ高額の報酬についても面白く思わないようだ（もちろん、彼らの多くが税金を逃れるために海外へ移住してしまうことも一因ではある）。またポピュラー音楽のアーティストが賞賛を受けることも理解に苦しむようだ。

私は、ヤンテの掟のルーツについてこれまで何度も考えてきた。結局のところ、サンデモーセは、デンマーク人の既存の特徴を観察したにすぎないと主張していたのだから、そのような傾向はもともと存在していたに違いない。リチャード・ウィルキンソン教授は、「平等性の高い社会においては、自慢をする必要性が低いので、もしかしたらそこにヤンテの掟のルーツがあるのかもしれない」と語った。つまり、デンマーク人が自慢する人をとりわけ軽蔑するのは、平等を重んじるからだということだ。「狩猟採集民族の社会は、先史時代の社会に近く、平等性が極めて高いのです」とウィルキンソンは語った。「誰か支配的な態度を取りはじめる人がいれば、笑われたりいじめられたり、仲間外れにされたりしました。いわゆる、支配に対抗するための戦略というもので、そういう形でより高い平等性を保ってきたのです」

それとも、北欧の人々が軽薄で個人主義的な、あるいはエリート主義的な仕事において成功を収めることにいまだに尻込《しりご》みをし、あからさまな富の顕示に不快感を示すのは、ルター派の伝統から来ているのだろうか。現代のデンマーク国民は、大きなイベント（クリスマス、結婚式、洗礼式など）がない限り教会へは行かないし、全国各地で教会の数は減りつつあるが、キリスト教は今でも、デンマーク人らしさの概念や行動規範において、中心的役割を果たしている。スウェーデンとは異なり、デンマークは政教分離していない。また何年か教育課程から姿を消していた宗教は、再び必修科目として学校で教えられている。

一所懸命働いて金持ちになり、その成功を人に見せびらかすことが、いまだにひじょうに嫌われるのはそのせいではないか。デンマーク産業界の大物が、国民の手本に挙げられることはほとんどない。海運・石油王の故マースク・マッキニー・モラーは、王室以外のデンマーク人としてはデンマーク史上、最も裕福な人物だろう。だが彼は、尊敬されても、愛されはしなかったし、手本とすべき人物とも見られていなかった。モラーは、自分の財産をみだりに見せびらかさないよう賢く振る舞った。マースク社の広報部によれば、ひじょうに厳しい勤労精神を貫いた人で、九〇代になっても会議に出席し、昼食は家から持ってきた弁当で済ませ、社内では毎日、自分の部屋まで数階分の階段を上っていたそうだ。数々の公共施設に惜しみない寄付もおこなった。コペンハーゲンのオペラハウスの建設に資金を提供した話は特に有名だが、こうした慈善行為がヤンテの掟的な反発をかわす上で役立ったと思われる。

外国人はヤンテの掟にどう対処したらよいだろう。そこらじゅうに埋まっている地雷や張り巡らされた仕掛け線を切り抜ける方法はあるだろうか。やり方は二つある。一つは「馬鹿な外国人」カードを使うことだ。自分の成功や手に入れたものを自慢しながらデンマーク社会を歩いて行く。自分の国にいる時と同じように振る舞い続け、嫌な顔をされても気づかないふりをする。もう一つは、変に目立たぬよう、襟を正して、良い子にしていることだ。教師になるといいだろう。

どちらの方法を選ぶにせよ、デンマークで穏やかに暮らし、デンマーク人に同化したければ、ヤンテの掟の存在に注意を払っておいて損はない。だがデンマークでの暮らしに興味があるなら、理解しておくべき社会現象は、残念ながらまだあと二つある。

第一二章　ディキシーランド

ヤンテの掟とともに、デンマーク社会における順応主義を推し進めるおもな原動力となっているキーワードが二つある。「ヒュゲ（hygge）」と「フォルケリ（folkelig）」だ。いずれも訳しにくい言葉だ。前者はデンマーク独特の親密性や仲の良さを表す言葉で、一見、和気あいあいとした肩肘《かたひじ》を張らないもののようでいて、じつは高度に系統立った、厳密な行動規範を持つもので、その場にいる全員が、その独特の親密さに同調するよう圧力を受ける。後者はデンマークに広い基盤を持つ大衆文化で、主流をなす文化に相当浸透している。手に触れるものをすべて金に変えてしまう力を持つギリシャ神話のミダスと逆に、すべてを糞《くそ》に変える力を持っている。

ヒュゲのほうからはじめよう。なぜならこれはデンマーク人が竜涎香《りゅうぜんこう》よりも星くずよりも大事にしているものだからだ。この言葉は英語なら「cozy（心地よい）」という言葉で置き換えられることが多い*。「きのうのパブクイズは和気あいあいとして楽しかった」とか「このキャンドルは温かみがあるね」というような時に使う。ただ一番近い英語であっても、この言葉が持つ重要性のすべてを表現し切れるものはない。また「ウヒュッゲリ（uhyggelig）」という言葉もある。

*ドイツの読者なら「gemütlichkeit《ゲミュトゥリヒカイト》」、オランダの読者なら「gezelligheid《フゼリハイト》」が近い。

ちなみにこれは「ヒュゲでない」という意味ではない（否定形は「イケ・ヒュッゲリ（ikke hyggelig）」、つまり「ヒュッゲリでない」という言い方をする）。ウヒュッゲリは「薄気味悪い」「恐ろしい」「不必要に対立的な」「怪しい」「不可解な」など幅広い意味を持つ。例えば、失業者数はウヒュッゲリ（恐ろしい）と形容されることがあるかもしれないが、統計の数字がヒュゲ（心地よい）かどうかで表現されるのは聞いたことがない。

理論上は、誰とでも、どこでも、いつでもヒュッゲリな経験をすることができるし、一度にほぼ無限の数の人々とでも、自分自身とでもすることができる。もっとも自分との場合は、私にはなんとなく異様な感じがするが。ヒュゲにお金はかからない。完全に民主的かつ平等で、すべての人に開かれている（もちろんそのルールを理解していることが前提だ。理解するためにはデンマーク人であるか、親切なデンマーク人から徹底的な個別指導を受ける必要がある）。さらに「ロヒュゲ（råhygge）」というものがあり、これは文字通り「本格的なヒュゲ」であり、「超ヒュゲ」だと思えばよい。ただしロヒュゲを使う時には、よくよく自覚の上で使うよう忠告しておこう。

ヒュゲという言葉を最初に知った時には、スカンジナビアの社会慣習のなかでもとりわけ「愛さずにはいられない」ジャンルの言葉のように思えた。この言葉が想起させるイメージは、たっぷり用意されたお酒やたき火、ろうそくの灯りや楽しい時間などだ。ヒュゲは平等な参加を旨とする（人の注目を独り占めしようとするのは極めてウヒュッゲリな行動だ）。その場の全員に、全力で参加することを求める（「このバーベキューはヒュッゲリだね」というように使う［今、目の前にあるこのバーベキューを指す］）。ヒュゲについて分析をした民俗誌学者のスティーブン・ボリシュはこう記している。「ヒュゲの成立には、その場の全員による全力かつ積極的な参加が不可欠だ。……滑らかなやりとり、相互的で持続的なやりとりを通じて、出席者はそのような姿勢で参加することを奨励され、時には強く求められる。……これらのゴールの達成は、幅広い前向きな社交術《ソーシャルスキル》によって可能になる。そのスキルとは、人をからかうこと（国民的娯楽だ）、当意即妙の応答をすること、おもしろい話をしたり冗談を言ったりすること、辛抱強さ、感受性、さらには演者となるだけでなく熱心な観客となる能力などだ」

だが残念なことに、この数年間で、私はどういう訳か、すっかりヒュゲ嫌いになってしまった。例の泡の多い安ビールのせいではない（一体どうしてあれを「おそらく世界で最高のビール」と呼べるのだろう。〈サンブレスト〉のパンを世界一のパンと呼ぶようなものだ）。あるいは、カレー味のニシンのせいでもなければ、二人以上のデンマーク人が集まると必ずはじまり、そのせいで正式なディナーが果てしなく長引くはめになる、例の合唱のせいでもない。*私が最終的にヒュゲを憎むようになったのは、中道のコンセンサスへ向かおうとする、その専制的かつ容赦ない力のせいだ。少しでも議論が対立しそうな話題を徹底的に避けることや、物事を軽くさわやかに陽気に保たなければならないこと、心地よく自己満足的で小市民的かつ押しつけがましいところ、それらすべてのせいだ。

＊お祝いごとのディナーで、一二時の鐘が鳴るのを聞きながら辛抱強くデザートを待ったことが何度あることか。そんな時間になっても、また別の中年のご婦人が、流行歌の歌詞のコピーを配りはじめるのだ。しかもそれは、お祝いの主役の人生を面白おかしく歌詞に織り込んだ替え歌になっている。

デンマークの人類学者イエッペ・トローレ・リンネはかつてこう書いている。「人々がヒュゲするとき、彼らは競争や社会的評価などのプレッシャーからお互いを守り合う」。そういう意味では、自主的な言論統制であり、その特徴は、互いへの好意よりも、自己満足的な排他性にある。リンネはまた、ヒュゲは「社会を統制する道具であり、人の考え方に序列をつけ、ヒュゲを生み出せない社会集団に対して否定的な固定観念を抱かせるよう作用する」と言っている。つまりデンマーク人こそはヒュッゲリな時間を過ごす正しい方法を心得た国民であって、上品ぶったカクテルパーティーや、激しい議論を戦わせるディナーパーティー、しゃれた夜会を催す外国人のことは気の毒に思っているらしい。英国の人類学者リチャード・ジェンキンスも「ヒュゲとは威圧的なほど規範に基づいたもの」と、似たようなことを言っている。

私が初めてデンマークに来た時の経験がまさにそれだった。例えば、会話を刺激するために、あえて反対の意見を言うことや、政治問題や社会問題について活発な議論を交わすことは、歓迎されないということを、私はすぐに学んだ。そういう話題になるとデンマーク人は落ち着かなくなる。私の表現に多少の誇張があることは認めよう。だが一般的にデンマーク人が、社交的な集まりで激論を戦わせることを好まないのは本当だ。それよりも、このワインはどこで買ったとか、いくらだったとか、今飲んでいるボトルのほうがさっきのより美味《おい》しいといった話題に没頭することをはるかに好む。

これは私一人の意見ではない。「私たちスウェーデン人もデンマーク人の島国根性や、家族や友人と心地よい時間を過ごそうという、彼らのいわゆるヒュゲを馬鹿にしていますよ」あるスウェーデン人学者は私にそう語った。「社会学者のなかには、デンマーク人の外国人恐怖症や人種差別主義を観察し、ヒュゲに言及して、デンマーク人がいかに自分たちと世界の間に垣根をつくって引きこもり、快適かつ居心地よく過ごすのが好きかということを指摘する人もいます」

気楽で、ぬるま湯に浸《つ》かったような、ヒュッゲリな雰囲気づくりを最優先する傾向は、私の唱える植民地喪失後の「跳ね橋理論」と一致する。それは、帝国の喪失以降に生まれた、手元に残ったわずかな文化的経済的資本を大切にしようという考え方であり、デンマークが視線を内向きに転じた、例の「外で失ったものは、内に見つかるだろう」的な発想だ。彼らには、身を寄せ合って共通の価値観を確かめ合い、時勢や流行にかかわりなく、それらの価値観にしがみつく必要性があった。それが、デンマークが領土を失ってきた歴史に端を発している可能性は十分にある。小さな救命ボートにつかまっている人々は、ボートを揺らさないほうが安全だということをすぐに学ぶ。ヒュゲは物議を醸しそうな話題を避け、不幸な想い出に蓋《ふた》をする、優れて効果的な方法だ。「そのとおり、僕たちはノルウェーも、シュレスウィヒとホルシュタインも持っていたのにすべて失ってしまった。だけどそれについて話し合う必要が本当にあるかい？　それよりもう一本アマローネワインを開けようよ。インゲおばさん、歌いましょう！」

デンマーク人は格式ばらないことについて、誇りを持っている。男性はめったにネクタイを締めないし、生徒は教師をファーストネームで呼ぶ。デンマークの政治家は、流行になる前から自転車通勤をしていた。だが地球上のほかの民族同様、彼らにも独自の社会のルールや正式な手続きがある。最も堅苦しくないように見えている時でさえ、それは高度に儀式化された気取らなさであることが多い。実際、外国人が最も気をつけなければいけないのは、こういう時だ。なぜならそこには罠《わな》が仕掛けられているからだ。ビールを注がれても、ホストが乾杯の声を上げるまで口をつけてはいけない。ライ麦パンとサーモンが同じビュッフェに並んでいても、サーモンは必ず白いパンと一緒に食べること。そして頼むから、偉大なるオールフおじさんが戦時中に何をしたか、尋ねないように。

クリスマスはデンマークの暦のなかで、最も高度に儀式化された行事だ。デンマークのクリスマスの伝統について書けば、一冊の本になるだろう(実際、その手の本は山ほど出版されている、とデンマークの出版社の人がうんざりしたような溜息とともに教えてくれた)。ツリーを囲んでクリスマスキャロルを歌うことにはじまり、「アーモンドゲーム」(巨大なライスプディングの奥深くに隠されたアーモンドの実があり、自分が食べた中にそれが入っていた人が勝ちなのだが、全員がそのライスプディングを食べ終えるまで飲み込まずに口の中でとっておいて、最後に教えるという遊び)を経て、みんなで手をつないで家中の部屋を一つひとつ走り抜けながら「またクリスマスが来た」を歌うこと等々。デンマーク国民はクリスマスを完璧に過ごすために、真剣な練習をおこなう。公平を期すために言うと、私のようなひねくれ者さえ楽しいと思う。

デンマークの暦には数多くの特別な日がある。「ヨハネ祭(夏至祭)」についてはすでに紹介した。「告解の三が日」では、棒で猫を叩く(少なくとも以前はそうしていたが、現在ではお菓子の入った樽を叩く)。「大いなる祈りの日」は、イースターの後の四番目の金曜日に来るあまり重要でない宗教上の休日だ。そして「モルテンスアフテン」がある(これがなんなのか、いまだにわからないのだが、一一月の祭日で、皆で鴨を食べる)。さらに、色々な記念日や誕生日のパーティーがあり、そこには着席の食事やスピーチ、歌や乾杯がつきもので、厳格なひな型を忠実に守っておこなわれるようだ(どういう感じか知りたければ、『セレブレーション』という映画をお薦めする。ただし、デンマークのパーティーには、近親相姦や自殺に関する暴露話がつきものだということではない）。それは結婚式や洗礼式、堅信礼式でも同じことだ。ちなみに堅信礼式は成長産業になりつつある。

考えてみれば、デンマーク国民は、インドのジャイナ教徒や厳格なユダヤ教の一派であるハシディズムのユダヤ人のように、部外者には理解できない複雑な儀式や、社会的な意味を持つ記号表現を発達させてきた。それはビュッフェで料理を取る順番にはじまり、パーティーの席で自己紹介をする方法や、子どもの学校での成績についての話し方に至るまでにかかわっている。

「フォルケリ（folkelig）」に対する私の考えはヒュゲに対してよりも、さらに明快だ。私はフォルケリを憎んでいる。私はあの「ビアガーデンで演奏されるディキシーランドジャズ」的な押付けがましいお祭り騒ぎが大嫌いだ。最大公約数的で外国人嫌悪的なユーモアも嫌だし、サマー・レビュー・ショー（「見て、男の人が女王の恰好をしてるよ！」）の二番煎《せん》じ的な娯楽さえあればよいという決めつけも嫌だ。そしてデンマーク人がケータリングに求めるものといえば、大量生産のビールに豚肉の加工食品だけだ。だが不満を抱いているのは私一人だ。楽しいと思っている人はたくさんいる。私は自分が嫌らしい気取り屋であることを認める。

フォルケリはデンマークの大衆文化と生活に深く浸透している。避けたければ相当気を張っていないと無理だ。私はユトランド半島でおこなわれた、例の合唱の合宿に参加することに同意した時、その警戒を怠った。あれは私がデンマークで過ごした年月の中で、最も強くフォルケリを経験した期間だった。四〇〇人の元公務員と一緒に七〇年代、八〇年代のヒット曲を六日間にわたって歌うという、あの経験だ。途中、二日目で私は大いなるアイデンティティー・クライシスを感じていた。三日目には永遠にデンマークを去る計画を立てていた。だが四日目になると、イージーリスニングの編曲や全体主義的な雰囲気によって、妙に落ち着いた気分になった。

金曜日の発表会が近づくにつれ、みんな少しピリピリしてきたが、声を荒らげる人はなかった。

音程が多少外れたり、歌詞が飛んだりといったミスはあったが、指揮者はどこまでも忍耐強く、私たちをなだめすかし、励ましながら、最後まで導き通した。喧嘩やかんしゃくを起こす歌姫はいなかった。

いなかった*。一日中リハーサルしたあと、夕食後にはデンマーク民謡や賛美歌を歌うために再び集合する。ちなみに夕食は、何かしらの肉とゆでたジャガイモ、原材料がよくわからないどろりとした茶色いソースで、それをプラスチックの広口コップに入ったチリ産のカベルネ・ソーヴィニヨンとともに、学校の食堂の長テーブルに座って食べる。歌の内容は、デンマークの季節や田園風景、共同体や仲間との連帯感、死や喪失などで、優しいもの、皮肉なもの、慎み深く、それでいて誇りに満ちているものなどがあった。

こういった歌詞のほとんどが、現在、八三歳のベニー・アンデルセンという偉大な民謡作詞家によって書かれたものだ。アンデルセンは、彼を讃《たた》える催しにわざわざ来てくれた。私たちは、彼が作ったデンマークに関する皮肉の効いたほろ苦い歌（「笑みを絶やさない狂った人々が住む、この小さくて神経質な国」というのが、最も有名な彼の歌詞の一つだ）を歌い、彼の仕事に関する想い出話を聞いた。アンデルセンは、ここに集まった人々にとって、大切な文化的象徴だった。そして彼が退出する際には、年配の女性たちが競って（何人かはフライングしたが）立ち上がり、スタンディングオベーションを送った。

私はトゥナーでの歌の合宿に参加している親切で人の好《よ》い温厚な人々について批判的なことを

言っている自分が、ろくでなしに思えてきた。デンマークの人たちが持っている、コミック作家のゲイリー・ラーソン的美意識（サンダルにソックスを履いているとか、ジーンズをカットして作ったショートパンツを穿《は》いているとか、シャツの裾《すそ》をズボンに入れているとか）や、漫画シンプソンズのキャラクター、ネッド・フランダース的感性をからかうのは簡単だ。本当を言うと、これ以上に満ち足りた、優しく正直で、仲間を大切にする人々の集団に会うことは望めないだろう。問題は、私のような人間嫌いの皮肉屋には、フォルケリが、スーパーマンを無力化するクリプトナイト、あるいは『オズの魔法使い』に出てくる西の国の悪い魔女を溶かしてしまう水のような力を持っているということなのだ。私は力を失い、混乱し、自分が誰なのかわからなくなってくる。フォルケリに長い時間さらされていると、私は破滅し、息苦しくなって死んでしまう。

私が悪い人間だからだ。

＊厳密に言うとこれは事実ではない。一つだけもめごとがあった。私が起こしたものだ。特別に編曲された一九八〇年代メドレーの最後に、グランドマスター・フラッシュの一九八二年のヒット曲「ザ・メッセージ」からラップの台詞《せりふ》を二行つけ加えることになった。バスとテノールで「力強く」発音するように、という指示だった。私はそのラップの台詞「Don't push me 'cos I'm close to the edge」の「the edge」は、「ジー・エッジ」ではなく「ジ・エッジ」と発音するのだと指摘した。少なくともミスター・フラッシュはそう発音している。だがバスの一人の六五歳の元英語教師がそれを取り合わず、バス部のメンバー全員を味方につけた。正しい発音は「ジー・エッジ」だ、と彼は腕組みをし、うんざりしたように首を振りながらそう言った。私は、「ジ・エッジ」のほうがオリジナルに忠実だしインパクトもある、と自説を貫いた。指揮者は私に同意したが、この年配の元教師と彼のバス部は、リハーサル中、頑固に自分たちのバージョンを歌い続け、最後のコンサートでも、私と視線の火花を散らしながら「ジー・エッジ」と歌っていた。

フォルケリを視覚的に表すもののなかで、外国人にとってはとりわけ違和感を覚えるかもしれないものが、フォルケリやヒュッゲリ的行事の中心的な装飾であるデンマーク国旗だ。デンマーク国民は、この旗が世界で一番美しいものだと本気で信じていて、どんなささいな機会ももらさず掲揚する。誕生日や葬式、記念日やあらゆる社会的行事など、すべてだ。国旗はプレゼントの包装紙やバースデーカードの柄にも使われるし、ケーキやビュッフェにも飾られる。リチャード・ジェンキンスは、火曜日に掲揚されている国旗は、結婚二五周年のお祝いではないかと推測している。なぜなら「うるう年を計算に入れると、もとの結婚式が土曜日ならば、二五年目のその日は必ず火曜日になる」からだそうだ。ジェンキンスによると、デンマーク国民が一年間に国旗のために使う金額は、六〇〇〇万デンマーククローネ（約九億二七〇〇万円）にのぼる。国旗の扱いにはさまざまな作法や決まり事がある。たとえば、旗が地面に触れないようにするとか、日が暮れる前に降ろすといったことだ。国旗はデンマーク国民を感動させ、そよ風にはためく国旗や子どもの顔に描かれた国旗を見ると、彼らは本当に涙ぐむ。妻が息子の一歳の誕生日に、デンマーク国旗をぐるりと立てた誕生日ケーキをワゴンに載せて入って来た時の、私の母親のぎょっとした表情や、私の誕生日に妻の両親が電話をして来て、私のために、彼らの前庭に国旗を揚げたことを知らせて来た時に感じた戸惑いは、忘れることができない（デンマークでは自宅や別荘から子どものおもちゃの家にまで、必ずと言ってよいほど旗竿《はたざお》が備えつけられている）。

英国人から見ると、デンマーク国民の国旗に対する熱意にはかなり不安を覚える。大好きな友だちが英国の最右翼、イギリス独立党に一票を投じていることを知ってしまった時のような感じだ。デンマーク国旗は、スーパーにある無数の商品（ジャガイモから洗剤まで）のパッケージにも使われているし、あまり有名でない王室の一員の誕生日にも、バスは国旗を掲揚する。時々、国全体が、ナチスのために映画を作ったレニ・リーフェンシュタール監督が手がけた舞台装置のように感じられることがある。だがデンマーク国民の国旗への愛情は、第一印象ほど危険なものではない。国旗のイメージは、近年、デンマーク国民党の外国人恐怖症的なナショナリズムによって、少し傷ついた（少し前に、彼らはデンマーク国旗を車のナンバープレートにつけるという法案を通そうとして失敗した）が、デンマーク人は旗を振ることを愛国的な行為とは思っていない。ただ、そう、国旗はヒュッゲリなだけだ。

「よその国だって国旗を大事にしているでしょう」最近、夕食の席でデンマーク人の友人が私に抗議した。「オリンピックを見ればわかるじゃない」

「ええ」私は答えた。「その通りです。でもフランス人は猫の誕生日にフランス国旗を掲げませんよ」

リチャード・ジェンキンスは、著書『デンマーク人であること――日常生活の中のアイデンティティーの逆説』（Being Danish: Paradoxes of Identity in Everyday Life）の中で、デンマーク人の国旗に対する奇妙な執着心について書いている。彼はそれをまったくネガティブなことと捉えていない。

「まず、愛国主義が何もかもよくないということではありません」英国シェフィールドの自宅にいる彼は、電話でそう語った。「ポイントは、デンマーク人の国旗の使い方が、じつに多様だという点です。使用法で言えば、世界で一番、複雑な国旗ですよ。過去、一五〇年間のうちに、幸せなことや楽しいこと、祝い事などと結び付けられるようになりました」

デンマーク国旗に対するジェンキンスの関心が最初にかき立てられたのは、初めて降りたデンマークのある空港の到着ロビーで、友人や家族を出迎えにきたデンマーク人の群衆が、国旗を振っているのを見た時だった。実際にこれはよく見かける光景だ。

「いったい何事かと思いました。気づかなかったけれど同じ便に王室の方でも乗っていたのだろうかと思ったくらいです」ジェンキンスは、スウェーデンやドイツを隣国に持つ小国デンマークにとっては、国家のアイデンティティーを表現する必要性がとりわけ高いのではないかと考えている。そして彼らの国旗愛は高まる一方だという。「マーケティングのツールや装飾として、国旗は着実に、これまで以上に目立つようになった」と彼は書いている。それにもかかわらず、デンマーク国民は、二〇〇五年のムハンマドの風刺漫画掲載の件で、ダマスカスの路上でデンマーク国旗が燃やされているのを見ても、驚くほど無関心だった。おそらくそれが本当のデンマーク国旗ではなかったことと、燃やしているのがデンマーク人ではなかったからだろう。

ジェンキンスは、スーパーマーケットでデンマーク国旗で派手に飾られたバナナの商品ディスプレーも印象的だったと語った。特売の商品に買い物客の関心を引くためだけのものなのだが、「一瞬、おや？　と思いましたよ。『バナナはデンマークでも栽培されていただろうか』とね」

イェリング墳墓群の見学を終えた私は、腐ったバナナの探検を続けた。ユトランド半島を西に向かって車を走らせ、クリスマスツリーの森林を通り抜け、紫色のルピナスが咲き誇る草原や、草をはむ牛たち（豚は相変わらず捕虜収容所のような小屋の中に隠されている）のいる草原、巨大な風力タービンが並ぶ草原を通り過ぎた。小さな町もいくつか通った。どの町にも同じチェーン店や同じケバブの店があり、銀行が一〇軒くらいと、慈善団体が運営するチャリティーショップが必ず一、二軒ある。腐ったバナナにはチャリティーショップが多い。また、同じようなライ麦パンとペストリーを売っているパン屋もある（ちなみにデンマーク人は「デニッシュ・ペストリー」とは言わず、ペストリー発祥の地であるウィーンの名を取って「ウィーンブレッド」と呼ぶ）。さらにどの町にも必ずパブリックアートが一点ある。通常は、どういう理由か、太った女性の彫刻か、または小さな太った人たちが岩をよじ登っている彫刻だ。

この手の身体醜形彫刻はデンマーク中にある。コペンハーゲンには、このようなフォルケリかつヒュッゲリな芸術作品だけを集めたギャラリーまである。私がこの「喜劇的肥満派」芸術のなかでも、最も魅力に欠けると思う作品は、西海岸へ行く途中で通りかかったリンキュービンにあるものだ。この像さえなければ美しいと思える漁村の、港に面した場所に、垂れた乳房をした太った裸の西洋人女性が、漫画のように分厚い唇をし、腰布を巻いた、やせこけたアフリカ人男性に肩車されているという彫刻だ。女は正義の天秤《てんびん》を持っている。意味がわからない読者もいるかもしれないので念のためにつけ加えると、説明のプレートに、作品名は「最も太った者のサバイバル」とあり、「この作品は数か所のNGO国際会議で展示されました」とある。なるほど、NGOアートか。皮肉なことに、この彫刻は、港に面したいくつかのオープンエアのレストランから見える場所に立っていて、レストランのメニューのほとんどが、揚げ物だった。

さらにいくつかの森や草原を通り抜け、風車を通り過ぎながら、果てしなく真っ直ぐ続く道を走り続けた。ブランデという小さな町の手前まで来て、ユトランド半島の景色の単調さにいよいようんざりしはじめた時だった。左手の森の中に、大聖堂くらいの大きさのカラフルなヒンズー教の寺院が見えた。表面にたくさんの神像が施されたジッグラトと呼ばれる階段式ピラミッドの建築物だ。私は急ブレーキを踏んで止まり、方向転換して車から降りると、その場に立ったまま二分間ほどたっぷり、このすばらしい蜃気楼《しんきろう》をうっとり眺めた。

この寺院は「スリ・アビラミ・アマン寺院」という名前であることがわかった。一九七〇年代にスリランカからデンマークへやって来た数千人のタミル人難民の心の拠《よ》り所となっている。私は入口ホールへ入った。白檀《びやくだん》とジャスミンの強烈な香りがして、私をインドへと連れ戻した。本堂に通じるガラス扉の前に立って中を覗《のぞ》いていると、緑と金色のサリーの上に分厚い冬物の上着を着た女性が、笑顔で近づいてきた。

彼女の説明によると、この寺院は「スリ・アビラミ・ウパサキ」または「アマ」と呼ばれる巫女《みこ》の監督のもとに運営されており、毎日午後一時と七時に礼拝がおこなわれるそうだ。ちょうど間もなく七時だったので、もう少し待って見学してはどうかと勧めてくれた。

間もなく頭からつま先まで、オレンジ色の布ですっぽり身を包んだ小柄な女性が、寺院の陰にある茅葺《かやぶ》き屋根の小さな古い家から現れ、私たちの方へ向かって足を引きずるようにしながら歩いて来た。それがアマだった。彼女は私をちらりと見てそのまま本堂へ入っていった。その後ろから来た小柄な中年男性が私に向かって笑顔でうなずいた。

「今日はお肉を召し上がりましたか?」彼は尋ねた。

「食べました」と私は答えた。「あるビストロでじつにうまい手作りのタルタルステーキを……」と勢い込んで話しはじめると、彼は片手を上げて話を遮り、「それでは本堂には入れません」と言った。

　菜食主義者以外は参加できない儀式ということだったので、私は本堂のガラス戸の外から、アマがお香の煙の中をよろよろした足取りで歩き回り、鐘を鳴らしたり、祝福を与えたり、祈りを捧《ささ》げたりするところを見学した。その間、若い女性がずっとカメラを回している。毎日、オンラインでストリーミング配信しているそうだ。

　どうやらアマは不妊症からがんまで、さまざまな種類の病気を治してきたらしい。患者の体にライムを転がして病気を診断し、その後ライムを半分にカットして、聖水とともに果汁を患部に塗って治療するそうだ。

「本当に効くんですか?」私はその若い女性に聞いた。

「効くこともあります。アマは奇跡を起こしてきました。正気を失った人たち、私たちとは違う世界に行ってしまっている人たちがここへ来て、帰る時には正常で健康な体になり、今では結婚して子どもも授かっているのを、私は実際に見ました」

　もっとすごい話もあった。毎年一二月三一日、真夜中に行われる儀式の最中に、アマの口から血がほとばしり、顔が青くなったり黒くなったりし、手のひらに模様が現れるそうだ。この日の礼拝（その大晦日《おおみそか》のものに比べればはるかに静かだったが）のあと、私は少しアマと話をした。内気な女性で、ひじょうになまりの強いデンマーク語でほとんど囁《ささや》くような話し声だった。

アマは一九七四年、九歳の時にスリランカ北部のジャフナからデンマークへ来たそうだ。私はデンマークの第一印象を尋ねた。

「とてもすてきでした」彼女は言った。「とても平和で、皆とても優しくしてくれました」

アマは、神からエネルギーを受け取り、手から伝えるのだと説明してくれた。また巡礼者にアドバイスを与えることもあるという。その多くはデンマーク人だそうだ。デンマーク人がなぜこれほど幸福なのかについて、何か説を聞いたことがあるか尋ねてみた。

「ええ、デンマーク人は幸せです。皆さん、あまり忙しくありません。ストレスも少ない。とても良いことです」

そう言うと、彼女は軽くお辞儀をして再び茅葺き屋根の小さな家に足を引きずるように歩きながら去っていった。

この寺院から、私はユトランド半島の西海岸へ出た。そこには広い砂浜があり、高波と、無秩序に広がる別荘のスラム街がある。ここへは毎夏、数万人のデンマーク人やドイツ人が休暇を過ごしにやって来る。なかでもブロヴァンやスンダーヴィといった地区には昔ながらの海水浴場の活気があって、ゴムボートや魚網、ソフトクリームなどを売る店がある。私は自分が子どもの頃に遊んだ英国の保養地を思い出して、少し懐かしくなった。草の生えた砂丘の懐に抱かれて茅葺き屋根の別荘が海岸に沿って並んでいる様子は、強風に吹きさらされた小人《ホビット》の妖精の家々のように見えた。

私は海岸沿いの道を北に向かって行ったが、その道はGPSからなんの警告もないまま突然、ニースムという広い河口のところで途切れた。脚を伸ばそうと車から降りると、二、三〇〇メートル離れた場所に建つ巨大な水産加工工場から、とんでもない魚臭が襲ってきた。ロールオン・ロールオフ式小型フェリーを待つ間、同じようにフェリーを待っている男性に話しかけた。当のフェリーはエンジン音をたてながら、入り江の反対側からこちらへゆっくり向かって来る。まるで庭仕事に使う浅いカゴが浮いているようだった。私は彼に「ウッドカンツダンマーク」つまりデンマークの遠隔地を回っているのだと話した。「ハッ！」彼は私たちの周囲をぐるりと指しながら笑った。「これこそ究極の遠隔地だろう！」

　それでもわざわざドイツからこの土地を訪ねてきた観光客もいた。私の後ろに並んだバンに乗ったカップルだ。男性が、映画『オルセン・バンデン』シリーズのロケ地を訪ねて回っているのだと言う。オルセン・バンデン（英語タイトルは『オルセン・ギャング』だ）は、デンマークの大いなるフォルケリのシンボル的存在だ。運の悪い架空のちんぴらたちを主役にした、デンマークのコメディシリーズで、七〇年代から八〇年代に大成功をおさめた。それが最近スウェーデン人とノルウェー人をキャストに加えてリメイクされ、スカンジナビア全域にまたがる文化的現象となった。私はリメイク版を観ていないが、オリジナルのデンマーク映画のほうには、時代的な魅力が感じられる。英国で一九七〇年代に主流だった『キャリー・オン』シリーズの映画のユーモアに近いものや、英国コメディアンのノーマン・ウィズダム演じる「普通の人」に通じるものがある。オルセン・ギャングは、大企業や権力者と取引しようとして、たいてい失敗に終わるのだが、これを社会政治的に解釈する人もいて、東ドイツでの大成功につながった。だから、わざわざロケ地を訪ねて回る人もいるのだろう。

　私はその晩、リムフィヨルド海峡に近いティステという立派で小ぎれいな町に泊まった。その後、全国紙『ユランズ・ポステン』によるとデンマークで一番退屈な町であるハアドムを見学しながら、ゆるゆると西のほうへ戻った。ハアドムはデンマークが抱える「遠隔地」問題の象徴のような存在だ。駅や酪農場、学校は閉鎖され、六〇軒あった店舗の最後の一軒も消えた。通りにはトタン屋根の平屋建ての家が立ち並び、かなり荒涼とした景観だった。デンマークの研究者たちが、二〇五〇年までには地方に住む人口が、全人口の一〇パーセントにまで減るだろうと予言する根拠はこういう町にある。現在は全人口の約二五パーセントが地方に住んでいるが、都市部への人口流入は容赦なく進んでいる。新規雇用の七五パーセントがコペンハーゲンで創出されており、国内総生産の約半分をコペンハーゲンが担っている。あと二〇年くらいのうちにハアドムのような町はゴーストタウンになるだろう。

南へ戻る途中、ビルンへ寄った。イェリング墳墓群とヒンズー教寺院のあとに、私のユトランド半島三大聖地めぐりの旅を締めくくるのは、デンマークの偉大なる非宗教的信仰の地、レゴランドだ。

読者諸君に、この本の値段の何倍も得をするヒントを差し上げよう。五時を過ぎるとレゴランドの入場料は無料になる！　たしかに乗り物のアトラクションは終了している。でも、人気《ひとけ》のない通りや自動車がのろのろ走る、レゴで作られた街のジオラマは、いくら見ても見飽きなかった。コペンハーゲンの街並みを見下ろしながら、ゴジラのように暴れ回りたいという圧倒的な衝動に駆られた。

レゴビルダーたちが、アクリロニトリル・ブタジエン・スチレン（ＡＢＳ）樹脂の注入塑造によって作られたブロックを組み立てて、永遠の命を与える対象に選んだ場所は、ハリウッドのチャイニーズシアターからスウェーデン南部のイエータ運河まで、ランダムでエキセントリックな取り合わせだった。とくに私が面白かったのは、デンマーク人がやんわりとほかの北欧諸国を皮肉っているところだ。たとえば、故障したボルボの横でヒゲ面のスウェーデン人が怒って頭をかきむしっている姿とか、ベルゲンの街で派手なフェラーリを乗り回す石油成金のノルウェー人の姿などだ。

ただ、健全で非営利的かつルター派的なテーマパークを想像してレゴランドを訪れた人はがっかりするだろう。入場して真っ先に目にするのは大きな銀行だ。そこから先には、あなたにお金を使わせようとする無数の誘惑が待ち構えている。質の低いホットドッグ、毒々しい色のフローズンドリンク、脂っこいハンバーガー、そしてもちろん、レゴキットだ。ここには世界最大のレゴストアがある。店が今一番推しているのは、女の子用に新しく打ち出した「フレンズ」という商品シリーズだ。商品の箱を見る限り、北欧社会を男女平等に導く輝かしい手本からは程遠いようだ。女の子たちはジャグジーでくつろいだり、カップケーキを作ったり、髪をセットしてもらったりするのに忙しい。

私はレゴの真のアイコンを探していた。正直に言うと、ユトランド半島での冒険旅行の本当の目的は、レゴ・デス・スターを手に入れるためだった。レゴ本社内にあるこのショップで買えば、コペンハーゲンのストロイエにある旗艦店で買うよりも、少しは安いのではないかと考えたからだ。ユトランド半島の奥地まで、レゴランド詣《もう》でに訪れた忠実なファンに対しては、値引きをしてくれるに違いないと。

とうとう見つけた。大切な想い出と少年時代の夢がつまった箱だ。箱の表には、凹凸のあるプラスチック製ブロックを使って作ったとは思えない完璧な形をした、あの有名な悪の球体の写真が載っている。私は固唾《かたず》を飲み、値段を見ようと、恐る恐る箱をひっくり返した。中で数百個のブロックがジャラジャラと鳴り、その懐かしい音が私を三〇年前に引き戻し、涙がじわりと浮かんできた。

そして値段の表示を見つけた。四〇〇ポンド（約六万九〇〇〇円）！　色のついたプラスチックの値段が！　勘弁してくれ……。

第一四章　幸福幻想

私たちデンマーク人は土壇場まで追い詰められている。私たちほど高額の税金を払っている国民はない。私たちほど働く国民も、病気を抱えている国民も、高い自動車を持っている国民も、手に負えない子どもたちや質の低い学校を抱えている国民もいない。

ラスムス・ベック、『ポリティッケン』紙、二〇一二年四月

ベック氏はデンマーク人の労働時間について、調べ直してみたほうがよいだろう（それにひどい天気のことも書き忘れている）。だがそれはさておき、デンマーク人の幸福感に関する矛盾に

ついてのおもな要素はしっかり押さえている。表面的に見れば、デンマーク国民がほかの大方の国民より幸せを感じる理由はかなり少ない。にもかかわらず、問われれば自分たちが一番幸せだと彼らは主張する。

この現象を私たちはどう理解すればよいのだろう。デンマーク国民は、本当に本人たちが言うほど幸せなのだろうか。それとも彼らは嘘をついているのだろうか。

まず明らかなことは、「幸福」を定義する必要があるということだ。ソンブレロをかぶって愉快に踊ることや、小さな傘を差したカクテルを飲みながら生きる喜びを語り合うライフスタイルを幸福とするなら、デンマーク人が高得点を獲得することはないし、デンマーク人だってその方面の幸せにおいて自分たちが一番だと言い張るつもりはないと思う。だが、自分の置かれた立場に満足して生きるとか、（自己）満足という観点で幸福を語るなら、デンマーク人は十分優位に立てる。

私は長年、数多くのデンマーク人に、この手の幸福度調査について意見を聞いてきた。本当に自分たちが世界で一番幸福な国民だと思うか、と質問すると、本気でそう信じている人は、これまで一人もいなかった。セイフティーネットや社会保障について、また大方のものがきちんと機能していることについて、彼らは感謝しているし、近年海外で人気を博したテレビ番組についても誇りに思っている。しかしこの大げさに取り上げられている幸福感という話題になると、本当は悪い冗談に引っかけられているだけで、誰かが出て来ていたずらの種明かしをするのではないかと思っているような態度をとることが多い。

一方で、同じ人々が、デンマークに関する批判には素早く反論してくることも多い。たとえば学校や病院、交通や天気、税金に政治家、音楽の趣味や単調な景色などに関する批判に対しては、ある意味、反論しようのない即答が返って来る。「それが本当だとすれば、なぜ私たちが世界で一番幸福な国民なのでしょう?」と(その時、たいていみんな両手のひらを上に向け、自慢げな硬い笑みを浮かべる)。つまり、そういう時は幸福論が役に立つらしい。

前に、幸福度調査はデンマーク人にとって、「自己成就的予言」を発表する場になっていないだろうか、と述べた。つまり、「この手の国際調査における評判を意識しているために、実際よりも幸せなふりをしているのではないか」ということだ。アンヌ・クヌーセンは、デンマーク人が幸福度調査において肯定的な回答を続ける理由に関して、次のような説を持っていた。「デンマークでは、幸せでないということは、あってはならないことなのです。元気でやっているかと尋ねられた時に、『じつは今とてもつらくて……』と話しはじめたら、相手は『何とかしてあげなくちゃ』と思うかもしれません。相手に『私を助ける』という重荷を背負わせることになるかもしれないのです。それが、だれもが『大丈夫』とか、場合によっては『最高にうまくやっている』と答える一つの大きな理由です」

もう一つ説得力のある説がある。デンマーク人の友人の仮説だ。「あの手の調査のトップになる理由は、いつも年頭に抱負を聞かれるからだ」と彼は言う。「そして年末に、その希望は叶ったかと聞かれる。そもそもの希望が極めてささやかだから、簡単に叶うのさ」

ひょっとしてそれがデンマーク国民の満足感の秘密なのだろうか。期待値が低いということが? たしかに来年の抱負を尋ねられると、デンマーク人は概してほかの国の国民よりも低めの抱負を述べる。そしてその希望が叶えば、彼らは満足感を味わえる。デンマークにおいて幸せは、天から賦与された「不可譲の権利」ではない。だから手に入った時にはよけい感謝の気持ちを持つのではないだろうか。多くを失った激動の歴史が、ちっぽけな喜びでも、巡ってきたら感謝するように、彼らを変えたのではないか。もしかしたらデンマーク国民の幸せとは、私たちの知っている幸せとは別物で、それよりもはるかに価値と永続性のあるものなのではないか。それはつまり充足感であり、自分の置かれた立場に満足することであり、低いレベルの必要性が満たされることであり、高い期待を抑制することなのではないか。

デンマーク人が幸せを感じるのは、どのような時だろうか。あるデンマークの新聞がおこなった最近の調査では、次のような結果が出た。七四パーセントが友人と一緒にいる時が一番幸せだと答えた。家族と一緒にいる時が二位で七〇パーセント、海外旅行が三位というのもおそらく意外ではないだろう。スポーツは、食事やテレビ鑑賞の順位を上回った（そりゃそうだろう）。さらに別の調査では驚くべきことに、五四パーセントのデンマーク国民が、死ぬのは恐くないと答えている。もしかしたらこれが秘密かもしれない。

二、三年前、南デンマーク大学で疫学を研究しているコーオ・クリステンセン教授が、デンマーク人の幸福感について考えられる理由を探る、少々ユーモラスな見解を発表した。これは「なぜデンマーク人はうぬぼれ屋なのか——欧州連合内における人生満足度比較研究」という題名で、挙げられていた理由は、「アンケート調査に答える時に酔っぱらっていたから」というものから、「一九九二年のサッカーの欧州選手権で、デンマークが予想外の優勝を手に入れたから」というものまであった（この時は決勝でドイツを破っただけでなく、試合がスウェーデンでおこなわれたため、複数のリベンジを同時に果たしたデンマークの喜びはひとしおだった）。だがクリステンセンの研究チームは、「期待値の低さが重要な役割を果たしている」という結論も導いている。「もし期待値が非現実的なまでに高ければ、失望や、人生の満足度の低さにつながる」と彼は書いている。「毎年、デンマーク国民は、国が衰退していないことに新鮮な驚きと喜びを感じている」そうだ。

デンマーク人のうぬぼれ気質を指摘したのは、クリステンセンが初めてではない。一八世紀の女性の権利活動家の草分けである英国のメアリー・ウォルストンクラフトは、北欧地方を旅した時の紀行文集に、彼女から見れば過度に膨らんだデンマーク人の自己像について次のように書いている。

幸福がそう思うことによって成り立つのなら、彼らは世界で最も幸福な人々だろう。なぜなら私は自分の状況にあれほど満足している人々に出会ったことがないからだ。……政治家は国民に威張り散らし、仕事に没頭し、他国の情勢についてあまりに無知なため、デンマークが世界で最も幸福な国だと独断的に決めつけている。

実際、のんびり屋とうぬぼれ屋は紙一重だ。デンマーク人は人生に対して見事なまでにあくせくしない。私はそれを時として大いなる自己満足と解釈しているが、同時に、肩の力を抜いて人生を送る姿勢については、デンマーク人から大いに学ぶべき点があるとも思っている。彼らはいつもくつろいで、落ち着いている。デンマーク語にはストレスの軽減を奨励する言い回しがたくさんある。「スラップ・ア（Slap af）」は「リラックスしなさい」、「ローリ・ヌ（Rolig nu）」は

「無理しないで」、「デ・エア・リーエ・マーエ（Det er lige meget）」は「どうでもいいことだよ」、「グレム・デ（Glem det）」は「忘れなさい」、「ホル・ヌ・オップ（Hold nu op）」は「あきらめましょう」、「ピュット・メ・デ（Pyt med det）」は前述のフレーズすべてを合わせたものだ。人生に対するアプローチとしてなかなか悪くないと思う。

もちろん別の説明も可能だ。幸福度調査は欠点と矛盾だらけなので、そもそもまともに取り合うべきではない、というものだ。高名な疫学者のリチャード・ウィルキンソン教授は、異なる国の幸福度を測定・比較すること自体が間違いで、健康に関する統計のほうが、社会の幸福度の実態をはるかに正確に表していると考えている。だがその尺度で測るとデンマーク国民はどのあたりに位置するだろう。彼らの幸福の理由は、「何はなくとも健康だけはあるから幸せだ」ということではなさそうだ。なぜならデンマーク人は明らかに健康ではないからだ。彼らは、タバコ、アルコール、砂糖の消費において、ヨーロッパで最も不健康な部類に入る。

また別の考え方もある。クリスチャン・ビヤンチコは、政治的安定が幸福な社会の重要な礎だと考えており、デンマークの政治指導者が、数世紀にわたり暗殺されていないことを挙げた。その可能性は十分あるが、彼はデンマークが一九世紀から二〇世紀にかけて経験したトラウマとなるような激動の歴史を考慮に入れていない。英国の砲撃、大事な領土（ノルウェー、シュレスウィヒとホルシュタイン、アイスランドなど）の喪失、第二次世界大戦中のドイツによる占領、さらにはその後、二〇世紀のほぼ終わりまで続いたソ連侵攻の脅威や核兵器による滅亡の脅威などだ。またデンマークは、国内においても政権与党の退陣、右翼の台頭、ムハンマドの風刺画による危機などの大きな政治的動乱を実際に経験してきていた。デンマークの首相や外相が、近年スウェーデンで起きたような暗殺の犠牲となっていないのは事実だが、デンマークだって過去二世紀にわたって軋轢《あつれき》のない年月を過ごしてきたわけではない。だが重要なことは、それでもデンマーク国民が、彼らの歴史が比較的平穏であったかのように、感じているかどうかということだ。彼らは歴史に対して耳をふさぎ、不快な音が聞こえなくなるまで「ラララ……」と声を張りあげて歌いつづけることに、とりわけ長《た》けた人たちだから。

民主主義や充実した社会保障制度、富や機会（とりわけ教育機会）の平等はいずれも、どの国にとっても、社会や国民が成功するために重要であることは間違いない。十分な住宅ストックや優れたデザインの家具があることも、デンマーク国民の生活の質に大きな貢献をしていると、たしかに思う。決して皮肉ではなく、本当にすてきな生活を送っていると思う。だがそれらはデンマーク人にしかない特徴ではない。

デンマーク人に固有の、あるいは少なくとも最も優れた特徴は、彼らのお互いに対する信頼感と社会的団結力だ。私としては、この密に編まれた社会基盤は、一九世紀に経験した領土の放棄に対する反動として、生き延びるために生まれたものだという持論が気に入っている。苦難に直面したデンマーク国民は一致団結し、お互いを含む、手元に残ったものに感謝し、最大限に生かすことを学んだのだ。「外で失ったものは、内に見つかるだろう」理論には大きな魅力があって、それが、小さな喜び（ハンドボールの試合やまずいビール、工場生産の甘ったるいペストリーなど）に過剰な満足を覚えることや、これ見よがしのひけらかしや、対立を嫌うといった、デンマーク人の特徴の多くを説明しているように思える。デンマーク人はひじょうに寛大な国民だ。私はそれが、根本的な対立を恐れる気質とつながっているのではないかと思っている。デンマークは、長い年月のあいだに、不公平なほど数多くの軍事的争いに巻き込まれ、そして負けてきた。それが議論やもめごとに対する本能的かつ強烈な嫌悪感を植えつけたということはないだろうか。確かにヒュゲは社会の摩擦に対する有効な予防措置として働く（前に触れたように、意見の分かれる問題にとっては邪魔になることが多い）。

だがデンマーク人は、社会のルールや法を破った公人に対しても極めて寛大だ。米国人のサイクリスト、ランス・アームストロングがドーピングを認めるよりはるか前、一九九六年のツールドフランスで優勝したデンマーク人選手ビャーネ・リースは、禁止薬物を何年間も使用していたことを認めたが、現在でもスポーツ界で活躍している。

デンマークのアパレル会社ヒュンメルのニューエイジ思想を持つ有名社長、クリスチャン・スタディールは、「企業のカルマ（因果応報）」という持説に基づく自助努力の本を書き、チベットの女子サッカーチームを支援することで、大いに知名度を上げた。ところが中国でのTシャツの売上を伸ばすためにその支援を打ち切り、さらには所有する船会社が（合法的に）武器の輸送をおこなっていたことが明るみに出た。こういった事業活動には、彼の大事な宇宙だって大いに異を唱えるはずだ。だが大した騒ぎにはならず、スタディールは相変わらずデンマークメディアで、ニューエイジ系企業理念を滔々《とうとう》とまくしたてている。

もう一つの例は元デンマーク首相のアナス・フォー・ラスムセンだ。彼は国をアフガニスタンとイラクでの戦争に導き、IOローン（インタレスト・オンリー・モーゲージ）を導入して国中の貸し手を破滅におとしいれた。トニー・ブレアもジョージ・W・ブッシュも、それぞれの国で多くの国民から憎悪される対象となったのに、ラスムセンはデンマーク政界の長老として堂々と能天気に過ごし、現在もＮＡＴＯ（北大西洋条約機構）の事務総長という要職にある（二〇一四年まで務めていた）。ムハンマド風刺画事件の時の、彼の果たした卑劣な役割について、デンマークメディアが言及することはまずないし、彼の責任が問われたこともない。デンマーク人は、国際的な政治家となると、国民の中には優秀な人材が極めて少ないことがわかっているため、資格のある候補者を攻撃する気にならないようだ。

それから脂肪税があった。二〇一一年に当時の与党ヴェンストラ党が導入したもので、ベーコンやバターなどの食品に対する課税だが、これが大失敗だった。国民の健康を守るためと言いながら、本当の目的は単なる財源確保だったため、国民から総スカンを食った。デンマーク国民は、地上最強のバーゲンハンターだ（たとえば一週間当たりに食料品に使う金額は、ヨーロッパ諸国のなかで最低だ。食料品の価格がどの国よりも高いことを考えると、私としては特に気が滅《め》入《い》る）。そこで、前にも触れたように、車でスウェーデンやドイツ国境を越えて脂肪製品を買いに行った。デンマークの主要産業であったバターやベーコンの関連業界は大打撃を受け、結局この税は廃止された。だが私がヴェンストラ党の健康担当の広報官にこの大失政をどうとらえているか尋ねると、「ああ、うちの党はもうあの税を支持していません」と涼しい顔をして答えた。誰の首も飛んでいない。追究もなければ責任者の辞任もない。ただみんなで肩をすくめるだけだ。これを失敗に対する健全で文化的なアプローチと見ることもできるし、責任に対する怠慢な態度と見ることもできるだろう。いずれにせよ、デンマーク社会に立つ波風を最小限にとどめる役には立っている。

デンマーク人の幸福の鍵は、もうひとつあるかもしれない。この鍵は、あらゆる種類の長期的幸福感に当てはまるものだろう。一般的に、確かな深い喜びを長続きさせるためには、否認の才能が必要となる。デンマーク人には間違いなくその方面の才能がある。もちろん私が言っているのは、自分の欲望を否認することではない。アルコールやタバコ、ハシシや砂糖の摂取の仕方から言って、デンマーク人が快楽に対して自制心を発揮することはほとんどない。私が言っているのは、たとえばデンマーク人であることのコストを認めないという意味の否認だ。税金や高い物価を通じて払っている文字通りのコストや、野心やダイナミズムが比較的欠如しているという精神面でのコストを認めないこと、時として必要な対立を認めないこと、そしてヤンテの掟やヒュゲによって表現の自由や個人主義が失われていることを認めないこと、といった意味だ。

デンマーク人は健康状態に問題があることも認めない。調査では自分たちの健康状態は平均以上だと答えているが、現実はまったく逆だ。彼らは公共サービスが破綻寸前であることも認めない。ギャングによる犯罪が増加したため、コペンハーゲン郊外で銃撃事件が多発していることも認めない。人種差別の撤廃が進んでいない現実や、グローバル化する世界の一員であることも認めない。国内で経済格差、地域格差が拡大していることと、それがもたらしている影響についても認めない。さまざまな経済面での不安材料（生産性の低さ、借金に対する現実逃避的態度、巨大な公共セクターの過剰支出等々）も認めない。

私はデンマークの新聞に次のような論調で書かれている、数多くの記事を目にしている。「まあ、ほかのスカンジナビア諸国もうまく行っているから、うちも大丈夫だろう」ところがそこにはノルウェーが石油のおかげで巨万の富を得ていることや、スウェーデンの製造業が極めて優秀であり、政府が大掛かりな公共セクターの改革をおこなったことなどは、触れられていない。これまでのところ、デンマーク経済は近隣諸国と比較してはるかに弱く、はるかに深刻な問題に直面している。それなのにデンマーク国民は、個人の負債についても肥大化した社会保障制度についても、なぜか取り組もうとしない。

デンマーク国民には、ほかにもたくさんの盲点がある。お得意の環境保護主義を例に取ってみよう。デンマーク人は、持続可能性ナントカや、再生可能カントカ、有機ナントカや、リサイクルカントカやらを駆使して、世界をよりクリーンな場所にするための努力を続けていることに、大きな誇りを持っている。風力発電があり、バイオ燃料があり、自転車があり、有機栽培のカブがあり、車に乗る人間は極めて肩身が狭い。とにかくその方面の自慢話にはきりがない。それはその通りだが、世界自然保護基金（WWF）の二〇一二年のリビング・プラネット報告によると、デンマークの国民一人当たりのエコロジカルフットプリントは、世界で四番目に多い。上位三位はいずれもペルシャ湾岸諸国で、デンマークは米国よりも上位にいるのだ。またEU内で最大の石油輸出国でもある（英国のほうが採掘量は多いが、大半を国内消費に回している。ノルウェーはもちろん、EUに加盟していない）。デンマークのエネルギーの大半は、いまだに大気を汚染する石炭火力発電に頼っている。さらにデンマークには、世界最大の海運会社を所有する大企業マースクがあるが、二〇〇八年の国連の報告書によると、船舶輸送は航空輸送の二倍の二酸化炭素を排出するそうだ*。なにも「デンマーク国民は、目を覚まして大気汚染の臭いを嗅《か》げ」と言うつもりはないが、注目を集める国際サミットの場で、他国の首脳たちに温暖化の防止について結束を促す前に、自分の裏庭の掃除をしておいたほうがよいと思う。

またデンマーク国民は、実在するものも否定する。たとえば隣国ドイツだ。ドイツとは、かなりの土地が地続きで接している。両国の大きさを比較して考えたとき、あるいは輸出相手国としてのドイツの重要性を考えたとき、ドイツの政治や文化に対するデンマーク人の関心の低さには驚くばかりだ。まるでドイツは存在していないかのようだ。いっそドイツがなければよいと思っているようにさえ見える。リチャード・ジェンキンスはユトランド半島で現地調査をおこなったとき、デンマーク人がドイツ人に関する冗談を言うのを一度も聞いたことがないことに気づいたそうだ。「エスニックジョークが成立するためには、相手に対してそれなりの親近感が必要だということかもしれません。あるいは単に、デンマークがドイツと共有した歴史は冗談の種にできるような事柄ではない、ということかもしれません」とジェンキンスは言う。

否認がつねに興味深いのは、その対象こそが、隠れた問題の所在を、真っ赤な巨大ネオンの矢で指し示し、警告のクラクションを鳴らしながら教えてくれるからだ。米国は地球温暖化の問題を認めない。なぜなら温室効果ガスの排出について、他国と比べものにならないほど責任を負っているからだ。英国は帝国の喪失を認めない。なぜなら自国の重要性が低下したことを認めるのは、プライドが許さないからだ。中国は人権問題の存在を認めない。なぜなら人権を無視することの上に彼らの経済的成功が成り立っているからだ。フランス人については、彼らが認めることを数え上げたほうが早そうだ。

＊同じことは死刑制度についても言える。デンマークは一九三三年に死刑制度を廃止しており、たいていのデンマーク人は死刑の概念を嫌悪している。だが米国で死刑の執行に使われるペントバルビタールという薬の大半を供給している国がどこか、ご存じだろうか。

経済的平等のメリットについてしばらく話をした後、私はリチャード・ウィルキンソン教授にジニ係数が低い国になんらかのマイナス面があると思うか尋ねてみた。ほとんどの平等社会は、なんとなく少々単調で、多少退屈ではないだろうか。最も住みやすい都市として挙げられている都市名のリストを見ると、スイスのベルンやカナダのトロントのように、いつも清潔な街並みがあり、自転車専用道路があり、『オペラ座の怪人』の巡回公演が上演されている、というイメージがある。ニューヨークやバルセロナのような面白さや刺激のある都市は入っていない（全面的に情報開示すると、私自身にもこの問いに答えるべき大きな責任がある。毎年、私は『モノクル』誌の「都市生活の質調査」を手伝っている。コペンハーゲンが世界で一番住みやすい都市だとした、一番最近の調査も手伝った）。この質問を教授に向けたとたん、ウィルキンソンらによる『平等社会』で挙げられている社会問題（犯罪、一〇代の妊娠、肥満、がん、自殺等々）に比べれば、おいしい屋台がないとか、おもしろい落書きがないというようなことは、どうでもよい不満であることに気づいた。

「そういう意見はよく聞かれます」教授は答えた。「でも不平等のコストは本当にひじょうに高いものです。ストレス、うつ、ドラッグや飲酒の問題、自己中心的傾向などです」

だが、私と同意見のデンマーク人は驚くほど多い。彼らもまた、デンマークはやる気を失くさせるほど退屈な国だと考えている。『ベーリングスケ』紙のコラムニストのアンヌ・ソフィア・ヘルマンセンは、最近、デンマークの息詰まるような単一文化社会に対する自分の気持ちを表現して、ちょっとした騒動を引き起こした。「デンマークは本当に退屈だ。私たちは皆、同じ服を着て同じ場所で買い物をし、同じテレビ番組を見て、誰に投票しようか悩む。なぜならどの政党も似たり寄ったりだからだ。あまりにみんなそっくりで泣けてくる。……住民が体を乗っ取られる『SF／ボディ・スナッチャー』は、一九七〇年代のホラー映画ではなく、この国の現実なのだ」

全国紙『ユランズ・ポステン』紙の著名なコメンテイター、ニルス・リレロンは、デンマーク人のヤンテの掟的メンタリティーの深刻な副作用を指摘する。「デンマークは、創作力のある人間や勤勉な人間、自発性のある人間、成功する人間や傑出した人間を育てません。私たちが生み出すのは絶望感や無力感、何よりも尊ばれる凡庸さです」彼の見解は、一八世紀にメアリー・ウォルストンクラフトが観察したデンマーク人のまた違った特徴とも通じるものがあるようだ。彼女はデンマーク人はお金が大好きだが、「それがアメリカに見られるような進取の気性として表れることはなく、節約と用心深さにつながっている。したがって、私はこれほどまでに活発な産業を欠いた首都を見たことがない」と書いており、別のところで「デンマーク国民は一般的に、新しいものを取り入れることにひじょうな抵抗があるようだ」ともつけ加えている。

英国『エコノミスト』誌が北欧特集号で書いたように、スカンジナビアに生まれたら最高だろう……ただしあなたが平均的な人間であればの話だ。もしあなたが平均的な能力の持ち主で、平均的な野心と平均的な夢を持つ人間であれば、うまくやっていけるだろう。だがあなたが非凡な才能を持ち、大きな夢やビジョンを持っていて、ちょっとだけ人と違っていたら、移住しないと潰されてしまうだろう。

いつもは威勢の良いコペンハーゲン・ビジネススクールのオヴェ・カイ・ペーダーセンさえ、

この点に関する批判は受け入れた。「デンマークは好きですが、仕事は海外でするほうが好きです。私は誇りを持ってこの国の税金を払っています。なぜなら、何かが必要となった時、必ずそれが手に入ることを、事実として知っているからです。……私は毎日、一番住みやすい場所はデンマークだという結論に達します。でもこの種の社会的団結や、中流階級中心の社会は、私が求めているような種類のチャレンジを与えてはくれません。研究者としては、最高の場に身を置きたいと望んでいますが、デンマークには最高の研究機関や教育機関はありません。それになぜ午前中に本屋へ行って『ニューヨークタイムス』紙を五ドルで買えないのでしょう？　あるいは美味しい一杯のコーヒーを安く買うことができないのでしょう」

私たちのほとんどは、高いコーヒーやミュージカル『マンマミーア！』の巡業公演を我慢することくらい、公平で機能する社会のためなら妥当な代価だと結論づけるだろう。デンマークも、そういう意味ではスカンジナビアのほかの国々も、ニューヨークのロウワー・イーストサイドやブラジルのコパカバーナほど、ドキドキさせてはくれないかもしれないが、長い目で見れば、盤石な年金基金と信頼できる通信インフラが勝つのだ。皿回しの皿が回り続けている限り、そしてデンマークの奇跡が続く限りの話だが。

私が取材相手のほぼ全員に聞いた、一つの質問がある。それは「デンマークの将来を考えた時に、どのようなことが不安ですか？」というものだ。彼らの答えの中に一番よく登場した言葉がある。「自己満足」だ。多くの取材相手が、デンマーク国民はあまりに長いあいだ、あまりに良い思いをしてきた結果、アルネ・ヤコブセンのスワンチェアにゆったり腰かけ、回っている皿がぐらぐらと傾いて落ちはじめるのを、傍観しているのではないか、ということだ。困ったことにOECDの幸福度指標の人生に対する満足度で、デンマークは七位に急降下した。ノルウェーやスウェーデンよりも下だった。

「二〇〇〇年代の数年間に、デンマークは世界で最高の国だという意識が生まれ、その結果、自己満足に陥ってしまったのは良くないことでした」とマーティン・オールプは語った。

「信頼関係の強さがマイナスに働くこともあります」クリスチャン・ビヤンチコ准教授は警告する。「楽観的になり過ぎるきらいがあるからです。社会保障制度には大きな問題がありますが、国民はそれが消えてなくなってくれればいいと、適当にすべてが丸く収まってくれればいいと思っているようです」

「私の不安は、デンマーク人が自分にウソをつきつづけるということです」アンヌ・クヌーセンは言った。「自分たちは隣の国の人たちよりも賢くて金持ちで満ち足りていて高い教育を受けていると……そう、ギリシャになってしまったことに気づく日まで。現実的なシナリオだとは思いませんが、可能性はあります」

「この国はここからどこへ向かって進むべきか、長期的に持続可能な福祉国家バージョン二・〇の姿はどういうものなのか、デンマークは混乱しています」トーペン・トラーネスは言った。「デンマーク社会や経済の傾向を示すグラフはすべて上昇して横ばいに入ったか、下降して横ばいに入ったと状態です。例外は私たちの体重だけですよ」

デンマーク社会は成熟して完璧な状態に達していると主張する者もいれば、成熟から停止状態に入ったと危険視する者もいる。恐いのは、次の段階は停滞と下降だということだ。本当に、ほぼ完璧に近い社会を作りあげてしまい、それ以上成し遂げるべきことも、反発すべきことも、やりがいも何もなくなってしまったら、何が起こるだろう。

「このレベルまで来ると、選択肢の差が小さくなり過ぎて、結局どちらへ進むべきか混乱するばかりです」トラーネスは言った。「私たちが制覇を試みるべき別の山はあるのか、それとも……」

実際に何が起こるかわからないという風に、彼の言葉が途切れた。

だが私にはもう一つ定番の質問があった。そちらのほうが、ある意味ではより多くの情報を引き出す質問だった。取材相手に「デンマークよりも住みたい国があるか」と尋ねると、例外なく、みな考え込んで黙ってしまった。木枯らしが吹きすさび、玄関先に税務署員がやって来るような日には、トスカーナやプロヴァンスに行きたくなることがあるというのは事実だが、すべてを分析しつくした結果、誰一人、デンマーク以上に住みたい場所を挙げた人はいなかった。そしてさんざん文句を言っている私でさえ、親として、子育てをする場所としてすばらしい国であることに、多少なりとも同意せざるを得ない。

ほかの北欧諸国は候補地になると思う。類似点は著しく多い。充実し、行き届いた社会保障制度があること、社会的団結力や人同士の結びつきが強く、集団主義的であること、経済的平等性が高く、自虐的なまでにリコリス好きであること——すべて北欧の人々に共通した特徴だ。

それで考えはじめた。北欧らしさのエッセンスを抽出して、究極の北欧社会のようなものを作ったらどうなるだろう？　デンマークよりも、もっと成功する、もっと幸福な国が生まれるだろうか。それとも北欧すぎる国になってしまうだろうか。

それをすでに試した人々がいたことがわかった。

アイスランド

そもそもアイスランドを本書に含めるべきではないという考え方もあるだろう――少なくともアイスランド人はそう思っているはずだ。結局のところ、ここはスカンジナビアから逃げてきた人々によってつくられた国だし、彼らがその達成に大変な苦労をしてきたことを思えば、引きずり戻すのは忍びないというものだ。位置も、北欧と北米の中間あたりにあって遠いし、貿易高も、北欧諸国とよりも、ドイツや米国、英国とのほうが大きい。しかも人口は三一万九〇〇〇人だ。スウェーデンのイェーテボリやデンマークのオーフスも同じくらいの人口だが、それらの都市に何章も割こうとは思わない。

では、なぜアイスランドを取り上げるのだろう。グリーンランドやフェロー諸島だって、一つの国と言えるほど強いアイデンティティーを持っているのだから、そちらを取り上げてもよいのではないだろうか。さらに、北欧例外論の観点から見ても、近年のアイスランドにおける唯一の例外的な側面と言えば、例の経済的失策に尽きるわけで、私たちが探究している類《たぐい》の例外ではない。

それでもこの特異な人々と魅惑的な景観を持つ国を訪ねなければならない理由はある。遺伝子学的に言うと彼らはスカンジナビア人以上にスカンジナビア人なのだ。この土地に住んでいるのは逃亡者たちだ。正直に言おう。ノルウェー西部から逃げてきた犯罪者《アウトロー》が、途中、スコットランドやアイルランドで女性をさらって性的奴隷にし、この地にたどりついて住みついたのだ。彼らは現在でも古代ノルウェー語に近い言語、つまり昔のスカンジナビア語により近い言葉を話す。アイスランド人はひじょうに純血度が高い（厳しい人なら「近交系」と表現するかもしれない）ので、昔から多くの遺伝子学者が研究に訪れる。さらにアイスランドはデンマークによって六八二年間統治されていた。あとで触れるが、コペンハーゲンのかつての主人とは現在でも親密で、少々複雑な関係を持っている。さらに北欧理事会のメンバーでもある。「北欧の一部か否か」という問題については、これでほぼ解決するだろう。

だが、アイスランドに注目すべき最大の理由は、この国が最近、経済面で引き起こした騒動が、小規模で同質で結びつきの強い、典型的な北欧社会モデルに潜む危険をわかりやすく解き明かしてくれるからだ。国家が北欧的になり過ぎるとどうなるか、アイスランドが教えてくれる。

まずは「最近のアイスランド経済史」を簡単におさらいしよう。二〇〇三年から二〇〇八年のあいだに、アイスランドの主要銀行三行、すなわちグリトニル銀行、カウプシング銀行、ランズバンキ銀行が、一四〇〇億ドル（約一六兆円）以上の借入をおこなった。これはアイスランドのＧＤＰの一〇倍の額であり、アイスランド中央銀行の準備金二五億ドル（約三〇〇〇億円）がはした金に見えるほどの大金だ。そして当時の政府にけしかけられたひと握りの企業家が、デンマークのデパートや英国のサッカーチーム、ウェストハム・ユナイテッドＦＣなど、海外で前代未聞の買い物をしまくる。その一方で、アイスランドの成人のかなりの割合が、おかしな資産運用にのめり込んでいった。円建てでローンを組むとか、スイスフラン建てで住宅ローンを組むといった、ナイジェリアから送られてくるスパムメールに書かれているような詐欺話に乗ったのだ。この間まで腰まで魚の内臓に浸《つ》かって暮らしていた人々が、急にポルシェ・カイエンの新車にどんなオプションを付けようかと検討するようになっていた。

北欧らしからぬ行き過ぎた行為のエピソードはいくらでもある。誰かの誕生日会で一曲歌うためだけにエルトン・ジョンが飛行機で呼ばれたり、個人用ジェット機がタクシーのように予約されたりということはざらにあった。またシングルモルトウィスキーのボトル一本に五〇〇〇ポンド（約八六万円）払い、週末にイギリスの田舎で狩猟をして過ごすために一〇万ポンド（約一七二〇万円）払うことをなんとも思わない人たちがいた。カウプシング銀行のロンドン担当役員は、パーティーのためにロンドンの自然史博物館を貸し切り、余興にトム・ジョーンズを呼んだ。聞くところによると、コロンビアから舞ってきた猛吹雪《コカイン》のおかげでレイキャビクの積雪量が本当に増えたとか増えなかったとか。

二〇〇八年後半にリーマンブラザーズが破綻《はたん》すると、アイスランドの負債が明るみに出た。ある時点では、その額はGDPの八五〇パーセントに達したと言われている（米国でさえ三五〇パーセントだ）。連鎖反応が起こり、アイスランドクローナの価値は約半分まで急落した。この段階ですでにアイスランドの銀行は、自行の株主に、自行株の購入資金を貸し付けていた。私は著名な経済学者ポール・クルーグマンではないが、それが持続可能なビジネスモデルにほど遠いことは理解できる。政府には銀行の負債をカバーできるだけの資金はなかった。政府はクローナを通貨市場から引き揚げ、ＩＭＦ（国際通貨基金）と外国から四〇億ポンド（約六八〇〇億円）にのぼる融資を受けることになった。あの小さなフェロー諸島さえ、いやいやながら三三〇〇万ポンド（約五六億円）を拠出した。これはアイスランドにとって、とりわけ屈辱的であったに違いない。金利は一八パーセントまで上がり、株式市場は七七パーセント下落した。インフレ率も二〇パーセントまで上がり、クローナは八〇パーセント下落した。誰の言うことを信用するかによるが、アイスランドの国家としての負債総額は最終的に一一三〇億ポンド（約二兆二〇〇〇億円）から六三〇億ポンド（約一〇兆七〇〇〇億円）のあいだとなった。別の言い方をすれば、アイスランド人一人当たりの負債額は三万八〇〇〇ポンド（約六五〇万円）から二一万ポンド（約三五六〇万円）のあいだということになる。

数週間のうちに、失業率は通常の二パーセントからあっという間に一〇パーセントを超えた（そのうちの二パーセントは、「知的障害者とリフューズニクの割合だ」と、あるアイスランド人が教えてくれた。リーマンショック以前は、就業希望者は誰でも仕事に就けた）。そしてまるで第一次世界大戦後のドイツのような、怒濤《どとう》のインフレがはじまった。円建てやスイスフラン建てのローン（現在は違法となった）のコストは二倍以上になり、多くの国民の自宅や車の負債額が、担保評価額を上回る状態となった。テレビではオリーブオイルが一瓶一三〇ポンド（約二万二〇〇〇円）もするというニュースが流れた。驚くには当たらないが、当時、国民の三分の一が、「外国へ行きたい」と言った。英国の新聞『タイムズ』紙の見出しに書かれたように、アイスランドは「経済面で頑張っても、どうにもならない国」になった。

経済が崩壊して間もない頃、初めてレイキャビクに来た時は、瀬戸際にある社会で暮らすというのはどのような感じだろうかと考えていた。「三大銀行が倒れた時は爆弾が爆発したような感じでした」アイスランド大学の人類学教授ギスリ・パルソンは、そう私に語った。「それでもすべてがなんとなく回って行きました。政府の社会福祉事業も、銀行さえも。経済破綻から数週間は、ひじょうに不透明な状態でした。食糧不足が起きるのではないだろうか？　社会が崩壊するのではないか、という暗澹《あんたん》とした恐怖がありました。恐ろしいことも起こりました。レイキャビクでは犯罪が急増し、皆が家に防犯用のアラームを設置し、国会議事堂に火がつけられたり窓が割られたりして、人々の怒りはすさまじいものでした。時には国全体がうつ病になったように落ち込みました。多くの人が車や仕事を失い、自宅まで失うことになるという現実に直面し、出口が見えずにいたからです。私の周りにも本当に困っている人がたくさんいます。私自身も数百万クローナの負債があり、重い負担を感じています」

二〇〇九年一月、いわゆる「鍋《なべ》とフライパン革命」が起きた。二〇〇〇人の市民が調理器具をガンガン叩《たた》いて鳴らしながら国会の外に集まり、スキェーをしこたま投げつけて抗議した（スキェーはヨーグルトで、昔から金曜日の夜に酒を飲んでどんちゃん騒ぎをするアイスランド人が、胃を保護するために食べるものだ）。この時は、一九四九年のＮＡＴＯ（北大西洋条約機構）への加盟反対のデモ以後初めて、催涙ガスが使用された。一九四〇年代から政権を握っていたゲイル・ホルデ首相率いる右派連立はとうとう失脚した。ホルデは経済破綻を「世界的な金融ハリケーン」のせいにしていたが、最終的には社会民主同盟党のヨハンナ・シグルザルドッティル率いる連立政権にその座を譲った。ちなみにシグルザルドッティルは六八歳の元キャビンアテンダントで、二人の子の母であり六人の孫を持つ。ご存じのように、行政府の長として世界で初めて、同性愛者であることを公言した人物だ。さらなる国民からの抗議を受けて、中央銀行総裁ダーヴィッド・オッドソン（元首相）が退き、ノルウェー人経済学者スヴァイン・ハラルド・イューゴードが就任した。シグルザルドッティル首相は速やかに歳出の三〇パーセント削減を打ち出し、税金を上げ、二、三の在外公館の不動産の売却を試みた。

この金融危機は、まるで犯罪者のいない犯罪だった。最終的にホルデはランスドンメル刑事裁判所で過失の罪で起訴され、世界で初めて、二〇〇八年に起きた事柄について法廷で責任を問われた政治指導者となった。アイスランドを破滅に追い込んだ金融状況において果たした役割の責任を問われて、ホルデは二年の懲役を求刑されたが、無罪となった。この間の大統領は、オーラブル・ラグナル・グリムソンだ。二〇一二年に再選を果たし、現在も大統領の座にあることは、特筆に価する。国会が対外債務の返済を可決するたびに、グリムソンが一貫して拒否権を発動してきたことと、彼の人気が衰えないこととのあいだには、何かしら関係がありそうだ。


レイキャビクには、壮大な宴《うたげ》の翌朝のような雰囲気が漂っていた。私はちょうどホストが灰皿の吸い殻をゴミ箱に入れたり、散らかった下着を片付けたりしているところに到着したようだった。話を聞かせてくれた人たちは、誰もが疲れ、戸惑い、怒り、混乱している様子だった。

レイキャビク市はかつて、フィヨルドから山々まで連なる美しいパノラマ風景で有名だったが、最近では臨海地区に沿って大きなオフィスビルやタワーマンションが、地下から噴出したかのように立ち並び、景観は様変わりしていた。ピカピカのビルは空っぽで、まるで盗難に遭ったばかりの宝石箱を積み重ねたようだ。港に面して建設中の、贅《ぜい》を尽くしたコンサートホール兼オペラハウス〈ハルパ〉の建設現場ではクレーンが稼働していたが、それ以外の現場のクレーンは静かに立っているだけだった。バブル絶頂期に着工したハルパは、途中で放棄するほうが高くつくらしい。

観光案内所の親切な女性が教えてくれたのだが、経済破綻のプラス面は、クローナ暴落のおかげで、世界中の観光業界が冷え込んでいる最中《さなか》にアイスランドへの観光客が少し増えたことだそうだ。アイスランドは、旅行費用がひじょうに高い場所としてつねに有名だった。金融危機以前、英国の『エコノミスト』誌はアイスランドを「世界で最もお金のかかる訪問先」と呼んだ。だが一ポンド二〇〇クローナという現在の交換レート（過去の二倍近くとなった）なら、お買い得とは言えないまでも、ロンドンと同等くらいにはなった。ちなみにアイスランドは、現在でも電力と魚以外は、ほぼすべて輸入に頼っている。金曜日や土曜日の晩にレイキャビクのパブをはしごすることを「レイクする」と言うが、それが急に手頃に楽しめるようになった。一パイントのビールが六〇〇クローナ（約五六〇円）だ。どうりでレイキャビク市中心部の店やレストランで聞こえる会話が外国語ばかりなわけだ。通りにもバーにもレストランにも、地元民はほとんどいない。

すべてが計画通りに行かなかったことを示すサインは、ほかにもあった。ロイガヴェーグルという大通りを歩いていたら、店のウィンドウに「ブラウンはウンコ色」と書かれたTシャツが飾ってあった。英国の前首相ゴードン・ブラウンの似顔絵が描かれている。彼が首相だった当時、反テロリスト法を適用してアイスランドの資産を凍結したため、アイスランドではすっかり嫌われ者になった（「金利にしか興味がない豚野郎め！」と一人のアイスランド人が私に毒づいた）。

最初のランチは、ハーバーフロントの倉庫群にある〈サイガレイウィン（シー・バロン）〉という漁師の小屋風レストランだった。チリから来たカップルとフランス人男性のあいだで、魚を入れるプラスチック製の樽《たる》に座り、ヒューマスパという温かいスープを食べた（これはラングスティン［手長海老《えび》］のスープで、絶品のアイスランド料理だ）。

ハゥカティも有名な珍味だ。しかしヒューマスパのほうはぜひまた食べたいと思うが、私に意識のある限り、ハゥカティは二度と口にしない。どうやらこの辺りで獲《と》れるサメは生で食べると毒があるらしく、そのためアイスランドの人々は、サメを食べること自体を諦《あきら》める代わりに、一年半から四年の間、地中に埋めておき、「食用に適する」という言葉の最もゆるい意味において食べられるようになるまで発酵させることにしたらしい。それがハゥカティだ。

私はハゥカティをレイキャビク中心部のバーで食べてみた。「ちょっと味見してみたい」という観光客の要望に慣れている様子のウエイトレスが、蓋《ふた》の閉まった瓶を持ってきてくれた。食欲をそそらない灰色をした角砂糖くらいの小さな塊が二つ入っている。「大丈夫ですよ。臭《にお》いほど味は悪くありませんから」と言って彼女は微笑んだ。「臭いさえ我慢できればなんとかなります」

彼女は嘘つきだった。確かに臭いはひどい。それはウエイトレスがかなり離れて瓶の蓋を開けた瞬間にわかった。暑い夏の日の立体駐車場に尿《にょう》と吐しゃ物でアクセントをつけたような臭いだ。だがそれが最悪の部分ではなかった。舌を焼く、魚臭いチーズのような味のほうが、はるかに、はるかに、ひどかった。私はハゥカティという名前は、擬音語《オノマトペ》なのだという結論に達した。人がこれを口にしたとたんに立てる音そのものなのだ。

ハゥカティに比べれば、レイキャビク滞在中に試したクジラのスシも、ウミバトもツノメドリの燻製《くんせい》もおいしかった。ハゥカティを試してみて、アイスランド国民はどういう人たちなのだろうと、つくづく考えてしまった。地球上で最も新鮮な魚と、それを貯蔵する氷に囲まれていながら、わざわざ毒性のあるサメを腐らせて食べたがるなんて、よほどの頑固者に違いない。

私はアイスランドの歴史を調べはじめた。比較的短いものの、徹頭徹尾、暗く厳しい。

初期のアイスランドには法律も宗教もなく、ノルウェーから逃げてきた犯罪者と、スコットランドやアイルランドから来た彼らの連れ合いが暮らしていた。やせた土地のすぐ下で荒れ狂う、恐ろしい自然の力をなだめるために人身《ひとみ》御《ご》供《くう》を立てていたことも知られている。王や軍隊といった行政を執行する権威は存在せず、明らかに緊急性の高い問題である近親相姦《そうかん》に関する決まりごとだけが、かろうじて存在した。一三世紀になると、自らをもてあましたアイスランド人は、とうとうノルウェーに介入を依頼した。ノルウェーのオーラフ王はどうにかアイスランド人をキリスト教に改宗させたが、彼らの信仰心はおよそ熱心なものとは言えなかった。

疫病や海賊、火山の爆発やきわめて厳しい気候のため、一五世紀から二〇世紀後半の大半において、人口が数万人を超えることはなかった。その数世紀間を博物館のジオラマで表現するとしたら、こちらで天然痘《てんねんとう》の大流行、あちらで腺《せん》ペストの大流行や飢饉《ききん》、空には火山灰の雲が垂れこめて呼吸困難を引き起こし、足元は家畜の死骸《しがい》でびっしりと埋まり、時おり気の毒な教会の主教が斬首《ざんしゅ》されたり、同じく気の毒なホッキョクグマが流氷に乗って流れ着いたり（ちなみにこれは現在でも時々ある）、といった感じになるだろう。最大の地殻変動は、一七八三年にアイスランド南部のラーキで起きた割れ目噴火で、これは北欧の大半の地域に大きな冷却効果をもたらした。人口の四分の一がその後に起きた飢饉で命を落とした。当時ノルウェーとアイスランドを支配していたデンマークは、生き残ったアイスランド人をユトランド半島に避難させ、呪われた島を一〇〇〇万羽のツノメドリに譲渡することを真剣に検討した。一七〇〇年代の初頭、アイスランドの人口は五万三五八人になっていたが、一世紀後には四万七二四〇人に減った。ちなみに当時、ヨーロッパ諸国ではどこも人口が爆発的に増加していた。

一九世紀になると、アイスランド人はついにいやいやながらも独立運動をはじめる。すでに触れたように、アイスランドの完全な独立は、およそ解放者としてふさわしくない人物、アドルフ・ヒトラーの介入によって実現する。当時の『タイムズ』紙は、「デンマーク王でありアイスランド王でもあったクリスチャン一〇世がヒトラーに捕えられても、一二万人のアイスランド国民は、少しも落胆しなかった」と伝えている。

すぐにデンマークに代わり、占領軍と何ら変わらない米軍がやって来て、二〇〇六年まで駐留した。ヨーロッパの最貧国だったアイスランドは、マーシャルプラン（欧州復興計画）の復興資金や大規模なインフラ事業によって、生まれ変わった。アイスランドは豊かになり、自信を深めた。

近年のアイスランドは、北欧例外論においても堂々とした地位を保っていた。国連の人間開発指数においては世界一位であり、ヨーロッパ内では一人当たりの生産性が四番目に高い。経済的自由度指数においても上位にランクインしており、一人当たりの国民総所得は長年、英国を上回っていた。またある時点においては、ＯＥＣＤのなかで五番目に裕福な国だった。出生率もヨーロッパで最も高く、男女平等についてもずっと模範的と目されてきた。一九八〇年、ヴィグディス・フィンボガドゥティルは、世界で最初に女性として、しかもシングルマザーで、大統領に就任した。アイスランド人の男性は世界一寿命が長く、平均寿命は七八・九歳だが、女性はさらに長寿で、平均寿命は八二・八歳だ。またアイスランド国民は世界で一番、一人当たりの購入書籍数が多い。これは良いことに違いない。

もちろん金融危機以降に露呈した大いなる傲慢《ごうまん》さによって、前述した輝かしい業績の威光には影が差した。アイスランドの話題は、一つしかない。

二〇〇八〜二〇〇九年に、アイスランドの金融システムに何が起きたか解説している本や記事はたくさんあるので、ここでは詳しく述べないが、私としては、アイスランド人がなぜここまでひどい失敗をしたのか、その原因を探りたいと思う。基本的に、北欧諸国の成功は三つのおもな要因によるところが大きいと考えられている。すなわち同質性、平等主義、社会的団結力だ。いずれも、そしてものによっては他の北欧諸国以上に、十分に備わっていると、アイスランド人が自負してきた要素だ。

だが、どこかで、取り返しのつかない過ちが起きた。アイスランドは北欧の魔法を失ったのだろうか。遠くから聞こえてくる誘惑の声に耳を傾けてしまったのだろうか。それともそもそもアイスランドは、本当は北欧の国ではなかったのだろうか。

第二章　銀行家たち

我々は、彼らも程度の差はあれ、スカンジナビア人なのだと思い込んでいる。みんなにすべてが同じだけ行き渡るようにしたいと考える心優しい人々なのだと。だがそうではない。彼らには野蛮なところがある。飼いならされたふりをしている馬のように。

マイケル・ルイス『ヴァニティ・フェア』誌、二〇〇九年四月

二〇〇九年、米国の経済コメンテイター、マイケル・ルイスが、今とても話題の（好意的ではないという意味でだが）、アイスランドに関する記事を、『ヴァニティ・フェア』誌に書いた。そこには度を越した借金に溺《おぼ》れる人々の姿から、男性が粗野で、少々失礼ではあるが、女性の器量が悪いといったようなことまでが、事細かに紹介されていた。アイスランドは、マッチョでリスク志向の高い、家父長制度社会だとルイスは結論づけた。

アイスランドの経済危機について、ルイスは、その直接的な因果関係は一九八〇年代初頭に導入された漁獲割当制度にあると指摘している。その昔、アイスランドの漁業は自然まかせだった。つまり魚を捕りに海に出て、手ぶらで戻る日もあれば、大漁の日もある。だが、極端な悪天候によって数年間不漁が続くと、一九八三年に政府は漁獲割当制度を導入することにした。

アイスランドの漁師は命知らずで有名だ。どのような天候でもかまわず漁に出る。割当制度の目的は危険な漁を減らすことにあった。政府は、現存するすべての漁船に、それぞれの大きさに応じた年間漁獲量を割り当て、免許を発行した。この試みは議論を呼んだ。政府にこのような形で自然資源を切り分ける権利はないと言う者もいたが、一方で、漁業者は自分の割り当てを消化するのに一年間の時間があるとわかっているため、無謀な漁が減るだろうという期待もあった。

経済危機の本当の芽が生まれたのは、その少しあとの一九九一年に、漁業者がこの割り当てを売買することと、将来の漁獲量を担保に借金ができるようにした時だ。あるコメンテイターいわく「二〇年前の一つの決断がアイスランドを滅ぼした」

アイスランド大学の人類学教授ギスリ・パルソンは、一九八〇年代初頭からのアイスランド漁業について研究し、この漁獲割当制度の影響について、最初に研究論文を書いた学者だ。「私は［二〇〇八年の経済危機と漁獲割当制度は］大いに関係があると思っています」彼は私にそう語った。「最初の漁獲割り当ての所有者は一夜にして大金持ちになりました。最終的にすべての割り当てが、一五社程度の民間水産会社の手に渡ったと考えられます。その後、所有権は隠蔽《いんぺい》され、所有者が不明瞭《ふめいりょう》になりました。やがてその所有者たちは、利益を金融業に振り向けたのです」

元漁師の銀行家たちがおかしな真似をしはじめたとき、なぜ誰も反対しなかったのだろう？ 海外の経済学者や専門家たちからは、頻繁に警告が発せられていたのに。「説明の難しいところです。批判的な言論は封じられました。この大学においてもです。この校舎は大富豪の一人が作った基金によって建設されました」パルソンはぐるりと部屋を指してみせた。「もし批判的な発言をすれば、成功の喜びを楽しめない人間として外されました。企業家たちは、研究資金を提供したり、公共の建築物や美術館を建てたり、祭りのスポンサーになったり、さまざまな形で目に見える支援をしていました」

「社会全体に多くのお金が回っていたことは事実です」その日の次の取材相手、独立系の月刊誌『アイスランド・レビュー』の編集者ビャルティ二・ブリンヨルソンは、オフィスでそう語った。彼は、パートタイムで釣りガイドもしている。「レストランは銀行家で溢《あふ》れかえっていました。

もちろん非常に不健全なことです。なぜなら彼らが扱っているのは本当の富ではなく、すべて借金だからです。基本的には、［これらの銀行は］アイスランド社会の身の丈に合わない大きさになっていたことを理解しておく必要があります。アイスランドの銀行が海外の銀行とまったく違うことをしていたとは思いません。でも、生のまま、まったく調理せずにやってしまったのだと思います。そして終わりのほうになると、相互貸付のような、本当に胡散《うさん》臭いことを始めました。私は彼らを間近に見ながら不思議でなりませんでした。この人たちは、お互い同士以外とは一切商売をせずに、いったいどうやって金を借りつづけることができるのだろうかと。彼らは決して自分たちの資産を危険にさらすことはしませんでした」

今世紀初頭にアイスランドで起きたことは、実に非北欧的に思える（たとえば、アイスランドのランズバンキ銀行のアイスセーブ問題が良い例だ。アイスセーブ問題とは、まとまった額の預金をすると高い利息を得られる金融商品で、多くの英国企業や地方自治体、個人が同行の破綻《はたん》と同時に預金の全額を失った。この問題に関して、フィンランド、スウェーデン、デンマークは、英国と歩調を合わせている）。特定のイデオロギーを信奉するひと握りの人間の手にビジネス、メディア、政治の権力を集中させること、非現実的な規模の負債を気軽に積み上げ、ストレッチリムジンやプライベートジェットを乗り回すこと、それらはみなスカンジナビア諸国よりも、サッチャー時代の英国や、米国を思わせる行為だ。

ある晩、私はレイキャビクの派手なレストランに寄ってみた。キラキラ光る壁紙にフィリップ・スタルクのデザインによる透明アクリルの椅子（デザインをわかっていると思わせたいけれど、本当はわかっていない人たちが必ず選ぶ、例のやつだ）がある、良き時代の遺跡だ。メニューには、フォアグラとパイナップルを組み合わせたスペシャルや、タンドリソースとカマンベールチーズとパルマハムを挟んだ「ニューファッション」ハンバーガーなどが、大げさに宣伝されていた。「これこそ新自由主義的資本主義がはびこった都市のなれの果てだな」と思いながら、私は急いで店を出た。「スウェーデン人だって、タンドリソースとカマンベールチーズをハンバーガーには入れないだろう」

北欧諸国のなかでアイスランド人と最も対極にあるのが、彼らの直接の祖先であるノルウェー人だ。ノルウェー人が石油の生み出す富を、蘭を育てる職人のごとく慎重に扱っているのに対し、アイスランド人は、サッカーチームにホテルやデパートなど、華やかな海外資産を手当たり次第に買いあさり、無分別な借金を重ねた。その無分別さは、ベニスの商人アントニオがシャイロックに自分の胸の肉を一ポンド切り取って差し出すと言って金を借りた時以来のものだろう。

「何事につけ、ほかの国よりもうまく派手にやらないと気が済まない、という雰囲気がありました」現在は無職の元銀行員が教えてくれた。「優秀な我々アイスランド民族が、ヨーロッパ諸国や英国に、新しいやり方をひとつ教えてやろうじゃないか、といったところです」

「加えて例のバイキング文化があるわけです。誰もが子どもの時から、バイキングがいかにすばらしいかを聞かされながら育っています」とテリー・ガネルは語った。彼は英国からアイスランドに移り住んで数年経つ。「英雄伝説《サガ》にもあるように、アイスランド人はどこへ行っても、つねにまっすぐその国の王のもとへ案内されます。面倒な手続きなど彼らには無縁です。ノルウェーに行けば、国王に『うちに戻ってこいよ！』と誘われます。アイスランド人には今でもそういう感覚があります。つまりバイキングのように誰とでも対等なのだと。みな『国土は小さくても、誰にもひけは取らない』と言い聞かされながら大人になったのです。アイスランドは、自分を大きな声を持つ小さな男だと考えています。『うちにお伺いも立てずにイラクを侵略するとは、けしからん』という感じですね」

デンマークにはアイスランド人に関する言い習わしがある。経済危機のはるか以前からあるものだが、今こそ最高にしっくり来る。「アイスランド人は、大きすぎる靴を履き、靴ひもを踏んづけて転んでばかりいる」

ケンブリッジ大学でスカンジナビア史の講師を務めるエリザベス・アシュマン・ロウ博士もまた、アイスランド人のバイキング的側面が現代の金融危機の根っこにあるのではないかと感じている。「バイキングの時代のアイスランド人が、自分たちの権利が尊重されることに強いこだわりを持っていたこと、人に指図されるのを好まなかったこと、賢く大胆な人間に報酬を与える制度を持っていたことなどは、事実です。そういった行動様式の名残は、今回の金融危機の原因にも見られます」

その生まれつきの優越感が、アイスランドの銀行業界に対するあらゆる批判が簡単に封じられてしまった理由の一つだろう。外部からの批判は、単なる嫌がらせとして退けられた。二〇〇六年にデンマーク国立銀行がアイスランドの銀行はこのままだと破綻するという報告書を出した時もそうだった。アイスランド人は「デンマーク人が嫉妬《しっと》している」と切り捨てた。

だが、最終的には現実が突きつけられた。「私はある銀行で二〇〇七年から働きはじめましたが、三カ月後にはすでにお金は底をついていました」レイキャビクにたくさんある、おしゃれだけど客の入りが芳しくないコーヒーショップでたまたまおしゃべりをした地元の女性、インガ・

イェッセンはそう話してくれた。「いつになったらお給料をもらえるかわかりませんでした。銀行は従業員を解雇しはじめました。同僚の一人が毎朝会社に来るたびに『何もかも終わってる！』と言うと、私たちは『はいはい、その通り』という感じで受け流していました。まさかと思っていたのです」二〇〇八年暮れ、彼女はついに職を失った。

二〇〇九年初頭には、マイケル・ルイスによれば、アイスランドは「事実上、破綻した」彼は宿泊していたホテルで、アイスランド人が保険金詐欺の目的で、英国製の高級四輪駆動車レンジ・ローバーを爆破している音を聞いたそうだ。「くすんだ色の髪をしてずんぐりした」女たちに粗野な男たち、とルイスはマシンガンのように悪態を並べている。「木曜、金曜、土曜……国の半分が、飲んで嫌なことを忘れるのが仕事だとでも言わんばかりに酒を飲む」と彼は書いた。

だが、この大混乱の責任は誰にあるのだろうか？　私の滞在中、アイスランドのメディアは、不満を抱いたアイスランド国民が自らを「怒り（スカップオウシ）」と呼び、責任があると目される人物の資産に、ペンキを投げつける攻撃が相次いでいると報じていた。そのなかにはカウプシング銀行の元CEO、フゥレイザル・マアル・シグルソンの自宅や、アイスランドで最も裕福な男ビョルグオゥブル・トール・ビョルゴルフソンの所有する高級車ハマーなどが含まれていた。シグルソンの自宅は、民衆が赤いペンキを投げつけたおかげで、ジャクソン・ポロック風に装飾を施したようになっていた。

だがアイスランドの経済危機の象徴と言える人物を挙げるとすればビョルゴルフソンのほうだ。アイスランド初の億万長者であると同時に、二〇世紀初頭のビジネスリーダーであるトール・イェンセンの孫であり、アイスランド史上、最も「波乱に富んだ」企業家ビョルゴルフル・グズムンドソンの息子でもある。ちなみにグズムンドソンは、前科者であり元サッカー選手であり、アルコール依存症の治療中で、二〇〇九年七月現在、破産している。彼は息子とともに、ロシアに酒を販売して財を成し、その金で、英国のサッカーチーム、ウェストハム・ユナイテッドFCをはじめとするさまざまなものを買い、ランズバンキ銀行の支配権を握った。金融危機が来るまでは、多くのアイスランド人が、グズムンドソンに優しい父親像を見ていた。グズムンドソンもその父親も、社会事業や文化事業に多額の寄付をおこなっていた。

グズムンドソン一家は、「ジ・オクトパス（タコ）」として知られる約一五のファミリーの一つだ。タコはその「青い足」でアイスランド経済の大半を握っている。いくつかのファミリーは恥ずかしさのあまりアイスランドを離れたが、残りは国内でひっそりと暮らしている。

小売業の企業家ヨハネス・ヨンソンとその息子ヨン・アスゲ・ヨハネッソンも、この文脈でよく名前が挙がる。バウグルグループのオーナーで、アイスランドのメディアと小売業界の大半を支配下に置いている。英国の百貨店グループ、〈ハウスオブフレイザー〉やおもちゃ屋の〈ハムレイズ〉、冷凍食品チェーンの〈アイスランド〉も傘下に収めていた。アイスランドの会社が〈アイスランド〉という名の会社を買うというのは、いかにもだと思うが。バウグルは二〇〇九年初頭に破綻し、ようやくアイスランドメディアに対する強い支配力に陰りが生じはじめた（もっともアイスランド企業の所有権は不透明に絡み合っており、本稿執筆中において、ヨハネッソンはいまだにテレビ局と新聞社を所有している）。

だが最大の責めを負わされたのは、一九二九年から政権の座にある中道右派の独立党、なかでも元首相であり、のちに中央銀行総裁（現在はアイスランドの主要新聞『モングンブラージズ』

の編集委員）を務めたダーヴィッド・オッドソンと、彼から首相の座を継いだゲイル・ホルデだ。

これらの政治家や実業家たちは、みな仲良しだ。なぜならレイキャビクの富裕層が子弟を通わせる学校は限られているため、みなが同じ名門大学の同窓生として親睦を深めるからだ。そしてここにアイスランドのアキレス腱《けん》がある。人口がわずか三一万九〇〇〇人の国においては、全員が直接、もしくは一人の知人を介して知り合いであることは、ほぼ間違いない。アイスランドの支配層には、とりわけ排他的な人間関係が存在するようだ。

「例の貸付［アイスランドの銀行が自行の株主に対し、自行の株を買い増すことができるよう金を貸すこと］は、この国でいかに物事が腐敗しているかをよく示しています」金融危機の直後に、あるアイスランド人は英国の新聞の取材にそう答えた。「社会があまりに小さいため、実業家、監督機関、メディア、政治家の全員が、結局一つのベッドで寝ているのですよ」

「ある人がどのようにしてアイスランドの会社に就職したか知りたければ、まず政治家とのコネをチェックします」アイスランドの有名な詩人であり小説家のシンドリ・フレイスソンはそう私に話してくれた。「そこで見つからなければ家系図を当たります。それでも見つからなければ『アルコール依存者更生会』しかありません！　人間関係が緊密な社会ですから、それが縁故者の登用や排他的な派閥づくりの温床になります。いずれも、今回の金融危機の問題の一部です。通っているスポーツクラブで知り合った人を雇うとか、身内を雇うとかいう話はざらにあって、おそらく私たちは慣れすぎているため、それを腐敗とは思わないのです。皆がどこかでつながっているため、公正な裁判を行うのもひと苦労です」

同じような社会的なつながりの強さが、北欧地方のほかの地域では、長期的な安定や責任感、平等や繁栄に結びついたのに、アイスランドにおいてはまったく逆の結果をもたらしたようだ。

だいぶ前の二〇〇一年のことになるが、欧州評議会の「腐敗防止参加国部会」は、アイスランドにおいては「政府と財界の結びつきが深く、汚職がはびこる可能性がある」と警告を出している。政府とメディア、財界がいかに癒着しているかを示す良い例が、二〇〇四年に大統領が拒否権を行使したため成立しなかったメディア所有権法案だ。民間企業によるメディアの独占にくさびを打ち込もうとした法案だった（基本的にはバウグル社がターゲットだった）が、オーラフル・ラグナル・グリムソン大統領が署名を拒むという前例のない方法で拒否権を発動し、世間を騒がせた。ちなみにグリムソンのかつての選挙事務所長は、新法が通れば法に抵触することになるテレビ局の一つで代表を務めていて、グリムソンの娘はバウグル社に勤めていることが判明した。

人材プールが人口三〇万人の英国の都市コヴェントリーと同じ大きさである国においては、能力主義の理想や民主主義の自由には、つねに苦難がつきまとう（もっともコヴェントリーは、オランダから四〇億ユーロ〈約五二〇〇億円〉もだまし取ったりはしていないが）。医師や教師の数が限られているとすれば、企業家や政治家、経済学者の数も限られている可能性は十分にある。だからアイスランド人が、世界で一番、兼業率が高いのも無理はないのだ。私が取材した人々の多くがタクシーの運転手やツアーガイドといった副業を持っていた。そしてそれは社会の上層部においても同じだった。たとえば前首相は詩人だったし、外相は理学療法士だった。

アイスランドの人口の少なさについては、強調しても強調しすぎるということはない。動物の種であれば、世界自然保護基金（ＷＷＦ）の絶滅危惧《きぐ》種に指定されているはずだ。キバナアホウドリと一緒だ。国家インフラを整備することができただけでも大したものだ。「心臓外科医や言語療法士、ヨガのインストラクターなんかいるんだろうか」疑問が次々と浮かんだ。ブルガリア語を翻訳できる人や、七種競技の選手もいるのだろうか（これはいることがわかった。ヘルガ・マルグレート・ソルスティンスドッティルという女子選手だ）。それにテレビのオーディション番組はどうやって作るのだろう。国中の人が最低一度はサイモン・コーウェルソン、（タレント発掘ショーの辛口審査員であるサイモン・コーウェルをアイスランド風にした名前）に向かって「ハレルヤ」を歌ったことがあるに違いない。

「アイスランドでも『Xファクター』という番組をやっていました」雑誌編集者のブリンヨルソンは言った。「でも第三シーズンで出演する人がいなくなってしまいましたね。イギリスのハクニーに住んでいたとき、いつも驚いていたんですよ。たしか一五〇万人くらいの人口があるのに映画館が一軒もなかった。アイスランドにはほぼなんでもあります。でも、すべてを維持していくのは、かなりの重荷です」

アイスランドとその他の北欧諸国とのもう一つの違いは、真に自由で多様な報道機関が存在しないという点だ。北欧諸国ではどちらを向いても真面目で独立した新聞があるが、アイスランドだけは、新聞は、新自由主義者に所有されているか、またはその強い影響下にあり、対立する考えは事実上、締め出されている。

「新聞が四紙、雑誌が一二誌あって、報道機関はゼロ」これは二〇〇五年にレイキャビク・グレープヴァイン紙というアイスランドでは数少ない独立系メディアの英字新聞が、バブル真っ盛りの時期に書いた見出しだ。「記者を雇って、少しでもその記者が成功を収めると、すぐにバウグルやランズバンキ銀行のプロジェクトに引き抜かれてしまいました」とブリンヨルソンはこぼした。

「彼らがメディアをコントロールしていたため、ひじょうに不健全な社会になりました」彼は続けた。「批判する人がいれば、すぐに買収します。私は『セ・オゥ・ホゥア』［有名人をネタにするゴシップ誌］をクビになりました。彼らに対して批判的なことを書いたからです」

最後には、事実上すべてのメディア（国営テレビやラジオから、民放テレビや新聞まで）が、与党独立党に深い関係を持つ人間によって牛耳られていた。一九九〇年代後半には、国の行く末に疑問を呈するレポートを発表しすぎた国立経済研究所までが廃止に追い込まれた。

どうやら国が小さ過ぎたり、社会の結束が強過ぎたり、人間関係が濃密過ぎたりすると、かえって良くないようだ。強い社会的ネットワークは、時として閉鎖的な腐敗を生み、民主的な言論を封殺してしまう可能性がある。北欧的過ぎることは身のためにならない。

第三章　デンマーク

そうなると北欧諸国のなかにおけるアイスランドの位置づけはどうなるのだろう。

数世紀にわたり、アイスランドの知識階級は、ほぼ例外なくコペンハーゲンで教育を受けてきた。今日なお、コペンハーゲンは文化の中心地として、ほかのどの都市よりもアイスランドにとって重要な都市だろう。レイキャビクからコペンハーゲンへ飛ぶフライトは、ほかのどの都市へ行くより便数が多く、海外に在住しているアイスランド人の人数が最も多い都市はコペンハーゲンだ。さらにアイスランド人の多く、おそらく半分以上が、デンマーク人の親戚《しんせき》を持っている。

デンマーク語は長年アイスランドの教育システムを支配してきた。中高年のアイスランド人の話では、かつては教科書のほとんどがデンマーク語で書かれていたそうだ。ただしそれにもかかわらず、彼らにとってはノルウェー語やスウェーデン語のほうが、話すのは簡単だそうだ（それを聞いて、デンマーク語に苦労している私はとても気が楽になった）。だが、米軍基地があるアイスランドで、英国のテレビ番組を見ながら育った若い世代にとって、第二外国語は圧倒的に英語だ。「若者にとっては、デンマーク語は時代遅れの言葉です」パルソン教授はそう語った。

教授の同僚、ウンヌル・ディス・スカフタドッティル教授と彼女の家族にとって、デンマークは今でも大きな意味を持っている。彼女もデンマークに親戚（祖母）がいるし、多くのアイスランド人同様、デンマークに対して、優れたものや洗練されたものがある場所というイメージを今でも持っている。「子どもの頃、文化的なものや良いものは、デンマークのものしかありませんでした」スカフタドッティル教授はそう話してくれた。「良いものといえばデンマークから来たものと決まっていました。主婦たちは料理を習いにデンマークへ行ったものです。最高の文化に触れることのできる場所だと考えられていたのです［料理を習うのにデンマークへ行くとは、アイスランドの料理はよほどひどいに違いない］。私の母の世代でさえ、教養があることを示すためにデンマーク語を使いました。母は、一〇代の時に家事を学ぶためにデンマークに送られました。良家の子女が行儀見習いに行く場所だったのです」

取材した数人のアイスランド人によると、デンマーク人に対するアイスランド人の敬愛の情はおおむね一方通行であり、今日でさえデンマーク人に見下されていると感じるらしい。あるアイスランド人は、デンマーク人の女性とコペンハーゲンのバーでおしゃべりをしていた時の話をしてくれた。「僕の出身地を知ったとたん、その娘は消えちゃいました。グリーンランド人よりちょっとマシくらいに思っているようです」

別の人の話では、彼女の兄がコペンハーゲンにいた時、デンマーク人が彼のことを「あの知恵遅れのアイスランド人」とデンマーク語で言っているのを聞いたそうだ。デンマーク語がわからないと思っていたのだ。

アイスランド人はデンマーク人の侮辱にユーモアで応《こた》える。スカフタドッティル教授によると「デンマーク語のアクセントでアイスランド語を話して、ジョークにします。とても面白いんですよ。ノルウェー人のアイスランド語を笑うことはありません。デンマーク人の場合だけです」教授はデンマーク人が英語を話す真似をしてみせてくれた。怒ったアヒルがギャーギャーわめいているような感じだ（公平を期すために言うと、デンマーク語のアクセントで話せば何語でもおかしく聞こえる。デンマーク語でさえ）。

誤解しないでいただきたいのだが、アイスランドにデンマークに対する反感があるわけではない。「デンマーク人は大好きです」私がデンマークから来たと言うと、あるタクシーの運転手がそう言った。「デンマーク人を嫌いだというアイスランド人がいたら、まあ、そういう輩《やから》はどこにでもいるってことです。私たちは、外見はノルウェー人に近いかもしれませんが、もしアイスランド人が、デンマーク人、スウェーデン人、ノルウェー人の三人に会ったら、そのなかで一番気が合うのはデンマーク人です。デンマーク人とは、イギリス人同様、ユーモアのセンスが似ています。でもノルウェー人は……いやなんとも退屈な人たちですよ。あの人たちは、そうですね、デンマークに対抗する時に手を組む、気心の知れた弟分のような存在ですかね」

アイスランド国民がデンマーク人に対して抱いている相反する感情は、二〇〇六年から二〇〇八年にかけてアイスランドの企業家たちがおこなった異常な投資行動を理解する際に役立つ。アイスランドの目立った買い物の多くは、かつての宗主国デンマークからのものだった。コペンハーゲンの二つの大きなデパート〈イルム〉と〈マガザン・デュ・ノール〉のほかに、最も立派で由緒のある〈オテル・ダングルテール〉、メディア企業、〈スターリング航空〉（これは二年で破綻した）などだ。

経済的観点から客観的に見て、これ以上に愚かな投資は考えられない。たとえばデパートは、かなり以前から小売業界のお荷物だったし、アイスランドが購入したどちらのデパートも、数年にわたって赤字経営だった。それを買うということは、何か別の目的があるに違いないと考えられる。植民地時代の復讐《ふくしゅう》だろうか。

その可能性をうかがわせる証拠が、その当時おこなわれたアイスランド対デンマークのサッカーの試合で見られた。試合の最中、アイスランド人サポーターが「次はチボリを取りに行くぞ！」と歌いはじめたのだ。チボリ公園はデンマークの由緒ある遊園地で、デンマーク国民にとっては、おそらく最も神聖な文化施設であり、観光客に最も人気のある施設でもある。これはフランス人がラグビーの対英国戦で、「ウエストミンスター寺院を買うぞ」とはやし立てるようなものだ。*

「店や銀行を買い、無料の新聞を出版することによって、コペンハーゲンを植民地化しようという奇妙な試みがありました。特にデパートは、デンマークらしさの象徴的な存在だったのです」ギスリ・パルソンは同意した。「もちろんデンマーク人は『こんなこと長続きするわけがない。いずれ破綻を迎えるだろう』と思って見ていました。それに対してアイスランド人は『デンマーク人は、私たちに対していつもそういう態度を取る』と感じていました。それは、植民地時代の緊張感がうっすらとにじんだ文化戦争だったのです。両国の愛憎関係には本当に長い歴史があります」

「デンマーク人からよく、なぜアイスランド人はイルムやその他のものを買ったのかと聞かれました」テリー・ガネルが語った。「デンマーク人は、かつての植民地が自分たちのものを買うことや、自分たちの資産で〈モノポリー〉のゲームをしていることが、面白くなかったのです」

実際には、デンマークとアイスランドの植民地時代の歴史は、近年、大幅に書き換えられた。一九世紀末には、独立のために反デンマーク感情が利用されたが、その後、過去の支配者に対するアイスランドの歴史観は軟化した。デンマークは、アイスランドにデンマークの文化や言語を強要しなかった。それはたとえば、同時代のスウェーデンによるフィンランドに対する扱いと比較すると、著しく対照的だった。

「ありがたいことに、現在では、アイスランドの民衆を苦しめていたのは、デンマーク人よりもアイスランドの豪農だったという認識になっています」スカフタドッティル教授は語った。「デンマーク国王がさまざまな改善策を進めようとしたのに、豪農たちが二〇世紀初頭まで奴隷制度を維持したがったからです。私が子どもの頃は、デンマークが悪者でしたが、最近の若いアイスランド人はその辺の歴史を何も知りません。デンマーク人にこの話をすると、彼らはもっと何も知りません。特に若い人たちは、アイスランドがどこにあるかさえわかっていません。『エストランドのことですか?』って言うんですよ」〔「エストランド」はデンマーク語の「エストニア」で、デンマーク語の「アイスランド」と発音が似ている〕

「デンマークとアイスランドのあいだには、長いあいだ愛憎関係がありました」パルソン教授は言った。「もちろんアイスランドは植民地で、経済的にはひじょうに苦しかった。投獄された人もいました。デンマーク人はアイスランド人に歌と踊りを禁止しましたが、自分たちは歌ったり遊んだりしつづけました。でも全体的に見れば、デンマークの扱いはそれほどひどくありませんでした。それでもやはり、サッカーでデンマークに勝てば、大いにプライドが満たされます。それは、たとえば英国に勝つのとは違う感覚です」

パルソン教授は、血縁という観点から見れば、アイスランド国民にとってはノルウェー人のほうが近いという。「多くの点で、私たちはデンマーク人よりもノルウェー人に似ています。自然、民族的ルーツ、過去の歴史やバイキング、ルター派やピューリタニズムの信仰を大切にするところなどです。デンマーク人は少々陽気過ぎますね。私たちから見るとヒュゲが過ぎます」教授はまた、フィンランドとの意外な関係を指摘した。「アイスランドもフィンランドも、周辺的な地位に追いやられていると感じています。スカンジナビアの圏外にいるのです。フィンランド人男

＊チボリ公園がデンマーク国民の意識にいかに深く浸透しているかを示す好例がある。デンマーク人はズボンのチャックが開いている人を見ると「チボリが開いてますよ!」と言って注意する。

性には、うつと飲酒の問題があると聞きますが、アイスランドでも飲酒は問題になりつつあります」

デンマーク、スウェーデン、ノルウェーの国民は、互いの言語をおおよそ理解できるが、アイスランド語とフィンランド語は異なる。アイスランド人が北欧の会議に出席すると、たいていは部屋のすみでフィンランド人と英語で話すことになるそうだ（北欧諸国のなかでアイスランド人とフィンランド人が一番じょうずに英語を話せるのは、そのせいなのだろう）。

「アイスランド人は、いつも自分たちのことをフィンランド人に近いと言います」とガネルは言う。「ユーモアのセンスや酒の飲み方、暗さのせいです。この両国にはデンマークのようなパブの文化がありません。仕事帰りに軽く飲むという発想がないのです。そんな飲み方をしようものなら、馬鹿にされますよ。彼らは腰を据えて徹底的に飲みます。フィンランド人と同じスタイルです。アイスランドは、国民を飲酒から守るためという理由でビールを禁止しましたが、スコットランドとの貿易協定がありましたから蒸留酒は買えます」

「最近カルチャーハウス［北欧の英雄伝説《サガ》をテーマとする博物館］でアイスランド文化に関するすばらしい展覧会をやっていました。スコットランドやヘブリディーズ諸島、アイルランドや映画『ブレイブハート』などとの関連を示す展示品がたくさんありました。そして展示室の隅っこに、つけ足しのように『ああ、そう言えば、アイスランドにはスカンジナビア半島の出身者がたくさんいます』という趣旨の展示がありました。アイスランド人は、スカンジナビアとよりも、ヨーロッパとのつながりを強調するほうが好きなのです」

ではデンマークのほうはどうかと言えば、アイスランドが植民地だった過去を気にしていることなど、まるで意識していない。ごくまれに、年配のデンマーク人とのあいだでアイスランドの話題になった時、わずかながら罪悪感が感じられることはある。ただしその理由はおもに、アイスランドの子どもたちがデンマーク語の習得を義務づけられているのは気の毒だ、というものだ。ただ、それさえ事実とは異なる。現在のアイスランドで必修になっているのは、スカンジナビア言語のうちのどれか一つだ。結果として、大半の生徒が何かとつながりの深いデンマーク語を選んでいるにすぎない。

「アイスランドに暮らせば暮らすほど、またアイスランド国民について説明するほど気づくのですが、彼らについて一つのことが言えるとすると、そのまったく逆のことも、同じくらいの確信を持って言うことができます」とガネルは言った。「アイスランド人はそういう矛盾を抱えて生きることに、まるで抵抗がありません。アイスランドで人気のある風刺番組に、小柄で頬ひげをはやした典型的なアイスランド人キャラクターがあります。すべてについて一家言ある男です。彼は、何かしらについて文句を言いはじめるのですが、最後になると、まったく逆のことを言っているのです。これがまさにアイスランド人です」

第四章　妖精

アイスランドへ来る前に、取材しないと決めていたテーマが二つあった。歌手のビョークと妖《よう》精（せい）（エルフ）だ。馬鹿な外国人から何度も同じことを聞かれてアイスランド人もうんざりしているだろうから、控えるのが礼儀にかなっていると思ったのだ。

だがビョークは頻繁に話題に上った（一度、彼女が新聞雑誌販売所で編み物の雑誌を買っているのを見つけたと思ってすごく興奮したけど、人違いだった）。むしろたいていは、現存するアイスランド人のなかで最も有名なこの人物から話題をそらすのに苦労したくらいだ。

一方で、アイスランド人が妖精の存在を信じているという件は、あまりに興味深い話題で自分を抑えられなくなった。妖精の存在を信じているか否かは別として、今なお妖精は、アイスランド人がアイスランド人である上で大きな意味を持っているということが、すぐにわかった。そこで私は、妖精について独自の世論調査を試みた。冗談ぽく尋ねたが、大半の人が大まじめで答えてくれた。多くの人が真顔で「絶対に信じている」と言った。二人の人が、子どもの時に何かを見たと主張した。

アイスランドでは一〇年に一度ほど、妖精、あるいはアイスランド人の呼び方では「隠れた人々」についてアンケートを取っている。結果はおおむね一定だ。一九九八年の調査では、五四・四パーセントが妖精を信じていると答えた。もっと最近の二〇〇七年の調査では、三二パーセントの人が、隠れた人々は「存在する可能性がある」、一六パーセントが「多分存在する」、八パーセントが「間違いなく存在する」と答えた。多くのアイスランド人が、「自分の信じる妖精の種類を具体的に言える」と答えた。二六パーセントが花の妖精を信じていて、三〇パーセントが家の妖精、四二パーセントが守護天使としての妖精を信じていた。別の見方をすれば、アイスランドには神を信じている人が四五パーセントしかいないということになる。

直接見た人の話では、妖精は人間のような外見をして、手作りの伝統的な装束を着ており、おもに牧羊で生計を立てていて、テレビは決して見ない。アイスランドの妖精たちは、人間の周辺で暮らしている。だが彼らの住む環境がどのような形であれ破壊されるようなことがあれば、人間の世界に混乱を引き起こす。

一九九五〜九六年、米国バークレー大学で民俗学を研究するヴァルディマー・ハフスティンは、「妖精に悩まされた」経験を持つ数多くの道路作業員を取材した。妖精たちのいたずらによって作業を邪魔された人々だ。こういったことは毎年起きているようだ。機械が動かなくなる、作業員がケガをする、不吉な夢を見る、何かが倒れる、天候が急に悪化するなどだ（そりゃ妖精のせいに決まっている。さもなければ大西洋上の島国で天気が急変するわけがない）。不思議な出来事は一九七〇年代初頭に数多く起こった。最も有名なのがレイキャビクから西へ向かって道路を建設するために、いわゆる「妖精の岩」を動かそうとした時のことだ。妖精の仕業らしき事件がいくつも起きたため、霊媒師が呼ばれて妖精に岩を動かす許可をもらうよう依頼された。霊媒師は「許可の取得に成功した」と言っていたが、ブルドーザーがマスの養殖場に水を供給しているパイプを破損してしまい、七万匹のマスが死んだ。誰もがそれを妖精のせいにした（ただしハフスティンの論文には、このプロジェクトの上級技術者がアイスランド心霊研究協会の会長であることも書かれていた。アイスランド人に兼業が多いのは知っているが、これは少々怪しいと思う）。

さらにレイキャビク郊外の近くには「妖精の丘」がある。地元の自治体が一九七〇年代と一九八〇年代に何度か地形の変更を試みたものの、最終的にあきらめざるを得なかった土地だ。ある作業員の話では、ブルドーザーにエンジンをかけようとするたびに「なんだか怖くなり」、テレビ局の撮影クルーはこの丘を撮影しようとするとカメラの調子が悪くなったという。

ハフスティンは、妖精の活動が新規の建設事業に集中している理由は、それが「超自然的な存在が開発や都市化を進める人間に対して与えた制裁であること、つまり田園風景の価値や伝統的な地方文化を守り抜こうとする妖精たちの姿勢の表れ」ではないかと推測している。ハフスティンがそう信じているのか、アイスランド国民がそう信じているという意味で言っているのか定かではないが、彼はつけ加えて、超自然的な存在は「文化的アイデンティティーやナショナリズム、社会の変化といった差し迫った問題に取り組もうとしている」と述べている。つまり近代化を恐れているということだ。

テリー・ガネルが前の章で登場した時には触れなかったが、彼はレイキャビク大学で民俗学《folklore》の上級講師を務めている。数十年間、北欧諸国の民族学《ethnology》の研究に没頭してきた彼は、外国人ジャーナリストが訪ねてきて、にやにやしながら「小さい人」について聞いてくるという状況にはすっかり慣れていた。ガネルはまっ先に「神話や迷信はどの国にもある」と指摘した。

「周囲の環境をどう理解するかという問題にすぎません。英国第二の都市バーミンガムの環境をどう理解するかということと同じです」髪をポニーテールにした四〇代のガネルはそう語った。思わず私の眉《まゆ》がつり上がったが、彼は続けた。「バーミンガムでも、小児性愛者やテロリストなどにさらわれる心配があるという理由で、子どもたちを外で遊ばせませんよね。でも実際にそのような事件の犠牲になる子どもがどれだけいるでしょうか。テロリストは子どもを怖がらせるための口実として利用されているだけです。アイスランドでも同じです。何かに捕まるかもしれないから、山に入っていってはいけません。小人がいるから滝のそばに行ってはいけません、とね」

もちろんアイスランドの環境には、子どもにとって死の危険を伴う場所や状況が、バーミンガムよりもさらに多い。「目に見えないものによって家が壊されたり、蛇口をひねったら硫黄の臭いがしたり、地下の浅いところにマグマがあるとわかっていたり、夜空を見上げると美しいオーロラが見えたり、そういったことを通じて、人知を超えた自然の強大な力というものが長い年月をかけて人々に浸み込んできます。風に運ばれた雪が創る造形を見たり、強風に足をすくわれて転んだりしているうちに、自然には特別な力が備わっているという感覚を持つようになるのは不思議ではありません。この手の伝説は、スカンジナビアやアイルランドにはバイキングの時代や、古くは青銅器時代からありました」

だが、アイスランド人の妖精に対するこだわりは特に強いように見える。「ええ」とガネルは認めた。「一番よく聞く話は、子どもの頃、妖精と遊んだという話です。でも大切なのは、多くのアイスランド国民が、妖精がいないとは思っていない、ということです」

ガネルはこんな例を挙げた。裏庭にジャグジーを作ろうと思った人がいるとする。そのためには大きな岩をどけなければならない。隣の人がフェンス越しに「本当にいいの？　それ妖精の岩なんでしょう?」と言ったとする。

「ほとんどのアイスランド人は考え直すでしょうね」とガネルは言った。

例の金融危機の大混乱が起こる直前、アイスランドは野心的なオペラハウスを建設しようと計画していた。建設地はボルガホルトヒルに決まっていた。伝説によればレイキャビクの妖精が数多く住む丘だ。アルキテマ&アルクティングという、きちんとした大人の建築事務所がこの仕事を請け負った。同社はこの土地の超常現象的先住民に敬意を表して、妖精たちの地下住居にインスピレーションを得た設計をした。アイルランドなら小鬼《ゴブリン》に道路の進路を決めさせることはないだろうし、スウェーデンでも国際的な大企業が発電所を建設するにあたり、巨人《トロール》の妖精の許可を取るために霊媒師を雇うということはあり得ない。

「それは、一九四〇年になるまで、アイスランドが二〇世紀を迎えなかったからです」とガネルは説明した。「米軍基地のお金でようやく道路が建設され、都市が成長しはじめました。という闇が消えたのです。でも七〇年代になっても、誰もがこういった伝承が息づく地方に親戚を持っていました」

私はガネルに、アイスランド東部で物議をかもした米国アルコア社のアルミニウム精錬所建設について尋ねた。アルコア社が建設現場で問題が起きないよう、妖精との連絡係を雇ったというのは本当だったのか。いわゆる「安全衛生担当者」ならぬ「妖精安全担当者」のようなものを、だ(誰か私を黙らせてくれ!)。

「あれはなかなか面白い話でした」ガネルは微笑んだ。「アルコア社の件で国民の意見は真っ二つに割れていました。手っとり早く儲《もう》けるべきだと考える人もいれば、洪水など長期的な環境問題を心配する人もいました。非キリスト教徒は当初からこのプロジェクトに大反対でした。数百万ドルの金が絡む話ですから、反対派はメディアの注目を集められることなら手段を選ばない覚悟です。当然、彼らは妖精を引き合いに出そうとしました。ところが、アルコア社が先手を打って専門家を雇ったのです」

つまり先制攻撃をかけたということなのか。「そうです。この時、私は別の妖精の専門家と一緒に、カナダのラジオ局の取材を受けました。で、インタビュアーがその専門家に、アイスランドではどの企業も妖精の専門家を雇うのかと尋ねると、彼は『もちろんです』と答えて、料金がいくらかかるかとか、建設現場の大きさに応じて料金がどう変わるか等々を説明するのです。私はびっくりして思わず彼の顔を見ましたよ」

ガネルは、アイスランド人が妖精による開発の妨害を積極的に信じようとする背景には、昔から地方にある景観を大切にする価値観と近代化とのあいだに激しい葛藤《かっとう》があるからだとするハフスティンの考えに同意する。だがアイスランド人がこれほどまでに迷信深い理由について、ガネルにはもう一つ説があった。「アイスランドには敬虔主義《ピエティズム》［極端なルター派で、とりわけ北欧地域における異教徒の撲滅に熱心だった］の運動が届きませんでした。ノルウェーでは一七世紀に、この種の迷信を一掃しようという大々的な動きがありました。あるノルウェー人の高齢の男性に話を聞いていた時のことです。男性の話がこの種の［超常現象に関する］話題に及ぶと、彼の妻が、ホウキで私を追い出したのですよ。『外国人にそんなくだらない話を聞かせるな』と夫に腹を立てていました」

地理的な遠さも宣教師を寄せつけない理由となり、アイスランド人の迷信深さは保たれた（ほかにもおもな迷信として、水深一〇〇〇メートルの火山湖クレイヴァルヴァトンに住む巨大な芋虫の話や、東アイスランドにあるラーガルフリョゥトという別の湖に住む巨大な芋虫の話がある。ヴェストフィヨルドは現在でも魔術で有名な土地だ）。

その前日、私はドライブ中に、ロイガルヴァトン洞窟《どうくつ》に立ち寄った。壁に説明板が貼ってあった。

「ある吹雪の晩、一人の羊飼いが吹雪をしのごうと、羊を連れてこの洞窟にやって来た。羊飼いが寝ようとすると、誰かが両足を持って彼を引きずり回した。羊飼いはなんとかそれを振りほどき、もう一度寝ようとしたが、また同じことが起きた。誰かがそこで彼を眠らせまいとしていた。やむなく羊飼いは、羊を連れて数キロ離れた村へ移動した。その時から吹雪は二週間続いた。もし洞窟に留《とど》まっていたら、羊飼いは雪に閉じこめられて、羊たちとともに飢え死にしただろう」という話がロイガルヴァトン洞窟の伝説ではなく、事実として書かれていた。

だが最近の出来事との関連はどうだろう。あまりじっくり考えたことはなかったが、レイキャビクにあるガネルのオフィスの窓から寒々とした外の景色を見ながらふと思った。彼は、アイスランド人が妖精の存在を積極的に受け入れていることと、彼らが新自由主義の財界人や政治家の言うことを真に受けやすいこととのあいだに、何かしらの関係があると見ているだろうか。

ガネルは笑って、少し沈黙した。「この国の人たちは、ひじょうに刹那《せつな》的なところがありますが、それもこの環境に関係しています。『とにかく今日一日を乗り越える』という考え方です。クリスマスには、誰がその冬をしのぐことができるかという占いをします。ろうそくの周りに座って、蠟《ろう》の流れる方向を見るのです。アルコア社の時のように、長期的なことは考えず、周囲の環境から手に入れられるものを取る、という考え方を身につけていくのです。たとえばアイスランドとスウェーデンの農家の家屋を比べると、スウェーデンの家屋には誇りが感じられますが、アイスランドの家屋は住むための単なる建物でしかありません。見てくれを気にしないのです。巨額の借金をした背景にはそういう姿勢もあったと思います。今日手に入るものを手に入れる、明日《あした》のことはわからないから、ということです。……願わくばそのサバイバル本能で、この苦境を切り抜けてほしいものです」

帰ろうと立ち上がりながら、半分冗談で、ガネルに彼自身が妖精を見たことがあるか聞いてみた。彼はぎこちなく座り直して視線をそらした。

「妻はその手の迷信を聞きながら育って、だいぶいろいろ見てきたようですよ。昔、ユースホステルに一緒に泊まった時、妻が部屋中に人がいると言うものだから、それが現実でないことを証明するために、私が床で寝る羽目になったことがあります」

「で、あなた自身はいかがですか？」

「ものごとが正しいかどうかは、私が決めることではありません」

「そういうことを聞いているのではありません」

彼は黙った。

「ほとんど見たことはありません」とガネルは答えた。

第五章　蒸気

私はレンタカーを二日間借りて、レイキャビクを出た。それはかつて経験したことのないような旅となった。とうとうアイスランドを理解できた。

首都レイキャビクからほんの数キロで、私はごつごつした鉛色の溶岩や、コケに覆われた溶岩が一面に広がる、冷たい月面のような風景のなかにいた。かと思うと、あたりは一瞬にしてスコットランド高地のような風景に切り替わる。それがアイスランドだ。ヒースに覆われた山々に空から濃淡の光の筋が差していたかと思うと、ゴビ砂漠を走り抜けているような気分になる。角を曲がると、そこには英国の幼児番組『テレタビーズ』の国のような優しい起伏の草原が広がっているが、すぐに花崗岩《かこうがん》の山々モルドールが見えてきて、二〇階建てのビルの高さほどもある滝が眼前に現れる。そしてまた突然、月面の世界に戻るのだ（実際、アポロの月面着陸の練習はここでおこなわれた）。天気の変化は、景色の変化以上にめまぐるしい。

さらに車を走らせると、前方に恐くなるほどの威厳を湛《たた》えたヴァトナ氷河が見えはじめた。アイスランド最大の氷河で、面積は八三〇〇平方キロ、厚さは一〇〇〇メートルある。旅行ガイドブック『ロンリープラネット』によると、ルクセンブルク公国の三倍の広さがあるというが、ルクセンブルクの大きさがわかっていないと、まるで参考にならない。ちなみに私はわかっていない。だが数キロ離れた場所からでも、その壮大なスケールには度肝を抜かれる。山の上に載った氷河の一部が谷に沿って下りてきている様子は、アイシングを載せた巨大なマフィンのようだった。

ヴァトナ氷河の一部は海に接していて、ヨゥクルスアゥルロゥン湾で数百もの氷山となって海に崩落している。バスほどの大きさの氷塊は、威厳に満ちた速度で大西洋に向かって進みながら、まるで内側から発光しているかのように青く光っている。目の前を青いクールなウォッカ・バーが何十軒と通り過ぎて行くのを見ているようだ。真っ青な空の下、私は上着も着ないで一時間以上、その光景を眺めつづけた。聞こえるのは氷のきしむ音、ガリガリ、チリチリ鳴る音だけだ。まるで現代音楽の作曲家シュトックハウゼンの交響曲のようだった。

私はディナー皿ほどの大きさの氷を手に取ってみた。傷一つない、ガラスのようだった。私は舐《な》めてみた。そうするべきだと感じたから。

グトルフォスは、アイスランド最大の滝だ。激しい風と雨によって増水した滝の大量のしぶきは、毎時数十億ガロン（一ガロンは四・五リットル）という水量となり、この世の終わりのような景色を見せてくれる。心臓が止まりそうなくらいの迫力だった。さらに、もちろんゲイシルへも行って、伝説的な間欠泉、ストロックルのすぐそばに立って、世界一スリルのある自然現象を体験してきた。

アイスランドらしく、ここには安全に関する注意書きなどという女々しいものはない。ストロックルの穴の縁《へり》のすぐ近くが、お印《しるし》程度の低いロープで囲われているだけで、やけどするほどの熱湯の噴出から観光客を守ってくれる監督者や安全管理者はいない。湯気を立てている青い水溜《みずたま》り（直径二メートルほどで、トルコのお守りナザール・ボンジュウを思い出させる）に見とれて近づくと、初心者は間欠泉のお湯の動きに魅了され、危険なほど穴に近づいてしまう。お湯が膨らんでせり上がってくると、なおさら近づいて見たくなる。その状態が、噴出が間近に迫っているという最初のサインだったのだが、今度は水面が底なしの穴の奥へ向かって下がって行くため安心してしまう。だが水面の低下は、ストロックルが熱湯を爆発させて高さ三五メートルの真っ白い熱湯の柱を噴き上げるために、蒸気圧を高めている状態だったのだ。最初の噴出が起きた時、私は命の危険を感じて走って逃げた。興奮で腕がぶるぶる震えた。正直に言うと、二度目も三度目も同じように震えが止まらなかった。四度目と五度目（ストロックルは約四分おきくらいに噴出する）になると、着いたばかりの人たちが同じようにショックと恐怖を繰り返しながら学習していく横で、落ち着いて噴出を見ていられるほど自信がついた。

　それからの二日間、生涯に一度お目に掛かれるかどうかという、地質学的奇跡を次から次へと見ていくうちに、この景観と気候がアイスランドの人々に与えた影響について、考えずにはいられなくなった。国や地域の地勢や風土が、その土地に住む人々の特徴の形成に影響を与えるという説は、紀元前五世紀のギリシャの歴史家ヘロドトスの時代からある（彼は、完璧《かんぺき》な人間を育てるのに最も適した環境はギリシャだと主張した）。それから二〇〇〇年ほど下って、フランスの思想家モンテスキュー男爵は、フランスの地理こそ理想的だと断言した。昨今、温暖な気候の人々は生まれつき怠惰だ、という類《たぐい》の地理的、気候的決定論は、当然ながらそれほど流行《はや》らない。だが北欧の諸国民の大半に関して言えば、その歴史の大半において、やはり気候や地勢が精神構造や文化に長期的影響を及ぼしてきたと言えるのではないか、という考えが繰り返し頭をもたげてくる。

　ストロックルのそばにいると、間欠泉と金融におけるアイスランド人の山師的行為のあいだに因果関係があるようにさえ思えた。このように熱く煮えたぎり、爆発を繰り返す大地で生き抜いてきたという純然たる事実が彼らを大胆にし、世界が投げつけてくる、いかなる得体の知れない破壊的な力さえ、意のままに支配できると信じるようになったのではないか。それが激しい火山活動だろうと、荒ぶる気候だろうと、国際金融市場だろうと、受けて立つ。火山爆発の火花を散らす不毛の岩の大地で生き抜いて来たアイスランド人にとっては、外部から突きつけられた挑戦など、恐るるに足りないのだ。

アイスランドの地質が生んだもう一つの壮大な景観、シンクヴェトリルに着いた時、私はその説に磨きをかけている途中だった。レイキャビクから約五〇キロ東に位置するシンクヴェトリルは、花崗岩の大地の裂け目だ。この深い峡谷は、古代アイスランド人が最初の議会「アルシング」を設けた場所だ。これは世界最古の議会でもある。西暦九三〇年以降、彼らはここに集い、法律や政治問題を徹底討論し、祝賀の儀式なども催した。ここはまた、厳粛で近寄り難い場所でもあった。一六〇二年から一七五〇年のあいだには、三〇人が斬首刑、一五人が絞首刑、九人が火あぶりの刑、一八人の女性が、おもに近親相姦罪により溺死《できし》の刑に処せられた。

だが不思議なことに、この花崗岩の地溝帯を眺めていても、先ほどの地理的決定論を補強するアイディアは浮かんでこなかった。雨が止むのを車の中で待っているうちに、その代わりに浮かんできたのは、この地形こそ、アイスランドが派手に借金をしまくったことを象徴的に表しているのではないか、という考えだった。

ガイドブックによると、この恐ろしい大地の裂け目は、ヨーロッパとアメリカが接している場所だ。ユーラシアとアメリカの地殻構造プレートが、この地で一年間に約一センチのペースでゆっくりと離れて行っているのだ。地殻による東西方向への綱引きこそ、アイスランドという島が存在する理由そのものなのだが、それはまた、二一世紀の最初の一〇年間に起きた失敗の完璧なメタファーでもあるのではないか——膝の上にツノメドリの燻製肉のサンドイッチをのせ、窓が曇ったレンタカー〈アストラ〉の車内に座ったまま、私はそう考えた。

アイスランド人が、基本的にはケルト族の血が少し入ったノルウェー西部の出身者であることはすでに述べた。ノルウェー人は、近年手にした石油の富を手堅く扱っている。なぜアイスランド人は、国際金融市場から安易な儲け話が囁《ささや》かれた時、共通の祖先を持つノルウェー人と同じような金銭感覚を発揮できなかったのか。ルター派の信仰を持ち、社会民主主義を掲げ、北欧にルーツがありながら、なぜアイスランド国民は、自由市場資本主義的なアメリカンドリームの方向を向いてしまったのだろうか。

アメリカ人がアイスランドにやって来たのは第二次世界大戦中、レイキャビク郊外のケプラヴィークに空軍基地を作った時のことだ。歴史家のT・K・デリーによれば「戦争はアイスランド人に、思ってもみなかったような繁栄をもたらした。水産物の輸出が拡大し、米軍のための飛行場建設や、多い時にはアイスランドの人口の三分の一に当たるほどの人数が駐留していた米軍に対する各種サービスを通じて潤ったのだ」米軍がいなくなる二〇〇七年まで、数万人の米国空軍兵がこの地を通り過ぎた。このように人口の少ない国にとって、米軍の存在は、彼らが落としたお金の額や、作ってもらったインフラといった面ばかりでなく、文化的にも、精神面にさえも相当の影響があったに違いない。これは世界中の米軍が空軍基地を置いた場所で起きていることだ。フィリピンでも、グリーンランドのトゥーレでも、日本の沖縄でも（沖縄ではアメリカ型の食生活の影響で、世界で最も健康で長寿だった沖縄県民が、日本で最も肥満と糖尿病患者の多い県となった）。

アイスランド人に致命的な影響を与えて、金遣いの荒い無責任な国に変貌《へんぼう》させた張本人は、アメリカではないのか。そうであれば、アメリカ人の金融ジャーナリスト、マイケル・ルイスがアイスランドを批判するのはお門違いというものだ。

テリー・ガネルは、過去五〇年間において、アイスランドはヨーロッパからよりも、アメリカ文化から影響を受けてきたと指摘する。それが「経済破綻の一因だと思います」と彼も賛成する。「アイスランド国民は、アメリカンドリームという概念を学んだのです。だれでも手っとり早く金持ちになれると」

これまで見てきたように、アイスランドの金融危機の根底には一九九〇年代初頭の漁獲割当制度があった。だがアイスランドをアメリカ型自由市場に導いた政府の施策はほかにもある。所得税は北欧諸国でも最低の水準（二二・七五パーセント）に引き下げられ、大規模な民営化（銀行が含まれていたのは最も致命的だった）がおこなわれた。そしてオッドソンやホルデのような人物が、米国の新自由主義経済学者ミルトン・フリードマンの熱心な弟子になった。この関係は相思相愛だった。フリードマンの息子デイヴィッドは、かつてこう書いている。「中世アイスランドの諸制度は……まるで、狂った経済学者が『自由市場はいったいどこまで、政府の最も基本的な機能にとって代われるか』という実験をするために作った制度のようだ」この論文が書かれたのは一九七九年だが、じつに予言的だ。

私は、アイスランドは北欧の縮図のような国なのだろうと考えていた。彼らはノルウェー人に似ているし、古代ノルウェー語を話す。近代的な福祉国家であり、教育、平等、民主主義の水準が高く、頑丈なニットウェアがあり、酒の販売に良心の呵責《かしやく》を感じている。ノルウェーやスウェーデン、フィンランドの国営の酒店同様、販売員は非難がましい顔つきの年配女性だ。若い男たちはパイプを吸う。その光景に、なぜか私は安心感を覚える。だが、スカンジナビア地方に片足を置き、もう一方の足を開拓時代の米国西部に置いている現代のアイスランド人は、従来の北欧らしさという概念からだいぶ外れたものに進化した。雨風に打たれ、厳しい自然に脅され、それなりに親切ではあったがやはり彼らを見下していた宗主国に抑圧され、そして、米軍によってまったく異なる人生のあり方を見せられた結果、アイスランド国民は奇妙なハイブリッド種となった。

結果として、アイスランド人の遺伝子的な同質性や、小さく緊密な集団は、北欧諸国の成功の基盤をなしている、信頼関係や責任感、開放性や強い市民社会、長期的視野や個人の自制心などを形成する方向へは向かわなかった。代わりに、高いリスクを求める傾向や、プロテスタント的な自制心を持たなかった歴史などが、不正や情実が横行する反民主主義的な経済の自由競争を生んだ。最短距離で話が進むということは、迅速な意思決定につながる。それが信頼と責任を育《はぐく》まずに、責任を回避し、反対意見をひねり潰《つぶ》すことを許してしまった。通常の民主的なルートを通さずに物事が進み、賄賂《わいろ》が贈られ、否定的な見方をする人々の言論は封じられた。すべてはあっという間の出来事だった。

それではアイスランドの未来はどのようなものだろうか。現在、アイスランドはグローバル経済のお仕置きを受けて、お小遣いを没収されて外階段に座らされている状態だ。めぼしい製造業はないし、借金を返していけるほどたくさんの魚が海にいるわけでもない。その代わりに、今彼らは、足下で轟音《ごうおん》を立てている荒ぶるエネルギーに期待を寄せている。

アイスランドで最も有名な観光地はブルーラグーンだ。不気味なミルキーブルーの湯をたたえた地熱の温水露天入浴施設は、レイキャビクから四五分ほどの、この世とは思えないような、一面を溶岩で覆われた地域の真ん中にある。この月面にできた池のようなものは、インドネシアのフローレス島にある色のついた湖のように、自然現象によって生まれたものだと、私はずっと思っていた。少なくともこの入浴施設を所有する会社は、そのような誤解を正す努力を一切していない。だが実際には、ブルーラグーンの温水と、健康効果があるとされる珪質泥《けいしつでい》は、一九七〇年代に操業を開始した、この近所にあるスマルトセンギ地熱発電所から排出されたものだった（だが「産業廃棄物を浴びにいらっしゃい！」という宣伝文句では観光客を引きつけることはできそうもない）。この廃水は、塩分、藻類、そして何よりケイ酸が豊富で、さまざまな皮膚疾患に効果があると言われている。最近ではブルーラグーンショップで高級なフェイシャルクリームとして販売もされている。

私がブルーラグーンを訪ねた時、気温はほぼ零度だったので、暖かい更衣室から出ると小走りでプールに向かい、タオルのガウンをパッと脱いで三八度のお湯に飛び込んだ。深さは太ももまでしかなかったので、冷たい外気との接触を最小限にするため、しゃがんだまま歩くしかなかった。プールの底に沈殿しているどろどろした珪質泥がつま先にまとわりついた。

プールは写真で見るよりもずっと小さく、しかもかなり混雑していた。人の少ない方へアヒルのようによちよち歩いて行くと、なぜそこに人がほとんどいないのかわかった。熱湯が出ているのだ。場所によっては我慢できない熱さだった。身体を見ると、肌が茹《ゆ》でたロブスターのように真っ赤になっていたのでぎょっとして、慌てて再び反対側へアヒル歩きで戻って行った。ひとつもリラックスできなかった。

アイスランド人は、何世紀にもわたって地殻の薄さを利用してきた。現在では、ほぼすべての住宅が地熱暖房を取り入れている。金融界で手っとり早く金儲けをする夢が潰《つい》えた今、アイスランド人は地熱エネルギーに期待をかけている。電力の貯蔵や、たびたび提案されている英国やヨーロッパへのケーブル送電は、まだ手の届かない夢ではあるが、クリーンテクノロジーによって瀬戸際から復活できるかもしれないという楽観論が広がりつつある。すでに、インドネシアやアフリカ東部のように地質条件の似た地域に、地殻の薄さを活《い》かす技術を輸出しはじめている。また、アイスランドに拠点を構えたグーグルのような企業の誘致をさらに増やすことを念頭に、地熱出力を三倍に増やそうという野心的な計画もある。

アイスランドの壮大なビジョンは、世界の「グリーンデータハブ」、つまりデジタル情報サーバーの世界的な拠点となることだ。ＩＴ業界は、現在、世界のエネルギー消費の約二パーセントを占めている。サーバーに対する需要が拡大するほど、サーバーを運転し冷却するための、持続可能で環境を汚染しない電力に対する需要も拡大する。アイスランド経済は再生に向けてすでに危機を脱却した兆候を見せている。成長率はヨーロッパ諸国の平均を上回り、失業率も下がり、財政赤字も収拾されている。銀行を破綻させるという判断は、結局それほど悪くなかったということがわかった。モラルの点では問題があるものの、数十億ユーロという対外債務の支払いをひたすら拒否しつづけてきたことも、間違いなく役に立った。少なくとも国として債務不履行に陥ることは避けられた。

アイスランド国民の士気を高めるには、数台の静かにうなるコンピューターサーバーでは足りないだろう。「現在のアイスランドを誇りに思う国民は、ほとんどいません」レイキャビクに戻って〈カッフィバリン〉というバーで会った作家のシンドリ・フレイスソンは言った。「このような事態を引き起こした自分たちを責めています。国民のアイデンティティーは傷つきました」

一方で、数千キロ東に住むアイスランド人の祖先は、別の意味でアイデンティティーの危機を迎えようとしていた。こちらの危機は、単なる金融危機よりもはるかにスケールが大きく、はるかに大きな影響をもたらすものだ。

ノルウェー

第一章　ダーンドル

オスロの王宮公園〈スロッツパルケン〉の芝の上はピクニックやパーティーを楽しむノルウェー人でいっぱいだ。空は雲一つない晴天で、スカンジナビアではいつもそうなのだが、なぜか世界のどこよりも空が高く感じられる。王宮のバルコニーから恰幅《かっぷく》の良いシルクハットの男性が手を振っている。

今日は、複数の幸運が重なった稀《まれ》な日だ。まず本日、五月一七日は憲法記念日で、それが日曜日に当たり、しかもすばらしい天気に恵まれた。そして昨夜の〈ユーロビジョン・ソング・コンテスト〉において、ノルウェーは、地滑り的勝利を収め、零点を獲得した過去の忌まわしい悪夢を葬り去ることができた。ノルウェー代表は、ベラルーシ共和国ミンスク生まれのバイオリニストで、受賞作品はノルウェー民謡に着想を得た、うんざりするほど覚えやすい歌だった。

ああ、それからもう一つ。ノルウェー国民は、世界で最も裕福な国民だ。それはなかなかラッキーなことだ。

私はオスロ中心部の沿道を埋め尽くす観衆に混じって、地元の小学生が市内を練り歩いて王宮まで行く、年に一度のパレードを見学した。燕尾服《えんびふく》にシルクハット姿のハーラル五世国王、あご鬚《ひげ》のホーコン皇太子、その他、ノルウェー王室の方々が、バルコニーから民衆に向かってうなずいたり手を振ったりしている。

　ノルウェー国民は、自分たちの現状に大いに満足しているように見えるが、他のスカンジナビア諸国はノルウェーの憲法記念日を少なからず見下している。優れたスウェーデン人民族学者オーケ・ダウンはかつて、ノルウェーの五月一七日の祝祭を「国家的譫妄《せんもう》状態」と呼んだ。デンマーク人やスウェーデン人にこの日について意見を聞くと、たいていはあきれた表情をして意味ありげに含み笑いをする。まるで「ノルウェー人は私たちとは違う。彼らはきわめて愛国心が強く、過去に対するこだわりが強い。でも潤沢な石油があるから好きなようにしたらいいさ」と言わんばかりだ。実際に、それらをすべて口に出して言った上に、ノルウェー国民は右翼で、反動主義的で、島国根性が強く、すぐに国旗を振りたがる熱狂的愛国主義だとつけ加える人もいる（この台詞《せりふ》がデンマーク人の口から発せられるから驚く。ネコ科動物にちなんだ記念日があれば、猫のトイレにまでデンマーク国旗を立てる人たちだというのに）。

　そのような見方をされる理由の一部は、この特別な日を迎えるノルウェー国民の服装にあるのではないか。ノルウェー国民は少々独特だ。そして五月一七日は、彼らのユニークな一面を目いっぱい見られる絶好の機会だ。この日は究極の仮装パーティーなのだ。

　朝九時にホテルを出発すると、すぐに次々と仮装集団の大群に会った。男性、女性、子ども、時にはペットまでもが、各地方の民族衣装を着てドレスアップしている。凝った刺繍《ししゅう》を施したダ*ーンドル（ぴったりした胴衣とギャザースカートからなるチロル風の民族服）、ショールにネッカチーフ、黒や赤、緑色のフロックコート（一九世紀の男性の礼服）、つややかに光るシルクハット、靴底に鋲《びょう》を打った銀のバックル付きの靴、金属ボタンがついた宮廷儀式用の半ズボン、海賊が着るようなふくらんだ袖《そで》の白いシャツ、スマートなニッカーボッカーに帽子、等々。これらの奇抜な服装は、まとめて「ブーナッド（民族衣装）」と呼ばれている。赤ん坊はレースのボンネットをかぶり、犬は国旗の三色である赤白青のリボンをつけ、タクシーや路面電車、乳母車も国旗の色をまとっている。船員の制服姿の人々や楽隊もいる。そしてもちろん国旗がある。高々と掲げられた大小の国旗は一面を埋め尽くし、さわやかな春風にはためいている。

念のために言っておくが、私が言っているのは、イギリスの王室関係のパレードでユニオンジャック柄のスーツを着たり、アメリカの退役軍人のパレードでアンクル・サムに扮《ふん》したりしている、血色の良い、群衆のなかに一人か二人いる、熱狂的な変わり者のことではない。ここにはパレードのなかにも、観衆のなかにも、一八～一九世紀の地方独特の凝った民族衣装をこれ見よがしに身につけている人々がじつに多くの割合で存在するのだ。

「ええ、北欧のお祭りはちょっと独特なんですよ」パレードの光景に困惑している私の表情に気づいて、横に立っていた見物人の男性が教えてくれた。私がとりわけ驚いたのは、一〇代の女の子たちが、ハイジのおばあちゃんと、休暇を過ごすヒトラーの妻エヴァ・ブラウンを足して二で割ったような恰好をして、得意満面に歩いて行く姿だった。私が一〇代のときには、自分の服装が同世代からの余計な関心を引くかもしれないというリスクが少しでもあれば、家を出ることさえ拒んだものだった。「ノルウェー各地のパレードや、アメリカやカナダ在住のノルウェー人に

＊この衣装を「ダーンドル」と呼ぶと、ノルウェーの友人の気に障るようだ。彼女いわく、「あれはダーンドルではなく、祝祭用の晴れ着」だそうだ。でも見た目はダーンドルそっくりだし、何よりとてもすてきな言葉だと思うのだが。

よるパレードが、一日中テレビで中継されます」彼はそう教えてくれた。ちなみにその人は少数派で、平服を着ていた。そして「憲法記念日おめでとう！」と言って微笑んだ。

「良い服を着て行きなよ」五月一七日にオスロへ行くと話すと、ノルウェー人シェフの友人はそう言った。アドバイスをもらっておいてよかった。ノルウェーの地方に四〇〇種類ほどある伝統的な民族衣装（これについて見開き四ページの特集を組んだその日の『ダーグブラーデット』紙によると、最も人気が高いのはテレマーク地方の民族衣装だった）のいずれかを着ていない場合、見物人のほとんどが結婚式に出席するかのようにドレスアップしていた。男性や男の子たちはスーツにネクタイを締め、こってりのジェルで髪をなでつけ、サングラスをかけている。女性はおしゃれなロングドレスにハイヒール、女の子たちは一番上等な新品のパーティードレスを着ている。「僕もふだん仕事に行くときはパーカーとジーンズだけど、五月一七日に出かけるならシャツを着て良い靴を履くよ」その友人はそうつけ加えた。一般のパレードを見るのにスーツを着たのは人生初の体験だったが、そうしておいてよかったと思った。

北欧諸国のなかで、これほどの熱意をもって憲法記念日を祝うのはノルウェー国民だけだ。衣装代には約三〇〇〇万クローネ（約五二五〇万円）が使われる（個人レベルでは、最大で、一点の服に七万クローネ〈約一二三万円〉を使う人もいる）。だがこのような法外な金額をかけて祝う歴史的な理由があるかというと、その点はよくわからない。ノルウェーがデンマークから割譲され憲法を公布したのが一八一四年で、今日はその祝日ということになっているのだが、それはスウェーデンによる支配から自由になるための、長く地味な努力がはじまった年に過ぎず、完全な独立が実現したのは一九〇五年のことだった。

そして、その独立さえ、ダーンドルのギャザースカートを翻し、銃をさく裂させて、ストックホルムの独裁者からもぎ取ったわけではない。数十年にわたり、しつこくスウェーデン政府にせがみ、オスロの路上における二、三回の小競り合いを経て手にしたものだった。当時のスウェーデン政府は、最終的におそろしく愚かな判断を下し、国民投票の実施に同意した。彼らはノルウェー人が独立に反対すると踏んでいたのだが、結果は逆だった。

あるノルウェー人によると、五月一七日は、「もともと『くたばれスウェーデン！』という程度の意味しかなかった」そうだ。事実、この祭りの起源はおおかたドイツの占領から解放された一九四五年にある。その辺りの経緯はすべて、その日の午前中の遅い時間、オープンカフェに座って世界一高価なビール（約一七〇〇円）をちびちびやりながら、オスロ市郊外の学校の教師と雑談するなかで学んだ。「五月一七日とドイツの降伏が重なったのは単なる偶然でした」とその人は教えてくれた。ドイツが降伏した実際の日にちは五月八日だったが、ノルウェーの人々が世紀のストリートパーティーだったであろうお祭りのために、旗布をかき集め、バックルを磨き上げるのに、ちょうど一週間少々の準備期間が必要だったと思われる。

ほかの北欧諸国の「国家の日」を祝うお祭りはどうなっているだろう。長期にわたり他国の占領下にあったフィンランドとアイスランドだけが、デンマークやスウェーデンよりも派手に祝いそうだと推察される。フィンランドはロシアから独立した日（一九一七年）を祝うが、その祝い方はじつにフィンランドらしく内向的だ。その日は大方、各家庭内もしくはテレビの中で過ぎていく。記念日が一二月に当たるため、パレードをしようと思ったら、膝《ひざ》まで積もった雪と格闘しなければならないことが一因ではないだろうか。だが最大の理由は、それがフィンランド人らしい過ごし方だからだと思う。フィンランド人も独特な人々だ。

　ちなみに、ノルウェー人が中世の農民が着ていた服の幻影をなぞって一九世紀に作った民族衣装に対して、唯一、アイスランド国民だけが愛着を共有しているが、彼らはそもそもノルウェー出身の亡命者だから当然であり、そういう意味では数に入らないと思う。

　スウェーデン国民は、こんな風に国を挙げてドレスアップする趣味にふけるには、自分たちは現代的すぎると考えている。それに一度も占領されたことがないため、支配からの解放を祝う機会もない。ちなみに彼らの六月六日の「建国記念日」は、一六世紀のカルマル同盟からの脱却にこじつけた行事だ。聞いた話では、愛国心をあおる行事が散発的におこなわれるが、何度か極右グループに乗っ取られる事態となり、この種の大っぴらな愛国心の表現は、またぞろナチスをおびき寄せるのではないかという、多くのスウェーデン人が抱いている不安が的中した形となったそうだ。ノルウェー人のなかには、着飾って五月一七日に国旗を振ることのできる彼らをスウェーデン人が嫉妬《しっと》していると言う者もいるが、仮にスウェーデン人がノルウェー人のようなお祭りをすることになったら、少なくとも国民の半数が恥ずかしさに耐えきれないだろう。この種の国家的ロマン主義は、いまだにスウェーデン人に、第二次世界大戦中にナチスに同調してしまった不快な記憶を呼び覚ます。一方ノルウェー人は、北欧諸国のなかでどの国よりも決然とドイツ軍と戦ったため、このような時代遅れのイメージを復活させることに、なんら良心の呵責《かしゃく》を覚えない。

　デンマーク国民も、第二次世界大戦中に片手で数えられるほどの年数をドイツに支配されていた以外は、どこにも占領されていない（そのドイツの占領にしても、本当のところ、大局的に見れば大騒ぎするほどのことではなかった）ため、ノルウェーのような祝い方は、やはり荒唐無稽《むけい》に映る。すでに触れたように、デンマーク人以上に国旗を愛する国民は、ピョンヤン以外では見つからないと思うが、残念なことに民族衣装となると、彼らにはジーンズとサイクリング用ヘルメットくらいしかない。

そういった訳で、北欧諸国のなかで失笑を買うほど度を超えた愛国心を表すのはノルウェー国民だけとなる。こんなにわかりやすいカモを笑いの種にしないのは私の主義に反するのだが、オスロ市街にあふれるダーンドルを着た人々に混じっていると、どういうわけかノルウェー国民と彼らの五月一七日祭に対する考えが少しずつ変わりはじめた。

一つには、ニッカーボッカーをはき、大きな象牙《ぞうげ》色のケープをまとい、トールキンの中つ国《ミドルアース》から脱走してきた者のような風体で、二一世紀のヨーロッパの首都を闊歩《かっぽ》するには相当に図太い神経が必要だ。またそれは羨《うらや》ましくなるような民族的な自信の表れでもある。彼らは、よりシンプルかつ無邪気でいられた過去の時代とつながっているのだ。それは、ジェイムス・ワットが蒸気機関を発明し、私たちの多くが煉瓦《れんが》と煙に囲まれて都会で暮らすようになった時に置き去りにしてきた時代だ。英国でこの種のフォークロアの伝統がわずかに残っているのは、怠惰なコメディアンの安易なネタの中くらいだ（かつて指揮者のトーマス・ビーチャム卿《きょう》は「生きている間に、なんでも一度は試してみなさい。近親相姦《そうかん》とフォークダンス以外は」と言った）。五月一七日は、おおむね一九世紀後半に醸成《じょうせい》された民族的帰属意識が、戦後に復活を遂げたものだ。おそらくは、もともと存在していなかった、地方の伝統を美化したものだろうが、参加者の誠実さに疑いを挟む余地はない。

その日、オスロの広く清潔な通りに立って受けた圧倒的な印象は、この国は安泰であり、国民は物質的な豊かさと、それと同じくらい大切な、共通の歴史に根差した絆《きずな》を持っているということだった。「盤石な国家的・精神的資本を持っている」という言い方でもよいだろう。見ようによってはバカバカしいほど高価で凝った民族衣装を着てこの日を祝うことによって、ノルウェー国民は互いにシグナルを送り合っているのだ。「私はあなたと一緒です。同じ歴史を持ち、同じ価値観を持っていて、それを身をもって示すために、多大なお金と手間をかけ、人前で恥をかくリスクを冒してまでこんな恰好をしています」と。

最終的には、オスロ中心部で伝統的装束を着た子どもたちのパレードを観ながら、私はじつに幸せな二時間を過ごした。幼稚園児から一〇代の子たちまで、多くはノルウェー以外の民族の出身者だった。その日はノルウェーを羨ましいと思った。あの一体感、あの溢《あふ》れる自信、そしてそう、あのケープを。ケープはもっと世界中で流行《はや》っていいと思う。とくに私には似合うはずだ。

子どもたちのパレードを観ながら、私は一瞬泣きそうになった。世界のどこでも子どものパレードは騒々しいものだが、さまざまな肌の色の一〇歳以下の子どもたちが賑《にぎ》やかに目の前を通り過ぎたとき、私は涙をこらえるのに必死だった。確かにこのところの私は、哀《あわ》れなほど涙もろくなってはいる（ピクサー製作の映画はまず観ないし、スポーツの大きな試合も、一人の時しか観ない）が、それにしてもどうかしている。ソマリ族の少女が、自分の背丈の三倍もある大きな旗と格闘しながら誇りを持って通り過ぎ、そのうしろから本物のノルウェーの民族衣装に身を包んだシーク教徒の少年がやって来たときには、号泣しそうになるのをやっとのことでこらえた。もしあそこで号泣していたら、さぞ注目を集めたことだろう。さまざまな民族の子どもがいたという事実に感動しただけではなかった。ソマリ族やトルコ、イラクやパキスタンの子どもたちが、純粋なノルウェー人の子どもたちと同じように、ＲＰＧゲーム『ダンジョンズ&ドラゴンズ』的な美意識の世界にのめり込んでいることに感動したのだ。彼らもまた、誇りを持ち、自意識過剰になることなく、小人《ホビット》の妖精の晴れ着を着ていた。ほぼ完璧《かんぺき》に同化していた。

ノルウェーが右翼の活動に悩まされていたのは一九八〇年代のことで、遠い昔の話ではない。デモ行進をしたり難民施設を放火したり、オスロの通りでスキンヘッドのネオナチがパレードをしたり、非西欧諸国出身の移民が暴力を受けるといったことがあった。だが二〇〇一年に、ブートボーイズというネオナチグループのメンバーが、オスロ出身の一五歳の混血の少年を殺した罪で有罪となると、一般市民から右翼に対して激しい抗議の声が上がった。オスロ市内では四万人の市民が集まる大規模な集会が開かれ、誰もが極右はインターネットの荒野に退却したと思っていた。同じ頃、五月一七日のパレードへの参加を希望していた非西欧諸国出身者を数多く抱えるオスロの学校が、やはり右翼から爆破予告やデモ抗議を受けていた。これに対応して、地元当局や市民グループは、五月一七日をいろいろな人が参加できる多文化的な行事にしようと意識的に努力を重ねてきた。それが見事に実を結んだように、あの朝、私には思えたのだった。

その日遅く、ＮＲＫ１チャンネルは、全国各地からさまざまな難解な儀式の中継をしていた（たとえばヌールラン県のテュッタでは、子どもたちがショッピングカートに載せた石油の樽《たる》をハンマーで叩《たた》きながら、未舗装の道を走っていた）。民族衣装を着たインタビュアーがイラク人女性に、ノルウェー人であることの意味を問うと、彼女は「民主的で社会主義的で多元主義的であること。そしてあまり社交的でないことかしら」と答えた。ほかには、移民であってもなくても、誰でもノルウェー人になれる、と答えた人や、ノルウェーにおいて最も貴重なことのひとつは「危険を感じないこと」と答えた人もいた。また、昨夜のユーロビジョンの優勝者がベラルーシ出身者であったことが「新しいノルウェー」の好例であり、「さまざまなアクセントで話す人がいることを誇りに思うべき」と語る人もいた。

テレビを観ながら、その日の新聞のある見出しに目が留まった。「五月一七日のように私たちを一つにしてくれるものはない……同時に私たちを分裂させるものも」私は見出しにほのめかされた対立の証拠を探した。五月一七日に反対しているノルウェー人がいるのだろうか？　記事（五ページを割いた大論争だった）のあらましは次のようなことだった。それはハーデランという町のパレードのルートにおける小さな変更に関する論争だった。それもパレードを止めてほしい人がいるとか、参加したくない人がいるといった問題ではなく、ある地元議員が高齢者施設の前を通る必要がないと判断したことに対して一部の人々が激怒した、という内容だった。五月一七日に関する論争はこの程度のことなのだ。

午前中のパレードを見学し、遠くに見える国王に向かって熱心に手を振り返したあと、私は芝生の斜面に座り、幼い子どもたちがバスに乗って市の中心部から去っていくのを眺めていた。高校の卒業生たちにとっては、これからがパーティーの本番だ。

スカンジナビア諸国ではギムナジウム（高校）の卒業生は、農耕用作業車やトラックの荷台やバスなどに乗って地元をパレードしたり、お祝いにふさわしい音の鳴る袋を持ち、楽しい時間を過ごしたりしながら卒業を祝う。デンマークやスウェーデンでは、彼らはなぜか船員のような帽子をかぶり、船員のような服装をするため、セーリングクラブの団体のように見える。卒業式は平日におこなわれることが多いので、世間がいつものように働いているなかで、ごく一部の人間が奇妙な恰好をして羽目を外しているのは違和感のある光景かもしれない（卒業パレードと言っても、見物人はいない）。ある日の午後、デンマークのわが家の近所のビーチで家族が遊んでいたとき、トラックいっぱいに乗った卒業生たちがやって来て、あっという間に服を脱いで、海に飛び込んでいった。英国や米国だったら、幼い子どもたちの目をふさぎ、高校生を叱責《しっせき》し、警察を呼ぶかもしれない事態だが、デンマークの親たちは、子どもたちの目の前をおしゃれに陰毛を刈りこんだ若者たちのパレードが弾むように走って行くのを見ると、手を叩いて笑っていた。

　ちなみに分別あふれるスウェーデンの高校生は、試験が終わってから分別をもって卒業を祝うが、ノルウェーの高校生は、試験の前に酩酊《めいてい》状態になるまで酒を飲む。それが集団的な自信の表れなのか、まったくの虚無主義なのかはわからない。ノルウェーでは船員の帽子とともに赤いオーバーオールを着る。オーバーオールは国旗やバッジで飾られ、少なくとも私が見た年は、みんな肩のストラップを下げて着用していた（もう一つの奇妙な習慣は、卒業生たちがこの日のために印刷した名刺を配ることだ。自分たちの写真に冗談がひと言、二言添えてある。子どもたちがその名刺をできるかぎりたくさん集めようと、駆けずり回っているようすは、何とも微笑ましかった）。じきにダーンドルやケープは、赤いオーバーオールの大群に取って代わられた。高校生たちは、お互いに絡み合ったり踊ったりしながら通って行き、最後には大勢が芝生に伸びていた。

　その日のオスロで素っ裸になる人はいなかったが、お酒を飲む人はたくさんいた。ノルウェー最大の「ヘリイェフユッラ（深酒）」の日だ。憲法記念日を祝う人々と、高校の卒業生たちが、再開発された港湾地区アーケル・ブリッゲに繰り出して、ピカピカのガラス張りの高層ビルのあいだを、大酒を飲み、歌い、陽気に騒ぎながら、練り歩く。ここはしゃれたバーや、市内で最も高額の不動産がある地域だ。建ったばかりのオペラハウスが、港に浮かんだ氷の破片のように見えている。酒宴はランチタイムあたりから本格的にスタートし、翌朝まで続いた。まるでノルウェー国民の半分が、憲法記念日をとことん楽しむという明確な意図を持ってオスロに繰り出して来たかのようだった。夜の通りにはシャンパンの空き瓶があふれていた。フログネルヴァイエンでは昨夜のユーロビジョンの優勝曲「おとぎ話に恋をして（I'm in Love with a Fairytale）」が、窓台に載ったスピーカーから大音量で流れている。カフェもバーもごった返し、人々が深夜の日光の中へ溢れ出す。刺繍を施した足首まで届く重いギャザースカートの女たちがケープをまとった男たちと踊り、赤いオーバーオールの娘たちは船員帽をかぶった若者たちと踊る。ノルウェーで過ごすのにこれ以上楽しい日はない。

それから二年少し経ったある土曜日の午後、自宅の書斎で仕事をしていたとき、パソコンに現れたニュースの見出しが目に留まった。オスロ中心部で大規模な爆発があったという。その後すぐ、銃を持った男が大勢の人（一五人にも上るらしい）を撃ったという報道が少しずつ流れてきた。首都オスロの北西約三〇キロに位置する、ウトヤ島でおこなわれていたノルウェー労働党青年部のサマーキャンプでの出来事だった。

第二章　エゴイスト

「自分を好きだという思い込みがはぎとられたとき、純潔は終わる」
ジョーン・ディディオン

真冬でも太陽の日差しは強く、私は思わず目を細めた。雪の反射で風景はまるでライトボックスだった。空気はすがすがしく、空港ターミナルを出て歩きはじめると松の香りがした。バスの運転手にオスロ中心部へ行くかと尋ねると、うなり声が返ってきた。イエスのつもりなのだろうと思って乗ったが、進むにつれ、合っているかどうか心配になり、私は景色のなかに手がかりを探した。バスはオスロを囲むフィヨルドにたくさんあるヨットハーバーを通り過ぎた。規則正しく並んだ松林の木々の隙間から、蛍光色のハイカーたちがステッキを持ち、樹木におおわれた丘の中腹を一列になって進んでいくのが見えた。スキーの板をどこかに置き忘れてきたのかと思わせるような、例のハイテクのステッキだ。それを見て、ノルウェーの自然がいかに美しいかを思い出した。私が訪れたことのある国のなかで、おそらく最も美しい国だろう。

三二歳のオスロ出身の人種差別主義者の過激派、アンネシュ・ベーリング・ブレイヴィクが合計七七人を殺害して、ノルウェーの年間殺人発生率をたった一人で二倍にはね上げてから、七カ月が経った。ブレイヴィクが非西欧系の移民（あの日の彼の襲撃の間接的対象は移民だった）に対して抱いていた根拠のない懸念の一つは、「ノルウェー国内の暴力的犯罪の大半は、移民が起こしている」というものだったが、今やそれは事実ではなくなった。

こうしてバスから見ている分には、何ひとつ変わったようには見えない。私は何を期待していたのだろう？　有刺鉄線や警察のパトロールだろうか。その可能性は低かった。なぜならウトヤ島での銃撃とオスロ市内の爆発の犠牲者の追悼式で、当時の首相が捧《ささ》げた民衆の自由についての演説は、私が聞いたことのあるなかでも、最も勇気ある演説だったのだから。イェンス・ストルテンベルグ首相は「より開かれた、民主主義国家」となることを呼びかけた。ほかの国の政治家であれば、このような事件を口実に復讐《ふくしゅう》を誓ったり、有権者の不安につけこんだり、より大きな権限や権利を手に入れて、民衆の自由を制限するところだろう。北欧の政治指導者たちが世界の道徳規準として信頼されるゆえんだ。

オスロ市内をぶらぶらしているときに（おもに予算に合いそうなレストランを探して、お腹を空《す》かせたマッチ売りの少女のようにお店のメニューを覗《のぞ》いて回っていたのだが）感じた街の雰囲気は、何も変わっていなそうだという印象を裏づけていた。オスロ市内の道路にバリケードは張られていなかったし、この頑丈で落ち着いた都市には新たな安全対策も取られていなかった。地下鉄にX線検査システムも導入されていなかったし、ショッピングセンターをパトロールする武装警官の姿もなかった。公共施設でのセキュリティーチェックもなく、王宮の正面入口の周りには、以前同様、柵《さく》や門のようなものもなく、入口までまっすぐ歩いて行けた。

ノルウェー社会の基盤に大きな変化はないようだ。その日、オスロ大学のあるブリンナンへ向かう路面電車に乗り込みながら気づいたのだが、「ブレイヴィクはノルウェーをどう変えたか？」と尋ねるだけでは、彼の存在に分不相応な重みを与えてしまうことになる。それでもその問いを聞かないわけにはいかなかった。そのためにオスロに戻って来たのだから。

最終的にはまったくの正気と判断されたが、この狂気のナルシストは、ノルウェー人外交官と看護師の息子で、普通の人間から見れば明らかに頭がおかしかった。ブレイヴィクの心は、幼少期においてすでに、取り返しのつかないほどに壊れていたようだ（それ以前には一つのまとまりを持っていたと仮定しての話だが）。彼の精神衰弱は、大人になってからの個人的な挫《ざ》折《せつ》によって悪化し、その人生を振り返ってみると、なんらかの破滅に向かって放物線をたどる以外に道はなかったように思える（将来のいずれかの時点における自殺が、彼の人生の自然な終着点のように思われる）。ブレイヴィクは、哀れなほど孤独な生活を送っていた。母親と二人暮らしで、インターネットで反イスラム主義のサイトを閲覧してはおのれの人種差別的な妄想をかき立て、それらのサイトから一種異様な几帳面《きちようめん》さでコピー＆ペーストしたテキストを、一五〇〇ページにおよぶ意味不明のマニフェストに仕立てあげた。内容は、イスラムの脅威に関する憎しみに満ちた数々の妄想から、自分の好きなアフターシェーブローション（シャネルの「エゴイスト・プラチナム」）まで、痛烈な悪口を細々《こまごま》と書き連ねたもので、ヨーロッパ内の一〇〇三人の人間にメールで送信された。

精神の病を抱えた人間の行動が、彼を生んだ国について私たちに教えてくれることはなんだろうか。おそらくは何もあるまい。だがブレイヴィクの行為はノルウェー社会の根幹を揺さぶったに違いない。空前の規模の大量殺戮《さつりく》だったのだから。さらにこの非道な行為をおこなった人間が、ほかならぬノルウェー人だったという逃れようのない事実もあった。近年スウェーデンやデンマークで起きた、ありがたいことに比較的小規模だった襲撃とは違い、実行したのは非西欧系のイスラム過激派でも外国人でもない。ノルウェー生まれのノルウェー育ち、ヨーロッパ初の反イスラム主義テロリストだ。

あるノルウェー人が話してくれた。「七月二二日に最初に見た彼の写真は、襟を立てたポロシャツの上にラコステのTシャツを着ていました。『こんなやつ知っている。サッカーの試合でも見かけたし、学校にもいた』と思いました。どこにでもいるタイプの男ですよ」

こういう言い方は不謹慎かもしれないが、オスロ中心部で最初の爆発があって、世界のメディアが反射的にイスラム過激派犯行説に飛びついてから数時間後に真犯人が明らかになり、それが生粋のノルウェー人であるということが知れ渡ったとき、私は少しだけホッとした。その安堵《あんど》感はもちろん、犯罪そのものに対する反応ではない。イスラム過激派の犯行だった場合に起きるかもしれない報復行動を心配していただけだ。もしイスラム系のテロリストによってこれほど凶悪な犯行がおこなわれれば、移民や人種に関する政治的議論は中世まで後退したことだろう。またノルウェーに住む数多くのイスラム教徒にとって、暮らしにくい時代が来ることも想像に難くない。九月一一日以降の米国に住むイスラム教徒と同じだ。そして、二〇〇一年以降の米国と同様、この事件はスカンジナビア全域の主流右翼によって、彼らへの支援を強化するために利用されただろう。事実、犯人がブレイヴィクだとわかる前の二、三時間のうちに、極右のサイトやブログがお決まりの暴力的な反イスラム思想をまき散らしていたし、オスロでは実際に何人かのイスラム教徒が襲われていた。

もちろんノルウェー警察保安局は、このようなことが起きるとは思ってもいなかった。ブレイヴィクの犯行のわずか二、三カ月前に書かれた報告書には、極右勢力が「二〇一一年にノルウェー社会にとって深刻な脅威となることはない」とある。

もし犯人が、外国人や、敵対的な存在としてすでに認識されている相手であれば、少なくとも少しは（本当にほんの少しだけだが）ましだったかもしれない。だが現実には、犯人は金髪碧眼《へきがん》のノルウェー人「愛国者」、自分たちのうちの一人だった。

この事件に対するノルウェー国民の反応はさまざまだった。もちろん恐怖があり、おもに団結があり、ブレイヴィクの意見に対する反感も当然あった。だが、議論がブレイヴィクの精神状態に偏り過ぎていて、彼の考えや、彼の意見に賛同するノルウェー人がどのくらいいるかという議論が不足していると感じている人々もいる。英国の新聞『ガーディアン』紙のウェブサイトが、ブレイヴィクのマニフェストを題材にしたデンマークの劇場作品について書いた記事に、あるノルウェー人がコメントを寄せていた。ちなみに初演を彼の公判中におこなったのは少々趣味が悪いと思う。「ここノルウェーでは、彼の発言内容に関する議論はほとんどありません。ノルウェー人の多くは認めたがらないでしょうが、ブレイヴィクの言っていることは主流の考えからかけ離れた内容ではありません。ほとんどのノルウェー国民は人種差別主義者ではありませんが、非常に問題のある考えを持っている人もいます……この一見、平和で調和のとれた、悪いことなど何ひとつ起こらないように見えるこの国で、なぜ、世界で最も残虐な、単独犯による銃乱射事件が起きたのか、ノルウェー国民は真剣に自らに問いかける必要があります」

ノルウェーの主流右派政党「進歩党」は、22／7（ノルウェーでは一般的に事件はこう呼ばれている）の前には、北欧地域で最強であり、欧州全域でも最強クラスの勢力を持っていた。ブレイヴィクの事件により人気は少し落ち込んだものの、二〇一三年九月におこなわれた最新の議会選挙では、一六・三パーセントの票を獲得した。ブロンドの好戦的な党首、シーヴ・イェンセンが率いている。ブレイヴィク自身も長年、きわめて活発な党員であったことを考え併せると、この勝利はなおのこと驚きだ。それまでは他党から敬遠されてきた進歩党が、今回の勝利のおかげで、党の歴史上初めて、新たに誕生した中道右派政権に連立与党として加わることになった。

選挙における進歩党の空前の勝利は、「ノルウェー国民はクー・クラックス・クランよりもちょっとだけ右寄りだ」という、ほかの北欧諸国のノルウェーに対する見方を裏づけているようだ。ノルウェーが受け入れている難民の数は、デンマークやスウェーデンに比べてはるかに少ないし、最近では難民申請が却下された庇護《ひご》希望者を年間一五〇〇人ほどのペースで本国へ送還しはじめている。ブレイヴィクの事件に関連して、数多くのノルウェーの右翼組織、活動家、ブロガーに関する報道もあった。特に気になる反イスラム主義的なノルウェーのサブカルチャーも取り上げられていた。たとえばイスラム教徒が運転するタクシーの利用を拒否するフェイスブックのグループや、いわゆるユーラビア派などに関する記事だ。後者は、一九七〇年代初頭に、石油を渇望していたヨーロッパ各国の政府が、ＯＰＥＣ諸国の機嫌を取るために、イスラム教徒にヨーロッパを明け渡す密約を交わしていたことがあり、ノルウェー政府もその陰謀に加わっていると信じている人々だ（現にこれを本気で信じている人たちがいる。ノルウェーが世界有数の石油産出国であるという事実に気づいていないようだ）。

ノルウェーを前回訪問した際、『タクプラデット』紙で、ホロコースト否定論者の英国人歴史家デイヴィッド・アーヴィングが、その週にリレハンメル近郊で講演をするという記事を読んだ。ノルウェー国民は、デンマーク人よりも活発な抵抗運動によって成功を収めたことを自慢しているが、占領下にあった一九四〇～四五年のあいだには、ドイツに協力したノルウェー人もいた。筆頭は当時の首相ヴィドクン・クヴィスリングで、その姓は今も世界中で、裏切り者の代名詞として使われている。ノルウェーで最も有名な文学者クヌート・ハムスン（英国で言えばジェイムス・ジョイスのような存在）は、自分がもらったノーベル賞をゲッペルスに与え、対敵協力新聞『アフテンポステン』紙に、ヒトラーの死亡記事を書いた。そのなかでヒトラーを「最高位の改革主義者」と呼び、「彼の信奉者である我々は、その死に頭《こうべ》を垂れる」と記した。ハムスンの評価は二度と回復しなかったが、『アフテンポステン』紙は今もノルウェーで最も人気のある日刊紙だ。

実際、ノルウェーはどの程度右寄りなのか。ブレイヴィクの行動は政治にどのような影響を与えたのか。黒シャツはクローゼットの奥にしまい込まれ、首筋に彫られたかぎ十字の刺青《いれずみ》は高い襟に隠され、ネットを荒らす反イスラム主義者たちは傷を癒《いや》すために引きこもっているだけだろうか。

第三章　新たなクヴィスリング（売国奴）たち

「テロ攻撃の直後は皆、ショック状態に陥っていました。あんなことが起こるとは、誰も想像していませんでした。あまりに残忍すぎます。あの方面からなんらかの暴力が発生するだろうと思っていた人はたくさんいました。彼らのサイトをフォローしてきた人々です。私自身も、ノルウェーでうまく機能しなくなったことを象徴する存在として、彼らの攻撃のターゲットにされていました。でもあのようなかたちで起こるとは思っていませんでした。イスラム教徒や、私のように多元主義を擁護する目立つ人間に対する攻撃ならまだ理解できますが、ああいうことが起こるとは思いませんでした」

私はオスロ大学に来ていた。ここはブレイヴィクが忌み嫌う多文化的知識階級の砦《とりで》だ。スカンジナビアで最も卓越した社会人類学者の一人、トーマス・ヒランド・エリクセンに会いに来た。初めてエリクセンに会ったのは、二〇〇九年に五月一七日のお祭りを見に来た時で、その時はノルウェーの憲法記念日とその意味について取材した。エリクセンは、伝統行事に非協力的な多元主義者の一員として、バランスをもたらすために、よく憲法記念日のテレビに出演していた。

だが近年、彼は考えを変えたという。「以前は本当に好きではありませんでした」五月一七日についてこう語った。「でもここ数年は、祭りの内容がだいぶ変わりました。最近は、はるかに多様な人々が参加しています。今や多文化主義の祭典と言ってもよいくらいです。マイノリティーの子どもたちもたくさん参加していて、以前とは違って、皆と同じことをさせてもらえるようになりました。まだ誤解もあるようですが、私は五月一七日が多様性を受け入れることを示す儀式になりつつあるのは心強いことだと思っています。オーストラリアの建国記念日《オーストラリア・デイ》のようにです。今、オーストラリア・デイに熱心な人々の大半は、オーストラリアの将来を真剣に考えている東アジアからの移民です」

　今回、私はブレイヴィクの非道な行為が五月一七日の将来にどう影響すると思うか、エリクセンの意見を聞きたかった。彼は「なんとも言えない」と言った。「誰もがこの件を利用しようとしているからです。多くのグループが、この件を使って自分たちの目的を果たそうと考えています。それはすでに始まっています。反イスラム主義の右翼までもが、自分たちを犠牲者だと言っています。彼らは22／7の最大の要因は、多文化主義だと主張しています。9・11が起きたのは米国の自業自得だ、というのと同じ理屈です。ずいぶんな言い草ですが、それが彼らの言い分です。単に、自分たちが暴力を助長してきたことに対する批判をかわそうとしているだけです。22／7で起きたようなタイプの暴力とは異なりますが、彼らは暴力や怒り、不信感をあおるような活動をしてきましたから」

　驚いたことにノルウェーの右派（反多文化主義、反イスラムで、ブレイヴィクの文章に引用されたブロガーたちもいる）は、実際にブレイヴィク後の議論をひっくり返してのけた。今やメディアは移民やノルウェーのイスラム教徒（人口の約三パーセントと推定される）の問題となると、自己検閲をするようになったため、抑圧に苦しんでいるのは我々右翼なのだ、と主張している。ブレイヴィクの殺戮《さつりく》を自分たちの利益になるよう、利用しているのだ。

ノルウェー在住のアメリカ人でユーラビア説を信奉する著名な右翼評論家のブルース・バウワーは、ブレイヴィクの犯行からほどなくして『ウォール・ストリート・ジャーナル』紙に、現在ではその評判の悪さで知られる主張を投稿した。そしてその日の朝、私はノルウェーの新聞に載っていたバウワーの最新電子書籍『新たなクヴィスリングたち――世界の左翼はイスラムに関する言論を封じるため、オスロの殺戮をどのように利用したか』（The New Quislings: How the International Left Used the Oslo Massacre to Silence Debate About Islam）の書評を読んだ。

もちろんエリクセンも「新たなクヴィスリングたち」の一人として名前が挙がっていた。当然、反ユダヤ主義者ともされていた。このことを尋ねると、「いやあ、そういう言われ方は初めてのことですよ！」と彼は笑った。

身の危険を感じたことはないかと聞いた。「いえ、私は気が小さいほうではありませんので。ただ不快なメールは山のように来ます。もう何年も続いていますが、だからといって何ができるでしょう。一日中、警察の護衛をつけておくわけにもいきませんし、そんなことをしたいとも思いません。22／7後はもちろん、こういった個人攻撃の意味が少し変わりました。内戦、裏切り者、クヴィスリングといった、きわめて暴力的なメタファーを使う人がいると、笑えない気分になります。以前は彼らのことを滑稽《コミカル》だと思っていましたが、最近では他人事《ひとごと》ではないと思うようになってきました」

すでに触れたが、エリクセンを二度目に訪ねたあと、ノルウェーでは総選挙があった。今やそのコミカルな人々が権力を握っている。進歩党は新しく誕生した保守政権の一員となった。この党は一九七〇年代に増税反対を旗印に誕生し、今日では、福祉国家を目指す右翼というハイブリッド的な綱領に基づいて運営されている。これは英国や米国の視点から見るとかなり奇妙だ。

彼らは、高齢者の支援に重点をおいて公共支出を増やすよう求める左派的なスタンスを取る一方で、非西欧系の移民に対する不安を陳腐な手法であおる右翼なのだ。デンマーク国民党の手法に似ていると思う。ただ、私が初めて彼らに取材を申し込んだとき（二〇一三年の選挙戦で勝利するより前）、そのことに言及して失敗したので、どうか皆さんは同じ間違いは繰り返さないでほしい。そのときに進歩党の広報から受け取った返事がこれだ。

私どもはそのような政党と一切かかわりがありません。過去にもありませんでしたし、今後もありません。その辺りのことは、お目に掛かったときに詳しくお話ししましょう。それらの政党との唯一の共通点は、移民問題について「率直な」論調で語るという姿勢です。それ以外にはありません。

そういうことだそうだ。ただノルウェーの友人に進歩党について尋ねると、「移民に対する意地の悪さでは、労働党よりはるかに上なので、移民を締めつけたければ進歩党に投票すればよいということは、ノルウェー人なら誰でも知っている」という答えが返ってきた。

ブレイヴィク以前、進歩党のレトリックはかなり極端だった。前党首は、たとえばイスラム教徒は全員テロリストであり、彼らは「世界を『イスラム化』する長期計画を持っている点においてはヒトラーと変わらない。そして着々と達成しつつある。彼らは遠くアフリカまで、あるいはヨーロッパまで進出してきている。今こそ声を上げよう！」という調子だった。そして選挙の際には、進歩党は、マスクをかぶり銃を持った男の写真に「悪事を働くのは外国人だ」というコピーをつけた小冊子を発行した。

私は進歩党の外務担当スポークスマン、モルテン・ホグランドに取材の予約を取っていたので、国会の裏にある建物内の党事務局へ進んだ（ちなみに国会のセキュリティーはなきに等しかった）。

アンネシュ・ベーリング・ブレイヴィクは、七年間にわたり進歩党の党員であり、青年部の地方支部長を務めていた。進歩党は、彼のヨーロッパの政党ブラックリストに含まれていなかった唯一の党であり、よってイングランド防衛同盟（やジェレミー・クラークソン）のような極右政治団体とともに、ブレイヴィクの「善人」リストに入る。そういったことを知ったとき、ホグランドはどう感じただろうか。「ブレイヴィクは党員でしたね」私は尋ねた。

「じつにぞっとする話です。ですが彼は、我が党に対しても不満を抱いていました」恰幅《かっぷく》の良いホグランドは答えた。田舎の居酒屋の主《あるじ》のように見えなくもない。「私たちはよく考えなくてはいけません。移民問題を議論する際に、かえってああいう連中にエサを与えるようなことを言っていないかと。ただし私たちがイスラム教の話をするときは、イスラム過激派のことであって、宗教としてのイスラム教ではありません。私たちは信教の自由やモスクを建てる自由も認めています」（ちなみにデンマーク国民党はモスクの建立に一貫して反対している）。

翌日、私は再びオスロ大学を訪れて、バウワーが言うところの「新たなクウィスリング」のもう一人の人物、シンデレ・バングスタッドに面会した。ノルウェーに住むイスラム教徒の生活について研究している社会人類学者だ。

「ええ、どうやら私は言論の自由の反対派ということになっているようですね」バングスタッドは硬い表情で笑った。「ノルウェーで移民問題にかかわることを公に発言すれば、そういうリスクがあるということです。嫌がらせの手紙はしょっちゅう来ますから、初めてというわけではありません。ブレイヴィクの論文によれば、彼は大学を攻撃しやすい標的《ソフトターゲット》と見ています。将来、一匹狼のテロリストを目指す人に向けた説明の箇所に書かれていました。でも――」彼は雰囲気を明るくしようと、打ち消すように笑って言った。「ブレイヴィクは、マルクス主義に関しては、社会学部のほうがはるかに問題があると確信していたようです」

　バングスタッドに会いに来たのは、彼がノルウェーの右翼に関する専門家でもあるからだ。ブレイヴィクの考え方はどの程度、普通のノルウェー人の考えを代弁しているだろうかと尋ねた。

「ブレイヴィク自身は国民の三五パーセントが自分の味方だと主張していましたが、それはまったくの妄想です。ですがdocument.no［悪名高い反イスラムサイト］のようなサイトには月に五万人の読者がいます。ＳＩＡＮ（ノルウェーのイスラム化を止める運動）は、フェイスブックのフォロワーが一万人いると言っていますが、人を集めようとしたら三〇人程度しか集まりませんでした。さまざまなウェブサイトで今日見られるレトリックは、22／7以前と同じ程度に恐ろしいということを、多くの人が指摘しています。また、世論調査を見ると、移民やイスラム教徒、イスラム教そのものに対する受け止め方は、概《おおむ》ね変わっていません。今後も変わらないでしょう」

だが一般庶民はどうなのだろうか。普通のノルウェー人はどの程度、人種差別主義者なのか。私はバングスタッドに、もう少し物事をわかっていて良いはずの人々が、じつに気軽に人種差別的な発言をすることに、日々、驚いていると話した。それはノルウェーに限らず、デンマークやアイスランドでも同じだ。たとえば新聞の挿絵は、アフリカ人を描くなら部族の衣装を着せ、唇を誇張し、鼻に骨を刺す。アジア人なら出っ歯で細い目だ。お笑い番組では、移民の語学力をからかい、「黒人」という意味で「ニーゲル（neger）」という言葉を使うが、この言葉は私にとって（そして北欧を訪れる黒人にとっても）差別表現とされる「ニグロ」や「ニガー」に不快なほど近い。最近スウェーデンのある町について書かれた記事を読んだ。四〇年間、その町は「ニーゲルビー（Negerby）」（黒い煙突か何かにちなんでついた名前らしい）という通称で呼ばれてきたが、ついに中立的な「東町」という名に変えようとしていた。だが地元民は、それを受け入れずに以前の名前にこだわっているという。そういうところを見ると、北欧社会は一九五〇年代から変わっていないと思わされる。もちろん今回に関しては、良い意味で言っているのではない。

ただ、こういうことに異議を唱えると、「いったい誰が気を悪くしているのか」という純粋な困惑（「だって唇が厚いのは事実じゃないか」という類《たぐい》の、悪気のなさを装うことが多い）や、「政治的な配慮もほどほどにした方がよい」という非難が返ってくる。

「ノルウェーの人種差別主義者の差別は、差別であることを認めないタイプの人種差別です」とバングスタッドは同意した。「つまり、私たちは善良な人間で、人種差別は悪人のやることだから、私たちは人種差別主義者ではない、という理屈です。この一〇年間、「ニーゲル」という言葉を使ってもよいかどうかという議論がありました。人々の意見はこうです。『私たちにはこの言葉を使う権利がある。なぜ私たちが、ノルウェーに住むアフリカ出身の若者の気持ちに配慮しなければならないのか』。二週間ほど前、ティンブクトゥという名のスウェーデン人アーティストがノルウェーの新聞社に対し、アフリカの部族民を分厚い唇に描いて戯画化していることに抗議したところ、新聞社の基本的なスタンスは『何をそんなに怒っているのか』というもので、そこから先は言論の自由の問題にすり替えられてしまいました。『政治的に正しいことを振りかざす人々が、言論の自由を阻害している』ということになってしまったのです」

なるほど。侮蔑《ぶべつ》的な風刺画を掲載する権利のために立ち上がるスカンジナビア人か。同じようなことは以前デンマークでもあった。二〇〇六年の預言者ムハンマド風刺漫画の一件だ。デンマークの保守系新聞『ユランズ・ポステン』は、センスもなければ面白くもない（ターバンのなかに爆弾を仕込んだ姿などの）風刺画を掲載した。イスラム教の精神的指導者ムハンマドの肖像を描くことを禁じているイスラム教の教義によって、同紙の言論の自由が重大な脅威にさらされていることに対抗するため、ということだった。

「その通りです」バングスタッドは同意した。「もちろんムハンマドの件にはノルウェーもかかわっていましたので、実際にダマスカスのノルウェー大使館は全焼しました」

「なんとも憂鬱《ゆううつ》になるような話ばかりですね」私は言った。「非西欧諸国からの移民は、北欧のように人口が少なく同質で孤立した国々においては、うまくやっていけないのでしょうか？」

「興味深い質問です」そう言って彼は一呼吸置いた。「私の見るところ、いくつかの特定の問題に関しては、憂慮すべき根拠があると思います。同性愛への嫌悪感や反ユダヤ主義、ノルウェー国内のイスラム教徒の共同体の一部に見られる女性に対する待遇などです。でも非西欧諸国に限らず、世界のどの国から来る移民についても同じことですが、私自身は、移民を受け入れることを良いとも悪いとも思っていません。もちろん、最近あまり発言が聞こえてこない極左の人々のように『移民を一〇〇万人入れよう』などと言う気はありません。その手の現実逃避的なアプローチを擁護するつもりはまったくありません。ただ成功の度合いを測ってみれば、ノルウェーは非西欧諸国からの移民については健闘しているほうです。それは高等教育を受けている学生、特に女子学生の出身別の数字などに表れています」

その前日、私はトーマス・ヒランド・エリクセンにも同じ質問を向けた。ノルウェー、またその延長としてスカンジナビア諸国への非西欧系の移民に関する右派の主張は、核心をついていたのではないか。北欧の社会は、本質的に、自分たちと著しく異なる人間と融和できる見込みのない社会なのではないか。

「いいえ、ほとんどのイスラム教徒はあなたや私と変わらない人々です。隣人と仲良く、平和に暮らしたいと思っています。ヨーロッパ各地で、ヒジャブ（イスラム教徒の女性が用いるベール）やハラール（イスラムの戒律に従って処理された）肉についてジレンマがありました」彼は言った。「これについて優れた研究があります。第二世代の移民は、かなり『ノルウェー人化』している、というものです。彼らはプロテスタント教徒と考えが近いのです。若い女性を見ると、おのれの行動をイスラム教的な誇りや恥の概念ではなく、個人の良心に照らして考えるようになってきています。これはじつにプロテスタント的な考え方です。自分と神との関係を、共同体を通じたものとしてではなく、個人的な関係としてとらえるようになってきたのです。

実際、プロテスタント教徒とイスラム教徒はじつに簡単にお互いを理解し合えます。なぜなら世界観に多くの共通点があるからです。男女の性差や貞節についての考え方や、この世界のすべては無作為に存在するのではなく、ものごとの背後には超越的な存在があって人生に意味を与えている、といったような考え方などです。パキスタン人やトルコ人が一九五〇年代にノルウェーに来ていたら、人種の融和はもっとスムーズに行っていたのではないかと考えることがあります。なぜならノルウェー人は今ほど都会化していなかったし、性別による役割分担もはっきりしていたからです。たとえばノルウェー北部では、女性がキッチンで皿を洗っているあいだ、男性はダイニングで座ってタバコを吸っていました。私の両親世代はそれが普通でした。もし移民が、ノルウェー人がこれほど平等主義的で個人主義的になる前に来ていれば、もっとノルウェーを理解しやすかったかもしれません」長身で骨ばった、感情表現が豊かな五〇代前半のエリクセンは、その皮肉に笑っていた。しかしながら、デンマークについてはまた別の話らしい。

「イスラム教徒とデンマーク人の生き方は、ちょっと合わないかもしれませんね。なぜならデンマーク人の余暇の過ごし方といえば、外出してビールを浴びるように飲み、死んだ豚を食べ、家に帰って初対面の人間とセックスするのですから。そしてイスラム教徒に向かって『なぜもっと同化しないのか？　デンマークに居られてありがたいと思わないのか？』と言うのです。

私のことを『何でも受け入れたがる多文化主義者』のように言う人もいますが、それは違います。ただノルウェーに移住したいと考えている人たちに向かっては、うまく付き合わなければならないことが二つあると必ずアドバイスしています。一つは寒さと暗さです。それが耐えられないようなら別の場所を選ぶべきです。もう一つは男女平等です。その二つに我慢ができなければ、この国は根本的にどこかおかしいと感じ続け、いつまでも幸せになれないからです」

第四章　自然と生きる

私はオスロを離れたくなった。クヌート・ハムスンが名著『飢え』（Sult）の一行目に書いたように、「あの奇妙な都市から影響を受けずに去る人はいない」私はテレビや新聞の一面に毎日登場するブレイヴィクが浮かべる自己満足の笑みに、次第に吐き気を催しはじめた。

オスロにいるあいだに取材以外に何かしてみようと思っていたのだが、何をするにも恐ろしく金がかかる。世界の裕福な国、二〇〇カ国を調べた米国のブルッキングス研究所の最新の研究によると、オスロ市民は世界で二番目（米国コネティカット州ハートフォードの次）に裕福で、平均年収は七万四〇五七ドル（約八八〇万円）だ。こんな物価の高い国に暮らしているのだから当然だろう。過去に訪ねた都市のなかで、公共交通機関の運転士から料金について謝罪を受けたのはここだけだ。「すみませんね、ノルウェーなもので」最短距離を移動するのに五〇クローネ（約七〇〇円）かかることに驚いている私の表情を見て、路面電車の運転士は心からすまなそうな顔をしてそう言った。

文化史博物館ではサーミ人に関する展示を見た。迫害された先住民である少数民族のサーミ人は、北欧ではつねに腫《は》れ物に触るかのように扱われている。サーミ（最近「ラップ」という言葉は差別語となった）の人々は、事実上、北欧の六番目の国民だ。ヨーロッパで唯一の遊牧民であり、その居住域はノルウェー、スウェーデン、フィンランドの北部ならびにロシア北西部の国境にまたがって広がる。彼らは飼っているトナカイのあとを追って移動する。ノルウェーに住むサーミ人の人口は約四万人で、サーミ語が公用語として認められたのは一九八七年になってからだそうだ。また「現在でも自然のなかで暮らすサーミ人もいるが、暇な時間はテレビを観て過ごし、近所へ行くにも車を使うサーミ人もいる」とのことだ。彼らの放縦な新しいライフスタイルを描いた小さな絵が展示されていて、パソコンや携帯電話のあるティーンエイジャーの寝室が描かれていた。じつに奇妙な光景だった。

当然、博物館には民族衣装の充実した常設展示があり、ニットの模様編みをテーマとする大きな企画展が開催されていた。より最近の歴史に関する展示のコーナーでは、世界的なヒット曲となったアーハの「テイク・オン・ミー」が連続再生で流れている。私は過去三〇年間の新聞の一面を見ていった。ノルウェーに女性首相が誕生（一九八一年）、エイズの到来（一九八三年）、セブンイレブン一号店（一九八六年）。だが一九六九年にノルウェーが初めて宝くじを当てた、つまり石油を掘り当てたというニュースはどこにも載っていない。ますます奇妙だ。

どんなに素晴らしい模様編みだってしばらく見ているうちに飽きが来る。こういう言い習わしもある。「オスロに飽きたということは……三日以上オスロに居たということだろう」フェアな見方でないことを承知で言おう。オスロはじつに美しい街で、大都市という看板にふさわしくなろうと懸命に努力している。だが私にとっては北欧諸国の首都のなかでは一番面白くない。コペンハーゲンのダイナミズムや多様性とは比較にならないし、ストックホルムの美しい景観や建築物とも、ヘルシンキの冷戦時代の名残を思わせる圧倒的な「異質感」とも比較にならない。レイキャビクに至っては玄関口に火山と氷河があるのだから、とても公平な勝負にはならない。オスロはなんとなく、どこかの国の二番目の都市という風情がある。もちろん、何世紀にもわたって実際に、どこかの国の二番目の都市だったのだが。

ノルウェーをもっと知るべき時が来た。ノルウェーの自然を。ノルウェー人に、ノルウェー人らしさを尋ねると、彼らは自然とのつながりやアウトドア活動を好むという話が繰り返し聞かれた。スウェーデン人には異論があるかもしれないが（あってもわざわざ口に出さないタイプの人々ではあるが）、ノルウェー人は自然と最も強い絆を持つ国民のように思える。彼らの強い愛国心の源は、その自然景観にある。これは歴史的に見て、ほかの北欧諸国よりも、広大な自然のなかで暮らしてきたことと関係があるのかもしれない。手元の『Encyclopedia of the Nations』（万国百科事典）によれば、ノルウェーはヨーロッパで最も人口密度の低い国の一つで、一平方キロあたり一一人だ。国民の四分の三が沿岸から一六キロ以内の土地に暮らしている。ここはつねに農民と漁民の国なのだ。中央から遠く離れた地方には数百種類にのぼる方言があり、人々は孤立した小さな共同体で暮らしてきた。そして長いあいだ植民地であったため、首都は異文化発信の中心地だった。そのためノルウェー国民は、デンマーク国民がコペンハーゲンを、あるいはスウェーデン国民がストックホルムを見るような視線でオスロを見ることはなかった。デンマークとスウェーデンは、対立関係にあった歴史を通じて、ある時は相手を手本に、ある時は基準にしながら、自国のあり方を考察することがあったが、山脈や海という大きな物理的障壁によって隔てられているノルウェーは、自国のことに専念してきたようなところがある。

非中央集権と自然に寄せる深い尊敬の念。この二つがノルウェー国民の理解の鍵《かぎ》となる。デンマークが「遠隔地」問題に苦しみ、スウェーデンで中央集権化がますます強まる今日なお、ノルウェーでは人々がはるか北部や山間部、沿岸部や凍《い》てつく島々などの地方に暮らしている。ノルウェー北部からスウェーデン北部へ入ると、その相違は明らかだ。ノルウェー側には、商店やテイクアウトの店があり、整備された道路や公共施設のある小さな街があるが、スウェーデン側へ行くと……何ひとつない。ノルウェーでは、住みたい場所に住む権利が法に謳《うた》われている。それは北部、とりわけバレンツ海や北極海のスピッツベルゲン島といった、戦略的に重要な領土に近い地域の人口を維持するための国の方策でもある。

ノルウェー以外の国では、産業化は都市化につながったが、ノルウェーの場合はそれほどでもなかった。漁業（ずっと健在で、今日ではもちろん大規模なサーモンの養殖がおこなわれている）と、スタヴァンゲルを中心とする西海岸を拠点とする石油産業が、都市化の傾向に歯止めをかけている。石油が生み出す富のおかげで、首都から遠く離れた地方に住むノルウェー国民も、文化・スポーツ施設や立派な公共施設のある、インフラの行き届いた環境で快適に暮らすことができる。私が訪ねた、人口約五〇〇人のプレスタイドという村にあるクヌート・ハムスン・センターも立派な建物だった。見事な現代建築で、黒い塔から透明アクリル製のバルコニーが突き出していた。個人ガイドの話では、ハムスンの名著『飢え』を表現した設計だそうだ。八〇〇万ポンド（約一三億五〇〇〇万円）相当の税金を投じて建てられたもので、どんな現代的な都市に建っていても違和感がなさそうだ。だが年間の来館者数はわずか二万人だ。単に、どこから行ってもあまりに遠く、北極圏の境界よりずっと北に位置しているからだ。

このことをノルウェー政府の石油投資ファンドの責任者ユングヴェ・スリュングスタッドに話

すと、「ノルウェー国民と自然の関係は、フランス人と文化の関係に似ている」と話してくれた。「ノルウェー人にとって、月曜日の朝に、先週末どこへスキーに行ったとか、山歩きを楽しんだという会話をすることは、とても大切です」と彼は言った。「ノルウェー人は、山小屋や海辺に別荘を持つことや、自然そのものに、強い憧《あこが》れを持っています」スリュングスタッドはまた、ノルウェー人の名字には自然にちなんだものが桁外《けたはず》れに多いという事実も指摘した。「私たちの名字は、自然のなかの実際に存在する場所から取ったものがよくあります。比較的最近まで、だれもが自分の先祖代々の出身地を知っていました。実際の場所がわかっているのです。たとえば私の名字は『川が曲がる場所』という意味ですが、父の農場は、まさに川がカーブしている場所にありました。ですから私たちは自然に対してきわめて強いアイデンティティーやつながりを感じています。そして都会に住むほど、その感覚は強化されていきます」

この景観との強いつながりの表れが、ここ数年テレビで放映されて大成功を収めた、驚くほど退屈な二つの番組だ。一本目は、首都オスロから南西部の港湾市ベルゲンまで、山を縫って進む列車の正面に固定カメラを設置して、その映像をリアルタイムで七時間にわたり放映したものだ。トンネル内の映像はとりわけ魅力的だったに違いない。だが前例のない高視聴率に気を良くした国営放送NRKは、さらにもう一歩踏み込んで、ベルゲンから北、ロシアとの国境キルケネスへ向かうフッティルーテン社の内燃機船、特急フェリー〈ノールノルゲ号〉にカメラを搭載し、六日間にわたりノンストップで中継した。NRKはこの番組を「ペンキが乾くのを眺めるような退屈なテレビ中継」と潔く認めて宣伝していたにもかかわらず、国民の半分がチャンネルを合わせるという高視聴率を獲得し、文化的現象となった。そのフェリーが通るのを見るためにパーティーを開く人々もいた。またフェリーが海岸近くを通るときには、大勢の人が海岸に来て焚《た》き火を焚き、船に向かって手を振った。フェリーのあとを追う小型船もたくさんいた。この番組は、オンラインでストリーミング配信もされ、デンマークでは二〇万人もの人が視聴し（ノルウェーのメディアは、これはデンマーク国民の「山に対する羨望《せんぼう》の表れだ」と大はしゃぎしていた）、世界のほかの国々でも視聴された。結局、ノルウェー史上最大の人気番組となったが、そこに映っているのは景色だけだった……。

だがその景色の美しいことといったら。

私は自分の周りにいるフェリーの乗客を見回した。大体がトランプをしているかビールを飲んでいるか、船の正面にあるテレビのモニターを観ていた。この人たちは窓の外の景色に気づいていないのだろうか。私はこの一時間、窓ガラスに顔を貼りつけたままだ。ノルウェーがゆっくりと目の前を過ぎていく。景色は北極圏の鋭い光を浴びてじつに清澄で、白い山頂のギザギザの一つひとつ、花崗岩《かこうがん》の襞《ひだ》の一つひとつまでがくっきりと見える。窓の向こうの景色は、レーザーエッチングで精密に彫られ、最高の解像度で上映されている映像のように見える。ほかに説明のしようがない。山頂は、一〇〇〇倍に拡大したサメの歯のようだった。

私が乗っているのは、ボードーから、北極圏の少し内側に位置するノールシュコットという村まで行くフェリーだ。ノールシュコットは一本の突堤と数軒の木造家屋からなる、ごく小さな漁村だ。

ノルウェーのフィヨルドは、本当に息をのむほど美しい。まるでＣＧのようだ。『銀河ヒッチハイク・ガイド』で、フィヨルドを作ったことになっている登場人物、スラーティバートファーストが賞を獲ったのもうなずける。振り返ってみると、この時は二月であり、あたりは雪と氷に囲まれている北極圏内であったにもかかわらず、ドライスーツを着て海に入り、ウニを探すという正気の沙汰《さた》とは思えない行動をとることに同意してしまったのは、ひとえにこの魅惑的な風景と、私を迎えてくれたホストの熱意のせいだ。ロディーという名のスコットランド人の友人は、ノルウェー人の妻と子どもたちとともにこの地に暮らし、地元の人が「カラスの玉」と呼ぶウニを採り、地域の一流レストランに卸している。じつに美味《おい》しいウニだが、とんでもなく寒かった。手袋をしていなかったら凍傷になるところだ*。

だがノールシュコットの景色は、心のごちそうだった。毎朝、雪を踏みしめながら漁船へ向かうとき、少し立ち止まってみる。完璧な静寂のなか、聞こえるのは自分の耳鳴りだけ。見上げると、ただただ面食らうほどに美しい山々がそびえている。オスロのことは、私の心の中から消えてしまった。

第五章　バナナ

ジェドという名の男の話を聞きにおいで
山で暮らす貧しい男、どうにか一家を養っていた

でもある日、獲物をズドンと撃ったなら、
原油がぶくぶく湧き出した
ポール・ヘニングによる『ビバリー・ヒルビリーズ　じゃじゃ馬億万長者』主題歌より

ノルウェーまで来て、人種の融和や移民の話だけをして帰るのは、ゴールドラッシュに沸く一八九七年のカナダの金鉱山クロンダイクへ来て、アメリカ先住民の窮状のみを語るようなものだ。大方のノルウェー国民は、イスラム化や移民、大衆迎合的な政党といった問題に対して、これまであまり関心を払ってこなかった。なぜならこの四〇年間にわたり、ノルウェーは世界中の誰一人として夢にも思わなかったゴールドラッシュを経験していたからだ。一番驚いたのはノルウェー国民自身だったかもしれない。

一九六九年に北海のノルウェー領海内で発見された石油鉱床には、途方もない埋蔵量があることが判明した。石油は良い意味でも、そしてのちに見るように悪い意味でも、現代のノルウェー社会を形成している単独の要素として最大のものだ。この黒い金《ゴールド》は、ノルウェー国民の日常生活

*冬にノルウェーを訪ねたら、ノルウェー人が日常的に直面する最も困難な問題は、天候によって命を落とさないために何を着ればよいか決めることだと気づくだろう。日々、極端に変化する気温を見越して物事を計画する彼らの能力は、何手も先を読むチェス名人の能力に匹敵する。私はオスロにいたとき、断熱素材のジャケットやオーバーパンツを着てびっしょり汗をかき、路面電車のなかで（こっそり縄抜けを試みる地味な手品師のように）それらのかさばる服を脱ごうとするか、あるいは雪の舞う氷点下一五度の気温のなか、少しでも肌が露出していないように気をつけながら歩いているかの、どちらかだった。学校へ行く子どもたちの服装を決めるのはひと仕事だろう。

の、ほぼあらゆる面に関係している。現代ノルウェーの成功（福祉国家であることや、事実上、比類のない高さの生活水準、強固な地方のインフラ基盤や行政サービス、方々に建つ高額な建設費をかけた斬新《ざんしん》な博物館など）は、石油の上に成り立っている部分が大きい。

人口わずか五〇〇万人強のこの国は、現在、世界最大のソブリン・ファンド（政府系投資ファンド）を持っている。それも国民一人当たりではなく、絶対額において最大だ。二〇一一年に六〇〇〇億ドル（約七一兆円）に達してアブダビを抜いて以来、今なお成長を続けており、現在の額は三九五〇億ポンド（約六七兆円）、控えめに見積もっても二〇一九年までに一兆ポンド（約一七〇兆円）を超えると予測される。言い方を変えれば、ギリシャ政府の債務を二度、清算してもお釣りがくるほどの額だ。ポイントは、ノルウェーが今日に至るまで、経済学者の忠告に真摯《しんし》に耳を傾け、その大金のうち、国内で使う額を年間わずか四パーセントにとどめ、残りをすべて国外での投資に回していることだ。

ノルウェーはもともと裕福な国ではなかったと言って差し支えないと思う。スカンジナビア三カ国のなかで、つねに虐げられた貧しい親戚《しんせき》のような存在だった。人々は辺境の地で、不毛な大地（農耕に適した土地は国土のわずか二・八パーセントしかない）と、厳しい気候や地形が生んだ危険な海から、苦労の末かき集めた収穫を糧に、なんとかやりくりしてきた。

そこへある日ジェドという名の男*がやって来て、ドカンと一発当てたわけだ。

ノルウェー国民がダーンドルを着た農民から、ダーンドルを着たロックフェラーへと変身を遂げたきっかけは、オランダ北東部のフローニンゲンにおける一九五九年の天然ガスの発見だった。これが、さらに北方のノルウェー沖の大陸棚でも化石燃料が見つかるのではないかという推測を生んだ。アメリカのフィリップス石油社が探鉱の許可を求めると、ノルウェー政府は素早く行動し、その大陸棚の主権を主張した（当時の主権は領海一二海里までだった）。ノルウェーの主張を聞いて、自分たちにも北海の一部に権利があると思っていたイギリスやデンマークの政府は眉《まゆ》を吊《つ》り上げた。そしてここで、何かが起きて、ノルウェーが奇跡の油田を手中に収めることとなる。スカンジナビア最大の陰謀説の誕生だ。

一九六五年初頭、ノルウェー、英国、デンマーク三カ国の代表が、北海の大陸棚の分割について徹底的な協議をおこなうために集まった。そこで合意されたことは、早々とその年の三月に批准されるのだが、あとになって、その内容が著しくノルウェーに有利になっていたことがわかる。デンマーク人にこの話をすると、大まじめで、「ノルウェー人に一杯食わされた」と言う。どういうことか詳しく聞こうとすると、デンマーク人は「連中がどういう人たちかわかってるだろう」というような身振りをして言葉を濁す。デンマーク外相のペール・ヘケロップがアルコール依存症であることはよく知られているが、条約に署名するときに酔っていたという話をほのめかす人もいる。「境界線を見れば一目瞭然《りょうぜん》だ」デンマーク人は、このとき新たに北海大陸棚に引かれた境界線を指して言う。「石油が出た場所がノルウェーの領域に入るように、境界線が不自然に下がっているじゃないか！」

何年間もこの噂話を聞かされてきた私は、そろそろ真偽を確かめたいと思っていた。まず事実関係を整理しよう。ヘケロップがアルコール依存症だというのは事実だ。それからノルウェーの

＊確かにここはジェドではなくヤンとするべきだろうし、ノルウェーの場合は石油の抽出をはじめるまでに二年かかっているので、この物語と事情が違うことは認めるが、その辺は大目に見てほしい。

巨大油田エコーフィスク（現在でも相当のペースで生産が続いており、そのペースは二〇五〇年まで継続すると言われている）は、確かに新たに画定されたノルウェーの大陸棚の領域の南西角に位置しており、悩ましいほどデンマークの領域に近い。また海底の深さに関わる技術的な問題があって、そのエリアの線引きについて、デンマークがもっともな不満を持っていたことも事実だ。さらになんらかの理由で、このような条約締結につきもののクーリングオフの期間がなかったことも事実だ。ではなぜデンマークはそうやすやすと署名してしまったのだろう。国境の画定にさまざまな落とし穴がつきものであることは、過去の経験から誰よりも知っていたはずなのに。

真実はこうだ。当時はだれも、北海で石油が見つかるとは本気で思っていなかった。また仮にあったとしても、採掘可能だとは思っていなかった。したがってデンマークは、海底の境界に関する些末《さまつ》に思われる議論を追求してノルウェーを苛立《いらだ》たせるリスクを冒すよりも、はるかに緊急性の高い漁業権の問題を重視したのだ。

署名のときにヘケロップが酔っていたかどうかについては証拠がない。ただ、ストレスを感じる状況に置かれると酒に頼るというのが、アルコール依存症の人の一般的な特徴ではないだろうか。

「大当たりでした」トーマス・ヒランド・エリクセンは喜びを隠しきれないようすで認めた。「大陸棚の範囲を二〇〇海里にまで拡張したのはじつに賢かった。立役者はイェンス・エーヴェンセン［通商大臣］という男でした。わが国が七〇パーセントを手に入れたのです」

デンマーク国民は、石油の権利を交渉する場に酩酊していたかもしれない社会民主主義党の議員を送り込んだことを後悔しているだろうか？　その可能性は十分ある。ではこの件がノルウェーとデンマークのあいだで問題になっているだろうか？　それは絶対にない。少なくとも政治外交レベルの問題は存在しない。だがこの一件は、北海油田の都市伝説としてデンマークに広く流布し、自分たちが手にするはずだった石油をあのずる賢いいとこに持っていかれた悔しい経験として、年配のデンマーク人の会話に登場する話であることは間違いない。こうしてデンマーク人はノルウェー人に対して、卑しむべき富を手にした結果、孤立して怠惰になった人々という、いささか手厳しくネガティブなイメージを持つようになった。そのイメージはスウェーデン人にも共有されている。

「ったく、あいつらほんとに働かねえんだ」以前、デンマーク人の親戚の男性が私にそう言った。名前を出して感謝されることはなさそうなので、控えておく。「自分たちだけで十分やっていけるからな。誰の助けもいらないんだ」デンマーク人は、ノルウェー人の怠惰の証拠を見つけたら大喜びで飛びつく。とりわけスウェーデン人の出稼ぎ労働者がノルウェーの水産加工場やレストランで働いている、という類《たぐい》の話に目がない。「オスロに行ったら、ノルウェー人のウェイターは一人もいなかった！」というのがノルウェーから帰国したデンマーク人の決まり文句だ（ノルウェーには三万五〇〇〇人のスウェーデン人労働者がいる。店員などの半熟練的な仕事でも、最大で三〇ポンド――約五〇〇〇円――という時給が魅力だ）。デンマーク人が特にお気に入りのエピソードがある。ノルウェーの食品加工場で、大勢のスウェーデン人が、バナナの皮をむくために雇われているという話だ。これは事実だ。ちゃんと裏を取ってある。このバナナはノルウェーで人気のあるサンドイッチスプレッドに使われるものだ。怠け者のノルウェー人と搾取されるスウェーデン人を一刀両断に笑い者にできる。デンマーク人にとってこんなにおいしい話はない。

一方、スウェーデンでは、ノルウェー人の高慢な態度に対する憤懣《ふんまん》が溜《た》まりはじめている。最近、三八〇〇人のスウェーデン人を対象に、近隣諸国に対する感情を研究する社会学の調査がおこなわれた。そのなかでもとくに、「ノルウェー人は列を作ったり守ったりできない」という設問には、五九パーセントのスウェーデン人が「まったくできていない」と答えた。念のため申し添えるが、スウェーデン人が列を作るときの作法だって、母豚の乳めがけて我先に突進する子豚たちと良い勝負だ。また、「ノルウェー人はロータリー（環状交差路）の運転の仕方を心得ているか」という問いに対しては「いいえ」、さらに「ノルウェー人は身体障害者用の駐車スペースに駐車することがあるか」という問いには「常に占領している！」という答えだった。この調査を実施した研究者は「スウェーデン人が、ここまでノルウェー人に対して否定的な考えを持っているとは驚きだ。彼らはノルウェー人に対して敗北感を抱いている」と語ったそうだ。

北海油田の話に戻ろう。じつはデンマークも、小さな自国の領域内の海底で、それなりに健闘した。一九七二年にいわゆるダン・フィールド油田が生産を開始し、一九九一年までには自給自足できるようになった。ピークを迎えた二〇〇四年の生産量は、年産約一億四二〇〇万バレルだった。

両国が、思いがけなく掘り当てた石油をどう扱ったかを比べてみると面白い。ノルウェーのエコーフィスク油田から最初に石油が生産されたのは一九七一年だった。新たな境界内では、スタットフィヨルド油田、オーセベルグ油田、ギュルファクス油田、トロールガス田など、世界最大の規模を誇る新規の油田が続々と発見され、一〇年ほどのうちに開発鉱区は徐々に北上していった。一九七二年には、国営の石油会社スタットオイルが設立され、域内でおこなわれるいかなる石油関係の活動においても、同社が過半数を占める共同経営者となることが法に定められた（この法律はのちに改正された）。政府は石油の生産をきっちり管理し、投資ファンド（ソブリン・ウェルス・ファンド）を設立し、以来、驚くべき自制心をもって、その運用に当たっている。このファンドは世界的な経済危機を乗り切って来た上に、二〇〇八年以降の国民一人当たりの積立額を三万ポンド（約五一〇万円）も積み増した。

一方、デンマークの油田は、たった一社が扱うこととなった。A・P・モラー・マースク社だ。社名の由来である創始者の息子マースク・マッキニー・モラーが、比較的最近亡くなるまで経営を監督していた。

A・P・モラー・マースク社が具体的にどのような経緯で、デンマークの炭化水素鉱床にかかわる永遠の権益を単独で取得したのかは、かなり不透明だが、煙の立ちこめる部屋で胡散《うさん》臭い取引が多々おこなわれたようだ。今日、マースク社はデンマーク経済においてあまりに中心的な存在であるため（海運および石油、ならびにスーパーマーケットをはじめとする数々の事業により、同社はGDPの十パーセントに貢献しているという試算もある）、この会社ともめごとを起こそうという政治家やジャーナリストはまずいないのだろう。同社は条件の再交渉を重ね、デンマークの油田事業を自社にとって有利な方向に誘導することができた（ごく最近では二〇一二年に、契約を二〇四三年まで延長した）。実質的には、毎年、マークス社のほうから政府に納税額を伝えているようなものだと言う人もいる。もっとも私自身は（マースク社の弁護士さん、ここを読み飛ばさないでください）、そんなことを一分たりとも信じたことはない。

デンマークの石油生産は何年も前にピークを過ぎたが、ノルウェーは現在でも一日に約二〇〇万バレル、年間七億三〇〇〇万バレルを生産している。スタットオイル社は、売上とその空前の経常利益において、北欧全域で分野を問わず最大の企業だ。ノルウェーの石油生産量も頭打ちで、早晩ノルウェー国民は昔のように干物を作り、羊の毛を刈る、暗黒時代の暮らしにずるずると引き戻されるに違いないと言われて久しいが、実際には次々と新たな大型油田が発見されている。二〇一一年にはバレンツ海で、最大で一〇億バレルの埋蔵量があるとされる二つの巨大油田が発見された。そこへ都合よく氷河が解けはじめたため（そもそも温暖化の原因は化石燃料じゃなかったのか？）、今、ノルウェーの欲深い視線は、推定埋蔵量九〇〇億バレルと言われる北極圏内の原油に注がれている。さらに、長く暗い冬を越すにはそれでは事足りないとばかりに、ノルウェーは天然ガスの生産でも世界第五位となった。ガスの生産高は、二年以内に、石油生産高の半分以上を占めるようになると推定されている。

農夫のエイギルと、ダーンドルを着たその妻にお宝を与えるとは、神様もずいぶんいたずらの効いたユーモアのセンスを発揮されたものだ。スカンジナビア三兄弟のなかで一番コケにされていた末の弟が、大金持ちになったのだ。一九六九年に最初に石油を発見して以降、ノルウェーは、スカンジナビア諸国のなか、いや世界において、豊かさランキングであっという間に出世した。今や北のドバイであり、ケープを着た大金持ちクロイソスだ。国民一人当たりＧＤＰは、ルクセンブルクに次いで世界第二位だ。しかもルクセンブルクは一人前の国家とは言えない。

この棚ぼた的なお宝が、なけなしの資源をかき集めて長い冬をやり過ごし、人生の大半を乾燥地帯の山々や凍てつく草原、厳しい海で過ごしてきたノルウェー国民を、どのように変えたのか、私は知りたくてたまらなかった。次から次へと転がり込む宝くじの当選金は、ノルウェー国民全体の精神構造、彼らの国民性の核心に、どのような影響を与えただろうか。

第六章　オランダ病

石油基金の設立は、おそらく現代ノルウェーにおける最大の偉業だろう。北欧的自制心と管理能力の究極の表れであり、責任ある国庫管理の鑑《かがみ》である。見事に、かつ手堅く運用されている政府系ファンドは、世界中の非産油国は言うまでもなく、あらゆる産油国にとっても羨望《せんぼう》の的だ。

思いがけなく手に入った巨大な壺《つぼ》に入った黄金を、どのように世界に配分するか。それについて最終的な責任を持っているのが、ノルウェー中央銀行投資管理部門（NBIM）のCEO、ユングヴェ・スリュングスタッドだ。世界の支配者にふさわしい要塞《ようさい》のようなオフィスは、オスロ中心部にあるノルウェー国立銀行の建物のトップフロアにあった（ブレイヴィクの爆破事件はここから目と鼻の先で起きた。セキュリティーがしっかりしていたのは、おそらくはそのためだろう。かっこいい二重扉の「気密室」に一人で入ったときには、スタートレックのエンタープライズ号からテレポートされるような気がした。これはぜひ、すべての銀行で導入するべきだ）。

「基金の目的は消費バスケットを守ることにあります」スリュングスタッドはそう説明してくれた。経済の基本理論に対する私のほぼ完全なる無知は、取材の初期段階ではっきり表れたに違いない。彼はその言葉の意味を説明してくれた。「これまで私たちは石油や天然ガスを外国に売ってきました。そしていずれは外国から何かを買わなければならない時が来るでしょう。そのとき私たちが望むのは、今から数世代先のノルウェー国民が、今日の私たちが買えるものと少なくとも同等の価値があるものを買えるようにすることです。つまり、世界が成長を続けて物価が上がっても、現在と同等の購買力を持つことができるように、私たちは基金から十分な利益を挙げておく必要があります」

基金は現在、八〇〇〇社を超える企業の株式を保有している。つまり世界の上場企業の一パーセント以上、ヨーロッパ内なら二パーセント、アジア内なら〇・七パーセントを保有していることになる。

最近、基金は、一部のアナリストが危険視するほどの割合で、不動産投資をはじめたと何かで読んだ。たとえばパリで一流のオフィスビルを買うというような投資だ。私は前のめりになり、ペン先でトントンと自分のあごをたたきながら聞いた。なぜノルウェーは、金の壺に対して以前よりもリスクのあるアプローチを取っているのですか（もちろん「金の壺」とは言っていない）？

スリュングスタッドは、頭をきれいに剃《そ》り上げ、明るい茶色のあご鬚を生やした身ぎれいな五〇歳の男性だ。やさしく微笑み、こう説明してくれた。石油基金は元々、三〇年間くらいの運用を見込んでいた。だがその期間はとっくに過ぎているのに、いまだに新たな油田が発見されている上、既存の油田を長持ちさせる技術も生まれている。それはつまり、これまでよりも長期的でハイリスクの投資も可能になったことを意味している。「二〇〇八年のあとに市場が下落を続けていたとき、私たちは一兆クローネ（約一四兆円）の株式を買いました」とスリュングスタッドは言った。ノルウェーの保有株だけでなく、あらゆる株が暴落しているときに、勇気のある行動だ。

ノルウェー国民は基金についてどう思っているのだろう。アブダビ首長国を抜いて世界最大の基金となったとき、ノルウェーの蔵相シグビョルン・ヨーンセンは、地元の新聞にこう語った。「最大の基金になるということ自体が目的ではありませんが、基金が成長を続けているというのは悪くありません」（私は彼がこの台詞を言うときに、ジャグジーにゆったりとつかっていて、話し終えるとシャンパンを飲みほして、肩越しにグラスを放り投げる姿を想像するのが好きだ）。これほどの大金を手にしたことを、ノルウェー国民は誇りに感じただろうか、それとも話題にするのは下品なことと考えただろうか。

「もちろん国民は、このような自然資源を持てることをたいへん幸運だと思っていますが、それを誇りに思うというのは違うと思います」スリュングスタッドは言った。「二世代ほど前のノルウェー人なら、これほどの富を受け入れることに対して、もっと慎重な態度を取っていたでしょう」

一九八〇年代の英国でサッチャー政権がやったように、あるいは現在、いくつかのアラブ諸国が派手にやっているように、石油収入を自分たちで使ってしまおうという誘惑に、ノルウェー国民はどうやって打ち勝っているのだろうか。

「二つあります。一つは、この基金を作った人々は、オランダ病を避けることを明確な目標として据えていました。経済を崩壊させるのは、いとも簡単なことです。私たちは、石油なしでも生きていけるよう、輸出中心の経済をつくらなければなりません。なぜなら、ひと度、競争力を失ったら、石油がなくなったときに、その力を回復できるとは限らないからです。

ノルウェーは元来、貧しい国でした。消費行動もつつましく、人々は沿岸部に住んでいました」彼は続けた。「ノルウェーは本当の意味でヨーロッパの一部ではありませんでした。ヨーロッパ的な封建制度を持ったことはなく、人々は町や村といった集落を作らず、それぞれ独立して暮らしていました。文化とよりも、自然と深いつながりを持つ国民なのです。根本的な考え方が違うことはお分かりになるでしょう?」

これまで見てきたように、それがノルウェーの国民性であり、スウェーデンやデンマーク国民との違いだ。ノルウェー人は、必要最低限なもので、どうにか食いつないできた人たちなのだ。スリュングスタッドが言うように、「以前は、蓄えておかなければ、冬に食糧が不足する国」だった。だから国民は、飽食や過剰消費を嫌い、蓄えることを常に意識する。

私たちは、現在のヨーロッパに見られる危機について少し話をした。スリュングスタッドは、他国が窮地に陥っている理由について、驚くほど率直な説を披露してくれた。彼の見るところ、それらの国々は、自己イメージを実現しようとしているに過ぎないという。

「アイスランドへ行くと、ふと考えませんか?『あの大金を手にしたとき、彼らは何をしたのだろうか』と。アイスランド人は、略奪するバイキングという自己イメージを満たすために、世界中へ繰り出して海外の資産を買いあさりました。バイキング・バージョン二・〇です。ノルウェーだって石油基金を使って同じことをしようと思えばできます。でもしませんでした。なぜなら私たちは、その富を最初からそこにあったものと捉《とら》えたからです。つまり、守るべき対象と考えたのです。アイルランド人はイギリスの地主になるのが夢ですから、大きな家を建てました。

ギリシャに行って聞いてごらんなさい。『あなたの自己イメージはなんですか?』と。私は以前、哲学を勉強したことがありますが、アリストテレスはこう言っています。『哲学とはなんぞや。第一の前提は、働かないことだ』と。ギリシャの人たちに対して少々意地悪な言い方になるかもしれませんが、彼らが働かないことを責めてはいけないのです。あの人たちは哲学者なのですから。座って、人生について考えるのがギリシャ国民の仕事なのです」

ギリシャ国民は、低金利の資金によって堕落した国民のなかでもかなり極端な例だが、本当のことを言えばノルウェー国民だって多少堕落した。たとえば宝くじに当選した翌日、いつもの工場の仕事に戻って働く人や、銀行に数百万ポンドもの預金がありながら、バーのいつもの場所で飲んでいる人のように、思いがけない大金を手にしても、いささかもブレることなく慎《つつ》ましい生活を続ける模範的な人物としてノルウェー国民を描くのは、少々誤解を招くだろう。

『ペトロマニア――世界で最も豊かな産油国を旅する』(Petromania: A Journey Through the World's Richest Oil Lands)(あいにくノルウェー語のみの出版だ)というすばらしい本のなかで、ノルウェー人の著者シーメン・セートラは、長期的に見たとき、石油が産出国にプラス効果をもたらすことが、いかに稀であるかを説いている。そして彼は、母国ノルウェーにも堕落への道を避けるような免疫は備わっていないと考えている。現に石油ブーム以前と比較すると、ノルウェー国民の年間労働時間は二三パーセント減少し、病欠は増加(ヨーロッパ諸国のなかでトップ)、引退のタイミングも早まっている(六三・五歳)ことなどを指摘している。さらに、ノルウェーの石油がもたらす富は「仕事と余暇の関係をゆがめた」というOECDのノルウェーに関する報告も引用している。

ノルウェーはとりわけ、ものづくりをおろそかにしてきたようだ。産業力が後退していくペースは、大方の貿易相手国を上回っている。今日、製造業がGDPに占める割合は、一〇パーセントに満たない。スウェーデンの場合は二〇パーセント近くもある。現在、石油とガスは、ノルウェーの輸出高の半分以上を占め、水産業と武器が残りの大半を占めている。最後に「ノルウェー製」と記された商品を買ってからだいぶ経つのも無理はない。

現在ノルウェーは、世界経済フォーラムの最新の国際競争力指数において、一五位に甘んじている（北欧の主要四カ国のうち最下位だ）。だがそれ以上に憂慮すべき数字が、OECD統計の国内総支出に占める研究開発費の額であることは、私のような経済オンチでさえ理解できる。GDP（国内総生産）に占める割合でとらえたとき、研究開発費はその国の未来の経済パフォーマンスを示す重要な指標だ。ノルウェーの場合、研究開発への投資が比較的少ないだけでなく（GDPの一・七一パーセント。ちなみにスウェーデンは三・四二パーセント）、投資額の半分が政府からの出資だ（スウェーデンは四分の一強）。これらの数字は、ノルウェー国民が石油の上にあぐらをかいている証拠ではなかろうか。

おそらくノルウェーの社会構造において最も困難な課題は、労働年齢にある国民の約三分の一が何もしていないという事実だろう。一〇〇万人以上が国からの給付金で生活している。多くは年金生活者だが、障害手当や失業手当、疾病手当を受けている人々も相当数いて（三四万人）、人口に対する割合としてはヨーロッパで最も多い。ノルウェーの子どもたちも心配だ。読み書き能力や数学、科学において、ヨーロッパの平均を下回り、その傾向は過去一〇年にわたり悪化しつづけている。ノルウェーのメディアは、「最近の若者は、どうやったらメディアで注目を浴びられるか、ということばかりを考えている」と不満げに報道するが、責任の一端が自分たちにあるという自覚はない。

ＯＥＣＤは、ノルウェーが直面している最大の課題は、国民に、働き、学び、革新しようという気持ちを持たせることだと警告している。今日のノルウェーでは、一〇パーセント近くの仕事を外国人が担っている。多くはノルウェー人が嫌がるような、バナナの皮むきや魚の内臓処理、病院の床掃除（セートラによると、国内の清掃作業員の半数近くが外国人だという）といった仕事に就いている。最近、オスロのハンデルスバンケン銀行のエコノミスト、クヌート・アントン・モルクに取材をした『ニューヨークタイムス』が、次のようなコメントを紹介していた。

「私たちは石油と引き換えに余暇を手に入れています……ノルウェー国民はぬるま湯につかってきました。次々に別荘が建っています。ノルウェーには大方の国よりも長い休暇を取れる制度があり、諸手当や病欠についてじつに寛大な方針があります。いつの日かこの夢は終わるでしょう」

すでに多くのノルウェー人が、基金による運用利回りの四パーセント以上を毎年使おうと提案しはじめており、この点についてはとくに進歩党からの政治圧力が高まっている。「なぜ、我々が世界で一番高いガソリン料金を払わなきゃならないのか」「なぜ、ノルウェーの病院は世界最高水準じゃないのか」「なぜ、郵便物が朝の八時ではなく九時にならないと来ないのか」という不満の声が上がっている。「そんなことは、世界で一番裕福な国で、あってはならないことだ」ということだ。

「富は人を変える。それなのに私たちはそのことについてあまり語り合わない。だが、石油のもたらす富が、私たちノルウェー人をどう変えるかは、現代における最も重要な問いだ」セートラは『ペトロマニア』をそう締めくくっている。

私は、現在ニューヨークに暮らすセートラに連絡をとり、二〇〇九年の出版時、本がどのように受け止められたか尋ねた。「これはあらゆるノルウェー国民が興味を示すテーマだと思っていたのですが」彼は言った。「むしろスウェーデン人のほうが興味を持ってくれました。ノルウェーでは、私が訴えたかった事柄は概ね無視されたようです。とくに年長の世代や石油業界の人々には、かなり懐疑的に受け止められました。講演会などで話をすると、決まって誰かが立ち上がり、『石油ほどノルウェーにとって大きな恩恵はない』と発言します。『石油の有り難みがわからないのは、お前に苦労が足りないからだ』という受け止めが多かったですね。私は、『石油によってこの国がいかに堕落したかに興味があるわけではなく、どのように変化してきたかを明らかにしたいのだ』と訴えました」

セートラは、母国に対して必要以上に暗い未来を描いて見せたかったわけではない。今は何もかもうまく行っているし、石油が枯渇したらどうなるかという不安は、さらに先延ばしにされた。だがいつか石油はなくなる。そのときGDPの五二パーセントが公共セクターである経済は、立ち行かなくなるだろう。「そのときノルウェー国民は新たな状況に適応する必要に迫られます。おそらくは社会保障費を切り詰め、今よりも少ない公共サービスでやっていくことになるでしょう。もうひとつの問題は、経済界がどうするかです。ノルウェー経済は石油と深く結びついていますから、石油後の時代の人々の雇用について、考えておく必要があります。この問題の扱いを間違えると、厳しい未来が待っているかもしれませんし、それが政情不安につながる可能性もあります。ノルウェーにはそれを乗り切る力があると、私は信じています。それでも私たちは今、ノルウェー史上、最高の時代に生きていること、政府が手にしている富はほとんど非現実的であること、またこのような状況は不公平に感じられるほどであることも確かです。そしてここから先が下り坂だということは、想像に難くありません」

セートラは、強大な力を持つ石油関連の圧力団体についても警告を発している。彼らは、石油と温暖化の因果関係を認めない考えを宣伝し、アンゴラやカザフスタン、アルジェリアといった、怪しげな指導者が治める国々における石油業界の活動を隠蔽《いんぺい》している。セートラいわく、ノルウェー外交の実権を握っているのは石油業界であり、それが「ノルウェーの孤立と非社交性を助長している」その結果、ノルウェーはヨーロッパから疎外され、ますます保護貿易主義になっていく。またセートラが、スタットオイル社の悪影響と目するものは、増加の一途にあると言う。同社は、たとえば若い芸術家や音楽家に対して巨額の助成金を提供することを通じて、ノルウェー文化を支配しはじめている。なぜなら助成を受ける芸術家たちは、スタットオイル社を批判しないことを約束する契約書にサインさせられるからだ。

だが文化に対する検閲は、スタットオイル社が抱える疑惑のなかで一番深刻なものではない。グリーンピースによると、同社はカナダで、何かと問題の多いタールサンド（オイルサンド）の採鉱権を取得し、環境活動に関する評判を著しく失墜させた。タールサンドは、精製時にも使用時にも、原油以上に環境を汚染する。スタットオイル社は、同社の手法は最も環境負荷が小さいと主張して採鉱権を獲得したが、グリーンピースは「スタットオイル社の活動は、多大な温室効果ガスの発生と環境被害を引き起こすだろう」と警告している。スタットオイル社は企業の社会的責任について積極的に発言をしているが、ほんの二、三年前には、『ビジネスウィーク』誌が「ノルウェー史上、最悪の贈賄および利益誘導スキャンダル」と呼んだ事件を引き起こしている。イランの当局者に金銭を渡したものだ。一般の石油会社と同社の倫理規定に何の違いがあるのか、まったくもってよくわからない。

石油基金のトップであるユングヴェ・スリュングスタッドにも倫理面の話を少し聞いた。基金はタバコ企業には投資をせず、武器関連企業への投資については国連の勧告に従っているそうだ。彼らは企業の方針や慣習が変わるよう、内側から働きかけるアプローチをとっているという。

「八〇〇〇社もの企業に投資していれば、問題企業がゼロということはありません」と彼は言う。「ではどうすればよいでしょう。我々には関係ないと言って放っておきますか？　それとも腰を据えて、問題改善の道を模索することを自らの役割と考えますか？」

だが、石油そのものの環境への影響についてはどうなのか。ノルウェー人は、その点にどう折り合いをつけているのだろう。スリュングスタッドは深く溜息《ためいき》をついた。

「もし気候変動の原因が二酸化炭素の排出だということになれば——」スリュングスタッドは、もしのところで私がにやりとしたのを見逃さなかった。「それが大方の見方のようですが、少なくとも石油基金としては、企業がそのことを認識するために何ができるかを考えていきます」

もちろんこれは、ノルウェーの富に関する限り、誰もが気づいていながら問題にしたくない事柄だ。あらゆる化石燃料、とりわけ石油が地球にとって良くないことは、多くの知識人や独立系の研究者によって広く認められている。石油には持続性がない。石油は大気を汚染するし、地球温暖化を少しずつ進めているように思われる。だがノルウェーは、自国が消費するエネルギーは、クリーンで再生可能な水力発電を利用しているため、消費者としての直接的な罪悪感を免れている。自分では決して麻薬に手を出さない、狡猾《こうかつ》な売人のようなものだ。

さらにばつが悪いのは、イラクへの侵攻やリビアの内戦といった、原油価格を押し上げる要因となっている地域紛争から、ノルウェーが直接的な利益を受けているという事実だろう。国際紛争の仲裁者としてしょっちゅうお呼びのかかるノルウェー（スリランカの時などのように）が、世界各地で起きる石油がらみの紛争によって、多大な利益を挙げているというのは、大いなる皮肉だ。環境や人間を傷つける大きな原因となっている石油から巨万の富を得ていることを不名誉に感じることはないか、スリユングスタッドに聞いてみた。

「ノルウェー人のなかでも誰に尋ねるかで、その答えは変わってくるでしょう」スリユングスタッドは言葉を選んで答えた。「そういう考えの人もいるかもしれません。大多数の意見は、『石油には二酸化炭素の問題があるけれど、石炭よりはましだろう』というものだと思います。ですが、ほかの再生可能エネルギーや持続可能なエネルギー源はどうでしょう？　そういうこともあって、私たちは新たなエネルギーに対する投資も具体的に進めているのです」

スリユングスタッドが基金の莫大《ばくだい》な原資である石油を批判しないのは当たり前だ。その点、トーマス・ヒランド・エリクセンには、それほどの後ろめたさはない。

「それは興味深い」二〇〇九年に初めて彼を取材したときに、私がノルウェー人の石油に対する罪悪感について尋ねると、エリクセンはそう答えた。「そういうこともあるかもしれませんね。実際、ノルウェー人は、環境汚染と自分たちの富を結びつけて考えたことはありませんでした。実際、ノルウェー国民は自分たちをとてもクリーンな国民だと思っていますが、実際にはスウェーデン国民よりもはるかに環境を汚しています」

ブレイヴィクの事件後に会ったとき、エリクセンは新たな見方を示した。「石油についてノルウェー国民が抱えている苦悩は、22／7の犯行が自国民によっておこなわれたことを知ったときの気持ちと、かなり近いと思います」彼は言った。「どちらも外国人のせいにすることができないからです。ノルウェーはつねに解決を示す側の国だと自負していたのに、石油に関しては、気づいたら、自分たちが問題を起こしている側に立たされていました。どうにも折り合いをつけ難い状況です。多くの人は、ただ否認します。タールサンドからの石油抽出は、最も環境を汚染する行為ですが、それについてはこんな反応です。『だって、もしうちがカナダのタールサンド事業にかかわらなかったら、ほかの誰かがもっと持続的でない方法でやっていたかもしれないじゃないか』。そういう言い方をすれば、なんにでも当てはまります。『私たちがやらなければ、ほかの人がやっていたはずだ。しかも彼らは私たちよりずっと悪い人たちだ』という具合に」

石油の採掘自体をやめようと提案するノルウェー人はいないのですか？

「いません。それどころか今はものすごいスピードで汲《く》み上げています。世界一の速さです。そのことについて誰も議論しようとしないことにも、私は以前から驚いています」

ノルウェー国民自身への石油の影響はどうだろうか。デンマーク人が言うように、怠け者になってきているのだろうか。

「それはもちろん影響がありました。私の専門分野ではありませんので聞いた話ですが、たとえば北部沿岸の水産加工場です。魚をさばく仕事は、給料は高いのですが、寒さのなかでの重労働です。そのため現在では、ほとんどが中国に委託されています。魚を空輸し、中国でさばいて、フィンダス社の箱に入れて送り返してもらいます。そのあとの作業もノルウェー人ではなく、タミル人やロシア人がやっています。ノルウェー人は『メディアで脚光を浴びる』ため、ロンドンやパリへ引っ越すんですよ」そう言ってエリクセンは大笑いした。「それこそ退廃の本当の兆しでしょう。だれも工場で働いたり、技術者になったりしたくないのです。皆が有名人になりたがっています……今の豊かな世界を当たり前のことと受け止めています。心配することなど何ひとつない、もし明日、自分が会社へ行かなくても、だれも困りはしない、と皆が考えています。病気休暇を取る人が九〇年代から増えていますが、それは皆が以前よりもインフルエンザにかかるようになったからではなく、休んでも構わないと思っているからです」

第七章　バター

ここまで見てきたように、ノルウェーは、どちらかというと周縁に位置する孤立した国であり、その視線は常に内向きだった。ある意味では、現代のノルウェー国民の精神は、この国が経てきた数世紀にわたる地政学的な動乱よりも、その過酷で美しい自然から強い影響を受けて形作られてきたと言ってよいだろう。

デンマークは帝国を築き、そして失った。ヨーロッパ大陸との橋渡し役であり、スウェーデンとの諍《いさか》いが絶えなかった。スウェーデンはスカンジナビアに君臨し、フィンランドを失い、ヨーロッパの戦争に深くかかわり、第二次世界大戦後は製造業で世界征服を果たした。フィンランドは、地理的に孤立している点がノルウェーと似ているが、東西の綱引きにおける「綱」という役回りのせいで、他国にはない苦労をした。まずスウェーデンに支配され、その後ロシアに支配されたが、数限りない紛争で血を流しながらも屈しなかった。そして今日、北欧諸国のなかで唯一、ユーロを導入している。アイスランドも北欧史の末端に存在したと言えるかもしれないが、アメリカ大陸を発見したのはアイスランド出身のバイキングだし、最近では世界の金融市場を舞台に、二度目の大乱闘を繰り広げた。

その点、ノルウェー人はつねに人付き合いを避けて生きる傾向がある。自分たちの国境内においても、なるべく距離をおこうとしているかのように、お互いに離れて暮らしている。さらに、ロアール・アムンゼン、フリチョフ・ナンセン、トール・ヘイエルダールといった冒険家たちが多大なる勇気と創意工夫を発揮して国外へ出て行ったときでさえ、なるべく人のいない所を選んでいるような気がするのだ。

外の世界は、ノルウェー人にとってあまり重要でないように見える時がある。昔は漁業と林業があった。今は石油と乳製品を独占している。自分たちだけでやっていけるのだ。バナナの皮をむいてくれるスウェーデン人が何人かいてくれれば。以前、雑誌記事のリサーチをするためにノルウェー観光局にコンタクトを取ったときに感じたのだが、彼らは観光客を一応は礼儀正しく歓迎するけれど、差し支えなければ遊覧船から降りてきてほしくない、と思っているようだった。

なぜノルウェー人はそれほど閉鎖的なのだろうか。デンマークやスウェーデンに支配されていたとき、彼らには自己決定権がなかっただけでなく、国としての意識も希薄だった。独立を求めて続いた長い、しかしさほど激しくはない運動を経て、自治をおこなうようになったのは、一九〇五年になってからだった。その後に起きた事柄を比べると、ノルウェー人とスウェーデン人の国民性の違いと、二一世紀にかけての発展の仕方の違いがよくわかる。

スウェーデン国民は、技術や産業を進歩させ、近代化を推し進め、政治と宗教を分離し、社会的に進歩主義的な政治をおこなうなどして、意識的に団結し、光の方向へ向かって歩みを進めた。その過程で、戦後、最も成功した産業国の一つとなり、製造業大国となり、多文化近代国家の鑑《かがみ》となった。おまけに最高のポップミュージックがあって、セクシーなテニスプレイヤーまでいる。

トーマス・ヒランド・エリクセンはこう考える。「スウェーデンは、未来と近代化に向けて前進し、上を目指しました。それ以外に道がなかったからだと思います。梅毒持ちの老人のようになってしまった国を刷新したかったのです。でもノルウェーの場合は、まず自国のアイデンティティーを見出《みいだ》し、ある程度、形作っていかなければなりませんでした。だからいまだにおかしな民族衣装を着て、国全体でロマン主義に浸るわけです」

そしてノルウェー国民は、自分たちには近代的な世界は合わないし必要でもない、と判断した。それよりも、民族衣装やフォークダンス、干物のほうが好ましいと考えて、自然や海と心を通わせる、昔ながらの安全な農業中心の暮らしのなかへ引きこもったのだ。そこへ石油が湧いて、物事をある程度変えはしたが、どちらかというと、石油はノルウェー人の伝統的な生き方を維持する方向で役立ったため、現在でも国民は国土全体に拡散して暮らし、孤立主義と保護貿易政策を貫いている。

「ヨーロッパを水平方向に見渡すと、ノルウェーとスイスの標高は突出しています」ユングヴエ・スリユングスタッドは言った。「この二国は本当の意味でヨーロッパの一部ではありません。スウェーデンやデンマークには貴族階級や封建制度がありましたし、ヨーロッパ的な世界観を持っています。小さな村がいくつもあり、農奴のいる農場がありました。でもノルウェーにはそういうものはありませんでした。これらの国のあいだには、言語の近さからは想像できないほど大きな違いがあるのです」

だが時おりこの孤立主義が裏目に出ることがある。二〇一一年、ノルウェーにバターがなくなったと聞いて、スカンジナビア諸国は歓喜に沸いた。バターを大量に摂取すると体に良いというダイエット法が一時的に流行したせいで、国内の在庫が底をついたのだ。自国の酪農業を保護するためとして、政府が乳製品の輸入品に法外な関税をかけたため、バターの価格が高騰した。人々は買い占めに走り、ノルウェーの乳製品独占企業ティーネ社のバターが品切れになると、人々はデンマークの友人に、「遊びに来るときにルアーパック社のバターをスーツケースいっぱいに詰めて持って来て」と頼みはじめた。

「じつに恥ずかしいことです」進歩党の農業問題専門の広報官は不満をあらわにして言った。「近隣諸国から無料の食料品を融通してもらったのは、第二次世界大戦中以来のことです」

「バターたっぷりのクッキーを食べられるEU加盟国でいるほうが、バターを塗っていない味気ないトーストをかじっている大金持ちのノルウェー国民でいるよりもましだ」ずいぶんと品性に欠けるコメントだが、当時、あるスウェーデン人ジャーナリストがそう書いている。「オイルマネーが溢れる小さな国で、バターのように基本的な食品の供給が思うようにできないとは、なんという皮肉だろう……ノルウェー人がすべての料理をマーガリンで作らなければならないのだと思っただけで、私たちの自家製ロールパンがなおさら美味しく感じられる」

ここまで人の不幸を喜ぶのもどうかと思うが、このコメントは、表向き仲の良いことになっているスカンジナビア一族三兄弟のあいだには、ヒリヒリするような嫉妬が渦巻いているのだということをうかがわせる。しかしノルウェー人は保護政策を頑《かたく》なに守っている。最近、デンマーク産のチーズに二六二パーセントの関税を一方的にかけて、コペンハーゲンを憤慨させたばかりだ。かつての植民地支配に対するノルウェーなりの復讐なのだろう。

不仲をうかがわせるもう一つの側面が、近隣諸国に数多くあるノルウェーをネタにしたジョークだ。そのなかでノルウェーはたいてい愚か者の役回りだ。英国にあるアイルランド人ジョークや、アメリカにあるポーランド人ジョークのようなものだ。このような冗談は人種差別的であり、極端に単純化されており、不適切で、植民地主義的だ。良識ある人々は、この類のジョークを断固として非難するべきであり、ほかの人に言いふらすなどもってのほかだ。

ちなみに私のお気に入りはこれだ。

スウェーデン人、デンマーク人、ノルウェー人の三人が、難破して無人島にいる。スウェーデン人が魔法の貝を見つけた。これをこすると、一人につき一つの願いが叶《かな》えてもらえる。スウェーデン人が「ボルボとビデオとおしゃれなイケアの家具がある、大きくて快適な家に帰してください」とお願いすると、彼の姿はあっという間に消えた。次にデンマーク人が「コペンハーゲンの居心地の良いアパートに帰って、柔らかいソファーに座ってテーブルに足を乗せ、セクシーなガールフレンドと一緒にラガービールを飲みたい」と願うと、彼も姿を消した。ノルウェー人は少し考えて、貝をこすると言った。「すごく寂しいから、さっきの二人をここに帰してください」

次の二つは息子から聞いたものだ。息子が学校で聞いてきたということは、ノルウェー人ジョークがデンマークにおいて健在だということになる。興味深いことに、デンマーク人である私の妻は、これは比較的最近の事象だという。妻が子どもの頃は、学校内のジョークで間抜け役を引き受けていたのは、デンマーク第二の都市オーフス出身の人々だったそうだ（ノルウェーの友人によれば、ノルウェーではスウェーデン人を馬鹿にするジョークが流行っていたそうだ）。もちろん、一九七〇年代は、ノルウェーが石油で大当たりを出す前だ。ノルウェー人を対象にしたジョークが流行るようになったのは、ノルウェーの通貨価値が上がったからだろうか？

一人の警官が、ペンギンにリードをつけてコペンハーゲン中心部を歩いているノルウェー人を見つけた。

「君、君、今すぐペンギンを動物園に連れていきなさい」と警官は言った。

「あいよ！」そのノルウェー人は答えた。

翌日、同じノルウェー人がまたペンギンを連れて歩いている。

「動物園に連れていくように言ったじゃないか」と警官。

「行きましたとも！」ノルウェー人は答えた。「えらく楽しかったみたいだから、今日は映画に連れていってやりますよ」

こういうのもある。

ノルウェー人の男が映画館のチケット売り場で一枚のチケットを買った。少し経つと、また同じ男がチケットを買いに来た。それからまた戻って来てもう一枚、さらにもう一枚と買いに来る。とうとう売り場の女性が聞いた。「なぜさっきから何度もチケットを買い直しに来るんですか?」

男は苛立たしげに答えた。「入ろうとするたびに、入口の男が半分に破っちまうからだよ!」

私はエリクセンにデンマーク人のノルウェー人ジョークを紹介して、不快に思うか聞いてみた。「いや、まったく」彼は笑った。「山一つない気の毒な国ですから。私たちのことが羨ましいだけでしょう……実際ノルウェー人はデンマーク人を好きですよ。デンマーク人は国際的だし、『ヒュッゲリ』です。国旗まで『ヒュッゲリ』です。商品のパッケージにまで国旗のマークをつけますよね。ノルウェーでは、国旗はほとんど神聖なものとして扱われています。ハムの缶詰に国旗をつけたら大騒ぎになるでしょう」

デンマーク人やスウェーデン人が言うほど、ノルウェー人は愚かではないと考えて間違いあるまい。あれほどの深海から石油を汲《く》み上げるのは容易なことではない。ノルウェーはここ数年(現在も含めて)、国連の人間開発指数の首位に輝いている。この指数が元来、富以外の国の価値を測るために作られたものであることを考えると、少々皮肉な話だ。とは言え、これはノルウェーがどこから見ても世界一の国であることを意味する。一応は。さらに、世界で最も男女平等な国であり、最も政治的に安定した国だ。またノルウェーは、ヨーロッパで最も収監率が低い。服役者は三五〇〇人ほどで、ほぼ同じ人口を持つスコットランドの半数だ。

ジョークに関しては、ノルウェーだって言われっぱなしではない。とくにデンマーク語を笑いものにするチャンスは見逃さない。ノルウェー国民は、彼らの言語が本物の純粋なスカンジナビア語だと考えている。その認識は、一九世紀に起きた民族主義的、分離主義的な運動において、とりわけデンマークの影響を徹底排除する上で、重要な意味があった。この時代、ノルウェーは地方の方言に基づいて「ニーノシュク」（新ノルウェー語）を作るという過激な行動に及んだ。実際には、主流のノルウェー語であるブークモールよりも、古代ノルウェー語や伝統的な地方の方言に近い言葉だ。ブークモールは基本的にはデンマーク語の劣化版だ。ニーノシュクの普及率は一〇パーセント強で、ブークモールに取って代わるには程遠いが、公用語であり、おもにノルウェー西部で使用されている。

実際、デンマーク語が笑いものにされる機会は、スカンジナビア中で増えている。スウェーデン人やノルウェー人に言わせると、デンマーク人の発音はこれまで以上に歯切れが悪く、モゴモゴしていて、声門閉鎖音の使用も増えているため、不明瞭《ふめいりょう》で何を言っているかわからないそうだ。「そんな馬鹿な」と思うかもしれないが、それをテーマにした最高に面白いコントがある。『私たちの庭に《ウッテイ・ヴオラ・ハーゲ》』という番組でノルウェーのお笑いコンビが演じたものだ。このなかで二人はデンマーク人のふりをして、お互いに意思の疎通を図ろうとする（このコントは英語でおこなわれる。「Danish Language」と検索すればユーチューブで観られる。これまで三〇〇万件以上のアクセスがある）。「デンマーク語は壊れて、意味不明の喉詰《のど》まり音の集まりになってしまった」弱り切ったようすの一人の「デンマーク人」男性が語りはじめる。彼は金物屋に入って買い物をしようとする。「デンマーク語で『こんにちは』という言葉さえ思いつかなかった。相手が何を言っているのかもわからなかったので、相手の言葉をそのまま繰り返した。当てずっぽうで行くしかなかったので、『カムロージョ』と言ってみた」コントの最後に店主がカメラに向かってお願いする。「このままだとデンマーク社会は崩壊してしまいます！　国連と国際社会に訴えます。どうか私たちデンマーク国民を助けてください」

こういう愛のある冗談は近隣の国同士だからこそ成り立つ。もっと遠いところから来る移民に対するノルウェー人の態度は、今なお闘争的だ。ブレイヴィクの公判が揉《も》めながらも結審に向かって進行していた頃に、ルーマニアからオスロにやってきた二〇〇人のロマへの対応がそうだった。ロマたちがオスロ中心部のソフィエンベルグ教会の敷地内にキャンプを張ると、地元の政治家とメディアがこれに激怒した。ノルウェーのウェブサイトのなかには、彼らを「ドブネズミ」と呼び「人とは思えない」と描写するものもあった。「彼らはここにいるべき人間ではない。ソフィエンベルグ教会から、そしてノルウェーから放り出すべきだ」あるオスロ選出の政治家はTV2の取材にそう答えた。「ノルウェーやオスロが世界の社会福祉事務所となるべきではない」本稿執筆中、オスロ市長はロマを追い出すために、物乞《ものご》いを禁止しようとしている。国境の封鎖を真剣に訴える人々もいる。

いつもながら、当時の首相、イェンス・ストルテンベルグは節度のある意見を述べた。「私たちが七月二二日に学んだことのひとつは、あるグループに属しているからというだけで、人を批判したり否定的なレッテルを貼ったりしないことがいかに大切か、ということです。そういった言葉や表現は、さらなる憎しみや軋轢《あつれき》を生むことにしかなりません」

首相のような意見を持つ北欧の人々が多数派になることを願うばかりだ。ノルウェー国民は、もう少し心を開いて寛容さを示したほうが、はるかに良い結果につながると思う。ブレイヴィクの一件は恐ろしい出来事ではあったが、ノルウェーはじつに恵まれた国なのだから。社会の団結力や平等性、同質性や高い生活の質という点で、彼らはデンマーク国民と似たような強みを持っているし、22／7によって、絆はむしろ一層強まったようだ。

「22／7後、私たちは一つの家族なのだと、心から感じました」エリクセンは言った。「本当に人口の少ない国なのです。首相やオスロ市長、皇太子をはじめとする、あらゆる著名人は、雲の上ではなく、私たちと同じレベルに生きているのです。国王は身内を失った伯父《おじ》のように、首相は近所の人のように、事件を語りました。そして皇太子までが、私たちには強い文化的絆があることを痛切に感じさせてくれました。社会の上層と下層の差が小さいため、階層を越えて顔を合わせる機会があります。たとえばこの地域に住む人が冬に郊外のスキー場へ行けば、首相に会うこともあります。私もほかの人たち同様、顔なじみですから、首相と挨拶《あいさつ》を交わします。

つまり社会学的な観点から見れば、ノルウェー人が首相を知っている、あるいは首相の知り合いを知っている可能性は、人口が二倍あるスウェーデンよりも、二倍高く、スペインと比較すれば八倍も高いということです。私たちには親しい大家族という感覚があり、高いレベルの信頼があります。ノルウェー人なら、外国を旅しているときに、路面電車でうたた寝をしても安全だと思えることが懐かしくなります。そういう感覚です」

安心して眠れることや平和であること、安定や平穏といった感覚はもちろん、北欧諸国の人々によって享受されている安心感や生活の質、さらには幸福感の核となっているものだ。だが安全や機能、コンセンサスや節度、社会の絆といったものは、人生において最も重要なものではない。マズローの欲求の階層でいえば、ピラミッドの土台部分に過ぎない。スカンジナビアには、欲求のピラミッドの上層にあるものが不足しているような気がする。こういうことを指摘したのは私が初めてではないが、南の方へ行くと出会える、情熱や活気、キラキラした生きる喜びのようなものだ。スカンジナビアのなかで、そのような感動や原動力、衝突やリスク、危険と隣り合わせに生きるような感覚を味わえる場所はどこだろうか？

今からご案内しよう……。

フィンランド

第一章　サンタ

「あなたにとって最低の悪夢とは?」とジャーナリストに尋ねてみてほしい。おそらく「ものすごい有名人にすばらしく内容の濃い話を聞くことができて、喜び勇んで家にもどってテープ起こしをしようとしたら、レコーダーが故障していたことに気づいたとき」と答えるだろう。世界で最も有名な人物を取材したとき、私の身に起きたのが、まさにその悪夢だ。

私は一〇歳の息子を連れて、ラップランド地方の中心都市で北極圏の縁《へり》に位置するロヴァニエミを訪れた。ちょうど七月で、太陽が二四時間沈まない白夜の頃だった。午前一時が午後一時と同じくらい明るいというのは、じつに調子が狂う。折からフィンランドは、めったにない熱波に襲われていた。強烈な白い光と暑さで汗だくになり、認知的不協和音が最高潮に達したある晩、私たちはサンタクロース村に到着した。「サンタクロースの公式の家」は、ロヴァニエミから北東へ一〇キロ行った松林のなかにあった。私たちは短パンにTシャツという服装でクリスマスキャロルを聞きながら、雪のなかを飛び跳ねるトナカイの映像を見て、なんとかクリスマス気分をかき立てようと努力しながら、サンタの洞窟《どうくつ》へ入る列に並んだ。

村には、いくつものログハウスが建っているが、基本的には体裁の良いアウトレットショップだ。スタッフは、つねにヒステリックに近いテンションを保っている妖精《ようせい》たちで、その一人がサンタの郵便局へ案内してくれた。内部は、クリスマス感があまりに強すぎてめまいがしそうだった（一分の隙もないスタッフの妖精ぶりが一瞬揺らいだのは、息子が郵便物の整理棚を見て、「なぜ、デンマークの子どもたちからの手紙を入れる棚がないの？」と尋ねた時だった。答えは、デンマーク人はサンタがグリーンランドに住んでいると考えていて、そちらに送っているからなのだが、もちろん妖精としてはそれを認めるわけにはいかない。そのため私たちは、絶対に見つからないと重々承知しているデンマークの棚を、数分かけて懸命に探した）。

今思うと、七月に子どもをサンタクロースに会わせるなんて、児童虐待に等しいという意見もあるかもしれない。だが息子はかなり楽しんでいるようだった。派手に飾りつけられた撮影スタジオのような部屋の玉座に座っているサンタにいよいよ会うという段になると、興奮はピークに達しているようだった。その様子を見て、アウトレットショップ的な雰囲気にしらけていた私の気分も少し晴れた。ほんの少しだが。

サンタは、私の冴《さ》えまくったオリジナリティーあふれる質問に注意深く耳を傾け（「あ、あなたがクリスマスにほしいものは？」「残りの三六四日は何をしているのですか？」等々）、かすかなフィンランド語なまりですばらしい答えを返してくれた（最初の問いに対する彼の答えは「世界中の子どもたちが健康で教育を受けられること」、二番目の問いには「サンタの仕事は一年中あるんだよ！」）。答えの最後に毎回つく「ホーホーホー」というのは、ちょっとだけわざとらしかった。最後に、私たちもお願いをしてよいと言われた。息子は世界平和を願い、私はイタリアの高級車マセラティをお願いした。すばらしい取材になった。

ホテルの部屋に戻って、名司会者デイヴィッド・フロストがニクソンからウォーターゲート事件への謝罪を引き出した有名なトークバトル『フロスト×ニクソン』のクリスマスバージョンを聞こうと、さっそく再生ボタンを押すと、私の最新型のマランツ製デジタルレコーダーは、生意気にも「エラー」というメッセージを表示するばかりだった。一〇分間ほど、ボタンを押すと食べ物が出てくる装置のボタンを半狂乱になって押しまくる実験室のチンパンジーのごとくボタンを押しつづけたあげく、この問題を解決する方法は一つしかないと悟ってうんざりした。

いつもの私なら、優秀なジャーナリストが取るべき行動を取る。すなわち取材内容をできる限り思い出して、残りを補う。だが、あいにく今回はラジオのための取材だったので、その手は使えない。もう一度、録《と》り直すほかないのだ。私たちはサンタのいるログハウスに戻った。サンタは本当のプロだった。一時間以内にスケジュールに空きを見つけてくれて、初対面の体で振る舞い、私の質問を最初に聞いた時と同じくらい、冴えていてオリジナリティーがあると思っている様子で答えてくれた。

フィンランド人は、危機的状況において頼りになる人たちだということはよく知られているが、その事実を目の当たりにして驚いたのは、この時が初めてでもなければ最後でもなかった（ついでに言うと、私がボイスレコーダーを修理しようとしていた間に、今回の訪問に付き添ってくれたロヴァニエミ市の広報担当の美しい女性が、フィンランド国営放送に連絡を取り、代わりのレコーダーが一時間以内に私の手元に届くよう手配してくれた。ここが北極圏だということを思い出していただきたい）。

私たちの北欧の旅の次の目的地であるフィンランドについて告白するタイミングは、おそらく今がベストだろう。私は、フィンランド人はすばらしい人たちだと思う。私はフィンランド人が大好きだ。フィンランド人が世界を支配してくれるなら万々歳だ。私の一票も、このハートも差し上げよう。なんだったら「ファンタスティック」という言葉は「フィンタスティック」に、「ヘルシンキ」は「ヘブン（天国）シンキ」に変えたらどうだろう。

ムーミン、単音節の名を持つレーシングドライバーたち、そしてノキアなどを生んだ国のとりこになっているのは、私一人ではない。世界中の教育者たちが、教育システムの秘密を学びにフィンランドへ押し寄せている。フィンランドの教育システムは国際ランキングで第一位、経済競争力は第三位を獲得している。また過去二年間において、『ニューズウィーク』誌、英国のシンクタンク〈レガタム研究所〉、『モノクル』誌などは、フィンランドまたは首都ヘルシンキを地球上で最も住みやすい場所に挙げた。文句なしの一位だ。現在フィンランドは、西ヨーロッパで最も高い国民所得を得ており、ユーロ圏において例の小うるさい格付け会社からトリプルAを取り続けている、唯一の国だ。またフィンランドは、世界で最も腐敗度が低い国と見られている。腐敗に取り組むNGOトランスペアレンシー・インターナショナルによる最近の腐敗認識指数調査で、デンマーク、ニュージーランドと並んで首位に輝いた。

フィンランド国民は、頼りになる人たちだ。彼らには、ごく控えめな皮肉のこもった、サハラ砂漠のごとくドライなユーモアのセンスもある。この本のためにリサーチをしにヘルシンキを訪れていたとき、ある晩偶然、混んだバーで陰鬱《いんうつ》なようすのフィンランド人の映画監督と話をしたことがあった。会話の途中で本のタイトル案を口にしたところ、彼は口に運びかけたウォッカのグラスを止め、重い瞼《まぶた》の奥から私をぴたりと睨《にら》み据えながら抑揚のない声で言った。「『限りなく完璧《かんぺき》に近い』ってのはどういう意味だ？」

フィンランド人は、北欧諸国のなかで最も礼儀正しい国民だ。もちろん、その判断がきわどいことは認めざるを得ない。ヒトを除くあらゆる霊長類のなかでテーブルマナーが最も良いのはオランウータンです、と言うようなものだ。だが北欧に暮らす英国人としては、多少なりとも礼儀正しい人に出会えば嬉《うれ》しいものだ。都会的紳士のイメージあふれる英国人俳優のデイヴィッド・ニーヴンまではいかないが、フィンランド人は電車から人が降りるのを待つし、ドアを通る人がいれば避《よ》けて待つ。そして、執筆業でいったい全体どうやって生計を立てているのか、などと訊《き》く人はめったにいない。

フィンランド人のことを知れば知るほど、そしてとりわけフィンランドという国が、いかに、戦いに引き裂かれた痛ましい歴史を持っているかを知るほど、フィンランド国民に対する私の愛情と尊敬の念は高まり、とうとう最近ではフィンランド人の追っかけ、あるいはチアリーダーを自称するほど、フィンランド愛が高まってしまった。二つの国を比較する会話（たいていはフィンランドとは直接関係のない話題）において、私はこんな感じで話す。「ああ、でもね、そういうことはフィンランドではぜったいに起こらないな」（これは悪いことの場合）。あるいは「それならフィンランドのほうがずっとたくさんあるよ」（これはたとえば休暇など、良いものの場合だ）。

そういうわけで、この先なるべくバランスのとれた書き方を心がけるが、私がフィンランドをすばらしい国だと思っていることは覚えておいていただきたい。ちなみにフィンランド語ではフィンランドのことをスオミ（Suomi）と呼ぶ（フィンランド語で「沼」を意味する「スオ」が語源と言われているが、私はそれは違うと思う）。

とは言うものの、文化的にも地殻的にも東西ヨーロッパの溝にまたがっている、この北欧の異端児に対して、初めから好意を持っていたわけではない。とりわけ第一印象は芳しくなかった。たとえば、「ヘルシンキへようこそ」という観光局のサイトは、よその国の観光地（スペインのミノルカ）の広告を載せているのだが、そんなことをするサイトはそれまで見たことがなかった。フィンランド人は謙虚だとは聞いていたが、これでは、自分の才能を隠して戸棚にしまい込んで鍵《かぎ》をかけ、人に聞かれると「そんなものは一つもありません」と答えるようなものだ。

人から聞く話も同様に当惑するような内容だった。出張でヘルシンキへ行ったデンマーク人の親戚《しんせき》によると、街はまるでグラスノスチ前のソビエトのように寒くて暗く、気難しい巨人のような男たちは、缶ビールを開ける最初の「プシュッ」という音が聞こえるやいなや、酒乱に変身するという。彼は、取引先に郊外の高層ビルの二階にある、忘れられないほど不気味なストリップクラブに連れて行かれ、接待を受けたそうだ。その先なにが起きたか尋ねても、身震いするばかりで教えてくれなかったが、翌朝、目覚めたときには、文字通りの排水溝にはまっていたそうだ。

もう一人、年配のフィンランド通が教えてくれたところによると、フィンランドで摂取されている処方薬のトップスリーは、一位が抗精神病薬、二位がインシュリン、三位が別の抗精神病薬もしくは抗鬱薬だそうだ。フィンランドのニュースサイトの英語版で読んだリポートによると、数十万人のフィンランド人が不安症と不眠症の治療薬ベンゾジアゼピンなしではいられない状態だという。さらに心配なことに、銃の所持率が世界で三番目（米国とイエメンに次ぐ）に高い。殺人発生率は西ヨーロッパで最高だ。また向こう見ずな大酒飲みであることや、自殺者が多いことでもよく知られている。

世界的に有名な映画製作者やミュージシャン、作家などを輩出し、最近ではもちろんテレビのシリーズ番組でも好評を博しているスウェーデンやデンマークと異なり、フィンランドの文化的アウトプットはバルト海を越えるのに苦労しているようだ。もちろん作曲家のシベリウスや建築家（エリエル・サーリネンやアルヴァー・アールト）はいるし、ムーミン一家もいるが、それ以外は数人のスポーツ選手（いずれも長距離走やレーシングカーの運転のように、孤独なスポーツを専門とするようだ）がいるだけで、フィンランド人が注目を浴びる機会はあまりなかったようだ。ウィキペディアに載っているフィンランドの有名人のリストには、次のような人々の名前が挙がっていた。

イォーレ・ボックー―奇人
トニー・ホームー―プロレスラー
ヴァイノ・ミュッリュリンネ――フィンランド史上、最も背の高い人物

フィンランドへの初旅行に備えるため、私はフィンランドで一番有名な映画監督アキ・カウリスマキ（残念ながらバーで会った映画監督ではない）の作品を観た。『マッチ工場の少女』や『過去のない男』などは、徹頭徹尾、陰鬱な雰囲気に包まれているため、スウェーデンのイングマール・ベルイマン監督の作品がミスター・ビーンのコメディのように見えてくる。カウリスマキの典型的な映画に出てくる人物は、基本的に醜怪な容貌《ようぼう》の男で、つらい仕事（炭鉱労働や皿洗い）に精を出し、うなり声で会話を交わし、豪快な飲みっぷりを披露する。最終的には誰かが銃

で自殺して、幕となる。

それは監督自身の人生観を映しているようだった。「私はいずれ自殺するだろう。だがまだしない」カウリスマキは最近のインタビューでそう語った。彼が自殺しないことを願っている。私は彼の映画が好きだ。その悲惨さは不思議と人生を豊かにする。ただし観光局のプロモーション素材には向いていない。

フィンランドについて、少しでも明るい情報がないかとインターネットを見ていたら、「○○したら、それはフィンランドに長く滞在しすぎた証拠」というサイトを見つけた。たとえばこんな感じだ。


知らない人が通りであなたに向かって微笑みかけたら、その人のことを、
A　酔っ払いなのだろうと思う。
B　頭がおかしいのだろうと思う。
C　アメリカ人なのだろうと思う。

こうなると、「抑圧されたスウェーデン的体制順応主義と、ロシア的野蛮さを併せ持つ不幸せな酒乱」という多くの人が持つイメージを抱きそうになるが、そこをなんとかこらえていただきたい。飛行機にのってヘルシンキへ行ってみてほしい。実際に空気が澄んでいるせいもあるが、街全体が一服の清涼剤のようだ。中心部は小さく、端から端まで歩いても二〇分程度だが、広々としていて、商業的でないところがすがすがしい。通りには菩提樹《ぼだいじゅ》の並木があり、こぢんまりし

た港がある。オスロと同じく小島行きフェリー乗り場があり、そばには玉ねぎ形のドームを持つ正教会と帝政ロシア時代の真っ白い見事な大聖堂が建っていて、ときめくような異国情緒を添えている。

ファッツェルセ・コンディトレ（現在はファッツェルカフェ&レストラン）という老舗《しにせ》は、かつては反ロシア革命を目指す人々が集まる場所だったが、今ではおいしいケーキやチョコレート、アイスクリームを心ゆくまで楽しめる店だ（あなたさえよかったら反ロシア運動もやってもらって構わない）。街には路面電車や自転車専用道路があり、公共の建物は重々しいたたずまいだ（サーリネンの設計によるヘルシンキ中央駅はいかめしく合理主義的な建物で、駅舎の前面を飾る筋肉質の立像が異彩を放っている）。また、外出中に二行連句《カプレット》をどうしても聞きたくなった時のために、街のあちこちに、ボタンを押すと詩を読み上げてくれるスピーカーが配置されている。

まったくスカンジナビアそのものと感じられるかもしれない。確かに似ている点は多い。まず北欧でよく見かける国営の酒店（異様に照明が明るく、レジにはたいてい、非難がましい顔をした年配の女性がいる）がある。それにフィンランド人はスカンジナビア人と似たような服装をしている。ゆったりした上着に気取らない趣味の良い靴、そして高そうな眼鏡を身につけている。運転するのは安物のフランス車が多い。また金髪で、笑顔が少なめで、私よりもかなり身長が高い。私が赤信号で道路を渡ると、見渡す限り一台も車がいないにもかかわらず、非難と驚きの反応が起こる点も同じだ。スカンジナビアの基準に照らしても、この国では何もかもがきちんとしていて実用的で秩序があり、民族的な同質性が並外れて高い。

フィンランド国民は、デンマーク人やスウェーデン人以上に夏の別荘《サマーハウス》に対して、強いこだわりを持っていることも知った（フィンランド語で「メゥッキ」と呼ばれる別荘は、四七万棟もある）。また、フィンランド人は産休の取得に熱心だ（父親と母親が二人合わせて一年分の休暇を取れる）。さらに、おおむね無神論者であり、ルター派教会のなかに足を踏み入れることはめったにない。その点もスカンジナビア諸国と似ている。

北欧の都市の大きな特徴は、人が少ないことだ。列に並んでいる人や雑踏を見かけることはほとんどない。ロンドンやニューヨークから来たなら、首都でさえさびれた印象を与えるかもしれない。いったいみんなどこにいるのだろう？　だがヘルシンキに来ると、オスロがムンバイのように思える。私が見る限り、人っ子一人いなかった。ある朝、ラッシュのピーク時に、広場を渡って、ヘルシンキ中央駅の東側に行き、しばらく通行人の数を数えてみたが、六〇人に満たなかった。ショーウィンドウの装飾も不思議なほど控えめだ。街中《まちなか》の広告も控えめだし、屋外のビルボードはなきに等しい。角を曲がるごとにモノを買わせようと訴えてくる広告メッセージを浴びせられずにすむと、なんとも解放された気分になる。

だが私は徐々に、フィンランドとそれ以外の北欧諸国を隔てる違いに気づきはじめた。なによりも違うのは言語だ。フィンランド語は他の北欧の言語とまるで違っていて、共通の語彙《ごい》もほぼ皆無だ。ほとんどのフィンランド人がスウェーデン語を話すが、フィンランド語を話せるスウェーデン人は少なく、デンマーク人やノルウェー人がフィンランド人と話す時には英語を使う。ノルウェーやスウェーデン、アイスランドにおいてさえ、私の二流のデンマーク語の能力で、身の回りに書かれていることはおおよそ理解できる。だがフィンランドにおいては、私のデンマーク語は、『スター・トレック』に出てくる架空の言語であるクリンゴン語（今考えてみるとフィンランド語に似ている気がする）くらい役に立たない。着いた初日は目的もなくぶらぶらしていたのだが、〈ラヴィントラ〉という名の人気のあるイタリアンレストランのチェーンとおぼしき店を見つけるのに夢中になってしまった。街中の飲食店がこのチェーン店のようだった。共産主義的な国営の独占企業が復活しているのだろうか……と思っていたら、「ラヴィントラ」はフィンランド語で「レストラン」という意味であることがわかった。

ストックホルムやコペンハーゲンと違い、ヘルシンキには景色や博物館という点で見どころは少ない。気取った中世趣味はまるでない。ほとんどの官庁や大学が集まっている市の中央部には、ケーキのような姿をした一九世紀のロシアの建築物がある（小さなサンクト・ペテルブルクのように見えるため、冷戦中の映画撮影では、この建物がロシアの都市の代役を務めたことも多かった）。一番甘そうなアイシングケーキが白い大聖堂だ。内部は北欧のルター派教会のように、装飾もなく信者もいないが、ロシア以外で唯一のロシア皇帝像（アレクサンドル二世）を見下ろすように建っている。像の向こうには西の港があり、離島からの利用客を乗降させるフェリーが港に出入りしている。

私は波止場近くの農産物市場をぶらついた。露店にはアンズタケや野生のベリー類（あの謎に満ちたとらえどころのないクラウドベリーもあった）がいっぱい並んでいた。それから大きなカフェやホテル、野外音楽堂が並ぶ公園を抜けて、西へ向かった。こういうところもノルウェーのオスロと似ているが、ポルシェは走っていない。ガラスとコンクリートのかっこいい建物の近代美術館に入った。怒れる高校生が作ったような、資本主義と男性を非難するインスタレーションでいっぱいだった。ナショナルギャラリーのほうには、チョコレートの箱の柄のような天使の絵画、子どもの葬式やツンドラで辛《つら》い労働に従事する憂鬱な小作人といった一九世紀的なテーマの絵画があり、どれもひたすら灰色と黄土色と黒の色調で描かれていた（ここには明るいムンクの自画像という、めずらしい作品もあった）。国立博物館のほうは風変わりな国民ロマン主義様式の建築物に入っていた。奇形の男爵がオルガンを弾く執事と暮らしていそうな「お化け屋敷」風の建物だ。魅力的な展示品はいろいろあった。たとえば世界最古の魚網や石器時代のスキー板の破片などだ。ここで私は、二〇〇〇年前のフィンランドの気候が、現代の中央ヨーロッパと同じくらい、きわめて快適だったということを学んだ。今それを言われたところで、フィンランド人の慰めにはならないだろうが。

博物館の雰囲気は最初から最後まで暗かった。フィンランド人に関する解説の半分は、「フィンランド人は〇〇でなかった」という観点から書かれていた。すなわち彼らはロシア人ではなかった、スウェーデン人ではなかった、バイキングではなかった、等々。一貫して伝わってくるのは、フィンランドという国の遠さと、主流のヨーロッパ史から取り残された存在であったという事実だ。たとえば、ローマ貨幣の解説には「はるばるフィンランドまでたどりついた」［強調は著者による］と書かれていた。産業革命も、この地には二〇世紀初頭まで届かなかった。そしてもし博物館を信用するならば、それより以前にフィンランドで発明されたものは、一つもなかったようだ。

スウェーデンについてはほとんど触れられていない。六五四年間も支配されていたことを考えると、奇妙な話だ。一方、スウェーデンが追い出されたあと一世紀にわたりフィンランドを支配し、その後もほぼ一世紀にわたり威圧的な影響を及ぼしつづけたロシアについては、おおむね肯定的に描かれている。ロシア皇帝アレクサンドル二世は、その優れた改革のおかげで「経済が発展し、文化が進化した」、と賞賛されている。またロシアからの贈り物も数多く展示されており、そのなかにはかつてフィンランド政府のオフィスに飾られていた歴代ロシア皇帝の肖像画もあった。

さらに、フィンランド国民に壊滅的な被害を与えた凄惨《せいさん》な軍事紛争についての説明を読んだ。これらの紛争には、「ハット党戦争」とか、「大いなる怒り」、といった面白い名前がついている。「レストランの名前にもこれくらいの創造性を発揮したらよいのに」と思った。

その後、ショッピング街を探そうとした。どの道角にもプロ並みのクラシック音楽を演奏して小銭をかせぐ演奏家がいたので、立ち止まって楽しみながら、しばらく歩いてみたが、店はほんの数軒しか見当たらない。女性の通行人に、ヘルシンキの中心部はどこかと尋ねてみると、「ここがそうですけど」と不思議そうな返事が返ってきた。

「そうさ、ここがギンザだよ！」ドイツ人の俳優であり物書きであり、フィンランド在住二八年のローマン・シャッツは笑った。翌日、酒をたっぷり飲みながら長いランチをとったあと、私たちはきのうと同じ場所を歩いていた。シャッツは、この国で最も有名な外国人居住者の一人で、フィンランド人の国民性を茶化す発言によって大いに愛されている。新聞のコラムニストやテレビ番組の司会者、時には俳優として活躍し、フィンランドをテーマにした本を数冊書いている。ヘルシンキ中心部を歩いているときに声をかけられる回数からして、この背が高くハンサムな五〇代前半のドイツ人は、猛スピードでフィンランドの人間国宝に近づきつつあるようだ。シャッツのほうも、第二の祖国であるフィンランドを、多少の戸惑いを残しつつ、同じように尊敬している。

「ぼくはスウェーデン人は信用しないし、アイスランド人も信用しない。でもフィンランド人はいつだって信用できる」大聖堂の向かい側にある、伝統料理を出すレストランでトナカイの肉料理を食べながらシャッツはそう言った。「絶壁にロープ一本でぶら下がっていたら、通りかかってほしいのはフィンランド人だ。フィンランド人が『金曜日に薪《まき》を持って行く』と言ったら、金曜日に必ず届く。なぜなら五〇年前には、薪がなければ命を落としたかもしれないからだ。この国ではヘマをしでかしたら、すぐに知れ渡るよ」

シャッツいわく、やると言ったらやり遂げる、このような気性は、フィンランド語にも反映されているそうだ。「フィンランド語には未来形がないんだよ。英語やドイツ語では『今からこれをする』と言うけれど、フィンランド人は『現在と未来を使い分けるような人間の言うことをどうして信用できる?』と言うんだ。やるかやらないかのどちらかしかない、という考え方だよ」

フィンランド語の名詞には性別がない。人を指す語にも性別がない。「彼」と「彼女」は両方とも「ハン」という語で表す。フィンランド人の友人によると、最近はすべてを「それ」で表すようになってきたという。「それは午前中に結婚式を挙げる」とか「それは朝飯からウォッカを飲んでいる」という調子だ。フィンランド語には前置詞もないし、定冠詞や不定冠詞もない。「a book」も「the book」も「book」も、すべてただの「book」、つまり「kirja（キルヤ）」となる（ただしフィンランドには一四通りの格語尾があるようなので、すべてが単純というわけではなさそうだ）。

当然のことながらシャッツはほぼ完璧なフィンランド語を話す。「言葉については飛躍的に上達した瞬間があった。妻は心理学者なんだが、彼女と一緒にマリッジ・カウンセリングを受けていたときのことだ。自分が二人の心理学者と結婚生活について、ずっとフィンランド語で話していることに気づいたんだ。われながら『やるじゃないか』と思ったね」彼いわく、フィンランド語には国民性が如実に表れているという（ちなみにフィンランド語は、モンゴル語や日本語、トルコ語などと同じ語族から生まれた言語だと主張する学者もいる）。「行動や価値観は文法や言語から生まれる。スウェーデンやノルウェーなどスカンジナビア諸国のすべて、それにドイツも英国も、ぼくらはみんな互いの方言のような言語を話している。でもフィンランドでは考え方や世界観、感じ方や表現方法、感情の整理の仕方なんかが、まったく違うんだ。フィンランド語は新しいものの考え方を教えてくれた。フィンランド語はレゴみたいなものさ。どのパーツもくっつくし、なぜかぴったり合う」

私が初めてデンマーク語を学びはじめたとき、その直截《ちょくさい》さに衝撃を受けたものだった。「そのパンを寄こしなさい」デンマーク人はパン屋に入るとそう言うのだ。だがフィンランド語と比べると、デンマーク語がルイ一四世時代のヴェルサイユ宮殿で話されている言葉のように優雅に聞こえてくる。「もしフィンランド語で『彼女は寝たふりをしているようだ』と言いたければ、二語で言える」とシャッツは言う。もっとも、どういう状況でそのような台詞《せりふ》を言う必要があるかについての説明はなかった。「フィンランドの文化はじつに原始的で、ぼくはそこが気に入っている。人生に対して、じつにシンプルなアプローチだ。喉《のど》が渇いているのか、お腹が空《す》いているのか、フェラチオをしてほしいのか。聞けばいいんだ。フィンランド人は、人間の基本的な欲求をよく理解している。英国やドイツ、フランスなんかは、数世紀にわたって都会特有の神経症を病んでいる。それが『洗練』と呼ばれるものなのかもしれない。最近ではほとんどのフィンランド人が、洗練も手に入れようとしているが、ぼくが求めているものは逆だ。もしフィンランド人が君に向かって『愛している』と言ったら、それを聞くのに一〇年待たされたとしても、その言葉に決して嘘はない」

その言葉を口にするまで時間をかける国民は、フィンランド人だけではない。北欧の人々と「愛」という言葉の関係は、エノラ・ゲイの操縦士と操縦桿《そうじゅうかん》の横についている大きな赤いボタンとの関係に近い。長い長い旅の末、標的の真上に来たことを絶対的に確信したときにだけ、使用されるものだ。ヘルシンキで会ったある女性（フィンランド外務省の職員で、何人かに連絡を取るのを手伝ってくれた）は、ほかの言語では「愛してる」と言えてもフィンランド語では言えない、なぜならはるかに重い意味を持つ言葉のように思えるから、と教えてくれた。デンマーク人である私の妻も同じようなことを言っていた（少なくともそれが彼女の言い訳だった）。またスウェーデン人民族学者のオーケ・ダウンは、「愛している」という言葉は、スウェーデン人にとっては「安っぽいロマンス小説の台詞のようにわざとらしく感じられる」と書いている。アメリカにおいては、「愛」という言葉を誰かの髪型や特別なマフィンのレシピに使っても違和感はないが、北欧においては無造作に口にする言葉ではないのだ。

「フィンランドでは、ほかの方法で愛情を表すんだ。たとえば夫は洗濯機を修理することで妻に愛情を示す」とシャッツは言った。「愛情表現について理解するのには少し時間がかかる。フィンランド人と同じだよ。第一印象では、まるで打ち解けられない気がする。でもお酒を飲ませると、極端に性的に開放的になったり大暴れしたりする。ぼくがこの国に来た時はまだ二五歳だったから、一向に構わなかったけどね」

いろいろな人から聞いた話を総合すると、シャッツに風変わりな点や欠点を指摘されても、フィンランド人は気を悪くするどころか、もっと聞きたがるという。「フィンランドはあまりに長い年月孤立していた。やっと最近、世界に仲間入りしたところだから、世界が自分たちのことをどう思っているか、知りたくて仕方ないんだ。こんなジョークがある」シャッツはくすくす笑って教えてくれた。「ゾウのジョークってやつだ。ドイツ人とフィンランド人とフランス人の男がアフリカのどこかにいると、ゾウが見えた。『あれを殺して象牙《ぞうげ》を売ったらいくらになるだろう』とドイツ人が言った。『なんという美しい生き物だろう』とフランス人が言った。『ゾウはフィンランドのことをどう思っているかな』とフィンランド人が言った」

第二章　沈黙

夕暮れ時、私はヘルシンキ中心部の薄汚い地域を一人で歩いている。どうも道に迷ったらしい。このあたりの建物は粗悪なコンクリート造りで、一階にはタイ式マッサージの店やポルノショップ、のぞき部屋などが入っている。北欧諸国のどの首都にも、売春や麻薬取引を一手に引き受ける、この手の区域がある。こちらのベンチでは麻薬常習者が昏睡《こんすい》状態に陥っていて、ズボンが下がって露《あら》わになった太ももには注射針が刺さっている。あちらの街角には真っ赤な口紅を塗ったアフリカ系の女が立っている。彼女のうしろには、埃《ほこり》のたまったウィンドウにバラエティーに富むポリウレタン製品を並べた店が並んでいるといった具合だ。

英国や米国メディアが提供するスカンジナビアのイメージ（美しいフィヨルドではしゃぎ回る日焼けした子どもたちや、シンプルなデザインの木製の椅子に座ってパイプタバコを吸う男たち、凝ったセーターを着てスペルト小麦のパンを作る女たちなど）ばかりに接している人がこのような光景を見たら、驚くかもしれない。だが、こうしたいかがわしい地区もまた、簡素な教会や居心地のよいカフェ同様に、スカンジナビアの都市部の風景の一コマであり、見どころの一つになっていると言ってもよいくらいだ。事実、コペンハーゲンにある、ここと似たようなイステゲー地区は、観光名所になっている。

普段はこういう場所を訪れるときに、恐いと思うことはない（言うまでもないが、別の目的地へ行くためにたまたま通らなければならなかった場合の話だ）のだが、今回はみぞおちに不安のしこりがあった。なぜなら本当に恐ろしい状況に身を投じようとしているからだ。

考え直そうかと立ち止まる。おっといけない、ヒョウ柄の服を着た女性に近すぎた。もう少し歩いてからもう一度止まる。「今日ここに来ることは誰にも話していないのだから、やり遂げようと中止しようと、誰にも知られる気遣いはないのだ」と自分に言い聞かせる。いや、ここではどうせ誰も私のことなど知らないのだから、かえって好都合だ。私は病的な好奇心に駆りたてられ、住所を書いた小さな紙切れを握りしめ、歩きつづける。

調べ物をしながら午後を過ごした図書館の、居心地のよい片隅に戻ることだってできた。だがもしこれをやり遂げずにヘルシンキを去ったら、フィンランドでの経験は不完全なものになるだろう。デンマークに戻ったら皆からそれを実行したかどうか訊《き》かれ、「怖気《おじけ》づいてやめた」と言わなければならなくなる。彼らは眉《まゆ》をつり上げ、私は説得力のない言い訳をわめきちらすはめになるだろう。あるいは、「やった」と嘘をつくはめになるかだが、これからしようとしていることは、あまりに異質な経験のため、ごまかせる気がしない。自ら経験する以外に道はないのだが、そのためにはこれまでの人生で大切に守ってきた、いくつかの原則を破らなければならない。

今から私は、典型的なフィンランドの娯楽を経験するところだ。いや、これは娯楽などという軽いものではない。フィンランド人の人生に欠かせないもの、フィンランドらしさの本質であり、切っても切れない、根幹をなすものと考えられている。このとんでもない行為は、英国人が日曜大工を、フランス人が不倫をするように、フィンランド人がごく当たり前にしていることだ。私には、このことしか話さないフィンランド人の友人がいる。彼は初対面のとき、これについて一時間以上も熱弁をふるい、それ以来、会うたびにその話題を持ち出して、なんとかして私にもそれを経験させようとする。

私が話しているのは、もちろんサウナのことだ。スウェーデン人もサウナが好きだし、アイスランドにも温泉があるが、フィンランド人のサウナ好きは次元が違う。サウナはフィンランドの社会生活と余暇の中心にある。国内には二人につき一つのサウナがある。つまり、車の台数よりも多い二五〇万室以上もある。サウナは人と会う場所であり、男女問わず家族や友人とのくつろぎの場だ。同時に裸の場でもある。機能としてはパブや地域センターに近いが、全裸で入るものであり、とびきり熱い。

フィンランド人は、フィンランドのサウナの温度は世界で一番熱く、フィンランドのサウナ以外は、サウナとは呼べないと言う。スウェーデンのぬるいサウナを馬鹿にし（八〇度以下のサウナは「暖かい部屋だ」と言う）、「スウェーデン人の軟弱さを示すもう一つの例にすぎない」と言うだろう。フィンランドには、誰が一番高い温度で長い時間サウナに入っていられるかを競う、サウナの世界選手権まである。昨年、温度を一一〇度まで上げた出場者が死亡した。ロシア人だった。

フィンランドの国会議員は、週に一度、サウナに集う（もちろん、通常の議場のほうでも会議はしていると思うが）。冷戦時代の大統領ウルホ・ケッコネンの時代からは、フィンランドを訪れる各国首脳をサウナの夕べに招待するという伝統もある（ここですぐさま、ドイツのメルケル首相を思い浮かべる私は不謹慎だろうか）。

一九七〇年代に英国で育った私にとって、全裸になることは恥ずかしいことであり、一人のときには可能な限り、そして人前では何がなんでも避けるべき行為だと思っている。また人類に、肉体的な苦痛、痛み、リスク、危険、露出、不快感といったものを最小限にとどめたいという欲望があったからこそ、我々は進歩を重ねて現代という文明の絶頂期に至ることができたのだ。なにが悲しくてお尻《しり》を丸出しにして巨大なかまどのなかに座り、避けるべきすべてのものを自ら招いた上、そのなかにどっぷりと浸《つ》かりたいと思うのだろう。

これまでは、サウナに対してごく反射的に警戒心が働いて、入ろうと思ったことはなかったのだが、今、私は変わろうとしている。私が向かっているのは、一九二九年創業のヘルシンキで最も歴史のある薪式のサウナ施設だ。見つけるのは難しくない。建物の外には、ヌーディストのピケ隊のごとく、バスローブや、ときにはタオルだけを身につけた男たちがたむろし、入口そばの低い壁の周囲でタバコを吸ったり瓶ビールを飲んだりしながら思い思いに過ごしている。

私は場馴《ばな》れしている雰囲気を醸し出そうと、無表情で彼らのあいだを通り抜け、正面玄関に入った。小さな売店のガラス窓の向こうに若い男が座っている。気軽な口調を装い、私は言った。

「サウナを……」

サウナを使いたい、だっけ？　いやサウナに入りたい、かな。

「……そのぅ、サウナお願いします」

「タオルはありますか？」受付の男は聞いた。しまった。持ってない。サウナ初心者であることがバレバレだ。いや大丈夫、貸しタオルがあるという。受付係はタオルと一緒にロッカーの鍵がついたゴムの腕輪をくれて、右のドアを指した。

板張りの更衣室に入ると、たくさんの皺《しわ》だらけの白い尻が迎えてくれた。少なくとも女性はいないと知って安心した。もし女性がいたら、まったく別種のさまざまな問題が生じていただろう。私は人目《ひとめ》につかない隅っこを見つけて服を脱ぎはじめた。ロッカーに服をしまい、タオルを手に取った。で、次は？　腰にタオルを巻くのだろうか？　そんなことをすれば（あってはならないことだが）上品ぶったアングロサクソンに見えてしまうだろうか？　施設内の場所によって、露出レベルにも違いがあるかもしれない。考えてみたら、どっちの方向へ行ったらよいかもわからない。私はもう一度、脱いだ服を整えるふりをしながら、横目でほかの人たちがどうしているか観察した。もちろん、こんな目つきを人に見られたら、相当の誤解を招く覚悟をしながら。とう、一人の男性が片方の肩にタオルをかけて、颯爽《さっそう》と目の前を歩いていった。尻が二つのブラマンジュみたいにタプンタプン上下している。別のドアから出て行ったので、私も同じようにタオルを肩にかけ、彼のあとについて行くことにした。

裸で人前を歩きはじめると、たちまち自意識過剰に陥って萎縮《いしゅく》した。ふつうに歩こうとするほど、足取りがぎこちなくなった。シャワー室に入ると、部屋の奥のマッサージ台に横たわった裸の男が、女に白樺《しらかば》の小枝で打たれているのが見えて、ぎょっとした。

女性は服を着ていて、視線を上げることもなく淡々と続けている。いや、だから構わないってもんじゃない！ 私は急ぎシャワーへ行って壁を向いた。身体を洗うと、追跡してきた男を見失ったことに気づき、不安がこみ上げてきた。どこへ行ったのか、そして大事なことは、彼がタオルを持って行ったかどうかだ。壁には何本かのタオルが掛かっていたが、このうちの一本は彼の物だろうか？ 次はどうしたらいいんだ？ フィンランド人はサウナの衛生について厳しいと聞いている。サウナ室そのものにタオルを持ち込むこと自体、不衛生な行為とみなされているだろうか？ あるいはタオルを持っていかないことが不衛生とみなされるのだろうか？ 敷いて座るために必要になるか、それともじかに座ることになっているのか？ 困った！ そもそもなんだってこんな屈辱的な状況に自分を追い込んだんだ？

シャワー室の反対側にあるもう一つのドアが開き、猛烈な蒸気が噴き出した。タオルを持った男が入っていく。あれだ！ 私は閉まりかけたドアを押さえてサウナ室へ入った。空気は熱く湿っていて、薪の良い香りがするが煙くはない。室内は真っ暗だったが、徐々に目が慣れていく。コンクリートの階段がL字型に並んでいる。立ちこめる蒸気の向こうに二人の人がいるのが見える。私が追って来た男と、もう一人、今は亡きアメリカ人俳優のアーネスト・ボーグナインに似ていなくもない男だ。真ん丸に突き出した腹のおかげで、ありがたいことに下半身が隠れている。

二人は可能な限り距離を置いて座っている。そこで私はジレンマに陥った。私はどこへ座るべきなのか？　入口の横に木製の台があることに気づいた。これは座るためのものだろうか？　私は勇気を奮い起こしてアーネストに尋ねた。彼はとげとげしい口ぶりで何やら声を発した。どうやら口をきいただけで、サウナではエチケット違反だったようだ。

私は弱々しい笑みを浮かべ、木製の台を一つ取って、サウナ室の真ん中、二人の男たちからぴったり等距離の場所に座った。例のサウナフリークの友人から、高い位置に座るほど温度が高くなるから気をつけるよう注意されていたが、気弱な外国人と思われたくなかったので、二人よりも一段上の中段を選んで腰かけた。

三秒で顔が火照った。体中から汗がしたたり落ちる。一分ほどで、唇がヒリヒリしはじめ呼吸のたびに肺がやけどしそうに熱いが、先客の二人のどちらか、あるいは両方が出る前に出て行くわけにはいかない。もう一人入ってきた。彼は身を乗り出して蛇口のようなものをひねった。サウナ室の奥からこの世のものとは思えない音がとどろき、一気に蒸気が立ちこめた。室内の気温が優に二度は上がった。さらに二分ほど座っているあいだに、人が入るたびにその蛇口を開けることになっていることを知った。エチケット違反その二だ。

時間がおそろしくゆっくり流れていく。全裸でいることにも慣れてきた。ほとんどリラックスしているほどだ。もちろんまだ気にはなるが、この静寂のほうがはるかに気になる。さらに二人の男が入り、気温を上げ、並んで座った。明らかに友人同士だが、ひと言も言葉を交わさない。

アーネスト・ボーグナインが出ていき、もう一人も出ていった。私もようやくこの部屋を出ていく言い訳ができたが、本当のことを言うと、もっと居たくなった。燃えるような熱さ、ドクドクと鳴る心臓、滝のような汗——なんだかやめられなくなってきた。アーネスト・ボーグナインが戻って来て、すぐにもう一人の男も戻ってきた。そうか！　冷たいシャワーを浴びてきたのか。

サウナに来る前は、冷水シャワーを浴びたり氷水に飛び込んだりする件については熟考を重ね、そのような自虐行為におのれの身体をさらすことは決してしないと決めていた。私は痛みに弱いだけではなく、ささいな不快感に対しても忍耐力が皆無だからだ。これについては、知りたい人がいれば妻が喜んで話すだろう。私のクローゼットにウールのズボンは入っていないし、小石だらけのビーチもお断りだ。だが今は、冷たいシャワーがとても魅力的に思えた。

私はサウナ室を出て、シャワーの下にしっかと足を踏ん張って立つと、水温を最低にして、冷たい滝を浴びた。こんな爽快で気持ちの良い経験は、生まれて初めてだった。なぜか気分もすうっと落ち着いた。最高の気分だった。

再びサウナ室に戻ると、今度はまっすぐ最上段へ上って座った。アーネストより上だ。焦げそうな熱さだった。頭がふらふらしてくる。小さな点々が見えてきたので、数段降りた。座るときにスノコを敷くのを忘れてコンクリートに裸の尻をじかにのせてしまった。私は叫び声をもらし、深く熱い溜息《ためいき》をつき、新たに入ってきたブリンプ大佐とトルンド人のぶらぶら揺れる持ち物を見ないようつとめた。

次第に呼吸が浅くなり、心臓が止まりそうな気がしてきたので、私はよろよろとサウナ室を出てシャワーを浴び、服を着て、これまでに感じたことのないほど全身が清潔になった気がしながら、すがすがしい夕暮れのヘルシンキの街へ出た。おそろしく喉《のど》が渇き、疲労感を覚えた。

それから一時間後、ヘルシンキ中心部のバーで、黄金色に輝く人生最高の冷たいビールを味わいながら、フィンランド人のサウナ中毒について考えをめぐらせていたときもまだ、私は大量に汗をかき続けていた。予想だにしなかったことだが、サウナは楽しかった。ただし、人前で全裸になることについての抵抗は一層強くなったし、またすぐにでも行きたいとは思っていない。それにしてもフィンランド国民があそこまでサウナに夢中なのはいったいなぜなのだろう。生まれつき自虐的《マゾヒズム》なのか、あるいは似たようなものだが、男らしさ《マチスモ》にとり憑《つ》かれているのか。それとも日常的になんらかの罰を受けるべきだと感じているのか、あるいは単に、ほとんどいつも恐ろしく寒いため、骨の髄まで温める必要があるのか。だが、それならカナダにもサウナ文化があっていいはずだ。

社会的な交流という面では、とくに役に立っているようには見えなかった。逆になぜサウナが社交の場であるフリをするのだろう？　今回、たまたま運がなかったか、週日の人の少ない時間帯に訪れたため気づかなかっただけかもしれないが、熱さと同じくらい印象的だったのは、静けさだった。フィンランド人がサウナを好む理由も、そこにあるのかもしれない。彼らは、口数の少ない民族としてよく知られている。

アメリカに帰化したフィンランド出身の学者、リチャード・D・ルイスは、その著書『フィンランド、文化的一匹狼』（Finland, Cultural Lone Wolf）のなかで「フィンランドを訪れる外国人は、男性の寡黙さに強い印象を受ける」と書いている。ルイスいわく、フィンランド人はうわさ話や本題に関わりのないおしゃべりを嫌う。彼は地理的決定論を信じていて、フィンランドの国民性を形成したのは、気候や環境だと考えている。「気温が低いと屋外では簡潔な言葉で意思の疎通を図る必要がある。氷点下二〇度の路上で時間を無駄に過ごすようなことはしない。……東風の吹くヘルシンキで、アメリカ人のようににっこり笑ったら前歯が痛くなるだけだ」

フィンランド人の国民性を形成する上で、気候と地形が一定の役割を果たしたのは間違いない。また、彼らが無口なことは、同質性とも関係がありそうだ。フィンランドの民族的な多様性はきわめて低い（移民は人口の二・五パーセントだ）。したがって、米国の人類学者エドワード・ホールの有名な高・低文脈文化という理論を使ってフィンランド社会を解釈するなら、フィンランドはひじょうに高文脈文化だと言える。世界で最も高い部類に入るだろう。

ホールによると、高文脈《ハイコンテクスト》な文化においては、人々が同じような期待や経験、背景を持ち、遺伝子まで似ている。このような人々は言葉によるコミュニケーションの必要性が低い。なぜなら互いのことや、自分が置かれている一般的な状況について、すでに多くの共通認識があるからだ。高文脈文化においては、言葉はより大きな意味を持つが、必要とされる言葉数はひじょうに少ない。一方、ロンドンのように数百もの異なる国籍や人種、宗教の人々がいるような低文脈《ローコンテクスト》文化においては、自分の考えを人にわかってもらうために言葉を駆使してコミュニケーションをはかる必要性が、はるかに高くなる。共通の基盤が小さい分、暗黙の了解が成立する余地も少なく、埋めるべきギャップは大きくなる。

程度の差はあれ、同じことはほかの北欧諸国についても言えるかもしれない。どの国も比較的同質性が高く、したがって高文脈である。ノルウェーの社会人類学者のトルド・ラーセンは、ノルウェーにも同様の現象があると言う。全員が大体似ているので、「矛盾や驚きはめったにない」そうだ。フィンランドやノルウェーのような高文脈社会においては、相手がどういう人間か、どういう考え方を持ち、どのような行動をとり、また反応するか、およそ見当がつく。フィンランド人は、互いにほとんど話す必要がないのだ。

「フィンランド人の世間話はコミュニケーションという観点から見ると最小限だけど、二分間の会話と同じ程度の情報量は伝わるよ」ローマン・シャッツは同意した。「フィンランド人と一緒に数分、黙ったまま過ごしていて、突然、相手が『コーヒーをくれ』と言う。『ずいぶんぶっきらぼうだな』と思うだろうが、要は、友人同士のあいだでは、英語みたいに何もかも言葉で表す必要はないんだ。『恐れ入りますが』とか『お願いします、ありがとう』とか」

無口でいるのも、フィンランド人同士ではよいかもしれないが、旅先や、外国人とのビジネスにおいては問題も生じる。とくに男性は、あまりに率直過ぎて、不躾《ぶしつけ》に思われることがある。彼らはとりわけ潤滑油としての世間話をするのが苦手のようだ。ノルウェー人でさえ、その気になればなんとかやっているのに。

「フィンランド人は饒舌《じょうぜつ》な人間を信用しない。もし一度に四、五分以上しゃべりつづける人がいたら、何かやましいことがあるのではないかと疑いはじめる」とルイスは言い、フィンランド文化は、受け身の文化、または聞く文化だとつけ加える。つまり自分から会話の口火を切ることはなく、話題がどう展開するかしばらく観察してから、会話に参加するタイプだ。ルイスは、これには地理的要素に加え、歴史的要素が影響していると言う。「極寒のなかでスウェーデンとロシアというボスたちに挟まれていたら、訊かれてもいないのに自分から口を開こうとは思わない」ということだ。

フィンランド人同士の人間関係を示す典型的なエピソードとして、フィンランド人の友人がこんな話をしてくれた。ある吹雪の日、彼が義理の兄と車で田舎を走っていたときに、車が故障してしまった。三〇分後にようやく一台の車が通りかかった。その車は停まり、運転手が降りて助けに来てくれた。彼はボンネットを開けて、車が動くように直してくれた。その間、彼らは終始無言だった。一、二回、うなずき合うことはあったが、ひと言も言葉を交わさなかったそうだ。男は走り去った。友人が「いやあ、助かったな。誰だったんだろう?」と言うと、義理の兄が答えた。「ああ、ユハだよ。同級生さ」

もう一つこんな話もある。そのフィンランド人女性は、休みの日に登山をするのが大好きなのだが、一人で行くのが好きなのだという。もし友人や家族から一緒に行きたいと言われると、あまり嬉しくないらしい。「山小屋で一泊するときに先客がいたら、心底がっかりします。フィンランド人ならたいていそうじゃないかと思いますよ。いつも一人でいるのが好きなのです」しかもこの人はフィンランド人のなかでは社交的なほうなのだ。対照的に、デンマーク人はこういう状況でほかのデンマーク人に会うことを喜ぶ。共通の知人を探し、ツボルグビールを飲み、一緒に歌を歌って盛り上がる絶好のチャンスだからだ。

「ヘルシンキに二日もいたら頭痛がしてきます。人が多すぎますよ。個人空間《パーソナルスペース》が足りません」また、別のフィンランド人女性が話してくれた。「香港《ホンコン》へ行ったことがあるのですが――」と言い、思い出して身震いをした。「とにかく多すぎます。人間が!」

以前、飛行機に乗っていたときに、上空からフィンランドを見たことがある。手つかずの森林のなかの、どう見ても文明社会から遠く離れた場所にさえ、窓ガラスの反射やサウナから立ち上る煙が見えて、こんなところにまで家が建っているのかと感心した(フィンランドの七五パーセントは森林で、一〇パーセントは凍結湖だ)。見渡す限り誰もいない場所で、フィンランド人は今日も平和に暮らしている——そう思うとなぜか心が安らいだ。
フィンランド人が無口なのは、英語で言うところのシャイ（shy：内気な、恥ずかしがりの）なため、と解釈されることもあるが、シャイに当たるフィンランド語のウヨー（ujo）には、英語の持つ否定的な意味は含まれない。それは北欧のほかの言語においても同様だ。節度や平等性が高く評価される北欧においては、シャイであることは社会的なハンデとはみなされない。むしろ節度や慎み深さ、進んで人の話に耳を傾ける優れた資質の表れととらえられる。

　だがスカンジナビア人の内気にも程度の差はある。会話の相手として考えた場合、「長距離フライトで隣の席になるなら大歓迎だが、ディナーパーティーで隣の席になるのはちょっと」の部門で、フィンランド人は一位、二位はフィンランド人と同じく沈黙を好むスウェーデン人。次いでノルウェー人とアイスランド人だ。デンマーク人はこの部門では、ほぼ「普通の人」だ。おそらくは貿易に携わってきた歴史とヨーロッパ本土に近いため、世間話にあまり抵抗がないからだろう。また「ヒュゲ」にとって、世間話は不可欠だ。その結果デンマーク人は、ほかのスカンジナビア人から少々疑いの目で見られている。北欧版口の達者なビル《スリック・ウィリー》（クリントン元大統領のあだ名）であり、口の軽いおしゃべり屋ということになっている。「あの人たちはちょっと南の血が入っているから」あるノルウェー人は私に向かって大まじめでそう言った。

　しゃべるスピードが速く、パーティーが大好きで、規則を曲げることに抵抗がなく、向こう見ずなところのあるデンマーク人は、ほとんどラテン系だという評価は、じっさいにデンマークを訪ねたことのある人間にとっては、いささか無理がある。私が初めてデンマーク人と知り合った頃の印象は、とてもドイツ人に近いけれど家具の趣味が良い人たちだと思った。その後デンマークで暮らし、その兄弟国を知るようになって、なぜデンマーク人が北欧でラテン系のイメージを持たれているか、ようやく理解できた。フィンランド人やスウェーデン人に比べれば、デンマーク人はまぎれもなくラスベガスのキャバレーの司会者並みにおしゃべりが達者だ。

北欧の人々の寡黙さには、明らかに男女差がある。大ざっぱに言って男性のほうが沈黙を好み、女性のほうが積極的に外国人の緊張をやわらげようと手を差し伸べる。もちろん私の個人的魅力のなせる業である部分が大きいかもしれないが、今回の旅では男性よりは女性のほうがはるかにおしゃべりだということがわかった。とはいうものの、男性も口をきくことはある。ただ、十分に時間をかけたのちに、いよいよ会話に参加すると決意して発せられる彼らの意見は、最終的であり、一切のエチケットや礼儀作法から解き放たれた、揺るぎないものであることは覚悟しておこう。

それでも彼らがパリのサロンに出入りし、ロンドンや東京の礼儀を重んじる社会へ出て行くとき、フィンランド人は行く先々で、相手を困惑させたり怒らせたりしてきたに違いない。フィンランド人と日本人は似ていると言われる（リチャード・ルイスによると、両者ともボディランゲージをほとんど使わず、聞き上手であり、対立を好まない）が、その日本人でさえフィンランド人の率直さやぶっきらぼうさには驚く。

余談だが、あまりおしゃべりでないスカンジナビア人には、言語を介さない不思議なコミュニケーション方法がある。それはコウモリが発する高周波音と同様、私たちにはほとんど聞こえない。一見、意味を持たないと思われる、発声をほとんど伴わない発言のようなもので、私は最近になってようやくその意味を解読しつつある。最もよく聞かれるのは、息を短く鋭く吸い込む音で、わずかなうめき声とともに使われて、「ええ、まあ」というような、賛同に近い意思を表す。会話中に相手がこの音を発したのを初めて聞いたときは、発作でも起こしたのかと心配になったものだった。リチャード・D・ルイスによると、フィンランドには、「溜息、ほとんど聞こえないほどのうめき声、賛同を示すうなり声」などがあるそうだ。どの民族や言語にも、肯定や疑問を表す「ふんふん」や「え？」といった相槌《あいづち》があるが、スカンジナビアではそれをコミュニケーションの中心に据えてしまったようだ。

ある意味では、フィンランド人は超スカンジナビア人なのかもしれない。前に触れたように、スウェーデン人、デンマーク人、ノルウェー人は、ヤンテの掟によって自己検閲をおこなう。自分の業績や所有物を自慢してはいけない、人より優秀だと思ってはいけない、等々。フィンランド人はこの種の謙遜《けんそん》を、まったく別のレベルまで高めたのではないだろうか。そのせいで輸出経済に悪影響が出ていると、多くの人が指摘するほどに。

「フィンランド人はポケットに両手を突っ込んで隅っこに立って、誰かが気づいてくれるのを待ってるんだ」

ローマン・シャッツもフィンランド人の内気さについて同じような見方をしている。「一本のネジがあるとしよう。アメリカ人なら『このネジはあなたの人生を変えます！　あなたを幸せにする世界一のネジです』と言って、製品の技術的特徴について二時間半まくしたてて相手をうんざりさせるだろう。フィンランド人だったら『これがネジだ』と言っておしまいだ。なにかを売るという行為は、フィンランド人の精神構造におよそ馴染まない。品物を売りこむのは、信用できない人間のすることだ。もちろん、そんな考え方は世界では通用しない」

下手をするとフィンランドの国内でさえ通用しないことがある。フィンランドの有力新聞『ヘルシンギン・サノマーツ』紙の海外担当編集員のヘイッキ・アイトコッスキは、同僚が控えめすぎて歯がゆいことがあると語る。「フィンランド人の控えめなところは好きですよ」彼は特派員としてベルリンとブリュッセルに駐在した経験を持つ。「でも、仕事場では困ることもあります。記者が自分のアイディアや記事を紹介したりするとき、ぜったいに『これは大きく取り上げましょう』とは言わないんです。『もっと自分のアイディアに自信を持っていい』と言っているのですがね。また、よその部署に英語を話せる人がいないかと探していたときのことです。噂を聞いて本人に尋ねると『ええ、まあ、多少は勉強したので……』と言うのですが、実際には大学で英語を専攻していて、じつに流暢《りゅうちょう》に話せたんですよ！」

フィンランド国民の病的なまでの寡黙は、陰気さや抑鬱傾向、暴力といった、フィンランド社会のマイナス面として認識されている数々の側面の表れであり、同時に原因なのではないか、と私は思いはじめた。それとも歴史的な傷の表れだろうか。語りたくない、あまりに多くの戦いと喪失が残した傷だ。あるいはリチャード・ルイスが言うように、意味のないおしゃべりが何のメリットももたらさない、この地域特有の天候の副作用にすぎないのだろうか。

フィンランド人の頑固な沈黙は、彼らの特徴としてよく知られている酒の飲み方と、とりわけ深く結びついているように思われる。だが飲酒は沈黙を埋めるため、つまり自らに課した孤独を癒《いや》すために使われているのではなかったのか。それとも、酔ってばかりいるから会話がなくなったのだろうか。酒と沈黙は、どちらが先に始まったのだろうか。

第三章　アルコール

二人のフィンランド人が通りでばったり会った。ハンヌがヤーコを誘う。「一杯やらないか?」ヤーコはうなずきハンヌの家へ向かう。

二人は一本目のウォッカを無言で飲んだ。二本目を開けながらハンヌがヤーコに尋ねた。「で、最近どう?」ヤーコがむっとして答える。「なんだよ、酒を飲むために誘ってくれたんじゃなかったのか?」

「フィンランドに旅行する」と話すと、相手は例外なく、意味ありげにウィンクをして、フィンランド人の飲酒に関する評判を話題にする。「フィンランドの人たちはお酒が好きだからね」という軽いものから、私の肘《ひじ》を摑《つか》み、少しだけ必要以上に長くアイコンタクトを保ったまま「土曜の晩に行くのか? ハルマゲドンだぞ!」という警告までさまざまだ。

フィンランド国民に対してこのような印象を持っているのは、私の周りの人々に限ったことではない。海外からフィンランドに転勤してくるビジネスマン向けマナーのガイドブックにはこんなアドバイスが載っている。「一つ注意しておきたいことがあります。カクテルパーティーや夕食後の飲み会においては、飲み放題のスタイルをとると、フィンランド人のお客さんが際限なく飲みつづけるため、お開きにできなくなる可能性があります」

作曲家のジャン・シベリウスは、三、四日間ぶっとおしで痛飲することで知られていた。元首相のアハティ・カルヤライネンも有名な大酒飲みで、飲酒運転の逮捕歴もあり、最終的にアルコール依存症が災いしてクビになった。極端な飲み方をする文化は、携帯電話と木材に次いでフィンランドの主要輸出品である、デスメタルバンドの特徴にもなっている。またフォーミュラ1においても、フィンランド人のレーシングドライバーは、つねに酒豪という評判が高い。たしか「船舶の飲酒運転」というめずらしい罪に問われて有罪になったドライバーもいた。今日でもエストニアでは、安い酒を求めて数百人単位のフィンランド人がバルト海の対岸からやって来て上陸するのを見ると、大人たちは逃げまどい、親たちは子どもを隠す。

ヘルシンキに着いて数日は、散歩中にそうした酒宴の片鱗《へんりん》を目にすることはなかった。路上に嘔吐《おうと》物や割れた酒瓶が溢《あふ》れかえっているということもなかった。車も整然と通行していたし、つぶれたシルクハットをかぶった赤ら顔の男が、海の男たちの労働歌を歌いながら、重そうな茶色い紙袋を怪しげに口元に運んでは傾ける、という光景にも出会わなかった。

フィンランド人は大酒飲みだと言われるが、年間の一人当たりアルコール消費量が、ヨーロッパ内において驚くほど平均的な数字であることを考えると、どうも腑《ふ》に落ちない。大方の調査においても、年間一人当たり一〇～一二リットル（酒に含まれる純粋なアルコール分の量）となっていて、中ほどの順位だ。スウェーデン人の飲酒量が少ないのは事実だが、スウェーデン政府は世界で一番、反飲酒キャンペーンにお金を使っている。デンマーク人と英国人はフィンランド人よりも多く飲んでいるし、アルコールに関する二〇一〇年のOECD世界健康調査では、三分の二近くの国々がフィンランドよりも飲んでいる。一九八〇年代半ばに実施された北欧地域の飲酒習慣に関する研究では、酩酊《めいてい》状態に陥るような飲み方に対する考え方はどの国も似通っていて、酔っぱらうことを積極的に良しとしているのはアイスランド人だけだ。ではフィンランド国民が節度のない大酒飲みだという評判は、どこから来たのだろう?

マッティ・ペルトネン教授はヘルシンキ大学の歴史社会学部長だ。大きな体格をした思慮深い六〇代前半の教授は、一九八〇年代からフィンランド人とアルコールの関係を研究している。ヘルシンキ中心部にある一九世紀の宮殿内にある、本で埋め尽くされた彼の研究室で会った。そこで、フィンランド人が大酒飲みと揶揄《やゆ》されるようになった経緯について、びっくりするような話を聞いた。

「フィンランド人の飲み方を冗談の種にしたのはフィンランド人自身です。さもなければフィンランド人の酒癖について、世界の人は知りようがないでしょう?」教授は言い切った。「この馬鹿げた神話を作ったのは私たち自身なのです」

ある国に対する否定的なイメージというものは、近隣諸国から発信されることが多い。英国人がフランス人を「ずる賢い」と言い、アメリカ人がカナダ人を「頭が弱い」と言うのがその例だ。だがフィンランド人は、周辺国の手間を省いて自ら否定的なイメージを作り上げたというのだ。ペルトネン教授は、フィンランド人には「自分たちの国民性の評判を傷つけるためにとことんやる傾向がある」と書いている。しかし、何のためにこのようなかたちで自分たちの評判を傷つけるのだろうか。

教授によると、発端は二〇世紀初頭の節酒運動にさかのぼる。当時、台頭しはじめた労働者階級と、支配階級のあいだには、階級闘争が生まれていた。体制側の言い分は、いつも酔いつぶれている労働者階級に投票権を持たせることはできないというものだった。それに対抗して、労働者階級は自らに禁酒を課すことにした。だが双方とも気づいていたように、その計画にはもともと欠陥があった。すなわち、当時のフィンランド国民は、年間わずか二リットル、つまり現在よりも少ない量の酒しか飲んでいなかったのだ。

「禁酒法を成立させるのは、ひと苦労でした。なぜなら誰もがすでに禁酒しているようなものだったからです。そもそもお酒を買う経済的な余裕などありませんでしたから」と教授は言う。「当時の禁酒法運動のリーダーたちは、社会的に認知される存在となるために『節酒』という方法を戦略的に用いたのです。『私たちは節度のある人々を代表しているのだから、もっと発言権を与えられるべきだ』という理屈です」

禁酒法運動のリーダーたちは、「労働者階級のフィンランド人は酒癖が悪い、酒を飲むと暴れて、手が付けられなくなる」という根拠のない作り話を進んで流布し、「それは彼らの血のなかにある、なんらかの生物学的な問題に起因するものだ」とまで主張した。なぜなら、節酒に成功したという実績を作ることができれば、労働者階級が真面目で責任感のある人々だという証明になり、政治的により大きな権力を持つ資格が手に入ると考えたからだ。ただ、もともと真面目で責任感のある人々だったため、その点で達成するべきことは最初からなにもなかった。

こうしてフィンランド人は、実在しない酒乱傾向を改めることに精を出し、挙句の果てに、一九一九年には禁酒法を成立させた。その結果、密造酒が作られるようになり、家庭で作った酒を飲んで命を落とす者たちが出てきた。この頃、フィンランドで初めて映画が作られたが、密造酒を作る農夫の話だった。すでに酒浸りの自己イメージが形成されつつあったということになる。

一九三二年に禁酒法が撤廃されてからも、長いあいだフィンランドは配給制を採用していた。成人一人ずつにアルコールの割り当てがあった。この制度は最終的には、アイスランドやノルウェー、スウェーデンと同様に、国営の酒店に取って代わられ、あの恐怖の〈アルコ〉が誕生する。アルコの販売方法は、ふつうに酒をたしなむ人間にとっては屈辱的でさえあるが、以前よりは少しましになってきた。今は店の数も増えたし、何軒かはたまに営業している。それでも、地方に住むフィンランド人が、アルコール度数六〇度のサルミアッキ・コスケンコルヴァの瓶を震える手に握るまでに、一五〇キロ以上も車を走らせなければならないこともめずらしくはない。

第二次世界大戦での敗戦後も、フィンランドの支配階級は、下層階級は節度のない大酒飲みである、というイメージを定着させる努力を続けた。これから国を再建しようというときに、労働者が酒で悲しみを紛らすなど、もってのほかだ！　新たな国境線が引かれ、大切な農地と豊かな町をソ連に持っていかれただけでなく、巨額の戦時賠償金を支払わなければならない国にとっては、経済成長が最優先だった。だからミカ（典型的なフィンランド名）、酒瓶を置いて、働くんだ！　元気を出して、国を建てなおそう！　というわけで、飲酒制限は法制化され、引き続き盛り上がらないパーティーが開かれることとなった。

一九五二年にヘルシンキでオリンピックが開催されて、フィンランド人がようやく国際舞台におずおずと出はじめたとき、彼らは自分たちが海外からどう見られているか、きわめて自意識過剰になった。そしてこの頃までには、自分たちにはアルコールの摂《と》り方に問題があるとすっかり信じ込んでいたため、それまで以上に想像上の酒癖を直そうと努めた。それでも彼らの摂取量は年間一人当たり三リットルを下回り、隣国スウェーデンの半分にも満たなかった。フィンランド国民のモラル向上運動は、これからも国民の飲酒を抑制するという目的のもと、国営酒店という独占企業によって形成されたものだ。それ以来、お酒は飲食店で飲むか、国営酒店アルコで購入するしかなくなった。

「世界の人々は私たちのことをどう思うだろうか?」ペルトネン教授は、当時のフィンランド人がアルコール依存症というレッテルを貼られて被害妄想に陥っていた状況について、最近のエッセイに書いている。「一九四八年にはすでに、フィンランド国民の不安を煽《あお》ろうとする試みが始まっていた。……モラル向上運動によって配布されたチラシのイラストには、フィンランド人が動物の毛皮を着て棍棒《こんぼう》を振り回す野蛮人として描かれていた」

ペルトネン教授は、フィンランド人の飲酒に関する評判は、早い時期に一人歩きを始め、そのまま訂正されることなく、暴走するに任されたと考えている。だが私は、そのフィンランド人像にも多少の真実があるのではないかと思う。たしかにフィンランド人が一年に飲むアルコールの総量は問題ないのだが、酒癖の悪評の根底にあるのは、その飲み方ではないだろうか。フィンランド人は一度にたくさんの酒を飲み、ヨーロッパのほかのどの国民よりも頻繁に泥酔する。二〇〇七年に三万人近くを対象におこなわれたEUの調査において、フィンランド人の二七パーセントが、一度に大量(五杯以上)の酒を飲むことが習慣化していると認めている(アイルランド人の三四パーセントに次ぐ二位だ)。年間を通じて、ほかの国民よりもたくさんの量を飲むということはなくても、一度の機会にがぶ飲みする傾向があるのだ。

国民の飲酒を抑制するという期待を託されている国営酒店アルコだが、その役割を果たすことはできていないようだ。英国人から見れば、政府によるこのようなワインやビール、蒸留酒の管理の仕方は、明らかにハクスリーの『すばらしい新世界』に描かれた管理社会を思わせる手法であり、単に、ボルドーワインを浴びるほど飲んでいる支配者階級が、虐げられた大衆を服従させるための一つの方法であるようにしか見えない。「酒を飲みすぎるとどういうことになるか理解できない愚民の健康を守るために、国が酒の販売を独占している」と言うのなら、なぜ砂糖や脂肪も国の専売にしないのだろう（マシュマロや、豚の脂をカリカリに揚げたスナック菓子の専門店などを官営にするのは、あながち悪いアイディアではないと思う）。現在の酒の販売方法は、実際に飲みたい時、つまり夜や週末にワインを買おうとすると、おそろしく面倒だ。スウェーデンやノルウェー、アイスランドやフィンランドでは、国営酒店は通常、金曜日の六時に閉店する。もちろん日曜日は一日中閉まっている。私の経験では、日曜日こそ最も酒が必要な日だ。

一部の国営酒店は、酒を性病の治療薬のような商品ではなく、普通の商品のようにディスプレーする努力をおこなっているが、過去に私が訪ねた店で最悪だったのが、ストックホルム（スウェーデン）のガムラスタンという旧市街にある店だ。動物的な衝動に駆られて店に押し寄せるかわいそうな中毒患者たちの手が届かないように、そこでは商品がガラスのキャビネットのなかに収められていた。私が行った金曜日の晩には、客は一時間以上も列に並んで待たされるという屈辱的な扱いを受けたあげく、非難がましい態度の年配の女性店員に、常軌を逸した金額を支払うという恩恵に浴することができる。しかもその店員は、安物のチリワインを見つけるためにカウンターの向こうに引っ込んだら一〇分間も出てこない。まるで英国の大手小売店の〈アルゴス〉並みのお粗末さだが、それよりもさらに悲惨な下層階級向けの店だ。アメリカ人エッセイストのスーザン・ソンタグは、スウェーデンの国営酒店〈システムボラーゲット〉（ゾッとするが、訳すと「ザ・システム」という意味になる）のことを、「葬儀場のようでもあり、ヤミ堕胎医のようでもあり」と描写した。おおよそそんなところだ。

だがペルトネン教授は私の見方には与《くみ》しない。「フィンランド人に同情する必要はありませんよ」教授は反論した。「フィンランドの酒店は、独占企業だからこそ、デンマークの酒屋［通常の酒の小売店］よりも優れています。政府は大口バイヤーですから良いワインをより安く仕入れることができるし、品揃えもはるかに優れています。英国ではオーストラリア産の安ワインしか買えませんし、フィンランドほど品揃えも良くありません。フィンランドでは五ユーロ以下のまずいワインなど仕入れません」

国民に対して飲酒を戒める政府のほうが、放任主義の国の政府よりも、国民に質の良い酒をより安く提供するなんて少々解せないが、本当にそうなのだろうか。たしかに北欧の国営酒店は圧倒的な購買力を持っている上、利益を挙げる必要がないため、理論上はより高品質の酒を安価に提供できる。私自身は、スウェーデンでそのような経験をしたことはないが、オスロにいるソムリエの友人によれば、ノルウェーのワイン一本当たりの税額は、購入金額にパーセンテージを載せるのではなく固定税であるため、上等なワインが英国よりもはるかに安く買えると言っていた。高いワインを買うほど、同じワインを外国で買うよりもお買い得になるわけだ。

それでも、ペルトネン教授の研究室をあとにしながら、私は教授がフィンランド人の飲酒癖の深刻さから、少し目をそらしているのではないかという思いをぬぐえなかった。教授は、飲酒とフィンランドの凶悪犯罪の多さとの相関関係は「証明するのが難しく」、犯罪の原因は飲酒よりもむしろ「西洋型の生活からくるプレッシャー」にあると考えていた。また「深酒をするのは一部の人だ」とも言っていた。一般的にはフィンランド人も蒸留酒を控えて、おいしいワインをほどよく楽しむようになってきた。だが過度の飲酒が招く影響に対する懸念は徐々に広がりつつある。現在、アルコールは男性の死因の一位であり（アルコールの乱用による死は、肺がんの三倍）、女性においても二番目の死因となっている。『ヘルシンギン・サノマーツ』紙によれば、肝硬変によるフィンランド人の死亡は、他のヨーロッパ諸国よりも速いスピードで増加している。理由はまだわからないが、フィンランド人の肝臓は、ほかの国民の肝臓よりもアルコールによる損傷を受けやすいようだ。

自殺者の数が当てにならないことはよく知られているが（たとえばカトリックの国々では自殺を公表したがらないため）、WHO（世界保健機関）によれば、フィンランドは北欧諸国のなかで最も自殺率が高い。年間一〇万人当たり一七・六人だ。デンマークは北欧で最低の一一・九人だ（ちなみに米国は一一・八、英国は六・九）。これもアルコールに関連している可能性はないだろうか。アルコールは本人に害を及ぼすだけではない。国連薬物・犯罪事務所が二〇一一年に実施した殺人に関する世界調査では、フィンランドでは故意の殺人率が一〇万人当たり二・三人だった。ほぼ同じ人口規模を持つデンマークは〇・九人なので二倍以上にのぼる（ちなみに英国は一・二人、米国は五人）。

だがフィンランド人は、飲酒や暴力に関する評判を、ほとんど自慢に思っているように見える時がある（自殺については違うようだが）。オストロボスニア地域は、多くの国民にとって心のふるさとのような場所だ。おそらくこの地域の人々が、暴力的なことで有名だからだろう。一九世紀中頃に登場した「プウコヨンカレット」と呼ばれる、ナイフを武器に戦う馬泥棒は、泥酔したロビン・フッドとマック・ザ・ナイフを足して二で割ったような伝説的な悪党だった。また、この地方の民謡は、喧嘩《けんか》を陽気に歌い上げる。「ハルマのおそろしい結婚式」（ハルマというのはフィンランドの民話に出てくるならず者たちの町）という歌の歌詞には、「酒盛りと喧嘩が続き、廊下から階段まで死体が運ばれる」とある。

ここでフィンランド人が大切にする「スィス（sisu）」について説明しておこう。フィンランド人の忍耐力やスタミナ、男らしさを表す言葉で、スウェーデン人が羨《うらや》む資質だ。この言葉が想起させるイメージは、腹の据わった静かな強さや頼もしさだ。不可能と思われるような逆境に直面しても動じることなく意志を貫く強さ、積極的な平常心と言ってもよいかもしれない。もし乗っていたバスが故障したら、乗客たちはスィスの精神を発揮し、文句一つ言わずに降りてバスを押す。スィスを身につけることはフィンランド人男性にとって究極の憧《あこが》れであり、スィスはこの国の表土の下にある花崗岩《かこうがん》の岩盤だ。だがストリチナヤのウォッカを一瓶空けてうつ伏せに雪に倒れ込み、凍傷で鼻がもげてしまっても救急外来に行こうとしないのも、スィスのせいではないだろうか。またフィンランド人の深酒も、この男らしさの国民的トレードマークのもう一つの表れにすぎないのではないだろうか。

こうしてフィンランド人らしさを論じていてふと気づいたが、ここまでの議論の対象はすべて男性だった。寡黙で、強く、スィスを備えた大酒飲みというフィンランドの自己イメージは、大半が男性に関するものだ。あのどうしようもなく男性優位主義的なイタリア人でさえ、自己イメージのなかには女性の要素があるというのに、フィンランドにはそれがない。第二次世界大戦以降、女性がフィンランド社会のなかで大統領や首相といった重要な役割を果たしてきたことや、職場において進出を遂げてきたこと、ヨーロッパで最初に参政権を得たことなどを考えると、どうも腑に落ちない。

言い古されたことではあるが、男らしさをやたらと強調する男は、自分の弱さや自信のなさをごまかそうとしているというのは、あながち当たっていなくもないと思う。そこから推測して、フィンランド人男性は、実は心の底では自尊心の低さに苦しんでいるだけなのではないかと考えるのは、さほど突飛ではないだろう。スィスは見せかけにすぎないという可能性はないだろうか。フィンランド人男性は、自分の女性経験を声高に自慢する童貞、あるいは身長一八〇センチの大男に喧嘩をふっかける小男、あるいはトライアスロンの選手ではないだろうか。

いや、どう考えてもそんなことはない。絶対にない。この箇所を読んだオストロボスニア地域の皆さん、どうぞ斧《おの》をおろしてください。だが、現代のフィンランド人男性は、その酒の飲み方が健康へのリスクとなったり、反社会的な結果をもたらしたりすることを充分承知の上で、まるで男気を見せつけるかのように、あるいは身を寄せ合って男の悲哀を酒で紛らすかのように、あるいはその両方をするために、飲みつづけている（ある調査によると、フィンランドは全部で一二ある社会問題のうち、アルコールを一番重大な問題に挙げた唯一の国だ）。もしかしたら彼らは、偉そうなスウェーデンや傲慢《ごうまん》なロシアに支配されていた屈辱的な過去を忘れ去るために飲んでいるのではあるまいか。デンマークさえフィンランドを支配していたことがあるのだ。もっとも一五世紀のことで、デンマーク人はすっかり忘れているが。とにかくフィンランド人にとって、誇りを持って振り返ることのできる事柄は多くない。それなのに彼らは、どういうわけか自分たちの歴史に誇りを持っている。

たとえば一九三九〜四〇年にソ連と戦った冬戦争は、フィンランドにとって最高のスィスの瞬間として語り継がれている。フィンランド軍は、三倍の規模を持つソビエト軍に対し、驚くべき勇気と粘り強さ、そして不屈の精神を発揮して戦った。しかもスウェーデンから一切の支援を受けずに戦ったのだ。もっともその甲斐《かい》もなく、フィンランドが敗れたことは事実だ。勇敢かつ根気強かったことには微塵《みじん》の疑問もないが、ソ連との国境沿いに築いた長大な要塞線《ようさいせん》であるマンネルヘイム線は、最終的にはほとんど役に立たなかった。この敗戦によって失った領土と支払った賠償金以上に悔やまれるのは、敗戦の反動からドイツの腕に飛び込んでしまったことだろう。実利的なフィンランド人は、ナチスと手を組んでソビエトを相手に三年間戦い続けた。

あとから振り返って批判するのは簡単なことだ。私たちは皆、フィンランドがその時点で自分たちの自由を守るために、一番役に立つ相手と組んで戦ったのだということを理解している。それでも歴史的観点に立って見たとき、近代史上最も邪悪な政治体制の側についたことは、体裁が良くはない。

この件や、その他の歴史的な傷（最も深い傷は一九一八年の内戦だろう）のせいで、フィンランド国民が自己嫌悪に陥ったのではないかと考えたのは、私が初めてではない。フィンランド人作家のエイラ・ペンナネンは、一九六六年の名作『モンゴル人』（Mongolit）という小説のなかで同じような結論を導いている。

私は「フィンランド人男性は、数世紀にわたり外国に負けつづけて粉々になったエゴを慰めるために酒を飲んでいる」という持論をローマン・シャッツにぶつけてみる価値はあると思った。彼はとりたてて感心したようすではなかった。

「正直言って、それは女々しくて安直な発想だな」彼は言った。「フィンランドの男たちは第二次世界大戦を恥じて飲みはじめたんじゃない。むしろこんな小国がドイツやロシアのような大国を相手に、なんとか国を守ってきたことを誇りに思っている。イギリス相手にだって一発ぶち込んでるんだ。たしかラップランドかどこかでだったと思うけど。フィンランド人男性が飲みはじめたのはそれよりもずっと昔のことだ。いいかい、一一月に一人ぼっちでここにいたら、暗くてどんよりして、一杯飲みたくなる。飲めば少し気分が良くなる。だからもう少し飲めばもっと気分が良くなるかもしれないと思って杯を重ねるんだ。フィンランド人が酒を飲むのは一週間のうさを忘れるためだ。引きつけを起こすほど飲んで、何もかも吐き出して、翌朝には何も覚えていないようにリセットするんだ」

飲酒問題に対するシャッツの解決策はなかなか過激だ。「アルコールを完全に自由化する。すると一〇万人くらい人が死ぬだろう。その事実を受け止める。だがそのあとは、酒との付き合い方がわかっている、生存力のある人間だけが残るだろう」彼は冗談で言っていた。半分は。「ぼくは自由主義者だからね。記憶がなくなるほど飲む権利もあると思うよ」

さらにシャッツは「戦士の遺伝子」というものの存在を教えてくれた。フィンランド人のDNAに見られるもので、この話を聞くと、フィンランド人と飲酒の関係が少し違って見えてくる。具体的にはモノアミン酸化酵素Aと呼ばれる酵素で、セロトニンとともに働く。国立アルコール乱用・依存症研究所によると、モノアミン酸化酵素Aのレベルと、アルコールの消費と、衝動的かつ暴力的な行動の三者のあいだには、なんらかの関連性があるらしい。研究では、フィンランド人は、ほかの人々よりもこの酵素を多く持っていること、そしてその酵素とアルコールの相性が悪いらしいということも示された。つまり酩酊状態は、一部のフィンランド人の内部から「戦士」を呼び覚まし、酒乱にするようなのだ。これについてはヘイッキ・アイトコッスキも思い当たる節があるという。

「たしかにパーティーへ行って楽しく過ごしていると、ある時点、夜の一一時半くらいでしょうか、そのくらいの時間から、急に暴れはじめる人たちがいます」彼の勤めるヘルシンギン・サノマーツ新聞社のそばでランチをとりながら話を聞いた。「戦士の遺伝子が目覚めるんですね。殴り合ったり取っ組み合ったり、馬鹿じゃないかと思うような振る舞いを始めるんです。世間から一目置かれているような人たちがですよ。で、どういう理由か私には理解できませんが、周囲はそれを受け入れています。翌日になると『きのうのあれ、見たかい？』と言って笑い話にして、あとは忘れます。アメリカだったら誰かが止めに入って、本人たちは矯正施設に送られるでしょう。ここでは『あれはウケたな。あいつ、相当酔っぱらってたよな』で終わりです。スウェーデンでは許されないような振る舞いがフィンランドでは許されています」

　フィンランド在住四〇年の英国人俳優ニール・ハードウィックも同意する。「フィンランド人はお酒を飲むと攻撃的になって、あまりフレンドリーではなくなりますね」彼は言った。「彼らはお酒に関して、じつに生真面目で実用主義的な考えを持っています。一週間働いたんだから、金曜日になったら酔っぱらっていいんだと」

　シャッツ同様、ハードウィックもフィンランド人の飲み方の一因は、天気や冬の暗さ、つまり「極夜」にあると考えている。「二月から六月がとにかく長くて、なに一つ起こらない。きついですよ。春が来るのが本当に遅くて、一年の大半がじつに暗い。冬のあいだは照明をつけっぱなしにして暮らします。これには慣れることができません。ビタミンDのサプリメントを摂ったり太陽灯を使ったりしましたが、長く暮らすほどに具合が悪くなります。毎年、今年は乗り切れるだろうか、と考えています。だから楽しめることがあれば思い切って楽しもうという気持ちになるのだと思います。なぜなら夏はあまりに短くて、楽しい思いをできる機会はあまりに少なく、次の機会は当分来ないとわかっているのですから。極端な快楽主義に走るのも無理はありません」

残念なことに、フィンランド国民は「極端な快楽主義者」であり、それゆえ混乱や堕落を招いている、というイメージを世界に持たれている。進歩的な近代民主主義国家にとって、理想的なイメージとは言い難い。そのため近年、フィンランドの国際的な評判を気にすることを仕事とする人たちが、このイメージを変えようとしている。フィンランド政府は五年間かけて、ノキアの社長から学校の教師までさまざまな人に、彼らが自分たちをどう見ているか、そして世界にどう見られたいかについて、意見を聞いてみた。その結果、フィンランドは自分たちを「世界の問題を解決する国」と位置づけることにし、「フィンランドが果たすべき使命」というタイトルで、国としてのブランドビジョンを打ち出した。その一環として、フィンランド人の正直さと信頼度を強調する広告キャンペーンをおこなうことにした。キャッチコピーは、「お客様のなかにフィンランドの方はいらっしゃいますか？」というものだ（これは「お客様のなかにお医者様はいらっしゃいますか？」をもじったもので、フィンランド人はいつも頼りになるというイメージを表現している）。

偶然、私はこのブランド化委員会のメンバーの一人、ミュージック・エクスポート・フィンランドのポーリナ・アホカスを紹介してもらった。ある晩、アレクサンダー劇場でフィンランドを代表するモダンダンサー、テロ・サーリネンの公演を観ている最中に火災報知機が鳴って、急きょ休憩時間になってしまった時のことだった（ちなみにサーリネンの舞台はすばらしかったが、少々狂気じみていた。あまりに前衛的だったため、火災報知機が鳴りはじめてから、それが演出の一部ではないと、観客が少しずつ気づくまで、しばらく時間がかかった。私たちが会場の外に誘導された頃には消防隊が到着していた）。

「もし今、ゼロから一つの国を作ろうと思ったら、フィンランドのような国になるでしょう」翌日、彼女のオフィスで取材させてもらったとき、アホカスは自信たっぷりにそう語った。「フィンランドは奇跡です。でも、そのことを誰も知りません」

いくつかあるフィンランド社会の魅力のなかで、彼女はとくに機会の均等を挙げた（「フィンランドは国民全員の面倒を見ます。そして出身背景にかかわらず、全員に平等な機会がありま す」）。また、信頼できること（「フィンランド人の握手は世界で一番信用できる握手です」）、そして天気さえも魅力の一つとして挙げた（「雪は大好きです。雪は冬の街を明るくしてくれます。英国の雨よりもましですよ」）。

そこで私は飲酒の問題を持ち出して、国際的に見てイメージを損なっていると思わないか聞いてみた。「たしかに足を引っ張っていますね」と彼女は言った。だが急に顔を輝かせて「でもクレイジーでいながら信頼もされるって、嬉しいものですよ！」と言った。

その金曜日の晩、私は思い切ってヘルシンキ中心部へ行って、フィンランド人がどれくらい「クレイジー」なのか、この目で確かめようと思った。八時頃、テニスパラッツィ内のバーに入った（テニスパラッツィは、一九五二年のオリンピックのときにバスケットボールの試合が開催された施設だ)。店は満員だったが静かだった。九時頃にはだいぶ混雑して、飲み物をこぼす人もいたが、とくに問題になるような出来事はなかった。一〇時頃その店を出て、広場を横切り、真剣な社会人類学の実地調査をさらに進めるため、もう一軒のバーを訪ねた。

一一時半頃にそのバーを出ると、通りに人が増えていることに気づいた。黒いレザーのロングコートにシルバーのアクセサリーなど、ゴスのファッションに身を包んだ一〇代の若者の集団が、動物が交尾のときに上げるような声を張り上げていて、それが広場に響き渡っていた。彼らはベロンベロンに酔っぱらっていた。ガラスの割れる音が次第に大きくなり、周囲に反響している。空き瓶を集める人たちが大勢、ゴミ箱に群がっている(リサイクルを奨励するため、北欧ではどの国でも空き瓶や空き缶を持って行けば返金を受けられる。そのためゴミ箱あさりはあまり裕福でない人々のあいだでは一般的な職業となっている。以前私も、おもに税金の納付期限が近づいてきた時だが、そちら方面の仕事に就くことを真剣に検討した時期がある)。

金曜日の晩から土曜日の朝へと時が流れ、少しずつ雰囲気が危なくなりはじめると、ほとんどのバーやパブの外に、黒服のセキュリティーガードが立っていることに気づいた。本当のことを言うと、ヘルシンキではほかの北欧の大都市以上に身の危険を感じることは、まったくなかった。むしろ英国のクローリーやレスターの金曜日の晩のほうがよっぽど恐い。

クローリーにいたら自分の命の心配をするところだが、ヘルシンキで心配になるのは、せいぜい若者のファッションセンスくらいだ。

第四章　スウェーデン

毎年恒例のヨーロッパ各国の代表による歌の祭典〈ユーロビジョン・ソング・コンテスト〉にローディのようなロックバンドを送り込んで優勝したり、ヨーロッパで一番アイスクリームを食べる量が多かったり（年間一四リットル）、アルゼンチンよりもタンゴダンサーの数が多い*国って本当にすごいと思う。フィンランドは特別な国だ。それは間違いない。

ハーバード大学教授の故サミュエル・ハンティントンは、著書『文明の衝突』のなかで、フィンランドは世界でも有数の文化的断層線にまたがっていると指摘した。キリスト教とロシア正教のあいだの線だ。フィンランド人はある意味では、スウェーデンの影響によってもたらされた欧州のキリスト教文化（ルネサンス、啓蒙《けいもう》運動、宗教改革など）と共有する歴史と、ロシア帝政および共産主義制度がもたらしたロシア正教の世界と共有する歴史とのあいだで、常に引き裂かれていると言える。

そうなると、分裂状態に陥り、文化的に矛盾を抱えるのではないかと考える人もいると思う。私は実際にそう思う。『フィンランド、文化的一匹狼の国』（Finland, Cultural Lone Wolf）において、リチャード・D・ルイスは、フィンランド人の矛盾した性質を次のようにまとめている。

「フィンランド人は心の温かい人たちだが、孤独を好む。彼らは働き者で頭が良いが、反応が遅いように見えることが多い。彼らは自由を大切にするが、店を早く閉店したり、アルコールを買いにくくしたり、アパート内で遅い時間に風呂《ふろ》に入ることを禁じたり、死ぬほど税金を掛けたりして自らの自由を制限する。彼らは運動や健康を礼賛するが、つい最近まで、西ヨーロッパで最も高い心臓病発生率の原因となるような食生活を送ってきた。……彼らは自分の国を愛しているが、めったに褒《ほ》めない」

一九四七年以降、フィンランドは国土の一〇パーセントをソ連に割譲させられ、東西に引き裂かれたが、実際にはそのような二重性との付き合いは、はるか昔から続いていた。「一二世紀前半、フィンランド国民は自分たちが大国同士の諍《いさか》いの真ったただ中に位置していることに気づいた。その状況は、武力衝突を伴う時代も伴わない時代も一貫して、一九四五年まで変わらなかった」とルイスは書いている。「この国の歴史のほとんどは、そのような地政学的な綱渡りをいかにやってのけるか、という話に尽きる」二つの方向に引っ張られる期間としては、おそろしく長い。フィンランド人の精神構造が、根強いタブーによってこれほどこんがらがっているのも無理はないのだ。口に出してはいけないことの多くは、この長い期間の二重性から生まれたように思われる。

そのタブーとは、スウェーデンとの複雑な関係、ロシアに対する不安、社会的に不適切なほど無口なことを世界がどう思っているかという心配、飲酒に暴力、悲惨な内戦、ナチスとの厄介な

＊フィンランドのタンゴはいつも物悲しい短調だ。〈ティンティンタンゴ〉というカフェで会ったある女性から聞いた話によると、タンゴに人気があるのは、パートナーの男性のダンス歴が長くなると、お酒と縁が切れるからだそうだ。難しい踊りなのでマスターするのに一定の時間がかかる。

関係、大陸が引き裂かれるような衝撃だった一九四七年の国土分割、ノキアが破綻《はたん》して一九九〇年代初頭のように国家経済を破綻寸前まで追いやるのではないかという懸念の高まり、等々だ。

フィンランド人らしさの定番である特徴（飲酒や暴力、寡黙さやサウナさえ）もすべて、本当は彼らのタブーの表れ、もしくは副作用だと言うことも可能だ。フィンランド人の特徴の本質は、彼らが語らないもののなかにある。

そういった文化的衝突の最たるものが、スウェーデンとの関係だ。ずいぶん以前のこと、私は子どもの学校で、あるフィンランド人の父親と知り合いになった。さまざまな社交の場で顔を合わせるようになり、夜が更けるにつれ、ワインを飲みながら天下国家を論じるほど親しくなった。だがこの友人について、どうしても理解できないことが一つあった。会話の端々に、自分はスウェーデン系フィンランド人だという情報を入れてくるのだ。二度目以降は「それさっきも聞いたけど、だからなに？」と言いたくなった。だが彼にとっては、都会的でスウェーデン語を話せる洗練された南部の沿岸地域出身の自分は、凍《い》てつく北部の田舎出身の木こりとは違うのだと私に認識させることが、重要だったのだ。彼はシベリウスやアルヴァー・アールトを輩出したフィンランドの出身者であって、森からやってきた単音節の名前を持つ酔っ払いとは違うというわけだ。

フィンランドとスウェーデンの人々の接触は、記録が残っているよりも以前からあるが、おそらくは両国の中間に位置するオーランド諸島を足がかりに、フィンランド南西部からはじまったと思われる。数千年にわたり、居住が可能だった地域は、その周辺に限られていた。スウェーデン人がその地域に移住し、森の奥から毛皮やタールを持って来るフィンランド人と交易を始め、一一五五年から一二九三年のあいだにじわじわとフィンランドを「征服」していった。

フィンランド人はスウェーデン治世時代に、数々の恨みがある。そのうちの一つを紹介すると、一六九六年から一六九七年にとりわけ厳しい冬が二回あって、飢饉《ききん》が起きた。無能なスウェーデン政府のせいで、フィンランド人の三分の一が見捨てられ、餓死した。フィンランドはこのことを忘れていない。

社会の上層におけるスウェーデンの影響について特筆すべきことは、一九世紀前半にスウェーデンがフィンランドに対する権力を放棄してからだいぶ経つにもかかわらず、今なおその影響力が広範囲に及んでいるという事実だ。一八〇九年にポルヴォー議会が開かれ、まだスウェーデンがフィンランドをロシアの大公国とするための条件の受け入れを検討していた段階で、新たなフィンランドの支配階級（その時点ではまだほとんどがスウェーデン系フィンランド人によって占められていた）は早くも、憲法にスウェーデン語の話者に同等の権利を盛り込もうと、大忙しだった。その甲斐あって、両国が分割されてから半世紀以上も、スウェーデン語はフィンランドの唯一の公用語であり続けた。そしてそれよりもさらに長い年月、スウェーデン系すなわち上流というポジションを守ることで、フィンランド社会におけるスウェーデン文化の地位は向上しつづけた。「社会的な上昇志向が強い家庭においては、スウェーデン人の姓を名乗ってフィンランドの出自を隠すことがめずらしくない」とT・K・デリーは書いている。*

今日、スウェーデン系フィンランド人の重要性は低下しつつあるものの、約三〇万人がフィンランドに暮らし、体制側や産業界の上層部において、今なお驚くほどの影響力を発揮している（おそらく最も有名な人物は、ビョルン・ナッレ・ヴァーロースだろう。率直な物言いで知られる銀行家で、フィンランドで最も裕福な人間の一人だ。特定の種類の自由市場資本主義を推進するスウェーデン系フィンランド人の象徴でもある)。

「スウェーデン系マイノリティーの影響力を測るのは困難です」へイッキ・アイトコッスキは言う。「お金を持っている旧家はおそらくわずか一〇パーセント程度でしょう。もちろん彼らは大きな影響力を持っていますし、数世紀にわたる世襲財産を保有し、複数の企業を経営し、何千人もの人々を雇用しています。でも大多数のスウェーデン系フィンランド人は、ふつうの人々です。悪玉は間違いなくヴァーロースですね。フィンランドで最も有名な資本家であり、なにか発言するたびにニュースの見出しになる男です」

スウェーデン系フィンランド人は、「フォルクティンゲット(国会)」という自分たち独自の国民議会を持っている。彼らの政党、スウェーデン人民党からは、通常、大臣が一人、入閣している。自分たちの国立劇場も持っていて、フィンランドの国立劇場よりも格調が高いという噂もある。また、赤地に黄色い十字の旗もある。スウェーデン語は現在もフィンランドの公用語であり、学校では必修科目となっている。地域に八パーセント以上スウェーデン語を話す住民がいる場合は、二カ国語表示が義務づけられている。フィンランドの人口のうち、スウェーデン系フィンランド人の人口はわずか六パーセントだが、南部や西部の沿岸には、スウェーデン系住人が半数以上を占める地域がある。なかでもオーランド諸島はスウェーデン語の使用者が多く、フィンランド領でありながらスウェーデン系住民の自治性が高い。二、三年前に当地を訪れたときのおもな想い出は、午前中に訪れた観光名所のカタツムリ園と、毎晩、蚊にたかられたことだ。スウェーデン語が使用されているこれらの地区では、道路標識もスウェーデン語が先に表記され、フィンランド語が二番目に表記されるよう、法で定められている。ロンドンには相当数(おそらく半数以上）のフランス人が暮らす地区がある。ケンジントンの議会がフランス語で道路標識を掲げる法案を通すなんて、想像できるだろうか。

「スウェーデン語を話すフィンランド人と純粋なフィンランド人の関係には、まだあいまいなところがある」とローマン・シャッツは言う。「以前は、スウェーデン系フィンランド人は優越感を持っていたけど、もうそういうことはない。それは昔の話だよ。フィンランドにはノキアがあり、カクテルやスノボーがある。もうスウェーデン系フィンランド人の出る幕はないのさ」

身体的な特徴でスウェーデン系と生粋のフィンランド人を見分けることができると聞いたことがあるが、スウェーデン系の人々はスウェーデン人になりたいと思っているわけではない。自分たちはフィンランド人だと認めているし、スウェーデンに移住したいとも思っていない。フィンランドが彼らの母国なのだ。だがシャッツによると、スウェーデン語を使用する国民については、新生児の段階から厳格な区別が設けられているという。「うちの息子を赤ん坊用のスイミングスクールに入れようとしたら、フィンランド語を話す子どもの枠はいっぱいで、スウェーデン語を話す子ども用の枠しか空いてないって言うんだよ。『赤ん坊だぞ！　まだ言葉もしゃべれないの

＊フィンランドの独立といえば、一八〇九年の出来事について、フィンランドとスウェーデンには解釈の違いがあるように感じたことがあった。ポルヴォー議会の二〇〇周年記念の年にヘルシンキを訪れた時のことだ。ヘルシンキでは、フィンランド国民が間違いなく祝賀ムードでこの日を祝っていた。ところが、あるフィンランドの文部省内部の人によると、そのはしゃぎぶりが気に入らないのか、スウェーデンから祝賀ムードをトーンダウンするよう言ってきたそうだ。その人物は、差し出がましいにもほどがあると、大そう怒っていた。それとは対照的に、ストックホルムで開催されていた記念展は「一八〇九年――分割された王国」という暗いタイトルだった。スウェーデンは、明らかにフィンランドを失ったことをいまだに面白くないと思っているようだ。

に』って抗議したんだ。最終的に、うちの子はドイツ系フィンランド人で、ドイツ語はスウェーデン語の姉妹語だと主張して入れてもらったよ」

「フィンランド人がスウェーデンを憎む理由はいくらでもあります。同時に、癪《しゃく》に障るけど愛さずにはいられない相手でもあるのです」ニール・ハードウィックはそう説明してくれた。「スウェーデン系フィンランド人がフィンランドを牛耳っているとは思いません。でも彼らは派閥を作って独自のやり方で物事を進めていますし、スウェーデン語関連の文化や教育は、大きな予算を占めています。スウェーデン関係のプロジェクトに対しては、謎に包まれた巨額の支援があります。OB会のような組織が強いのでしょう」

「かつては、いや今もある程度、フィンランド人はスウェーデン人に対して大きな劣等感を抱いています」とアイトコッスキも賛同する。まあそれは仕方ない。スウェーデン人に劣等感を抱かない人はいないだろう。

スウェーデン系フィンランド人に対する特別扱いについて、とりわけ苛立《いらだ》ちを募らせているのが、近年とみに頭角を現してきた右派の真正フィン人党だ。最近の選挙で得票率を四パーセントから一九パーセントに伸ばし、執筆時現在、第三党に躍進した。お決まりの移民排斥論とともに、スウェーデンの影響力の徹底排除を訴えている（支持が伸びた最大の理由は移民排斥論だが、フィンランドはほかのどの北欧諸国よりも移民の数が少ないのが実情だ）。

だがアイトコッスキ（ちなみに彼はスウェーデン系フィンランド人ではない）は、この問題を別の角度からとらえている。彼は、フィンランドのスウェーデン系フィンランド人の扱いを「少数派民族の優れた扱い方の例」と考えている。フィンランド国民がスウェーデンに恨みを抱くのは当然だが、冷戦時代のフィンランドが西側諸国とのつながりを維持できたのは、ほかならぬスウェーデンのおかげだからだ。

それに、フィンランドの歴史の本からスウェーデン系フィンランド人を抹消すると不都合も生じる。なぜならフィンランドの歴史上の偉人、とりわけ独立のために戦い、国家としての発展に尽くした指導者たちには、スウェーデン系フィンランド人が多いからだ。国民的詩人のヨハン・ルドウィッヒ・ルネバリしかり、フィンランドの最も偉大な作曲家ジャン・シベリウスしかり、アルヴァー・アールト（母親がスウェーデン人）しかりである。フィンランド最大の戦争の英雄であり、フィンランド中の町のメインストリートにその名がついているように思われる、カール・グスタフ・マンネルヘイム司令官さえスウェーデン系だ。ムーミンの作者トーベ・ヤンソンもスウェーデン系フィンランド人だ。

フィンランドとスウェーデンの複雑な歴史的関係について、面白い見解を持っていそうな人物として、ラウラ・コルベという歴史家がいると教えてもらった。私はヘルシンキ大学の研究室にコルベ教授を訪ねた。彼女は四〇代半ばの熱意溢れる小柄な女性だった。フィンランド人がかつての宗主国であるスウェーデンの人々に対して劣等感を抱いているという考えに賛同するかどうか、教授に尋ねた。

「むしろフィンランドはスウェーデンの成功を羨んでいるのだと思います」とコルベ教授は言った。「スウェーデンはみんなを惹《ひ》きつける太陽のような存在でした。成功を呼び寄せる磁石のようなものでしょう……フィンランド人の多くはスウェーデン人に感謝していると思います」

あまりに寛大すぎる気がしたので、私はもう少し押してみた。本当になんの遺恨もなかったのでしょうか？　さほど強く押す必要はなかったようだ……。

「最近、スウェーデン南東部のウプサラに滞在しました。それで改めて、自分とスウェーデンの関係について考えはじめました。私はスウェーデンを好きか、嫌いか。すると少しずつ好きでもあり、嫌いでもあると気づいたのです。今日の両国を見ると、一八〇九年に分裂したことは残念に思えます。なぜなら両者とも、完全になるためにお互いの存在を必要としているからです。たとえばスウェーデンは、フィンランド人から真面目さや、波瀾《はらん》万丈な生き方、地に足の着いた生活感覚などを学ぶことができます。彼らは逆境にさらされる経験が乏しく、安穏と、郊外の家で快適な暮らしを送っています。今、スウェーデンで活躍しているアーティストや作家は移住者なんですよ。優れた本や劇を書いているのはスウェーデン生まれの人々ではありません。ダイナミズムに欠ける社会になっているのです。それにもちろん、スウェーデンが富を蓄えることができたのは、フィンランドが彼らを守ってきたからです。それは皮肉ではなく、現実です。私たちフィンランド人が壁を支えているあいだに、スウェーデン人は自分の庭の手入れができた、という感覚は多少あります」

　何人かのフィンランド人から同じような話を聞いた。スウェーデン人は少々気取り屋で、自分の手を汚さない潔癖症だ。フィンランドをけしかけてロシアと戦わせ、自分はボスニア湾の対岸からレースのハンカチを振って応援している。フィンランド人男性のなかにはスウェーデン人男性を「ゲイ」呼ばわりする人もいた。あとで触れるが、スウェーデン人は第二次世界大戦中もその後の時代も、中立的立場を取ったおかげで、ずいぶん得をしてきた。

「フィンランドでは一般的に、スウェーデン人、少なくとも男性は、ゲイだと思われているよ」

とローマン・シャッツは言った。「軟弱で青白いだろ。タマに毛が生えてないんだ。スウェーデン軍では髪を切らなくていいんだぜ。ヘアネットを支給してくれるんだ！」これについて調べてみたら、驚くべきことに事実だった。一九七一年にスウェーデン軍は当時流行《はや》っていた長髪をおさめるため五万点のヘアネットを発注している。

オランダの人類学者ヘールト・ホフステードのひじょうに影響力のある「文化の次元」という一九八〇年の研究においてもその傾向は明らかだ。「男らしさ対女らしさ」の項で、フィンランド社会は北欧で最も「男性的」と考えられているのに対し、スウェーデン人は北欧のみならず、世界で最も「男性的でない」とされていた。

フィンランドがユーロを導入したことは、クローナを大事にしてきたスウェーデンと明確に一線を画したことを意味している。フィンランド人は、時差のおかげで、世界で最初にユーロを導入した国となったことを誇りに思っている。そして両国間にくすぶる敵対心は、毎年開催される陸上大会「フィンランド・スウェーデン国際大会」で一気に表出する。

「こいつはとことん愛国的なイベントなんだ」シャッツは嬉しそうに両手を揉《も》み合わせながら言った。「今年のテレビ放映のコピーは『大事なのはフィンランドが勝つことじゃない。スウェーデンが負けること』なんだぜ」

第五章　ロシア

ペット・ショップ・ボーイズのファンなら（「ウェスト・エンド・ガールズ」の歌詞で）みんな気づくだろうが、一九一七年四月、ウラジーミル・イリイチ・レーニンは、亡命先のジュネーブ湖畔から、列車によってスウェーデンのストックホルムを経由し、サンクト・ペテルブルクにあるフィンランド駅まで秘密裏に護送された。その数年前にレーニンがフィンランドに約束した、ロシアの支配からの解放は、もう時間の問題だった。

フィンランドの自治は、一八〇九年以来の悲願であり、民族主義運動フェノマン（スローガンは「我々はもはやスウェーデン人ではない。我々はロシア人にはなりたくない。だからフィンランド人になろう！」）が、その下地を整えてきたのだから、このときフィンランドは新たな時代の到来を告げるべきだった。歴史家のラウラ・コルベが教えてくれたように「そのあいだに私たちは国家としてのアイデンティティー、フィンランド語、カレワラの神話［一八三五年に民俗学者エリアス・リョンロートが発表したフィンランドの民族叙事詩および伝説集で、トールキンに絶大な影響を与えた］などを築き上げ、自分たちがどういう人間になりたいか決めた」のだから。ところがフィンランドは新たな時代を築く代わりに、自己破壊的な悪夢のなかに下りていき、その余波はそれから数十年にわたって続いた。

当時のヨーロッパではどこでもそうであったが、フィンランドでも共産主義が台頭しはじめていた。急進的なフィンランド人は、赤衛軍として赤旗のもとに結集した。それに対抗する中産階級で構成された白衛軍を率いたのは、かつてはロシア皇帝軍の一員だったマンネルヘイム司令官だった。内戦自体は四カ月も続かなかったが、フィンランド国民がこの内戦で負った心の傷は、今日も残っている。白衛軍が勝利し、三万七〇〇〇人が命を落とした。赤衛軍とその支援者の多くは、処刑もしくは投獄され、最終的には恩赦があったが、その後の数十年間にわたって、当時の悲惨な話の大部分には蓋《ふた》がされた。それはフィンランド史における唯一にして最大の分裂の瞬間だった。まあ内戦なのだから、当たり前かもしれないが、この戦いはとりわけ苦い経験だったようだし、フィンランド人の寡黙さは、癒しのプロセスにはほとんど役立たなかったにちがいない。

「赤衛軍の戦没者については、いまだに墓参りも思うようにできません」ある遺族が教えてくれた。「森のなかには非公式の墓がたくさんあります。赤白の区別は大っぴらにはされていませんが、田舎の村へ行けば、どの家族が赤衛軍側でどの家族が白衛軍側だったか、みんな知っています」

ラウラ・コルベいわく、フィンランド国民がこの内戦から立ち直るのに五〇年間かかった。「生きている記憶というわけではありませんが、赤衛軍であったにせよ白衛軍であったにせよ、あらゆる家族があの内戦になんらかの関わりを持っています。一九六〇年代の頃とは違いますが、トラウマが残っていることはたしかです。なぜならあれは同胞同士の戦いであり、共産主義対ブルジョワジーと農民の戦いだったからです」

「赤衛軍対白衛軍に関することはすべて、いまだにデリケートな問題です」ニール・ハードウィックも言う。「付き合ってしばらくすると、誰がどちら側かわかってきますよ。別にどちらでも構わないのですが、根深く残っていることは事実です。かつては私も共産主義者を標榜していましたが、最近ではそういうことは口にしません。でも我々のような昔からの左翼は言わなくても、目と目を見ればわかります。事実、七〇年代には、左翼はおそろしく非愛国的な存在と見られていました。隙を見てモスクワにフィンランドを売り渡すような輩《やから》だと思われていたのです。私自身はそんなつもりは毛頭ありませんでしたがね」

ソ連帝国の監視が厳しくなければ、フィンランドの内戦の傷はもう少し癒《い》えやすかったかもしれない。だがソ連の政治局はあからさまにフィンランド国内の共産主義者を支援していた。独立から間もないころのフィンランドとソ連の関係は順調に推移していたが、第二次世界大戦が近づくにつれて「ロシアの熊」は再びその関心を西隣の小さな国に向けた。

ソ連としては、フィンランドを国ごと支配したいと本気で考えていたわけではなく、レニングラードと改名されたサンクト・ペテルブルクを守るために、緩衝地帯を拡大したかっただけだと思われる。スターリンは、レニングラードに近いいくつかのフィンランド領の島と、バルト海に臨む港ハンコを支配したいと申し出た。フィンランドはこれを拒絶し、一九三九年一一月、両国は戦争に突入した。フィンランドは「スイス」が試される究極の試練の時を迎えた。

フィンランドは二〇万人の兵と、事実上、航空機や戦車ゼロという兵力で、総勢一二〇万人のソ連軍に立ち向かい、当然のことながら敗北を喫した。永久凍土の上で三カ月にわたって展開された悲惨な軍事行動に続いて、さらに延長された期間には、気温が氷点下四〇度を下回り、二万六〇〇〇人のフィンランド人と一二万七〇〇〇〇人のロシア人の命が失われた。この「冬戦争」の悲惨さはペッカ・パリッカ監督による一九八九年の映画『ウインター・ウォー　厳寒の攻防戦』（フィンランド版『シン・レッド・ライン』のようなもの）に、余すところなく表現されている。血に染まる雪、砕け散る樹木、火を放たれる塹壕《ざんごう》、切断される腕や脚などが、三時間にわたって、役者の感情表現を一切排して描かれている（唯一の「軽い」瞬間は、マンネルヘイム線にいたJR二三という歩兵隊がサウナ室を建てる資材を見つけた時だけだ）。

悲惨な戦いではあったが、冬戦争は分裂していた国内を一つにまとめて奮い立たせ、その戦いぶりは世界の賞賛の的ともなった。スキーをはいた白服の哨戒隊《しょうかい》は、ソ連兵から「白い死に神」というあだ名で呼ばれ、第二次世界大戦の象徴の一つとなった。当時フィンランドにいた米軍の従軍記者で、のちにヘミングウェイと結婚したマーサ・ゲルホーンは、酷寒に耐えながら決然と戦うフィンランド人というイメージを生み出すのに一役買った。「青白く凍った不屈の精神を持つすばらしい人々」と記事に書いている。

中立だったスウェーデンは、かつて自分の領土だった国がソ連と戦っているあいだ、ほとんど支援しなかった。そればかりか、戦争の初期にフィンランドの応援に来ようとした国際連盟や連合国を阻んだ。当然ながら、フィンランド人のなかには当時のことを苦々しく思っている人たちがいる。援軍を阻止したことや、大戦のあいだスウェーデンのせいで宙ぶらりんの状態に置かれつづけたことだけではない。戦時中に、恥知らずにもドイツや英国に原材料を供給してしこたま儲《もう》けたことや、戦後数十年にわたって、ソビエトとのあいだにある勇猛なフィンランドという緩衝地帯を一種の安全保障として利用することで、思う存分に自国の経済を発展させてきたやり方に対しても、恨みが残っている。あるフィンランド人はこう話してくれた。「スウェーデンはフィンランドが体を張ってソ連を抑えているあいだに、ここぞとばかりに稼いだんだ」その恨みは今でも残っているだろうか？　長い沈黙のあと、その人はフィンランド人特有の簡潔な表現で答えた。「良い質問だな」

マンネルヘイム線は一九四〇年初頭に破られたものの、小国フィンランドがソ連相手に善戦しているのを見たヒトラーは、自分ならスターリンを倒せると勢い込んで参戦してきた。こうして比較的短期間だった冬戦争に続き、三年にわたる継続戦争がはじまった。初めのうちは中立を宣言していたフィンランドだった（「うちのことは気にしないで、お二人でどうぞ！」）が、バルバロッサ作戦では、ナチスに協力してソビエトと戦うことが自国の利益に最もかなうと判断した。かくして二〇万人のドイツ兵がフィンランド北部で戦うことを許し、ナチスにさまざまな原材料、とくにニッケルを提供した。

このような協力関係を、あとから非難するのは安易かもしれないが、フィンランドがヒトラーと手を組んだことはどうしても戴《いただ》けない。そもそも放っておいたら、ソ連は本当にフィンランドに攻め込んだだろうか？　ソビエトの当時の最高司令部の資料によれば、そのような計画は存在しなかった。そうなるとよけい、ドイツとの連携は正当化しにくくなる。

当然、フィンランド人はそうは思っていない。「私たちはドイツ軍と共にソ連と戦ったのであって、ドイツの同盟国になったわけではありません。そこには違いがありますよ」とコルベは言う。「オランダやノルウェー、デンマークと同じような意味で、ナチスの協力者となったわけではありません。軍事組合のようなものです。ドイツの支援があったから、私たちはソ連に占領されずにすんだのです」

　常に実用主義的な観点に立ってものごとを考えるフィンランド人は、そこに微妙な区別をつける。彼らは、失地を回復し、ソ連の侵攻を食い止めるという、自国の反共主義にかなう範囲で厳密に行動を取ったのであって、第三帝国の実現を夢見るヒトラーの野望に手を貸したわけではない、と。私たちが現在知っている驚くべき残虐行為は、ロシアがフィンランドの隣国であるバルト諸国（これらの国々は今ようやくソ連時代の痛手から立ち直りつつある）を征服したあとに、ロシア人によっておこなわれたもので、その事実一つを取っても、フィンランドがあらゆる手を尽くしてソ連圏に取り込まれることを回避したのが、いかに賢い選択であったかがわかる。そのことと、今、歴史を振り返って、ドイツとの連携にはモラル上の問題があったかもしれないと考えることとは別だ、とフィンランド人は考えている。ロヴァニエミの歴史博物館にこんな説明書きがあった。「当時の国際情勢により、フィンランドはドイツに支援を求めざるを得なくなりました」

　終戦前の数カ月間、フィンランドはとうとうドイツに刃向かった。ドイツはラップランドを通って北へ退却する際、途中にあるすべての建物や橋、道路を破壊して行った。息子と私がロヴァニエミにサンタを訪ねたとき、無表情なコンクリートのアパートばかりが建ち並んでいたのはそのせいだ。フィンランドには瓦礫《がれき》だらけの想像を絶する厳しい戦後期があり、そのすべてを建てなおさなければならなかった。

　ドイツに味方した罰として、フィンランドはロシアに国土の一〇パーセントを持っていかれた。そこには豊かな農地カレリア、一〇〇基近くの発電所、広大な森林地帯、そして経済的な面でひじょうに重要なヴィボルグ港が含まれていた。その土地に住んでいたフィンランド国民は、フィンランド側へ逃げ帰った。ほかのヨーロッパ諸国は完全に忘れているが、フィンランドはこの時、国家の分裂に等しい経験をしている。

マンネルヘイムは、どうにかフィンランドをソ連の手から守り抜いた。彼のもう一つの功績は、マーシャルプランの支援を拒否したことだった。アメリカの支援を断ったのは、頑固で血の気の多いフィンランド国民らしい決断だった。復興資金は喉から手が出るほどほしかったが、勇気をもって自給自足の道を貫いた結果、米国に頼ることなくソ連への債務を完済した。米軍基地もなければNATO加盟国でもないため、ソ連は西側諸国がフィンランドを足がかりに攻め込んでくる心配をせずにすみ、フィンランドに対して、高圧的に出る必要も、攻撃する必要も感じなかった。おかげでフィンランドのほうも、第二のエストニアにならずにすみ、冷戦時代のチェスゲームにおいては、戦略的なポーンの駒として、経済面で大いに利益を上げることができた。

一九七〇年代にフィンランドがモスクワを食い止めることができたのは、ひとえにウルホ・ケッコネンのおかげだと考える人は多い。初めは首相として、その後は大統領として、ケッコネンは二五年間にわたって綱渡り的な外交をやってのけ、一九八一年に八一歳で健康を害して辞任するまで、フィンランドを導いた。

一九六一年に、ソ連に対して自分がフィンランドを掌握していることを示す目的で議会を解散した時のように、独裁的な面を発揮することもあったが、数多くのソ連関係の危機において、ケッコネンはフィンランドの独立を守り通した。一九五八年に、ソ連がフィンランド企業への注文をキャンセルし、大使を引き揚げた、いわゆる「霜夜危機」などもその一例だ。「当時のフィンランドが、ロシアに占領されずにすんだ唯一の国でいられた理由を知りたければ、ケッコネンとソ連の関係を知る必要がある」とあるフィンランド人は語った。

今日、ケッコネンはフィンランド史においてほとんど神話化された存在だ。彼の忠誠心が東西のいずれにあったかという点や、内戦時代の彼の行動については、対立する内容のさまざまな噂があり、一九八六年に亡くなってから三〇年近く経つ現在においても、疑問が渦を巻いている。「ケッコネンは演説のなかで、『ソ連と良好な関係を保つことが重要だ』とつねに強調していました。私たちはそれを骨の髄まで叩《たた》き込まれています。フィンランドは穏健な意見を持たざるを得なかったのです」私がケッコネンの「積極的中立政策」への批判を持ち出すと、コルベ教授はそう答えた。

中立政策をソ連への追従と見る人もいる。事実、ケッコネンはフルシチョフと親しかった（二人は一緒に狩りを楽しむ仲だった）。「ソ連はあまりに強大でしたし、ソ連版の歴史観を受け入れよというイデオロギー面の圧力もありました。でもフィンランドが発言内容について、ソ連から指図を受けるということではありません。私なら『国家的現実主義』と呼びます。あなた方にとって、私たちが圧力に屈したと批判することは簡単でしょう。だってあなた方はＮＡＴＯ（北大西洋条約機構）に守られているのですから」

コルベ教授は、ケッコネンは「ソ連の首相とすばらしい関係を築いていた」と表現するが、もう一歩突っ込んだ表現をする人も多い。彼は実際には、ソ連の手先だったのではないか？

「私の知っている限りにおいては、まるでジョン・ル・カレのスパイ小説の世界でした」ニール・ハードウィックは、一九六〇年代から七〇年代におけるフィンランドとソ連の関係をそう表現した。「ケッコネンはロシア人とひじょうに親しかったし、どちらの味方だったのか、本当のところは誰にもわかりません。何年も前のことですが、ロンドンの劇場地区にあるパブにいたとき、泥酔したレインコート姿の老人に気づきました。『どこかで見たことがあるが、誰だっけ』と思いながら見ていると、私が見ていることに気づいた老人は『わしを知らんのか。ジョージ・ブラウン［ウィルソン内閣の労働党外相で筋金入りの反ソ派］だぞ』と言い、私たちは少しおしゃべりをしました。私がフィンランドに住んでいると言うと、『ああ、ケッコネンか。やつはKGBだったな』と言うのです」。これが事実かどうかはわからないが、フィンランドの大統領がソ連に信用されていたことは、疑いの余地がない（ケッコネンは一九七九年にソ連のノーベル賞に相当するレーニン平和賞を受賞している）。フィンランドに「ケッコスロヴァキア」という怪しげなあだ名がついた由縁だ。

フィンランドとソ連のあいだに最も危険な瞬間が訪れたのは、一九七八年だろう。「ソ連とフィンランドで合同軍事演習をしようという提案が持ちかけられたのです」コルペ教授は思い出す。「フィンランドの政治家は『うちの部隊がおたくの部隊のうしろについて行くとか、おたくの部隊をうちの部隊の後方に派兵するくらいにして、お互いの軍隊を混ぜるのはやめておきましょう』と言って、うまくかわしました。冷戦時代はずっと、外交による侵略、つまり見えない侵略の危険にさらされていました」

そうした水面下における侵略の試みは、さまざまな形でおこなわれたが、なかにはイーリング喜劇のようなものもあった。当時のことを思い出して、「ホーム・ロシアン」という異常な現象について語ってくれる人が何人かいた。これは鉄のカーテン版バディシステムとでもいうようなもので、フィンランドの政治家や体制側の人間が、釣り合う立場のソ連の人間とペアを組む制度だ。

「ソ連大使館はもちろん強大な権力を持っていましたし、フィンランドの政治家には全員に『ホーム・ロシアン』、つまりソ連の外交官が一人ずつついていて、とても親しい付き合いをしていました。自分の別荘や家族の集まりに招くような関係です」コルベはそう表現した。

この関係は相互に有益だった。「ソ連はフィンランドがなにをしているか、知識階級や政治家がなにを考えているか、情報収集をしていました。でも真の目的がなんだったか、みんな承知していました」とコルベは言う。ソ連は、フィンランド人が仕事でロンドンやニューヨークに行って仕入れてくる情報をとりわけ重宝したそうだ。

ニール・ハードウィックがフィンランドに来たのは、冷戦が最も厳しい時代だった。私が泊まっていたホテルのバーで、当時のヘルシンキの想い出を話してもらった。「四〇年前のヘルシンキには東欧の趣が強かったですね。基本的には、義務づけられていること以外はすべて、禁止されていました」彼は笑った。「ホテルのバーのような場所に行くのは、ひと苦労でした。外に列を作って並び、入口にはドアマンがいて、お酒は買えますが、友人を見つけたからといって別のテーブルに移ることはできません。自分のグラスを持って勝手に移動してはいけないのです。ウェイターに頼んで持ってきてもらわなくてはなりません。窓にも目隠しの覆いが掛けられていました。酒を飲んでいる人たちが通行人から見えないようにするためです」

一般のフィンランド国民の生活におけるソ連の影響は、絶大だった。国営ラジオでは、「近隣諸国のできごと」的な番組が毎日一五分間流れ、その内容は、ハードウィックいわく、「ソ連のソフトなプロパガンダ」満載だったそうだ。また各家庭には、ハウスブックなるものを保管し、家族全員の名前だけでなく、訪問者も逐一記録することが義務づけられていたそうだ。毎年一月、家族の誰かが地元の警察にハウスブックを持って行って並び、内容をチェックしてもらい、スタンプをもらわなくてはならない。これを怠れば罰金が科されたそうだ。

メディアや出版業界は、ソ連の神経を逆なでするような内容の報道をしないよう、つねに注意を怠らなかった。「先輩の話では、外交方針についてはとくにデリケートだったようです」ヘイッキ・アイトコッスキは、そう語った。「新聞社は外相から強い圧力を受けていたそうです。フィンランドが独立国家でいられるか否かは、モスクワの一存にかかっていることを、基本的には誰もが承知していました。ですから、たとえば反ソ的な書籍は図書館から撤去されました。ゴルバチョフがヘルシンキに来て、フィンランドは中立国家だと発言したときは、大ニュースになりました。今日なら、『だからどうした。フィンランドはもともと自由国家じゃなかったのか？』と思うでしょうが、当時は大見出しで紙面を飾りました。ゴルバチョフは『独立国家』だと言ったのではありません。『中立』、つまりソ連圏の一部ではない、と言ったのです。『君たちは自由だ、好きなことをしてよい』と」（アイトコッスキは触れなかったが、一九九一年にゴルバチョフが誘拐され、退陣させられたとき、『ヘルシンギン・サノマーツ』紙は、そうなって良かったという趣旨の社説を掲載した。明らかにソ連共産党政治局の機嫌を損ねないよう配慮した論調だった）。

そのような配慮をするのも無理はない。冷戦時代の大半、フィンランド国境にはソ連の戦車がずらりと並んで発進命令を待っていたのだから。それに、仮にソ連が侵攻してきたら、誰がフィンランドを助けに来てくれるというのだろう。ヘアネットをかぶったスウェーデン軍か？　それとも非武装化されたドイツか？　フィンランドはアメリカからはあまりに遠い。だからフィンランド人は自分が最も得意とすることを実行したまでだ。理念よりも現実を優先し、プライドを飲みこみ、頭を下げて、やるべきことをこなす生き方に適応していったのだ。口に出してはならないことが飛躍的に増えていったことは、想像に難くない。

これまでの軍事的敗北、国内を分裂させた紛争、実用主義の必要に迫られて自主性を抑えてきたことなどは、フィンランドの自尊心を深く傷つけたに違いない。そして一九八九年に鉄のカーテンが崩壊すると、フィンランドはほぼ破産状態になって残された。ソ連が分解してしまうと、フィンランドは最大の貿易相手国を失った。輸出は激減し、数カ月のうちに経済は一三パーセント縮小した。一九九〇年代は、二〇世紀にさんざん経験してきた辛苦の数々を再び繰り返し、傷をなめつづけた長い一〇年間だったに違いないと想像する。

「いやいや、とんでもない。その時代はフィンランドのサクセスストーリーだよ」私の意見を聞いてローマン・シャッツは言った。「今ほどフィンランドの人口が増えた時代はない。ぼくはフィンランドの歴史が苦しみと占領の連続だったとは思っていないよ。一九一七年に独立して以来、フィンランドは国や文化を築くために必要なものをすべて手に入れてきたんだから」

だからこそ、フィンランド人は実利的な国民と言われるわけだ。だがこの一〇〇年間にフィンランド人の魂にはどのような影響があったのだろうか。「フィンランド人は実利的に生きざるを得ないんだ」シャッツは言った。「氷点下四〇度の気温のなかで暮らし、クマもいるんだぜ。二〇万個の湖や八カ月も続く冬に対応できれば、ロシア人なんか恐くないさ。フィンランド人には抜け目ない生存本能がある。ぼくに言わせれば、フィンランド化［ソ連に関する事柄について自己規制すること］は肯定的な言葉だ。なぜならこの状況に対応できる唯一の方法なんだから」

「自分たちが犠牲者だという感覚は、一度も持っていません」コルベ教授も同意見だ。「一度も占領されずに済んだことが、フィンランドにとっての成功ですから」

だが実利主義にロマンは見出《みいだ》しにくい。現実主義的な政治路線に誇りを感じるのは難しいし、煙の立ちこめるクレムリンの一室で秘密の情報を交換したり、ハンコの別荘でロンドンで仕入れてきた情報を渡したり、ソ連大使館のクリスマスパーティーでスモークサーモンとウォッカを交換する男たちを英雄扱いはしにくい。そういう意味では、フィンランド化という言葉もまた、長年、フィンランド人との会話で口にできない数多くの話題の一つであったことは、驚くにはあたらない。

現在のフィンランドメディアはロシアをどう扱っているだろう？　たとえばプーチン大統領は最近、フィンランドが現在、議題に載せているＮＡＴＯの兵器の配備を許可したら、「報復措置」を取ると脅していた。フィンランドの新聞は、今でもロシアの指導者に対して尊敬の念を持って接しているのだろうか。「いえ、ロシアに対するバッシングを抑制することはありません」とアイトコッスキは言った。「私たちはもはや親ロシア派では決してありません。ただ、プーチン政権が邪悪で好戦的になったらどうなるか、という潜在的な脅威はつねにあります。そうなったら明らかにフィンランドはそれほど安全ではなくなります。なぜならフィンランドはロシアに近すぎますし、歴史書を読んだことのある者なら誰でも知っているように、一〇〇パーセント確かなことなどないのですから、心の底から安心することはできませんよ」

第六章　学校

冷戦後のフィンランドが成し遂げた最大の偉業はなんだろうか。フィンランド国民は、自分からは決して言わないが、それは教育システムだ。当然ながら、フィンランドの学校が世界で一番優れているという事実は、外国から指摘された。

ＯＥＣＤ（経済協力開発機構）が二〇〇〇年から三年ごとに発表している世界の教育システムのランキングは、信頼性の高いものとして広く評価されている。七〇カ国の一五歳の生徒の数学、読解力、科学の成績を示すグラフにおいて、フィンランドは毎回、三分野のいずれにおいてもトップもしくはトップに近い位置にいる。米国の雑誌『ジ・アトランティック』は最近フィンランドを「教育大国の西のチャンピオン」と名づけた。

その秘密を探ろうと、もう何年も世界各地から教育者たちがフィンランドに押し寄せている。だがその秘密は一見してわかるものではない。ノキアの納税額をしのぐ勢いで、学校に税金が注ぎ込まれているのではないかと思うかもしれないが、生徒一人当たりにかける税額はＯＥＣＤの平均と変わらない。教師の報酬もほかの西欧諸国とほぼ同じであり、米国の教師よりは二〇パーセントも低い。一クラスの人数が少ないのではないか、生まれたとたん学校に通いはじめるのではないか、膨大な量の宿題を与えられているのではないか、プロの自転車競技選手よりも頻繁にテストを受けているのではないか、フィンランドの子どもたちの食べるシリアルには向精神薬リタリンの一日分の容量が混ぜ込まれているのではないか……などと憶測をめぐらせる人もいるかもしれない。

答えはすべて「ノー」だ（正直なところ朝食のシリアルの成分分析は確認していない）。一クラスの人数は、北欧の標準から言えばとくに少なくはない。二〇〜二三名程度だ。また、正規の教育が始まる年齢も、北欧のほかの国同様、七歳からだ。仕事を持つ女性の割合がひじょうに高く、保育所がとても安いため（料金は親の収入に応じて決まる）、ほとんどの子どもが幼いうちから託児所や保育所に入るが、教室に長時間座って授業を受けるのは、七歳になってからだ。一六歳までは試験もほとんどない。宿題も比較的少ない。学校別の成績も公表されていない。子どもたちが一日に学校で過ごす時間も平均してわずか四時間だ。英才教育はおこなわれていないのだ。

そのあたりの条件にスカンジナビア諸国間で大きな違いはないのだが、フィンランドの子どもたちの成績は、なかでも抜きん出ている。私がフィンランドの教育システムを褒めちぎると、デンマーク人の友人が「大学レベルではたいしたことないけどね」と鼻で笑った。それには多少の事実が含まれている。ただし一六歳以上のフィンランドの子どもたちは、九五パーセント以上がなんらかの教育を継続して受けている。またスウェーデンも、近代化や文化のレベルを示すこのように重要な指標において、かつて自分たちの領土だった国に後れを取っていることを面白くないと思っている。そこでフィンランド社会は、とりわけ同質性が極端に高く、比較的移民が少ないことを挙げて、有利な条件があるため不公平だと主張している。

ただ断っておかなければならないのは、フィンランド人自身も、第一回のＰＩＳＡ（ＯＥＣＤ生徒の学習到達度調査）において、自分たちが上位にランクインしたことに少々当惑していたということだ。当初、彼らはＰＩＳＡのシステムになんらかの偏りがあるのではないかと考えていた。いまだにそう思っている人もいる。

「全員に等しく機会が与えられているという点において、フィンランドの教育システムは優れていると思いますが、世界一というのはどうでしょう。私はＰＩＳＡの調査は信用していません」前述のヘイッキ・アイトコッスキは言う。「フィンランドのシステムは、ほかの西欧諸国のものと大して変わらないけれど、単に、移民の人口が少なく、貧しい生徒が少ないため差がついた、というのが正解ではないでしょうか。また、九九パーセントの生徒が母国語としてフィンランド語もしくはスウェーデン語を話すことも関係していると思います。ドイツへ行けば一〇パーセントの生徒がトルコ語を話しますからね。これが私の説です」

「移民に関していうなら、移民でないフィンランドの生徒は、移民でないスウェーデンの生徒よりも優秀なだけでなく、フィンランドの移民の生徒たちも、スウェーデンの移民の生徒たちよりも優秀です」ヘルシンキ大学の行動科学部学部長パトリック・シェイニン教授はそう反論する（ここはフィンランドの人間開発と学習に関する微調整を任されている学部だ）。市の北部にある教授の研究室で話を聞いた。「全員の成績が良いのです。ですからＰＩＳＡの結果を移民の数のせいにするスウェーデンの主張には、説得力がありません。スウェーデンよりも移民人口が多くても成績が良い国もあれば、移民人口は少ないのにスウェーデンよりも成績の悪い国もあります」

フィンランドの成績についてとりわけ注目すべき点は、教科間の成績に偏りがなくて全般的に優秀であるだけでなく、全国の学校が同じレベルの成功をおさめていることだ。フィンランドは、学校間格差が世界で最も小さい国なのだ。最高と最低の差は、わずか四パーセントしかない。成績の良いほかの国々（教育熱心な母親《タイガー・マザー》の多いシンガポールや台湾、香港など）では、勉強のできる子どもたちは英才教育を施す学校へ送られる。これらの国は、学内における学力差が小さいことを自慢しているが、学校別の成績を比較すると、とくに国内の地域によって、格差は絶大だ。だがフィンランドでは、ラップランドの奥地の学校へ行こうと、ヘルシンキ郊外の学校へ行こうと、子どもの成績に影響が出ることはなさそうだ。

これはさほど重要なことには思えないかもしれないが、国内における移動の状況に関する最近のギャラップ調査によると、フィンランドはニュージーランドと米国に次いで三番目に「五年間のうちに別の土地へ引っ越した人の割合が高い」国だった。シェイニン教授は、そこでこの学校間格差の小ささが重要な役割を果たすと考える。「一〇〇人につき数人の生徒が転校します。九年間で考えれば相当の割合になるでしょう。［転校したせいで］算数に大きな穴が開いてしまったら、あとで困ることになります」教授いわく、フィンランドの教育システムの秘密は、厳格に実施される一貫したカリキュラムだ。授業についていけない生徒には一対一の個別指導がおこなわれる（毎年約三分の一の生徒がこの特別な学習支援を受けている）。

それと同じくらい重要なのが、教職者に与えられる惜しみない支援だ。シェイニン教授によれば、「全国に途方もない数の教員教育の場がある」そうだ。フィンランドでは、一九世紀後半に教育制度が誕生した当初から、教職は名誉ある職業と考えられていた。なぜなら教師たちは、フィンランドが独立国家として台頭していくために重要な役割を担う存在だったからだ。私が子どもも時代にお世話になった精神病質者《サイコパス》や社会不適応者の寄せ集めを思い出すと、およそかけ離れた教師像だが、フィンランドにおいては、教師は昔から国の英雄であり、発展する国家イメージを創り上げ、広めていく最前線に立つ人々だった。まさに国の知性のために戦う自由の闘士だ。

「当初の教師に託された仕事は、人の心を育て、アイデンティティーを構築することでしたから、パイオニアになれる人物を求めました。灯《ともしび》を掲げ、人々を導くことのできる人たちです。そういう意味では教師という職業は、昔からずっと、名誉ある仕事でした」教授はそう語った。初期のフィンランドの教育では、基本的に木工技術や裁縫など、生きるための技術を教えていた。教師は、フィンランド人が自立して歩んでいけるよう道を照らす「人々の灯」として知られるようになっていった。

現代においても教師は魅力ある職業だ。大学卒業生の四分の一以上が就職選択肢の一位に教職を挙げている。米国や英国では、教員志望者のなかに読み書きもろくにできない者が混じっていると耳にすることもあるが、フィンランドでは、最も優秀な学生が集まってくる。

「あなたの恩師を思い浮かべてみてください」シェイニン教授が言った。私が思わず身震いすると、「そうでしょう!」と彼は笑った。「その経験から学校の先生になりたいと思いますか? 思わないでしょう。でももし、優しくて働き者で、勉強熱心で熱意があって、教え上手な先生に出会っていたらどうでしょう。教師を志すかもしれませんよね」

フィンランドでは、教職課程に入るのに常時、一〇倍、時にはそれ以上の倍率の応募があるため、法学部や医学部に入るよりも難しいこともある。ヘルシンキ大学では、二年前に、定員一二〇名の教職の修士課程の募集に対して、二四〇〇名の応募があった。一九七〇年以降、教員は、国の支援を受けて修士まで修めることが義務づけられている。「フィンランドの教員研修は、研究を中心におこなわれます。教授法を学ぶだけではなく、批判的思考を身につけます」

教職は昔から重要で英雄的な仕事と考えられていたが、教育制度のほうは、修士号の取得が導入されるまで、英国の制度と同じくらいお粗末だった。修士号の取得を義務づけたことは、フィンランドの成功におけるひじょうに大きな要因だった。

「国が教師に修士レベルの教育を与えることです」よその国になにかアドバイスはないかと尋ねると、シェイニン教授はそう答えた。でもそれには莫大《ばくだい》な費用がかかるでしょう、と私は言った。「でもそこにお金をかけずにやっていくことができますか？　そこを国が支えなければ、大学に進学するのは裕福な家庭の子弟ばかりになってしまいます。そういう人たちは教師になろうとせず、自分の親と同じような職業を選ぶでしょう。フィンランドでは誰もが大学に進学できます。労働者階級の優秀な子どもたちにこそ、教師になってもらうべきなのです。実際、英国は教員教育にフィンランドよりもお金をかけていますが、成果はフィンランドよりも低いですよね。ポイントは、あまり優秀でないポテンシャルの低い学生に多大な努力を注ぐのではなく、できる限り優秀な学生を選んで、彼らに投資することです」

フィンランドの子どもたちの成績が良い理由について、とくに初等教育の段階における言語の単純性を指摘する人もいる。カナダ人ジャーナリストのマルコム・グラッドウェルは、中国人の子どもたちが算数が得意なのは、数字の体系が、英語やほかの多くの言語の数字体系よりも、論理的かつ明快で、単純かつ音節が短いからだと推測した。フィンランド語にも同じことが言えるのではないだろうか。「六歳ごろに読み書きを覚えたら、それは一生ものです。もちろん語彙は増えますが、新しい言葉はすでに出来上がった枠組みのなかに収まるようになっています」その説を話すと、フィンランド人の友人はそう教えてくれた。フィンランドの子どもたちは言語の単純さで得をしているのだろうか。とりあえず、未来時制をなくすだけでも時間の短縮になるに違いない。ちなみにフィンランド国内のスウェーデン語を使用する学校の成績は、ヨーロッパの平均に近い。スウェーデン語のほうがフィンランド語よりも複雑で、習得に時間がかかると思われる。

じつはもう一つ、フィンランドの子どもたちの優れた成績を支えている大切な要素がある。再び例のキーワード、「平等」だ。フィンランドの教育制度には公立と私立の二重構造はない。フィンランドには私立の学校がない。少なくとも世界のほかの国々にあるような意味での私学はない。フィンランドの学校教育はすべて国費でまかなわれている。つまりフィンランドからのメッセージは、「平等は黒板から始まる」ということだ。

こうして教師はハッピー、PISAもハッピー、親もハッピー、そしてフィンランドの経済界も、木材関連から産業を多角化していく上で役に立つ労働力から恩恵を受けることができる。だが子どもたちはどうだろう。彼らもハッピーだろうか？

フィンランドへ行く直前、WHO（世界保健機関）が、世界の子どもたちが学校教育をどのように楽しんでいるか、あるいは楽しんでいないかについておこなった調査の結果を発表した。多くの人が驚いたことに、フィンランドの子どもたちは調査に参加した国のなかで、最も学校を楽しんでいなかった。二〇〇六年にOECDが似たような調査の結果を発表したときには、スウェーデンの子どもたちはフィンランドの子どもたちよりも学校を楽しいと思っていて、成績はフィンランドの子どもたちのほうが良かったが、自分の考えを表現する点では、スウェーデンの子どもたちのほうが優れていた。

「実際の質問を見てみると、『学校は大好きですか?』というもので、それに対して『はい』と答える生徒はほとんどいませんでした」とシェイニン教授は言う。「私たちの調査では、子どもたちは学校を『まあまあ楽しい』と思っています。率直に言って、思春期や思春期前の生徒に向かって、何かを好きかどうか尋ねたら、返ってくる答えはたいてい『まあまあ』でしょう。それに加えて、フィンランド人は何事につけ悲観的な見方をする傾向があります。……またそのWHOの報告では、フィンランドは、『学校は大切だと思うか?』という質問に対して、最も肯定的な回答をした子どもたちが多い国の一つでした。もちろん、学校に通うことができないような国の子どもたちの熱意には負けるでしょうが」

だがこのWHOの報告結果こそ、フィンランドの教育システムが、若者の疎外感や憤りを醸成している証拠ではないか、と飛びついた人がたくさんいた。そうした若者の状況が、近年フィンランドで起きた、学生による二件の学内発砲事件の背景にあると見る人々だ。二〇〇七年一一月、ペッカ=エリック・アイヴィネンという一八歳の学生が、ヘルシンキの北、五〇キロ弱にあるヨケラという町の学校で、女性の校長と保健室の先生、六人の生徒を銃で撃った。また二〇〇八年九月には、調理師をめざしていたマッティ・ユハニ・サアリという二二歳の学生が、ヘルシンキから北西三〇〇キロ弱にあるカウハヨキ・ホスピタリティーという専門学校で、二二口径ピストルを発砲して一〇人の学生を殺した。

二〇〇六年には、幸い犠牲者は出なかったもののフィンランドを震撼《しんかん》させたもう一つのショッキングな事件があった。世界で取り上げられるニュースにはならなかったが、その年の五月、カッレ・ホルムという一八歳の少年が、一五世紀に建てられたポルヴォー大聖堂に放火した。この教会は、一八〇九年にロシアの皇帝アレクサンドル一世が、スウェーデンからフィンランドを解放し、自治権を与えたときに使用された、フィンランドにとって最も神聖な歴史的建造物だ。

学校で起きた二件の発砲事件について、教授の意見を聞いた。フィンランドの教育システムとなんらかの関係があるのだろうか。彼の答えは否だった。教授は原因はほかにあると考えていた。「何世紀にもわたって、私たちフィンランド人はあなた方［イギリス人やアメリカ人］を見てきました。あなた方の文学や芸術、文化などを手本としてきたのです。そして今、とくにインターネットの普及によって、フィンランドの若者はつねにアメリカの真似《まね》をするようになりました。考えてもみてください。なぜ五〇年前にはこういう事件が起こらなかったのか。理由は簡単です。自分で思いつくには、よほど賢くて頭がおかしくなければならないからです」

「つまり、アメリカ人に触発されて真似をしているということですか？」私は尋ねた。「学業の重圧やフィンランド人の暗い性格とは無関係でしょうか」

「最近では、暗い少数派だろうと世界中の誰とでもつながれますし、フィンランド人は手本を探すのが得意です」と教授は言った。「あなたがどのような若者だったかは存じませんが、私自身にも暗い時期はありました。この問題については、教師や保健室の先生、心理学者などのあいだのコミュニケーションを見直す必要があると思います。十分な連携がとれていないようですから」

ノルウェーで見たように、世界のどこにいても、銃を持った狂人を避けることはできないのが、私たちの人生の現実となってしまった。フィンランドで起きた二件の学校での発砲事件は、おそらくは前に触れたように、この国が銃の所有率でアメリカとイエメンに次ぐ第三位にあることの表れなのだろう。あるフィンランド人が話してくれた。「私たちは狩人の国ですよ。年に六万五〇〇〇頭のヘラジカを撃っています。ヘルシンキにクマが出ることもありますし、オオカミだっています」

二日後、私はヘルシンキ中心部のカンピ・ショッピングモールでムーミングッズを買い込んでいた。すると、最上階にあるスケートボードの店の前に、一〇代の子たちがたむろしているのに気づいた。私は目いっぱいの笑顔を浮かべ、不審者に見えないよう、そして急な動きをしないよう気を配りながら、「フィンランドの教育システムについてリサーチしているので、学校に通っている普通の子たちから話を聞きたいと思っている。二、三質問に答えてもらえないだろうか」と頼んでみた。二人の少年と一人の少女が、長い前髪の奥で目をきょろきょろさせて逃走経路を探し、それからパニックに襲われたように互いをちらちら見やった。その後、視線を自分のコンバースのシューズに落とした。

私は気づくべきだった。フィンランド人の人見知りと、世界中の一〇代に共通の不安が組み合わさったら、会話が弾むわけがない。私の質問に対するほとんどの答えは、肩をすくめる動きや、落ち着きのない足の動き、言葉未満のうなり声で返ってきた。ここでご紹介するほどの内容はない(「全般的に言って、学校についてどう思う?」「まー、別にフツーだよ」といった具合だ)。だが私がフィンランドの若者との、この短く、非インタラクティブなコミュニケーションからなんらかの結論を引き出すならば、フィンランドのティーンエイジャーは、ほかの国のティーンエイジャーと同じくらい、むしゃくしゃしていてホルモンが活発に分泌されているということだ。

第七章　奥さんたち

今、フィンランドの未来は最高に明るい。本人たちはもちろんそんなことは口に出さないが、世界は徐々に気づきはじめている。PISA（OECD生徒の学習到達度調査）で上位にランキングしつづけているばかりでなく、経済も好調で、生活水準もおおむね高い。それだけでなく、この物静かで恥ずかしがり屋で、殴られ傷つけられても不屈の魂を持つフィンランドという国には、世界と共有できる豊富な知識があるという事実に、世界はようやく気づきはじめたのだ。

米国の『ニューズウィーク』誌や英国のシンクタンク〈レガタム研究所〉が、フィンランドやヘルシンキを世界で一番住みやすい場所として賞賛していると教えると、フィンランド人はたいてい肩をすくめ、眉をひそめ、首を振りながら、「この国は今でも北欧で最も貧しく、森から出て来たものの、隙あらば森に帰りたいと思っている五〇〇万人の木こりとひと握りの気取ったスウェーデン人が住む国だ」と言う。「自分たちは相変わらず、社会生活に向かない不器用で自滅的なアル中なのだ」と。

「フィンランドが地上の楽園だなんて馬鹿げていますよ」『ニューズウィーク』誌の調査を話題

にすると、ヘイッキ・アイトコッスキは言った。良い国だと思うし、うまく行っていることもたくさんありますけど、楽園だとは思いませんね」『ニューズウィーク』誌の記事が出てから数時間以内に、アイトコッスキの新聞社『ヘルシンギン・サノマーツ』は、同誌の統計の計算間違いを指摘して、本当ならスイスが勝つはずだと発表した。

同じ調査を見た別のフィンランド人ジャーナリストはこう書いた。「自殺やうつ病、アルコール依存症、それに寒くて暗い冬はどうなのだろう？……フィンランド人の多くは、この国はジキルとハイドのようだと感じている。プラス面もマイナス面も極端なのだ。太陽が良い例だ。決して沈まない太陽は、何カ月も続く冬の闇によって相殺される」フィンランド人の慢性的にネガティブな自己像を、ほぼ完璧に表現した発言ではなかろうか。

二、三年前のある調査で、「自分を表すのに適していると思う形容詞を八つ選びなさい」という質問に、フィンランド人が選んだのは、正直、ゆっくり、信頼できる、誠実、恥ずかしがり屋、率直、控えめ、時間を守る、だった。自信にあふれた、押しの強い国とは、およそかけ離れたイメージではないだろうか。だがフィンランドが認めようと認めまいと、隣近所の横柄ないじめっ子たちの陰から頭角を現しはじめ、いよいよフィンランドの時代が到来するという兆候はたしかにある。世界経済フォーラムが最近発表した、将来、最も成長が期待される国を示す国際競争力指数で、フィンランドは三位だった（スウェーデンを四位に抑えてのこの順位は、さぞ嬉しかったに違いない）。

だが、フィンランドを正面から褒めたたえることができるのは、やはりローマン・シャッツやニール・ハードウィックのような外国人だ。ハードウィックいわく、「以前、フィンランドについて、三つのことを変えられるとしたら、何を変えますか？　と聞かれて、冗談で『天候、住民、地理的な位置』と答えたことがありますが、最近では変えたいものが思いつかなくて困ります」

私は過去にヘルシンキを二度ほど訪ねたことがあり、大好きな街だが、ヘルシンキ郊外にある、とびきり美しい歴史の町ポルヴォーに日帰り旅行をした以外、ほかの地方を訪ねたことはほとんどなかった。そこでこの神秘的な土地と人々について、もう少し微妙な違いを描けるようになるため、「本物の」フィンランドを知る旅に出ようと決めた。その結果、なぜフィンランド人がこれほど自分たちと自分の国についてネガティブで悲観的な見方ばかりするのか、理解できた。

息子と私はサンタを訪ねたあと、フィンランドの「背骨」に沿って、南に向かって旅をした。私の見る限り、フィンランドという国はほとんど森に覆われている。列車の窓から見ていると、ぼんやりとした緑色がひたすら続く。列車そのものは最新式だった。乗車券は安かったし座席は割り当てられていて（映画館にワインを持ち込めることの次に、文明国である証拠だ）、ほぼガラガラだった。何よりもすばらしかったのは、英国の風刺画家ホガースの漫画のなかに紛れ込んだ気分にさせられるデンマークの車内のように、酒を飲んだり男女がいちゃついたり、誰かが大声で叫んだりしているということがなく、誰一人おしゃべりをしていなかったことだ。

だがホテルはもう一つだった。いや、カーテンが、と言うべきか。細かいことを言うと思われるかもしれないが、真夜中にも太陽が照りつける土地なのだから、もう少し厚手のカーテンがあると思っていた。夜通し、目のくらむような白い光が部屋いっぱいに差し込み、おかげで、世間から忘れられても仕方のない映画『インソムニア』（不眠症）に出てくるアル・パチーノのごとく、眠りにつくことができなくて頭がおかしくなりそうだった。* この旅で泊まったどのホテルでも、カーテンのあらゆる隙間、布地に開いたあらゆる虫食い穴や織り目の隙間から、太陽光線が、まるで警察の取調室のランプのように、まぶたを貫通して入ってきた。それから蚊やブヨも多かった。夏にフィンランドの田舎へ出かけたら、あっという間にチャーリー・ブラウンの友だちのピッグ・ペンみたいに虫の大群にたかられることは間違いない。

すばらしい景色に巡り合えるという触れ込みで出かけたのだが、ロヴァニエミからヘルシンキまでの途中で寄った湖畔の町（オウル、イーサルミ、クオピオなど）は、いずれも特徴のない現代的なコンクリートの建物とH＆Mの店舗が並ぶ魅力に欠ける町だった。ナチスの焦土作戦と一九七〇年代の社会民主主義政権の住宅政策（あるフィンランド人の説明によると、この政策は、スウェーデンのような近代国家に見られたいというフィンランド人の劣等感の表れだったそうだ）のおかげで、建築的にも歴史的にも見るべきものはほとんどない。だが最後に気づいたのだが、古い建物がないことは、フィンランド人にとってはせいせいすることだったのではないだろうか。そのおかげで変化や進歩に対して、よりオープンな気持ちで取り組めたのかもしれない。いわば建築的決定論だ。とは言え、歴史を感じられないのは少し物足りなかった。

私の見た限り、ヘルシンキを離れたらまともな食事はできなかった。選択肢はおそろしく限られている。まずいピザか時代遅れのイタリアン、もしくはトナカイだ。トナカイは必ずある。田舎の町での、地元の人たちの夏の夜の過ごし方は、旧式のアメ車でドライブをするか、できる限り早く、そして深く酔っぱらうという明確な目的を胸に、ビールを何ケースも持って港へ繰り出すか、どちらかのようだった。

さわやかな土曜日の晩、私たちは何か食べられるものを見つけようとクオピオの町に散歩に出た。静かな人々のうしろを湖に向かって歩きながら、私はなんとなく落ち着かない気分になってきたが、理由がわからなかった。とうとう息子がその理由を見つけた。「子どもはどこにいるの？」その通りだった。子どもの姿が見えないのだ。私はミュージカル映画『チキ・チキ・バン・バン』のワンシーンを思い出した。クオピオの住人は子どもたちをベビーシッター（人さらいでないことを願う）に預け、思い切り酔っぱらうつもりらしい。

「本当の」フィンランドを覗《のぞ》いてみて落胆したものの、私がフィンランド人の大ファンであることに変わりはない。アルバムをぜんぶ持っている。しかも熱烈なファンは私だけではない。ヘルシンキは、世界デザイン首都に選ばれて任期を終えたばかりだ。またフィンランド経済はこれまで以上に輸出型になっている（GDPの四〇パーセント近く）。さらにユーロ圏のどの国よりも二〇〇八年のリーマンショックからの立ち直りが早い。OECDの最新の国内総支出のランキングによると、研究開発費がGDP（国内総生産）に占める割合が、三・八七パーセントという見事な数字で、余裕の首位に輝いている。さらに心強いのは、研究開発費のうち公的資金が比較的少ない（ノルウェーの四六・八パーセントと比較してわずか二四パーセント）という事実だ。また小国でありながら特許の出願数が多い。人口で言えば世界で一一五番目の国が、世界知的所有権機関（WIPO）によれば、特許出願数では一三位だ。

＊ロス市警のアル・パチーノは、なぜか殺人事件を解決するためにアラスカに派遣される。ホテルの部屋の日光を遮断するため、徐々に異様な行動に走り、最終的には窓を家具でふさぐ。その後、正気を失ってロビン・ウィリアムスを射殺する。ロビン・ウィリアムスのクライマックス以外は、フィンランドにいたときの私と同じだ。

たしかにフィンランド経済はいまだに、「すべての卵を一つのカゴに入れている」つまり、リスクの分散ができていないという点で、不安はぬぐえない。卵とは現在、窮地に陥っている携帯端末メーカーのノキアだ。同社は一時期、ＧＤＰの四分の一という、単独で担うには桁《けた》はずれに大きな重圧を背負っていた。だが最近の状況は芳しくない。世界最大の携帯端末メーカーの座をサムスン社に奪われ、なによりも不名誉なことに、最近マイクロソフト社に買収されてしまった。これについては多くの人が、国家的な悲劇と感じている。そんなことが可能であればの話だが、今ならアップル社がフィンランドを丸ごと買い取ることもできるだろう。

「わが国は、産業経済基盤の多様化を必死に図っているところです」外務省の報道官が話してくれた。「フィンランドには第二のノキアが必要です。木材と運輸業の次にはそれしかないからです。小規模のイノベーターはたくさんいますし、研究開発にも多額の投資をしていますが、私たちは技術者の国で、営業は苦手なのです。何事にも控えめなものですから」

　労働市場におけるフィンランドの最大の強みは、世界一と言われるほど男女平等が進んでいることだ。フィンランド人女性はヨーロッパで最初に参政権を手にした（一九〇六年）。通例、国会議員の半数は女性が占めている。女性の首相も、大統領もすでに誕生している。二〇一一年には、フィンランドの大卒者の六〇パーセント以上が女性だった。

「フィンランドの女性は強いよ」フィンランド女性にぞっこんだと公言してはばからないローマン・シャッツが熱っぽく語った。「昔からフィンランドの農家では、家のなかのことはすべて女が取り仕切る。男も指図を受けるんだ。男は家の外のことをすべてやる。フィンランドの男は、奥さんに相談せずになにかを決めることは絶対にしないね。皿洗いは男の仕事だ。フィンランドには専業主婦はいないのさ。一人の稼ぎでは生活が成り立たないからね。家庭にとどまって母乳で子育てする女はいない。みんな自分の仕事と銀行口座を持っているよ。すごいだろ。おかげで離婚のときには一〇〇ユーロで済んだ」

「男女平等は企業内にも浸透している」とシャッツは言う。「フィンランドの会社を出張で訪れた外国人ビジネスマンが、二人の男性と一人の女性に出迎えられたとする。彼らはその女性はコーヒーを出したりメモを取ったりするためにいるのだと思っている。で、一五分くらい経って、どうも様子がおかしいと気づくわけだ。どうやら、その女性が二人の男の上司らしいと。そんな場面を何度も見たことがあるよ。フィンランドの女を侮っちゃいけない。高卒者も大卒者も女性のほうが多いし、国会議員に女性が占める割合は世界一だよ」

「フィンランドの女性は大したものです」ニール・ハードウィックも賛成する。「イギリスの女性は、男性といる時は恐がられないように気を遣って、わざとちょっと頭の悪いふりをします。そういうのにすっかり慣れていましたが、ここでは女性が主導権を握っています。母権性社会なんです」

「奥様運び世界選手権」というものが、フィンランドの女性が強いこととどう関係するのかわからないが、息子と私は、フィンランドの中央に位置する、大通りが一本しかないソンカヤルヴィという小さな町で、毎年七月におこなわれているこの大会を見ることにした。私の見た限りでは、この楽しい競技は、もっぱらアジアのテレビニュース取材班のためにおこなわれているようだった。彼らはフィンランドのエキセントリックなスポーツイベント（オウルで開催されるエアギター世界選手権、小人投げや携帯電話投げなどの世界選手権、オウルのニンニク祭り、泥んこサッカー世界選手権、等々）に目がないようだ。会場は学校の校庭で、工芸品の露店や富くじコーナー、ビールを売っているテントなどもあって、村祭りのような雰囲気だ。この選手権が始まったのは一九九〇年代半ばで、昔、人妻をさらいに来る山賊がいたという伝説に基づいて作られたそうだ。今では世界中から、いや少なくともエストニアからは参加者が集まり、エストニア人が優勝することも少なくない。参加者は夫婦でなくてもよいし、付き合っていなくてもよいのだと聞いて、少しがっかりした。人の奥さんを借りてもいいのだ。もっともそのほうがこの競技本来の精神にのっとってはいるのだろうが。

競技は、日本のテレビ番組でやっているような障害物競走で、男性が女性を担いで、二五〇メートルのコース上に設けられたさまざまな障害物を乗り越え、水濠《みずぼり》をわたってゴールまでの時間を競う。これは真剣な陸上競技なのか、おふざけなのか、区別がつきかねた。漫画のキャラクター（フランスのアステリクスやオベリクス、ベルギーのスマーフなど）のコスプレで出場している者もいれば、あきらかに真剣に訓練を積んできた者もいた。

奥さんたちの担ぎ方にはいくつかのスタイルがあって面白かった。ふつうのおんぶを好む男性もいれば、ファイヤーマンズ・リフト（女性の体を横向きにして肩に乗せて運ぶ方法）、あるいは少々みっともない（初期の『カーマスートラ』にも採用されなかったような）恰好《かっこう》で挑む男性もいた。ちなみに最後のスタイルは、男性が女性の頭を下向きにして背中にかつぎ、女性は男性の首を股《また》で挟んでつかまる、というもので、走っているあいだ中、女性の顔が男性の尻にバウンドする。とくに水濠では、男性がプールを渡り切るまで「奥さん」の頭が水につかるはめになるので、お勧めしない。

観客は、カットオフ・ジーンズに、ソックスにサンダル履きで、Tシャツの腹は出ていた（男性もだ）。ほぼ無言で袋に入った豆をつまみながらラージサイズのビールを流し込む。

最初のレースが終わったあと、ビールを売っているテントで主催者の一人と話ができた（市長だったかもしれないが、とうとうわからなかった）。

「誰が勝ったんでしょう？」私は礼儀正しく話しかけた。「知らんな」男性はそう言ってぐいとグラスを傾けた。

ちなみに団体戦競技の最大の難関は、奥さんを担ぐことでも、障害物でもなく（もっとも私には両方とも、とても手に負えないが）、大きな障害物をクリアして奥さんをバトンのように次のメンバーに渡す際、走ってきたほうの男性が炭酸水を一気飲みしなければならないことだった。なんてことないように聞こえるかもしれないが、成人女性を担いで八〇メートル以上の距離を走り、冷たい水に腰まで浸《つ》かって歩いてきて、息を切らせている人間にとって、ボトル一本の水は、樽《たる》一杯くらいの量に感じられる。飲みながら鼻から炭酸水を噴き出したり、飲んだものをすべて逆噴射してしまったりして、ここの障害をクリアできなかった人が何人もいた。アイスランドのストロックルの間欠泉顔負けの噴射を見て、おおむね静かだった観客にもとうとう反応が現れた。彼らはこのくだりが大好きだった。なかにはうっすら笑みを浮かべる者さえいた。フィンランドの奥地では、慌てて炭酸水を飲もうとする人の頭が爆発するのを見るのが、夏の午後の楽しい娯楽らしい。それについては私も異論はない。じつに楽しかった。

フィンランドが近隣のスカンジナビア諸国と似ているように思える点は、表面的にはたくさんある。女性が社会で重要な役割を果たしていること（それが政府においてであれ、ゴム製のドアノッカーのように、パパ・スマーフのお尻に頭をボンボン弾ませながら、みっともない恰好で運動場を回ることに耐えることであれ）も、その一つだ（ただし「奥様運び」はフィンランドにしかないと思う）。だがフィンランドは本当にスカンジナビアの一部なのか、いや北欧の一部なのか、という疑問がつきまとう。

ここまで見てきたように、ある意味フィンランド人は「超スカンジナビア人」と言ってよいだろう。高文脈文化をもつ同質性の高い社会で、無口で率直で信頼できる人たちであり、高福祉国家で酒と塩味のリコリスを好む。ローマン・シャッツはこう言っていた。「フィンランド社会は驚くほど多元的で驚くほどリベラルだ。いかなるマイノリティーに属していても、それが性的少数派であれ、政治的あるいは宗教的少数派であれ、平和に暮らすことができる。言論の自由は一〇〇パーセント保障されている。失言が問題にされることはまずない。本当にオープンな文化なんだ」いずれもスカンジナビアらしい特徴だ。しかしロシアの政治的、文化的影響を過小評価してはいけない。また、近年のフィンランドは、貿易相手や親交を結ぶ相手、安いアルコールを手に入れる相手として、バルト海の向こうのエストニアやEU諸国に目を向けるようになってきた。

愛国的な真正フィン人党の台頭が、近隣諸国との関係に今後どのような影響を与えるか見ていくと興味深いだろう。この党はヨーロッパとの関係を絶とうとしている。またノルウェー、スウェーデン、デンマークの右翼政党と親交があることは明らかで、ロシアに対してはあまり好意を持っていない。したがって、将来、フィンランドは一層、北欧らしくなっていく可能性がある。「フィンランド人は自分たちのことを、ヨーロッパ人というよりはスカンジナビア人だと思っているのでしょう」とニール・ハードウィックは言った。「でもそれも変わりつつあります。フィンランド人は、デンマーク人とのあいだには、なんのつながりも感じていないと思いますよ。ノルウェー人は、アウトドア派で、山やスキーが好きなところがフィンランド人に似ていて、お金をたくさん持っている人たちだ。でもアイスランドは、ほとんどフィンランド人の視野に入っていないと思います」

「自分たちをスカンジナビア人だと思っているフィンランド人もいるし、スカンジナビア人ではなくヨーロッパ人になりたいと思っているフィンランド人もいます」アイトコッスキは言う。「私は両方になりたいですね。ノルディックモデルも北部ヨーロッパ的な物事のやり方も取り入れたいと思います。スカンジナビアの一員でいられるのは悪くありません」

私はフィンランドの歴史について、ごく基本的な知識しかなかったため、ひじょうに不安定で文化的に底の浅い国ではないかというイメージを抱いていた。だがフィンランド人は、鋼のように動じない、性根の据わった人たちだった。それは単にスタミナとかスィス、あるいは単に男らしく痛みに耐える、という類《たぐい》の強さではない。この国の人々は、立ち直る力や機転、そして誇りを無尽蔵に持っていること、また政治においては、数世紀にわたり磨きをかけてきた、実用主義にのっとった機敏な対応力を持っていることを、証明してきた。神経症的な植民地支配の犠牲者の姿や、線の細い文化を想像して来た私は、まれに見る静かなる勇気をこの地で発見した。

「フィンランド人を犠牲者扱いするのは大きな間違いです」ラウラ・コルベ教授は言った。「この国の文化は、喪失と戦争を通じて培った勇気で組み立てられているようなものです。私たちにはつねに、力を合わせて未来をより良いものにしようという強い思いがあります。それが私たちの勇気です。戦争によって、国民は団結せざるを得ませんでした。スウェーデンのように穏やかで美しく、裕福で産業が発達した近代国家、一八〇九年以降、なに一つ事件が起きていないような国の歴史と比べれば、私たちの歴史は、はるかに波瀾万丈です。フィンランドという小国はつねに戦争や変化、革命を経験し、一九九〇年代には厳しい金融危機も乗り越えました」

「でもね」彼女はにっこりと笑って続けた。「退屈することだけはありませんよ」

というわけで最後の目的地へ行こう。

スウェーデン

第一章　ザリガニ

マルメーのストートリエッ広場、金曜日の晩。何千人もの人々が、長テーブルを挟んでぎゅうぎゅう詰めに立ち、隣の人と腕を組んで体を左右に揺らしながらスウェーデン語で「マイ・ボニー」を歌っている。テーブルの上には空になった飲み物の瓶や缶、ザリガニの殻が散乱している。皆がザリガニをしゃぶり、チュウチュウ吸う音がだんだん大きくなっていく。世界最大のザリガニ祭りがいよいよクライマックスを迎えようとしている。

スウェーデンの伝統であるザリガニ祭り「クレフトフィーヴァ」は、スウェーデン人が、人前で思い切り羽目を外すことを自分たちに許す、数少ない機会だ。この日ばかりは（普段は眠っている）バイキングスピリットを解放し、無防備かつ陽気に騒ぐ。暗い冬が始まる前の貴重な夏のひと時を存分に楽しもうと、毎年、八月の中旬におこなわれる。遠回しに言っても意味がないので率直に言おう。とにかく全員がべろべろに酔っぱらう。私も含めて。

フィンランドのクオピオでの経験を思い起こせば、マルメーの大広場に着いて、一人も子どもがいないことに気づいた時点で、一、二時間もしたら、自分が真っ赤な顔をして、初対面の年配の婦人とフォークダンスを踊っているんじゃないかと警戒してしかるべきだった。そのご婦人はシュナップスの空き瓶を片手にしっかり握りしめ、私は紙製のとんがり帽子をかぶり、ザリガニのイラストがちりばめられた前掛けをつけたまま踊っていた。「スコール！（かんぱ～い！）」ステージ上のバンドがテンポを上げ、バンジョーやハーモニカ、バイオリンなどで、スクエアダンスの伴奏曲を演奏しはじめた。スウェーデンには、宴会用の楽曲が豊富にある。ここに集まっている人たちは、全員が歌詞を知っているようだ。調子に乗ってテーブルの上で踊り出す人もいた。おずおずと、しかし熱狂的に、両腕を振り回し、とんがり帽子がずれるのもお構いなしに、でもシャツの裾《すそ》はしっかりと短パンの内側にたくしこんだまま、彼らは踊っていた。私はそろそろ暗い部屋に這《は》って戻る時間だ。

これがスウェーデンだ。

じつにスウェーデンらしくない。

私たちはとうとう北欧パズルの中心のピースにたどりついた。この国は、スカンジナビア諸国の中心であり、最も重要であり、文化的、政治的、社会的かつ相関的なスカンジナビアの歴史について多くを解き明かす可能性を秘めたロゼッタストーンだ。また、近代的で自由主義で集団主義で（ザリガニパーティーを除いては）少なからず退屈な国という、世界が北欧に対して抱いているイメージの形成に、どの国よりも貢献してきた国でもある。私たちは、北欧のなかで最も国土が広く、人口が多く（九三〇万人）、ほぼすべての分野で最も成功をおさめていて、折に触れて周辺国を激怒させてきた国、そして間違いなく最大の影響力を持つ国（デンマークの皆さん、ごめんなさい。でも心の底ではわかっているよね）に到着した。スウェーデンだ。

フィンランドの歴史家ラウラ・コルベが言っていたように、スウェーデンは北欧にとって太陽や磁石、時としてブラックホール（しゃれたソファーとすばらしい保育園があるが）のような存在であり、北欧諸国はみな、過去五〇〇年のうちにそれぞれのタイミングで、スウェーデンに憧《あこが》れ、魅了されてきた（時には、スウェーデンに利用され、捨てられたこともあった）。スウェーデンは北欧ファミリーの長男であり、首席の優等生であり、お手本だ。私たちは、『ガーディアン』紙の言葉を借りれば、「世界史上、最も成功した社会」にやって来たのだ。

何世紀にもわたり、北欧や中欧の国々は、スウェーデンが自国の立場を脅かされたときに露《あら》わにしてきた激しい怒りを身近に感じてきた。もっとも平和的で中立ということになっている最近のスウェーデンは、自分たちの過去の血に飢えた狼藉《ろうぜき》ぶりについて深くは語りたがらない。だがフィンランド人もノルウェー人も、デンマーク人も、それぞれにこの善人ぶった、成績優秀な隣人に対して遺恨と妬《ねた》みを抱えている。これらの四カ国は、共同でさまざまな連合体や協議会を設置したり、互いの国境を開放したり、プーケットからグランカナリア島まで世界各地のリゾート地のプールサイドで寄り集まって過ごしたりして、世界に対しては仲良し兄弟のように振る舞っているが、思ったとおり、掘り下げるほど、そして多くの北欧人に話を聞けば聞くほど（そして彼らがより深く酔っているほど）、北欧内にはスウェーデンに対する微《かす》かながらも消えることのない敵意が存在することが、外からはっきりと見える。数世紀にわたる緊張関係、敵対関係、裏切り行為が残した傷は、比較的小さいかもしれないが、間違いなく残っている。信じてほしい。その遺恨の中心にいるのは、つねにスウェーデンだ。その遺恨は、デンマーク人がスウェーデンの経済的成功やイケアの世界的成功を不承不承認めるときに感じられる（イケアがドアマットなど、最も威厳のない商品ラインにデンマークの町名を使い続けていることは、国民感情の改善にほとんど役立っていない）。また、ノルウェー人がバナナの皮むきに従事するスウェーデン移民の労働者について語るときにも感じられる。あるいは、フィンランド人がスウェーデンの男性を「ホモ」呼ばわりし、冬戦争についての不満を語るときにも感じられる。

私たち部外者から見たスウェーデン人は、優しくて素敵な人たちだ。二〇世紀のスウェーデンの業績は数多く、ほとんどが立派なものだ。合理主義的で、政教分離主義でありながら他国の宗教は尊重し、強い産業を持ち、経済的な成功をおさめていて、そしてもちろん、幅広い人々に開かれた、思いやり溢《あふ》れる高福祉国家として輝かしい手本を示してきた。過去一〇〇年間の大半において、スウェーデンは世界の社会実験室と見られてきたし、自らもそう強く意識してきた。より高く、より近代的な道徳規範を堅く守り、キャッチーな四分間のポップスを作りながら、より良い生き方を求めて道を切り拓《ひら》いていく勇気あるブロンド集団、それがスウェーデン人だ。

私たちはスウェーデンのフリースクールや基幹病院、円満な「中道」合意政治、経済的平等や男女平等に関するニュースに、熱心に耳を傾ける。最近、英国メディアの関心をつかんだのは、「クンススカップスコーラン」(ナレッジ・スクール)というもので、教室を使わず、子どもたちが自ら学習目標を定めて時間割をつくる、自由でオープンなスタイルの教育システムだ。もし私が子どもの頃にこの制度が導入されていたら、一日目の午前中のうちに、小説『蠅の王』が完全再現されていただろう。だがスウェーデンがやっていると聞くと、英国メディアはわが国でも採り入れたらどうかと言いはじめる。

今、スウェーデンモデルは世界の政策立案者や政治家たちの注目の的だ。英国のキャメロン首相にフランスのオランド大統領、そして米国のオバマ大統領まで、多くの西側諸国の穏健派の政治リーダーたちが、スウェーデンの混合経済やコンセンサス主義を見倣《みなら》おうとしている。この穏やかな北欧の白鳥は、つねに最小限の混乱と意見の不一致を経て、目標を達成しているように見える。進歩的な労働法の施行であれ、金融危機後の経済復興の調整であれ、テニスを誰よりも上手にプレイすることであれ、スウェーデン人は汗一つかかずにやってのける。

スウェーデンの最近の社会的実験のなかで最も大胆なものは、多文化主義の分野でおこなわれた。過去四〇年間にわたり、スウェーデンは、どのヨーロッパ諸国よりも数多くの移民を受け入れてきた。今日、外国生まれのスウェーデン人の人口は、一五パーセント近くにのぼる（北欧で二番目に移民を受け入れているデンマークは、わずか六パーセント強だ）。移民二世まで含めると、三分の一近くのスウェーデン人が、外国出身の祖先を持っていることになる。一九世紀後半まで、同質性の高い農村社会で構成された国であり、過去二〇〇年間、外交においては孤立と中立を旨としてきた国にしては、驚くべき数字だ。ただしあとで見るように、こうした変化に伴って、それなりの結果が生じてきている。

この数年間、世界はスウェーデンにさまざまな金融危機や経済危機への対処のヒントを求めてきた。数十年前、スウェーデンも信用取引（クレジット）に端を発する乱高下の試練を経験した。一九八五年、政府が金融市場の規制緩和をおこなうと、スウェーデン人はいわゆる「サンタクロース」クレジットを最大限に利用したが、住宅バブルが弾《はじ》けるべくして弾けたとき、そのツケが回ってきた。一九九〇年代初頭、スウェーデンは危機に陥った。失業率は四倍になり、財政赤字が一気に膨らんだ。だが政府は素早く手を打って混乱を収拾した。公共セクターの支出に大なたを振るい、大幅な減税をおこないつつ、社会保障制度の核となる部分は守りぬいた。政府が提供していた諸サービスの改革と民営化は、サッチャー元首相さえ及ばないほど大規模におこなわれた。学校には民営化を奨励し、患者が民間のドクターを含む任意の医師を選び、国に治療費を請求できるようにした。改革のなかでもおそらく最も重要だったのは、銀行の行動を厳しく監視するようにしたことだ。そのおかげで、近年の世界規模の金融危機の影響を最小限にとどめることができ、周囲を揺るがした地震になど気づかなかったような涼しい顔をして、スウェーデンは再び颯爽《さっそう》と歩いて行く。

似たような経済モデル（高い税負担、巨大な公共セクター、高福祉国家に代表される「マルハナバチ」経済モデル）を実施するデンマーク同様、スウェーデンも第二次世界大戦以来、たくさんの経済学者たちが発してきた警告に耳を貸してこなかった。それでも、絶好調とは言わないまでも、スウェーデン経済はじゅうぶんに健闘している。前に触れたように、世界経済フォーラムの最新の国際競争力指数では四位であり、国連の人間開発指数では一〇位で、デンマークやフィンランドよりも上位だ。ノルウェーは例の巨額のオイルマネーで首位を飾っており、これから数十年にわたって、北欧で最も裕福な国という地位を確固たるものにしている。だが工業生産高でスウェーデンに太刀打ちできる国はない。スウェーデンの強みは、大型の国際企業を育成できるところだ。テトラパック（世界最大の食品パッケージ会社）、H&M（世界で二番目に大きい衣料品小売業者）、アトラスコプコ（産業機械メーカー）、エリクソン（通信機器メーカー）、ボルボ（自動車メーカー）、そして例の、結婚を破滅に追いやるグローバルチェーンのイケアなどだ。実際、北欧の大企業の約半数はスウェーデン企業だ。*

それほどうまく行っていない方面もあって、失業率はここ数年、比較的高いレベルで推移している。現在は七・三パーセント（スウェーデンの失業率は、女優ジョーン・コリンズの年齢と同じくらい当てにならない。つまり実際にはもっとずっと高い可能性がある）。最も深刻なのは、若者の失業率がほかの北欧諸国よりも高いことだ（三〇パーセント近い）。それにもかかわらず、GDPも成長率も、ほかの北欧諸国を上回っている。債務残高も減り続けていて、ヨーロッパ大陸のほかの国々と対照的だ。ユーロ圏諸国の債務残高の平均はGDP比で九〇パーセントだが、スウェーデンは三五パーセントだ。

ラメのタンクトップや開けにくい牛乳パッケージ、センスの良いティーセットの販売だけでなく、近年は文化の輸出においても注目すべきものが見られる。たとえば、世界の空港の書店にあふれるノルディック・ノワールと呼ばれる推理小説だ（おもに三五〇〇万部を売り上げたヘニング・マンケルと、六〇〇〇万部を売り上げたスティーグ・ラーソンが有名だ）。スウェーデンはまた、音楽の輸出でも（米国と英国に次いで）世界第三位だ。薄っぺらいティーン向けのポップスを乱造する才能に恵まれた作曲家やプロデューサーがたくさんいる。ケイティ・ペリーやピンク、ブリトニーなどが歌っている、キラキラした、腹が立つほどキャッチーな楽曲は、どれもスウェーデン人が提供している。

しかもスウェーデンの首相は、私同様、頭髪が薄い。私に言わせればこの国は間違いなく正しい方向に進んでいる。

私は数年間のうちに何度もスウェーデンを訪問している。マルメーに行くことが多いが、首都

＊ここでSAAB《サーブ》にしばし黙禱《もくとう》を捧《ささ》げよう。長年にわたり自動車業界に貢献してきた同社は、経営を引き継いだ米国企業の失策と、独自性に対する自らのこだわりの犠牲となった。破綻《はたん》の一報を聞いた一〇〇万人の建築家とグラフィックデザイナーは、深い溜息《ためいき》をつき、アウディのカタログを取り寄せた。

ストックホルムをはじめその他の地域も訪ねたことがあり、たくさんのスウェーデン人と親しくなった。ただノルウェー人の場合同様、私のスウェーデン人像も、おおむねはデンマーク人の友人や家族の視線を通して形成されたと言ってよい。ある国についてのバランスの取れた見解を、その国の歴史上の大敵から得られると思ったのが間違っていたし、実際、得ることはできなかった。

「スウェーデンに行ったことはあるよ」デンマーク人の友人が話してくれたことがある。そのあとにそっけなくつけ加えた。「とくに印象には残ってないけど……」

最近イェーテボリに行ったという別の友人にどうだったか尋ねた。「スウェーデンは最高だったよ」彼は答えた。「七〇年代にはね」。おやおや。

スウェーデンより南に位置する国々のスウェーデン評は一貫して、「堅苦しくユーモアがなく、規則にこだわり過ぎていて、息苦しいほど体制順応型の社会に住み、嚙《か》みタバコをたしなむ退屈な人々」というものだ。デンマーク人は、スウェーデン人の小うるさいところや、従順にあくせく働くところ、杓子定規《しゃくしじょうぎ》なところについて、エピソードを語り合うのが大好きだ。*

つい先日、デンマーク人の友人がこんな話をしてくれた。

「スウェーデン人の仕事仲間が毎週金曜日の午後に集まって、週末のごほうびにワインを一本開けてみんなで飲むようになったそうなんだ。何週間か経つと、一人が急に立ち上がって『このワインを申告するべきだと思う』と言った。そして全員で話し合った結果、関係当局に五クローナの税を申告することにしたそうだよ」

もう一つはストックホルム郊外に住む友人を訪ねていたデンマーク人の友だちから聞いたエピ

ソードだ。
「市内へ向かう電車に乗るために駅のホームに立っていたんだ。そしたらスーツを着たスウェーデン人の男が近寄ってきて言うんだ。『悪いがそこはぼくの立つ場所なんだ』って。ホームは三分の一くらいしか人が居なかったけど、彼には毎日電車を待つときに立つ特定の場所があって、ぼくはそこを占領していたらしい。仕方ないから譲ったよ」

デンマーク人による辛辣《しんらつ》なスウェーデン人評以外にあるのは、疑うことを知らない海外メディアからの、同じくらい偏った高評価だ。英国や米国の新聞雑誌は、スウェーデンこそ進歩的な社会政策や混合資本主義経済の鑑《かがみ》であり、センスの良い家具や天然酵母の手作りパン、あご鬚《ひげ》にフィクシー（ブレーキなし自転車）といった進歩的で堅実なものがあふれる国だと、はるか昔に決めて以来、なにがなんでもその見解を変えようとしない。

絵に描いた良妻賢母のようなこの国について、私はもう少し掘り下げてみたいと思った。スウェーデン人は、デンマーク国民が世間にそう思わせたいと願っているほど杓子定規でユーモアのない民族であるわけはないし、左寄りのメディアが言うほど完璧《かんぺき》なわけもない。真実は両者のあいだのどこかにあるはずだ。

＊本当のことを言うと、デンマーク人が語るスウェーデン人評、すなわち、冷たくて堅苦しく、少なからずドイツ人ぽい、などのイメージは、私が初めてデンマークに引っ越してきた頃に抱いたデンマーク人の印象とたいして変わらない。もちろん当時は、デンマーク人に向かってそんなことは口にしなかった。やがて、自分たちよりも堅苦しくて杓子定規な隣人が北にいて優越感を味わえることは、デンマーク人にとって健康的な状況なのだろうから、彼らの「気楽で楽しい」という自己イメージをわざわざ否定する必要はないと思うようになった。

第二章　ドナルドダック

アナグマのような配色の髪をした故スーザン・ソンタグは、政治に関するエッセイなどで知られるユダヤ系アメリカ人だ。スウェーデンの実像を探ろうというときに、真っ先に当たるべき情報源ではないかもしれないが、彼女は一九六〇年代の後半から七〇年代初頭にかけて、数年間スウェーデンに暮らし、その間に数本の映画を撮った。誰に聞いても、彼女の映画はとりたてて褒めるところのない、出来の悪いベルイマン風のものだったようだが、それよりも私が注目したのは、ソンタグが去り際に、信じられないほど意地の悪い文章を書いてスウェーデンを中傷したことだ。

ソンタグはスウェーデン人を付き合いにくい人種だと思った。「沈黙はスウェーデン人の悪い癖だ。正直に言うと、スウェーデンは平凡で無作法なミニチュア版グレタ・ガルボばかりの国だ」と書いている。さらに、スウェーデン人は不器用で、人を信用しない、「規則にとらわれた」人たちで、言うまでもなく人間嫌いのアル中だ、とつけ加えた。「スウェーデン人は犯されたがっている。飲酒は自らを犯す一形態だ」と書き、ニューヨークのケネディ空港へ向かうパンナム機に搭乗する際、議論の手りゅう弾のピンを抜き、スウェーデンに向かって思い切り投げつけた。そして、スウェーデンの政治的中立でさえ、高邁《こうまい》な人間主義によるものというよりは、集団的被害妄想によるものだと言い放った（偽善的であることは言うまでもない。第二次世界大戦中には、スウェーデン国民の半数以上がドイツびいきだったことも、ソンタグは指摘した）。

自分が撮った映画の評価が芳しくなかったことが、彼女のスウェーデンに対する見方を歪《ゆが》めた部分もあるかもしれない。だがソンタグは多くの人がスウェーデンのすばらしい長所だと考えることまでネガティブにとらえた。「合理性にも間違いなく大きな欠陥がある。スウェーデン人の合理性は、自制心や不安、感情の乖離《かいり》から生まれたものばかりだ。……病気の一歩手前だと思う」ポルノもなっていないと言う。「性的感情を貶《おとし》める。……男性婦人科医のための百科事典のようで……まるで男性をそそらない」

ああそれから、スウェーデン人は野菜料理に火を通し過ぎる。

ソンタグにとって、なによりも耐え難かったスウェーデン人の資質は、彼らが無口で表現力に乏しく内気なところだった。私にもスウェーデン人の知り合いはたくさんいる（もちろん九三〇万人の全国民に会ったことがあるわけではない）。控え目な人は多いが、ソンタグがいうほど退屈な人たちだとは思わない（もちろん、ザリガニとシュナップスが手元にあるときは別だ）。良い点を言うなら、スウェーデン人は、相手の話を熱心に聞く人々だ。明らかにくだらない話をダラダラ話していても、めったに割り込むようなことはせず、冗談を言えば笑ってくれる（気を遣ってくれているのか、憐《あわ》れみなのかはわからないが、正直どちらでも構わない）。スウェーデンに関するあるガイドブックによると、「あなたがしゃべればしゃべるほど、スウェーデン人は耳を傾けます――そしてよけいにしゃべらなくなります」つまり私のような大ぼら吹きにはもってこいの聴衆なのだ。私はスウェーデン人が好きだ。

通りすがりの学者やジャーナリスト、あるいはニューハウン通りでアイスクリームを買おうとしているだけの中国人観光客などに、相手かまわず、自分たちは世界一幸福な国民だと教えたがるデンマーク人と違い、スウェーデン人は自分たちをそれほど高く評価していない。二、三年前、スウェーデン世論調査研究所が若者にスウェーデン国民を表す形容詞を選んでもらったところ、高い順に「人を羨《うらや》む、堅苦しい、勤勉、自然を愛する、静か、正直、正直でない、外国人恐怖症」となった。

一方、スウェーデン国民の特徴の下位三つ（三〇のうち）、つまり最も当てはまらない形容詞が「男らしい、セクシー、芸術に造詣《ぞうけい》がある」だった。

ストックホルムの異文化間関係センターを設立したジャン・フィリップス＝マルティンソンの著書『他者から見たスウェーデン人』（Swedes as Others See Them）には、さらに次のような特徴が挙げられている。「無愛想、真面目、堅苦しい、退屈、表面的に親切、人付き合いを好まない、時間に正確、融通が利かない、横柄、用心深すぎる」などだ。スウェーデン人の分析において頻出するもう一つのキーワードは「シャイ（恥ずかしがりの、内気な、人見知りの）」だ。一九六〇年代にスウェーデンに滞在してスウェーデン人の研究をした米国の精神科医は、彼らはほかの国民より赤面しやすいと報告している。なにがそんなに恥ずかしかったのだろう。

よく目にするのは、馬鹿だと思われることに対する異常なまでの恐怖心のため、という説明だ。初めてそれを読んだときには、それなら子供に「ハンス・ハンセン」とか「イェンス・イェンセン」とか「スヴェン・スヴェンソン」とか名づけるのをやめればよいのに、と思った（ついでに言うと、兵士にヘアネットを支給するのも考え直したほうがいい）。だが優れたスウェーデン人民族学者のオーケ・ダウンはその著書『スウェーデン人の精神構造』（Swedish Mentality）においてこう言っている。「スウェーデン人が賛否両論のあるテーマについて発言するときは、自分の考えを述べる前に、反対派の見解を探ろうとする。……彼らは、言いたいことを言う前に、いつ、どのように言うか、そしてほかの人がそれにどう反応するかなどについて、じっくり検討するようだ。仮に考えを述べると決意した場合の話だが」

馬鹿にされるのではないかという恐怖心は、スウェーデン人が自分たちのことを描写する一つのキーワード「ドゥクティィ（duktig）」によく表れている。これは「賢い」という意味だが、スウェーデン特有の賢さだ。勤勉で責任感の強いという種類の賢さであり、時間を守り、法を守り、熱心に働くタイプの賢さだ。ここで言っているのは日本人的な責任感と有能さだ。テレビの社交ダンス番組『ストリクトリー・カム・ダンシング』の二年前の優勝者の名前を知っているという類《たぐい》の、人にひけらかすタイプの賢さではなく、税の申告書を遺漏なく作成できるという種類の賢さだ。

内気な性格はもちろん、北欧ではおなじみの会話嫌いとセットになっている。一九七〇年代にスウェーデンで暮らしたときの憂鬱《ゆううつ》な想い出をつづった、英国人ジャーナリスト、アンドリュー・ブラウンの著書『ユートピアでの魚釣り』（Fishing in Utopia）にはこうある。「これほど人々が互いに口をきかない場所に暮らした経験はないし、想像することさえできなかった」これを読んで思ったのは、明らかにブラウンがフィンランドのサウナに行ったことがないということだが、フィンランド同様、スウェーデン人の無口もまた、「高文脈社会」説で説明できる。スウェーデン人は皆、ほかのスウェーデン人が何を考えているかわかる。人生観や予想、願望が似通っていると、コミュニケーションはより簡単かもしれないが、お互いがお互いの人生について事細かに批判できてしまうことにもなる。再びオーケ・ダウンの言葉を引用する。

「スウェーデン人の同質性は、親しい友人に対して覚えるような安心感をほとんど与えてくれない。彼らの同質性はむしろ、他者の行動に対するおのれの解釈力や理解力を過大評価することにつながりやすい。そのため些細《ささい》なことが『誤った』メッセージを発信するリスクにつながる。たとえば、社会主義的価値観を持っている人が高価でエレガントな服を着た場合などだ」

ノルウェー人とスウェーデン人の関係について話を聞いたとき、ノルウェーの人類学者トーマス・ヒランド・エリクセンも同じようなことを言っていた。「スウェーデン人は、社会生活においてノルウェー人よりもはるかに衝突を回避しようとする文化を持っています。言い争いになることや、強い対立を避けるために、彼らは身を引き、控え目な表現を多用します。ノルウェー人がスウェーデン人と付き合うときには、文化的な問題が多々発生します。ノルウェー人は、スウェーデン人がいつも格式ばっていて堅苦しいこと、そして礼儀正しい雰囲気を保つために、本心を絶対口にしないことをからかいます」

マルメーのザリガニ祭りは、スウェーデン人にとっては異常行動だったということが明らかになってきた。スウェーデンはまるでSF小説に出てくる暗黒郷《ディストピア》だ。全員が相手の考えを読むことができるため、人々は個人的な思いにふけるという楽しみを奪われ、主流に反するあらゆる感情や意見、主張を抑えるよう、強いられる。インドの人類学者H・S・ディロンは「議論の最中に熱くなる人は、不安を抱えているとか、神経質だと受け取られる」と書いている。その結果、ダウンによると「スウェーデン人は一部の他の国の人たちほど『強い感情を持たない』ように見える」そうだ。

ダウンの言葉を信じるなら、スウェーデン人の内気さや控え目な部分は、分娩室《ぶんべんしつ》や葬儀場まで及んでいる。これこそ私が出会った北欧的自制心の究極だ。ダウンによると、出産時に「スウェーデン人女性はなるべく大きな声を上げないようにし、出産後には自分が大声を出したかどうか周囲の人に確認する。そして、そんなことなかった、と言われれば大いに喜ぶ」そうだ。ダウンは助産師の言葉を引用し、「出産は強い感情を表に出すことが自然と考えられる状況なのに、（スウェーデン社会では）出産時に強い感情を表現することは禁じられている」と書いている。また葬儀においても、中くらいのすすり泣きは構わないが、「絶望感を露《あら》わにして泣き叫ぶことは、恥ずかしく、いつまでも人々の記憶に残ることになる」という。ただしそれは、スウェーデン人が死別に心を動かされないとか、薄情な国民だという意味ではない、と彼は強調する。「むしろ、強い感情を扱う能力に欠けていて、その場にそぐわない行動やみっともない行動をとることを恐れているということだ」と書いている。

摩擦を回避しようとする力は、合意形成を旨とするスウェーデン政治（あとで触れるが、反対の声が非民主的に封じられることもある）から、企業文化にまで及んでいる。スウェーデン企業には、あからさまなヒエラルキー構造を持つ会社は少ない。フラットな構造で、全員に発言権があり、経営陣と従業員が互いを同等だと考え、民主主義と平等によって会社が運営されている。このことが、とりわけ意思決定において厄介な副作用を引き起こすことがある。あるスウェーデンの会社でCEOを務めているデンマーク人の友人は、あらゆる決定に全員参加を求めるスウェーデンの企業体質に、頭がおかしくなりそうだと訴えていた。「役員を替えようと思ったら、受付係にまでお伺いを立てなくちゃならないんだ」少々誇張だが、そう言っていた。スウェーデンの会社では、活を入れるためにデンマーク人を雇うという手法が、ごく一般的にとられている。合意志向の強いスウェーデン人経営者では、従業員に嫌われるような決定を押し通すことができないからだ。

「スウェーデンの会社には、従業員を集めて意見を聞くという儀式があります」あるスウェーデン人が教えてくれた。「会社側が勝手になにかを変えることはできません。事前の準備と話し合いが必要です。その結果、自分たちの意見が通らなかったとしても、従業員が怒ったり落胆したりすることはありません。ただ、妥協のために必要なステップなのです」

それこそ先送りと停滞をもたらす条件が整っているように見えないだろうか。だが実際には、スウェーデンの大企業はこの数十年間、世界規模で大成功をおさめている。なぜだろう。おそらくは、大企業においては、大勢の人間が長期間にわたって同じ方向に動く必要があるため、ワンマン社長的なリーダーシップがもたらすメリットが少ないからなのではないだろうか。対照的にデンマークにおいては、強いリーダーが、機敏で反応の速い中小企業を率いて成功をおさめている。ただし世界規模で活躍する企業はごく一部に限られている。

同胞から「ドゥクティ（duktig：賢い）」と見えるよう努力しているとき以外のスウェーデン人は、いかに「ラーグオム（lagom：適度）」かを示して相手を感心させようとする。ラーグオムはスウェーデン人を理解するうえで大切なもう一つのキーワードだ。「適度な」「道理をわきまえた」「公正な」「常識をふまえた行動をする」「分別のある」などという意味で、明らかにルター派の教義と共鳴する部分があるが、その語源をたどると、それよりもはるか昔のバイキング時代にまでさかのぼる。伝説によると、たき火を囲んで蜂蜜酒を回し飲みするとき、人と分かち合うことを大切にする親切で思いやりあふれるバイキングたちは、あとの人たちの分が足りなくならないように、自分の飲む量を加減したそうだ（これから出撃して、僧侶《そうりょ》の頭を引っこ抜こうというときにである）。「ラーゲト・オム（Laget om）」は大ざっぱに言うと「回す」という意味だ。それが時とともにラーグオムとなり、今日では皆が自主的に控える、という意味を持つようになった。

国民の消費パターンから政府のシステムまで、スウェーデン社会の行動の多くはラーグオムに従っている。（少なくとも、スワロフスキをちりばめたアイフォーンのカバーとパステルカラーのセーターが流行《はや》っているストックホルム中心部のいくつかの特殊な地区を除いては）消費は意識的に控えられており、政府は国民の妥協と穏健と合意に頼ってきた。ラーグオムは明らかにヤンテの掟《おきて》（スウェーデンでは「ヤンテロゥグ（Jantelag）」と呼ばれている）に関係している。ヤンテの掟は、デンマーク社会を支配する、架空の物語のなかの約束事だが、その内容はスウェーデン社会の本質を、デンマーク社会以上とは言わないまでも、同程度に明らかにしている。スウェーデン人は、人目《ひとめ》に立つことをデンマーク人以上に恐れていて、自分の業績を自慢したりひけらかしたりせず、なにごとにつけ控え目に表現し、謙遜《けんそん》する傾向がある。*

マルメーで体験したように、スウェーデンには北欧のなかでもとりわけ楽しい宴会用の歌がある。ただし彼らが社交的な一面を見せるまでには相当量のアルコールが必要だし、その段階に到達するまでには数々の細かい決まり事をクリアしなければならない。スウェーデンでディナーパーティーに参加すると、初心者はとりわけストレスを感じる。それについては、女性の権利活動家の草分けである英国のメアリー・ウォルストンクラフトが、一七九六年にこう指摘している。

スウェーデン人は、自分たちの礼儀正しさを自慢するが、彼らの礼儀作法は、洗練された教養から生まれたものとはほど遠く、退屈な形式と儀式の寄せ集めに過ぎない。育ちの良いフランス人は、相手の人となりをすばやく把握してくつろがせることができるが、スウェーデン人の大仰な礼儀作法は、相手の行動の一つひとつを拘束しつづける。両者には雲泥の差がある。

そこで、読者がスウェーデン人の大げさな礼儀作法に対処しなければならなくなったときのために、少し手ほどきをしよう。

まずスウェーデン人の家の玄関に着いたとき、外国人が自分に問いかけるべき問いは、靴を脱ぐべきかどうかだ。その家の主人に脱ぐべきかどうか面と向かって尋ねると、「靴を脱ぎたくない」と言っているのと同じなので、気遣いのあるホストは「脱がなくてよい」と言いながら、床を汚すあなたを心のなかで軽蔑《けいべつ》するかもしれない。「とりあえず脱ぐ」という方針で行くと、皆が靴を履いているホームパーティーで、一人だけ靴下で歩き回るはめになり、居心地の悪い思いをする。スウェーデンでのエチケットを書いた本には次のようなアドバイスが書かれている。「よそのお宅では決して靴を履いていてはいけません。もちろんほかの人たちが履いている場合は別です」そして、「スウェーデン人には靴を脱ぐべきときと、そうでないときが自然とわかる」と書かれている。「招待してくれたホストの顔をしっかりと見て握手をし、それからみんなの足下を見ましょう。自分の足の状態が、ほかの人と同じかどうか確認できるまで、玄関より奥へ進んではいけません」だが着いたとき、玄関に誰もいなかったらどうしたらよいのだろう？　身の破滅だ。

　本当のことを言うと、スウェーデン人も履物問題については、外国人を多少大目に見てくれる。だが破ったら許してもらえない黄金律が一つある。時間厳守だ。早すぎてはいけない（それを喜

＊私にはある説がある。恐らく私のこじつけのなかでもとりわけ無理のあるものだとは思うが、気に入っている説だ。スカンジナビアに輸入されている、ある文化の背景には、「ラーグオム」とヤンテの掟がある。不可解なことに不動の人気を誇っているその輸入文化とは、ドナルドダックだ。デンマークかスウェーデンで誰かの家の手洗いを借りると、トイレの横には読みこまれた跡のあるドナルドダックのコミック本が必ずある。デンマークでは『アンダース・アン』（Anders And）、スウェーデンでは『カレ・アンカ』（Kalle Anka）というタイトルだ。あるいはデンマークの主要チャンネルＤＲ1をつけると、金曜日の晩のゴールデンタイムに誕生から六〇年経つドナルドダックのアニメを特集した『ディズニーお楽しみ番組』という一時間番組が放映されている。また過去に、一二月二四日に最も視聴率が高かったテレビ番組は、一九五八年に放映されたドナルドダック・クリスマス・スペシャルだったそうだ。こうした事実を見聞きするにつけ、私はなぜ、この運の悪い、ズボンをはいていないアヒルがこれほど人気を博しているのか、考えていた。ドナルドダックの人生に対する姿勢は、スカンジナビア人の気質と正反対だ。欲深く、自分勝手で、気が短く、無鉄砲に振る舞う。しかしここで重要なのは、当然のこととして、彼が敗北し、屈辱を味わい、つねにツケを払う結果となることだ。ドナルドダックは、謙虚で落ち着きがあり、常にルールを守るスカンジナビア人にとって、ガス抜きのような機能を果たしているのではないかと、私は確信している。タブーとされるようなジョークを言うコメディアンにスリルを求める観客の心理と同じだ。スカンジナビア人は、三人の生意気な甥《おい》がケーキを食べているところとか、二匹のシマリス（チップマンク）に煽《あお》られてやかましく騒ぎながら自分の家を壊すといったシーンを自分たちで作ろうとは夢にも思わないが、漫画というかたちでそのような話が展開するのを見て、心がなごみ、気分がスッキリするのだ。

ぶ人はいない)。だが招待された時間に五分以上遅れて到着しては、絶対にいけない。「適度に遅れて」パーティーに現れる人間は、「もったいぶっている」と見なされる。

玄関の試練を乗り越え、パーティーそのものがおこなわれている部屋に着いたら、ほかの招待客の一人ひとりと握手を交わし、自己紹介をしながら部屋を一巡することを忘れてはいけない。ロイヤルコマンドパフォーマンスのあとに、一列に並んだ出演者と挨拶《あいさつ》を交わす英国女王の要領でやればよい(このスタイルはデンマークでも同じだが、スウェーデンでは洗礼名だけでなく、姓名を名乗ることが多い)。あいにく相手の名前をすぐに忘れてしまうのだが、実を言うと、私はこの堅苦しい挨拶が嫌いではない。もし、しばらくしてから名前を思い出せない相手に会ったときには、男性なら「エリック」女性なら「マリア」を試してみるとよい。ほとんどのスウェーデン人がそう呼ばれているようだ(デンマークなら「セバスチャン」か「ヘレ」でいける)。

テーブルに呼ばれるまでの歓談の時間に、相手の収入、教育を受けた期間など遠慮なく聞いて構わない。その際、あなたがデンマーク人をいかに人種差別主義者だと思っているかという点をはっきりさせると、たちまちスウェーデン人ホストに気に入られるだろう。テーブルに着いたときホステスの右隣に座らされたら、運が悪かったと思ってあきらめるしかない。ほかの客たちは全員、あなたがすることになる短い乾杯のスピーチを楽しみにすると同時に、その場で一人立ち上がり、ホステスについて、彼女の夫を怒らせない程度に慎みのある、しかし気の利いた誉《ほ》め言葉を捧《ささ》げなくてはならないのが自分でなくて良かったと、胸をなでおろすだろう。あなたの乾杯の音頭に続いて、ゲストは全員グラスを掲げ、ほかの客と順々に目で挨拶を交わしていく。その間、片方の目はホステスから離してはいけない。彼女がひと口飲んだら、客も飲んでよい。

ここまではまだ、食事前の序章にすぎない。ミートボールと「ヤンソンの誘惑」（アンチョビの入ったポテトグラタン。スウェーデン発祥の素晴らしい料理）を食べるあいだと、そのあとにやるべきことを書いたら、一冊の本になる。一事が万事、この調子だということだ。一つ注意事項がある。私はかつて恐ろしい間違いを犯した。だが心優しいホストは一瞬困惑した表情を浮かべたのちに、私に恥をかかせないよう、慌てて私の間違いを真似《まね》てくれた。おかげで私もいい勉強になった。乾杯のときには、決してグラスを人のグラスに当ててはいけないのだ。これまで観てきたハリウッドのバイキング映画からなにを信じ込まされたかは別として、スカンジナビアにおいては、それは許しがたいほどプロレタリア的行為と見なされる。

私の手引きが十分でないと感じる方（すべてを書こうと思ったら本当に一生かかる内容なので、そう思われても無理はない）には、スウェーデン国民の冷たい深層心理を理解するための最高の案内書として、オーケ・ダウンの著書『スウェーデン人の精神構造』をお薦めしよう。ダウンはストックホルムの北方民族博物館館長やストックホルム大学の民族学部長などを歴任し、同時代の北欧民族学者のなかでも第一人者と目される人物だ。スウェーデン人らしさの研究においてはカリスマ的存在で、この本は、性格分析における最高傑作だ。これほど完璧（というより残酷）に、一国を鋭く批判する文章を、私は読んだことがない。

ダウンはスウェーデン人を、不安で胸がいっぱいな「壁の花」のような民族だと表現した。彼らはエレベーターで相乗りをするよりは階段を使うそうだ。スウェーデン人にとって興奮するような楽しいことというのは、田舎に遊びに行くこと、ライ麦のビスケットを食べること、低い声で話すこと、会話で議論の分かれるテーマを避けること、などだという。「驚くべきは、スウェーデン文化が『秩序の正しさ』にきわめて大きな重きを置いていること」であり、時間厳守と徹底的な整理整頓《せいとん》もスウェーデン人が最高に重要と考える価値観だとダウンは書いている。なんとも魅力的な人々ではないか。

『スウェーデン人の精神構造』が書かれたのは一九八九年だった。当時と今とで状況は変わっただろうか。著者はご存命でないかもしれないと思っていたので、探し当てて最新情報を聞くのは難しいだろうと思っていたら、嬉《うれ》しいことに私の予想は間違っていた。七〇代後半のダウン（もしこの本が映画化されたらマックス・フォン・シドーが演じることになるだろう）は、至極お元気で、ストックホルム中心部の高級住宅街に暮らしていた。私がEメールで連絡を取った頃、ちょうど栄えあるガド・ラウジング賞を受賞したばかりだった。優れた人間研究に授与される賞で、テトラパック社の億万長者が創設した基金から八〇万スウェーデンクローナ（約一〇七〇万円）の賞金が贈られる。ありがたいことに自宅におじゃまして、詳しい話をうかがうことができた。

スウェーデン人がほかの人とエレベーターに一緒に乗るのを避けるというのは本当ですか？ ずいぶん極端な話のような気がしますが。

「ええ、本当ですよ。知らない人とどう口をきいたらよいか、わからないのです」ダウンはくすくす笑いながらそう答えた。「おもしろいでしょう。だってふつうの人は話すのが好きなのですから。南欧に行けば、おしゃべりが人生最高の楽しみですよ。フランス人の同僚がスウェーデンに来たとき、『バスのなかではおしゃべりが禁止されているに違いないと思った』と言っていました。それ以外どうにも説明がつかないと思ったそうです。スウェーデン人は、外国人に特異な印象を与えるようです」私たちは天井が高く広いダウンのアパートの薄暗い灯《あか》りに照らされた書斎で話をした。「スウェーデン人はあまりおしゃべりではありません。でもそれはスウェーデンにおいては美徳であり、礼儀正しいことなのです。『あなたのお話をおうかがいします』という態度の表れですから。でもアメリカ人や、ほかの国の人たちは、『この人は自分の意見というものを持っているのだろうか、会話を成立させるために提供できるものを持っているのだろうか？』と疑問を抱きはじめます。なぜならアメリカでは、シャイな人間は馬鹿だと思われるからです」

ダウンによれば、スウェーデン人の孤独志向のはじまりは産業革命以前にある。一九世紀中頃までスウェーデンにはあまり人が住んでいなかった。一九世紀後半の農業改革により、農地がより大きな単位に統合されると、農家や農村の孤立化が一層進んだ。「自分の家族や近所の人以外の大勢の人間と会うという機会はありませんでした。そしてすべてが平等でした。いろいろな問題はありましたが、ほかの人も同じような問題を抱えていたので、説明する必要はありませんでした。近所の家へ行き、ノックをして挨拶もせずに入り、しばらく座っているのです。『今日は雨だね』と言うかもしれませんが、目新しい話題はありません」

スウェーデンの農民が心地よい沈黙に浸って座っている光景には、なんとなくほろりとさせられるが、産業革命によって事情が変わったのではないだろうか？「そんなことはない」とダウンは言った。「その頃までにはスウェーデン人は、自分を人から遮断することにすっかり熟練し、都会的な環境のなかでもその状態を保つことができるようになっていました。だから、あなたも見たことがあるかもしれませんが、スウェーデン人は、まるで周囲に誰もいないかのように人混みを歩くのです」

とうとうスウェーデン訪問中に私がたびたび経験した、驚くような無作法に対する説明が聞けた。割り込んでも謝らない、道をふさいでいても気にしないなど、その完璧なまでの礼儀の欠如に、私は怒りを通り越して何度となく無力感を覚えた。コペンハーゲンの中心部の駅でコペンハーゲン空港行きの電車を待っていると、エーレ海峡橋を渡ってスウェーデンに帰るスウェーデン人はすぐに見分けがつく。なぜなら彼らは、それが世界で一番普通のことであるような顔をして、まだ乗客が降りている途中の車両にむりやり乗り込むからだ。似たような公衆マナーの悪さはデンマークでもしょっちゅう経験しているが、スウェーデン人の行儀の悪さは香港の中国人に匹敵する世界最低のレベルだ。ほかの面では礼儀正しく秩序を重んじ、気の弱いイメージがあるだけに、よけい困惑する。誰かが以前にスカンジナビア人のマナーについて、それは一種の屈折した平等主義の表れだと説明してくれた。私にもあなたと同様に、この道を歩く／運転する／自転車で通る権利がある、ということだそうだ。それにも一理あると思う。あるいは単に、一年のほとんどが寒すぎて、マナーなど構っていられないということなのだろうか。

あるスウェーデン人がこんな話をしてくれた。まさに私がスカンジナビアでしばしば経験しているようなことだ。「カフェにいたときのことです。一人のイギリス人が座っていました。スウェーデン人の男性がトイレへ行くときに、そのイギリス人のブリーフケースを蹴《け》とばして倒しましたが、謝ることも、スーツケースを直すこともせずに行ってしまいました。そのときはイギリス人はなにも言いませんでしたが、スウェーデン人男性がトイレから戻ってくると、カフェの反対側に届く声で『こういうときは、すみません、って言うんだ！』と怒鳴りました」

「ご不快に思われるのはよくわかりますよ」おそらくは礼を失するほど長々と私が愚痴を言って

しまったあと、ダウンはそう言った。「でもそれが私たちにとっては普通なのです」だが明らかに彼自身もスウェーデン国民のマナーの悪さと孤立志向には問題を感じている。彼には、挨拶を交わすような知り合いではないが、何年間も近所で行き合うことのある人たちがいた。そこで、最近になって、即興の社会学実験を実施してみたそうだ。

「ひじょうに上品な身なりの年配の紳士がいて、毎日会うのですが、お互いうつむいたまますれ違っていました。とうとうある日、私は彼に近づいて話しかけてみました。『何年もこの道で会っているのですから、こんにちはくらい言おうじゃありませんか』すると、たいそう喜んでくれたんですよ」二人は友人になり、互いの自宅に夕食に招き合うほどの仲になったそうだ。それに気を良くして、ダウンはほかの隣人にも声をかけてみた。皆、はじめは驚いたものの、同じように受け入れてくれたそうだ。「大成功ですよ。みんなとても喜んでくれました！」と言って彼は手を叩《たた》いた。

ストックホルムの路上でダウンがおこなっている伝道活動の話を聞くと、スウェーデン人の心のなかにも、もしかしたらいくらかの人間味があるのではないかと希望が持ててくる。彼のアパートを辞して、肘《ひじ》で人をかき分けて歩き、静まり返ったバスに乗って帰路につきながら、私も一つ社会学実験をしてみようと思いついた。さっそくその日の午後、なんの疑いも持っていないストックホルムの人々を対象に、実験をおこなうことにした。

第三章　ストックホルム症候群

私のプランは、その日の残りの時間を（うまく行けば、それ以上に長い時間を）、できるかぎりスウェーデン人らしくない行動をとりながら過ごすことだった。スウェーデンの社会規範と一八〇度反対の行動をとれば、その規範をより際立たせて観察することができるはずだ。正反対の行動をとることによって、出会ったスウェーデン人を挑発し、それによって彼らの精神構造の極端さを測ることができるだろう。スウェーデン人を忍耐の限界まで追い詰めることにより、彼らが実際のところどの程度、シャイで無口で杓子《しゃくし》定規で堅苦しい人々なのかについて、評価を確定し、スカンジナビア全体の社会的自閉症のなかでスウェーデン人がどのあたりに位置するかを突き止めることができるはずだ。そうしてスウェーデン人をよりよく理解することにより、彼らのことをこれまでよりも共感を持って見ることができるようになれば嬉しい。世界のため、私がモルモットになろう。スウェーデン人の心の奥底という炭坑に連れていかれる人類学的セキセイインコと言ってもよい。これから五時間のうちにはなにが起きてもおかしくない。気まずい沈黙、目をそらす人たち、暴力、逮捕、強制送還……。

最初の場所は、市の中心部の島にある、うんざりするほど美しい旧市街ガムラスタンにあるノーベル博物館だ。正直言って、ノーベル賞のお祭り騒ぎにも、ずっといら立ちを感じてきた。ご存じのように、アルフレッド・ノーベルはダイナマイトの発明によって財を成した。当初は鉱山用の爆薬として使われていたダイナマイトだが、やがて軍事に転用され、クリミア戦争で数千人の命を奪い、その後、数百万人単位の人間を殺した。それなのにどういうわけか、イタリアのリビエラ地方の介護施設でのんびりと余生を過ごしていたノーベルは、遺書を書くに当たり、彼の血に染まった莫大《ばくだい》な遺産にふさわしいのは、よりによって自らの名を冠した平和賞だと思いついたのだ。幼児虐殺で有名なヘロデ王が、かわいい赤ちゃんコンテストを主催したり、解体作業員が建築賞を授与したりするようなものだ。

ノーベル賞選考委員会は、何年にもわたって実に素晴らしい人々を選んできた。たとえばヘンリー・キッシンジャー。英国のジャーナリスト、クリストファー・ヒッチェンズが指摘しているように、彼はイラクのクルド人を裏切り、南アフリカ共和国の人種隔離政策を支持し、「インドシナ半島における故意による市民の大量殺戮《さつりく》」にゴーサインを出した人物だが、一九七三年にノーベル平和賞を受賞している。二〇〇九年のオバマの平和賞受賞はそれほど物議を醸しはしなかったが、（アル・ゴアはもらっているのに）ガンジーが受賞していないことを考えると、少々理屈に合わない。ノーベル平和賞はノルウェーの国会によって選ばれた委員会が授与する。ほかの賞（文学、化学、物理、医学、経済学）は、スウェーデンの委員会が選考する。なぜノーベルがこのような形に分けたのかは誰も知らないが、彼が他界した当時、ノルウェーはスウェーデンによって支配されていたので、もしかしたら両国のうち、ノルウェーのほうが、より好戦的でないと判断したのかもしれない。

人類の輝かしい英知を集めた場にふさわしく、ノーベル博物館は静かで厳かな建物だった。ということは、「飲食禁止」の看板の横に立って、バリバリ音をたてながらスナック菓子を食べ、ズルズル音をたてながら缶コーラを飲むのに最適な場所ということだ。スウェーデン人に忍耐力というものがあるならば、今こそその真価が問われる。私は二人の職員とたくさんの来館者からしっかりと見える場所で、全力でガサガサ、バリバリ、ズルズル音を立てつづけたが、誰からも、なんの反応もなかった。これはじつにもどかしかった。とくに、スナック菓子を思っていたよりもはるかに長い時間、食べつづけなければならなかったのは苦痛だった（スウェーデンのスナック菓子は本当に不味《まず》い）。それにコーラの炭酸で相当量の不快なげっぷが出る。しかしこの社会規範に関する初期調査により、スウェーデン人はルールを守る以上に衝突を避ける国民であるという最終的推定に至った。

ほどなくノーベル博物館を出て横断歩道にやって来た。近くにも、見渡す限りも、一台も車がいないにもかかわらず、数人の人たちが、信号が青に変わって道を渡る許可がおりるのを待っていた。デンマーク人も、車一台いない道路と赤信号というジレンマに遭遇すると、やはり同じようにじっと耐え忍ぶ。私はそんな彼らのヒツジのような行動をいつも揶揄《やゆ》してきた。「道路を渡っていいかどうか、信号に教えてもらう必要なんかない」そう声に出し、笑い飛ばして大胆不敵に歩道から足を踏み出す。すると妻が必死に私の肘をつかみ、不安の面持ちで、不賛成の言葉をつぶやく信号待ちの人々をちらちら見る。だが時が経つにつれ、情けないことに私は次第に赤信号を守るようになってしまった。私の反抗心は、スカンジナビア社会の集団主義の重みに飼いならされてしまったのだ。だが今回は違う。私は左右をさっと確認し、毅然《きぜん》と顔を上げ、赤信号のうちに横断歩道を渡った。デンマークにおいてはじゅうぶんに攻撃的な行動だが、スウェーデンにおいてはさらに挑発的な行動と受け取られるはずだ。

私の横にいた女性は、明らかに信号に注意をはらっておらず、私につられて道路を渡りはじめたが、顔を上げて赤信号に気づくとまごまごしながら慌てて歩道に戻った。誰かから舌打ちが聞こえた気がするが、確証はない。いずれにせよ私は安全に渡り切り、反対側の歩道から彼らに向かって、両手のひらを向けて「ほら、無事に着いたよ！」というジェスチャーをして見せたが、彼らは全員おとなしく、私ではなく赤信号に期待を込めた視線を向けていた。

次の実験場所は、劇場近くの公園のベンチだった。私はクマの形のグミを食べている女性ににじり寄り、物欲しそうな顔をしてグミの箱を眺めた。私の強い視線に気づいて、女性はぎこちなく座りなおしたが、そのまま食べつづけた。私は見つめつづけた。なにも起こらない。とうとう女性が視線を上げた。私は「一つ欲しいなあ」という思いが伝わる表情をしてみせたが、女性は明らかに心底危険を感じた様子で、ひと言も発しないまま立ち上がって早足で歩き去った。やれやれ。

世界屈指の歴史博物館では誰にも話しかけなかった。グスタフ二世アドルフにより建造された、見事な軍艦ヴァーサを見るのに没頭していたからだ。ヴァーサ号は一六二八年八月一〇日に進水し、あっという間にストックホルム港に沈んだ。普通の国なら、これほどあからさまな国家的恥辱はそのまま人目に触れないよう海底に沈めておこうと思うところだろうが、自分に厳しいスウェーデン人は違う。一九六〇年代初頭にこの船を引き揚げ、この見るからに頭でっかちの船（素人目にもバランスの悪さがわかる）のために専用の博物館を建てて展示している。

だがその努力に感謝したい。展示ホールに入ると驚愕《きょうがく》の光景が待ち構えていた。この巨大な船の船尾の高さは五三メートル、黒々としたオーク材には重厚な彫刻が施され、まるで荘厳な大聖堂のような迫力だ。ヴァーサ号の建造には二年間かかったが、沈むのには数分とかからなかった。そして今、王の傲慢《ごうまん》が報いを受けた動かぬ証拠として、ここにある。ドックの横に立って壮麗な進水式に臨み、ヴァーサ号がゆっくりと傾いて穏やかな波の下に消えていくのを見ていた王は、さぞつらかったに違いない（思わず「その様子をユーチューブにアップしたら再生回数はどのくらい行くだろう？」と考えてしまった）。

ストックホルムはじつに美しい。スカンジナビアのなかでも最高にすばらしい首都だ。エジンバラとヴェネツィアを掛け合わせたような美しさがある。少なくとも海に面した地区はそう見える。だが、壮麗な御影石《みかげいし》の裏には、ロンドン西部のクロイドンに似ていなくもない不気味なコンクリートの建物ばかりの地区もある。英国人ジャーナリストのアンドリュー・ブラウンが書いているように、ストックホルムの中心部は「一九六〇年代に、ほぼ全面的に建て替えられ、人間味を失った」生気のない、ブルータリズム建築が多い。その理由はよくわからない。スウェーデンはほぼ無傷で第二次世界大戦の終戦を迎えた。国土は一切の爆撃を受けていない。クルトゥールヒューセット（文化会館）の外のベンチに座って考えてみた。「なぜスウェーデン人は、ストックホルムをわざわざソビエト風のコンクリートブロックで再建しようと考えたのだろう？」その事実から、スウェーデン人および都市計画に携わった人々の自己像について、なにが導き出せるだろうか。

隣にキンドルを持った男性が座った。「それ、電子書籍ってやつですか？」私は明るく話しかけた。

　男性はうなずいた。

「へえ、じゃあほんとに『スター・トレック』みたいですね。気に入ってますか？　人にも勧めます？」

「旅行のときには便利ですよ」男性は目を合わせずにそう答えて読書を続けた。その直後、どうやら彼の奥深くで眠っていた人間性が頭をもたげたらしく、読むのをやめて私のほうを向いた。「たくさんの本を持ち歩けるところが気に入ってます」そう言って、良き市民としての義務を果たしたことに満足すると、再び読書に戻った。

　ちょっとした刺激があればスウェーデン人にも人間らしいやり取りができる。これは前途有望だ。気を良くした私はホテルに戻り、エレベーター付近でぶらぶらしながらスウェーデン人が乗りに来るのを待った。最初のターゲットは、キャスター付きの大きな縦型のスーツケースを押してきた五〇代の女性だった。私は彼女が今にもエレベーターに乗ろうというタイミングまで待って、すばやく彼女の前に割り込んでエレベーターに乗り込んだ。彼女はさっと後ずさり、どうぞお一人で、という風に私に向かって小さくうなずいた。小さなエレベーターではあったが、私が奥へ詰めればじゅうぶん二人乗れる大きさだ。私は詰めて、「大丈夫ですよ。乗れますよ！」と明るく呼びかけた。だが彼女は急にロビーに気になるものを見つけたらしく、行ってしまった（奇妙なことに、私の滞在していたバーンズホテルでは、ガラスケースのなかにゴム製の人工ペニスを展示して売っていた。もしかしたらあのご婦人はそれに興味を引かれたのかもしれない）。

　オーケ・ダウンが言っていたように、エレベーターはスウェーデン人の精神構造を探究するのにうってつけの環境のようだ。私はその後、二、三日間、さらに何度かスウェーデン人と一緒のエレベーターに乗ろうと試みた。最初の経験から学び、餌食《えじき》となる人物がエレベーター内にきちんと落ち着くのを見届けてから滑り込み、人間らしい会話をしようと試みた。第一声の「こんにちは。お元気ですか？　いいホテルですね」に対する反応は、ほぼ一様にそっけないものだった。一人のスーツを着た大柄な中高年男性は、まっすぐ前を見たまま無視した。若い女性は不安そうに微笑み、自分の足下に視線を落としたまま、後ずさった。二〇代後半のカップルだけがそれ以上の反応を示し、「そうですね、いいホテルですね」と言い、そのあと二人だけのひそひそ話に戻った。そのとき、私は彼らがスウェーデン人ではなく、バルト諸国の出身者であることに気づいた。

スウェーデン人をからかうために選んだ次の場所は、公共交通機関だった。郊外に、ストックホルム・グローブ・アリーナという球形のスポーツ競技場がある。ガラス張りの展望ゴンドラに乗っててっぺんまで行くと街を一望できる、人気の観光スポットだ。ホテルからは地下鉄で少しだが、電車に乗ろうとすると、いつもどおり、降りようとする人たちと乗ろうとする人たちのあいだで、ラグビースクラムが繰り広げられていた。よその国ならたいてい、こんな風に先を争って乗り込むのはみっともないことだし、かえって時間がかかると考えるだろうが、ここストックホルムでは誰ひとり気にしない。

私は肩からカバンを下げたスーツ姿のビジネスマンの腕をつかんだ。彼は降りる人が終わる前にむりやり、電車に乗り込もうとしていた。

「おじゃまして申し訳ありませんが」私は言った。「ちょっと手伝っていただけませんか」

彼の顔に、怒り、困惑、焦りなどがすばやく交錯し、苛立《いらだ》った怪訝《けげん》そうな表情で止まった。

「スウェーデン人の行動についてリサーチをおこなっている者ですが、今あなたは乗客が降り終わる前に乗り込もうとしましたよね。ホームの乗客がよけて、降りる人を先に降ろした方が効率的なのは明らかだと思いますが、なぜそうしないのでしょう」

その頃には、ホームには彼と私しか残っていなかったので、男性は今にも出発しそうな電車を私の肩越しに心配そうに見ていた。「えっと……なにを言っているんですか？　もう行かないと」

彼はうつむき、いらいらした様子で私をよけて電車に乗り込んだ。「朝、自分で身支度はできるでしょう？　それなのにどうしてほかの人に対して分別のある行動を取れないのですか！」私は彼に向かって叫びたい気持ちになった。が、ぐっとこらえた。いくら私でも、よその国を訪問している身で、人を怒鳴りつけたりしてはいけないことくらいは知っている。

電車は次の駅で止まった。私の降車駅ではなかったが、実験を続行することにした。案の定、ホームで待っていた人たちが、私が降りる前に勢いよく乗り込みはじめた。私は両腕を開き、慈悲深く教えを垂れるイエスのような身振りで何人かを押し戻した。

「はーい、降りる人を先に通してあげましょう！」電車のステップに足をかけていた人を二人ほど押し戻しながら、私は声を張り上げた（怒鳴ってはいない）。それでもお構いなく人を追い越して乗り込んだ人が二人ほどいたが、本当に恥ずかしそうな様子で数歩下がった人も二、三人いた。だが、ここでは犠牲が成果を上回ったと認めざるを得ない。なぜならすったもんだしているうちに乗り損ない、次の電車が来るまで一二分も待つはめになったからだ。それでも通勤マナーに一石を投じることはできたと自負している。

次に乗った電車では、ルーマニア人の男性が、空席にカードを置きながら車両内を歩いて行った。カードには次のように書かれていた。

「私は貧しく、子どもが二人います。二人とも白血病で、治療のためにお金が必要です」

彼がカードを回収しに戻って来るときのために、私の正面に座っていた女性を含む数人が、カードの上に硬貨を置いた。ダウンの触れ合い精神にのっとって、私はその女性に話しかけてみた。スウェーデンにはすばらしい無料の医療制度があるというのに、なぜお金をあげるのですか？　見ず知らずの人間から突然話しかけられるという、非常事態を受け止めたあと、女性は、スウェーデンに居住するための書類がなければ治療を受ける資格がないからだと答えた。

「でもあの人が本当に子どものためにお金を集めているとは思わないでしょう?」と私は言った。

「ええ、思いません。でも物乞《ものご》いをしなければならないというだけでも、人としての尊厳が傷つくでしょう。だからあげたのです」

そのように優れて近代的かつスウェーデン的な思いやりに接して、今度は私のほうが反省し、恥じ入る番だった。スウェーデン人を困らせるのはそろそろやめにしよう。どちらにせよ、私はこの画期的な人類学研究に対する熱意を失いはじめていたところだ。スウェーデン人にこれ以上の礼儀正しさを求めるのは、イタリア男性がうぬぼれ屋なことや日本女性が恥ずかしがり屋なことを責めるようなものだ。自分ではどうすることもできない気の毒な人々なのだから。そもそもスウェーデン人が私にどんな被害を与えたというのか。

それでもその後二、三日は、なんとかスウェーデン人の固定観念を覆そうと、カフェやレストランでいろいろな人に話しかけてみた。たいていの人が会話には応じてくれたし、質問にも答えてくれたが、会話のキャッチボールを続ける努力をする人はいなかった。もちろん、問題は私個人にあって、スウェーデン中の人に避けられていたという可能性も否定はできない。だが気味悪がられないよう、最大限の努力はしたつもりだ。

一方で私は、スウェーデン人の善人気取りに、小さくてもいいから致命的な弱点を見つけてやろうと、終始目を光らせていたのだが、噛みタバコに対する不可解な中毒以外には、ほとんど見つからなかった。ちなみに噛みタバコは、（キャンディーの容器のような）小さな丸い容器に入って、どのセブンイレブンでも売っている（以前、スウェーデンの有名シェフを取材したとき、彼が「スヌース」という唇と歯茎のあいだに入れる無煙タバコをやっていたため、その下唇のふくらみが気になって取材に集中できなかった）。

おっと忘れるところだった。国立美術館でマスターベーションをしている人がいた。ある日の午後、まったく偶然に「官能と悪徳」という特別展を観ることになった。スウェーデン人の「過去から現在に至る偏愛と倒錯」を露《あら》わにする展覧会、と宣伝されていた。私が美術館を訪ねた目的は、ヨハン・アウグスト・ストリンドベリの海景を観たかったからなのだが、スウェーデンの性の世界の深さを調べるため、しかたなく少しだけ覗《のぞ》いてみることにした。取材のためだ。

展覧会はこの二、三世紀におけるスウェーデンの猥褻《わいせつ》画《が》の歴史を惜しみなく率直に紹介していた。二人の男性が、赤毛の裸の女性をいやらしい目つきで見ている様子を描いた幅三メートル近いジュリアス・クロンベルクの絵画は、発表された一八七六年当時には、かなりの物議をかもしたようだ。ほかにも、ぼかしの入った芸術的なマスターベーションのビデオ、壁一面に描かれたマスターベーションをしている裸の女性たち、手元のぼやけた男たちの写真、お尻《しり》をむき出しにした修道女の写真など、いろいろな作品があった。

この展覧会からなにがわかるだろう。スウェーデン人は性について開放的な国民という評価を世界的に得ているが、評論家やスウェーデンを訪ねた人々、またスウェーデン人の多くは、その評価にはほとんど根拠がないと言っている。一部の人々がスウェーデン人の「性的魅力」の要因として挙げる事柄はいろいろあるが、そのなかに、スウェーデン人が誰とどの程度頻繁に性交するかに深く関わるものは、一つもない。

第一の要因は、一九六〇年代にスウェーデンのポルノ産業が非犯罪化され、同じ頃デンマークでも同様の動きがあったため、両国のポルノ業界は世界をリードするようになったことだ。次に、スウェーデン人がサウナやビーチなどで全裸になることに、あまり抵抗を感じない傾向があることも要因の一つとされているが、これもまた実際に性的関係を持つこととはほとんど関係ない。

一九六八年に英国人ジャーナリスト、デイヴィッド・フロストが、間もなくスウェーデンの首相になろうというオロフ・パルメにテレビでおこなったインタビューは、あきれるほど気まずいものだった(ちなみに、ぶざまだったのはフロストの気味の悪い得意げな態度のほうだけで、パルメは終始、品性あふれる知的な政治家という印象を与えていた)。インタビューで、スウェーデン国民が性的に開放的であるという評価を得ていることについて聞かれると、パルメはその評価は誇張されていると言い、スウェーデン国民は「性的分野において深い道徳観と慎みがある」が、同時に「性に対してごく正常で健全な考えを持っています」と答えた。

男女平等に向かって大きな前進を遂げたことも、うわべだけを見ている人たちに、スウェーデン女性はほかの方面でも堅苦しくないのだろうと誤解させたのかもしれない（アバのメンバー、アグネッタ・フォルツコグが、胸元が深く開いたジャンプスーツを着ていたことも、そういった発想を助長したに違いない）。だが、男女平等施策の第一目的は、より多くの女性を仕事場に引っ張り出すことであって、ベッドに引っ張り込むことではない。

国立美術館の展覧会がスウェーデンについて明らかにしていることがあるとしたら、この国が、歴史的に性に対してかなり禁欲的な姿勢をとってきたということだろう。だがここでは少なくとも、よその北欧の博物館とは違う経験ができた。取材旅行も終わりに近づいてきたこの頃になると、私は北欧の博物館が用いる展示の常套《じょうとう》手段や隠喩《いんゆ》の手法がわかるようになった。たとえば、前史時代の展示コーナーでは、雰囲気を盛り上げるために、必ずピューピューと風が吹きすさぶ音響効果が使われている（展示を真に受けるなら、ある日、前史スカンジナビア人のほとんどは、誤って泥炭沼にはまって命を落とすまで、風吹きすさぶ荒野を一人でとぼとぼ歩きながら人生を送っていたことになる）。また、バイキングを肯定するプロパガンダを見つけるのも、私の密《ひそ》かな楽しみの一つとなった。ストックホルムの歴史博物館も、その点で期待を裏切らなかった。「バイキングといえば、好戦的で暴力的であることがよく知られているかもしれません。しかし彼らには、ほかの側面もたくさんありました」ある展示の解説文にはそうあった。北欧の博物館が、名誉回復に精を出しているのはバイキングだけではない。スカンジナビアの歴史博物館は、多少議論の余地のある問題の、ほぼすべてに対して、この種の前向きな評価を与えることを専門としている。血に飢えた先祖から男女平等、人種や障害者の問題まで、すべてだ。これは必ずしも批判として言っているのではない。必ずしもわかりやすくなかったかもしれないが、私自身は政治的公正さをひじょうに大切なことだと考えている。最近では流行らないかもしれないが、私はそれを礼儀正しさの一つの表れだと考えているし、私がより礼儀正しい世界を求めていることは、ご理解いただけていると思う。ただその上で、この博物館の解説文にあったように、スウェーデン人の飲酒問題をイタリア人のせいにするのは、さすがに行き過ぎだと思った。「ギャンブルや強い酒に関する問題は、今に始まったことではありません。紀元後の数世紀のあいだにローマ人の習慣は北方の人々にまで伝わりました」。ああ、なるほど、なにもかも南から来た、日に焼けたモラルの低い人たちのせいだったのか！

多様性の問題も慎重な取り扱いが必要だ。「今日のスウェーデンでは、つねにさまざまな形の信仰に出会います」二〇世紀後半の移民に関する図の解説にはそうある。「不安もありますが、それ以上に理解が広がっています。郊外の衛星放送アンテナやブロードバンド通信は、世界とつながっています。スウェーデンには世界の人々を受け入れる余地があります」

本当だろうか？　ストックホルムで出会った黒人やアジア人は比較的少なかった。エステルマルムという富裕層向けの地区で見かけた唯一の有色人種は、マクドナルドの外でゴミを回収していた。スウェーデンが北欧のなかでも圧倒的に数多くの移民を受け入れていることを考えると、ストックホルム中心部でいかに人種の融合が進んでいないか、そしていかに非多文化的であるかに驚かされる。

だが歴史博物館では、マルメーにあるスウェーデンで最も悪名高い移民の地区ローゼンゴードの写真展が開催されていた。ローゼンゴードの社会問題や人種間の緊張、街の汚さと暴力は、スカンジナビア中に知れ渡っていて、エーレ海峡を隔ててわずか二〇分の場所にあるデンマーク人は、心底怯《おび》えている。彼らがローゼンゴードに広がる無法行為やイスラム過激派、銃撃戦や放火などについて、恐怖心も露わに語っているのを聞くと、ソマリアのモガディシオ郊外の話をしているのかと思うほどだ。

そろそろローゼンゴードを訪問して、スウェーデンのすばらしい多文化社会実験の詳細を見てみるときが来た。

第四章　人種の融和

「日が暮れたら行きませんね」ある晴れた春の日の朝、マルメー駅を出発しながらタクシーの運転手はそう言った。「知り合いの運転手が最近、しこたま殴られて金を盗《と》られましたからね。まるでスウェーデンのシカゴですよ」

ここは世界でも有数の裕福で安全な先進国だというのに、今、私が向かっているマルメーのローゼンゴード住宅地区については、この手の話を聞くのが初めてではない。デンマーク右翼にとって、住民の九〇パーセント近くを移民が占めるローゼンゴード地区は、スウェーデンの移民に対する門戸開放主義政策の失敗の象徴だ。噂を信じるなら、そこは犯罪が多発する悪の巣窟《そうくつ》であり、ソマリアやイラク、アフガニスタンの貧しい移民たちが、まともな暮らしをできるようになる望みも収入も断たれたまま、詰めこまれている地域だ。

開放的な移民政策の対極にあるのが、ノルウェーのアンネシュ・ベーリング・ブレイヴィクや、ユーラビア派のブロガーたちのように、ヨーロッパが第二のウィーン包囲に直面していると訴える連中だ。彼らは、ローゼンゴード地区はイスラム教徒以外、立ち入れない場所であり、白人はもちろん救急隊さえ歓迎されないと言う。この小さな区域にはすでにイスラム法が導入されていて、ここからイスラム法をヨーロッパ大陸全体に広めようと画策するイスラム過激派の温床となっていると訴える。そこまで極端ではない右派が、ノルウェーの進歩党やスウェーデン民主党だ。スウェーデン民主党のスローガンは「安全と伝統」だ。これらの政党は、一〇〇以上の信仰や人種、国籍を持つ人々がスウェーデン人と平和に共存することは不可能であり、ローゼンゴードはまさにその証拠だと主張する。いずれ「本当のスウェーデン人」一人に対し、一〇〇〇人の移民がいるような状況に陥ることは確実であり、そうなったらスウェーデンの伝統的価値観はどうなってしまうのか、と彼らは訴える。

ローゼンゴードの評判が悪いのは、この一〇年間、暴動、放火、狙撃事件など、いかにもメディアが飛びつくような、見出しにもってこいの事件が多かったせいもある。ただし、これらの犯罪のうちいくつかは「スウェーデン系住民」によるものであることは問題にされていない。ちなみにデンマークでも、最も多様な民族が住むコペンハーゲンのノールブロ地区で、頻繁に発砲事件が起きたり、ときには暴動が起きたりしているが、デンマーク人はそのことを問題視しない。「暴走族と、麻薬取引をしているギャングたちがたまたま衝突しただけ」と言って、軽いお仕置きで済ませるのだ。デンマークの地方には、住民を恐怖におとしいれているマフィアスタイルのギャング組織があり、大半とは言わないまでも、かなり多くの麻薬取引に関わっているというのに、右翼がそのことを問題として取り上げることもめったにない。スウェーデンでは、二〇一三年の春に、ストックホルムで深刻な暴動が数日間続いたため、人々の関心はそちらに移ったが、マルメーこそ、近代スカンジナビアの壮大なる実験が、その芯から腐敗している証拠だとする評価は変わっていない。

というわけで、私は自分の目でローゼンゴードを見にやって来た。本当にそんなにひどい場所なのだろうか。しょせんここはスウェーデンだ。母親たちは赤ん坊を乗せた乳母車を歩道に置いたまま店に入り、郊外の住人は玄関に鍵《かぎ》をかけない。三点式シートベルト発祥の地であり、運転するときは一日中、ヘッドライトを点灯することを義務づけている国なのだ。

ついでだから交通安全についてもう一つ話すと、マルメーに着くと、「さすがスウェーデン」とからかいたくなるような光景に出会った。私の乗ったタクシーの運転手が、ダッシュボードに設置された酒気検知器に向かって、照れくさそうに息を吹き込んだのだ。少しでもアルコールが検出されたら車が発進しない仕組みだそうだ。運転手はしらふだったので、私たちは丸石の敷き詰められた広場と静かな運河のあるマルメーの歴史地区を出発した。二、三分で景色はがらりと変わった。高層ビルや環状道路、小さなショッピング街ばかりだ。ここがローゼンゴードだ。

実際のところローゼンゴードはそれほどひどい様子には見えなかった。もっとも車が炎上していたり、火炎瓶が飛び交っていたりする晩にここへ来たり、ゴキブリがはい回るじめじめしたアパートに何十人も人が住んでいるところを見たりすれば、また違った印象を持つだろう。だがとりあえず、その四月の晴れた日には、スカンジナビアのどこにでもある近代的な高層団地と、とくに変わったところはなかった。ヘルシンキやオスロ、コペンハーゲンにあるものより、良くも悪くもない。外から見た限り、建物の状態は良好で、外壁も新しかった。建物のまわりには樹木や緑地もじゅうぶんにある。有刺鉄線やCCTVカメラ、ガラスの破片を埋め込んだ壁などは、ほとんど見当たらない。サウス・ロンドンに住んだことがある私は、地元当局が低コストの高層集合住宅の維持管理を放棄したら、どのような恐ろしい状態になるかをよく知っているが、ローゼンゴードはブリクストンやケニントンの公営住宅とは比べものにならないほどきれいだ。

街で一番大きいショッピングセンターの外でタクシーを降りた。ディスカウントショップや薬局、スーパーマーケットなどの店舗が入った、面白みのない低層のビルが並んでいる。とりたてて魅力的ではないが、そもそもスカンジナビアでショッピングセンターが魅力的だったためしはなく、それは超高級住宅街においても同じことだ（これは、ショッピングを楽しむのが恥ずべき誤った行為だとするルター派的観念が、人々の心に深く染みついているせいだと思う）。

私は、スカンジナビア全域で、最も高度なコミュニケーション術が必要とされる仕事をしていると思われる男性に、アポイントを取っていた。ディック・フレドホルムは、ローゼンゴード地区の広報部長だ。彼の職場はショッピングモールの裏に新しく建ったばかりの市庁舎のなかだった。

まず、この地域がゲットーという不名誉な呼ばれ方をするに至った経緯を聞いてみた。「まず、私たちは『ゲットー』という言葉は使いません」彼は歯切れよく答えた。「地上の楽園とは言いませんが、ストックホルムやイェーテボリなどの地区以上に問題が多いわけではありません。最後に大規模な暴動が起きたのは四年前のことです。今はその頃よりもずっと落ち着いていますし、インフラも相当変わりました。皆がローゼンゴードは移民政策の失敗の証拠だと言いますが、私たちはここから人種の融和が始まると考えています」

フレドホルムは三〇代後半で、カジュアルな服装に、真ん中の髪を少し前に垂らしたリーゼント（英国のミュージシャン、モリッシーのバックバンドのメンバーのような雰囲気と言えばわかりやすいだろうか）で、親切に対応してくれたが、当然ながら発言は慎重だった。最近の改善例として、ローズ・ガーデン・プロジェクト、新たな自転車競技場やスイミングプール施設などを挙げ、企業もこの地域に投資を始めたとつけ加えた（その日、この地域を去るときに、リコーの大きなオフィスビルの前を通った）。犯罪については、大半の住民がイスラム教徒なので、アルコールを原因とする犯罪や飲酒運転はほとんどなく、「土曜の晩に殴り合いはしない」そうだ。また、スウェーデンで最も優秀なサッカー選手ズラタン・イブラヒモヴィッチもここの出身者だと誇らしげに語った。

翌日会ったマルメー市長も、同様に楽観的だった。イルマー・レーパルは社会民主党員で、過去一九年間にわたり市長を務めた（彼は二〇一三年に引退した）。海を渡ってデンマークに戻り、コペンハーゲン市役所で打ち合わせをしていた彼に話を聞いた。「もしストックホルムの郊外にあれば、ローゼンゴードは市内で最も安全な場所になるだろうという研究を読んだばかりです」レーパルは誇らしげにそう言った。彼によれば、ローゼンゴードの問題は、この地域の大規模集合住宅の大半を所有している民間の地主にある。これらの集合住宅はもともと、スウェーデンの「ミリオン・プログラム」という画期的な住宅政策の一環として建てられたものだったそうだ。だが、当時の社会民主党政権が一九六五〜七四年のあいだに一〇〇万戸以上の住宅を新築した結果、供給過剰に陥ってしまった。レーパルによると、国の住宅開発事業は、スピードがかなり遅く、長期間に及ぶため、経済環境や人口の変動に対応できないことが多かったそうだ。

「一九七一年から一九八一年にかけて、マルメーの人口は四万人近くも減りましたが、それでも年間四〇〇〇戸のペースで建設を続けたため、たくさんの空き部屋ができてしまいました。一九九〇年代初頭には、旧ユーゴスラヴィアから来て造船所で働く移民が住みはじめました。そうしていつのまにか、一戸に一〇人ずつ人が住むようになったのです」これがローゼンゴードの暗黒時代のはじまりだった。集合住宅の所有者は、建物と住民を放棄し、荒れるに任せた。インフラ設備が壊れ、建物の基礎構造が劣化し、中東から移民の波が押し寄せて過密状態となり、問題が悪化した。最終的には自治体が何棟かのアパートを買い上げて修繕したが、一九九〇年代の初めにスウェーデン経済が落ち込むと、失業者は四倍に増え、中央銀行の金利が五〇〇パーセント上昇した。スウェーデン政府は、経費削減と民営化の方針のもと、これ以上の集合住宅を公営化することを禁じる法律を作り、その結果、ローゼンゴードは自力でなんとかするしかなくなった。

私はフレドホルムから、ローゼンゴード地区のなかでも、最も悪評の高いヘールゴーデン団地（ここの失業率は九〇パーセントに達する）と隣接するアルムゴーデン団地について話を聞いた。アルムゴーデン団地のほうには、おもに労働者階級の白人が暮らしていて、移民排斥を唱えるスウェーデン民主党に投票する住民が多い。前回の選挙では、民主党の得票率が全国的には投票総数の六パーセントに届かないなか、アルムゴーデン団地においては三六パーセントに達していた。

マルメーで最初に起きた大規模な暴動は、二〇〇〇年代にヘールゴーデン団地で起きた。当時、二〇〇〇人を収容するアパートに八〇〇〇人が住んでいた。「廊下で暮らしている人たちもいました」フレドホルムは言った。「ヘールゴーデンへ行く理由があるとしたら、ドラッグを買いに行くか、そこに住んでいる場合だけでした」路線バスも運行をやめ、二〇〇八年に建物の所有者が地下にあったモスクを閉鎖すると、マルメー市史上、最悪の暴動が起きた。

言い換えると、低所得層が暮らすこの二つの団地には、スウェーデン社会の対極に位置する住民が顔を突き合わせていることになる。片方には移民や難民申請者がいて、もう片方には右翼の労働者階級がいる。フレドホルムの取材を終えると、私は両方を歩いて訪ねてみることにした。

再びショッピングセンターを通ると、スカンジナビア料理特有のケチャップと酢と古い料理油の臭いが鼻をついた。大通りを渡り、ローゼンゴードスクールを通り過ぎた。近代的でオープンな雰囲気の学校で、パステルカラーの建物が低い塀に囲まれている。

学校を越えてさらに歩きながら、はたと気づいた。この地域に人がいないように感じられる理由は、そこそこ気持ちのよい庭や憩いの場に囲まれている高層団地のせいではなく、その周囲にめぐらされている、交通量が多く道幅の広い環状道路のせいだ。団地は数棟ずつ、信号のない四車線の道路に囲まれていて、広い歩道がある場所もあれば、歩道がまったくない場所もあり、中世の城壁のような急斜面の盛土に挟まれている箇所も多い。そのため住宅地全体が広大で、徒歩で回るのは困難なのだ。渡りたい道路に行くため、とちゅうで私はぬかるんだ急斜面の土手をよじ登り、灌木《かんぼく》をかき分けて進まなくてはならなかった。道路そのものも、車がスピードを出して走行しているため、横断は危険だ。途中で一旦《いったん》止まって、車の流れが途切れるのを待ち、ダッシュでなんとか反対側の歩道にたどりついた。「都市計画の責任者は、いったいどういうつもりなんだ」そう考えながら、私は帽子についた葉っぱを払い落とした。そこでまたはたと思いついた。

もしかしたらこの設計は、意図的なのではないだろうか。もしかしたらそれぞれのコミュニティーを分断しておきたかったのではないか。

私は小さな市民農園に差しかかった。自動車道路の砂漠でオアシスを見つけた気分だった。立ち止まって二人の老人に声をかけ、野菜のことを聞いた。アクセントからしてトルコ人のようだった。私はスウェーデン語の会話はほとんどできないし、相手は英語を話さなかったので、互いに笑顔で野菜を指さしていただけだが、この暗黒郷《ディストピア》のような景観においては、人間味あふれる小休止となった。

私はモスクとイスラム教センターへ向かっていた。ドームと尖塔《せんとう》が遠くに見えている。イスラム教徒のゲットーということになっているこの土地で、モスクから見えるところに二軒の教会が建っていることに気づいた。教会はいずれも鍵がかかっていたが、敷地内に入ることはできたし、とりたてて安全対策がとられているようには見えなかった。入口まで歩いて行くことができた。少なくともキリスト教のコミュニティーに関しては、信仰上の理由で危険を感じながら生活している様子はうかがえなかった。

「二〇〇三年にはこんなだったんですよ」モスクの設立者であり長であるベィザト・ベシロフは、私が寺院と敷地に手入れが行き届いていることを誉めると、そう言って写真を見せてくれた。最もひどかった最近の数件の放火（二〇〇五年にさらに二回の放火があり、二〇〇九年の大晦日《おおみそか》には銃撃事件があり、ベシロフはこのとき負傷している）のあとに撮られた写真だ。そこに写っている風景は、私たちが毎週のように目にしているイラクのティクリットやアフガニスタンのカブールの光景のようだった。焼け焦げて、大きな穴のあいた壁の前に、瓦礫《がれき》の山がある。二〇〇三年にモスクを破壊した犯人はまだわかっていない（あとでわかるが、スウェーデン警察にその能力はない）。最も疑わしいのは、マルメーの狙撃手ペーター・マングスのようなスウェーデン人右翼だ（マングスは過去九年間に、市内の移民を連続して攻撃し、三人の命を奪い一二人を負傷させた罪で、現在公判中だ）。だが、モスクの穏健なやり方に不満を抱いていた、地元の過激なイスラム教徒による犯行という可能性も排除しきれない。

ベシロフは一九六〇年代に、生まれ故郷のマケドニアからスウェーデンに来て、一九八四年にモスクを造った。「西洋出身の」イスラム教徒である彼は、スンニ派とシーア派の教徒が一緒に礼拝をおこなっているこのモスクを誇りに思っていた。ベシロフはデンマークで起きたムハンマドの風刺漫画掲載の一件についてもきわめて寛大だった。「個人的には賛成しませんが、私たちは民主主義の社会に生きているのです」（不思議なことに、私はこの件については、イスラム教の指導者以上に極端な立場を取っていることに気づいた。私はあの漫画は幼稚で挑発的で、それ以上にけしからんのは歯痛と同じくらいにしか笑えないことだと思っている）。このモスクは一部、カダフィ大佐のワールド・イスラミック・コール・ソサエティ（ＷＩＣＳ）から資金援助を受けている（これは故カダフィが自分のイスラム教徒としての資格を、アラブ世界全体に証明するために設立した組織だ）。だが、スーツを着た七〇代前半のベシロフは、ここの信者たちがいかに穏健かということを、懸命に印象づけようとしていた。彼は、設立時に地元の高官やユダヤ教の指導者、アメリカ大使まで（言うまでもなくノルウェー進歩党のシーヴ・イェンセンも）がこのモスクを訪れたときの写真を見せてくれた。そしてどこにも過激派が隠れていないことを証明するかのように、建物の隅々まで案内して見せてくれた。

彼の考えでは、ローゼンゴードの最大の問題は粗末な住宅にあるという。「二〇人もの人間が共同生活をするアパートもあります。ゴキブリもいます……」だが、最近になって紛争地域や遠い貧困地域から来る非西洋イスラム教徒が増えていることも問題だ。「彼らは異なる伝統を持っていて、融和にも時間がかかります。二〇年かかるかもしれません。スウェーデン語を話さない人々のあいだに犯罪が増えています」

モスクをあとにして、荒れた沼地のような公園を通り抜け、アルムゴーデン団地へ向かった。ほんの数百メートルほどの距離だが、こちらには白人の労働者階級が暮らしている。まるでスイッチが切り替わったように、私は再びスウェーデンの主流社会に戻っていた。スカーフを巻いた人もいなければ、店にアラビア文字の看板も見えないし、ハラールのハンバーガーも売っていない。時々よれよれのスウェーデン国旗がバルコニーではためいている。レースのカーテンも見える。髪を一部オレンジ色に染めた太り過ぎの女性たちが白い小型犬を連れて散歩している。私は、近隣の移民との軋轢《あつれき》があると聞いたことがあるのですが、住み心地はいかがですか？　と一人に尋ねてみた。「はあ？　ヘールゴーデンのこと？」女性はいらついた様子でそう言って、行ってしまった。あたかも「そんなことよりほかに心配することがあるのよ」と言わんばかりだった。別の男性にも話しかけてみたが、こちらは住んでいるアパートのエレベーターが壊れているのに、誰もこの地域の住民を助けようとしない、という話を私に聞かせることのほうに関心があるようだった。

ケバブ屋台の横でマルメーの中心部へ戻るバスを待ちながら思った。アルムゴーデン団地の住人は、おそらくヘールゴーデン団地の住人とまったく同じ問題に直面しているのだろう。教育や仕事の機会に恵まれず、希望もお金もない。だが両者は互いを恐れ、相手に腹を立てている。その敵愾心《てきがいしん》が、都市計画によってめぐらされた壁のように、両者を隔て、日常の景色をつくっているように思えた。

第五章　カタルーニャ人

スウェーデンの多文化主義者にとってやりにくいのは、国内犯罪の原因の多くが、実際に移民や難民申請者たちにあるように見えるという現実だ。とくに凶悪犯罪、とりわけ性的暴行が多い。『ユートピアでの魚釣り』(Fishing in Utopia)でアンドリュー・ブラウンは次のように書いている。

スウェーデンの生活において、誰もがわかっていながら口に出すのをはばかる事実は、移民とその子孫における犯罪率が、先住民の犯罪率の少なくとも二倍にのぼることだ。……移民が殺人を犯す確率はスウェーデン人の四倍以上、性的暴行については五倍以上にのぼる。

多文化主義でリベラルな左派のスカンジナビア人のなかにも、オフレコながら、とくにイスラム諸国の農村部から新規に移住してきた教育を受けていない移民の場合、たとえば西洋の女性の服装や振る舞いに対して、どうにも対処できないのだと認める人たちがいる。

　また、移民排斥を求める右翼にとって、同じように難しい現実は、移民（彼らの言う移民とは、通常、イスラム教徒を指す）が犯罪を起こす大きな要因となっているのが、彼らが社会民主党と同じように、懸命に守ろうと戦っている高福祉モデルにあるということだ。スカンジナビアの社会保障制度は、非西洋系の移民を念頭に設計されたものではない。たとえば一九五〇年代に英国に来た移民と異なり、北欧諸国に来る移民はその国の言語を話すことができないし、セイフティーネットを活用するために必要な資格も持っていない。仮にそれらを手に入れることができても、雇用や社会全般において差別を受ける可能性がある。スウェーデンは、新たな移民をローゼンゴード地区のような場所に効率よく押し込め、生きていくのにギリギリ間に合うだけのお金は与えるが、移民が社会のなかで先へ進もうとしたら乗り越えられないような障害に突き当たるような状況にとどめ置いている。[*]福祉制度が移民を「お客さん扱い」しつづけるのに便利なゲットーを作っているのだ（「お客さん扱い」とは、新たな移民を福祉制度に完全に依存させることを指す）。これはたとえば、移民が生きていくために必死で働かざるを得ない米国の状況と、じつに対照的だ。米国の移民は国からの援助をほとんど受けることなく、仕事を通じて自分の手で生活を築いていく。もちろんそうした雇用やお金を稼ぐ機会があるからこそ、人々はアメリカを目指すのだ。

　これに対する一つの解決方法として提案されているのは、制度を二重構造にして、新しい移民には異なる社会保障制度や、より厳しい申請ルールなどを設けるというものだ。デンマークはここ数年、この方式をとり、人権団体やＥＵなどから非難を浴び、取り返しのつかないほど国際的イメージを損なった。スウェーデンは一九九〇年代前半の金融危機後に移民の受け入れ数を減らしたものの、現在でも過去最高の水準（毎年新たな移民を約一〇万人）を維持しており、一九七〇年代の水準さえ上回っている。さらにスウェーデンは毎年三万人程度の難民申請者を受け入れている。デンマークは三〇〇〇〜五〇〇〇人だ。そのためスウェーデンは庇護《ひご》希望者の行き先国として、人口一人当たりで世界第三位となっている（英国は一七位、米国は二四位、デンマークは意外に高く、一六位だ）。

移民に関するスウェーデンの試みの将来性について、オーケ・ダウンは肯定的な考えと否定的な考えの両方を持っていた。私はいつもの質問をした。「スカンジナビアのように同質性が高く、孤立していて内向的な民族は、もともと大規模な移民の統合には向かないのではありませんか？」ダウンは、「ヨーロッパ価値観調査」が二五年前におこなったある調査の話をしてくれた。一六カ国の約一万六〇〇〇人を対象に、さまざまな事柄についての考え方を問う詳細な調査だった。「『そう思う、思わない』で答える質問のなかに、『価値観や意見などが異なる人々と一緒にいたくない』というものがありました。これについては四三パーセントのスウェーデン人が『はい、自分と違う人たちと一緒にいるのは好きではありません』と答えていました。この数字を見たとき、私は最初、悪くない数字だと思いました。半分以下ですから。ところがほかの国の数字を見ると、スウェーデンとは大違いでした。ほかの北欧諸国では、わずか一〇パーセントでした。スペインでさえ二二パーセントでした。これはおかしい。統計に誤りがあるに違いないと思

＊名字に「セン」がついていないことも障害の一つだ。二〇〇六年に『スヴェンスカ・ダッグブラーデット（Svenska Dagbladet）』紙は、外国人の響きをもつ名字の人々が、なんとか仕事の面接にこぎつけることができるようにと、スウェーデン人のように聞こえる名字に改名していると伝えていた。

いました。そこで二〇年後の二〇〇四年に、私がこの調査の質問作りに協力を求められた際に、同じ質問を入れてみました。今回は四一パーセントでしたので、実質的な変化はなかったということになります」

それにもかかわらず、ダウンはスウェーデンで多文化の人々が共生する未来について、ある程度、楽観視しているようだ。なぜなら、ローゼンゴードには問題を抱えた若者も多いが、教育制度を活用してすばらしい成果を挙げている移民の若者もたくさんいるからだ。「私たちがどう考えようと、今後、世界の民族がますます混じり合っていくことに関して、選択の余地はありません。それはスカンジナビアにおいても同じことです」と彼は言った。

「あなたの考えには同意できませんね」その後、別の機会にストックホルムを訪れて、スウェーデンを代表する歴史家であり社会問題の評論家であるヘンリク・バーググレーンに会ったときに、スウェーデン人は民族的に移民の受け入れに向いていないのではないかという私の仮説を述べると、彼は言った。「もちろんスウェーデンが歴史的に同質性の高い国であったことは事実です。でもデンマークと比べると、スウェーデンの近代化に向かう力は、はるかに強かった。移民についても、あなたが幻想だと呼ぶのは自由ですが、スウェーデン人には自分たちが近代社会を生きる国民であり、偏見を持たない、前向きな国民だという自負があります。自己欺瞞《ぎまん》ではないか、単なるイデオロギーではないか、と言うこともできるでしょう。でもだましつづければいつかは現実になりますから、自分をだますことに意味はあります」

言い換えれば、移民の受け入れは良いことであり、正しいことであるという現在の社会民主党の主張は、「予言されることによって現実となった予言」のようなものだ。だがダウンの調査結果はどうだろう。スウェーデン人は、自分たちと異なる人たちと仲良く暮らすことがかなり苦手に思われるが？「調査はいくらでもできますが、回答者が正直に答えているとはかぎりませんよ」と言ってバーググレーンは否定するように手を振った。

私たちはストックホルムの静かな住宅街にある彼のオフィスで、しばらく移民の問題について話をしたが、深い知性を持つ大きなフクロウのようなバーググレーンは、次第に落ち着かない様子になってきた。

とうとう両手を上げて言った。「あのですね、スウェーデン人は、本当はすばらしい人たちなんです、と弁解しているように受け取られるのは本当に不本意です。頼むからそういう書き方はしないでくださいよ」と彼は笑った。「ただ、正直に言って、あなたの説が正しいとは思えないと言っているだけです。スウェーデン人がたとえばスペインのカタルーニャ人やベルギーのフラマン人よりも、内向きな国民だとは、どうしても思えません。そりゃそうでしょう、ほんとに勘弁してくださいよ。ストックホルムを歩いて、道行く人に聞いてごらんなさい。そんなわけがない！」彼は深く息をついた。「こういう質問をしてくるあなたを国粋主義者呼ばわりするつもりはありません。でも私は、問題が移民にあるとは思っていないんです。偽善的に聞こえるかもしれませんが、これまでもスウェーデンの行く手には問題が山積していると、いずれ大変なことになると、さんざん言われてきていますから、説教くさかったり独善的に聞こえるとしたら……」

次の質問をするときには、じつは少々、国粋主義者になったような気がした。彼は、スウェーデンの人口の三分の一近くが、外国生まれかもしくは二世であるという事実を受けて、少なくともこれ以上の移民の受け入れの中止を検討する時期に来ているとは考えないのだろうか？

「あなたはその質問を間違った枠に入れていますよ」だいぶ冷静になってバーググレーンは言った。「まず、移民はすでにスウェーデンにいるんです。だからやるべきことをやるしかありません。スウェーデンはこれからも移民を必要とします。私たちに必要なのは、働く移民のためのシステムです。それがあれば、より豊かな多文化社会が実現するでしょう。難民申請をする人たち全員に、スウェーデンに来てもらうわけにはいかないという点については同感です。でもひと口に移民と言っても、その内容はじつにさまざまです。

私が心配なのは、失業です。過疎が進み、仕事の口がない地方がたくさんあります。活気もビジネスもじゅうぶんではなく、インフラもよくありません。ノルウェーのようにオイルマネーがあるわけではありませんから、失業については本当に心配しています。スウェーデン民主党や、民主党支持者のことも気になります。経済格差や教育問題も心配です。でも人種構成はスウェーデンにおける重要な問題ではないと思います。すでにここにいる人たちをどうするか、そのほうがはるかに重要です」

第六章　ソマリア人のピザ屋

スウェーデン民主党に不安を感じているのはバーググレーンだけではなかった。前回の選挙までで、この極右政党はきわめて強い批判にさらされていた。主要新聞は民主党の選挙公報の掲載を拒否し、テレビの政治討論番組のなかには民主党の代表者を呼ばないものもあった。局側は、同党が過去の選挙において充分な票を獲得していないことを根拠に挙げたが、過去には民主党よりも得票数の少ない緑の党が番組に呼ばれたこともある。ほかの政党も、民主党とは一切かかわり合いたくないというスタンスだ。ある民主党議員がとうとう番組に出演することになったときには、同じ番組に出演する予定だった左派政党の議員が、一緒のメイク室を使うのを拒んだほどだった。

スウェーデンメディアによるこのような検閲行為に対して、バーググレーンはとりたてて賛意は示さないものの、以前デンマークにおいて、テレビ番組での露出が右翼政党によって利用された事実を指摘する。二〇〇一年の総選挙運動中に、最右翼であるデンマーク国民党は、メディアに注目されたことが追い風となって票を集め、連立政権に閣外協力する立場となって、移民に厳しい法案を次々と成立させたという経緯がある。

「デンマークでは、スウェーデンで大っぴらに議論されていないことが議論されているようです。選択肢は二つあります。一つは気に入らないものを隔離すること。もう一つは政権に引き入れて有権者に対して責任を持たせることです」バーググレーンは言った。「後者の方法には良い面がたくさんあると思います。ですが当然ながら、政党によってはうまくいかないこともあるでしょう。スウェーデンはデンマークで起きたことを見てきました。そして右翼を取り込む方向ではうまくいかないということを知り、その方法を採らないことにしたのです」

北欧の右翼の偏狭さや欺瞞には、皆と同じように不快感を覚えている私だが、「その方法を採らないことにした」というフレーズには違和感を覚えた。彼ら（スウェーデンのメディアや政治関係のエリートを指すことになると思われるが）は、具体的になにをしないことにしたのだろう？　彼らは、前回の選挙で六パーセント近くの票を獲得した人たちを、公開討論会から締め出したのだ。それを見たデンマーク人は、スウェーデン人は自分たちの問題を認めないばかりか、言論の自由まで侵害している、と大喜びで言い立てた。

「デンマークの言う言論の自由はじつに馬鹿げています」『ダーゲンス・ニューヘーテル』紙の元記者で、現在はストックホルム大学で民族研究学の教授を務めるステファン・ヨンソンに研究室で話を聞いた。「スウェーデン民主党は、メディアは社会を映す鏡であるべきだと言いますが、メディアは本来そのようなものではありません。どのようなニュースを流すかについては、つねに評価が介在します」

こいつは初耳だ。ジャーナリストは特定のニュースを推すものなのか。我々はものごとを報告し、社会を反映し、なにが起きているかを人々に伝えているのではなかったのか？　スウェーデンではそうではないらしい。スウェーデンでは事情が違うのだ。

「あらゆる思想に同等のスペースを割き、同じだけのウエートを置くべきだというのは、おそろしくナイーブな考え方です」ヨンソンは多文化主義について数冊の本を書いている。「スウェーデン民主党は、デンマークの国民党とはかなり質が異なります。なぜならそのルーツは、スウェーデンナチス党だからです。きちんと記録が残っている、誰でも知っている事実です。この党はあからさまに人種差別主義を掲げ、自由社会に逆行する視点を持っています。民主的な社会とはなんのかかわりもありません。……こういう極端な政党とは議論をすればするほど、相手に正当性を与え、増長させることに加担してしまうのです」

ヨンソンは、最近デンマークのジャーナリスト、ミカエル・ヤルヴィングとデンマークの新聞『ベーリングスケ』紙上で、言論の自由に対する両国のアプローチの違いをテーマに対談をおこなった。ヤルヴィングは最近出版した著書『絶対的スウェーデン：深い沈黙の国を旅して』（Absolut Sweden: A Jonrney in a Wealth of Silence）のなかで、スウェーデンという国は、移民に関する議論を封殺し、スウェーデン民主党に発言権を与えないことにより、移民問題をタブー化し、気づかないうちに（ノルウェーのアンネシュ・ブレイヴィクのような）過激派を助長していると論じた。ヤルヴィングはエーレ海峡橋を「心のなかのベルリンの壁」と呼び、その両側にあるデンマークとスウェーデンが移民問題に対して正反対のアプローチを取っていると考えている。「スウェーデンのメディアがデンマークについて書くことと言えば――」と彼は同著のなかで次のように書いている。

ほとんど一つの話題しかない。移民問題だ。デンマーク人は人種差別主義者だとか外国人恐怖症だとか、ＥＵや国連からいかに批判されているか、などだ。スウェーデン人は自分たちを超近代的でオープンで合理的な国民だと思っているが、本当はいくつかのタブーのうしろに身を隠している。スウェーデン社会の水面下には、さまざまな葛藤《かっとう》や過激な思想の持ち主がごまんと渦巻いている。たとえばギャングによる犯罪が増加していること、ナチズム、ウルトラフェミニズム、イスラム教徒の移民といった問題があるのに、誰一人それを正面から論じていない。

デンマークの新聞編集者のアンヌ・クヌーセンは、ヤルヴィングに賛同する。「スウェーデン政治の論調には、驚くほど情け容赦ないところがあります。確かにスウェーデン民主党はとんでもない政党ですが、主流政党の憎み方も極端すぎます。寛容政策を受け入れない相手を全員敵視するのですから。全体主義的と言ったら言い過ぎかもしれませんが……」

だがヨンソンは、スウェーデンのやり方が最善だと断固主張する。「移民問題はおそらく今日のヨーロッパにおいて、最も重要なテーマだと思います。私はスウェーデンの知識人やジャーナリスト、出版社のほとんどが、デンマークに比べて、じつに責任ある行動をとっていると思っています。デンマークは言論の自由の名において、国民党や、イスラム教に関する人種差別的な描写を大っぴらに許し、正当化しているのですから。

一九五〇年代以降、スウェーデンは外交政策と海外援助の点で、最も開かれた国の一つです。世界の良心としての評判を確立してきましたし、その実績がまた、自分たちと異なる人々に対するスウェーデン国民の考え方に、大きな影響を与えてきました。国全体に寛容の精神や好奇心を持つ雰囲気が生まれましたし、自分たちが恵まれた立場にあるという認識も、援助に対する責任感を育《はぐく》みました。スウェーデンが他国よりも人種の融和に成功しているのは、ひじょうに強い国際主義の考えを持っているからです」

ヨンソンは、スウェーデンが比較的大規模に移民を受け入れていることについて、断固として楽観的な見方を貫いた。「うまく行っています。この国には、融和に成功した第二、第三、第四、第五、第六世代の移民が大勢います。長期的に見て、移民の統合を果たすための条件が著しく悪いということはないと思います。移民との融和を図らず、外国人にスウェーデンに来て働いてもらわないとしたら、それは経済的な自殺行為です。スウェーデン経済は好調です。人類史上、人々はつねに地球上を移動してきました。いくらかの忍耐と安定した経済状況があれば、移民の融和はうまくいきます。もしうまくいっていないのなら、いくように努力しなければなりません。それは政治の仕事です。そこを何とかするのが政治家の務めです」

私はスカンジナビアの右翼政党に発言権を与えないヨンソンの考え方に大いに共感を覚えた。私だって、デンマーク国民党の輩《やから》がテレビで、「肌の色の濃い人々」や「黒人」などという言葉を使って、欺瞞に満ちた胡散《うさん》臭いセールスマンのように民衆の不安を煽《あお》ろうとするのを、今後二度と聞かずに済めば、どれほどいいかと思う。

この一〇年間においてデンマーク国民党がイスラム教徒に対して使ってきたレトリックに比べれば、移民の排斥を訴えた英国人イノック・パウエルの「血の川」の演説など子守唄《こもりうた》のようなものだ。国民党の主要党員は、イスラム教は宗教ではなく「テロ組織」であると言い、イスラム教徒とナチスを同等にみなす。彼らはイスラム教徒を強姦者《ごうかんしゃ》やギャングとして描いた旗を振ったことで、執行猶予つきの有罪判決を受けた。さらに、彼らはイスラム教徒が、最終的に我々全員を殺害するという目的を持って、ヨーロッパ中に浸透を図っていると主張している。ちょうど今日も、デンマーク国民党の人種間融和を担当する広報官マーティン・ヘンリクセンが、「たくさんのイスラム教徒が一カ所に集まると、よからぬ状況が発生する傾向がある」と発言したと、新聞で読んだ（マーティン、ちょっと教えてくれ。ラマダンのあいだにメッカを訪れる人は何人くらいだっけ？　そこで逮捕されるイスラム教徒の数は？　そもそも君の仕事は具体的になにをすることなのか？）。私の血圧を心配する妻は、ピア・クラスゴーという国民党の創設者にして元党首の、かん高い声をした妖精《ようせい》のような女がテレビに映るたびに、私を部屋から出す。クラスゴーの名言のなかには「文明は一つしかない。それは私たちの文明だ」や、二〇〇一年の党のニュースレターに書かれた、イスラム教徒は「嘘をつき、人を騙《だま》し、裏切る」などがある。

国民党員のような人々がヒステリックな嘘つきであることは想定内だとしても、残念なのはこういった偏見がデンマークのより広い政治的論争に影響を与え、穏健派の政党までもが、移民やイスラム教徒に対する否定的な見方に傾きはじめていることだ。なかでも最悪なのが、デンマーク、スウェーデン、フィンランド、ノルウェー各国の移民に、「新」や「二世」などをつける呼び方だ。その国の正式なパスポートを所有し、多くの場合はその国で生まれ、その国で税金を払い、その国で投票をおこない、じつに多くのかたちでその国の社会に貢献しているにもかかわらず、その国の本当の一員ではない人たちを指して、そう呼ぶのだ。ちょっと言いにくいが、いわゆる肌の浅黒い人たちのことだ。アメリカ人が誰かを「二世アメリカ人」と呼んだり、英国の政治家が「新英国人」などという表現を使ったりすることを想像できるだろうか。

ただヨンソンのように「政治家に任せておけばよい」という主張には、あまりに説得力がない。好むと好まざるとにかかわらず、デンマークの国民党も、そしてそれよりは少ないにせよスウェーデン民主党も、それぞれの国民の相当数の意見を代弁しているのだから。それに言論の自由はどうなるのだろう。ほかの政治家と同じように、右翼の政治家にだって、世間の笑いものになる権利があるはずだ。有権者は自分なりの判断を下すことができるくらいの大人ではないのだろうか。英国の前回の総選挙戦における、極右政党のイギリス国民党の愚かな党首のケースが、まさにそうだった。

スウェーデン民主党が存在しないフリをしたところで、一般投票に関するかぎり、なんの効果もなかったというのが、紛れもない事実だ。前回の選挙で民主党の得票率は過去最高の五・七パーセントで、国会に二〇議席を獲得した。

言論の自由を信条とする私のリベラルな姿勢を、口だけでなく、行動で示すときが来た。スウェーデン民主党の新たな巣窟を訪ねた。

「移民の数は九〇パーセント程度減らします」国会議事堂に近い、豪華な新オフィスで会った党の広報官エーリク・ミューリンはそう語った。「とりわけ現在、最も人数の多いグループである難民申請者とその近縁者を減らします。基本的には、ピザ屋を持っていれば、ピザを作るためにソマリアから親戚《しんせき》を呼ぶことができるようになっていて、今はそれを止める手立てがありません」

ああ、かの有名なソマリア人ピザ店主の祟《たた》りってやつか。党首のジミー・オーケソン同様、この広報官も若くてスマートで、移民排斥のレトリックをあたかも世界一穏健な発言のように話しつづける。私はてっきり、青白い顔に細い金属フレームの丸眼鏡をかけ、丈の長い黒い革のコートを着た、いかにも邪悪な雰囲気の男たちを想像していた（実際に、ちょうどそんな恰好《かっこう》をした男が一人、部屋の隅に座って私たちの会話を聞いていた）が、ミューリンはダークジーンズにジャケットというでたちで、スカンジナビアによくいる意欲的な中道の政治家たちと、見た目はなんら変わりなかった。

ミューリンはその調子で、公営プールを人種別に分けることや現行の刑罰が緩すぎること、そしてスウェーデンの裁判所が、移民が子どもに体罰を与えることについて「子どもを叩くのは彼らの文化だから」という理由で許したことに対する反論などを、まくしたてた。

「移民はなんの理由もなくスウェーデン人を攻撃します。なぜなら自分たちがスウェーデン人を支配できると思っているし、スウェーデン人よりも攻撃的だからです。彼らにはスウェーデン人よりも暴力的な傾向があります。私自身、学校で経験しましたし、友人たちも同様の経験をしています」ミューリンは、移民は「人の生命について、まったく異なる見方を持っている」と主張した。だがスウェーデン人だって少々好戦的な民族としての実績を持っていなかっただろうか。たとえば三〇年戦争について知らないのだろうか*？

「ああもちろん、我々だって戦争をしましたよ。でも――」

「ヨーロッパ中を暴れ回りましたよね」

「そりゃそうですが、状況は変わるんですよ」

「それに」私はつけ加えた。「もし私がたとえばイラン難民だったとして、スウェーデン当局が私をゲットーに詰め込んで、仕事も、将来を切り拓く機会ももらえず、あなたみたいな人たちから脅威だの危険だのとレッテルを貼られれば、多少は頭にくると思いますよ。私だってそれほどうまく対応できる自信はありません」

「あなたがスウェーデンに来た移民でしたら、腹を立てるようなことはなに一つありません。すべてが手に入るのですから。医療も教育もです。スウェーデン語を学ぶこともできて、あらゆるチャンスを手にできます」

　スウェーデンは毎年一〇万人の移民を受け入れているのですよ、とミューリンはあきれ顔で言った。だが私はもう少し詳しくその数字を見てみて、実際には毎年どれだけの移民がスウェーデンを離れているかも知っていた。彼はそのことを知っているだろうか？

彼は居心地悪そうに座りなおした。「約五万人です」

「では正味で言うと、移民は五万人ということですね？」

「ええまあ、ただ人数の問題だけではありません」と彼は言った。「問題はどういう人たちが来ているかということです」

「でもスウェーデン経済は好調で、労働力は必要なのですよね？」

「もう四〇年間もそう言いながら、失業率は毎年一〇パーセント程度あります」

「ということは、移民の数にかかわりなく、失業率は一定の水準にあるということになりますね……」

統計を掘り下げてもあまり意味があると思えなかったし、ミューリンが突然ひらめきを感じて隣にある社会民主党に入党する可能性もなさそうだったので、次に、メディアが前回の選挙戦中に民主党を閉め出したことについて意見を聞いてみた。

「ええ、メディアは我が党に対してきわめて強い反感を持っています。我々を強制キャンプに送

＊悪名高き血に飢えたスウェーデン国王グスタフ二世アドルフは、当時、世界最大規模を誇った九万の兵をもって、中央ヨーロッパで三〇年に及ぶ殺戮と強姦を繰り広げ、当時の人口比で考えれば二つの世界大戦を合わせたよりも多くの死者や被害をもたらした。あるスウェーデン人ジャーナリストが自慢げに教えてくれたが、オーストリアのおばあさんたちは、今でも孫に向かって「いい子にしないとスウェーデン人に連れていかれますよ」と言ってしつけるそうだ。

りこんだらどうかという社説もありました。広告も掲載してもらえません。私たちは汚名を着せられています。政界に協力者は一人もいません」とミューリンは言った。

「ひょっとしたら、評判の悪かった選挙広告のせいではないでしょうか」と私は声に出してつぶやいてみた。スウェーデンでは放映が禁止されたものの、もちろんユーチューブで観ることができるため、禁止したことが無意味になっただけでなく、観る人にスリルを与える結果になってしまった。その広告には、ヒジャブを被《かぶ》った女性たちが、年老いたスウェーデン女性を押しのけて、政治家が配る金をめがけて突進する姿が描かれている。政府の再配分のあり方が高齢者を経済的に追い詰めているということを暗に示したものだ。それとも民主党に人気がない理由は、ヨンソンが言っていたように、この党がもともと（過去には別の名前で）ネオナチ党員によって作られた党であり、時おり党員たちがナチスの制服を着ている写真が出回るからだろうか。ミューリンもほかの党員のように、ヒトラーの誕生日を祝うためにナチスの制服を着たことがあるだろうか？

「そういう意味で私たちにネオナチとしての過去はありません」ミューリンは苛立った様子で答えた。「党は関知していませんでしたが、そういう党員が在籍していたことはあります。ですが、党自体は人種差別主義ではありません」

外国人は本質的に、自分たちよりも暴力的で攻撃的だと信じている政党に、あまりに多くのスウェーデン人が票を投じたということを思い、私は暗い気持ちで国会議事堂をあとにした。黙殺を選ぶスウェーデンの知識人に共感の気持ちが芽生えはじめていた。

楽観的に考えれば、スウェーデン民主党が次の選挙までに消えてなくなることだってあり得るのだが、今のところその可能性は徐々に小さくなっているようだ。選挙の直後には、民主党には一人前の政党として国政を運営する能力が微塵《みじん》もないことがすぐに露呈して、人気が下降したものの、本稿執筆中の二〇一三年の半ばにおいては、この二、三カ月の盛り返しによって、支持率が一〇パーセントに達する勢いだ。しかもそれは、この党が持つ人種差別的体質が引き起こしたいくつものスキャンダルが明らかになったあとのことだ。なかでもひどかったのが、国会議員のラース・イーソヴァラーが党幹部から叱られた一件だ。レストランに持ち物を忘れたイーソヴァラーは、「移民に盗まれた」と、事実でないことを言い張り、警備員をイスラム教徒と勝手に決めつけたうえ、豚のようにぶうぶう文句を言って、ツバを吐きかけた。民主党員の大半が、お咎《とが》めさえなければこういう行動を取るのだろうということは、想像を飛躍させなくても推測できる。

だが歴史に希望を見出《みいだ》すことはできる。スウェーデンでかつて、今の民主党以上に大きな成功をおさめていた右翼政党は、一九九〇年代に、台頭したとき以上のスピードで消滅した。祈るしかない。

第七章　政党

スウェーデンは全体主義的国家である。論じよ。

いや、これは真面目な話だ。デンマークの新聞の編集者であるアンヌ・クヌーセンが、迷いながらとはいえ、スウェーデンを描写する際にその言葉を使って以来、実際そうかもしれないという気がしてきた。手元の辞書によれば、全体主義とは「一つの権威のもとにすべてが統制され、反対を許さないような政治体制」とある。二〇世紀の大半においてスウェーデンは事実上、一つの党に支配されてきた。その政党とは社会民主党である。社民党は、従順な市民の生活のあらゆる面を管理し、近代的かつ進歩的な社会規範からはずれないよう、最善を尽くしてきた。もちろんスウェーデンはソ連とはまったく違う。富はソ連よりもはるかに公平に再配分され、市民に提供される物品やサービスの質もはるかに高い。スヴェンソン夫妻が財産を没収され、半分のカブをかじりながら強制労働に従事する、というようなことは起こらない。集団的な従属によってスウェーデン人が手に入れるのは、ジャガイモを求める長蛇の列や旧式の東ドイツ車トラバントではなく、近代的なこの世の神の殿堂《ワルハラ》だ。

その殿堂の名はフォルクヘッメ（Folkhemmet：国民の家）だ。世界で最も寛大かつ革新的で、広範囲にわたる社会保障制度だ。この制度は、国民が飢えたりホームレスになったりしないよう守り、病気になった時や老後を迎えた時には面倒をみてくれてきた。二〇世紀の大半において、スウェーデンは完全雇用や世界最高レベルの賃金、ゆとりある国民の休日や未曾有《みぞう》の経済的繁栄を謳歌《おうか》していた。とりたてて反対することは見当たらない。当時のスウェーデンには「優しい全体主義」という言葉のほうが、ふさわしいと思う。

この言葉を思いついたときは、とても嬉しかったのだが、その後、極地探検の伝記作家ローランド・ハントフォードが、一九七一年にすでにまったく同じ言葉を使ってスウェーデンを描写していたことを知った。著書『新たな全体主義者たち』（The New Totalitarians）において、ハントフォードはスウェーデンを、個人の自由や野心、人間性が、社会民主主義党の掲げる理想の犠牲になっている、社会主義者の暗黒郷《ディストピア》として描いてみせた。「現代のスウェーデンは、ハクスリーが挙げた新たなる全体主義国家の条件に、すべて当てはまる。中央集権的な行政が、隷属を愛する国民を支配している」と彼は書いている。

一九八〇年代になると、ドイツの作家ハンス・マグヌス・エンツェンスベルガーが、同じようなことを指摘した。著書『ヨーロッパ、ヨーロッパ』(Europe, Europe)において、スウェーデン政府が「他の自由社会には見られないレベルで個人の生活」を管理していること、そして市民の権利を徐々に侵害しはじめているだけでなく、その精神までも破壊しはじめていると記した。「スウェーデンの社会民主党は……神政国家やロシア社会民主党《ボリシェビキ》といった、ほかのまったく異なる体制がなしえなかった事業、すなわち人間を飼いならすことに成功した」また「社民党に反抗する者は皆、往々にして自分でも気づかないうちに、自らの姿勢を反省する傾向にある」と書いている。

エンツェンスベルガーは、スウェーデンの総選挙の際に見られた異常なレベルの同調性と合意形成に言及し、さらにスウェーデンの社会民主党が、二〇世紀の大半、反対勢力が事実上は皆無の状態で、政権の座にあった事実を指摘した。これほどの長期にわたる一党支配の前には、フランコ将軍もソビエト共産党もかすんで見える。社民党は一九二〇年に国会議事堂の鍵を手に入れ、一九三二年から一九七六年までほぼ途切れなく、その鍵を握りしめていた。その後も数年間、政権を明け渡すことはあったが、すぐに奪還し、二〇世紀いっぱいほぼずっと政権の座を守り続けた。現在の穏健党連立政権を率いている、頭髪の薄いフレドリック・ラインフェルトは模範的リーダーだ。二〇一〇年に同政権が再選を果たすまで、社会民主党以外の政党が、二期連続して政権を取ったことは一度もなかった（二〇一四年に社民党が政権を奪回した）。

労働組合（最近まで、スウェーデンで大きな労組に加入すれば自動的に社民党の党員となる仕組みだった）および少数の実業家と手を携え、社民党は賃金を決め、（少なくとも一九八〇年の全国ストライキまでは）労働争議がほとんど起こらないようにしていた。このように素直な労働者に対して、政府は、労働市場に世界で最も厳しい規制を敷くこと（今日なお、スウェーデンの会社では従業員を解雇することが極端に難しく、コストもかかる）、最も寛大な失業手当を給付すること、そして一九七五年までは労働組合の代表を取締役会に参加させることを義務づけることなどによって、報いた。全体主義のひな型に忠実に、社会民主党は司法権を支配し、公共放送のテレビ局を運営し、ラジオ放送も独占し、芸術に巨額の政府支援をおこなうことを通じてスウェーデン文化の方向性を決めてきた。「二一世紀になったときには、聖職者、軍や役所の長官クラス、大学教授や外交官は皆、社民党員もしくはそのシンパだった」スウェーデンのジャーナリスト、ウルフ・ニルソンは、著書『スウェーデンになにが起きたのか？』（What Happened to Sweden?）にそう書いている。

政府が管理する側面は、給与、子育て、飲酒量から、観るテレビ番組の内容、休暇の日数、ベトナム戦争に関する考え方まで、国民生活のほぼすべてと言ってよい。そしてスウェーデン人は誰よりも喜んで操り人形になった。エンツェンスベルガーに言わせれば「従順さにおける世界記録保持者」だ。

スウェーデン国民の順応性の高さを示す、ある意味ではじつにすばらしい有名な例がある。一九六七年九月三日に、道路を右側通行から左側通行に変えると政府が決めたとき、その移行は速やかに、クラクション一つ鳴ることなく実施された。また、フランス語のヴ（vous：あなた）に相当する、スウェーデン語の丁寧な呼び方の人称代名詞ニィ（ni）も民主的でないという理由で廃止された（デンマーク語にもそれに相当するディ（de）があるが、のんびりしたデンマークでは、いつのまにか一般的に使用されなくなっている）。同様に、スウェーデンは男性代名詞ハン（han）と女性代名詞ホン（hon）の廃止を検討している。「男女をめぐる否定的な固定観念を助長するから」という理由だ。性別にかかわりなくヘン（hen）と呼ぶべきだと考えている。あるストックホルムの幼稚園では最近ヘンを必須《ひっす》の代名詞とした。また、近頃読んだ記事によると、セーデルマンランド県議会では、最終的に公衆トイレの性差をなくすことを目標として、地方自治体の男性職員は座って小用を足すべし、という動議が可決されたそうだ（私のでっち上げではない）。

　こういう話を聞くと、社会民主党が宗教的情熱をもって過激な政策を作っては実施しているような印象を受ける。事実、彼らはずっとモダニスト的撲滅運動を展開してきているようだ。その独善的かつおせっかいな世直し的アプローチを典型的に体現しているのが、一九七〇年代から八〇年代にかけて首相を務めたオロフ・パルメだ。

　英国人ジャーナリスト、アンドリュー・ブラウンは次のように書いている。「スウェーデン以外の国においては、パルメの存在が認識されていた範囲のことで言うと、彼は敬虔《けいけん》で国際主義の左派を象徴する政治家だった。国内においては誰よりも、社会民主党体制の高慢と権利意識を象徴する人物だった。貧しく家父長的で堅苦しい社会を受け継いだ社民党は、それを豊かでフェミニストですさまじく平等主義的な社会に作り変えた」

オロフ・パルメは土地を所有する貴族の家柄に生まれたが、アメリカ合衆国を旅して、人々の格差にショックを受け、一九五〇年代に帰国すると社会民主党に入党した。スウェーデン史上、最も長く首相を務めたターゲ・エルランデルの弟子となり、一九六九年に首相の座を引き継いだ。パルメのもと、スウェーデンの社会保障制度は、医療や住宅、子育てや老後など、さまざまな分野で飛躍的に拡大し、またその財源を確保し、急成長するスウェーデンの富を再配分するために、増税がおこなわれた。国際舞台におけるパルメの積極性は有名だった。「説教好き」と言われることもあった。中立的な立場をじょうずに使って、国際紛争について長々と道徳を説き、在スウェーデン北ベトナム大使と並んでアメリカのベトナム戦争に反対する行進をおこない、米軍の脱走兵三〇〇人を歓迎した（これを見たヘンリー・キッシンジャーは、「なぜスウェーデンは一九四〇年にナチスに対してそういう行動をとらなかったのか」と疑問を呈した）。

アメリカ旅行でひらめきを得たパルメは、大衆とともにある政治家というイメージを作り上げる努力をした。首相になってからも妻リズベットとともにストックホルムにある平凡なテラスハウス（各戸が壁で仕切られた長屋式住宅）に住みつづけ、リムジンやボディガードといった権力をひけらかすようなものを避けた。だがこの「大衆とともに」という姿勢が致命的な結果をもたらすことになる。

一九八六年二月二八日、深夜一二時頃、映画館から帰宅途中のパルメ一家は何者かに襲われた。銃が発砲され、妻が負傷し、パルメは死亡した。首相暗殺がこの平和な国に与えた衝撃は計り知れなかった。事実、パルメの死は今日なおスカンジナビアのあらゆる世代に深い意味を持っている。

歴史家トニー・グリフィスは「スウェーデンは国ごとノイローゼ状態に陥った」と書いている。そのトラウマは、スウェーデン警察が絶望的に素人集団であることが露呈して、さらに悪化した。警察は暗殺直後に道路封鎖をし損なったうえ、いつまでたっても犯人を検挙できずにいた。ようやくクリステル・ペターソンという麻薬常習者がパルメ殺害で有罪となった。銃剣で人を殺した前科があり、わずか二、三年の服役で釈放されていた男だ。彼はのちに控訴審で無罪となり、結局この件は、厳密に言うと今日まで未解決のままだ。その後、パルメを殺したのはCIAだとかKGBだとかいう噂が飛び交った（両者に十分な動機があったということが、パルメがいかに際どい、見方によっては偽善的な外交路線を取ってきたかを示している）。ただ二〇〇四年に亡くなったペターソンは数回にわたり犯行を自白しており、一般的には彼が犯人だと考えられている。

スウェーデン人歴史家のヘンリク・バーググレーンは、ひじょうに評判の高いパルメの伝記を書いている。何年も費やして誰かの伝記を書くのであれば、対象となる人物について肯定的な考えを持っていて当然だと気づくべきだったが、なぜかそのときは失念していて、私はパルメに関する率直な意見を言ってしまった。「彼について書かれたものからすると、悪く言えば説教くさい理想家、ひいき目に見てもナイーブな人物のようですね」と。

「パルメはまるでナイーブではなかったと思いますよ」バーググレーンは言った。「実際のところスウェーデン人にしてはめずらしく、かなり強硬で実用主義的な考えを持った策士でした。ロバート・ケネディのように高い道徳心を持ちながら、自身の政治信念を貫くためには、とことん非情になれる政治家です。パルメは二つのことをしました。一つはベトナム戦争を完全な失敗だと考え、スウェーデンの首相としての立場を最大限に利用して、アメリカを批判しました。その一方で、自国の中立の維持と防衛に強い懸念を抱いていたため、自力でソ連から身を守るためにアメリカから技術を導入し、ＮＡＴＯとの関係を維持しました。この二面性についていけないと感じるスウェーデン国民もいました。右翼はパルメがアメリカとの関係を壊さなかったことを一応は評価しましたが、実際にはいつ壊れてもおかしくない、危険な状況でした。左翼はパルメをまったくの偽善者と呼びました。……パルメはカナダの元首相だったピエール・トルドーらと並んで、一九六〇年代に活躍した貴族階級の急進派の一人です。テクノクラートで自信に溢れ、少々傲慢でしたが、過激な思想の持ち主でした」

ストックホルムにいるあいだに、一九五〇年代からスウェーデンの新聞社で特派員やコラムニストを務めてきたベテランジャーナリストのウルフ・ニルソンをつかまえることができた。仕事を通じて、ジョンソンからブッシュまで、歴代アメリカ大統領の全員に会ったというのが、彼の自慢だ。パルメとも個人的な知り合いで、彼がそのイデオロギーの下にきわめて実用主義的な一面を持っていたという点についてはバーググレーンと同意見だった。

「じつはパルメ首相とは、かなり親しかったんです」ニルソンは言った。「パルメの取材で世界中へ行きました。私の顔を見るたびに『君の父上は石工だったね』と嬉しそうに言うのです。彼にとって私は高貴な家柄の出でした。なぜならパルメは純粋な労働者に対してロマンを抱いていたからです。首相は、小貴族とはいえ実際に貴族の出身でした。彼はみんなの考えを変えたいと思っていましたが、もちろん権力を行使して数えきれないほど多くの汚い仕事もしました。結局のところ、政治家なのですから、手を汚さずに済むわけがありません。そうしないとやっていけませんから」

ニルソンは自らを「スウェーデンの反体制派」と呼んでいる。昔も今も、社会民主党を支持したことはない。一九六八年にスウェーデンを離れ、それ以来スウェーデンに住んだことはないが、定期的に訪問している。スウェーデンは全体主義的国家だという私の説をどう思うか、聞いてみた。

「ある意味では全体主義です」とニルソンは同意した。私たちは、彼が寄稿している『エクスプレッセン』という新聞社の食堂にいた。「もちろんナチスドイツや北朝鮮とは比べものになりません。そんなにひどくはありませんが、人と同じような行動をとる同調という形で、密かに進行する全体主義です。誰も社会のあり方に疑問を抱かない。私はスウェーデンのそういうところが大嫌いなんです。これは教化です」

全体主義についてはオーケ・ダウンも賛成するだろうと思った。彼は「個人がグループの規範やグループに共通するパターンから逸脱すれば、自分の立場を危うくする可能性がある」と『スウェーデン人の精神構造』に書いている。だが私がスウェーデン全体主義説を持ち出すと、彼は否定した。「その表現は当たっていないと思います。国民は社会規範を上から押しつけられたのではありません。そのようなことは、近代国家にとって、あるまじきことですから」

バーググレーンもダウンも、過去一〇〇年間にわたってスウェーデンに作用している力は、全体主義とは別のものだと考えている。近代主義《モダニズム》だ。「スウェーデン人は、歴史には関心がありません」とダウンは言う。「スウェーデンは、自国を近代主義国家と見ています」

ヘンリク・バーググレーンはスウェーデンと英国のアプローチの違いを次のように比較する。

「イギリスの近代性への対処はひじょうに面白い。イギリス人はモダニストではありません。そこがスウェーデンとの大きな違いです。英国では、スウェーデンのように『これが近代的なやり方だ』という考えが、すべてを凌駕《りょうが》するということはありません。それがじつに興味深いところだと私は思います。ただイギリスも、いつかは近代に向かって思い切って飛び込まなければならないことを知っています。それに抵抗したため、あまりうまく機能しないたくさんの古いシステムに囲まれて、立ち往生しているのです」

それにしてもスウェーデン国民は、自分たちの収入の相当部分を差し出しながら、なぜこれほどの長期間にわたり、一党にあれほど強大な権力を与え、あそこまで極端な政策を許しつづけてきたのだろう。二、三年ごとに透明性の高い民主的なプロセスを経て社会民主党が国民に選ばれてきたことは承知している。しかし、自分たちの権利や自由が少しずつ侵害され、国家の長い触手が下着のなかに隠しておいたへそくりまで探し回って持っていこうとするのを感じて、スウェーデン国民は一度も「もうたくさんだ」と思ったことはなかったのだろうか。それとも、ゆでガエルよろしく、水温が少しずつ上昇していることに気づかないでいるうちに、沸騰していたのだろうか。

子どものころベルリンの壁について書いた本を読んで、不思議に思ったことがある。「東ドイツの当局が壁を建設するのには、何年間もかかったにちがいない。ベルリン市民は、なぜ壁ができてしまう前に、立ち上がって反対しなかったのだろう」と。スウェーデン国民も、少しずつ、しかし空前の規模に拡大していく中央集権国家と国家の国民生活への介入に対して、ベルリン市民と同じような無気力状態に陥っていたのだろうか。国家の触手を感じたことはなかったのだろうか。

第八章　罪悪感

動物にたとえるなら、スウェーデン人にはカエルよりも、群れのためにせっせと働く働きバチのほうがふさわしいだろう。だがこの優しい全体主義におあつらえ向きの国民は、どのようにつくられたのだろう。

歴史的に見ると、下地を整えた要因はいくつかある。まず例のバイキング的平等と言われるもの。それからルター派の信仰。なかでも集団のために犠牲を払うこと、社会正義や平等、自制心や忍耐を重んじることなどが関係してくる。さらに比較的弱い封建制度。そして一六世紀以降の強力な中央集権化。労働組合ならびに協同組合の台頭なども挙げられる。とりわけスウェーデンには、たとえばデンマークに比べると、土地を持たない小作農が圧倒的に多く、ひと握りの裕福な地主にはるかに多くの富が集中していたことが、大きな要因となった。社会主義者の神経を逆なでする言い方をするなら、社会全体で復讐《ふくしゅう》に乗り出す機が熟していたと言える。

つまり、腹を空《す》かせた従順な大衆は、不自然な三位一体によって、形づくられ、導かれるための準備ができていたのだ。その三位一体とはすなわち、社会民主党、スウェーデン労働組合全国連合（LO）、スウェーデン経営者連盟（SAF）による異常かつ長期的な和合だ。三者のなかでも経営者連盟の役割は突出している。その中心となっているのは、二〇に満たない数の家族であり、なかでも重要なのが、金融界と産業界に君臨する名家、ヴァレンベリ一族だ。この三者（政府社民党、労組、経団連）は、賃金水準、育児対策、女性の権利、雇用法、経済政策、そして外交政策までも含む事柄について、数十年にわたり緊密に協力し合ってきた。その結果、世界でもまれに見る進歩的な社会革新がおこなわれ、スウェーデン国民が（ヒツジのごとく）喜んで従った、というわけだ。T・K・デリーは、スウェーデンの労働争議の歴史についてこう書いている。「スウェーデンの記録はずば抜けている。全労働者数が四〇〇万人に届こうという時代に、五年間の平均労働損失日数が五〇〇〇日以下であり、そのうちの一年間では、四〇〇日しかなかった」

近代化は、支配層によってスウェーデン国民の鼻先にぶら下げられた、金のニンジンとなった。まずは四内閣で首相を務めたペール・アルビン・ハンソンにより、そしてそのあとを継いだターゲ・エルランデル首相（在任期間は合計二三年間）、さらにその次のパルメ首相に導かれ、スウェーデン国民は、古いやり方を脱ぎ捨て、一丸となって光に向かって歩くよう奨励された。近代的であれば、それは善とされた。合理的で進歩的なスウェーデンのような文明国には、昔ながらの言い伝えやバックル付きの靴、儀式や地域の風習などは必要ない。労働組合は近代的だった。集団主義は近代的だった。中立政策は近代的だった。経済的平等や男女平等は近代的だった。普通選挙権は近代的だった。離婚は近代的だった。福祉国家は近代的だった。そしてついには、多文化共生や大量の移民までが近代的と考えられるようになった。一方で、毎週日曜日の朝に、スライドプロジェクターのような巨大な襞襟《ひだえり》をつけた二流の神学校卒業生の説教を一時間も聞くことは、近代的ではなかった。ついでに言うと、ナショナリズムも近代的ではない。スウェーデン国歌には、一度も「スウェーデン」という言葉が出てこない。

社会主義的な再配分社会ということになっているスウェーデン社会において、最も大きな役割を果たしたのは、企業経営者たちだったと私は見ている。「労働者基金」によってあからさまに社会主義的な社会が実現することをからくも回避したときも、これらの裕福な資本家一族は目立たないように、しかし確実に、その場にいた。政権を直接握っていなかったとしても、間違いなく手綱を握る御者にアドバイスを与える立場にいた（「労働者基金」とは、最終的に生産手段を実質的に経営者から労働者に引き継がせるという構想で、当時『トリビューン』誌は、これを「史上最も純粋に社会主義的な選挙公約」と評した）。スウェーデンで最も裕福かつ影響力のある旧家ヴァレンベリ一族（多くの点でデンマークの巨大海運企業を所有するモラー・マースク一族と似ており、スウェーデンのＧＤＰにおける重要性においても似ている）は、政府ときわめて深い関係にあり、第二次世界大戦の一時期には、弟のマルクス・ヴァレンベリとともに会社を継いだヤコブ・ヴァレンベリが、ナチスを相手に国家間の通商交渉をおこなったほどだ。のちに同家は、政府が野心的な核開発プログラムを作る際のビジネスパートナーとなった。最盛期にはヴァレンベリ一族の企業は、民間企業で働くスウェーデン人従業員の五分の一近く（一八万人）を雇用していた。

スウェーデンを支配するこの三位一体は、第二次世界大戦中にナチスに深く協力し、商売を通じて大いに潤った。スウェーデンは一四世紀からドイツに鉄を売っていたが、それを中断する理由はどこにもないと考えた。

「スターリングラードの戦いまで、スウェーデンは軸足をナチスに置きながらも中立でいるように見えていた」とアンドリュー・ブラウンは書いている。「スウェーデンの志願兵はフィンランドへ行って共産主義者と戦い、ドイツの部隊や物資はスウェーデンの鉄道網を利用できた。スターリングラードの戦い以降は、スウェーデンは勝者側に立って断固中立を貫いた。これはとりわけノルウェーにおいて長いあいだ、ひじょうに苦々しく不快なこととされた」少なくとも一九四三年までは、スウェーデンは「ドイツの軍需産業の一部門」だったと、ウルフ・ニルソンも同意する。

このあこぎな実用主義のおかげで、スウェーデンは一九三九年から一九四五年のあいだの戦乱を白鳥のごとくすいすいと渡り切り（その間にGNPは二〇パーセントも拡大した）、その後の数十年間で国民一人当たりの富はアメリカ合衆国に匹敵するほど増大した。だがナチスドイツとの個人的関係（たとえばヘルマン・ゲーリングの妻はスウェーデン人だった）により傷ついた評判が回復することはなかった。ノルウェーのホーコン国王は当時、「二度とスウェーデンを兄貴分とは認めない」と語った。

第二次世界大戦の話を持ち出したのは、スウェーデンをしつこくなじるためではない（まあ、それも少しはあるけど）。要は、スウェーデンが戦後、経済的にも社会的にも奇跡的な発展を遂げることができたのは、スウェーデン以外のヨーロッパ諸国の大半が廃墟《はいきょ》となり、その後復興したおかげであることをはっきりさせておきたいのだ。中立政策のおかげで無傷だったスウェーデンは、マーシャルプラン（欧州復興計画）によって弾みのついたヨーロッパの急激な発展を利用できる、最高のポジションにいた。その結果、戦後の数年間、スウェーデン経済は日本に次いで二番目に急速な発展を遂げることができた。

スウェーデン国民は全員で、一九三九年から一九四五年の自国の行動について振り返ることを避けると暗黙のうちに示し合わせたようだったが、両親の片方がスウェーデン人の作家ショーン・フレンチは、スウェーデンが第二次世界大戦中に北欧の同胞を裏切ったこと、またナチスと手広く商売した直接的な結果として連合軍の兵士たちの命が奪われたことなどに対し、スウェーデン人はかえって長い期間にわたって代償を払うことになったと考えている。「戦後、経済成長を追求し、国内のコンセンサスを維持し、暗黙のうちに過去を葬り去ろうという申し合わせは、じつにうまく機能した。だがそこにはある種の傷が残った。……そしてその成功を手に入れるため、スウェーデンは国内において異なる意見を持つことをあきらめた。したがって、すべての事柄について、合意、もしくは合意に近いものが存在する」今ではスウェーデンも国際平和維持活動に参加するなどしているため、もはや完全に中立とは言えないし、「平和と中立を掲げながら、同時に大規模な軍需産業を育成している」のは恥知らずな偽善的行為だとフランスからも指摘されている。スウェーデンは世界第八位の武器輸出国だ。

歴史家のトニー・グリフィスは『伝説の妖怪《トロール》と闘うスカンジナビア』(Scandinavia: At War with Trolls) のなかでこう書いている。「スウェーデン国民の恥はゆっくりと重みを増していった。フィンランドを助けなかった恥はノルウェーに背を向けた恥に取って代わられ、ドイツに対して立ち上がらなかった恥に、そして一部のバルト諸国の人々を死に追いやった恥へと取って代わられた。最後には、スウェーデン人の良心の自然な状態が、恥と罪悪感になったようだった」

私は歴史家のヘンリク・バーググレーンにスウェーデン人の戦争に関する罪悪感、もしくは罪悪感の欠如について尋ねてみた。これは私の説のなかでも突飛なほうだが、スウェーデン人が、とりわけ移民政策や多文化共生について、これ見よがしに政治的公正さを求めるのは、この抑圧された罪悪感の表れではないか、という説だ。スウェーデン人は、自分たちが世界を失望させたことに気づいているため、埋め合わせをしようとしているのではないか。めずらしく今回はバーググレーンが私の考えに賛成してくれた。

「ええ、戦争に関する罪悪感だと思います。なぜなら道徳心のある人は、豊かであること自体に罪悪感を抱く傾向があります。プロテスタントの信者なら、自分だけがたくさん持っていて、ほかの人が少ししか持っていなければ、どうしても罪の意識を感じます」

「あるいは他人を不幸にして金もうけをした場合ですね」

「そうです。あなたの言う通り、戦争は罪悪感を大いに深めたと思います。スウェーデンはその点について努力する使命があると感じたのだと思います。ノルウェーやデンマークに謝罪はしたと思いますが、ひじょうに表面的で形ばかりの謝罪でしたから」

いったん、第二次世界大戦中のことや、ヒトラーの拡張主義に加担したことなどを脇において考えてみよう。スウェーデンという国が、高い生活水準や、賞賛に価するような男女平等や経済的平等を一貫して実現し、思いやりあふれる福祉国家を建設してきた実績を考えれば、時おりほんの少しだけ、全体主義的な方向へ舵《かじ》を切ったとしても、問題はないのではないだろうか？

いや、問題はたしかにある。とくにあなたが、一九三五年から一九七六年のあいだにスウェーデンがおこなった優生政策によって、強制的に不妊手術を受けさせられた六万人のスウェーデン女性（ほとんどが労働者階級）のうちの一人であれば、大いに問題がある。

人種生物学研究所は、一九二二年という早い時代にスウェーデン南東部の都市ウプサラに設立された。当時の有力政治家であるアルツール・エングバーグは次のように書いている。「我々は、今のところ比較的損なわれていない人種、ひじょうに質の高い人種に属するという幸運に恵まれている」そこで、「この優れた人種を保護する時が来た」と続けている。このような考え方から「劣った」種を断種するという発想が生まれ、ある評論家の言葉を借りれば「ナチスドイツに次ぐ」内容のプログラムが実施された。両国の目標は同じだった。長身、金髪、碧眼《へきがん》の人種を浄化していくことだ。一九三四年、法律が強化され、「劣等」とみなされた女性および非行少年は、本人の意思にかかわりなく不妊手術を受けさせられた。世界が、ナチスがなにをしていたかを知った一九四五年でさえ、一七四六人のスウェーデン人が強制断種され、一九四七年にはその数が二二六四人に増えた。「いったいどうしてペール・アルビン・ハンソン首相*や……ターゲ・エルランデル首相のような人物が、このように非民主的かつ残酷で不当なプログラムを許容したり、実際に命令を下したりすることができたのだろう？」著書『スウェーデンになにが起きたのか？』(What Happened to Sweden?)のなかでウルフ・ニルソンは問う。「答えはきわめて簡単だ」ニルソンは続ける。「劣った人間を生まれる前に排除することにより、より清らかで健康な民族が次第に出来上がると、二人とも本気で考えていたからだ」

一九六〇年代から七〇年代、スウェーデンでは、疑わしい理由、ときにはイデオロギー的な理由で、国がひじょうに多くの子どもを親から引き取っていることが知られ、世界中に悪評が広ま

*ハンソン元首相は現在でもスウェーデンの英雄だが、第二次世界大戦中に、約一〇〇万人のナチスがスウェーデンの領土内を移動することを許した。

った。ジョージ・オーウェルの小説に出てきそうなスウェーデン児童福祉委員会なるものが、他国のどこよりも多くの子どもを保護してきたことが明るみに出たとき、ジャーナリストのブリタ・スンベルク＝ワイトマンは次のように書いた。「この国では、子どもを恵まれた環境で育てさせないようにするために、当局が強制的に両親から子どもを引き離すことができる」また、英国在住で雑誌『グランタ』の発行人を務めるテトラパックの女性相続人シグリッド・ラウシングによれば、スウェーデンは「服従の社会、コンクリートでできた監視国家社会を作り上げ」、「度を越した人数の子どもを保護し」、「楽しくない、良くも悪くもない」学校を作り、密かに共産主義者を監視しているということだ。ラウシングは、スウェーデン国家は「個人の権利が強大な社会規範の犠牲になる可能性がある、抑圧的な機構だ」と書いている。

スウェーデンが全体主義国家かどうかという問題は、不幸にしてＨＩＶに感染していると診断されたスウェーデン人にとっては、机上の空論ではない。一時期、政府は感染者の強制隔離を真剣に検討していた。あるいは今日、あなたがトランスジェンダーで、新たに獲得した性で認められたいと思っているが、現在のスウェーデンの法律が義務づけているように（この法律は二〇一三年に無効となった）不妊手術をするつもりがないとしたら、スウェーデンが全体主義国家かどうかということは、やはり切実な問題となる。ちなみに不妊手術の義務づけは欧州理事会（ＥＣ）から人権侵害であるとの裁定を受けている。同様のことは、子どもが幼いうちは家庭にいて一緒に時間を過ごしたいと願っているのに、時代遅れとか、フェミニズムに対する裏切り者とそしられる母親たちにも言えるし、直接税または間接税という形で、収入の四分の三以上を政治家に差し出すとやる気がなくなると感じる個人にとっても問題だ（「スウェーデンでは、出産は無料《フリー》だが、死ぬまで税金に追いかけられる」ということわざもある）。

もちろん思い切って反対の声を上げた人たちだっていただろう。だがそういうスタイルはスウェーデンには馴染《なじ》まない。『現代のバイキングたち』（Modern-Day Vikings）の著者クリスティーナ・ヨハンソン・ロビノヴィッツとリーサ・ヴェルナー・カーは「スウェーデンにおいては、『協力的でない』人間はひじょうに生きにくい」と書いている。比較的最近まで、スウェーデン人は自分の基本的な権利がないがしろにされていると感じても、法に訴えるという手段をとることがほとんどなかった。スウェーデンの法廷は、スウェーデンの法律に対する申し立てに対応できなかったからだ。社会権が高まる一方で、市民権は比較的弱く、とくに社会民主党政権が全盛のころは、個人が当局に対して重大な申し立てがあると思ったら、欧州人権裁判所まで行くしかなかった。

「個人は次第に国や地方自治体、組合や協会、役人など、つまり体制に頼るようになっていった」とウルフ・ニルソンは書いている。

ヘンリク・バーググレーンは、スウェーデンにおいては国が現在でも国民生活に絶大な影響力を及ぼしていることを認めながらも、権力の行使は透明性と思いやりをもっておこなわれていると主張する（いつも彼に「スウェーデン擁護派」の役回りを演じさせてしまって恨まれそうだが、彼の意見には説得力があるので致し方ない）。「たしかに私たちは国にひじょうに大きな権限を与えていますが、問題は国がそれをどのように使うかでしょう。今のところほとんどの場合において、その権限が思いやりをもって使われていますし、人権なども尊重されています。福祉国家だから不妊手術がおこなわれる、というのは論理的におかしいでしょう。問題は、国に権限を与えすぎると、ある種の考え方が、力や勢いを持つ可能性があるということです」

二〇世紀のスウェーデン社会民主党政府について書かれた資料を読むと、政府はすべてを包括する一つの目的によって衝《つ》き動かされていたことがうかがわれる。すなわち、国民のあいだにある伝統的な絆《きずな》を断つことだ。人によっては、自然な絆と呼ぶものかもしれない。子と親、労働者と雇用者、妻と夫、高齢者とその家族などを結ぶ絆だ。その代わりに個人は「共同体のなかに居場所をつくる」よう奨励される。経済的な損得に結びつくさまざまなしくみを通じて、あるいは法律やプロパガンダ、社会的圧力などを通じて、国民はその方向へ進むよう仕向けられる。ある批評家の不吉な言葉を借りるなら、そのようにして個人は政府への依存度を高めていくのだ。

スウェーデン国家と、国家が国民に対して果たしている役割について、バーググレーンは少し違った考えを持っている。ラース・トレイゴードとの共著『スウェーデン人は人間か?』(Is the Swede Hunah?) という過激なタイトルの本のなかでバーググレーンは、スウェーデン政府の真の目的は、国民に干渉したり彼らを管理したりすることではなく、国民を互いから解放すること、一人ひとりが完全に独立した存在となって自分の人生に責任を持てるよう、自由にすることだと述べている。スウェーデン人は、近隣諸国が思っているような集団主義のヒツジの群れとは程遠い、アメリカ人をもしのぐほどの「超個人主義者」であり、「個の自立のみを追い求めている」ということだ。

初めてこの説を聞いたときは、ちょっと混乱した。スカンジナビアで最も集団主義的で従順で合意形成を重んじる人々が、アメリカ型の極端な個人主義に従って生きているというのは、率直に言って違うように思えた。

「型破りとか、自立的思考などと混同しないでください」バーググレーンは説明した。「私たちが言っているのは、他人に依存しないという意味の自立です」

「スウェーデンの制度は、社会主義的な制度ではなく、ルソー的なものとして考えると、一番わかりやすいと思います」そう言うと、バーググレーンは私がルソーについてなにも知らないと思ったらしく親切に説明してくれた。「ルソーは極端な平等主義者であり、いかなる種類の依存も心から嫌っていました。人に頼れば、尊厳や本当の自分が破壊されると考えました。したがって理想的な状況とは、一人ひとりの国民が一個の原子であり、ほかのすべての原子から離れた状態にあることです。……スウェーデンの制度は、人に頼ることや人の世話になることは危険だという理論に基づいています。相手が家族であってもです」

でも家族ってすてきなものじゃありませんか？

「ええ、家族に頼るというのは人間にとってごく自然なことです。たしかに国に大きな権限を持たせることによってそういったデメリットが生じる部分もあると思います」とバーググレーンは認めた。それでもスウェーデンの国と国民生活に関しては、結果としてうまく行っているのだから、「手段はおおむね正当化されると思う」と彼は言った。そしてこんな例を挙げた。

「この話をアメリカの学生にすると、途中で彼らはこう言うのです。『それはひどい。つまり国に依存するということじゃありませんか』とね。そこで私は言います。『じゃあ聞きますが、君たちが大学に進学するときにはどうやって学費を払いますか？』。すると学生は『奨学金やローンを申請します』と答えます。『ではその奨学金やローンを受ける条件はどのようになっていますか？』と聞くと、『それは家庭の事情によって変わってきます』と答えます。『なるほど、つまり裕福な親御さんを持っていれば、親御さんが学費を払わなければならないのですね。そしても しご両親が、君が学びたい分野に賛成してくれなかったらどうなりますか？　結局、君たちはかなりご両親に頼っているようですね』と話すわけです。スウェーデンでは進路が親の意向に左右されるようなことは起きません。自分の好きなことを学べます。小さな例ですが、わかりやすいでしょう」

バーググレーンが言うところの「国家統制主義的個人主義」があれば、男女は完全に独立した、最高に純粋なかたちの愛情によって結ばれることができる。妻は、夫が鍵のかかったデスクの引き出しに共同名義の銀行口座の暗証番号を保管しているからという理由で、離婚を我慢する必要はないし、夫も妻の父親が工場の経営者だからという理由で、言いたいことを我慢する必要はない。「独立した平等な個人同士においてのみ、本当の愛や友情を結ぶことが可能になる」とバーググレーンと共著者のトレイゴードは書いている。ということは、社会民主主義の実態は、究極のキューピッドということになりそうだ。

バーググレーンは、ドイツにおいてはまったく逆のことが起きていると指摘した。ドイツでは国の支援が、家族を通じて個人に渡る仕組みになっているため、父親を大黒柱とする家族制度を続けざるを得ないと言う。「スウェーデンという国は、まったく違うかたちに作られています。そのおもな目的は家族に頼らないようにすることです。妻は夫に頼るべきではないし、子どもたちも一八歳になったら自立するべきです。高齢者も子どもに面倒をみてもらおうとするべきではありません。代わりに国が幅広く介入して面倒をみるのです」

「でも」私には疑問が残った。「それでは一つの依存から、国という別の依存に乗り換えただけではありませんか？　結局、全体主義に対する懸念に戻ってしまうと思いますが」
「私たちは、国民が完全に自立していると主張しているわけではありません。実際に国に依存しているのですから。あなたのように、それを全体主義と見る見方もありますが、私は違うと思っています。私はむしろ、等価交換だと考えます。民主主義国家が国民に自立や自己実現に至る手立てを与えているという事実を受け入れることによって、人はひじょうに大きな自立を手に入れることができます。ただし行き過ぎれば本当に全体主義国家になりますから、極限までやらないことです。

　アメリカ人やイギリス人にとっては、国家は恐ろしく、身の毛のよだつような危険なものです。アメリカ人は国を恐れるあまり、健康保険制度さえ作れずにいます。大切なのは、スウェーデンでは国が国民の生き方を決めているのではなく、あくまで国民生活を支える枠組みを提供しているだけだという点です。社会は不平等であり、皆が同等の機会を持っているわけではありません。私たちは、かつては一部の人だけが持っていた自由や自己実現の機会を、誰もが持てるよう、全員を同じレベルに引き上げようとしているのです」

　この手のソーシャル・エンジニアリングには、スウェーデン人の潜在的特性、とりわけ人と交わらずに一人でいることを好む性向を一層強めてしまうという問題があるように、私には思える。その結果、今日のスウェーデンでは、ほとんどの学生が一人暮らしをしている。といっても英国のテレビドラマ『若者たち』（Young Ones）のようなスタイルではない。また離婚率は世界一高い（それを望ましいことと考える人もいるだろうが）。さらに独居世帯が最も多く、ほかの国よりも高齢者の一人暮らしも多い。また、自分のことは自分で解決するべきだというスウェーデンにおける通念を強化していることも問題だ。スウェーデン人は人に頼みごとをするのを好まない。問題は一人で抱えて、黙って苦しむ。それが「ドゥクティ（賢い、きちんとしている）」であることの一面だ。ドゥクティであれば人の助けは必要ない。ドゥクティであることがスウェーデン人にとっての究極の理想であるため、人に助けを求めることや、人を助けることさえ、レベルの低い社会的タブーに類することと捉《とら》えられている。

なぜスウェーデン人はそこまでむきになって自己完結や自立を貫こうとするのだろうか。なぜ育児や離婚、宗教の分離に関して、ここまで徹底した改革がおこなわれたのだろうか。

「自立していることの値打ちがよくわかっているからではないか」とダウンは書いている。「自立を尊ぶ価値観は、はるか昔から存在していたかもしれないが、数々の社会変革を経て、実際に自立が可能になったのは一九六〇年代になってからだった。ほかの国にも同じような社会の変化（たとえば女性の賃金労働者の増加や優れた避妊法の誕生、教会の権力や伝統的価値の低下、社会規範の弱まりといった現象など）は起きたが、それほど強いインパクトはもたらさなかった。したがってスウェーデンの男女は一九六〇年代よりも前から、もしかしたらそれよりもはるか以前から、ほかの国の男女よりも感情面における距離が遠かったのではないかと推測される」

スウェーデンにおいては、自立がすべてだ。気持ちの上の恩義であれ、頼みごとであれ、金銭の貸し借りであれ、いかなるかたちでも借りを作ることは、なにがなんでも避けるべきとされる。スウェーデン人は酒を一杯おごられることさえ嫌がる。

「多くのスウェーデン人が自立に対する強い必要性を感じているようだ。それは一人になりたがることや、『人を避ける』こと、また『借りを作る』ことを避けるというかたちで表れることがある」とダウンは書いている。彼の著書に引用された研究によると、七〇パーセントのスウェーデン人が、友人と長いあいだ会わなくても大丈夫だと答えている。独りを好むと思われているフィンランド人に同じ質問をしたところ、友人との接触を断っても大丈夫だと答えたのは、わずか四一パーセントで、その一・五倍近くの人が、仲間と離れているときは不幸に感じたり落ち込んだりすると答えている。ダウンは「親密で深い友情は、スウェーデン人よりもフィンランド人にとって重要な意味を持っている」と結論づけている。

グレタ・ガルボの「ひとりになりたいの」は、単なる名台詞《めいぜりふ》ではなかった。彼女の本心だったのだ。

スウェーデン人の自立は、アメリカ人が努力して手に入れようとしている独立よりも、ずっと消極的なものに感じられる。アメリカ人のように、何かを達成しようとか、自分の力で突き進もうとか、人生をその手でつかみ、最後の一滴まで可能性をしぼりとろうという類の自立ではなく、定期的に歯科医に通えるとか、夫婦が別々に休暇を取れるとか、年金生活者が夕食になにを食べるか自分で自由に決められるといった類の自立だ。『現代のバイキングたち』(Modern-Day Vikings)の著者が書いているように、「アメリカ人は自由に行動できることを求め、スウェーデン人は自由でいられることを求める」アンドリュー・ブラウンは、オロフ・パルメについて嫌味たっぷりに書いている。「他界したときパルメが残したのは、一人も貧しい者がいない国であり、誰一人楽観的なものの考え方をする余地を持てない国だった」言い換えれば、社会の悪を根絶したときに、社会民主党は国民の意欲や野心、活力まで、同時に葬り去ってしまったのだ。

「あなたがなぜそういうことを言うのかわかりますよ。それがこの本の中心的テーマでもあります。あなたの言う通りです」私がスカンジナビア人の同質性に関する懸念、つまりデンマークについてリチャード・ウィルキンソンに話したのと同じ懸念を表明すると、バーググレーンはそう言った。「ポイントはここです。同質性の問題には同調性が関係していると思います。ふつうは多様性のある社会のほうが、はるかにエキセントリックな生き方をしやすい。スウェーデンでは、強い感受性や独自の価値観を持った人たちから生まれるような、独創的な発想は出てこないと思います。この国では皆が人と同じように行動するからです」

つまりスウェーデンは、変わり者やあまのじゃく、社会の規範に従わない人たちが活躍できる社会ではないかもしれない。だが、一つのかなり大きな社会区分の人々にとっては、スウェーデン社会はこれまでも、そしてこれからも、楽園でありつづける。

第九章　ヘアネット

女性の権利の拡大は、社会民主党の社会革命における重要課題であり、経済計画の中心でもあった。スウェーデンの女性が参政権を得たのは、北欧諸国のなかでは遅いほうだ（一九二一年。フィンランド人は、「近代国家」を標榜《ひょうぼう》する近隣諸国に、フィンランド女性が選挙権を手に入れたのが一九〇六年だったことを思い出させるのが好きだ）。北欧諸国がいずれもフェミニズムの鑑《かがみ》であることは間違いないが、スウェーデン女性の社会的地位は、男女平等や子育て、および差別の修正を目的とする優先処遇に関する数多くの政策のおかげで、ほかの北欧諸国以上に高まった。

スウェーデンには数年間、男女平等省という専任の省が設けられており（最近、教育省に統合された）、その省は、職場における差別をなくすこと、より多くの女性を労働市場に参入させること、そして掃除関連の商品広告に女性ではなく、モップとバケツを持った男性の姿が使用されることなどを目的とする法律の制定を監督してきた。そのおかげもあって、スウェーデンは現在、世界で最も育児休暇が取れる国の一つになっている。子どもが八歳になるまでのあいだ、好きなタイミングで一六カ月の休みを取ることができ、その間は給与の八〇パーセントが法律で保障されている。一六カ月のうち二カ月は、男性が取らなくてはいけない。「パパの育児休暇」は一九九五年に導入され、今日では八五パーセントの父親が利用している。

『ニューズウィーク』誌は最近、女性にとって世界で二番目に生きやすい国にスウェーデンを挙げた（一位は、女性が尖《とが》ったものをすべて男性の手の届かないところに隠したであろうアイスランドだ）。セーブ・ザ・チルドレンは「母親が最も子育てしやすい場所」の三位にスウェーデンを挙げている。ノルウェーとアイスランドの次だ（デンマークは五位）。後者の順位は、スウェーデンの子育てにかかる費用が北欧地域の平均賃金に占める割合において、最も低いことと関係していると思われる。赤ん坊を託児所に預けるのにかかる費用は、ひと月当たり一〇〇ポンド（約一万六〇〇〇円）少々だ（英国ではその五倍から一〇倍かかる）。一二カ月から一八カ月になるまでに、八二パーセントの幼児が託児所（スウェーデン語で「ダーギス」と呼ばれる）に入る。世界最高の数字だ。

スウェーデン国民は今のところまだ（ほかの北欧諸国とちがって）女性の首相を選ぶほどの度胸はないようだが、国会議員の半数近くは女性であり、現在、大臣の半数以上が女性なので、比較すると英国政府がひどく男性中心に見える。だがスウェーデンの女性の権利を推進する団体は、企業の上層部には嘆かわしいほど女性が少ないこと、そして給与の面ではまだ男性に後れを取っていることを、すかさずつけ加える。

一方、スウェーデンの男性は、世界で一番、男性中心主義的ではないというもっぱらの評判だ。二〇〇九年にオックスフォード大学がおこなった調査によれば、彼らはどの国の男性よりも家事を手伝っている。スウェーデン人男性のこうした優しく思いやりのある側面は長所かと思っていたが、元ミス・スウェーデンのアンナ・アンカによれば、そうでもなさそうだ。胸元には赤ちゃんのゲロの跡、背中には痛々しいムチの跡をつけた「優しいパパたち」のことを、彼女は「おむつを替える女々しい男たち」と呼び、バイキングの祖先の男らしさを再発見したほうがよいと、新聞のインタビューに答えていた。

再びフィンランド男性が嬉々《きき》として指摘することだが、これはスウェーデンのフェミニスト革命のマイナス面だ。「ロシアの軍隊が威嚇行動を取ったとき、スウェーデン兵士は揃いも揃って化粧ポーチを握りしめた」などと言われるだけでも十分に屈辱的なのに、平等を目指して努力した結果、男女のバランスに変化が生じ、スウェーデン人男性はさらに去勢されてしまったらしい。一家の稼ぎ手として女性を守るという役割をはく奪された結果、スウェーデン男性は今や、男女間の最も基本的なやり取りさえ満足にできなくなってしまった。ナンパするとか口説くとか、言い方はいろいろあると思うが、女性を誘惑することが、政治的地雷原になってしまったのだ。聞いた話では、スウェーデンの男性は、女性の強さに恐れをなして、女性に対する礼儀作法の真似事さえしなくなってしまったそうだ。同じことはデンマークの男性についても聞いたことがあるし、おそらくノルウェーにも当てはまるだろう。この件について話を聞いた数多くのデンマーク人女性によれば、スカンジナビア社会に上品な作法の存在する余地はないそうだ（気の毒に、彼女たちは私の英国紳士ぶりに魅了されたにちがいない）。男たちは、男らしさを失い、その過程で女性を誘惑する技術までも失ってしまった。

これはどう考えても男性側の責任ではない。私の経験では、昔ながらの騎士道精神は、スカンジナビア女性には、貞操帯と同じくらいにしか歓迎されない。勝手がわかっていなかった頃の私のように、コペンハーゲン中心部のデパートでデンマーク女性のためにドアを押さえると、困惑と疑念の入り混じった視線か、あからさまな敵意（「そういうことはしていただかなくて結構よ！」）のこもった視線を向けられる。英国や米国で期待される紳士的な振る舞いは、スカンジナビア女性を困惑させ、可笑《おか》しがらせる。デンマークに引っ越してきて一年目、デンマーク人の友人たちとレストランで会食をしていたとき、私は一人の女性がテーブルに戻ってきたとき、母国でのいつもの習慣で、立ち上がるというミスを犯した。会話が止まり、テーブルの皆が期待を込めて私に注目した。私は自分の行動の理由を説明しようとしたが、考えてみるとはっきりした理由は自分でもわからなかった（あとになって、そのなかの一人が、皆は私がスピーチでもするのかと思って見ていたのだと教えてくれた）。妻と付き合いはじめた当初、彼女は私が無意識に彼女を歩道の内側に入れて歩くことが可笑しいと言って、いつも私を出し抜いて自分が外側を歩こうとした。

「先日、つま先をケガしていたのですが、社内の会議室に入ったら若い男性がみんな座っていて、誰一人、席を譲ってくれませんでした。私は上司なんですよ！」デンマークの新聞社の編集者アンヌ・クヌーセンは言った。彼女自身は二人の息子にそういう思いやりを示すように育てているそうだが、デンマークには、まったく逆の教育を受けてきた男性の世代があることを認めた。「私の世代の男性の多くは、『昔ながらの男性の役割を引き受けるのが恐い』と言っています。彼らはそういうことをすると怒られて、つねに『それじゃダメだ』と言われてきた世代です。今の若い人たちは単になにも知らずに育った世代です。しつけが悪かったのです」

一方、デンマーク人男性と付き合う外国人女性は、デートの最後に割り勘にしようと言われたり、誉め言葉を一つも言ってもらえなかったりすると、いったい自分のなにがいけなかったのかと心配になる。「彼を責めちゃいけないよ、そういう風に育っただけなんだから」、そう言って、足元の水溜り《みずたま》にさっとケープを敷きながら、私は悩める女性たちを慰める。

「彼、じつは私にとても気があったんだって、あとでわかりました」デンマーク人男性とデートしたものの、ドアは押さえてくれないし、彼女が部屋に入っても立ち上がらないし、一度もプレゼントをくれないことに、すっかり当惑していた、ある若い英国人女性は私に言った（嬉しいことに、最終的に二人は結婚した）。「私はずっと、この人はゲイなのか引っ込み思案なのか、どちらかだろうと思っていました」

スウェーデンが国を挙げて推進する過激なフェミニズムの問題は、良かれと思ってドアを押さえている外国人男性たちが、フリーランスのドアマンのように見えてしまうということだけではない。出産後、すぐに職場に復帰すべしという社会的、経済的プレッシャーがあるため、スカンジナビア諸国の子どもたちは平均より早く、そして長時間、託児所に預けられる傾向がある。（デンマークでは、六カ月の乳児の四分の一が、なんらかの託児所に定期的なかたちで入っている）。母親から早い段階で引き離されることが、のちの人生でノイローゼや不安症になったりする素地を作るのではないか、また独立と孤立を好むスウェーデン人がもともと持っている傾向を深めるのではないか、という意見もある。この「育児放棄」が、たとえばスウェーデンにこれほど単身世帯が多い理由の一つではないだろうか。

米国の精神科医ハーバート・ヘンディンは、著書『自殺とスカンジナビア』（Suicide and Scandinavia）のなかで、スウェーデン的なアプローチには、子どもたちにひじょうに幼いうちから自立するよう促す傾向があると書いている。スウェーデンの子どもたちは、ほかの人（自分の母親であっても）に頼ることは、良くないことだと教え込まれるという。オーケ・ダウンも著書『スウェーデン人の精神構造』のなかで「子どもたちは早くから、社会的にも心理的にも、母親から離れるよう促される」と同様のことを書いている。「子どもたちは、そのような必要性が存在することを一切否定し、見せかけの独立心の下に隠す」

ウルフ・ニルソンもまた、スウェーデン女性は、社会規範に従うためには、毎朝、出勤途中に子どもを保育園に預けなければならないというプレッシャーを感じていると言い、「男女同権論者《フェミニスト》は、よちよち歩きの子どもを託児所に預けるのではなく、家に居て、自分の手で育てたいと考える母親たちを非難しはじめた」と書いている。だがダウンに言わせると、女性たちは、子どもを手放すよう圧力を受けたというよりは、子どもたちから逃れたかったのだという。彼が引用した調査によると、スウェーデン女性は、出産後に職場復帰をする理由に、経済的な理由を挙げているが、本当は子どもと家に居るよりも、外で働くほうが大きな満足を得られるからだという。赤ちゃんが可愛いことは間違いないが、子育てにおいては、単調でうんざりするような毎日に対する忍耐力を試されることも確かだ。赤ちゃんは、あらゆる有り難くない方法でこちらの能力を試してくる。したがってそこから逃げ出したくなる気持ちはじゅうぶんに理解できる。しかし、スウェーデンが幼児を託児所に預けることを全面的に認めてきたことが、子どもたちや、ひいてはスウェーデン社会全体にマイナスの影響を与えたという可能性は、ほんの少しもないのだろうか。たとえば少年の犯罪率や成人の軽犯罪率が、比較的高い理由の一部だとは考えられないだろうか。

ヘンディンのように、スウェーデンの母親たちは、「ほかの一部の文化の母親たちが子どもと過ごすことによって得られる喜びを経験していない」とまで言い切る人は少ない（英国の一部の階級の母親たちだって、八歳になった子どもたちを、荷物と一緒に寄宿舎に送り込むことをなんとも思っていない）。だが、スウェーデン社会が異様なスピードで子どもを親から引き離すことに対して疑問を呈したのは、彼一人ではない。

一九八〇年代の中頃、児童精神科医マリアンヌ・セーダーブラッドは次のように書いた。「スウェーデンには……子どもたちに幼いうちから自立するよう、きわめて高い期待が寄せられる。そして両親は、反抗期における子どもの反抗を望ましいこととして肯定的にとらえる」同様に、ダウンは、スウェーデンの健康福祉委員会が一九七〇年代に作った学童保育に関する提案書を引用して、同委員会の責任は、「子どもたちが、大人への深い依存から解放されるよう支援すること」だったと指摘している。いわゆる「母性的な母親」は、スウェーデンにおいて一般的な母親像ではないと言ってよさそうだ。

スウェーデンが国として親から子どもを引き離すことに積極的な役割を果たすべきだと考えていて、幼児を一定の制度に組み込もうとすることにうすら寒さを感じるのは私一人だろうか。子どもが親から自立する過程は、少しずつ自然に移行すべきものであって、生まれ落ちた瞬間からどこかの役所からシステムとして押しつけられるべきものではないのではないか。ある評論家が言うように、子どもたちが「集団のなかに居場所を見つけるよう」指導されると聞くと、人は直感的に反発を覚える。それとも私の考え方が古いだけだろうか。古いどころか、スカンジナビア人の目には、英国的な家族至上主義によって歪《ゆが》んでいるようにしか映らないのだろうか。

「私は託児所についてはそれほど心配していません」スウェーデンの保育モデルに関する懸念を話してみたところへンリク・バーググレーンは言った。「あなたのご心配もわかりますが、女性を解放するという考えは、あらゆる方面でひじょうに強いものだと思います。ドイツを見てごらんなさい。女性は仕事か出産かを選ばなくてはなりません。両立できないのです」

本来、両立は不可能だと主張する人もいますが？

「そうですね。でも両立している女性も、私はたくさん知っています」

だがもう少しだけ、男性中心主義で時代遅れの頑固者の役を演じさせてもらうなら（無理を承知で挑戦するが）、悩みを抱えている家族や、その代償を払っている子どもたちも、私はたくさん見てきた。

「それなら父親たちに聞いてみるべきです。彼らがどんな手助けをしているか」とバーググレーンは言う。「アメリカの社会学者デイヴィッド・ポプノーは、一九八〇年代にスウェーデンについてひじょうに批判的な本を書きました。基本的にはあなたの意見と同じです。一日中子どもを託児所に預けているスウェーデンの母親たちは、母親失格だと、スウェーデンは非人間的な恐ろしい社会だと。ポプノーはとてもいい人です。私は彼が大好きです。でも彼は、昔ながらの家族のあり方に価値を置く、保守的なアメリカ人です。彼は二年ほど前にスウェーデンを再び訪れ、ひじょうに興味深い記事を書きました。要は『たしかにスウェーデンの家族に関する考え方には賛同しにくい点があるけれど、スウェーデンとアメリカの子どもたちを比較すると、スウェーデンの子どもたちのほうが、両親と過ごす時間が長く、より優秀かつ幸せで、あらゆる統計において基本的に良い結果を示しているという研究結果が出ている』と認めたのです。彼は離婚は良くないと考えていますから、その点でスウェーデンは失格ですが、それ以外のあらゆる点において、スウェーデンは家族の価値を重視する社会になっています。アメリカよりもはるかに子どもの面倒をよくみる社会なのです」

ユニセフも同じ意見だ。最近ユニセフは、子どもの幸福度に関する調査において、ほかのどの国よりもスウェーデンに、多くの一位の座を授けた（デンマークが二位、フィンランドは三位だった）。そのなかには「物質的幸福度」、「健康と安全」、「行動とリスク」などがある。だが私の孤立説を裏づけるように、スウェーデンの子どもたちは「家族や仲間との関係」においては一五位だったし、「教育面の幸福度」においてもあまり芳しくなかった（スウェーデンは八位だ。例の、生徒に自分の時間割を作らせる学校の実力だろう）。

もちろん、子育てについて特許を持っている人など一人もいない。その方法は千差万別だ。スウェーデンの戦略が最適でないと決めつけることはできるだろうか？　私にはできない。真夏に息子をサンタクロースに会わせた私に、人の子育てを批判することなどできるわけがない。

男女平等が正しい目標であることに異論をはさむ余地はない。より多くの女性を労働市場へ送り込むことによって、スウェーデン経済は間違いなく恩恵を受けてきた。年月を重ねるにつれ、職場に女性がいる風景が社会にとって当たり前となり、それがさらに社会規範としての男女平等を強化してきた。もし私が女だったら、どの国に住みたいか、考えるまでもない。

第一〇章　階級

スカンジナビア諸国に対する世界のイメージは（世界の人々がスカンジナビアについて考える機会があるとすればの話だが）、民主的で能力主義的で平等で社会階級がない国々で、国民はアウトドアが好きで、金髪で、リベラルで、自転車に乗っていて、リビングにバング&オルフセンのテレビのある趣味の良い照明の中産階級の家に住み、ドイツ車のステーションワゴン（ベンツではなくパサート）に乗り、休暇はスペインで過ごし、毎月、赤十字に少額の寄付をする、そんなイメージではないだろうか。北欧の人々をイメージするとき、キャップをかぶった炭鉱労働者や、身を粉にして働く労働者の上にふんぞり返ったブルジョワ階級、あるいは白いスーツにパナマ帽をかぶりクロッケーに興じる貴族階級などがいる、厳格に階層化された社会を思い浮かべる人はいないだろう。大邸宅やテラスハウス、狩猟を楽しむ人々や労働者クラブを思い描く人もいない。さらには、スカンジナビア諸国の閣僚が、学費の高い私立の学校や、同じ大学の同窓生であることや、ロンドンのペルメル街にある同じ高級社交クラブの会員だろうとは、夢にも思わない。

別の言い方をすれば、上流階級のデンマーク人を想像できるだろうか。あるいは労働者階級のスウェーデン人は？　本当の下層白人やトレーラーハウス暮らしのスカンジナビア人や、ノルウェー人のチャヴ（低所得労働者階級を親に持つ不良）は？　フィンランド貴族はどうだろう？　いるわけがない。だが私がデンマークで見てきたように、スカンジナビア社会にも階層はまぎれもなく存在する。ただ階級の概念が北欧ではひじょうに違っているだけだ。たとえばスカンジナビア人から見れば、議会に貴族院があるというのは、手動のジェニー紡績機を使って服を作るようなこと、あるいは二輪馬車で出勤するような、じつに古臭いことだ。英国のマナー教本『ディブレッツ』の概念など、彼らには決して理解できないだろう。スカンジナビア人は、米国に見られるような、極端な貧困や富、極端な欠乏や特権をなによりも恐ろしいものと考える。スカンジナビアの階級構造は、はるかに見えにくく、収入や社会的地位の違いははるかに小さい。

コペンハーゲン中央駅を通り抜けてみたり、自転車でストックホルムの中心部を通勤時間帯に走ってみたりすれば、パーティションで仕切られた大部屋のオフィスに向かう人と最上階の役員室に向かう人を、見た目では区別しにくいことに気づくだろう。ズボンの裾をクリップで留め、使い古したヘルメットをかぶり、泥除《どろよ》けをつけたマウンテンバイクに乗ったあの男性は、中央銀行の頭取かもしれないし、学校の副校長かもしれないし、一介の事務員かもしれない。Ｈ＆Ｍのヘリンボーンのプリント柄ワンピースを着て、高そうな革のショルダーバッグを持ったあの女性は、学校給食を作りに行くのかもしれないし、首相官邸に出勤する途中かもしれない。私自身も時おり仕事で企業の役員やＣＥＯを取材することがあるが、スウェーデンやデンマークでは、スカンジナビア企業の古典的ユニフォームであるダークジーンズにジャケット、ノーネクタイという服装の男性に迎えられることが多い。社内での立場や権力をうかがわせる外見的な手がかりは、皆無に等しい（北欧では三〇歳以上の男性全員に、カジュアルブランドのガントがスポンサーについているのではないかと思うほどだ）。デンマークの国会中継を見ると、ジーンズに、ふつうなら犬用のバスケットの内側に縫い付けてもいいような、くたびれたセーターを着た国会議員が映っている。気取らないデンマーク国会では、毎日がカジュアルフライデーなのだ。

このような経済格差のない社会において服装規定が堅苦しくないのは、想定内のことだ。ヤンテの掟や「ラーグオム（ほどほどを重んじる価値観）」が作用する社会、スカンジナビア人に深く根づいた本能的な合意形成や従順さ、民主主義制度、無償の普通教育や再配分を重視した税制などのおかげで、国民は、どこで生まれてどんな仕事をしていようと、お互いの目を見て、あなたと私は対等だと言い切れる。それが北欧全体の大いなるプライドの源であることは間違いない。デンマークには、互いを「オインホイデ（øjenhøjde）」で見る、という表現がある。文字通り訳すと「目の高さ」で見る、という意味だ。相手の職業や、経済状況、地位にかかわらず、社会的に同等の立場にあるとみなす（その欠点は、北欧ではどこへ行ってもカフェやレストランのサービスの質がじつに低いことだ。サービス業で働く人々を見下すという意味ではないが、少なくともなにかを持ってきてもらうときに、迷惑そうな顔をしないでほしいと思う程度の権利はあるはずだ）。

なんの話だったろう。そう、私が言いたいのは、なにもかもが賢く、無階級で自由なように見えるかもしれないが、民主的で実力主義的で中流階級のスカンジナビア社会にも、皆が気づいていながら問題にしたくない事柄が確実にあるということだ。それはベルベットのローブや白テンのガウンをまとい、王冠をかぶっている。そしてそれは、身分制度が健在であることを示す紛れもない証拠であり、スカンジナビア三カ国すべてに存在するものだ。私が言っているのはもちろん、君主制という、不合理で非民主主義的なお祭り騒ぎのことだ。

今回は珍しく、地理用語を厳密に使用する。ほかの北欧の二カ国、アイスランドとフィンランドは共和国なので、ここで問題にするのは厳密な意味でのスカンジナビア三カ国になる。私の考えは少々、共和主義寄りに聞こえるかもしれないが、こればかりは仕方ない。だってあまりに期待外れではないか。より良い生き方へのインスピレーションを求めて北欧に視線を向ける私たちは、バルコニーから手を振る、肩章のついた服を着た恰幅《かっぷく》のよい男性やティアラを載せた女性を崇拝する民衆など、見たくはないのだ。そういうものは、私たち英国人のように階級に縛られ、干からびた社会と植民地支配の歴史をもつ国民がしがみつく制度だ。社会民主主義の国には似合わない！

これらのバカバカしい形式的な首長は、あなたがたスカンジナビアの一等地に居座って、いったいなにをしているのだろう？　彼らは夏の宮殿で優雅に休暇を送り、ヨットから手を振り、近頃話題の問題（環境持続性やホッキョクグマ、オリンピックなど）を支持するために、時おり「公務」と称してもったいなくもお出ましになる。まるで『ゼンダ城の虜』の架空の国であるルリタニア王国のお人形さんのような人たちを、あなた方はなぜいつまでも残しておくのだろう？

北欧においては自分が客人の立場で、しかも英国人でありながら、このような言い方でホストの国々を批判することが不適切であることは承知している。だが本当に、これらの非常識で封建主義で時代遅れな制度は、いったいスカンジナビアでなにをしているのだろう。それ以外はすべてにおいて、模範的で平等な民主主義国家だというのに。スカンジナビアの王室の人々は、自分たちの幸運が信じられないにちがいない。せめて彼らが毎朝、松明《たいまつ》や大きな熊手を手にした民衆が押し寄せてくるという、絶え間ない恐怖とともに目覚めることを願うばかりだが、実際にデンマークのアマリエンボー宮殿やノルウェーのオスカーシャル宮殿の門に暴徒が集結することは、決してないだろう。なぜなら（これが、この残念な状況のなかでも最も腹立たしいことなのだが）スカンジナビアの人々はおおむね、王室に対してかなり好意を持っているからだ。

なかでもデンマーク国民は、スカンジナビア三国のうち最も熱心に王室を支持している。公平を期するために言うと、デンマークの王家（グリュックスブルク家）のみが、ハーラル青歯王の時代まで一〇〇〇年さかのぼることのできる歴史を持ち、その土地で誕生し、続いてきた正統な王室だ。ところが愛国心旺盛《おうせい》なノルウェー国民もまた、デンマーク国民がマルグレーテ女王を愛するのと同じくらい、自分たちの国王を愛している。最近の調査によるとノルウェー国王ハーラル五世は、国民の六〇～七〇パーセントに支持されている。ハーラル国王はよほど素晴らしい人物に違いない。あるいはノルウェー国民はよほど物忘れがひどいかだ。なぜならノルウェーの王室は、二〇世紀にデンマーク王室から分家して作られたものだからだ。一九〇五年、新たに独立を果たしたノルウェーは、デンマーク国王フレゼリク八世の次男カール（ホーコン七世）を自分たちの新たな王に選び、その妻のモードという英国人を女王とした。デンマークの支配から一〇〇年前にやっと自由になったというのに、皮肉な話だ。

スウェーデン王室の正統性にいたっては、さらに薄弱だ。現在のスウェーデン王カール一六世グスタフは、バイキングの血筋でもなければ一六世紀の戦士の王たちの血筋でもない、たまたま選ばれた普通のフランス人の子孫だ。一八〇九年にスウェーデンがロシアにフィンランドを取られたとき、当時の王グスタフ四世アドルフ（誰に聞いても頭がおかしかったようだが）は、国を捨てて亡命した。王座を埋めるため、そしてロシアからフィンランドを取り戻すときに頼れそうなナポレオンの機嫌をとるため、フランス人元帥ジャン・バティスト・ベルナドットに白羽の矢が立った（ちなみに彼の妻デジレはナポレオンの元恋人だった）。ストックホルムに到着すると、かつてベルナドットがドイツでスウェーデンを相手に戦った過去は、彼の元の名前とともにいち早く忘れ去られ、カール一四世ヨハンとしてスウェーデン国王の座に就いた。だが彼の同化はそこまでだった。気が短くて評判の悪いカール一四世は、一度だけスウェーデン語で臣民に語りかけようと試みたが、大爆笑されたため、それ以来二度とスウェーデン語を話さなくなった（同じようなことはデンマークにもある。現在の女王の夫君アンリ・ドゥ・モンペザは、恰幅が良く、なんとなく笑いを誘う方《かた》で、フランス貴族の出身だ。デンマーク国民は彼の強いアクセントに限りないおかしみを感じるようだ）。現在のスウェーデン王家の先祖であるカール一四世は、自分の国を辛辣《しんらつ》に批判した。「ワインはまずいし人々は退屈だ。その上、太陽にまで温かみがない」成り上がり者の王は、そうのたまったと言われている。

現国王は少々ドジなキャラクターだと思われているが、少なくともスウェーデン語はしゃべれるし、たいていは言われた場所に立っていることもできるし、手も一所懸命に振る。少なくとも、二〇一〇年まではそう思われていた。その年、長いあいだ噂になっていた、彼の見境のない女好きが『気乗りのしない国王』（The Reluctant Monarch）という暴露本の出版によってとうとう明るみに出る。スウェーデンのタブロイド紙は、国王が関係を持った数多くの外国人女性たちについてや、ストリップクラブへの訪問について、またドミニク・ストロス＝カーン張りのセックスパーティーについてや、暗黒街の面々との親しい交友関係について、舌なめずりをしながら醜聞の詳細を書きたてた。どうひいき目に見ても、世界スカウト財団の名誉会長にはふさわしくない（この暴露本は、王妃シルヴィアのドイツ人の父親が、ナチス党員だったことが明るみに出たあとに出版されたため、よけいに厄介だった）。最近では公務を遂行しているカール・グスタフ国王を見るたびに、本当は地下室でＳＭの女王様に縛られていたいんじゃないかと、つい想像してしまう。

スカンジナビア三国の王室は、自転車に乗るオランダ王室の人たちと一緒にされることがあるが、それは誤解だ。デンマークのマルグレーテ女王がリサイクル用空き瓶置き場にいるところや、無料食堂《スープキッチン》で働くために、自転車に乗っている姿を見かけることはない。スカンジナビアの王室の人々は、金ぴかの馬車や高級車アストンマーチン、ヨットや税金でまかなわれているいくつもの屋敷など、昔ながらの君主制の象徴をいまだに享受している。彼らはまた「オフの時間」をしっかりと確保する。たとえばデンマークの皇太子夫妻は、そろって乗馬やスキー、ヨットの趣味に熱心で、公務には年間六時間程度しか費やしていないということが最近明らかになった（具体的な時間数はよく覚えていないが、たしかその程度だった）。だが驚いたことに、その事実は皇太子夫妻の人気にも、陰で彼らに貢ぎ物をしているスポンサーたちにも、とくに影響はなかったようだ〈皇太子妃メアリーは、ただでもらった二万ポンド〈約三三六万円〉相当のハンドバッグが大そうお気に入りだと伝えられている〉。

デンマークは、かつてレーニンを歓迎し、スカンジナビアの協同運動を生み、毎年五月一日にはコペンハーゲンの大公園で盛大に酒盛りをおこなう国だというのに！　デンマーク国民は、おそらくタイの国王が国民に神聖視されていることを笑うだろうし、アメリカ人が大統領職に示す敬意を鼻で笑うだろう。しかし、私は自分自身の苦い体験をもとに言うのだが、かりにあなたがマルグレーテ女王の歯が汚いことをけなしたり、王室一族がいまだにデンマークの法律のもとで免責特権を有していることや、民主的に選出された大臣たちが女王に拝謁《はいえつ》したあと背中を向けずに退出しなければならないのは、少々おかしいのではないかなどと指摘したりすれば、袋叩きに遭うだろう。

それではスカンジナビアの共和主義運動はどうなっているのか、読者は気になるかもしれない。私は気になった。ノルウェーとデンマークの共和主義は、人気度で言えば、イスラム法や辛い料理と同じ程度だ。だがスウェーデンには見込みのある動きがある。一〇年前、スウェーデン共和主義協会は、会員数七五〇〇人程度の少数派だった。今日では、その数は三倍になっている。九〇〇万人を超える人口の国において多いとは言えないが、スタートには変わりない。皮肉なことに、数が急増したのは国王の性癖が表ざたになったからではなく、国王の娘がフィットネスインストラクターと結ばれるという「おとぎ話のような」結婚のせいだった。

「国王のスキャンダルのときは、むしろ本人とその家族に少し同情が集まったようでした。でも娘の結婚式の準備が進められていた当時には、そんな多額の国費が使われるのかという話が出て、共和主義に転向する人たちが出てきたのだと思います」スウェーデン共和主義協会の広報担当マグナス・シモンソンは、ストックホルム中心部で取材したときそう語った。「挙式の前日には初めて、君主制を支持する国民が半数を下回るという調査結果が出ました」

　私はマグナスに、そもそもスウェーデンが君主制であることに、いたく失望しているのだと話した。「わかりませんか？」少々哀願口調で私は訴えた。私たちは、彼がある大臣のアドバイザーとして働いている建物の入口ホールにあるベンチに座っていた。「私たちみんなをがっかりさせているんですよ！　スウェーデンに王室があったら、イギリスが王室を廃止できるわけがないじゃないですか」彼は座ったまま少し後ずさって、おだやかな口調で説明してくれた。スウェーデンがこれほど長く王室を許容してきたのは、民主主義や普通選挙への移行が時間をかけて平和裏におこなわれたからだという。デンマークでも似たような展開だった。「一九七〇年代後半になるころには、国民は国王を廃する必要を感じなくなっていたのです。大したことはしていなかったし、費用も知れていたからです」

　スウェーデンの税率は、デンマークと変わらないくらい猛烈に高い。スウェーデンの共和主義者にとって、王室の費用は真っ先に議論すべきことだと思われるが、どうなのだろう。

「いえ、私たちは費用は問題にしていません。大統領だって費用がかかりますから。むしろ民主主義の問題です。国家元首は選挙を経ていませんが、権力は持っています。国王は時々大臣たちと面会しているのですが、こんな馬鹿げたことはありません。外交委員会の議長を務めたり、国会を開会したり、政治に関与することもあります。女性が国家元首になれるように法改正をおこなったとき、国王は反対していました。女性には荷の重すぎる仕事だというのです」

では観光業はどうなのだろう。イギリスの王室を維持する言い訳の一つに使われている理由だ。「どうでしょう、私は、王様がいるからベルギーに行ってみたいという人に会ったことはありませんが、あなたはありますか？」とシモンソンは言った。

スウェーデンの王室がなくなるのは「時間の問題」だと彼は言っていたが、私はまだ当分のあいだ続くと思う。取材したスウェーデン人のなかに、基本的には共和主義だと言う人も何人かいたが、君主制に反対する元気のある人はほとんどいなかった。「容認しています。そんなどうでもよいことにかかわりたくありません」とウルフ・ニルソンは言った。「国王は嫌いです。発言が下らない。でもみんな、それがなんとなく好きなんでしょう。女王には何度も会っていますが、すばらしい女性です。たしかに王室は不合理な存在ですが、大きな問題というわけでもありません」

「いえ、私はべつに王室存続賛成派ではありません」オーケ・ダウンは笑いながらそう答えた。「小さな存在ですよ。権力はありませんし、何一つ決めることはできません。ただ眺めて美しいものです。取り扱いに気をつけて、触らないことです」

少なくともバーググレーンは自分の主義を貫いていた。「私は基本的に共和主義者です。エンゲルスに賛成するのは気が進みませんが、ここは、王室は邪魔になるという彼の考えが妥当だと思います。昔から国民とスウェーデン国王のあいだには、協力して貴族階級に対抗するという関係がありました。実際にはナンセンスかもしれませんが、貴族に対抗するためには強い国王が必要だという考え方がずっとあったのです」

ストックホルム大学のマティアス・フリハンマー教授は、スウェーデン国民と王室との関係を研究してきた。研究室に教授を訪ね、スウェーデン人は、どのようにしてこの時代遅れで反民主主義的な制度と近代的で能力主義的な自国のイメージとの折り合いをつけてきたと思うか、尋ねてみた。

「スウェーデンという国は、自分で言うほど平等主義ではありません。金持ちもいれば貧乏人もいます。権力を持つ者も持たない者もいます。どんな家に生まれるかによって大きな違いがあることは、誰でも知っています。ヴァレンベリ一族に生まれれば有利です。人間は平等に生まれると言われますが、そんなことはでたらめです。スウェーデン人は不平等を隠すのがとてもじょうずなのだと思います。たとえば人称代名詞の親称と敬称を廃止した件も、不平等を隠す一つの方法です。スウェーデン人は惰性で王室を支持しているだけです。現状を受け入れているだけで、積極的に支持を表明するわけではありません。彼らは『社会制度としての君主制は好きではないけれど、国王個人にはなんの反感もない』と言うでしょう。現国王の人気は、歳を重ねるにつれて上昇しています。デンマークとの比較で言うと、デンマーク女王は魅力的でスター性がありますが、スウェーデン国王にそのような魅力はありません。言葉を操ることや人と話すことも得意ではなく、いつも場違いなことを言っています。ある意味では、仕方《しかた》のない親戚のおじさんのような存在です」

フリハンマーいわく、デンマーク国民が大晦日の女王のスピーチを一言一句聞き逃すまいと耳を傾けるのに対し、スウェーデン国民はそれと同じ位置づけにあるスウェーデン国王のクリスマスのスピーチに、少しも関心を払わないそうだ。

「デンマーク人は、デンマーク国民としてのアイデンティティーや、国としてのまとまりを大切にしています。それはドイツやスウェーデンのような大国に囲まれた小国だからかもしれません。大国の妹分や弟分のような立場にあるデンマークでは、たとえば第二次世界大戦中に、王室がより大きな象徴的役割を果たしたのだと思います。それはノルウェーにおいても同じです。王室は国の象徴となったのです」

私たちはデンマークで二〇〇四年に起きた、思いがけない出来事の展開について語り合った。美人だが平凡で、それまでのおもな関心事は、独身者向けのバーでぶらぶらすることだったらしい、オーストラリアのタスマニア州出身のメアリー・ドナルドソンという女性が、文字通り一夜にしてプリンセスとなった件だ。彼女は前述の皇太子妃メアリーとなり、世界的なファッションリーダーとなって、一般人から騒がれるレッドカーペットの女神となった。

「この連続テレビドラマのような出来事を、人々は自分の身に置き換えて考えます」フリハンマーが説明してくれた。「自分に問うのです。あんなふうに女の子をナンパするのは構わないのだろうか。自分の娘をスウェーデン皇太子妃のように、夜通しパーティーで遊ばせてもいいだろうか。王室一族は、この魅力あふれるおとぎ話の世界で偶像化された存在です。そしてもしかしたら、あなたが選ばれることだってあるかもしれない。そういう夢を見させてくれるのです」

北欧五カ国が、お互いのことを、本当のところどう思っているかを書くということは、他人の結婚生活を論じるようなものだ。夫婦が心の奥底で本当はどう思っているのか、一日の終わりに化粧を落とし、歯を磨きながら、どんな感じで会話をするのか、第三者にわかるわけはない。私が知っているのは、デンマーク人、スウェーデン人、ノルウェー人、アイスランド人、フィンランド人が、一人の英国人に向かって、お互いについてどう話すかということだけだ。ただその方面における話題の中心が、「いかにスウェーデン人が気に障るか」であるということは、言っておかなければならない。スウェーデンは全員から嫌われているようだ。昔からの憎しみはいまだにくすぶりつづけ、反感が残っている。今なお、スウェーデン人には人を苛立たせる癖がある。一方、スウェーデンのほうはそんな周囲の反感に対して、つねに超然とした態度をとりつづけている。

「スウェーデン人はデンマーク人が大好きですよ。とてもすてきな人たちですから」とオーケ・ダウンは言った。「デンマーク人は私たちのことを、彼らよりも効率的で働き者だとか、真面目だとか言いますし、こちらではデンマーク人のことを、チャーミングで温かくて、優しいけどちょっぴり滅茶苦茶《めちゃ》なところがある人たちと思っています。アルコールに制限がないのはうらやましい」

ストックホルム大学で多文化研究をしているヨンソンはこう言っていた。「デンマーク人は昔から、スウェーデン人よりものんきで、国際的で、あまり働かなくて、お酒好きで、陽気で、そうですね、それほど勤勉ではないと思われています。スウェーデン人は、ヨーロッパを感じるため、そしてビールを飲むために、コペンハーゲンに行きます。私たちから見たら、ゆるくて、自由で、ヨーロッパらしくて、ドラッグやアルコールに寛容な都市ですから。でも最近のデンマークは、イスラム教と敵対したり、リビア空爆に異様に熱心だったりして、ひどく右寄りになってきたものだと、スウェーデン人は首をかしげています」

デンマーク人が本当に「楽しい時間の過ごし方を知っている」かどうかは別として（スウェーデン人は明らかに、デンマークのスラゲルセの体育館で女子ハンドボールの試合を観戦しながら午後を過ごしたことがないに違いない。私も実際にはその経験はないが、考えただけで……）、ヨンソンもダウンも、そして私が話を聞いたたくさんのスウェーデン人も、自分たちがどれほど嫌われているかについては、不思議と気づいていないようだった。デンマーク人が、聞いてくれる人さえいれば、とめどなくスウェーデン人の悪口を言うことを知ったら、さぞ驚くのではないだろうか。

「なにしろ堅苦しくてつまらない」というのが、デンマーク人に共通するスウェーデン人評だ。「それにビールの扱いがわかってない」「スコーネ地方だってスウェーデンが手に入れたわけじゃない」いまだに（少なくともデンマーク人には）トラウマとなって記憶に残っている、一六五八年にデンマークが領土の一部をスウェーデンにもぎ取られた件について、私のデンマーク人の友人は言った。「こっちからくれてやったんだ」（以前、デンマークのラジオのトーク番組で、司会者が、スウェーデン人がザリガニ祭りで浮かれている八月こそ、スコーネ地方を取り返す絶好のチャンスだ、と冗談半分に言っているのを聞いたことがある）。

私はヘンリク・バーググレーンに、スウェーデンとデンマークの関係について尋ねてみた。スウェーデンは、ほぼあらゆる点において北欧のなかで最も裕福で成功をおさめているから、あれこれ言われても気にしないでいられるのではないだろうか。

「ええ、私たちは勝者でした」彼はうなずいた。「間違いなく兄貴的存在です。ただその見方のなかには、当初思っていたよりも強い敵意があるようです。私が若かった頃、スウェーデンはデンマーク人やデンマークという国に対して、とても好意的な見方をしていました。デンマークは、福祉国家だとか近代的といった点でスウェーデンによく似ているのに、あちらのほうがずっと楽しそうじゃないか。女性は魅力的だし、ハシシも吸える！　つまりデンマーク人は、私たちが持っているものをすべて持っている上に、私たちよりも人生を楽しんでいる。そう感じていたスウェーデン人は多かったと思います。それが最近のデンマークの移民排斥の動きを見て、見方がすっかり変わりました。『いや、これは理解できない。あの考え方はどこから来たのだろう』と。おかしなもので、それがスウェーデン人の愛国心を目覚めさせたようです。かつてはデンマーク人に対して多少の劣等感を抱いていたのに、今では急にモラルの点で優位に立っているのです」

もちろんデンマーク人も、そのことは嫌というほど意識している。彼らはスウェーデン人の殊勝な移民政策にも、反イスラムを唱えるデンマーク国民党が台頭しつつあることでスウェーデン人に見下されていることにも、心底うんざりしている。スウェーデン人がデンマーク人特有の人種差別主義や外国人恐怖症だと考える事柄に関して言うと、スウェーデン人はちょっとやそっとではなく、相当の優位に立っていると思っている。これまでナチスとの関係や、「臆病者《おくびょうもの》の」中立主義、兵士のヘアネットや武器輸出について、さんざん浴びせられてきた侮辱に、やっとお返しができるときが来たのだ。スウェーデンはそのチャンスをがっちりつかんだ。

だが本当のところ、いわゆる偉そうな兄貴に対して弟が抱く不快感というものを除けば、デンマーク人がスウェーデン人に対して腹を立てる理由は大して存在しない。それは充分なお金を手にして過去の遺恨を超越してしまったノルウェーについても言える。フィンランド人には腹を立てるもっともな理由はあると思うが、でもまあ、そろそろ前を見て進んでもいい頃だと思う。スウェーデンに対する不平はあるものの、北欧には、ヨーロッパのどの国同士にもない強い仲間意識があると、私は確信している。たとえばベルギーがフランスに対して、あるいはスイスがイタリアに対して、なんだかんだ文句を言いながらも結局は好意を持っている、というイメージはないが、どうだろう。さまざまに諍《いさか》いはあっても、北欧がバルカン半島と同じ運命をたどるということは、まずなさそうだ。私がスカンジナビア内の対立について、少々我を忘れて熱弁をふるってしまったときにステファン・ヨンソンが指摘した。「別にイスラエルとパレスチナのような関係にあるわけじゃありませんよ」

近年、スウェーデンが必ずしも完璧とは言えない姿をさらしてきたことは、近隣諸国の嫉妬心《しっとしん》を和らげるうえで、多少役に立ってもよかったはずだ。どの国も、福祉を抑制し、地方の衰退を食い止めなければならないという点では、デンマークと同様の問題に直面しており、人種の融和やグローバル化という分野においては、さらに大きな課題を抱えている。実を言うと、スウェーデンの偉大なる社会民主主義的な試みは、二〇年前にスウェーデン経済が破綻《はたん》した時点で失敗していた。当時の政府は大胆な民営化を進め、減税をおこない、社会保障制度の改革に取り組んできた。だが世界は、スウェーデンがどれほど変わったのか、まだ気づいていない。米国では右寄りの政治家たちが、いまだにスウェーデンを極端な社会主義社会の代表例として引用するが、スウェーデンの真の姿はとうの昔にそんなものではなくなっている。私たちが知っている最近のスウェーデンは、政治的に流動的かつ不確かな場所で、人々が表向き賞賛しながらも、心のなかではここに住んでなくてよかったと、胸をなでおろすような国だ。

ステファン・ヨンソンによれば、スウェーデンは重大な岐路に立っている。「スウェーデン社会は大きく混乱しています。崩壊寸前と言ってよいでしょう。アイデンティティーを失いかけ、社会民主主義に疑問を持ち、精神的に壊れかけています。なにを守るべきか、この道は持続可能なのか、もし可能でなければ今後どうなるのか、多くの人が悩んでいます」

ずいぶん大げさに聞こえる。しょせんはスウェーデンなのだから、いくらなんでもそこまではいかないだろう。ただ深刻な統計を一つ紹介すると、本稿執筆時点でスウェーデンのGDPに対する税収の比率は四七・九パーセントで、世界第四位だ（デンマークは三位）。二位がジンバブエ、一位がキリバスという並びを見れば、この数字が一国の経済の健全性についてなにを語っているかわかるだろう。

「私はスウェーデンの未来を楽観視していません」ウルフ・ニルソンも同意する。「このガチガチのシステムを開放しなければなりません。現行の社会保障制度は官僚的すぎます。この制度にはあまりに多くの人が関与しています。問題の鍵を握っているのが税務戦略であることは、間違いありません。私はフランスに住んでいますが、フランスではもし月に一〇万クローナ（約一三四万円）稼げば、税金として納めるのはそのうち三万クローナ（約四四万円）くらいです。スウェーデンでは五万クローナ（約六七万円）を納めるのに、医療の質は明らかにフランスのほうが高いのです。私たちは騙《だま》されているのでしょうか？　そうです。騙されているのです。働けるにもかかわらず、失業手当で生活している人間が、数千人もいるという現実も、もちろん問題です。

人を依存させる制度は良くありません。私はスウェーデンを離れ、仕事をすることによって大金持ちになりました。スウェーデンにいたら絶対にできなかったことです。運よく逃げられたという気がしています」

いつもながら、ヘンリク・バーググレーンだけは相変わらず楽観的だ。「スウェーデンの制度は、かなりうまくいっています。国民の労働意欲を削《そ》ぐような制度は成功しないという類の予測はたくさんありますが、これまですべて乗り越えてきました。スウェーデン社会が崩壊しているように見えますか？　本当のことを言ってください。スウェーデン人は多少失礼なところはあるかもしれませんが……」

スウェーデンの長期的展望に関しては、どうしても気になる、もっと深い問題が一つある。それは、この国が消費主義や近代社会における数々の誘惑を受け入れ、グローバル化を進めていく過程で、もしかしたら大切なものを捨ててしまったのではないかという問題だ。社会民主党の発展の礎にあったのは、昔ながらの農村生活に息づいていた自立の精神、用心深さや慎《つつ》ましさ、平等や節約、妥協し、協力し、分かち合おうとする天性の資質などだ。だが、それらは富の拡大や消費主義、グローバル化や都市化によって、損なわれる宿命にあるのではないだろうか？　近代化と都会化を促すスウェーデンの壮大な実験は、その近代性の礎そのものを揺るがしてはいないだろうか？

オーケ・ダウンは、世界の崩壊を目前に、すべてを見て来て、あきらめの境地に達した老人のような明るさで、「そうです。そう思いますよ」と答えた。

英国人ジャーナリストのアンドリュー・ブラウンも賛成のようだった。「貧しさの記憶を持たない社会、貧困の厳しさを知らない社会の繁栄は、はたして持続可能かという問いに対する答えを、私は持ち合わせていない」著書『ユートピアでの魚釣り』(Fishing in Utopia)のなかで、ブラウンは数々の問題を指摘している。一九七〇年代から犯罪、とりわけ性的暴行が如実に増えていること(最近では、スウェーデンはヨーロッパで最も人口一人当たりの性的暴行が多いと報告されている)。マクドナルドが全国で大流行し、ストックホルムに初めて肥満の人が見られるようになったこと。メディアの様相が変化しつつあること(「派手なギャングやビジネスマンが新聞社に出入りするようになった。両者は見分けがつきにくい」)。また、アルコールに対して開放的になったこと。これは、かつては徹底的に魅力のない国有酒造会社が作っていたアブソルートウォッカという商品が、洗練されたブランディングを経て再登場したことに象徴される(「酔うことが再びファッショナブルになった」)。また、一九七〇年代半ばから工業における雇用が五分の二も減ったことは言うまでもない。これらすべては基本的に、「スウェーデンという国が余命いくばくもないことを示している」とブラウンは書いている。

私はスウェーデンがそんな状態にあるとは思っていないが、たしかに人口動態についてはギリギリのところまで来ているように見える。スウェーデンは、八〇歳以上の人口が全体の五パーセント以上を占める世界で唯一の国だ(世界の平均は一パーセント)。人口の二〇パーセント以上が六五歳以上で、スカンジナビア一の高齢化社会であり、世界でも八番目の高齢化社会だ。世界銀行の予測では、二〇四〇年までにスウェーデン国民の三分の一が定年退職の年齢を上回るという。だがご想像のとおり、スウェーデンは怠りなく準備している(たとえば、この点で大失敗しているイタリアとは大違いだ)。スウェーデンには将来の人口構成の変化に対応できる、ひじょうによくできた年金制度がある。ＩＭＦは、現在の高齢者に対する介護サービスと、高齢化の進む将来に対する備えについて、スウェーデンを世界で七番目に優れていると評価した。

最終的な分析としては、スウェーデンについてはあまり心配する必要はなさそうだ。ヘンリク・バーググレーンが指摘したように、一般的にはスウェーデンは一九七〇年代から下り坂に入ったとされ、九〇年代初頭には経済的不均衡によってスウェーデンモデルは致命的な損傷を受けたように見えていたにもかかわらず、その後、素早く、そして力強く立ち直った。スウェーデンは今なお世界で最も優秀な経済国だ。その理由は、古い社会民主主義的構造を脱ぎ捨て、強い自由主義的経済の傾向と、財政と銀行に対する厳格な管理を併せ持つ、ひじょうにユニークな混合経済を実践する国に生まれ変わったからだ。

だからスウェーデンは当面、経済的には安全だろう。政治面では首相と外相の暗殺を乗り越えた（外相のアンナ・リンドは二〇〇三年にストックホルムのデパートで刺殺された。偶然にも私が訪ねた翌日のことだった）。だが文化面の回復力はどうだろう。スウェーデンを旅していると きに、文化の発信というテーマを話題にすると、スウェーデン人が一様にそっけない態度を取ることに驚かされる。私は、スウェーデンを小説家のヨハン・アウグスト・ストリンドベリやイングマール・ベルイマン監督などの巨匠をはじめ、アストリッド・リンドグレーンやヘニング・マンケル、そしてもちろんスティーグ・ラーソンといった、超人気作家などを輩出してきた国として見てきた。「スウェーデンのナイチンゲール」と賞賛され、デンマークの作家アンデルセンも溺愛《できあい》したオペラ歌手ジェニー・リンドもいる。また、アバやロビンといったすばらしいポップシンガーソングライターを世に送り出して、世界を幸福にしてくれた。

それにもかかわらず、オーケ・ダウンの次のようなコメントをよく耳にした。「スウェーデンにおいて、文化はあまり重要視されていません。私たちは、芸術面ではなく、技術面で創造性を発揮する国民です」。スウェーデン人は、優れた玉軸受《ボールベアリング》やファスナー、安全マッチなどを作り、製造業で成功することに誇りを見出す国民なのだという。

「たしかにベルイマンやストリンドベリのあとには誰もいませんね」ステファン・ヨンソンは同意した。「スウェーデンの世界に対する文化的、知的貢献はかなり限られていますが、スウェーデンの知識人は、仕事をするには充分な大きさの国だと考えています。海外に行ったり、外からなにかを持ってこなければならなかったりするほど、小さい国とは思っていません。中くらいの大きさの国の悲劇でしょう」

スウェーデンに文化面で傑出した人物が少ないことをヘンリク・バーググレーンにそっと切り出したところ、いつもの愛国心あふれる反応が返ってきた。

「あなたはいったいどういう客観的立場からそういうことを言っているんですか？　正直、いかにもイギリス人の言いそうなことだ。じつに傲慢なイギリス人的な世界観ですね。自分たちは島国から世界を眺めて、よその国の文化を批判する資格があるというわけですか……」

いやいやヘンリク、そんなつもりで言ったんじゃない。

ただ、あなたの言うとおり、私はきっと傲慢なイギリス人なのだろう。

終わりに

　地球上で最も幸福で、誰よりも信頼できる、成功している人たちが目の前にいたら、どこかしら欠点があるに違いないと、X線にかけてヒビ割れを見つけようとあら探ししたくなるのが人間の性《さが》というものだ。それは、私がこの本の全編を通して抑えきれなかったかもしれない本能である。この本を読まれる北欧の読者がいたら、どうか許していただきたい。やっかみだと思って気が済むなら、どうぞそう思ってください。

　ただし、ヒビも傷も現実にある。北欧にもさまざまな問題や課題があることや、妙なクセや欠点があるのは、世界のほかの国となんら変わりはない。それでも北欧が最終的に成功をおさめていることは否定できない。かつてポール・マッカートニーは、〈ホワイト・アルバム〉は二枚組ではなく一枚に収めたほうが良かったのではないか、というようなことをジャーナリストに言われたとき、「まあね。でも、二枚組でも〈ホワイト・アルバム〉であることに変わりはないよ」と答えた。完璧《かんぺき》に近い社会にだって欠点はある。長い歴史のうちには、誰だって知られたくない秘密も抱えるようになるし、北欧のように同質性が高く、単一文化的な傾向を持つ国々が、少々安全過ぎて退屈で、閉鎖的になるきらいがあるのは事実だ。また、将来的には深刻な課題もいくつかある。高齢化社会、揺らぎはじめた社会保障制度、移民との融和、経済格差の拡大などだ。

だがそれでも、スカンジナビアであることに変わりはない。これまでずっとそうであったように、他国から見れば羨《うらや》ましいほど豊かで平和で、調和の取れた進歩的な国々だ。今もなお〈ホワイト・アルバム〉なのだ。

そもそも本書は、欧米メディアが伝えるバラ色の北欧に関する報道の偏りを正し、私自身の胸につかえているものをいくらか吐き出して楽になろうという思いから書きはじめた本だったが、同時にスカンジナビアの優れた面も読者に伝えられていることを願っている。すなわち強い信頼関係や社会の団結力、経済的な平等や男女の平等、合理主義や慎み深さ、バランスのとれた政治制度や経済制度などだ。現在、西欧諸国は、自分たちの経済を破滅に追いやった野放図な資本主義に取って代わるものを求めている。ソビエトの社会主義や米国の新自由主義のような極端なかたちを避けることができるシステムだ。私が見る限り、未来の経済や社会のために見習うべき国があるとしたら、それはブラジルやロシア、中国ではない。北欧の国々だ。あの小国アイスランドでさえ、ヨーロッパの大半の国よりも高い経済成長を遂げて回復しつつある。北欧の国々は過ちを犯しても、一滴の血も流すことなく、すぐに軌道修正する方法を見つけてきた。

私の表現がつたなく、単純化しすぎていて、時として差別的な面もあったとは思うが（金持ちを攻撃するのは差別になるだろうか？）、読者には北欧に存在する魅力あふれる多様性がじゅうぶんに伝わっているよう願っている。北欧の国々は一見、似通っているようで、それぞれにまったく異なる個性を持っているし、その違いはじつに興味深い。遺伝学的にも、考え方も、歴史も、経済のシステムもすべて違う。石油や天然ガス資源を持つ国もあれば、森林や地熱を持つ国もある。ユーロを通貨とする国もあれば、ＥＵに参加していない国もある。また、「同質性が高い」

社会だと思われているが、それぞれの国内にも多様性がある。この本ではその点にまったく触れることができなかった。たとえばスウェーデン国内が南北にはっきりと分かれていること、ノルウェーに数百にのぼる方言があること、あるいはサーミ族の人々のことなどだ。

また北欧幸福論について、少なくともはっきりとは言及しなかった要素が一つある。専門家によれば、幸福の鍵《かぎ》の一つは、人生を主体的に生きられるかどうかにあるそうだ。自分の運命を自分で決められる贅沢《ぜいたく》、自己実現を達成するという贅沢が、できるかどうかだ。北欧が、幸せで最高に満たされた国民が暮らす、最高の幸福度と生活の質を備えた国々であるという評価を長年受けつづけてきたことと、教育において最高レベルの機会均等を実現していることは、偶然でもなんでもない。また、三〇年以上にわたって、父親と息子の収入を比較した、ロンドン・スクール・オブ・エコノミックスの研究によれば、北欧は社会的流動性（一つの社会のなかで、職業や階級、場所の移動が可能かどうか）においても世界トップクラスだ。北欧の主要四カ国は世界の一位から四位を占めている。そのことと、幸福度の高さも無関係ではない。

持続可能な本物の幸福を実現するためには、なによりもまず、自分の人生の主導権を握る必要がある。なりたい自分になれるよう人生をコントロールできること、そしてもし今は望ましい状態にないと思ったら、適切な変化を自分で起こせる必要がある。これは単に意識の問題ではない。「アメリカンドリーム」のような空疎なスローガンとは違う（ちなみに上記の社会的流動性の調査で、米国ははるか下位に位置している）。スカンジナビアにおいては現実だ。北欧こそ本物の「チャンスを与えてくれる土地」なのだ。北欧諸国では、社会的流動性が米国や英国よりもはるかに高い。集団主義的なところがあり、国民生活に対する国の干渉が強いにもかかわらず、なりたい自分になる自由や、やりたいことをやる自由は、はるかに大きい。ギャラップがおこなった最近の調査で、「自分の人生を変えたくても変えられない」と答えたデンマーク人はわずか五パーセントだった。対照的に、アメリカの多くの州において、例えば、自らが無神論者や同性愛者であると公言すること、結婚しながら子どもを持たない選択をすることや、結婚せずに子どもを持つ選択をすること、人工中絶をすることや、子どもをイスラム教徒として育てることなどをしたら、相当に肩身の狭い思いをするのではないかと思う。あるいはベジタリアンがテキサス州に住むことや、ワイン好きがソルト・レイク・シティに住むことも楽ではないだろう。ましてや五〇州のどの州であれ、社会主義者であることを公言するなど、もってのほかだ。スカンジナビアでは、上記のどれ一つをとっても、だれも驚いて目をぱちくりさせたりしない（信号が青に変わるまでおとなしくしていればの話だが）。

この社会的流動性に欠かすことのできないのが学校教育だ。質が高く無料の教育システムによって自立が可能となっていることは、経済格差が小さいことや、福祉のセイフティーネットが充実していること以上とは言わないまでも、同じ程度に重要だ。スカンジナビアの教育水準は世界最高レベルであるばかりでなく、教育を受ける機会が国民全員に無料で与えられている。それこそが北欧例外論の基盤だ。

北欧の人々が自由だと言っても、しょせんは北欧内で許容される範囲の自由だろうと言う人もいるかもしれない。たしかに、もしあなたが、モスクを建てたいと考えているイスラム教徒だったり、あるいは大きな車を乗り回し、特殊創造説（世界は神によって無から創造されたとする考え）を唱え、日曜日にプラチナカードを持ってショッピングに行くのが好きなアメリカ人だったり、はたまたわざとらしく時代錯誤的かつ慇懃《いんぎん》無礼な振る舞いをする英国人であれば、北欧で生活する際にもさまざまなレベルで抑圧や排斥の憂き目に遭うかもしれない。

事実、スカンジナビア諸国は、とくに非西欧諸国からの移民との融和に苦労している。スウェーデンの非ヨーロッパ系移民の平均世帯収入とスウェーデン生まれのスウェーデン人の平均世帯収入の差は、この二〇年間で拡大してしまった。一九九一年に、スウェーデン人の月収よりも二一パーセント少なかった非ヨーロッパ系移民の月収が、現在では三六パーセントも少ない。だが移民政策の成否を判断するのはまだ早い。北欧が本格的に移民を受け入れはじめたのは一九六〇年代後半からであり、英国のように、元植民地から公用語である英語を流暢《りゅうちょう》に話す、文化規範に馴染《なじ》んだ移民を受け入れているわけではないのだから。物事が変わるには、もう一、二世代の時が必要だろう。ノルウェーのブレイヴィクのようなテロリストたちに勝ち目はない。絶対に。北欧への移民の流入は続くだろう。多くの理由において、そうあるべきなのだ。そして民族間の融和も進むだろう。私は確信している。ただし、移民を「二世デンマーク人」と呼んで区別するようなナンセンスな真似《まね》はせず、名字の語尾が「～セン」でない応募者にも少しずつ仕事を与えたほうがいいと思う。

一九六〇年代にスーザン・ソンタグは、「スウェーデンには何かしらの革命、確立してしまった社会秩序と行動規範に風穴を開ける何かが、どうしようもなく必要だ」と書いた。スウェーデンにも、北欧のほかの国々にも革命はすでに起きた。ソンタグが思い描いていたような形ではないかもしれないが、スカンジナビア地方へやって来る数十万人単位の移民は、北欧社会の能力を試し、単調な単一文化社会を万華鏡のように変化する多民族社会に変えることで活性化を促している。ここまでの道のりは平坦《へいたん》ではなかったが、真の問題に対する取り組みが現になされていて、いつかはスムーズにいくようになるだろうという明るい兆しは見えている。

ザリガニ祭りの章（スウェーデン第一章）では書かなかったが、マルメーでは翌日もお祭りが続き、前日以上に多くの屋台（おもにトルコやインド、アラブや中国の料理）が出て、ごちそうを提供していた。私はスカンジナビア諸国の街で、通りがこれほどさまざまな民族の人々で埋め尽くされた光景を見たのは、初めてだった。その日の雰囲気は最高だった。そこにはコミュニティーとしての本物の一体感があった。デンマークのメディアを通して聞いていた話とはまるで違い、マルメーはじつに平和な街だった。

だが北欧諸国の中で、民族が適切に融和した多文化社会に向けて先頭を切って進んでいる国はどこかと言えば、この一〇年における右派政治家たちの扇動的な言動を考えると皮肉ではあるが、デンマークだと私は思う。デンマークの移民は、スウェーデンの移民ほど隔離されていない。昔から地方に分散して住んでおり、デンマーク人との交わりも進んでいる。デンマークはほかの国よりも民族間融和の問題を直接的に突きつけられてきたが、同時にどの国よりも進歩してきているると言える。

理性と知恵を代表する、かの偉大なるノルウェーの人類学者トーマス・ヒランド・エリクセンはこう語っていた。「デンマークにはゲットーもありますが、通りでタバコ店を構えているトルコ人もいます。移民はバスの運転手にもいるし、近所づきあいをせざるを得ないような村の中で暮らしている人たちもいます。ほかの北欧諸国よりも移民が社会に融け込んでいます」ここまでの道のりが険しくなかったとは誰も言っていない。だが最初の、往々にして不安に満ちた、暴力を伴うこともある「お互いについて学び合う」段階を乗り越えれば、ものごとは落ち着くものだと、私は思いたい。リチャード・ジェンキンスが著書『デンマーク人であること』(Being Danish)に書いているように、「デンマークが多民族国家となるか否かは、受け入れや拒絶を検討する選択肢ではない。好むと好まざるとにかかわらず、すでに厳然たる事実なのだ。だが移民との融合は、国の政治家が国民に吹き込んできたほど、大きな問題をはらんではいない」(傍点は著者)

時間はかかるだろう。英国は半世紀以上取り組んできて、まだ到達していない。だが人間の本質と北欧の実用主義《プラグマティズム》は、恐怖心と偏見に勝つと信じよう。

演説は以上だ。

あと、一つだけお願いがある。北欧の人々へ、私の心からのお願いだ。

時おり北欧諸国の政治家や北欧理事会の閣僚から、五カ国間の統合をさらに進めて正式な北欧連合を発足させ、共同の軍隊や外交政策、さらには共通の通貨を作って、経済面および軍事面での一体化を図ろうという呼びかけが聞かれる。EUに似たようなものだが、つまらない諍《いさか》いや汚職は抜きだ。

デンマーク政府の前閣僚であり、現在は北欧理事会のデンマーク代表の議長を務めているベルテル・ハーダーは、北欧全体が協力関係を深めることは、不可避であり歓迎すべきことだと私に語った。「すでに始まっています。北極圏は今後、きわめて重要な地域になるでしょう」と言っていた。

スウェーデンの歴史家グンナー・ヴェッテルバーグもまた、合わせて二六〇〇万人にのぼる人口を持つ北欧が一つにまとまれば、EUに対する影響力が高まり、当然のこととしてG20への参加資格を要求することもできると考えている。ヴェッテルバーグは一四世紀に、ドイツ商人に脅威を感じたノルウェー、スウェーデン、デンマークの三国が、デンマーク女王マルグレーテ一世の下でカルマル同盟を結んでいた事実を指摘する。コペンハーゲンのスカンジナビア支配は長続きしなかったが、そのおもな理由は、デンマークがスウェーデン貴族の大半を虐殺したからだ。デンマークも、もうそんなことはしないだろう。

一九世紀には再び、短命ながらスカンジナビア主義運動が起きて、三国統一の可能性が論じられた。スカンジナビア科学会議における講演で、デンマークの偉大な物理学者H・C・オルステッドは次のように語った。「六〇〇万人のスカンジナビア人全員が一つの秤《はかり》に乗ったら、それを軽すぎると思う人はいないだろう」

今日では前述した北欧連合の構想がある。五カ国間の通商を自由化し、海外援助の分野で「ソフトパワー」を効果的に発揮するために協力し合い、過去の諍いを懸命に取り繕いながら、各国間の文化的なつながりを醸成するべく、話し合いを重ねている。オルステッドの時代には六〇〇万人だった人口が二六〇〇万人となった現代では、正式な連合体の重みはさらに増すだろう。次の段階は、完全なる統一だろうか。デンマーク、スウェーデン、アイスランド、ノルウェー、フィンランドの五カ国が集結し、北欧連合として経済的、軍事的に正式に統合される可能性はあるだろうか？

ここ数年、この手の議論がスカンジナビア諸国のメディアに取り上げられる機会は増えてきた。低迷が続くEUに代わる選択肢として、スカンジナビア連邦を作ろうという意見もある。実現する可能性はまだ低そうではあるが、万が一に備えて、私から北欧の皆さんにお願いしておきたいことはこれだ。どうか、それだけは勘弁してください。

だってあなた方にそんな風に結束されてしまったら、私たちは本当に太刀打ちできませんから。

謝辞

読者もお察しのとおり、私のデンマークの友人と家族はひじょうに忍耐強く寛容かつ協力的であるばかりでなく、何よりも人を許す広い心を持った人々だ。まず彼らに感謝を捧《ささ》げたい。支えてくださって、そしてあなた方の社会に関する私のさまざまな説に耳を傾けてくださって、ありがとうございます。そして時々、北欧の人たちについて少々きついことを言ってしまったとしたら、ごめんなさい。これからは口を閉じていると約束したら、もう少しここに居させてもらえますか?

英国の出版社ジョナサン・ケープの編集者ダン・フランクリンにもお礼を申し上げます。この本の企画にはひじょうに長い期間がかかったにもかかわらず、その間ずっと支えていただいた。装丁を担当してくださったクリス・ポッターにもお礼を申し上げます。

ノルウェーの人類学者リンディス・スロアンにはノルウェーの章をチェックしていただいた(彼女の夫のロディーにも、忘れられないウニ獲《と》りの経験をさせてもらった)。サンパ・ロウトゥラにはフィンランドの章をチェックしていただいた。言うまでもないが、チェックは好意によるものであり、本文中の誤りや不正確な記述に関して、お二人に一切の責任はない。いかなる誤りもすべて私の責任である。スウェーデンの章については、スウェーデン人の友人に見てもらう度胸がなかったため、おそらくたくさんの間違いがあるに違いない。そして近いうちにスウェーデン人の友人の数が激減するだろう。

以下の方々にも、順不同で感謝を申し上げる。有益な取材をさせていただいたこと、また、私が一生かかっても及ばないほどご存じであるご自身の国に関して、私の最新の説を辛抱強く聞いてくださったことに感謝いたします。ラウラ・コルベ、ベルテル・ハーダー、トール・ノーレットランダーシュ、ローマン・シャッツ、トーマス・ヒランド・エリクセン、アンヌ・クヌーセン、ヘンリク・バーググレーン、カリン＝マリ・リレロン、シシリエ・フォルケア、リチャード・ウィルキンソン教授、クリスチャン・ビヤンチコ、トレレボリのマイク、エリザベス・アシュマン・ロウ博士、オーケ・ダウン、オヴェ・カイ・ペーダーセン、モーエンス・リュッケトフト、トーペン・トラーネス、マーティン・オールプ、ベント・デュポン、アネグレーテ・ラスムセン、リチャード・ジェンキンス、スリ・アビラミ・ウパサキ、ステファン・ヨンソン、ギスリ・パルソン教授、テリー・ガネル、シンドリー・フレイスソン、ビャルティニ・ブリンヨルソン、インガ・イェッセン、ウンヌル・ディス・スカフタドッティル教授、モルテン・ホグランド、シンデレ・バングスタッド、ユングヴェ・スリュングスタッド、シーメン・セートラ、フィンランドおよびロヴァニエミ観光局、フィンランド外務省、ヘイッキ・アイトコッスキ、マッティ・ペルトネン、ポーリナ・アホカス、ニール・ハードウィック、ソンカヤルヴィの奥様運び世界選手権出場者の皆さん、ディック・フレドホルム、イルマー・レーパル、パトリック・シェイニン教授、ベィザト・ベシロフ、ウルフ・ニルソン、レネ・レゼピ、サンタクロースと妖精《ようせい》たち。

マイケル・ブース（Michael Booth）
英国サセックス生まれ。トラベルジャーナリスト、フードジャーナリスト。2010年「ギルド・オブ・フードライター賞」受賞。パリの有名料理学校ル・コルドン・ブルーで１年間修業し、ミシュラン三つ星レストラン、ジョエル・ロブションのラテリエでの経験を綴った“Sacré Cordon Bleu”はＢＢＣとTime Outで週間ベストセラーに。『英国一家、日本を食べる』シリーズは日本でアニメ化もされた。

黒田眞知（くろだ　まち）
ニューヨーク大学大学院卒業。おもな訳書に『病気にならない人は知っている』『老けない人は知っている』（ともに幻冬舎）、『ジェーン・パッカーのCOLOUR アレンジ』（世界文化社）。共訳書に『世界の鉄道』『人類の進化 大図鑑』（ともに河出書房新社）などがある。

限《かぎ》りなく完璧《かんぺき》に近《ちか》い人々《ひとびと》　なぜ北欧《ほくおう》の暮《く》らしは世界一幸《せかいいちしあわ》せなのか？

2016年９月30日　初版発行
2017年２月５日　再版発行

著者／マイケル・ブース

訳者／黒田眞知《くろだまち》

発行者／郡司 聡

発行／株式会社KADOKAWA
東京都千代田区富士見2-13-3　〒102-8177
電話 0570-002-301（カスタマーサポート・ナビダイヤル）
受付時間 9:00～17:00（土日 祝日 年末年始を除く）
http://www.kadokawa.co.jp/

印刷所／旭印刷株式会社

製本所／本間製本株式会社

ISBN 978-4-04-103389-0　C0098

YouTube
Swedish Warship "Vasa"
731,975